Sarah Dessen

Zwischen jetzt und immer

W0353266

© KPO

Sarah Dessen, geboren 1970, ist in North Carolina aufgewachsen, wo sie auch heute noch mit ihrer Familie in Chapel Hill lebt. Sie ist eine der meistgelesenen Jugendbuch-Autorinnen in den USA und alle ihre Romane wurden vielfach preisgekrönt. Auch in Deutschland wächst ihre Fangemeinde mit jedem Buch.

Weitere Bücher von Sarah Dessen bei dtv junior: siehe Seite 4

Gabriele Kosack, geboren auf Nias (Indonesien), studierte in München Germanistik, Psychologie, Musikwissenschaft und besuchte in New York eine Schauspielschule. Heute pendelt sie als freie Autorin und Übersetzerin zwischen Köln und Essaouira (Marokko).

Sarah Dessen

Zwischen jetzt und immer

Roman

Aus dem amerikanischen Englisch
von Gabriele Kosack

dtv

Ausführliche Informationen über
unsere Autoren und Bücher
www.dtv.de

Von Sarah Dessen sind bei
dtv junior außerdem lieferbar:
Crazy Moon
Zu cool für dich
Someone like you
Just Listen
About Ruby
Because of you
Stop saying goodbye
The Moon and more
Anything for Love

FSC
www.fsc.org
MIX
Papier aus verantwortungsvollen Quellen
FSC® C019821

Ungekürzte Ausgabe
2017 dtv Verlagsgesellschaft mbH und Co. KG, München
© 2004 Sarah Dessen
Titel der amerikanischen Originalausgabe: ›The Truth about Forever‹,
erschienen bei Viking Children's Books
This edition published by arrangement with
Viking Children's Books, a member division of Penguin Young Readers
Group (USA) Inc.
© der deutschsprachigen Ausgabe:
2006 dtv Verlagsgesellschaft mbH und Co. KG, München
Umschlaggestaltung: Katharina Netolitzky/dtv unter Verwendung
eines Fotos von plainpicture/Cavan Images
Gesetzt aus der Goudy Old Style 10,25/12,75˙
Gesamtherstellung: Druckerei C.H.Beck, Nördlingen
Gedruckt auf säurefreiem, chlorfrei gebleichtem Papier
Printed in Germany · ISBN 978-3-423-71754-0

Kapitel 1

In ein paar Stunden flog Jason also ab, ins Schlaumeiercamp. Es hieß natürlich anders, aber alle redeten bloß vom Schlaumeiercamp.

»Das müsste alles sein.« Jason stopfte das endgültig letzte Paar Socken seitlich in seinen Koffer. »Liest du mir trotzdem bitte noch mal die Liste vor?«

Ich nahm das Blatt Papier, das neben mir lag, und begann: »Stifte, Notizbücher, Telefonkarte, Kamera-Akkus, Vitamine ...«

Währenddessen wanderten Jasons Hände über den Inhalt des Koffers, suchten und fanden jeden Gegenstand, den ich aufzählte, überprüften, ob er wirklich alles eingepackt hatte. Überprüften es vorsichtshalber gleich noch einmal. Sich vergewissern, ob etwas tatsächlich stimmt – Jasons Lebensmotto.

»Taschenrechner«, fuhr ich fort. »Laptop –«

»Stopp.« Er hob die Hand, ging zu seinem Schreibtisch, zog den Reißverschluss der schmalen schwarzen Tasche auf, die dort stand, und nickte mir zu. »Mach mal mit Liste Nummer zwei weiter.«

Meine Augen überflogen die Seite, bis sie das Wort LAPTOPTASCHE entdeckten. Ich räusperte mich. »CD-Rohlinge, Spannungsschutzadapter, Kopfhörer ...«

Nachdem wir LAPTOPTASCHE abgehakt und das Checken der Hauptliste ebenfalls glücklich erledigt hatten – inklusive zweier Unterlisten, KULTURBEUTEL sowie VERSCHIEDENES –, war Jason einigermaßen überzeugt davon, dass er tatsächlich alles eingepackt hatte. Was ihn nicht davon abhielt, noch ein paar Runden durchs Zimmer zu tigern und dabei nachdenklich vor sich hin zu murmeln. Perfekt zu sein ist Arbeit. Schwerstarbeit. Wer sich nicht wirklich anstrengen will, braucht gar nicht erst damit anzufangen.

Jason wusste, was Perfektsein bedeutet. Anders als bei den meisten anderen Menschen war das für ihn kein Ziel, das in weiter oder gar unerreichbarer Ferne lag. Für Jason befand sich Perfektion gerade mal hinter dem nächsten Hügel, so nah, dass man bereits Einzelheiten der Landschaft erkennen konnte. Und es war kein Ort, an dem er sich nur besuchsweise aufhalten würde. Nein, er würde dort leben, im Land der Perfektion. Als Dauerwohnsitz.

Jason war nationaler Mathepreisträger, Vorsitzender des Debattierclubs, zweimal nacheinander wiedergewählter Schulsprecher und in dieser Eigenschaft verantwortlich für ein innovatives Recycling-Programm, das inzwischen auch an anderen Schulen, und zwar im ganzen Bundesland, eingeführt worden war. Er hatte die besten Noten, die ein Schüler an unserer Highschool je bekommen hatte; übersprang seit der siebten Klasse regelmäßig die Einführungskurse, egal in welchem Fach, und wurde gleich bei den Fortgeschrittenen eingestuft; nahm seit der Zehnten an besonderen College-Seminaren teil, die nur hochbegabten Highschool-Absolventen offen stehen; sprach fließend Spanisch und Französisch. Aber er war nicht nur der ultimative Musterschüler, sondern auch sonst vollkommen. In den letzten Sommerferien hatte er als Freiwilliger bei einem sozialen Wohnungsbauprojekt mitgeholfen; er war Veganer, machte Yoga, besuchte jeden zweiten Sonntag seine Großmutter im Altersheim und hatte seit seinem achten Lebensjahr einen nigerianischen Brieffreund, mit dem er sich regelmäßig schrieb. Alles, was er tat, tat er richtig, gut, gründlich. Perfekt eben.

Die meisten finden Typen wie Jason vermutlich nervig oder sogar richtig daneben. Ich nicht. Jason war genau die Art Mensch, die ich an meiner Seite brauchte.

Was ich von der ersten Sekunde an gewusst hatte, als wir uns kennen lernten, zu Beginn der Neunten. Wir hatten zusammen Englisch und sollten eine Gruppenarbeit über *Macbeth* machen.

Jason, ich und die Dritte im Bunde, eine gewisse Amy Richmond, hatten kaum unsere Tische zusammengeschoben, da verkündete Amy, sie habe keine Ahnung von »diesem Shakespeare-Mist«, bettete den Kopf auf ihren Rucksack und schlief ein. Tief und fest.

Jason warf ihr bloß einen kurzen Blick zu und öffnete sein *Macbeth*-Exemplar. »Dann fangen wir mal an«, sagte er.

Zu dem Zeitpunkt war ES noch nicht lange her und ich befand mich gerade in meiner Schweigephase. Hatte Mühe, Worte aufzunehmen. Manchmal fiel es mir sogar schwer, sie überhaupt zu identifizieren. Beim Lesen kamen mir oft ganze Sätze so vor, als wären sie in einer fremden Sprache geschrieben oder stünden rückwärts da. Als ich ein paar Tage zuvor meinen Namen oben auf ein Blatt Papier hatte schreiben müssen, war ich mir beispielsweise nicht einmal mehr sicher gewesen, welche Buchstaben in welcher Reihenfolge dazugehörten. Zu meinem eigenen Namen! Am Ende riet ich mich irgendwie durch.

Macbeth überforderte mich daher komplett. Ich blickte

gar nichts. Das ganze Wochenende über hatte ich mich mühsam durch den Text gekämpft, hatte versucht die altertümliche Sprache und die seltsamen Namen auf die Reihe zu kriegen, und die Geschichte dennoch kaum begriffen, nicht mal in ihren Grundzügen. Nun schlug ich schicksalsergeben meinen *Macbeth* auf und starrte auf die Zeilen: *Wär ich gestorben, eine Stunde nur, / Eh dies geschah, gesegnet war mein Dasein! / Von jetzt gibt es nichts Ernstes mehr im Leben: / Alles ist Tand, gestorben Ruhm und Gnade!*

Fehlanzeige, dachte ich. Nichts.

Zu meinem Glück hatte Jason a) bereits Übung darin, bei Gruppenarbeiten den Ton anzugeben, und b) nicht vor, den Erfolg oder Misserfolg dieser speziellen Gruppenarbeit plus der dazugehörigen Zensur anderen zu überlassen. Er schlug sein Heft auf, holte einen Stift aus der Tasche und schraubte die Kappe ab. »Als Erstes suchen wir uns die Grundthemen des Stücks heraus«, erklärte er mir. »Dann überlegen wir uns, welches wir bearbeiten.«

Ich nickte. Unsere Klassenkameraden um uns herum schwatzten laut und angeregt, da konnte unser Englischlehrer, Mr Sonnenberg, mit matter Stimme noch sooft um Ruhe bitten.

Jason ließ die ersten paar Zeilen frei und notierte dann in ordentlichen Druckbuchstaben das Wort *Mord*; seine Bewegungen beim Schreiben waren rasch und präzise. Weitere Wörter folgten: *Macht. Ehe. Rache. Prophezeiung. Politik.* Man bekam den Eindruck, er hätte ewig so weiterschreiben können, doch unvermittelt hielt er inne und sah mich an: »Was noch?«

Erneut warf ich einen Blick auf die Seite vor mir; als könnten sich die Wörter plötzlich doch dazu durchringen, verständliche Sätze zu bilden. Ich spürte, wie Jason mich ansah. Nicht unfreundlich, nicht drängend, bloß abwartend. Dass ich auch etwas beitrug.

»Ich weiß nicht …«, begann ich schließlich, unterbrach mich jedoch wieder, weil die Worte am Gaumen festklebten. Schluckte, unternahm einen neuerlichen Anlauf: »Eigentlich verstehe ich nur Bahnhof.«

Ich rechnete fest damit, dass er mir daraufhin einen ähnlichen Blick zuwerfen würde wie vorhin Amy Richmond. Doch zu meiner Überraschung legte er seinen Stift auf den Tisch und fragte: »Was genau verstehst du nicht?«

»Alles«, entgegnete ich, und als er daraufhin – entgegen meiner Befürchtung – nicht die Augen verdrehte, fügte ich hinzu: »Ich meine, ich weiß, dass es einen Mordplan gibt und einen kriegerischen Angriff, aber der Rest … keine Ahnung. Ich finde die Geschichte so was von verwirrend.«

Er nahm den Stift wieder in die Hand. »Der Text ist nicht so kompliziert, wie du denkst«, meinte er. »Man muss mit der Prophezeiung anfangen, die ist der Schlüssel, um das Stück zu verstehen. Hör zu … Moment … hier …« Beim Reden blätterte er sein *Macbeth*-Exemplar durch, bis er auf eine bestimmte Textpassage stieß, die er mir laut vorlas. Und als sein Finger dabei von Wort zu Wort wanderte, war es, als würde er sie wie von Zauberhand verändern. Denn plötzlich ergaben die Worte einen Sinn.

Und ich fühlte mich getröstet. Endlich. Ich hatte eine Ewigkeit darauf gewartet, dass mir jemand alles, was passiert war, erklärte. Einfach nur ruhig und systematisch erklärte. Was anderes wollte ich doch gar nicht. Nur, dass alles ordentlich untereinander auf einem Blatt Papier stand, nach dem Motto: Wenn das geschieht, folgt daraus das und dann das und so weiter. Tief innen wusste ich zwar, dass es nicht so war und die Dinge viel, viel komplizierter lagen. Dennoch gab Jason mir Hoffnung. Er räumte mit dem Chaos auf, als das ich *Macbeth* empfand. Vielleicht war er ja in der Lage, das Gleiche für *mich* zu tun? Deshalb rückte ich ein wenig dichter an ihn heran und habe mich seitdem nicht mehr von dort wegbewegt.

Jason zog den Reißverschluss der Laptoptasche zu, stellte sie zu den übrigen Gepäckstücken und ließ seinen Blick ein letztes Mal prüfend durchs Zimmer wandern. »Also gut, dann mal los.«

Als wir aus dem Haus kamen, warteten seine Eltern bereits im Wagen. Mr Talbot stieg jedoch wieder aus und öffnete den Kofferraum des Volvos, damit er und Jason alles verstauen konnten. Ich setzte mich schon mal nach hinten und schnallte mich an. Mrs Talbot wandte sich mit einem Lächeln zu mir um. Sie und ihr Mann waren Dozenten an der Uni, sie für Botanik, er für Chemie. Die ultimativen Akademiker – jedes Mal wenn ich einen von den beiden ohne Buch in der Hand sah, beschlich mich das eigenartige Gefühl, ein Körperteil würde fehlen, Nase oder Ellbogen ...

Ich versuchte diesen Gedanken aus meinem Bewusstsein zu schieben, während Mr Talbot mich fragte: »Na, Macy, was hast du für Pläne, solange Jason weg ist? Er kommt ja erst im August zurück.«

»Keine Ahnung«, antwortete ich. Ich würde Jason am Informationsschalter der Bibliothek vertreten, wo er normalerweise arbeitete, aber abgesehen davon dehnten sich die kommenden acht Ferienwochen vor mir aus wie eine Einöde. Außer Jason kannte ich zwar schon noch ein paar Leute, vor allem aus der Schülermitverwaltung. Doch die fuhren auch fast alle weg, nach Europa oder ins Ferienlager. Außerdem hatte ich, ehrlich gesagt, kaum noch Zeit für andere, seit Jason und ich zusammen waren. Es war einfach immer irgendwas: Yogastunden oder Lernen oder ich half ihm bei einer der tausend Sachen, für die er sich engagierte, und bei seinen diversen Schulsprecheraktionen. Außerdem wurde Jason leicht ungeduldig, wenn jemand keine so rasche Auffassungsgabe hatte wie er und nicht so intelligent oder interessiert an allem war; ich hatte es aufgegeben, uns mit neuen Leuten zu verabreden. Das ging leicht daneben, eben weil er schnell genervt war; deshalb fand ich es leichter, meine Zeit mit ihm allein oder mit ihm und den Leuten zu verbringen, die Jason schon kannte und die mit ihm mithalten konnten. Ich empfand das nie als Problem – so klappte es einfach am besten zwischen uns, das war alles.

Auf dem Weg zum Flughafen unterhielten Jason und sein Vater sich über irgendwelche Wahlen, die in Europa stattgefunden hatten, seine Mutter regte sich über die Baustellen auf und ich starrte den Abstand zwischen Jasons und meinem Knie an (zwei Zentimeter) und fragte mich, warum ich nicht versuchte näher an ihn ranzurücken. Fragte mich das übrigens nicht zum ersten Mal. Er hatte mich erst bei unserer dritten Verabredung geküsst und mittlerweile waren wir seit anderthalb Jahren zusammen, aber bei diesen sehr seltenen, verhaltenen Küssen oder Berührungen war es geblieben. Wir hatten bisher nicht mal darüber gesprochen, weiterzugehen, vielleicht sogar bis zum Äußersten. Anfangs war das völlig okay gewesen, denn als wir uns kennen lernten, konnte ich es kaum ertragen, umarmt zu werden. Niemand durfte mir zu nahe kommen. Alles, was ich wollte, war ein Freund, der verstand, wie ich mich fühlte, und das respektierte. Doch mittlerweile wünschte ich mir mehr. Zumindest manchmal.

Am Gate verabschiedeten wir uns. Nachdem seine Eltern ihn umarmt hatten, ließen sie uns rücksichtsvoll allein und gingen durch die Wartehalle zu dem großen Fenster, von dem aus man die Landebahnen und den weiten blauen Himmel darüber sehen konnte. Ich schlang meine Arme um Jason und atmete tief den vertrauten Duft ein: Deoroller mit sportlicher Note, Gesichtswasser gegen Akne. Atmete tief ein: kleiner Vorrat für die kommende Zeit der Trennung.

»Ich werde dich vermissen«, sagte ich. »Sehr.«

»Es sind doch bloß acht Wochen«, antwortete er.

Er küsste mich auf die Stirn. Und plötzlich, ganz schnell – so schnell, dass ich keine Zeit hatte zu reagieren –, auch auf die Lippen. Lehnte sich leicht zurück und sah mich an. Seine Hände schlossen sich etwas fester um meine Taille.

»Wir mailen, okay?« Wieder küsste er mich auf die Stirn. Sein Flug wurde aufgerufen. Er ging durch den Gang Richtung Flugzeug davon. Während ich ihm nachblickte, spürte ich ein leichtes Ziehen in der Brust. Mir stand ein langer Sommer bevor. Ich hätte mir einen richtigen Kuss gewünscht, einen Erinnerungskuss, hatte aber schon vor langer Zeit gelernt, dass man sich seine Abschiede nicht aussuchen kann. Es gibt weder Abschiedsgarantien noch -versprechen. Man kann von Glück, ja von Segen sprechen, sofern überhaupt ein Abschied stattfindet.

Ich war dabei, als mein Vater starb.

Seitdem klebte das an mir wie ein Etikett. Ich war nicht die Tochter von Deborah Queen, die hübsche Häuser in exklusiven neuen Wohnanlagen bauen ließ. Und auch nicht Macy, die Schwester von Caroline – Caroline Queen, die mit ihrer Hochzeitsfeier ins kollektive Gedächtnis eingegangen war. Meine Schwester hatte letzten Sommer im *Lakeview Inn* geheiratet, und es war eindeutig das rauschendste Hochzeitsfest gewesen, das dort je stattgefunden hatte. Man kannte mich nicht mal als die Macy Queen, die bei den Mittelschulwettkämpfen Rekord über fünfzig Meter gelaufen war. Nein, ich war das Mädchen, das am Tag nach Weihnachten aus dem Haus ging und mit ansah, wie sein Vater auf dem Asphalt am anderen Ende der Straße lag, während irgendein fremder Mensch verzweifelt versuchte ihn durch Herzmassage wiederzubeleben. Wieder und immer wieder drückte er auf die breite Brust des Mannes, der da am Boden lag. Ich sah meinen Vater sterben. Und so kannte man mich. Das war ich – jetzt.

Wenn sie davon erfuhren oder mich sahen und sich daran erinnerten, machten die Leute immer dieses ganz bestimmte Gesicht. Ein spezieller, trauriger Gesichtsausdruck, dazu den Kopf leicht schräg geneigt und den Mund ein wenig geöffnet, nach dem Motto: *Mein Gott, wie schrecklich, das arme Mädchen!* So gut gemeint das auch sein mochte – für mich war es bloß ein Zusammenspiel von Muskeln und Sehnen, das nichts bedeutete. Gar nichts. Ich hasste diesen Gesichtsausdruck. Und sah ihn überall.

Das erste Mal im Krankenhaus: Als meine Mutter aus dem kleinen Wartezimmer trat – dem, das an den Hauptwartebereich grenzt –, saß ich neben dem Wasserspender. In das kleine Wartezimmer nehmen sie die Leute mit, um ihnen die wirklich brutalen Neuigkeiten mitzuteilen; so viel hatte ich bereits mitgekriegt. Die Nachricht, dass sie nicht länger zu warten brauchen. Die Nachricht vom Tod ihres Angehörigen. Gerade noch hatte ich eine Familie bei ihrem Gang zu diesem kleinen Wartezimmer beobachtet. Zehn

Schritte, einmal um die Ecke biegen – und die Grenze zwischen Hoffnung und Hoffnungslosigkeit war überschritten. Deshalb wusste ich schon Bescheid, während meine Mutter von der anderen Seite der Grenze her noch auf mich zulief. Hinter ihr tauchte eine rundliche Krankenschwester mit Klemmbrett in der Hand auf, die – als sie mich dort warten sah, in meiner Laufhose, dem weiten Sweatshirt und ausgelatschten, müffelnden Turnschuhen – sofort jenen Gesichtsausdruck aufsetzte. *Ach du armes, armes Mädchen*, besagte er. In dem Moment ahnte ich natürlich nicht, dass er mich von nun an verfolgen würde.

Auf der Beerdigung sah ich ihn, wohin ich auch schaute. Die Leute trugen diesen Gesichtsausdruck wie eine Maske. Als ich an den Kirchenbänken vorbeilief, erstarb das leise Gemurmel und man warf mir diskrete Seitenblicke zu. Der Gesichtsausdruck verfolgte mich zusammen mit ihren Blicken, obwohl ich den Kopf gesenkt hielt und auf das Schwarz meiner Strumpfhose sowie die Spitzen meiner Schuhe starrte. Meine Schwester Caroline, die neben mir herging, schluchzte vor sich hin, schluchzte immerzu: Während des Trauergottesdienstes, als wir die Kirche durch den Mittelgang verließen, im Wagen zum Friedhof, auf dem Friedhof, bei der Nachfeier. Sie weinte so sehr, dass es mir – selbst wenn ich gekonnt hätte – falsch vorgekommen wäre mitzuweinen. Noch eine Weinende mehr wäre einfach eine zu viel gewesen. Tränen-Overkill.

Ich fand's ätzend. Fand ätzend, was auf der Beerdigung ablief, ätzend, dass mein Vater tot war, ätzend, dass ich an jenem Morgen zu verpennt, zu faul gewesen war, um aufzustehen, als er in seinem alten, ausgeleierten T-Shirt mit der Aufschrift *Waccamaw-Fünf-Kilometer-Lauf* in mein Zimmer kam und mir ins Ohr flüsterte: *Wach auf, Macy, du kriegst auch einen Vorsprung. Komm, hoch mit dir, du weißt doch, die ersten paar Schritte sind die schwersten.* Aber ich hatte abgewunken, mich auf die andere Seite gedreht. Ich fand's ätzend, dass ich meine Meinung nicht zwei oder drei, sondern erst fünf Minuten später geändert hatte, erst dann aufstand, meine Laufklamotten zusammenklaubte, die Schnürsenkel meiner Turnschuhe zuband. Ich fand's ätzend, dass ich auf diesen knapp fünfhundert Metern nicht schneller gewesen war, dass er schon nicht mehr da war, als ich ihn endlich erreichte, mein Gesicht nicht mehr sehen, meine Stimme nicht mehr hören und ich ihm nicht mehr sagen konnte, was ich ihm sagen wollte. Okay, war ich eben das Mädchen, dessen Vater gestorben war, während sie daneben hockte. Von mir aus. Alle Welt wusste es. Dass sie es wussten, konnte ich ebenso wenig kontrollieren wie vieles andere. Aber dass ich wütend war und Angst hatte, war mein Geheimnis. Und das gehörte mir. Mir ganz allein.

Als ich von den Talbots heimkam, stand auf den Stufen vor der Haustür ein Paket. Ein Blick auf den Absender und ich wusste, worum es sich handelte.

Ich trat ins Haus, ließ die Tür hinter mir zufallen. »Mama?« Meine Stimme hallte im leeren Flur wider. Im Esszimmer war bereits alles für den Cocktailempfang vorbereitet, den meine Mutter heute Abend geben würde: Blumenarrangements, stapelweise Broschüren … Der Bau ihrer Luxusvorstadtvillen ging gerade in Phase zwei, was bedeutete, dass sie einiges zu verkaufen hatte, was wiederum bedeutete, dass sie beim Kunden-Umgarnen ein paar Gänge zulegen musste. Und auch zugelegt hatte, wie man an dem erst vor kurzem gedruckten Schild auf dem Kaminsims erkennen konnte, auf dem unter ihrem lächelnden Gesicht der Slogan prangte: *Ihr Makler heißt Queen – wir bauen Ihr neues Schloss!*

Ich stellte das Paket auf die Küchentheke, ging zum Kühlschrank, schenkte mir ein Glas Orangensaft ein, trank es in einem Zug leer, hielt das Glas kurz unter den Wasserhahn, stellte es in die Spülmaschine. Aber sosehr ich auch versuchte mich abzulenken – das Paket ging mir nicht aus dem Sinn. Im Gegenteil, es hockte auf der Theke und wartete auf mich. Mir blieb gar nichts anderes übrig als die Sache hinter mich zu bringen.

Ich nahm die Küchenschere aus der Schublade und ritzte einmal längs das braune Klebeband auf. Das Paket stammte, wie alle seine Vorgänger, aus Waterville, Maine.

Sehr geehrter Mr Queen,

wir von E.I.N.fach-Produkte *freuen uns, Ihnen als einem unserer treuesten Kunden heute eine unserer Novitäten zur Ansicht zusenden zu können. Wir wünschen Ihnen viel Spaß beim Ausprobieren und sind davon überzeugt, dass auch dieses Produkt Ihnen in Zukunft den Alltag erleichtern wird, so wie die vielen Zeit sparenden, praktischen Geräte, die Sie in der Vergangenheit bereits von uns erworben haben. Falls Sie jedoch aus irgendeinem Grund einmal nicht zufrieden sein sollten, schicken Sie die Ware bitte binnen dreißig Tagen an uns zurück. Wir werden Ihr Kundenkonto bei uns dann selbstverständlich nicht belasten.*

Danke, dass Sie sich schon so oft für E.I.N.fach-Produkte *entschieden haben. Falls Sie Fragen haben, rufen Sie bitte jederzeit unten stehende Nummer an. Unsere Mitarbeiter helfen Ihnen gern weiter. Unser Ziel ist es, anderen Menschen das Leben zu erleichtern, es effektiver und unkomplizierter zu gestalten – Menschen wie Ihnen, Mr Queen. Gemäß unserem Motto:* E.I.N.fach *ist einfach besser. Denn unser Name ist nicht nur ein Name, sondern unser Versprechen.*

Hochachtungsvoll
Walter F. Tempest
Geschäftsführer
E.I.N.fach-Produkte
Waterville, Maine

Ich klappte den Paketdeckel auseinander, löffelte mit der Hand die Styroporflocken heraus und schichtete sie auf der Küchentheke zu einem ordentlichen Haufen, bis ich auf die Schachtel mit dem neuesten *E.I.N.fach*-Produkt stieß. Auf der Schachtel waren zwei Abbildungen und beide zeigten eine Frau in ihrer Küche. Doch auf der einen stand die Ärmste total erledigt vor einem Wust von ungefähr zwanzig länglichen Schachteln mit Wachspapier und Alufolie, die sich auf ihrer Anrichte türmten, und sah aus, als hätte sie jeden Moment einen Nervenzusammenbruch. Auf der zweiten Abbildung stand die Frau zwar immer noch neben ihrer Anrichte, doch die Schachteln waren verschwunden. Stattdessen hing an der Wand ein Plastikhalter, aus dem sie mit beiden Händen ein Stück Klarsichtfolie zog, wobei auf ihrem Gesicht der gleiche verklärte Ausdruck lag, den man ansonsten mit Madonnen assoziiert oder mit Menschen, die unter dem Einfluss von Betäubungsmitteln stehen.

Sind Sie es leid, sich mit lauter einzelnen Schachteln mit Frischhaltefolie und Cellophan herumzuschlagen? In unaufgeräumten Schubladen oder Küchenschränken herumzukramen? Mit unserem neuen Folienhalter lösen Sie dieses Problem ein für alle Mal, denn Sie haben alles, was Sie brauchen, jederzeit griffbereit. Mit individuellen Spendern für Butterbrotpapier, Gefrierbeutel, Alufolie, Backpapier. Jetzt ist endlich Schluss mit dem aufreibenden Wühlen in Schubladen, um zu finden, was Sie brauchen. Ein einziger Griff, und Sie halten das Gesuchte in der Hand!

Ich legte die Schachtel vor mir auf die Küchentheke und strich mit einem Finger dran entlang. Komisch, woran man merkt, dass einem jemand fehlt. Tausend Leute auf einer Beerdigung, Unmengen Beileidspost, das gedämpfte Stimmengewirr während der Nachfeier ... Alles konnte ich ertragen ohne zusammenzubrechen. Doch jedes Mal, wenn wieder ein Paket aus Maine ankam, zerriss es mir schier das Herz.

Mein Vater hatte diesen Kram geliebt. Er fuhr voll auf jeden Firlefanz ab, der das Leben angeblich vereinfachte. Gleichzeitig neigte er zu Schlaflosigkeit – eine fatale Kombination. Bis spät in die Nacht hockte er unten, prüfte Verträge, schrieb eine E-Mail nach der anderen und die ganze Zeit lief im Hintergrund der Fernseher. Unweigerlich kam dann irgendwann irgendein Info-Werbespot, der ihn sofort wie magisch anzog. Fasziniert verfolgte er den aufgekratzten, künstlichen Dialog zwischen dem Anpreiser und demjenigen, dessen Produkt angepriesen wurde; sah wie gebannt bei der praktischen Demonstration des betreffenden neuen Geräts sowie der Präsentation der Prämien zu, die man zusätzlich bekommen würde, sofern man sich entschloss sofort anzurufen und zu bestellen. Doch da hielt er auch bereits den Hörer in der einen Hand und zückte mit der anderen seine Kreditkarte.

Wenn ich auf einer nächtlichen Wanderung in die Küche zufällig vorbeikam, sagte er zu mir: »Also, das nenne ich mal eine echte Neuerung!« Und seine Stimme überschlug sich vor lauter Kaufvorfreude.

Für »echte Neuerungen« hielt mein Vater beispielsweise: Die spezielle Spezialsammlung von Grußkarten für meine Mutter, die Karten für jeden erdenklichen Feiertag von Kwanzaa bis Lichtmess enthielten, allerdings keine einzige Weihnachtskarte. Oder den Plastikapparat, der einer kleinen Bärenfalle ähnelte und mit dessen Hilfe man sich angeblich die perfekte Hochsteckfrisur machen konnte – was dazu führte, dass wir ihn aus meinen Haaren rausschneiden mussten, weil sich das Teil hoffnungslos darin verheddert hatte. Der Rest der Familie lief zwar schreiend davon, wenn wieder ein *E.I.N.fach*-Produkt bei uns auftauchte, mein Vater ließ sich dadurch jedoch weder beirren noch erschüttern. Unser Spott perlte an ihm ab. Er liebte das *Potenzial* dieser abstrusen Gegenstände, die Möglichkeiten, die einem dadurch verheißen wurden, und behandelte jedes einzelne Teil so, als hielte er damit die konkrete Antwort auf existenzielle Fragen in Händen, Fragen wie *Warum leben wir?* oder *Gibt es einen Gott?*. Fragen, um deren Antwort sich die Menschheit seit ewigen Zeiten vergeblich bemühte. Doch sofern die Frage *Gibt es eine Zahnbürste, die gleichzeitig als Mundwasserspender funktioniert?* lautete, erhielt zumindest mein Vater endlich eine eindeutige, eine klare Antwort: Ja. Ja, ohne jeden Zweifel.

»Schau dir das an!«, sagte er und in seinem Ton schwang eine solche Begeisterung mit, dass man ihn dafür nur knuddeln konnte, sogar wenn man selbst alles andere als begeistert war. Aber das war typisch für meinen Vater. Er hatte seinen Spaß an den Dingen und das hatte etwas Ansteckendes. »Gib zu, das ist eine großartige Erfindung!« Mit diesen Worten präsentierte er einem: feuchtigkeitsabsorbierende Untersetzer aus Schwamm, ein sprechendes Diktiergerät, eine Kaffeemaschine mit Fernbedienung. »Erstaunlich, was? Die meisten Menschen kämen gar nicht erst auf die Idee, dass man sich so etwas überhaupt ausdenken kann!«

Mir blieb bei so viel ungebremstem, fast naivem Enthusiasmus gar nichts anderes übrig als von klein auf eine ähnlich begeisterte Reaktion zu entwickeln: zustimmender, staunender Gesichtsausdruck kombiniert mit eifrigem Nicken. Meine Schwester dagegen, die Melodramatikerin unserer Familie, konnte sich nicht einmal zu einem schwachen Lächeln durchringen, sondern schüttelte jedes Mal bloß den Kopf: »Mensch, Papa, wann hörst du endlich auf, dauernd diesen Mist zu bestellen?« Meine Mutter versuchte immerhin sich auf seine Marotten einzulassen; als die Kaffeemaschine mit Fernbedienung uns ereilte, räumte sie sogar ihre Super-Espressomaschine weg – bis wir mitkriegten, dass die Frequenz der Fernbedienung durch das Babyfon unserer Nachbarn gestört wurde, worauf die Kaffeemaschine sich eigenständig einschaltete und uns um drei Uhr früh weckte, weil der Geruch nach frischem Kaffee durchs Haus zog. Des Weiteren erduldete meine Mutter den Papiertaschentuchspender, den er auf dem Armaturenbrett ihres BMWs installierte (*Riskieren Sie keine Unfälle mehr, nur weil Sie nach einem Tempotaschentuch suchen müssen!*), duldete das Teil sogar noch, nachdem es sich bei einer Autobahnfahrt aus der Halterung gelöst hatte, sie an der Stirn traf und ihr Wagen fast auf die Gegenfahrbahn geschleudert worden wäre, weil sie sich so erschrocken hatte, dass sie das Lenkrad herumriss.

Auf den Tod meines Vaters reagierten wir sehr unterschiedlich. Meine Schwester schien die Trauer für uns drei in sich zu vereinen, wie ein Schwamm aufzusaugen und wieder von sich zu geben, denn sie weinte so sehr und so viel, dass sie vor unseren Augen zu schrumpfen schien. Ich saß still, beherrscht und wütend in der Ecke und weigerte mich meinem Kummer freien Lauf zu lassen, weil ich das Gefühl hatte, dann bloß das zu tun, was alle von mir erwarteten. Und meine Mutter fing an aufzuräumen.

Zwei Tage nach der Beerdigung wirbelte sie mit einer Energie durchs Haus, die so stark und intensiv war, dass einem die Zähne klapperten. Ich stand im Türrahmen meines Zimmers und sah zu, wie sie sich berserkerartig durch den Wäscheschrank auf dem Flur wühlte und alles Unbrauchbare (verschlissene Waschlappen, Spannbettlaken für Betten, die längst auf den Sperrmüll gewandert waren, und Ähnliches) aussortierte. Und weiter ging's, in die Küche, wo alles in den Müll wanderte, das zu nichts anderem mehr passte: ein einsames Marmeladenglas, ein rustikaler Teller, den wir bei einem Weihnachtsessen in einem ebenso rustikalen Landgasthaus als Andenken geschenkt bekommen hatten, und dergleichen mehr. Rastlos wanderte sie durch das ganze Haus, zog einen großen Müllsack hinter sich her und pfefferte so viele Sachen hinein, dass es nur so schepperte und krachte, bis der Sack zu voll und schwer war, um ihn noch hinter sich herzuziehen. Nichts war vor ihr sicher. Eines Tages entdeckte ich bei meiner Rückkehr aus der Schule, dass sie sich auch meinen Kleiderschrank vorgenommen hatte, denn sämtliche Klamotten, die ich seit längerem nicht mehr getragen hatte, waren verschwunden. Spätestens in dem Moment dämmerte mir, dass es keinen Sinn hat, sein Herz zu sehr an irgendetwas zu hängen; denn kaum drehst du dem Ding – wer oder was auch immer es ist – den Rücken, hast du es schwuppdiwupp auch schon wieder verloren.

Die Lieferungen von *E.I.N.fach-Produkte* fielen ihrer Aufräumwut als Letztes zum Opfer. An einem Samstagmorgen, etwa eine Woche nach der Beerdigung, stand meine Mutter schon um sechs auf und stapelte alles Mögliche in unserer Auffahrt, weil sie für den Tag eine karitative Einrichtung zu uns bestellt hatte, die solchen Krempel abholte und weiterverwertete. Um neun hatte sie unsere Garage fast vollständig leer geräumt: das alte Laufband, Gartenstühle, ganze Kartons voll unbenutzten Weihnachtsschmuck ... Bisher hatte ich ihre radikalen Aktionen vor allem ihretwegen zunehmend nervös verfolgt, doch allmählich galt meine Sorge nicht mehr nur ihr. Denn was würde wohl geschehen, wenn alles aufgeräumt und aussortiert war und nur noch eine unerledigte Sache übrig blieb: wir!

Ich lief über den Rasen vor unserem Haus zur Auffahrt, vorbei an einer Farbdosenpyramide (übrigens Dosen, die nie geöffnet worden waren). Meine Mutter beugte sich gerade über einen Karton mit Stofftieren.

»Wirfst du das alles weg?«, fragte ich.

»Ja«, antwortete sie. »Falls du irgendwas behalten möchtest, musst du schnell sein.«

Ich betrachtete den ganzen Kram, der zu meinem Leben gehört hatte, als ich klein war: ein rosa Fahrrad mit weißem Sattel, ein kaputter Plastikschlitten, ein paar Schwimmwesten aus dem Boot, das wir schon vor Jahren verkauft hatten. Kein Gegenstand bedeutete irgendetwas, jeder Gegenstand war wichtig. Ich hatte keinen Schimmer, was ich nehmen sollte, da entdeckte ich den Karton mit dem *E.I.N.fach*-Kram. Obenauf lag zusammengeknüllt das sich selbst erwärmende Handtuch, welches mein Vater nur wenige Wochen zuvor zu einem »Wunder der Technik« ernannt hatte. Behutsam nahm ich es heraus, rieb das dünne Material zwischen meinen Fingern.

»Ach Macy.« Meine Mutter blickte mich stirnrunzelnd an. Über den Rand des Kartons vor ihr lugte der Kopf einer Giraffe, die mal, glaube ich, meiner Schwester gehört hatte. »Den Ramsch willst du doch nicht im Ernst behalten, oder?«

»Alles Schnickschnack, ist mir klar«, sagte ich.

In dem Moment bogen die Typen vom Sozialdienst in unsere Auffahrt ein. Lautes Hupen. Winkend und gestikulierend half meine Mutter ihnen beim Rückwärtseinparken. Zeigte ihnen dann die diversen Stapel und Kartons, die sie bitte einladen sollten. Während sie mit ihnen redete, dachte ich darüber nach, wie viele Male pro Tag sie wohl bei Leuten, die – genau wie wir – angerufen hatten, vorbeifuhren und wie es ihnen dabei erging. War es anders, wenn sie etwas abholen sollten, weil jemand gestorben war? Oder machte es in ihren Augen keinen Unterschied? Nach dem Motto: Müll ist Müll.

»Und bitte nichts vergessen«, rief meine Mutter den Männern zu, bevor sie über die Wiese aufs Haus zuging. »Warten Sie, ich hole schnell mein Scheckheft, ich würde Ihnen gern eine kleine Spende mitgeben.«

Die beiden Männer nickten und nahmen sich als Erstes das Laufband vor, packten jeder an einem Ende an. Meine Mutter verschwand im Haus.

Ich stand still zwischen all dem Krempel, während die zwei Männer alles in ihren Wagen luden. Als Letztes wollten sie gerade den künstlichen Weihnachtsbaum holen, da deutete der eine von den beiden, ein kleiner Rothaariger, mit dem Kinn auf den Karton zu meinen Füßen.

»Den auch?«, fragte er.

Ich wollte schon nicken. Doch dann fiel mein Blick noch einmal auf das Handtuch und die anderen Sachen. Eine

Erinnerung stieg in mir auf, glasklar und deutlich: Wie aufgeregt mein Vater jedes Mal gewesen war, wenn wieder so ein Paket ankam. Er lief dann durchs ganze Haus, schaute ins Esszimmer, ins Wohnzimmer, in die Küche, um eine von uns zu finden, der er erzählen konnte, wie sehr er sich freute. Ich hörte ihn immer schon kommen, seine Schritte im Flur, und war froh, wenn ich diejenige war, die er als Erste fand und mit seiner Begeisterung ansteckte.

»Nein.« Ich hob den Karton hoch. »Das gehört mir.«

Ich trug den Karton in mein Zimmer, stellte einen Stuhl vor meinen Wandschrank und mich drauf. Über dem obersten Regalbrett befand sich eine Klappe zum Speicher; die öffnete ich und schob den Karton in die Dunkelheit dahinter.

Weil mein Vater nicht mehr da war, gingen wir automatisch davon aus, dass auch unser Kontakt zu *E.I.N.fach-Produkte* beendet sein würde. Doch etwa einen Monat nach der Beerdigung flatterte uns ein neues Paket ins Haus, Inhalt: ein Stift mit integriertem Klammerhefter. Wir dachten uns nichts weiter dabei. Bestimmt handelte es sich um seine letzte Bestellung, um etwas, das er sich noch kurz vor seinem Herzinfarkt ausgesucht hatte. Aber im folgenden Monat wurde ein dekorativer Kunstfelsen mit integrierter Rasensprengvorrichtung geliefert. Als meine Mutter anrief, um sich zu beschweren, entschuldigte sich die Dame am anderen Ende der Leitung tausendmal und erklärte, weil er so viel und so regelmäßig bei *E.I.N.fach-Produkte* bestellt habe, hätten sie meinen Vater auf ihre VIP-Liste für besonders treue Kunden gesetzt, was bedeute, dass er monatlich ein brandneues Produkt zur Ansicht und ohne jegliche Kaufverpflichtung erhalte. Aber natürlich werde man ihn umgehend von der Liste streichen, gar kein Problem und bitte nochmals um Entschuldigung.

Allerdings ereilte uns nach wie vor pünktlich jeden Monat ein Paket mit der neuesten Errungenschaft aus dem Hause *E.I.N.fach*, sogar noch nachdem wir längst die Einzugsermächtigung widerrufen hatten. Ich hatte dazu so meine eigene Theorie, über die ich allerdings, wie über so vieles andere, mit niemandem sprach. Mein Vater war am Tag nach Weihnachten gestorben; die Geschenke waren also entweder weggeräumt oder bereits in Gebrauch. Meiner Mutter hatte er ein Diamantarmband geschenkt, meiner Schwester ein Mountainbike, aber mir – außer einem Pullover und ein paar CDs – »nur« einen Gutschein. Auf der goldenen Karte stand in seiner typischen Krakelschrift: *Da kommt noch was. Bald.* Während ich las, nickte mein Vater mir beruhigend zu. »Ich bin diesmal ein bisschen spät dran mit meinem Geschenk«, sagte er, »doch dafür wird es dir bestimmt gut gefallen.«

Und ich nickte, denn ich wusste, es würde mir gefallen, sogar sehr, weil mein Vater mich kannte und weil er einfach wusste, was mich glücklich machte. Meine Mutter hatte mir erzählt, dass ich als kleines Mädchen jedes Mal losgeplärrt hatte, wenn er sich auch nur für eine Minute aus meinem Gesichtsfeld bewegte, oder nicht zu beruhigen war, wenn irgendwer anders als er mir mein Lieblingsessen machte, nämlich die 08/15-Instant-Käsemakkaroni, die man in jedem Supermarkt in der Dreierpackung für einen Dollar bekommt und die mit ihrem leuchtenden Orange so irrsinnig künstlich aussehen.

Wir hingen sehr aneinander, mein Vater und ich, nicht nur emotional. Manchmal hatte ich fast das Gefühl, wir wären seelenverwandt oder es bestünde eine Art geheime Verbindung zwischen uns. Bis zum allerletzten Tag, als ich – kaum fünf Minuten, nachdem er versucht hatte mich aus den Federn zu kriegen – aus dem Bett schoss, als hätte mich jemand gerufen. Vielleicht war das ja genau der Moment, in dem der höllische Schmerz sich in seiner Brust ausbreitete. Ich werde es niemals erfahren.

In den ersten Tagen nach seinem Tod fiel mir der Gutschein ein paar Mal ein und ich überlegte, was er mir wohl hatte schenken wollen. Obwohl ich mir ziemlich sicher war, dass es sich nicht um ein *E.I.N.fach*-Produkt gehandelt hätte, fand ich es irgendwie tröstlich, dass die Pakete aus Waterville, Maine, weiter an uns geliefert wurden. Als würde er sich Monat für Monat bei mir melden, um sein Versprechen zu halten.

Deshalb holte ich jedes Paket, das meine Mutter wegwarf, wieder aus dem Müll, brachte es in mein Zimmer und legte es zu meiner ständig wachsenden Sammlung. Ich probierte keins der Produkte je aus, las immer nur die flammenden Beschreibungen auf den Verpackungen und stellte mir dabei vor, wie das Teil funktionierte. Das genügte mir. Es gab viele Möglichkeiten, meinen Vater in Erinnerung zu behalten. Ich vermute, diese hätte ihm besonders gut gefallen.

Kapitel 2

Meine Mutter hatte mich gerufen (»Macy, die Gäste trudeln ein«), und zwar schon zweimal (»Macy? Liebes, wo bleibst du denn?«), doch ich stand immer noch vor dem Spiegel und zog mir den Scheitel nach, mal rechts, mal links und wieder zurück. Wie oft ich mit meinem Kamm auch loslegte – die Frisur wollte und wollte nicht sitzen.

Früher war mir egal gewesen, wie ich aussah. Ich meine, prinzipiell wusste ich ja, wie ich aussah: etwas klein für mein Alter, rundes Gesicht, braune Augen, um die Nase Sommersprossen, die früher mal ziemlich markant gewesen waren, doch jetzt musste man schon dicht rangehen, um sie überhaupt zu sehen. Meine blonden Haare wurden im Sommer heller oder – sofern ich zu oft schwimmen ging – leicht grünstichig, was mir nichts ausmachte, weil ich ein absoluter Sportfanatiker gewesen war, praktisch meine gesamte Freizeit auf dem Sportplatz verbracht hatte und zu den Mädchen gehörte, für die das Wort Frisur gleichbedeutend ist mit »immer ein Haargummi ums Handgelenk tragen«. Mein Körper oder wie ich aussah, war mir wie gesagt egal; für mich zählte, was mein Körper tun oder wie schnell er sein konnte. Doch seit ich beschlossen hatte die Perfekte zu mimen, gehörte es für mich dazu, auf mein Äußeres zu achten. Das war wichtig für mein neues Image als Ruhige,

Besonnene, Vernünftige. Auftreten und Aussehen mussten schließlich zur Rolle passen.

Was allerdings Arbeit machte. Die Frisur musste perfekt sitzen, und wenn meine Haut sich weigerte mitzuspielen, benutzte ich Abdeckstift und sparsames Make-up gegen dunkle Augenränder und rote Flecken. Ich konnte bis zu einer halben Stunde allein damit zubringen, Lidschatten aufzutragen und meine Wimpern mit der Wimpernzange zu bearbeiten, bis sie sich überall gleichmäßig nach oben bogen. Und wenn ich anschließend mit dem Bürstchen darüberfuhr, um die dickflüssige, dunkle Wimperntusche zu verteilen, und dabei sorgfältig darauf achtete, dass die feinen Härchen nicht zusammenklebten, verging leicht noch eine halbe Stunde. Ich bürstete, striegelte, kämmte, salbte, tupfte. Hielt mich gerade und aufrecht. Alles war in schönster Ordnung. Klar geht's mir gut, was sonst?

»Macy?« Die energisch muntere Stimme meiner Mutter, die anscheinend am Fuß der Treppe stand, schwebte aus dem unteren Stockwerk zu mir hoch. Ich trat einen Schritt vom Spiegel zurück, strich ein letztes Mal mit dem Kamm über die Kopfmitte und machte eine gekonnte, schwungvolle Kopfbewegung, damit meine Haare rechts und links vom Scheitel herunterfielen. Endlich perfekt. Und gerade noch rechtzeitig.

Als ich nach unten kam, stand meine Mutter an der Haustür und begrüßte ein Ehepaar, das gerade hereingekommen war. Sie hatte ihr Verkaufslächeln aufgesetzt: selbstbewusst, aber nicht auftrumpfend, herzlich, aber nicht anbiedernd. Meine Mutter legte ebenso großen Wert auf ihr Äußeres wie ich. Davon hing ab, ob man überlebte oder unterging, im Immobiliengeschäft genauso wie auf der Highschool.

Als sie meine Schritte auf der Treppe hörte, wandte sie

sich zu mir um. »Da bist du ja. Ich habe mir schon Sorgen gemacht.«

»Frisurprobleme«, sagte ich. Ein weiteres Paar kam gerade die Stufen zur Haustür hoch. »Was soll ich tun?«

Meine Mutter warf einen Blick Richtung Wohnzimmer, wo sich bereits ein paar Leute vor den Plakaten mit Ansichten der neuen Wohnanlage versammelt hatten. Immer wenn meine Mutter Kaufverträge unter Dach und Fach bringen musste, gab sie solche Cocktailpartys; sie wollte die Leute davon überzeugen, dass *sie* die Richtige war, die das Traumhaus bauen und gestalten konnte. Und die beste Methode, um das zu erreichen, bestand ihrer Ansicht nach darin, ihr eigenes Haus vorzuführen und ein bisschen damit anzugeben. Tatsächlich war das ein guter Verkaufstrick, auch wenn es bedeutete, dass häufig wildfremde Menschen durch unser Haus stiefelten, zumindest im unteren Stockwerk.

»Kannst du bitte nachschauen, ob der Caterer alles hat, was er braucht?«, sagte sie. »Das wäre nett. Und falls du den Eindruck hast, uns gehen die Broschüren aus, hole doch bitte noch einen Karton aus der Garage.« Sie unterbrach sich für einen Moment, um ein Paar anzulächeln, das gerade den breiten Flur durchquerte. »Ach ja, und wenn irgendwer so aussieht, als würde er die Toilette suchen ...«

»... zeige ich ihm, wo sie ist, und zwar so freundlich und unauffällig wie möglich«, ergänzte ich ihren Satz. Diskrete Toilettenwegbeschreibungen waren meine Spezialität.

»Danke, lieb von dir«, meinte sie. Eine Frau in Sweatshirt und Sweatpants näherte sich über den Gartenweg. »Willkommen!«, rief meine Mutter und hielt die Haustür weit offen. »Mein Name ist Deborah Queen. Bitte kommen Sie herein, ich freue mich, dass Sie es einrichten konnten, vorbeizukommen.«

Natürlich hatte meine Mutter die Dame noch nie zuvor gesehen. Doch auch das gehörte zur Verkaufsstrategie: jeden so zu behandeln, als würde man sie oder ihn kennen.

»Ich liebe diese Gegend.« Die Frau trat ins Haus. »Und als ich sah, dass Sie in der Nähe ein paar neue Häuser bauen lassen, dachte ich, ich –«

»Darf ich Ihnen einen Grundriss zeigen? Ist Ihnen schon aufgefallen, dass zu jeder Wohneinheit zwei Garagen gehören? Viele Menschen machen sich überhaupt nicht bewusst, was für einen gewaltigen Unterschied eine beheizbare Garage bedeutet.«

Und mit diesen Worten hob meine Mutter ab. Jetzt war sie nicht mehr aufzuhalten. Schwer zu glauben, dass sie sich vor diesem liebenswürdigen Geplaudere mal gefürchtet hatte wie vor einer Wurzelbehandlung. Aber wenn man etwas tun musste, tat man es eben. Und wenn man Glück hatte, machte man es sogar gut.

Als meine Eltern sich kennen lernten, war mein Vater mit seiner Immobilienfirma, *Queen Homes*, schon ziemlich erfolgreich; dabei hatte er (gleich nach dem College) zunächst einmal als Einmannbetrieb angefangen und Teppichböden verlegt. Meine Mutter stellte er ein, als sie auch gerade frisch vom College kam. Sie hatte ihren Abschluss als Finanzbuchhalterin gemacht – der Bereich, in dem bei ihm totales Chaos herrschte. Bis *sie* auftauchte. Sie wühlte sich durch Rechnungen, Quittungen und anderen Papierkram (vieles existierte nur auf Servietten oder Streichholzbriefchen), löste eine brenzlige Situation mit dem Finanzamt (ein paar Jahre vorher hatte er mal »vergessen« seine Steuern zu bezahlen) und sorgte dafür, dass er wieder schwarze Zahlen schrieb. Zwischendurch und mittendrin verliebten sie sich ineinander. Als Geschäftspartner waren sie das perfekte Team. Er: charmant, witzig, beliebt, ein Kumpel, mit dem man Pferde stehlen und Bier trinken konnte. Sie: vollkommen zufrieden damit, im Hintergrund Akten zu ordnen und den Gesamtüberblick zu behalten. Zusammen waren sie nicht mehr zu bremsen.

Das Viertel, in dem wir wohnen – Wildflower Ridge –, entstand aus einer Vision meiner Mutter heraus. Meine Eltern hatten vorher zwar durchaus schon Erfahrung als Bauunternehmer gesammelt, in Neubaugebieten ganze Straßenzüge geplant oder Reihenhäuser auf eigene Rechnung gebaut, bevor sie konkrete Käufer hatten. Doch Wildflower Ridge war viel umfassender, denn es beinhaltete die Planung eines ganzen Wohnviertels mit Reihenhäusern, Villen, Apartments, Geschäften, so dass ein in sich geschlossener, um eine Grünanlage gruppierter Komplex entstand. Rückkehr zum Wohnen in der Gemeinschaft hatte meine Mutter es genannt. Der Trend für die Zukunft.

Erst stieg mein Vater überhaupt nicht auf die Idee ein. Aber er wurde älter, sein Körper machte nicht mehr so mit, wie er wollte. Beim Wildflower-Ridge-Projekt konnte er Verantwortung übernehmen, sich zurücklehnen und andere den Hammer schwingen lassen. Deshalb sagte er schließlich Ja. Zwei Monate später wurde das Grundstück für das erste Haus planiert: unseres.

Meine Eltern arbeiteten Hand in Hand und ergänzten sich dabei großartig. Wenn sie sich mit potenziellen Kunden im Musterhaus trafen, zog zunächst mein Vater seine Show ab. So legte er den Grundstein für die künftige Geschäftsbeziehung, wobei er Auftreten und Gesprächsstil den jeweiligen Leuten anpasste: Nordlichter umgarnte er mit seinem Südstaaten-Charme, mit Leuten aus der näheren Umgebung redete er über die Kunst des Grillens und Autorennen.

Mein Vater strahlte immer aus, dass er wusste, wovon er sprach; er wirkte kompetent, verlässlich, vertrauenswürdig. Dieser Mann baut mein zukünftiges Eigenheim – das wollte jeder. Und nicht nur das: So einen Pfundskerl wünscht man sich als besten Freund, verdammt noch mal. Wenn der erste Widerstand gebrochen und das Unternehmen Hausverkauf ein gutes Stück weit auf den Weg gebracht worden war, schlug die Stunde meiner Mutter, die sich ums Organisatorische und Technische kümmerte. Mit ihr besprach man vertragliche Einzelheiten, Details der Planung, Preise. Die Häuser gingen weg wie warme Semmeln. Das Projekt war ein durchschlagender Erfolg, genau wie meine Mutter prophezeit hatte. Bis plötzlich alles vorbei war.

Ich wusste, dass sie sich die Schuld an seinem Tod gab, weil sie glaubte, alles wäre anders gekommen, wenn sie ihn nicht so dazu gedrängt hätte, die Firma zu vergrößern. Sie fürchtete, der Stress, die Belastung, alles, was mit der rasanten Entwicklung von Wildflower Ridge zu tun hatte, wären für sein Herz zu viel gewesen. Dies war etwas, das uns verband, unser Geheimnis, über das wir jedoch nie offen sprachen: Ich hätte bei ihm sein, sie hingegen ihn in Ruhe lassen sollen. Hätte, wäre, würde, wenn. Im Nachhinein ist alles einfacher.

Aber im Hier und Jetzt hatten meine Mutter und ich gar keine andere Wahl als nach vorn zu schauen. Wir arbeiteten beide hart, ich in der Schule, sie in Konkurrenz zu anderen Bauunternehmern. Unsere Frisuren saßen immer perfekt, wir hielten uns gerade und aufrecht und schenkten Gästen, schenkten der ganzen Welt unser reizendstes Lächeln. Und übten, jede für sich, dieses Lächeln vor dem Spiegel ein, vor den vielen Spiegeln in unserem totenstillen Traumhaus, das viel zu groß geworden war für uns beide. Doch unter der

Oberfläche verharrte die Trauer. Manchmal zog meine Mutter sich etwas mehr davon an, manchmal ich. Auf jeden Fall war die Trauer immer gegenwärtig.

Ich hatte gerade eine empörte Frau mit Rotweinfleck auf der Bluse Richtung Bad bugsiert – anscheinend hatte einer der Kellner sie versehentlich angerempelt und mit ihrem eigenen Cabernet begossen –, als mir auffiel, dass der Stapel Broschüren auf dem Wohnzimmertisch verdächtig niedrig aussah. Dankbar für jede Ausrede, mich aus dem Trubel zurückzuziehen, verließ ich das Haus.

Ging den Gartenweg hinunter und am Lieferwagen des Catering-Unternehmens vorbei die Auffahrt entlang. Die Sonne war gerade untergegangen; hinter den Bäumen zwischen unserem Haus und dem Apartmentkomplex auf der anderen Seite des Grundstückes leuchtete rosa und orange der Abendhimmel. Die Sommerferien hatten gerade erst angefangen. Sommerferien … früher hieß das mal: Lauftraining in der Früh, endlose Nachmittage im Schwimmbad, wo ich Salto rückwärts übte, bis ich ihn perfekt beherrschte. Doch in diesen Sommerferien würde ich arbeiten.

Jason hatte am Informationsschalter der Bibliothek gejobbt, seit er fünfzehn war, und sich in dieser Zeit einen Ruf als »der Junge, der alles weiß« erworben. Die Leute, die zur Ausleihe kamen, hatten sich daran gewöhnt, dass er einfach alles konnte. Egal ob es um ein seltenes, fast unbekanntes Buch über Katharina die Große ging oder der Büchereicomputer abstürzte – Jason stöberte das Buch auf und machte den PC wieder flott. Die Kunden liebten ihn aus dem gleichen Grund wie ich: Er kannte auf jede Frage eine Antwort. Außerdem schwärmten ziemlich viele Mädchen für ihn, vor allem seine beiden Kolleginnen, zwei Intelligenzbestien. Dass ich Jasons Freundin war, hatten sie mir von Anfang an verübelt, da sie fanden, ich könnte ihnen intellektuell nicht das Wasser reichen, geschweige denn ihm. Mir schwante, dass sie nicht eben begeistert davon sein würden, wenn ausgerechnet ich Jason vertrat. Und ich sollte Recht behalten.

Schon bei der Einarbeitung hörten sie gar nicht mehr auf, mit den Augen zu rollen und auffällig unauffällig rumzutuscheln, während Jason mich in die Feinheiten des Ausleihsystems einweihte oder mir den Karteikartenkatalog erklärte. Jason fiel ihr Verhalten allerdings gar nicht weiter auf; als ich ihn darauf ansprach, reagierte er, als würde ich seine Zeit verschwenden. Mach dir deshalb keine Gedanken, meinte er ungeduldig, fast gereizt, und wo das Problem sei? Ein *Problem* wäre, bei einem Systemabsturz nicht zu wissen, wie man sich zur Not möglichst schnell Zugang zum elektronischen Gesamtverzeichnis der Landesbibliotheken verschaffen könnte, um nicht völlig im Dunkeln zu tappen.

Jason hatte natürlich Recht. Er hatte immer Recht. Trotzdem freute ich mich nicht auf den Job.

Ich betrat die Garage, ging zu den Regalen, wo meine Mutter Arbeitsmaterialien aufbewahrte, und räumte ein paar Schilder (ZU VERKAUFEN und JETZT ZUR BESICHTIGUNG GEÖFFNET) beiseite, um an den Karton mit den Broschüren zu gelangen. Die Haustür stand offen, die Partygeräusche drangen bis zu mir herüber: Stimmen, Gelächter, Gläserklirren. Ich schnappte mir den Karton, schaltete das Deckenlicht aus und machte mich auf den Rückweg zu meinem Partyaushilfs- und Toilettensuchdienst.

Als ich an den Mülleimern vorbeilief, sprang plötzlich jemand hinter den Büschen hervor.

»Buh!«

Ich stieß einen Schrei aus und ließ den Karton fallen; dumpf prallte er auf dem Boden auf, Broschüren flatterten über die Auffahrt. Auch wenn manche vielleicht das Gegenteil behaupten – wenn einen jemand erschrecken *will*, erschrickt man, auf so eine Attacke kann man sich nicht einstellen. Mir blieb jedenfalls buchstäblich die Luft weg: Ich keuchte.

Einen Augenblick lang war es sehr still. Auf der Straße fuhr ein Auto vorüber.

»Bert?« Die Stimme kam vom anderen Ende der Auffahrt, da, wo der Lieferwagen des Catering-Unternehmens stand. »Was machst du da eigentlich?«

Ein Rascheln im Gebüsch neben mir. Aus dem eine zögernde – und nun wesentlich leisere – Stimme drang: »Ich ... äh, ich erschrecke dich ... nicht?«

Schritte näherten sich. Ein Typ in weißem Hemd und schwarzer Hose kam die Auffahrt entlang auf mich zu; er hatte eine große Servierplatte unter den Arm geklemmt und blinzelte, um mich im Halbdunkel besser erkennen zu können.

»Nein, nicht mich«, meinte er. Da er inzwischen unmittelbar vor mir stand, konnte ich meinerseits erkennen, dass er groß war und braunes, einen Tick zu langes Haar hatte. Außerdem sah er mit seinen ausgeprägten Wangenknochen und regelmäßigen Gesichtszügen verdammt gut aus; wer so aussah, der fiel einem einfach auf, selbst wenn man fest liiert war. Jetzt wandte er sich an mich: »Alles in Ordnung?«

Ich nickte. Mein Herz schlug mir noch bis zum Hals, aber den ersten Schreck hatte ich überwunden.

Für einen Moment spähte er aufmerksam ins Blätterdickicht, dann streckte er die Hand aus, griff zwischen die Zweige und zerrte einen zweiten Typen aus dem Gebüsch, der ähnlich dunkle Haare und Augen hatte sowie identisch gekleidet war, aber kleiner, stämmiger und jünger als er.

»Bert«, sagte der Ältere der beiden und ließ seufzend los. »Echt!«

»Ich weiß, aber ...«, meinte besagter Bert und fuhr, an mich gewandt, mit Grabesstimme fort: »Ich liege einfach zu weit hinten, sorry. Es ist eine Katastrophe.«

»Würdest du dich jetzt bitte entschuldigen?«, sagte der Ältere.

»Tut mir Leid.« Bert zupfte sich ein paar Buchsbaumblättchen aus den Haaren. »Ich dachte, du wärst jemand anders.«

»Schon okay«, antwortete ich.

Der Ältere stieß ihn an und deutete mit dem Kopf auf die Broschüren.

»Ach so, ja, klar.« Bert ging in die Hocke und fing an, die Broschüren aufzuklauben. Der andere ging ein Stück die Auffahrt runter und hob die auf, die weiter weg gelandet waren.

»Dabei war's perfekt«, murmelte Bert, während ich mich neben ihn hockte, um ihm zu helfen. »Diesmal hätte ich ihn erwischt, aber so was von.«

Das Licht über der Küchentür ging an. Plötzlich wurde es hell, sehr hell, und die Tür öffnete sich mit Schwung.

»Was ist hier draußen eigentlich los?«

Ich drehte mich um. Auf der obersten Stufe stand eine schwangere Frau mit roter Schürze und schwarzen, hochgesteckten Locken. Ungeduldig und neugierig zugleich blinzelte sie in die Dunkelheit hinaus. »Wo bleibt die Servierplatte, um die ich gebeten habe?«

»Kommt sofort.« Der Ältere von den beiden kam über die Auffahrt zurück. Auf der Servierplatte lag ein ordentlicher Stapel Broschüren, die er mir überreichte.

»Danke«, sagte ich.

»Kein Thema.« Er lief die Stufen zur Küchentür hoch, wobei er zwei auf einmal nahm, und gab der Frau die Servierplatte. Bert kroch gerade halb unter unserer Veranda herum, um die Broschüren aufzusammeln, die sich dorthin verirrt hatten.

»Gut«, sagte die Frau. »Gehst du jetzt bitte an die Bar zurück, Wes? Je mehr die Leute trinken, umso weniger fällt ihnen auf, wie lang es dauert, bis sie endlich zu essen bekommen.«

»Ist gebongt.« Wes verschwand an ihr vorbei in der Küche.

Die Frau strich sich mit der Hand über den Bauch und schien mit ihren Gedanken für einen Moment ganz woanders zu sein, doch dann blickte sie erneut in die Dunkelheit hinaus. »Bert?«, rief sie. »Wo –«

»Hier«, antwortete Bert von unterhalb der Veranda.

Sie sah sich suchend um, beugte sich übers Geländer. »Kriechst du da etwa unten auf der Erde herum?«

»Ja.«

»Und was *machst* du da?«

»Nichts«, murmelte Bert.

»Wenn du damit fertig bist«, meinte die Frau, »wäre es ganz reizend von dir, wenn du dein ebenso reizendes Popöchen endlich wieder reinbewegen würdest. Die Krabbenpastetchen müssen nur noch kurz abkühlen, dann sind sie dein. Zum Servieren natürlich.«

»Ich komme sofort.«

Die Frau ging wieder hinein. Eine Sekunde später hörte ich sie irgendwas von Minibaguettes brüllen. Bert krabbelte unter der Veranda hervor und stapelte die Broschüren in seiner Hand aufeinander, bevor er sie mir reichte.

»Tut mir echt Leid«, meinte er. »Wir haben da dieses Ding am Laufen, sozusagen ein Erschreck-Wettbewerb.«

»Ist wirklich okay«, antwortete ich. Er klaubte sich noch einen kleinen Zweig aus den Haaren. »War'n dummer Zufall.«

Er blickte mich ernst an. »Es gibt keine Zufälle.«

Zunächst erwiderte ich seinen Blick. Aus seinem runden Gesicht ragte eine breite Nase hervor und sein dichtes, sehr kurzes Haar wirkte ziemlich selbst geschnitten. Allerdings sah er mich so eindringlich an – als wollte er absolut sichergehen, dass ich auch verstand, was er gesagt hatte –, dass ich seinem Blick irgendwann auswich. Aber erst nach ein paar Sekunden.

»Bert!«, brüllte die Frau aus der Küche. »Krabbenpastetchen!«

»Ja!«, rief er zurück. Der Moment war vorbei. Rasch lief er die Stufen hoch, drehte sich oben jedoch noch einmal um. Sah mich an. »Trotzdem tut's mir Leid«, sagte er. Sprach die Worte aus, die ich in den letzten anderthalb Jahren so oft gehört hatte, dass sie kaum noch etwas bedeuteten. Wobei ich das komische Gefühl hatte, *er* meinte sie wirklich ernst.

Als ich wieder ins Haus kam, diskutierte meine Mutter gerade mit ein paar Handwerkern über die neuesten Bauvorschriften und war völlig ins Gespräch vertieft. Ich legte Broschüren aus, wo welche fehlten, bugsierte einen Mann, der schon leicht schwankte und trotzdem ein Glas Wein – vermutlich das Glas zu viel – in der Hand hielt, in Richtung Toilette und schaute mich gerade nach leeren Gläsern zum Wegräumen um, als aus der Küche lautes Krachen und Scheppern ertönte.

Augenblicklich kam alles zum Stillstand. Gespräche. Bewegung. Sogar die Luft. Zumindest fühlte es sich so an.

»Alles in Ordnung!«, ertönte eine muntere, freundliche Stimme von der anderen Seite der Tür her. »Bitte lassen Sie sich nicht stören!«

Die Leute wirkten im ersten Moment zwar etwas verblüfft, doch allmählich kam die Party wieder in Gang. Meine Mutter lächelte sich einmal quer durch den Raum, bis sie neben mir stand. Dann legte sie ihre Hand auf meinen Rücken und schob mich sanft Richtung Flur.

»Eine Kundin wurde mit Wein bekleckert, es gibt nicht genügend Vorspeisen und jetzt dieser Lärm«, sagte sie beherrscht. »Ich bin nicht glücklich damit, wie es läuft. Könntest du das der Dame vom Catering-Service bitte ausrichten?«

»Mach ich.«

Kaum war ich durch die Küchentür, trat ich auf etwas Nasses, Weiches, das von meinem Schuh zerquetscht wurde. Fast zeitgleich fiel mir auf, dass der Boden mit kleinen, runden Dingern übersät war. Einige rollten noch langsam auf alle vier Ecken des Raums zu, andere lagen bereits still. Neben der Spüle stand ein kleines Mädchen mit Zöpfen, zwei oder vielleicht auch drei Jahre alt; mit großen Augen und den Fingern im Mund sah sie zu, wie einige der murmelartigen Teile an ihr vorbeikullerten.

»Tja.« Die Schwangere stand neben dem Ofen, hielt ein leeres Backblech in der Hand und seufzte. »Ich schätze, das war's zum Thema Fleischklopse.«

Ich hob den Fuß, um nachzuschauen, ob ich tatsächlich auf einen Fleischklops getreten war, und ging dabei gerade noch rechtzeitig zur Seite, sonst hätte ich die Tür ins Kreuz bekommen. Sie wurde nämlich im selben Augenblick mit

Wucht aufgestoßen. Bert – mittlerweile unbelaubt und auch sonst wieder in halbwegs anständiger Verfassung – stürmte herein; er trug ein mit zerknüllten Servietten und leeren Gläsern beladenes Tablett. »Delia, wir brauchen mehr Krabbenpastetchen«, verkündete er.

»Und ich brauche ein Beruhigungsmittel«, antwortete die Schwangere und reckte sich erschöpft. »Aber man kann im Leben nicht alles haben. Reich die Käsetörtchen rum und sag den Gästen, dass die Krabbenpastetchen gerade wieder angerichtet würden.«

»Ach wirklich?« Als Bert an dem kleinen Mädchen vorbeilief, streckte sie mit einem breiten Lächeln ihre Sabberfingerchen nach ihm aus. Doch er wich gekonnt aus, steuerte stattdessen die Küchentheke an. Das kleine Mädchen ließ sich enttäuscht auf den Hosenboden plumpsen und fing prompt an zu brüllen.

»Ja, zumindest theoretisch.« Delia durchquerte in Windeseile die Küche. »Ich meinte das eher im Futur.«

»Krabbenpastetchen im Futur? Wie geht denn so was?«, erkundigte sich Bert.

»Nimm die Käsetörtchen und verschwinde.« Sie nahm das kleine Mädchen auf den Arm. »Lucy, Schätzchen, flipp nicht aus, ja, warte einfach noch eine Stunde, bittebittebitte, sei so lieb, okay?« Sie warf einen Blick auf ihren Schuh. »Mist, ich bin auf einen Fleischklops getreten. Wo steckt eigentlich Monica?«

»Hier.« Eine Stimme von draußen.

Delia verzog entnervt das Gesicht. »Mach die Zigarette aus und komm *sofort* wieder rein. Such dir einen Besen, schaff mir diese Fleischklopse aus den Augen ... wir müssen unbedingt noch mehr Käsetörtchen in den Backofen schieben und Bert braucht ... was brauchtest du noch mal?«

»Krabbenpastetchen«, erwiderte er. »Im Futur. Und Wes braucht Eis.«

»Im Ofen, muss jeden Augenblick fertig sein.« Während sie, Kind auf der Hüfte, zum Besenschrank lief, warf sie ihm einen vernichtenden Blick zu. Öffnete den Schrank, wühlte kurz drin rum, zog ein Kehrblech raus. »Die Krabbenpastetchen, nicht das Eis. Bitte, Lucy, keinen Rotz auf Mama schmieren … das Eis ist … Shit, keine Ahnung, wo das Eis ist? Monica, wo haben wir die Eisbeutel hingeräumt, die wir mitgebracht haben?«

»Kühlbox«, sagte das Mädchen – groß, lange honigblonde Haare –, das offenbar Monica hieß und gerade in die Küche trat. Sie ließ die Tür hinter sich zukrachen, latschte träge zum Ofen rüber, öffnete zentimeterweise die Klappe, warf einen Blick hinein, schloss die Klappe wieder und steuerte nun die Küchentheke an – alles in Zeitlupe. »Fertig«, verkündete sie.

»Dann nimm sie bitte raus und lege sie auf ein Tablett«, sagte Delia gereizt und setzte die Kleine auf ihre andere Hüfte. Während sie anfing die Fleischklopse mit dem Kehrblech aufzusammeln, bewegte Monica sich wieder Richtung Ofen, wobei sie unterwegs eine halbe Ewigkeit stehen blieb, um sich einen Topflappen vom Haken zu angeln.

»Ich warte bloß schnell auf die Krabbenpastetchen«, meinte Bert. »Es dauert sicher nur –«

Delia richtete sich auf und funkelte ihn an. Für einen Moment war es totenstill. Auch wenn sich jetzt diese Unterbrechung im Dialog angeboten hätte, um einzuhaken, hielt ich trotzdem vorsichtshalber den Mund und kratzte stattdessen Fleischklopsmatsch von meinem Schuh.

»Raus mit dir, Monica«, befahl Delia. Monica schlurfte gerade mit einem Blech voll dampfender Krabbenpastetchen zur Küchentheke. Delia stellte die Kehrschaufel ab, schnappte sich einen Pfannenwender und begann in Windeseile, die Krabbenpastetchen auf eine Servierplatte zu legen – alles einhändig. »Auf der Stelle.«

»Aber –«

»Ich weiß selbst, was ich vorhin gesagt habe«, unterbrach Delia und knallte einen Stapel Cocktailservietten auf den Rand der Platte. »Aber dies ist ein Notfall, deswegen bleibt mir gar nichts anderes übrig als dich wider besseres Wissen noch einmal servieren zu lassen. Geh langsam, achte darauf, wo du hintrittst, und sei vorsichtig mit allem, was flüssig ist, bittebittebitte, sei so lieb, okay?«

Delia erteilte ihre Anweisungen vermutlich deshalb so besonders ausführlich und präzise und bekräftigte das Ganze durch ein Bittebittebitte-sei-so-lieb-okay-Mantra, weil sie vermutlich hoffte, dass auf diese Weise wenigstens etwas von ihren Instruktionen hängen bleiben würde.

»Okay.« Monica strich sich eine Strähne hinters Ohr, nahm die Servierplatte, balancierte sie auf einer Hand und marschierte los, alles in totaler Zeitlupe. Delia blickte ihr einen Augenblick lang kopfschüttelnd nach, bevor sie sich erneut den Fleischklopsen zuwandte; sie schob die paar, die noch auf dem Boden rumflogen, aufs Kehrblech und beförderte die ganze Bescherung in den Mülleimer. Ihre Tochter schniefte immer noch unterdrückt vor sich hin. Delia sprach leise und beruhigend auf sie ein, während sie nun zu dem hohen Servierwagen ging, der neben der Hintertür stand, und ein mit Folie bedecktes, großes Tablett herauszog, das sie auf ihrem Rückweg durch die Küche etwas mühsam auf ihrer freien Hand balancierte. Vor lauter Anstrengung und Konzentration ging sie nicht mehr normal, sondern fing leicht an zu watscheln. Ich hatte in meinem

Leben noch keinen Menschen gesehen, der so dringend Hilfe brauchte.

»Was noch, was noch?« Endlich erreichte sie die Küchentheke und ließ das Tablett von ihrer Hand auf die Oberfläche gleiten. »Was fehlt noch?« Schloss die Augen, presste die Hand gegen die Stirn.

»Eis«, sagte ich. Sie wandte sich um, sah mich an.

»Eis«, wiederholte sie lächelnd. »Danke. Und du bist …?«

»Macy. Ich wohne hier. Meine Mutter ist die Gastgeberin.«

Ihr Gesichtsausdruck veränderte sich. Anscheinend ahnte sie, was ich als Nächstes sagen würde.

Ich holte tief Luft. »Sie hat mich gebeten nachzuschauen, ob alles in Ordnung ist. Und Ihnen zu sagen, dass sie –«

»Stinksauer ist«, ergänzte sie verstehend.

»Stinksauer würde ich nicht unbedingt sagen, aber –«

Von nebenan ertönte ein lautes Klirren und dann: Stille. Das kleine Mädchen fing wieder an zu brüllen. Delia warf einen Blick Richtung Tür.

»Und jetzt?«, meinte sie.

»Tja … schon«, sagte ich. »Jetzt ist sie vermutlich stinksauer.« Was vermutlich stark untertrieben war.

Delia vergrub das Gesicht in den Händen. »Das Ganze ist eine einzige Katastrophe.«

Ich wusste nicht, was ich sagen sollte. Ich wurde schon beim Zuschauen nervös, geschweige denn bei der Vorstellung, für »das Ganze« verantwortlich zu sein.

»In gewisser Hinsicht ist es gut«, sagte sie, nachdem wir beide einen Moment geschwiegen hatten. »Immerhin wissen wir jetzt, woran wir sind. Das heißt, von nun an kann's nur noch bergauf gehen, nicht wahr?«

Ich antwortete nicht – vermutlich keine sehr ermutigende Reaktion. Mit einem fröhlichen *Pling!* meldete sich die Backofenuhr. »Okay«, sagte Delia plötzlich, als wäre das ein Startsignal gewesen. »Macy, ich würde dich gern etwas fragen.«

»Was denn?«

»Kannst du mit einem Pfannenwender umgehen?«

»Ja, so einigermaßen, denke ich«, antwortete ich überrumpelt.

»Super«, sagte sie. »Kommst du bitte mal zu mir?«

Eine Viertelstunde später hatte ich den Dreh raus. Es war wie Plätzchenbacken im Zeitraffer: Backpapier auf Backblech, Käsetörtchen/Krabbenpastetchen in ordentlichen Reihen drauflegen, in den Ofen stellen, anderes Backblech aus dem Ofen holen, Käsetörtchen/Krabbenpastetchen auf Servierplatte legen, ab damit. Und das Ganze von vorn.

»Perfekt.« Delia machte das Gleiche mit überbackenen Minitoasts, und zwar doppelt so schnell wie ich. Trotzdem hatte sie noch Zeit, mich nebenher zu beobachten. »Du könntest eine glanzvolle Karriere im Catering-Geschäft machen, sofern man eine solche Karriere als glanzvoll bezeichnen kann.«

Ich lächelte in mich hinein. Faultiermädchen Monica schlurfte gerade mit einem Tablett voll benutzter Servietten in die Küche. Nachdem sie ein zweites Mal Wein durch die Gegend gekleckert hatte, sollte sie sich darauf beschränken, nur noch Nicht-Flüssiges zu tragen. Doch auch diese Regel wurde bald weiter eingeschränkt, denn sie schaffte es, vors Geländer zu laufen und dabei eine halbe Käsetörtchenplatte auf dem Hemd eines Gastes abzuladen, woraufhin Delia sie dazu verdonnerte, bloß noch Müll und leere Gläser abzuräumen. Eigentlich würde man ja vermuten, dass jemand, der sich so langsam bewegt, nicht ständig irgendwo anstößt oder Sachen verschüttet. Monica war jedoch der lebende Gegenbeweis.

»Wie läuft's da draußen so?«, fragte Delia, wobei sie einen raschen Blick auf ihre Tochter warf; doch Lucy schlief tief und friedlich in ihrem Buggy, der neben dem Küchentisch stand. Delia hatte mich echt verblüfft. Nachdem sie unumwunden zugegeben hatte, dass der Karren hoffnungslos im Dreck steckte, hatte sie sofort mit sehr effektivem Krisenmanagement begonnen: zwei weitere Bleche mit Pastetchen und Ähnlichem in den Backofen schieben, das Eis aus der Kühlbox holen, ihre Tochter trickreich zum Schlafen bringen. Und das Ganze innerhalb von drei Minuten. Es war so ähnlich wie bei ihrem Bittebittebitte-sei-so-lieb-okay-Mantra: Sie blieb beharrlich – und auf einmal bewegte sich der Karren millimeterweise aus dem Dreck. Sehr beeindruckend.

»Gut«, antwortete Monica knapp, trottete zum Mülleimer und verharrte einen Augenblick regungslos, bevor sie anfing ihr Tablett zu leeren – einzeln, schön eine Serviette nach der anderen.

Delia verdrehte die Augen. Ich schob ein Backblech in den Ofen.

»So schlimm ist es normalerweise nicht.« Delia öffnete einen weiteren Beutel mit Käsetörtchen. »Normalerweise sind wir viel effektiver und professioneller.«

Monica schnaubte. Delia warf ihr einen vernichtenden Blick zu.

»Aber mein Babysitter hat kurzfristig abgesagt«, fuhr sie fort, »eine meiner Mitarbeiterinnen hatte urplötzlich was anderes vor und von da an hat sich alles gegen mich verschworen, falls du weißt, was ich meine?«

Ich nickte. Und ob, dachte ich. Was ich sagte, war: »Ja, ich glaube schon.«

»Macy? Hier bist du!« Meine Mutter stand im Türrahmen. »Alles in Ordnung?«

Obwohl sie die Frage an mich gerichtet hatte, galt sie in Wahrheit Delia. Was diese ebenso gut wusste wie ich; das merkte ich an der Art, wie sie die Käsetörtchen ausbreitete, nämlich dreimal so schnell wie bisher. Im Hintergrund hatte Monica mittlerweile den Müll von ihrem Tablett entsorgt und schleppte sich durch die Küche, wobei das Tablett träge gegen ihr Knie klatschte.

»Alles in Ordnung«, entgegnete ich. »Habe Delia bloß nach dem Rezept für die Krabbenpastetchen gefragt.«

Meine Mutter trat etwas näher und fuhr sich dabei mit der Hand durchs Haar – ein untrügliches Zeichen dafür, dass sie sich auf eine unmittelbar bevorstehende Auseinandersetzung einstellte. Ohne sie näher zu kennen, war Delia das offenbar auch klar; dennoch sah sie meiner Mutter erstaunlich gelassen entgegen, während sie sich an einem Geschirrtuch die Hände abwischte.

»Alle schwärmen vom Essen«, sagte meine Mutter, doch ihr Ton machte nur zu deutlich, dass als Nächstes ein Aber folgen würde. »Aber –«

»Mrs Queen.« Delia holte tief Luft, atmete hörbar wieder aus, legte eine Hand auf die Brust. »Bitte, Sie brauchen gar nichts weiter zu sagen.«

Mit gesenktem Kopf machte ich mich daran, ein weiteres Backblech mit Krabbenpastetchen herzurichten.

»Ich entschuldige mich in aller Form dafür, wie unorganisiert wir zu Beginn waren«, fuhr Delia fort. »Erst in letzter Minute stellte sich heraus, dass mir für heute Abend Servicepersonal fehlen würde. Was selbstverständlich keine

Entschuldigung ist. Deshalb mein Vorschlag zur Güte: Sie haben ja bereits etwas angezahlt und den Rest der Rechnung vergessen wir. Dafür hoffe ich sehr, dass Sie meinen Catering-Service auch in Zukunft wieder in Anspruch nehmen oder es zumindest in Erwägung ziehen werden.«

Auf diese kleine Rede hin herrschte geschlagene fünf Sekunden lang Stille, die von Bert unterbrochen wurde, der durch die Küchentür stürmte und rief: »Mehr von den Minibrötchen, die gehen nämlich weg wie warme Semmeln.« Wobei er über seinen Kalauer von einem Ohr zum anderen grinste.

Delia lächelte ebenfalls, doch leicht verkrampft, wegen meiner Mutter. »Du brauchst nicht so zu brüllen, Bert, wir können dich auch so sehr gut hören.«

»Sorry«, meinte Bert.

»Hier.« Ich nahm ihm die leere Servierplatte aus der Hand und gab ihm eine volle, die ich soeben bestückt hatte. »Demnächst gibt's auch wieder Krabbenpastetchen.«

»Danke.« Dann erst fiel ihm auf, mit wem er da sprach. »He, arbeitest du jetzt auch für uns?«

»Äh … nö.« Ich stellte die leere Platte ab. »Eigentlich nicht.« Und warf meiner Mutter einen Blick zu.

Sie hatte offensichtlich etwas Mühe mitzukommen und irgendwo zwischen Delias aufrichtiger Entschuldigung und meinem kurzen Gesprächspingpong mit Bert die Orientierung verloren. Doch nun wandte sie sich an Delia: »Danke für die Entschuldigung und für den Vorschlag wegen der Rechnung. Das erscheint mir mehr als fair. Das Essen ist tatsächlich köstlich.«

»Vielen Dank«, antwortete Delia. »Ich weiß Ihr Verständnis zu schätzen.«

Von nebenan drang in diesem Augenblick lautes Gelächter – ein fröhliches Partygeräusch. Meine Mutter wandte sich halb zur Tür um und wirkte auf einmal so erleichtert, als hätte das Gelächter ihre Befürchtungen entkräftet. »Ich gehe besser zu meinen Gästen zurück.« Auf Höhe des Kühlschranks blieb sie allerdings noch einmal kurz stehen. »Macy?«

»Ja?«

»Wenn du hier fertig bist, könnte ich deine Hilfe gut gebrauchen.«

»Ja.« Ich schnappte mir einen Topflappen und ging zum Backofen, um nach den Krabbenpastetchen zu schauen. »Bin gleich da, okay?«

»Ihre Tochter war mir übrigens eine große Hilfe«, meinte Delia. »Ich habe ihr schon gesagt, falls sie Arbeit braucht, würde ich sie vom Fleck weg engagieren.«

»Wie nett von Ihnen«, antwortete meine Mutter. »Aber Macy hat schon einen Job für die Sommerferien, in der Bibliothek.«

»Ist ja toll«, sagte Delia.

»Bloß am Infoschalter.« Ich öffnete die Backofentür. »Fragen beantworten und so.«

»Ah, ein Mensch, der alle Antworten kennt«, lautete Delias Kommentar.

»Macy ist eben ein intelligentes Mädchen.« Meine Mutter lächelte.

Ich wusste nicht, was ich dazu sagen sollte – was soll man zu so etwas auch sagen? –, deshalb streckte ich die Hand nach den Krabbenpastetchen aus und konzentrierte mich auf das, was ich tat. Meine Mutter verließ die Küche. Mit einem Topflappen trat Delia zu mir und nahm mir das Backblech, kaum dass ich es aus dem Ofen gezogen hatte, auch schon aus der Hand. »Du warst mir wirklich eine große

Hilfe«, sagte sie. »Aber jetzt gehst du besser zu deiner Mutter.«

»Schon in Ordnung, sie wird nicht mal merken, ob ich da bin oder nicht.«

Delia lächelte. »Mag ja sein. Trotzdem solltest du jetzt wieder nach nebenan gehen.«

Ich trat ein wenig zur Seite, damit sie das Blech an mir vorbei zur Küchentheke tragen konnte. Lucy bewegte sich ein wenig, murmelte etwas, schlief dann aber ruhig weiter.

»Also in der Bibliothek.« Delia schnappte sich den Pfannenwender. »Nicht schlecht.«

»Ist nur für die Sommerferien, als Vertretung.«

Delia löste die Krabbenpastetchen vom Backpapier und begann sie auf einer Servierplatte anzurichten. »Falls das aus irgendeinem Grund vielleicht doch nicht klappt – ich stehe im Telefonbuch. Jemanden, der Anweisungen kapiert und geradeaus gehen kann, kann ich immer gut gebrauchen.«

Wie um diesen Satz zu unterstreichen, schlappte Monica herein, wobei sie sich den Pony aus der Stirn pustete.

»Allerdings ist Catering, was Jobs betrifft, hart an der Grenze«, fuhr Delia fort. »Falls du einen ruhigen, normalen hast ... ich kann mir kaum vorstellen, warum du dann ausgerechnet bei einem Catering-Service arbeiten solltest. Aber für den Fall, dass du Lust auf Chaos hast, ruf mich an, okay?«

Bert kam rein, düste mit einer leeren Servierplatte zwischen uns durch und brüllte: »Mehr Krabbenpastetchen, und zwar so schnell wie möglich!«

Delia zuckte zusammen. »Bert, ich stehe direkt vor dir.«

Ich ging zur Küchentür und kreuzte dabei Monicas Weg, die ausgiebig gähnend an mir vorbeischlurfte. Bert wartete ungeduldig auf die nächste Platte mit Krabbenpastetchen. Delia forderte Monica auf, bittebittebitte einen Zahn zuzulegen, sei so lieb, okay? Anscheinend hatten sie mich längst wieder vergessen. Trotzdem wollte ich auf Delias letzte Frage unbedingt antworten und sagte daher so laut wie möglich: »Ja, gern.« In der Hoffnung, dass sie mich gehört hatte.

Der letzte Gast, ein leicht angetrunkener, dafür sehr geräuschvoller Mensch im Golfpullover, ging gegen halb zehn. Meine Mutter schloss die Tür hinter ihm, zog ihre Schuhe aus, bedankte sich bei mir mit einem Kuss auf die Stirn, schnappte sich eine Liste vom Tisch im Eingangsflur und verschwand in ihrem Büro, um Infomaterial für die Leute einzutüten, die ihre Adresse et cetera auf ebenjener Liste hinterlassen hatten. Kontakt ist alles – zumindest diese Lektion aus dem Geschäftsleben hatte ich bereits gelernt. Und dass jeder Kontakt gepflegt werden musste, solange er »noch warm war«, sonst schlüpften einem die potenziellen Kunden ganz schnell wieder durch die Finger.

Mit diesem Gedanken im Hinterkopf begab ich mich nach oben auf mein Zimmer, um meine E-Mails zu lesen. Jason hatte mir wie versprochen geschrieben, aber hauptsächlich um mich an alles Mögliche zu erinnern, entweder was den Bibliotheksjob (pass gut auf die Schlüssel für die Kopiergeräte auf, wenn man die ersetzen muss, wird's richtig teuer) oder andere Dinge betraf, die ich in seiner Abwesenheit für ihn erledigen sollte (bitte vergiss am Samstag nicht, eine E-Mail wegen des Vortragsredners an die Arbeitsgruppe *Fremde Kulturen* zu schicken; der Mann soll ja schon im August kommen). Ganz am Schluss der Mail schrieb er noch, er sei jetzt zu müde, um weiterzuschreiben, und dass er sich in ein paar Tagen wieder melden werde. Als Letztes folgte nur noch sein Name, keine »lieben Grüße«, nichts. Nicht, dass ich mit so was gerechnet hätte. Jason war einfach nicht der Typ, der seine Zuneigung offen zeigte, weder mit Worten noch sonst wie. Pärchen, die zwischen Unterrichtsstunden im Schulflur rumknutschten, fand er unmöglich, und sobald es in einem Film auch nur ansatzweise romantisch, melodramatisch oder gar kitschig wurde, verzog er angewidert das Gesicht. Doch obwohl er es mir nicht so direkt zeigte, wusste ich, dass ihm etwas an mir lag. Er ging mit seinen Gefühlen eben so ähnlich um wie mit allem anderen, was er tat: präzise, knapp, sachlich. Trotzdem spürte ich es, vor allem an kleinen Gesten; zum Beispiel wenn er mir manchmal die Hand auf den Rücken legte oder mich anlächelte, weil ich ihn durch eine unerwartete Bemerkung verblüffte. Ganz früher hatte ich ja vielleicht mal andere Vorstellungen von einer Beziehung gehabt, mich jedoch mittlerweile Jasons Art angepasst. Langsam, aber stetig – eben seit wir zusammen waren. Und wir waren praktisch ununterbrochen zusammen. Deshalb musste er nichts Besonderes machen, mir nicht extra beweisen, was er für mich empfand. Wie so vieles andere war auch das etwas, worüber ich wie selbstverständlich Bescheid wusste. Oder zumindest Bescheid wissen sollte.

Doch immerhin würden wir in den kommenden Wochen länger getrennt sein als je zuvor; und allmählich dämmerte mir, dass die kleinen Bestätigungen, die kleinen Zuneigungszeichen, die ich in seiner Gegenwart bekam, sich übers Internet nicht so einfach vermitteln würden. Aber er liebte mich. Das wusste ich. Ich würde mich nur öfter selber dran erinnern müssen.

Nachdem ich wieder offline gegangen war, öffnete ich das Fenster, kletterte aufs Vordach und lehnte mich, die Knie an die Brust gezogen, an einen der Fensterläden. So hockte ich eine Weile da und schaute mir die Sterne an, bis ich von unserer Auffahrt her Stimmen hörte. Eine Wagentür wurde geöffnet, dann noch eine. Ich beugte mich etwas vor, spähte nach unten. Um den Lieferwagen mit der Aufschrift *WISH CATERING* tummelten sich einige Gestalten, die offenbar ein paar letzte Sachen einluden.

»... dieser andere Planet, auf derselben Umlaufbahn wie die Erde. Es ist nur eine Frage der Zeit, bis wir zusammenstoßen. In den Nachrichten melden die so was natürlich nicht, was allerdings nicht heißt, dass es nicht passieren wird.«

Bert. Noch bevor ich ihn sah, erkannte ich ihn an der Stimme (hoch, leicht angespannt). Er stand neben der Hintertür des Lieferwagens und unterhielt sich mit jemandem, der auf der Stoßstange hockte und rauchte; die Zigarettenspitze glühte rot durch die fast undurchdringliche Dunkelheit.

»Mmm ... aha ...«, machte die Person mit gedehnter Stimme. Monica, garantiert. »Echt?«

»Bert, hör endlich auf rumzulabern.« Wes – der Typ, der etwas älter war als Bert – trat näher und schob etwas auf die Ladefläche. Ich hatte ihn den Abend über kaum gesehen, weil er an der Bar im Hobbyraum bedient hatte, und in die Ecke war ich fast nie hingekommen.

»Ich will doch bloß, dass sie Bescheid weiß«, erwiderte Bert empört. »Schließlich geht's um ein paar ganz harte Fakten, Wes, und nur weil du lieber ahnungslos durch die Gegend läufst –«

»Können wir?« Delia, Lucy auf der Hüfte, kam die Auffahrt entlang. Ihre Stimme klang leicht brüchig, wahrscheinlich vor Erschöpfung. Von ihrer kinderfreien Hand baumelte der Kindersitz, den Wes ihr jetzt abnahm. Von meinem Ausguck auf dem Dach konnte ich den oberen Teil seines Kopfes und sein weißes Hemd deutlich erkennen. Als hätte er meinen Blick physisch gespürt, legte er den Kopf in den Nacken und schaute nach oben. Intuitiv zog ich mich in den Schatten der Wand zurück.

»Sind wir bezahlt worden?«, fragte Bert.

»Zur Hälfte, auf die andere musste ich verzichten«, antwortete Delia. »Chaos kostet eben. Wahrscheinlich sollte ich mich darüber aufregen, aber ich bin ehrlich gesagt zu müde und zu schwanger, also ist es mir mehr oder weniger wurscht, zumindest im Moment. Wer hat den Autoschlüssel?«

»Ich«, antwortete Bert. »Ich fahre.«

Schweigen. Schweigen, das so lange dauerte, dass ich unwillkürlich wieder über den Rand des Daches spähen wollte, mich aber in letzter Sekunde zurückhielt.

»Lieber nicht«, meinte Delia schließlich.

»Ja, hör bloß auf«, pflichtete Monica ihr bei.

»Wieso nicht? Leute, in zwei Wochen mache ich meinen Führerschein und mit Lernerlaubnis fahre ich schon seit einem Jahr durch die Gegend. Trotzdem brauche ich dringend mehr Fahrpraxis, bevor ich mir mein Bertmobil zulege.«

»Bitte, Bert, du sollst es nicht mehr so nennen«, sagte Wes. Nicht laut, aber deutlich.

Delia seufzte. »Normalerweise hätte ich nichts dagegen, dass du fährst, Bert. Aber es war ein langer Tag, ich will nur noch heim. Beim nächsten Mal, okay? Heute Abend fährt dein Bruder, bitte. Einverstanden?«

Wieder herrschte Schweigen. Irgendwer hustete.

»Gut«, meinte Bert. »Ist ja gut.«

Ich hörte, wie erst eine Wagentür zufiel, dann eine zweite, und beugte mich vor. Wes und Bert standen hinten neben dem Lieferwagen. Schmollend schabte Bert mit dem Fuß über den Boden. Wes wartete, ohne sich zu rühren.

»Ist doch halb so schlimm«, meinte er schließlich und fuhr sich mit der Hand durchs Haar. In dem Moment kapierte ich endgültig, dass sie Brüder waren. Und fand die Ähnlichkeit – gleiche Hautfarbe, dunkle Haare, dunkle Augen – zwischen ihnen verblüffend, obwohl sie so unterschiedlich groß waren und sehr unterschiedliche Figuren hatten.

»Nie darf ich fahren«, sagte Bert. »Nie. Letzte Woche durfte selbst Miss Monoton ans Steuer, aber ich nie. Nie.«

»Du kriegst schon noch genug Gelegenheit zum Üben«, erwiderte Wes. »Und wenn du nächste Woche ein eigenes Auto bekommst, kannst du sowieso fahren, wann du willst. Aber jetzt reite nicht weiter auf dem Thema rum. Komm, es ist spät, geh uns nicht auf den Keks, bitte.«

Bert stopfte die Hände tief in die Hosentaschen. »Wie du willst.« Latschte lustlos um den Lieferwagen herum. Wes setzte sich ebenfalls in Bewegung und klopfte Bert beim Gehen auf den Rücken. Der sagte: »Übrigens, da war doch heute Abend ein Mädchen in der Küche, die Delia geholfen hat …«

Ich erstarrte zur Salzsäule.

»Meinst du das Mädchen, das du aus Versehen erschreckt hast?«

»Jajaja, darum geht's jetzt gar nicht«, sagte Bert betont deutlich. »Hast du sie eigentlich erkannt? Ich meine, weißt du, wer das ist?«

»Nö.«

Bert öffnete die Wagentür. »Doch, du kennst sie. Ihr Vater ...«

Ich wartete. Obwohl ich wusste, was jetzt kam, hörte ich wie gebannt zu. Musste mir die Worte anhören, die nun folgen würden. Die Worte, die mich definierten, mich von allen anderen unterschieden, mich ausgrenzten.

»... war unser Coach in der Grundschule, als wir für die Juniorenwettkämpfe trainierten«, fuhr Bert fort. »Unser Team hieß *Lakeview-Blitze*. Weißt du nicht mehr?« Er stieg beim Reden ein.

Wes nahm Bert den Wagenschlüssel aus der Hand und antwortete: »Doch, klar. Trainer Joe, stimmt's?«

Stimmt, dachte ich und verspürte einen Stich in der Brust.

»Trainer Joe«, wiederholte Bert zustimmend und schloss seine Tür. »War'n guter Typ.«

Wes ging zur Fahrertür, öffnete sie, stieg jedoch nicht sofort ein, sondern schaute sich noch einen Moment um, als wollte er alles in sich aufnehmen. Erst dann kletterte er auf den Fahrersitz und zog die Tür hinter sich zu. Ich muss zugeben, ich war verblüfft. So sehr hatte ich mich schon an mein Image als »das Mädchen, das seinen Vater sterben sah« gewöhnt, dass ich es fast vergessen hatte: mein Leben davor und die Tatsache, dass es ein Leben davor gegeben hatte.

Als der Motor angelassen wurde, lehnte ich mich in den Schatten des Dachs zurück. Der Lieferwagen fuhr die Auffahrt hinunter. Bevor er auf die Straße abbog, leuchteten kurz die Bremslichter auf. Auf die Seite des Wagens war mit dicken schwarzen Pinselstrichen ein großes Gabelbein gemalt – eine schwarze Wünschelrute, die einem chinesischen Schriftzeichen glich. Es fiel einem schon aus der Ferne auf, selbst wenn man nicht sofort wusste, was es bedeutete. Ich sah dem Lieferwagen, dem Zeichen, der Wünschelrute nach, wie er die Straße entlang über den Hügel fuhr. Bis zum Stoppschild. Bis er aus meinem Blickfeld verschwand.

Kapitel 3

Ich konnte nicht schlafen.

Am nächsten Tag würde ich mit der Arbeit in der Bibliothek anfangen. Mir ging's so wie jedes Mal vor dem ersten Schultag nach den Ferien – Nervosität, Anspannung, Lampenfieber. Andererseits hatte ich mit dem Schlafen schon immer Schwierigkeiten gehabt und wachte bei jeder Kleinigkeit auf. Wodurch das, was am Todestag meines Vaters geschehen war – als er in mein Zimmer kam und vergeblich versuchte mich zu wecken –, noch merkwürdiger wurde, als es ohnehin schon war. Denn ausgerechnet an dem Morgen hatte ich tief und fest, ja fast bewusstlos geschlafen.

Seitdem fürchtete ich mich geradezu vorm Schlafen. Ich war mir sicher, dass wieder etwas Furchtbares geschehen würde, wenn ich mir auch nur für einen Moment gestattete, nicht wenigstens unterschwellig wach zu sein. Deshalb ließ ich in der Regel nur noch so eine Art Wegdämmern zu. Und wenn ich mal fest genug schlief, um zu träumen, drehten sich meine Träume unweigerlich ums Laufen.

Mein Vater war ein begeisterter Läufer gewesen. Schon früh hatte er meine Schwester und mich in eine Laufgruppe für Kinder mit dem schönen Namen *Lakeview-Blitze* gesteckt; und wenn er selbst zu seinen 5000-Meter-Läufen startete, was er regelmäßig tat, meldete er uns beide mit an, natürlich bei den Junioren. Ich erinnere mich noch gut an mein erstes Wettrennen: Ich war sechs und stand mehrere Reihen hinter der Startlinie zwischen lauter Schultern und Rücken eingezwängt, weil ich für mein Alter ziemlich klein war. Caroline hatte sich natürlich nach vorne durchgedrängelt, wodurch sie mir und dem Rest der Welt demonstrieren wollte, dass sie mit ihren zehn, beinahe elf Jahren nicht mehr nach hinten zu den Babys gehörte. Die Startpistole ging los. Mit einem Mal stürmten alle gleichzeitig vorwärts. Das Geräusch von Turnschuhen auf Asphalt war nahezu ohrenbetäubend und ich hatte im ersten Moment das Gefühl, davongetragen zu werden, denn meine Füße berührten kaum den Boden. Die Zuschauer rechts und links der Straße glitten verschwommen an mir vorbei, ihre Gesichter lösten sich in der Geschwindigkeit auf. Mein Blick hielt sich am Pferdeschwanz des Mädchens vor mir fest. Denn das war alles, was ich noch sehen konnte: Pferdeschwanz, geripptes blaues Haargummi. Irgendein Junge, der viel größer war als ich, stieß von hinten gegen mich, und während der zweiten Runde bekam ich Seitenstechen, doch plötzlich hörte ich die Stimme meines Vaters.

»Macy! Du machst das ganz toll! Weiter so, du schaffst es!«

Mit acht war mir bewusst, dass ich eine gute Läuferin war, schneller als all die anderen Kinder, mit denen ich um die Wette rannte. Ich wusste es, noch bevor es mir das erste Mal gelang, schon in der ersten Runde die Kinder zu überholen, die älter waren als ich. Wusste es sogar, bevor ich mein erstes und von da an jedes Rennen gewann. Wenn ich erst einmal richtig in Fahrt war und der Wind in meinen Ohren pfiff … eines Tages würde ich einfach abheben und fliegen. Noch einmal tief durchatmen, noch ein entschlossener Schritt – und ich würde fliegen. So fühlte es sich an.

Zu dem Zeitpunkt fuhr ich längst allein mit meinem Vater zu den Wettkämpfen. Meine Schwester hatte das Interesse am Laufen ungefähr im siebten Schuljahr verloren, nämlich als sie entdeckte, dass der Höhepunkt für sie bei einem Rennen nicht die Ziellinie nach hundert Metern war. Nicht? Was denn dann? Na, nach dem Rennen mit den Typen aus der Jungenmannschaft flirten, was sonst? Laufen machte ihr nach wie vor Spaß, aber nur wenn ihr jemand – nachlief. Ansonsten fand sie es ziemlich überflüssig.

Deshalb bildeten mein Vater und ich das Wettkampfteam der Familie. Wir standen früh auf, um unsere Standardlaufstrecke von acht Kilometern zurückzulegen; saßen samstagmorgens in der Küche, mümmelten Energieriegel, versorgten einander mit Eisbeuteln zur Kühlung unserer geschundenen Gelenke, tauschten Leidensgeschichten über schmerzende Knie und Wadenkrämpfe aus. Wir hatten viel gemeinsam, aber das Laufen war das Beste. Es war der Teil von ihm, der mir ganz allein gehörte. Auch deswegen hätte ich an jenem Morgen bei ihm sein sollen.

Doch ab da änderte sich alles. Auch das Laufen. Noch wenige Tage zuvor hatte ich mir vorgenommen, meine ohnehin guten Zeiten zu toppen, aber plötzlich zählte das alles nichts mehr. Es gab eine Zeit, einen Rekord, der war nicht zu brechen ... Deshalb ließ ich das Laufen von da an bleiben.

Und nicht nur das. Ich ging oder fuhr nie mehr an der Kreuzung von Willow Street und McKinley Road vorbei, wo es passiert war, nahm den Umweg jedoch gern in Kauf – Hauptsache, ich musste nicht mehr an jener Stelle vorbei. Das mit dem Umweg war kein Problem. Meine Freunde vom Laufteam dagegen schon. Sie kümmerten sich rührend um mich – vor, während, nach der Beerdigung – und waren ziemlich enttäuscht, als unser Trainer ihnen erzählte, ich sei freiwillig aus der Schulmannschaft ausgeschieden. Aber als ich ihnen dann auch noch im Unterricht oder auf dem Flur offen aus dem Weg ging, waren sie nicht nur enttäuscht, sondern gekränkt. Niemand schien zu begreifen, dass es außer mir – und meiner Mutter – keinen Menschen mehr gab, auf den ich mich verlassen konnte. Verlassen insoweit, als dass er mich eben nicht nach meinem Vater fragte, mich bemitleidete oder den Das-arme-Mädchen-Gesichtsausdruck aufsetzte. Denn das ertrug ich einfach nicht, machte meine Welt daher immer kleiner und enger, schloss jeden aus, der mich kannte oder sich mit mir anfreunden wollte. Und hatte keine Ahnung wie ich sonst damit hätte umgehen sollen.

Also sammelte ich sämtliche Pokale, Trophäen, Plaketten ein und verpackte sie ordentlich in Kartons. Als hätte sich jener Teil meines Lebens – mein Läuferleben – in Luft aufgelöst. Wenn man bedenkt, wie viel mir dieses Leben einmal bedeutet hatte, ging es fast zu leicht.

Mittlerweile lief ich nur noch in meinen Träumen. Doch dabei bahnte sich jedes Mal eine Katastrophe an oder ich hatte etwas Wichtiges vergessen und meine Beine fühlten sich an wie Wackelpudding, waren nicht stark genug, um mich zu tragen. Egal was sonst passierte (und es gab die Träume in zahlreichen Variationen): Am Ende sah ich jedes Mal in der Ferne eine Ziellinie vor mir, die ich nicht erreichen konnte, wie viele Kilometer ich auch rannte.

»Ach ja, richtig.« Bethany musterte mich durch ihre schmale, randlose Brille. »Du fängst ja heute bei uns an.«

Ich stand vor ihr, hielt meine Tasche umklammert und konnte plötzlich an nichts anderes mehr denken als an den

Fingernagel, den ich mir gerade auf dem Parkplatz vor der Bibliothek beim Abschnallen des Sicherheitsgurts abgebrochen hatte. Dabei hatte ich mir mit dem Styling für diesen ersten Arbeitstag solche Mühe gegeben: T-Shirt gebügelt, Scheitel schnurgerade gezogen, Lippenstift aufgetragen, weggewischt, wieder aufgetragen. Doch dieser abgebrochene, zerstörte Fingernagel ruinierte alles; er fiel bestimmt sofort auf, da konnte ich ihn noch so verschämt in meiner Handfläche verstecken.

Bethany rutschte auf ihrem Stuhl zurück und stand auf. »Du kannst dich da hinten hinsetzen.« Sie öffnete die halbe Tür, die auf Kniehöhe zwischen uns angebracht war, damit ich hinter die Theke treten konnte. »Aber nicht auf den roten Drehstuhl, da sitzt Amanda. Auf dem daneben, am anderen Ende, würde ich vorschlagen.«

»Danke.« Ich ging zu dem Stuhl, zog ihn ein Stück von der Theke weg, damit ich mich setzen konnte, und verstaute meine Tasche neben meinen Füßen. Einen Augenblick später kündigte das Quietschen der Tür an, dass jemand hereinkam: Amanda, Bethanys beste Freundin und stellvertretende Schulsprecherin. Sie war groß und hatte lange, immer zu einem ordentlichen Zopf geflochtene Haare. Dieser Zopf, der ihr weit den Rücken hinunterhing, saß immer so perfekt, dass ich mir während unserer endlosen Schülermitverwaltungs-Besprechungen manchmal die Zeit damit vertrieb, darüber nachzudenken, ob der Zopf gar nicht echt, sondern angesteckt war wie diese komischen Klemmschlipse. Oder ob sie ihn vielleicht gar nicht entflocht, sondern damit schlief.

»Hallo, Macy«, sagte Amanda kühl und setzte sich kerzengerade auf ihren roten Stuhl. Sie sah aus wie ein Modell für vorbildliche Sitzhaltung: Schultern leicht zurück, Kinn leicht erhoben. Vielleicht half ja der Zopf dabei. »Ich hatte vergessen, dass du heute anfängst.«

»Äh … mmm.« Ich nickte etwas lahm. Die beiden schauten mich indigniert an. Das Äh und das Mmm schwebten vernuschelt zwischen uns in der Luft, als wären sie mit einem nassen Schwamm hingewischt worden. Deshalb sagte ich noch einmal klar und deutlich »Ja«.

Ich arbeitete hart, um perfekt zu werden – Betonung auf Arbeit –, während diese Mädchen längst perfekt waren. Bethany hatte kurze rote Haare, die sie sich immer hinter die Ohren kämmte, und kleine, sommersprossige Hände mit gerade abgefeilten Nägeln. Als ich in Englisch ein Schuljahr lang mal neben ihr saß, hatte ich ihr immer ganz fasziniert beim Schreiben zugeschaut, denn ihre Buchstaben sahen aus wie gedruckt. Sie war ein eher ruhiger Typ, während Amanda gern und viel redete, allerdings mit einem kultivierten, europäischen Akzent. Den hatte sie sich in Paris zugelegt; ihr Vater hatte nämlich an der Sorbonne promoviert, weswegen ihre Familie ein paar Jahre dort gewohnt hatte. Keine der beiden hatte ich je in einem Kleidungsstück mit Falten an der falschen Stelle oder gar einem Fleck gesehen. Sie benutzten keine umgangssprachlichen Ausdrücke. Sie waren Jason in weiblich.

»Seit Sommerferien sind, ist nicht mehr viel los.« Amanda strich den Rock über ihren langen, weißen Beinen glatt. »Hoffentlich gibt es genug für dich zu tun.«

Da ich nicht wusste, was ich darauf antworten sollte, lächelte ich mein schönstes Alles-okay-Lächeln, drehte mich um und starrte die Wand gegenüber der Infotheke an. In meinem Rücken begannen Amanda und Bethany sich über irgendeine Ausstellung zu unterhalten, selbstverständlich in gedämpftem, kultiviertem Ton. Ich warf einen Blick auf die

Uhr. Fünf nach neun. Noch fünf Stunden und fünfundfünfzig Minuten.

Ungefähr drei Stunden später, gegen Mittag, hatte ich eine einzige Frage beantwortet: Wo die Toilette sei. (Das passierte mir also nicht nur daheim: Anscheinend sehe ich einfach so aus, als wüsste ich, wo die Toilette ist; immerhin besser als gar nichts.) Dabei war durchaus was los gewesen bei uns an der Infotheke: ein Problem mit einem der Kopierer, eine etwas kniffelige Frage wegen einer obskuren Fachzeitschrift, sogar jemand, der sich nach dem Online-Lexikon erkundigte, das eigentlich Jasons Domäne war und in dessen Benutzung er mich extra eingearbeitet hatte. Doch selbst wenn Amanda und/oder Bethany gerade beschäftigt waren und die Besucher der Bibliothek sich mit ihren Anliegen direkt an mich wandten, sprang eine der beiden auf und sagte eifrig: »Einen kleinen Moment bitte, ich helfe Ihnen gleich.« Und zwar in einem Ton, der mehr als deutlich machte, dass mich zu fragen reine Zeitverschwendung wäre. Beim ersten, zweiten, dritten Mal dachte ich noch, sie wollten mir netterweise Zeit geben, um mich einzugewöhnen. Doch allmählich wurde mir klar, dass ich in ihren Augen schlicht und einfach nicht hierher gehörte.

Punkt zwölf stellte Amanda ein Schild vor sich auf die Theke – AB EINS WIEDER BESETZT – und holte eine wiederverschließbare Frischhaltetüte mit einem Bagel darin aus ihrer Handtasche. Synchron dazu zog Bethany die Schublade neben sich auf und entnahm ihr einen Apfel sowie einen Ginkgo-Müsliriegel.

»Wir würden ja gern mit dir zusammen Pause machen«, sagte Amanda. »Aber wir müssen noch für den College-Vorbereitungskurs lernen. Bald sind Aufnahmeprüfungen. Sei bitte in einer Stunde wieder hier.«

»Ich kann auch hier bleiben«, schlug ich vor, »und um eins Pause machen, dann wäre der Infoschalter durchgehend besetzt.«

Sie starrten mich an, als hätte ich soeben verkündet, ich könne das Grundprinzip der Quantenphysik erklären und gleichzeitig mit mehreren Kegeln auf einmal jonglieren.

»Nein, danke.« Amanda wandte sich bereits ab, um durch die halbe Tür auf die andere Seite der Theke zu gehen. »So ist es besser.«

Sie verschwanden in einem angrenzenden Raum. Ich ging nach draußen, über den Parkplatz, zu einer der Bänke am Brunnen. Nahm das Erdnussbutter-Marmeladen-Brot, das ich mir mitgebracht hatte, aus meiner Tasche, legte es auf meinen Schoß und atmete ein paar Mal tief durch. Aus irgendeinem Grund hatte ich plötzlich das Gefühl, ich müsste jeden Moment losheulen.

Eine knappe Stunde lang saß ich auf der Bank. Warf mein Butterbrot weg. Ging wieder hinein. Obwohl es erst fünf vor eins war, saßen Bethany und Amanda bereits wieder hinter der Infotheke, wodurch natürlich sofort der Eindruck entstand, ich hätte mich verspätet. Während ich mich zwischen ihren Stühlen durchmanövrierte, um zu meinem Platz zu gelangen, merkte ich, wie ihre Blicke auf mir ruhten.

Der Nachmittag schleppte sich endlos dahin. Nach wie vor herrschte wenig Publikumsverkehr und mich beschlich das Gefühl, mein Gehör wäre plötzlich schärfer als sonst, denn ich hörte auch noch das leiseste Geräusch: das Summen der Neonröhren über mir an der Decke, das Quietschen von Bethanys Stuhl, wenn sie sich bewegte, das Geklapper der Tasten, wenn jemand den PC mit der Online-Kartei um die Ecke benutzte. An Stille war ich gewöhnt, aber diese

Stille fühlte sich anders an als normal, leer und einsam. Statt hier in der Bibliothek hätte ich im Büro meiner Mutter jobben oder mit einem Pfannenwender Krabbenpastetchen von Blech zu Tablett zu Servierplatte bugsieren können. Vielleicht hatte ich die falsche Entscheidung getroffen. Aber was sollte ich machen – ich hatte mich nun mal auf diesen Job eingelassen.

Um drei schob ich meinen Stuhl zurück, stand auf und öffnete zum ersten Mal seit mehr als zwei Stunden den Mund: »Also dann, bis morgen.«

Als Amanda den Kopf wandte, glitt ihr Zopf über ihre Schulter. Sie las schon die ganze Zeit in einem dicken Wälzer über italienische Geschichte. Jedes Mal wenn sie umblätterte, befeuchtete sie vorher kurz den Finger mit ihrer Zunge. Woher ich das wusste? Ich hatte es gehört. Jedes geschlagene Mal.

»Oh ... ja, natürlich«, sagte sie. »Bis morgen.«

Und Bethany schenkte mir ein gezwungenes Lächeln.

Während ich den Lesesaal in Richtung der gläsernen Eingangstür durchquerte, spürte ich ihre Blicke zwischen meinen Schulterblättern. Und dann, unvermittelt, die Geräusche der Welt: ein vorbeifahrendes Auto, Gelächter im Park auf der anderen Straßenseite, fernes Flugzeugbrummen. Einen Tag geschafft, dachte ich. Und nur noch einen Sommer vor mir.

»Wenn es Spaß machen würde, hieße es nicht Arbeit.« Mit diesen Worten reichte meine Mutter mir die Salatschüssel.

»Du hast bestimmt Recht«, antwortete ich.

»Wart's ab, irgendwann wird es leichter«, meinte sie im Brustton der Überzeugung. Sie hatte keine Ahnung, absolut und überhaupt gar keine. »In jedem Fall ist es eine gute Erfahrung und darauf kommt es wohl am meisten an.«

Mittlerweile arbeitete ich seit drei Tagen in der Bibliothek und die Situation hatte sich kein bisschen entspannt. Ich klammerte mich an den Gedanken, dass ich es für Jason tat, weil es ihm so wichtig war, hatte allerdings das dumpfe Gefühl, Bethany und Amanda richteten mit vereinten Kräften ihre nicht gerade geringen IQs einzig und allein darauf, mich zu demoralisieren.

Am ersten Tag hatte ich mich noch darum bemüht, in meiner E-Mail an Jason einen möglichst gelassenen, munteren Eindruck zu vermitteln. Doch am zweiten Tag, also gestern, konnte ich es mir nicht verkneifen, mich ein bisschen über Bethanys und Amandas Verhalten mir gegenüber auszulassen. Und dabei war gestern die Sache mit dem schlecht gelaunten Typen noch gar nicht passiert. Heute kam nämlich jemand vorbei, der offenbar eher widerwillig einen Sommersprachkurs in Französisch belegt hatte. Er fragte mich nach der Sektion »Französische Literatur«, was schlussendlich dazu führte, dass Bethany mich vor ihm zur Schnecke machte, weil ich ihrer Meinung nach den Namen Albert Camus falsch ausgesprochen hatte. Prompt hatte sie – mit ihrem perfekt geschulten Gehör – das Gefühl, mich korrigieren zu müssen, und zwar gleich zweimal.

»Camüü«, sagte sie mit französisch gespitzten Lippen.

»Camüü«, wiederholte ich, obwohl ich wusste, dass ich es richtig ausgesprochen hatte. Was ich nicht wusste, war, warum ich überhaupt zuließ, dass sie mich belehrte. Aber da saß ich. Und ließ es zu.

»Nein, nicht so.« Sie reckte das Kinn ein wenig höher und ließ die Finger vor ihren Lippen flattern. »Camüüü.«

Ich warf ihr einen stummen Blick zu. Egal wie oft ich es

wiederholte – es würde sie nicht überzeugen. Da hätte ich den guten alten Albert persönlich bitten können, seinen Namen für uns auszusprechen. Deshalb sagte ich nur: »Okay, danke.«

»Gern geschehen.« Sie drehte sich auf ihrem blöden Stuhl weg von mir, zu Amanda hin, die sie nur mit einem milden Kopfschütteln anlächelte, bevor sie mit dem weitermachte, was sie eben gerade tat.

Kein Wunder also, dass ich mich an jenem Tag besonders freute, als ich beim Checken meiner E-Mails eine von Jason entdeckte. Er wusste, wie unmöglich die beiden waren, er würde mich verstehen. Ja, ein bisschen Verständnis, eine kleine Bestätigung, das ist alles, was ich jetzt brauche, dachte ich, während ich die E-Mail mit dem gewohnten Doppelklick öffnete.

Doch schon beim Überfliegen der ersten Zeilen wurde mir klar, dass mein Selbstbewusstsein oder die Tatsache, wie es mir ging, wie ich mich fühlte, zweitrangig waren – zumindest für Jason, denn er schrieb: *Als ich deine letzte Mail las, war ich plötzlich etwas besorgt, dass du dich möglicherweise nicht ausreichend auf deine Aufgaben konzentrierst. Zwei volle Absätze lang beschreibst du die Arbeitsatmosphäre, aber die Fragen aus meiner letzten E-Mail beantwortest du nicht: Sind die neuen Ausgaben der* Wissenschaftlichen Monatsanthologie *eingetroffen? Bist du mit meinem Passwort in die überregionale Datenbank reingekommen?* Es folgten ein paar Hinweise auf Dinge, die ich unbedingt noch erledigen sollte. Und schließlich: *Falls du Schwierigkeiten mit Bethany und Amanda hast, sprich sie einfach offen darauf an. Persönliche Befindlichkeiten gehören nicht an den Arbeitsplatz.* Als schriebe mir nicht mein Freund, sondern ein Vorgesetzter. Ich war auf mich allein gestellt, zumindest das stand jetzt fest.

»Schatz?«

Ich blickte auf. Meine Mutter, die mir gegenübersaß, betrachtete mich mit leicht besorgtem Gesicht. Ihre Gabel schwebte reglos über dem Teller. Obwohl wir nur noch zu zweit im Haus wohnten, aßen wir immer am großen Tisch im Esszimmer. Das gehörte zu unseren Ritualen, genauso wie: Sie war fürs Hauptgericht, ich für Salat oder Gemüse zuständig und wir zündeten zu jeder Mahlzeit Kerzen an. Des Weiteren aßen wir jeden Tag pünktlich um sechs; danach stellte sie das Geschirr in die Spülmaschine – nicht ohne es vorher kurz unter den Wasserhahn zu halten –, während ich Tisch plus Arbeitsflächen abwischte und die Reste vom Essen wegräumte. Zumindest in dem Punkt hatte sich nicht viel geändert. Denn da sowohl mein Vater als auch Caroline zu den Menschen gehörten, die das Thema Ordnung und Sauberkeit ziemlich entspannt sahen, waren meine Mutter und ich schon immer die Aufräumer der Familie gewesen. Jetzt, ohne die beiden, war es höchstens noch sauberer und ordentlicher als vorher. Ich kann einen Krümel aus einem Kilometer Entfernung erspähen. Meine Mutter ebenfalls.

»Ja?«, sagte ich.

»Alles in Ordnung?«

Am liebsten hätte ich die Frage wahrheitsgemäß beantwortet. Das wünschte ich mir übrigens jedes Mal, wenn sie mir die Frage stellte, denn ich hätte meiner Mutter so gern so viel erzählt; zum Beispiel, wie sehr ich meinen Vater nach wie vor vermisste, wie oft ich immer noch an ihn dachte … Aber ich hielt mich – zumindest in den Augen meiner Umwelt – schon seit so langer Zeit so tapfer, dass es mir wie Scheitern vorgekommen wäre, zuzugeben, wie anders es in meinem Inneren aussah. Diese Chance hatte ich verpasst, wie so viele andere auch.

Ich hatte mir nie wirklich gestattet zu trauern, war übergangslos von einem reinen Schockzustand zu meinem Alles-in-Ordnung-Lächeln gewechselt, hatte alles dazwischen einfach ausgelassen. Doch mittlerweile wünschte ich mir, ich hätte um meinen Vater ebenso herzzerreißend und bitterlich geweint wie Caroline. In den Tagen nach der Beerdigung herrschte bei uns ein ständiges Kommen und Gehen; Verwandte und andere Leute tummelten sich im Haus, brachten Essen vorbei, hockten in unterschiedlichen Konstellationen um den Küchentisch, aßen, tranken und erzählten sich Geschichten über meinen Vater und was für ein großartiger Mensch er gewesen war. Ich stand dann fast immer reglos im Türrahmen und schüttelte jedes Mal den Kopf, wenn mich jemand ansah und signalisierte: Hier ist noch ein Stuhl frei, setz dich doch zu uns. Ich beherrschte mich, hielt mich zurück, blieb reserviert. Mittlerweile wünschte ich mir jedoch, ich hätte damals anders reagiert. Vor allem wünschte ich mir, ich hätte mich in die ausgebreiteten Arme meiner Mutter – die wenigen Male, die sie ihre Arme ausgebreitet hatte – geworfen, mein Gesicht an ihrer Schulter vergraben und versucht Trost für mein trauriges Herz zu finden. Aber ich war nie darauf eingegangen. Ich wollte ihr helfen statt sie noch mehr zu belasten, deshalb hielt ich mich zurück. Bis sie aufhörte mir ihren Trost, ihre Umarmungen anzubieten. Während sie dachte, ich wäre drüber weg, bräuchte ihre Unterstützung nicht mehr, hätte ich ihrer jetzt, im Hier und Heute, mehr bedurft denn je.

Mein Vater war immer der Liebevollere, Wärmere von den beiden gewesen, zumindest in der Art, wie er es zeigte, wie er zum Beispiel im Vorbeigehen mein Haar verwuschelte. Und er war geradezu berühmt für seine liebevollen Umarmungen, vielmehr Zerquetschungen. Er drückte einen mit seinen großen Händen so fest an sich wie ein Bär. Weil er diese kraftvolle, positive Ausstrahlung hatte, konnte mein Vater einen ganzen Raum mit seiner Anwesenheit füllen, so dass ich immer das Gefühl hatte, ganz dicht bei ihm zu sein, selbst wenn wir nicht direkt nebeneinander standen. Meine Mutter hingegen war wie ich ein Mensch, der seine Gefühle nicht so deutlich zeigte. Trotzdem wusste ich, genau wie bei Jason, dass sie mich liebte, erkannte es an den kleinen, subtilen Zeichen: Wie sie kurz im Vorbeigehen meine Schulter drückte; wie ihre Hand glättend über mein Haar strich; wie sie mit einer Art siebtem Sinn erkannte, ob ich müde war oder Hunger hatte. Dennoch sehnte ich mich manchmal danach, dass mich jemand fest an sich drückte, wollte spüren, wie ein anderes Herz neben meinem schlug; dabei hatte ich früher oft gezappelt, um mich zu befreien, wenn mein Vater seine Arme um mich schlang und mich festhielt, bis ich Angst bekam, dass mir die Luft wegblieb. Ich hätte nie geglaubt, dass mir diese überschwänglichen, bärentapsigen Umarmungen mal fehlen würden. Aber so war es.

»Ich bin wahrscheinlich bloß müde«, antwortete ich. Meine Mutter nickte mir beruhigt zu: Dieses Gefühl war ihr vertraut. »Morgen läuft es bestimmt schon besser.«

»Ja.« Ihre Stimme klang vollkommen überzeugt von dem, was sie sagte. Aber glaubte sie ihren eigenen Worten oder tat sie vielleicht einfach nur so? Schwer zu sagen, wirklich schwer. »Natürlich, morgen geht bestimmt alles besser.«

Nach dem Essen ging ich auf mein Zimmer und schaffte es, nach mehreren Anläufen und ziemlich häufigem Löschen von viel Text eine – wie ich fand – nette, liebevolle, aufrichtige und trotzdem nicht zu gefühlsduselige E-Mail an Jason zu formulieren. Ich beantwortete all seine Fragen wegen des Jobs und hängte eine von ihm erbetene Datei an: eine Liste aller Recycling-Aktionen und -Maßnahmen, die er an unserer Schule eingeführt hatte und jetzt jemandem, den er im Schlaumeiercamp kennen gelernt hatte, zeigen wollte. Erst dann erteilte ich mir selbst die Erlaubnis, vom Organisatorischen zum Persönlichen überzuwechseln.

Ich vermute, dir kommt das, was sich zwischen uns in der Bibliothek abspielt, kleinlich, melodramatisch und übertrieben vor, schrieb ich. *Aber ich denke, es liegt vor allem daran, dass du mir fehlst und ich mich einsam fühle; außerdem ist es nicht gerade leicht, jeden Tag wohin zu gehen, wo man so offensichtlich nicht willkommen ist. Ich freue mich jedenfalls schon sehr auf deine Rückkehr.*

Ich bildete mir ein, diese Sätze würden meine Gefühle etwa auf dem gleichen zurückhaltenden Level ausdrücken wie meine unaufdringlichen Berührungen sonst, zum Beispiel, wenn ich ihn kurz liebevoll am Arm fasste oder beim Fernsehen mein Knie an seins lehnte. Wenn man nichts anderes zur Verfügung hat als Worte, muss man Ersatz finden für Gesten und aussprechen, was man sonst gar nicht aussprechen müsste. Davon war ich so überzeugt, dass ich sogar noch einen Schritt weiterging, die E-Mail mit *Ich liebe dich. Macy* beendete und dann auf das Icon SENDEN drückte, bevor ich es mir anders überlegen konnte.

Fertig. Ich ging zum Fenster, schob es hoch und kletterte nach draußen. Es hatte geregnet, ein kurzes Sommergewitter; die Luft war immer noch leicht abgekühlt, die Welt tropfend nass. Ich setzte mich auf die Fensterbank und stellte meine bloßen Füße auf die Dachziegel. Von meinem

Vordach aus hat man den besten Blick, den unser jetziges Haus zu bieten hat, sieht über Wildflower Ridge hinweg zu den Lichtern des Einkaufszentrums von Lakeview und sogar bis zum Glockenturm der Universität im Hintergrund. Auch in unserem alten Haus hatte mein Zimmer eine besondere Eigenschaft gehabt, und zwar wegen des einzigen Fensters, das auf die Straße hinausging – und dem Baum davor, an dem man gut runterklettern konnte, weil seine Zweige bis an die Hauswand reichten. Deswegen eignete sich mein damaliges Schlafzimmerfenster hervorragend als alternative »Haustür« und wurde als solche häufig genutzt. Allerdings nicht von mir, sondern von Caroline.

Ab der siebten Klasse war Caroline, wie meine Mutter immer sagte, ganz »versessen auf Jungs« und deshalb bloß schwer unter Kontrolle zu halten – was ununterbrochenen Kampf und drastische Maßnahmen meiner Eltern bedeutete, die dann doch nichts nützten. Hausarrest, eingeschränkte Telefonierzeiten, Taschengeldkürzungen, Autofahrverbot, Schlösser am Wohnzimmerschrank, in dem der Alkohol stand, Riechtests an der Haustür, wenn sie heimkam ... Großes Melodram. Türen wurden geknallt, mit Füßen gestampft, Stimmen erhoben, beim Frühstück, beim Abendessen, im Wohnzimmer, in der Küche. Doch nicht immer ging es so laut und leidenschaftlich zu; vieles, das verboten war, spielte sich unter dem Mantel des Schweigens und der Dunkelheit ab. Heimlich. Mit mir als einzigem Publikum, alleiniger Zeugin, die gemütlich im Bett lag und alles mitbekam.

Oft war ich gerade eingeschlafen, da hörte ich, wie sich meine Zimmertür mit einem leisen Knarren erst öffnete und dann blitzschnell wieder schloss. Jemand schlich taptaptap barfuß durchs Zimmer, Schuhe landeten dumpf auf dem Teppich, und als Nächstes spürte ich, wie dieser Jemand auf mein Bett stieg und die Matratze unter dem zusätzlichen Gewicht nachgab.

»Macy!« Ein sanftes und zugleich entschlossenes Flüstern. »Pscht! Sei bloß still, okay?«

Sie drückte langsam das Fenster hoch, stieg über meinen Kopf hinweg und schwang sich auf das Fensterbrett, unter dem mein Bett stand.

Und ich flüsterte vermutlich jedes Mal so was wie: »Du kriegst echt noch gewaltigen Ärger.«

Sie ließ die Füße über die Fensterbank baumeln. »Gib mir meine Schuhe.« Was ich natürlich folgsam tat. Und wenn sie die Schuhe hinausgeworfen hatte, ertönte von unten ein gedämpftes Patsch.

»Caroline!«

Sie drehte sich noch einmal kurz zu mir um. »Mach das Fenster zu, aber nicht verriegeln. Ich bin in einer Stunde wieder da. Träum was Schönes. Ich habe dich lieb.« Und dann beugte sie sich nach links – immer nach links –, bevor sie endgültig verschwand. Von dem Moment an konnte ich sie nur noch hören. Geschickt kletterte sie an der Eiche nach unten, Ast um Ast. Wenn ich mich aufsetzte, um das Fenster zu schließen, lief sie, Schuhe unterm Arm, meist schon über den Rasen. Ihre bloßen Füße hinterließen dunkle Spuren im feuchten Gras. Und jedes Mal wartete neben dem Stoppschild an der nächsten Kreuzung ein Auto auf sie.

Es dauerte immer länger als eine Stunde, manchmal sogar viel länger, bevor sie wieder auf der Außenseite des Fensters auftauchte, es hochschob und auf mich purzelte. Beim Abhauen war meine Schwester klar, nüchtern, präzise, als ginge sie zur Arbeit; doch wenn sie zurückkam, roch sie nach Bier und süßem Rauch, schwankte leicht, war sentimental, chaotisch und oft so müde, dass sie es nicht mehr zurück in ihr eigenes Bett schaffte, es wohl auch gar nicht wollte. Lieber kroch sie zu mir unter die Decke. Da lag sie dann, die Schuhe noch an den Füßen, und ihr Make-up verschmierte meinen Kopfkissenbezug. Manchmal weinte sie, erzählte mir allerdings nie, warum, sondern schlief irgendwann ein, während ich die ganze Nacht vor mich hin döste. Bei Sonnenaufgang schreckte ich dann hoch, rüttelte sie wach und brachte sie in ihr eigenes Zimmer, damit ihre nächtlichen Eskapaden nicht aufflogen. Dann ging ich selbst noch mal in mein Bett, wo alles nach ihr roch, und schwor, dass ich mein Fenster beim nächsten Mal von innen verriegeln würde. Aber den Schwur brach ich natürlich auch jedes Mal.

Als wir nach Wildflower Ridge zogen, ging Caroline schon aufs College und nach wie vor (fast) jede Nacht aus, manchmal bis zum Morgengrauen. Doch meine Eltern hatten aufgegeben. Sie versuchten nicht mehr Caroline aufzuhalten, sondern trafen lediglich eine Vereinbarung mit ihr: Sie konnte machen, was sie wollte, solange sie es diskret tat und ihr Zensurendurchschnitt konstant bei Zwei lag; dafür durfte sie umsonst daheim wohnen, während sie studierte und im Country Club kellnerte. Zum Glück musste sie also nachts nicht mehr heimlich verschwinden, denn in unserem neuen Haus stand kein Baum in praktischer Nähe irgendeines Schlafzimmerfensters und die Entfernung zum Boden war auch größer.

Nach dem Tod meines Vaters kam sie manchmal überhaupt nicht mehr heim. Ich malte mir dann jedes Mal absolute Horrorszenarien aus, sah sie schon tot auf der Autobahn liegen; die Realität war jedoch wesentlich unspektakulärer, denn zu der Zeit hatte sie sich bereits bis über beide

Ohren in Wally, einen geschiedenen, aufstrebenden Anwalt aus Raleigh, verliebt, der zehn Jahre älter war als sie. Wie so vieles andere verheimlichte sie auch das beziehungsweise ihn meinen Eltern, aber nach der Beerdigung wurde die Sache zwischen ihnen immer ernster, bis er ihr schließlich einen Heiratsantrag machte. Wenn man die Ereignisse so zusammenfasst, klingt das Ganze kürzer, als es tatsächlich war, aber auch damals konnte es einem so vorkommen – zumindest erging es mir so –, als geschähe alles Schlag auf Schlag: In der einen Nacht purzelte Caroline noch durch mein Schlafzimmerfenster und schon am nächsten Tag stand ich vorne in einer Kirche und sah in beinahe schmerzlicher Deutlichkeit zu, wie mein Onkel Mike sie durch den Mittelgang zum Traualtar führte, wo Wally sie erwartete.

Natürlich wurde geredet. Die Leute fanden, Caroline sei zu jung, um zu heiraten, so kurz nach ihrem College-Abschluss; und dass sie wahrscheinlich nur einen Vaterersatz bräuchte. Dabei war deutlich zu sehen, wie sehr sie Wally liebte, aufrichtig liebte. Und gerade weil die Hochzeit so spontan, ja geradezu überstürzt geplant wurde, stellte sie für uns alle in jenem traurigen Frühjahr eine heitere Ablenkung dar. Aber das Beste war, dass meine Mutter und Caroline endlich mal etwas gemeinsam hatten, endlich derselben Meinung waren: Carolines Hochzeit sollte nämlich das größte, schönste, beste, rauschendste Fest überhaupt werden. Und seitdem kamen sie nach langer, langer Zeit wieder halbwegs miteinander klar.

Man hätte es während ihrer Pubertät, in der meine Schwester ausschließlich rebelliert hatte, nie für möglich gehalten, doch am Ende gelangen ihr innerhalb eines Monats immerhin gleich zwei erfolgreiche Abschlüsse: College und Ehebund. Tüchtig, tüchtig. Jetzt hieß sie Mrs Wally

Thurber und wohnte in einem großen Haus in Atlanta, das zwar am Ende einer Sackgasse stand, doch auf der anderen Seite brauste vierundzwanzig Stunden täglich der Verkehr auf der Stadtautobahn vorbei. Zum Ausgleich verfügte das Haus über eine topmoderne Klimaanlage mit allen Schikanen, was bedeutete, dass sie nie ein Fenster öffnen musste.

Ich dagegen war nie der Typ gewesen, der sich nachts heimlich aus dem Haus schlich. Zum einen lag es daran, dass ich – Sportlerin, die ich nun mal war – früh aufstand, um zu trainieren; und später, mit Jason ... so was taten wir einfach nicht. Ich konnte mir lebhaft vorstellen, wie er reagieren würde, wenn ich ihm vorschlug mich um Mitternacht am Stoppschild abzuholen. Warum?, würde er fragen. Um die Zeit ist nichts geöffnet, morgen früh habe ich Yoga, also wirklich, Macy, was ist das für eine Schnapsidee? Und so weiter und so fort. Und er hätte Recht, natürlich hätte er Recht. Sich rausschleichen, die ganze Nacht Party machen und wer-weiß-was-sonst-noch treiben – das war nicht ich, das war Caroline. Und als sie von daheim auszog, nahm sie diese Eigenschaften und Abenteuer genauso mit wie all ihre anderen Sachen, so dass dafür im Haus nun kein Platz mehr war. Fand ich jedenfalls.

»Warum bist du überhaupt da, Macy?«, fragte sie jedes Mal, wenn sie freitagabends anrief und ich ans Telefon ging. »Warum bist du nicht unterwegs? Unternimmst irgendwas?« Wenn ich dann antwortete, ich müsse lernen oder Hausaufgaben machen, atmete sie so entnervt aus, dass ich den Hörer vom Ohr weghalten musste. »Was soll das? Du bist jung! Geh aus, amüsier dich, mach was Nettes, lebe! Für den ganzen anderen Kram hast du auch später noch Zeit.«

Anders als die übrigen Schickimicki-Frauen aus ihrer Nachbarschaft, die sie im Gartenclub oder Wohltätigkeitsverein kennen lernte, leugnete meine Schwester ihre Sturm-und-Drang-Zeit nie, sondern beharrte darauf, diese ihre wilde Phase wäre für ihre persönliche Entwicklung enorm wichtig gewesen. Aus demselben Grund war sie der Ansicht, ich würde auf diesem Gebiet hinterherhinken, ja sogar stagnieren und mich als Mensch, als Mädchen, als künftige Frau nicht wirklich entfalten.

»Ich find's gut so, wie es ist«, sagte ich am Telefon zu ihr, auch jedes Mal.

»Ja, weiß ich, aber genau das ist das Problem. Du bist ein *Teenager*, Macy.« Sie betonte das immer so, als wüsste ich nicht, wie alt ich war. »Als Teenager spinnt man rum und die Hormone auch; man macht verrückte, ausgeflippte, wilde Sachen, das gehört sich einfach so. Jetzt ist die beste Zeit deines Lebens. Du solltest sie genießen und auskosten.«

Deshalb versprach ich ihr dann ganz brav, am nächsten Abend etwas zu unternehmen, bestimmt. Sie sagte, sie habe mich lieb, und verabschiedete sich. Und wenn wir aufgelegt hatten, ging ich wieder auf mein Zimmer und lernte weiter für meinen College-Vorbereitungskurs oder schrieb das Referat, das erst in zwei Wochen fällig war, oder bügelte. Manchmal kletterte ich auch aufs Dach und dachte an meine Schwester, an ihre wilde Zeit, und fragte mich, ob ich tatsächlich etwas verpasste. Vermutlich nicht.

Auf jeden Fall war es schön, auf dem Dach zu sitzen, selbst wenn meine Abenteuer in der großen weiten Welt, meine Und-wer-weiß-was-sonst-noch-Erlebnisse dort nicht nur begannen, sondern auch endeten.

Obwohl meine Mutter etwas anderes behauptet hatte, wurde es in der Bibliothek nicht besser. Im Gegenteil, ich kam allmählich zu der Erkenntnis, dass Bethanys und Amandas

Verhalten zu Beginn noch richtig nett gewesen war im Vergleich dazu, wie sie mich mittlerweile behandelten. Sie redeten kaum noch mit mir, sondern sorgten lediglich dafür, dass ich so wenig wie möglich zu tun bekam.

Am Freitag nach dem ersten Montag hatte ich für den Rest meines Lebens genug geschwiegen. Mein Pech, denn das würde sich am Wochenende wohl nicht groß ändern. Meine Mutter war nämlich ans Meer gefahren, zu einem Seminar für Bauunternehmer, wo man neue Kontakte knüpfen und alte pflegen konnte. Ich hatte unser Haus also zwei Tage lang ganz für mich allein, jeden einzelnen stillen, schweigenden Quadratzentimeter.

Sie hatte mir vorgeschlagen mitzukommen, am Pool oder am Strand zu liegen, all die Sachen eben, die im Sommer Spaß machen; uns war jedoch beiden klar gewesen, dass ich ablehnen würde. Denn ein Ausflug ans Meer würde mich – wie so vieles andere – bloß an meinen Vater erinnern.

Wir besaßen nämlich ein Haus am Meer, in Colby, einem Dorf gleich hinter der Brücke über die Bucht. Ein echtes Sommerhäuschen. Die Veranda war grundsätzlich von einer dünnen Sandschicht bedeckt, und wenn es stürmte, quietschten und knarzten die Fensterläden ganz fürchterlich. Die drei langen Wochenenden beziehungsweise Feiertage im Sommer (Memorial Day Ende Mai, vierter Juli und Labour Day Anfang September) verbrachten wir gemeinsam dort, die ganze Familie, doch ansonsten war das Haus das Reich meines Vaters. Es hatte ihm schon gehört, bevor er meine Mutter kennen lernte, und der Junggesellentouch war geblieben. An der Tür zur Speisekammer hing eine Dartscheibe, über dem Kamin ein Elchkopf und in der Schublade des Küchentischs flog alles herum, was mein Vater für überlebensnotwendig hielt: Flaschenöffner, Spachtel, scharfes Messer, um Fisch auszunehmen. Der Herd war fast immer kaputt, was meinem Vater allerdings nur auffiel, wenn meine Mutter zufällig mal da war. Denn solange es genug Brennmaterial für den Grill gab und dieser reibungslos funktionierte, war er schon zufrieden.

Das Haus war seine Basis, um allein oder mit Freunden fischen zu gehen: Rotbarsch im Oktober, Goldmakrele im April, Thunfisch im Dezember. Von diesen Wochenenden kam mein Vater jedes Mal mit einem Kater, trotz Sonnenschutzfaktor 45 (das Sonnenöl hatte ihm natürlich meine Mutter eingepackt) mit einem Sonnenbrand sowie einer Kühlbox voll geschuppter, ausgenommener Fische heim. Er hätte diese Ausflüge zum Fischen nicht missen mögen, keine einzige Sekunde davon. Und sie waren traditionellerweise reine Männersache; deswegen nahm er mich auch nie mit, wenn er mit seinen Kumpels loszog. Dafür durfte ich ihn an anderen Wochenenden begleiten, wenn er zum Beispiel etwas am Haus reparieren oder einfach nur entspannen wollte. Natürlich ging er auch mit mir angeln, entweder vom Strand oder vom Boot aus. Abends saßen wir dann am Kamin und spielten Dame oder gingen im *Last Chance* essen, einem etwas runtergekommenen, kleinen Imbissrestaurant; aber die Kellnerinnen kannten ihn beim Vornamen und nirgendwo sonst habe ich je wieder so köstliche Hamburger gegessen. Dieses Stranddomizil *war* mein Vater, viel eher als unser altes Haus, geschweige denn das neue in Wildflower Ridge. Wenn sein Geist irgendwo umging, dann dort. Deshalb hatte ich unser Ferienhaus seit seinem Tod auch nicht mehr betreten.

Das galt allerdings nicht nur für mich, sondern auch für meine Mutter und meine Schwester: Keine von uns dreien war seitdem wieder bei dem Haus gewesen. In der Garage stand nach wie vor sein alter Chevrolet, und den Schlüssel, der unter der großen Muschel neben der Hintertür versteckt lag, hatte seitdem vermutlich auch niemand mehr angefasst. Den Schlüssel unter der Muschel hervorzuholen, das war bei der Ankunft immer meine Aufgabe gewesen.

Irgendwann würde meine Mutter das Haus wahrscheinlich verkaufen und den Truck dazu. Aber bisher hatte sie noch nichts in der Richtung unternommen.

Als ich am Freitagnachmittag heimkam, war es im Haus erwartungsgemäß sehr still. Totenstill. Um so besser, sagte ich mir, denn ich hatte mir fürs Wochenende viel vorgenommen: E-Mails schreiben, Colleges im Internet recherchieren, meinen Kleiderschrank ausmisten. Ein freies, ungestörtes Wochenende bot die ideale Gelegenheit, meine Winterpullover auszusortieren und ein paar Klamotten in den Secondhand-Laden zu tragen. Trotzdem wurden mir Stille und Schweigen dann doch ein wenig zu viel; deshalb schaltete ich den Fernseher im Wohnzimmer ein, ging auf mein Zimmer, machte das Radio an und drehte so lang am Suchknopf, bis ich nach ein paar Musikkanälen einen Sender fand, wo gerade jemand einen endlosen Vortrag über wissenschaftlichen Fortschritt im 21. Jahrhundert hielt. Doch trotz des Stimmengewirrs konnte ich nicht leugnen, dass ich allein war. Mutterseelenallein.

Wobei ich nach einem Blick auf meine E-Mails zunächst dachte, ich hätte mich geirrt und wäre gar nicht so allein. Doch schon beim Lesen der zweiten Zeile wurde mir klar, dass selbst eine Horrorwoche wie die gerade vergangene noch viel, viel schlimmer werden konnte.

Macy,
ich habe mir mit der Antwort auf deine letzte E-Mail Zeit gelassen, weil ich dir etwas Wichtiges zu sagen habe und mir absolut sicher sein wollte, dass ich es auch klar und deutlich ausdrücken kann. Schon seit längerem habe ich den Eindruck, unsere Beziehung wird ein wenig zu eng; deshalb habe ich in den letzten Tagen gründlich darüber nachgedacht, was wir jeweils brauchen und ob wir es einander überhaupt geben können. Du scheinst zunehmend abhängig von mir zu werden, was ich aus dem letzten Satz deiner letzten Mail schließe. Und obwohl du mir wirklich nicht egal bist, sah ich mich dadurch gezwungen meine Rolle in dieser Beziehung zu überdenken und mir zu überlegen, wie sehr ich mich darauf einlassen kann und will.
Wie gesagt, du bist mir nicht egal, im Gegenteil, ich mag dich. Doch unser letztes Schuljahr liegt vor uns. Eine Zeit, die für mein weiteres Leben entscheidend sein wird, sowohl was mein Studium und meine beruflichen Ziele als auch was mein Engagement auf den diversen anderen Gebieten betrifft. All das steht im Mittelpunkt, darauf muss ich mich konzentrieren und deswegen kann ich mich auf nichts anderes wirklich einlassen, vor allem nicht auf eine intensive Beziehung.
Im Übrigen gilt meiner Meinung nach für dich das Gleiche. Wenn ich all das bedenke, komme ich zu dem Schluss, wir sollten uns gegenseitig eine Pause gönnen und uns vorübergehend trennen, zumindest bis ich am Ende der Sommerferien wieder da bin. Auf diese Weise haben wir beide genügend Zeit, um darüber nachzudenken, was wir wollen und ob wir das Gleiche wollen. Im August können wir dann gemeinsam beschließen, ob wir wieder zusammenkommen oder ob es für uns beide das Beste ist, wenn wir endgültig auseinander gehen.

Ich bin zuversichtlich, dass du mit diesem Vorschlag einverstanden bist und ihn ebenso vernünftig findest wie ich. Ich glaube fest, es wäre die optimale Lösung für uns beide.

Ich las die E-Mail einmal von Anfang bis Ende durch. Schock. Las sie noch einmal. Immer noch Schock. Das kann gar nicht sein, ich träume, dachte ich.

Aber es war kein Traum, sondern die Wirklichkeit; als hätte ich einen zusätzlichen Beweis dafür gebraucht, dass die Welt sich weiterdrehte, drangen quer durch den Raum aus dem Radio gerade die neuesten Schlagzeilen an mein Ohr. In irgendeinem Balkanstaat war Krieg ausgebrochen. Die Börsenkurse sanken. Verhaftung eines Fernsehstars. Ich saß vor dem PC und starrte auf das Flimmern des Bildschirms, starrte auf die Worte. Nur langsam – genau wie damals, als Jason mir zum ersten Mal aus *Macbeth* vorgelesen hatte – sickerte ihre Bedeutung in mein Bewusstsein. Ihre grauenvolle Bedeutung.

Pause. Vorläufige Trennung. Ich wusste, was das bedeutete: die unmittelbare Vorstufe zur endgültigen Pause. Zur Pause ohne Ende, zur Trennung ohne Pause. Aus, Schluss, vorbei. Egal was die Worte, was Sprache bedeuteten – ich war raus aus dem Spiel, ganz klar. Und das nur, weil ich ein einziges Mal *Ich liebe dich* geschrieben hatte. Ich dachte, wir hätten diese drei Worte in den letzten Monaten öfter zueinander gesagt. Vielleicht nicht ausgesprochen, aber gemeint. Doch offensichtlich hatte ich mich geirrt.

Plötzlich überfiel mich die Einsamkeit wie ein Schlag in die Magengrube. Ich lehnte mich auf meinem Schreibtischstuhl zurück, so dass meine Hände wie leblos von der Tastatur rutschten. Noch einmal, noch deutlicher wurde mir bewusst, wie leer mein Zimmer war, unser Haus, die Stadt, die Welt – alles leer. Ich kam mir vor, als stünde ich auf der anderen Seite eines Objektivs und sähe zu, wie die Kamera allmählich zurückfuhr und ich – im Bild – kleiner wurde, immer kleiner, kleiner, kleiner, bis ich nur noch ein Fleck war, ein Staubkorn. Und schließlich ganz weg.

Ich musste dringend raus. Stieg in mein Auto und fuhr los.

Es half. Keine Ahnung, warum, aber es half. Zuerst kurvte ich nur durch Wildflower Ridge, Hügel rauf, Hügel runter, in Spiralen um das Baugelände herum, wo gerade die Grundstücke für die neuesten Häuser planiert wurden; dann wagte ich mich allmählich aus unserem Viertel raus, bog auf die Hauptstraße ab, fuhr Richtung Einkaufszentrum. Zunächst hatte ich zwar automatisch das Autoradio ein-, es allerdings sehr schnell wieder ausgeschaltet, weil beim Singen entweder jemand kreischte (nicht gut für meine Nerven) oder lautstark eine verlorene Liebe betrauerte (ganz allgemein nicht gut). Ich konzentrierte mich aufs Fahren, die Geräusche des Motors und des Getriebes, wenn ich einen neuen Gang einlegte, auf die der Bremsen, wenn ich bremste. Und beruhigte mich allmählich. Wenigstens das – das Fahren, Schalten, Bremsen – funktionierte noch so, wie es sollte. Zumindest vorläufig.

Auf dem Rückweg nach Wildflower Ridge herrschte ziemlich viel Verkehr. Klar, Freitagabend, jeder hatte irgendwas vor. Wenn ich vor Ampeln warten musste, schaute ich zu den anderen Wagen hinüber, beobachtete die Familien mit Kindern auf der Rückbank, die wahrscheinlich gerade essen waren und nun heimfuhren; beobachtete die voll geschminkten Studentinnen auf dem Weg in die Clubs, die Hand mit der qualmenden Zigarette lässig aus dem offenen

Fenster baumelnd. Wie ich so dastand, allein in meinem Auto, umgeben von lauter Fremden, erschien mir die Aussicht, in ein leeres Haus zurückzukehren, an einen Computerbildschirm mit Jasons E-Mail, plötzlich noch schrecklicher als vorher. Ich konnte ihn direkt vor mir sehen, wie er an seinem Laptop hockte und mir schrieb, langsam, gründlich, wohl durchdacht – vermutlich nachdem er seine Notizen vom Tag abgetippt hatte und bevor er sich auf einer der Websites einloggte, die er regelmäßig besuchte, um sich über die neuesten Umweltaktivitäten zu informieren oder irgendwelche Petitionen rundzumailen. Von der Beziehung mit mir profitierte er nicht mehr, stattdessen überwog die Belastung. Mehr bedeutete ich nicht für ihn. Und seine Zeit war einfach zu kostbar, um sie mit einer solchen Beziehung zu verschwenden. Ein Problem, das ich nicht hatte, denn eines stand jetzt schon fest: Von nun an würde ich genug Zeit haben. Mehr als genug.

Als ich mich der nächsten Kreuzung näherte, fiel mir plötzlich die Wünschelrute auf. Dieselben kräftigen schwarzen Pinselstriche, derselbe weiße Lieferwagen. Gerade überquerte er vor mir die Kreuzung. Delia saß am Steuer, auf dem Beifahrersitz auch jemand. Ich ließ den Wagen nicht aus den Augen. Genau in der Mitte der Kreuzung war eine leichte Erhebung im Asphalt, und als der Wagen darüber fuhr, hüpfte das Logo einmal leicht auf und ab. Auf den beiden hinteren Türen standen insgesamt vier Buchstaben, zwei auf jeder Tür: *WI* und *SH*. *WISH*.

Ich bin kein spontaner Mensch. Aber wenn man allein ist, absolut und definitiv allein, hat man gar keine andere Wahl als für Anstöße von außen offen zu sein. Diese vier Buchstaben konnten – genau wie meine drei Worte für Jason – viele Bedeutungen haben, und das ohne jede Sicherheit oder Garantie. Doch während der Lieferwagen in eine Querstraße einbog, konnte ich die vier Buchstaben auf der Seitenwand noch einmal deutlich erkennen: *WISH*. Wünsch dir was. Wann, wenn nicht jetzt? Es wurde Grün, ich konnte losfahren. Und was tat ich? Schaltete, gab Gas, bog ebenfalls ab und folgte dem weißen Lieferwagen.

Kapitel 4

»... also sage ich zu ihm: Ich lasse mich doch von dir nicht dafür fertig machen, wie ich aussehe. Ich meine, ich halte ja einiges aus, aber alles muss ich mir nicht anhören. Irgendwo ist eine Grenze. Bestimmte Dinge darf man sich als Mädchen einfach nicht bieten lassen.«

Okay, dachte ich, vielleicht doch keine so gute Idee?

Nachdem ich dreimal beinahe umgedreht hätte und weggefahren wäre, zweimal tatsächlich nur vorbeigefahren war und mich einmal eine plötzliche Anwandlung von Mut überkommen hatte, stand ich nun vor der Villa McKimmon, einem historischen Gebäude in der Altstadt. Und vor mir, achtlos am Bordstein geparkt: der Lieferwagen mit der Aufschrift *WISH CATERING*. Die Hintertüren standen weit offen und gaben den Blick auf mehrere Regale mit Containern und Tabletts, mit Unmengen Serviettenpackungen und ein paar verbeulten Servierwagen aus Metall frei. Aus dem Inneren des Wagens drang die Stimme eines Mädchens.

»Deshalb habe ich die Konsequenzen gezogen. Was allerdings dazu geführt hat, dass ich drei Kilometer zu Fuß laufen musste. In meinen neuen Plateauschuhen. Du kannst dir nicht vorstellen, was für Blasen ich habe.« Ihre Stimme schallte laut und klar über die stille Straße. »Weit und breit kein Mensch, kein Auto. Ich latsche so vor mich hin und kann an nichts anderes denken als – nimmst du bitte noch die Löffel mit, nein, nicht die, die anderen, genau vor deiner Nase – das war unter Garantie das schlimmste erste Rendezvous aller Zeiten.«

Ich trat einen Schritt vom Lieferwagen zurück, dann noch einen – was hatte ich mir bloß gedacht? –, wollte gerade zu meinem Auto zurück; glücklicherweise war es noch nicht zu spät, meine verrückte Spontanidee ungeschehen zu machen.

Doch in dem Moment erschien ein Mädchen an der geöffneten Tür des Lieferwagens. Sie war nicht besonders groß und hatte eine lange, blonde Lockenmähne, die ihr den Rücken hinunterfloss. Ich wusste sofort, dass sie es war, deren Stimme ich gehört hatte. Warum ich das wusste? Weil sie aussah, wie sie aussah: schwarz glänzender Minirock, tailliertes, tief ausgeschnittenes weißes Top, schenkelhohe schwarze Plateaustiefel, knallroter Lippenstift. Die helle Haut ihres Gesichts leuchtete im Schein der Straßenlaterne, die hinter mir stand.

»Hallo«, sagte sie zu mir. Wandte sich kurz ab, schnappte sich einen Stapel Geschirrtücher und sprang von der Ladefläche auf die Straße.

»Hallo.« Eigentlich hatte ich noch mehr sagen wollen, ein paar zusammenhängende Worte, vielleicht sogar einen ganzen Satz. Doch aus irgendeinem Grund stand ich stocksteif und stumm da und rührte mich nicht. Als hätte ich es gerade eben so bis hierher geschafft und könnte nun kein Stückchen weiter.

Ihr schien das gar nicht weiter aufzufallen. Außerdem war sie zu sehr damit beschäftigt, weiteres Zeug aus dem Lieferwagen zu räumen, wobei sie leise vor sich hin summte. Als sie sich schließlich wieder umdrehte und merkte, dass ich immer noch hinter ihr stand, fragte sie: »Hast du dich verfahren oder was?«

Wieder hatte ich keine Ahnung, was ich sagen sollte. Wobei das dieses Mal einen anderen Grund hatte als zuvor. Denn erst jetzt konnte ich ihr Gesicht, das bis dahin im Halbdunkel des Lieferwagens verborgen gewesen war, deutlich erkennen und war wie magisch angezogen von den zwei Narben, die sie hatte: Die eine, ziemlich dünn und leicht gebogen, verlief parallel zu ihrem Unterkiefer; es sah aus, als hätte jemand ihren Mund unterstrichen. Die andere schlängelte sich vom Haaransatz über die Schläfe zum Ohr. Außerdem hatte sie hellblaue Augen, trug an jedem Finger einen Ring und roch nach Melonenkaugummi, aber das fiel mir erst später auf. Alles, was ich zunächst wahrnehmen konnte, waren die Narben.

Hör auf, sie anzustarren, ermahnte ich mich und war entsetzt über mein eigenes Verhalten. Das Mädchen dagegen schien es entweder kaum zu merken oder es war ihr egal. Sie wartete nur geduldig darauf, dass ich antwortete.

Ein Äh war das Erste, was ich schließlich zustande brachte. Ich musste mich regelrecht dazu zwingen, den Mund aufzumachen. »Eigentlich wollte ich wissen, wo Delia ist.«

Die Vordertür des Lieferwagens fiel ins Schloss. Im nächsten Moment tauchte Monica auf, die ich schon von dem Empfang bei meiner Mutter kannte. Genau wie damals bewegte sie sich wie in Zeitlupe. Sie trug ein großes Schneidebrett und machte ein Gesicht, als wöge das Teil mindestens fünfzig Kilo. Während sie im Schneckentempo über den Bürgersteig kroch, blies sie sich die langen Ponyfransen aus dem Gesicht.

Die Blonde warf ihr einen Blick zu. »Serviergabeln nicht vergessen, Miss Monoton.«

Monica hielt inne, drehte sich langsam um die eigene Achse und verschwand wieder hinter dem Lieferwagen. Ganz gemächlich natürlich.

»Delia ist schon in der Küche.« Die Blonde legte den Stapel Geschirrtücher von einem Arm auf den anderen. »Du musst bloß die Auffahrt bis ganz nach oben laufen, dann landest du am Seiteneingang.«

»Ach so«, sagte ich. Monica tauchte wieder auf. Jetzt trug sie nicht mehr nur das Schneidebrett, sondern zusätzlich ein paar großzinkige Gabeln. »Danke«, sagte ich.

Ich wollte gerade aufs Haus zulaufen, war vielleicht zwei Meter weit gekommen, als die Blonde mir nachrief: »Wenn du sowieso in die Richtung gehst, würdest du bittebittebitte was mitnehmen? Sei so lieb, ja? Wir sind spät dran, was ehrlich gesagt meine Schuld ist, deshalb wäre es echt toll, wenn du mir kurz helfen könntest. Natürlich nur, falls es dir nichts ausmacht.«

»Kein Problem.« Auf dem Rückweg zum Lieferwagen passierte ich Monica, die beim Vorsichhinschlurfen irgendwas vor sich hin murmelte. Das blonde Mädchen hatte mittlerweile zwei der Servierwagen von der Ladefläche gezerrt und belud sie zack zack zack mit abgedeckten Aluminiumbehältern für den Backofen. Als sie fertig war, legte sie den Stapel Geschirrtücher auf einem der Wagen ab und versetzte dem anderen einen leichten Schubs, so dass er zu mir rollte.

»Komm einfach hinter mir her«, sagte sie. Ich schob den Servierwagen vor mir her und folgte ihr. Als wir die Zufahrt zum Haus erreichten, blieben wir erst einmal stehen, denn sie war steil. Sehr steil. Monica hatte gerade mal die Hälfte des Anstiegs geschafft. Sie sah beim Gehen aus, als lehnte sie sich gegen den Wind.

Das blonde Mädchen sah erst mich und dann noch einmal die Auffahrt an. Immer wieder sprangen mir ihre Narben ins Auge; je mehr ich mich bemühte, nicht hinzuschauen, umso auffälliger wurden sie.

»Mist«, sagte sie und strich sich seufzend das Haar aus dem Gesicht. »Hast du nicht auch manchmal das Gefühl, die ganze verdammte Welt ist ein steiler Hügel, den man hochklettern muss?«

»Allerdings.« Ich dachte an alles, was mir an dem Abend schon passiert war. »So ist es.«

Da drehte sie den Kopf und lächelte mich an, wodurch sich ihr Gesicht schlagartig änderte. Es war, als explodierte ein Funken und würde zur Flamme, die alles so hell erleuchtete, dass ich nicht einmal mehr die Narben wahrnahm.

»Na dann.« Sie beugte sich über den Servierwagen und schloss die Finger fester um den Griff. »Zumindest können wir uns auf den Rückweg freuen. Auf geht's.«

Sie hieß Kristy. Kristy Palmetto.

Wir stellten uns einander etwa auf der Hälfte des Anstiegs vor, als wir keuchend stehen blieben, um wieder zu Atem zu kommen. »Macy?«, fragte sie nach. »Wie das Kaufhaus?«

»Ja«, antwortete ich. »In meiner Familie heißen viele Frauen so.«

»Gefällt mir«, meinte sie. »Ich will meinen Namen übrigens ändern, wollte ich schon immer. Sobald ich kann, ziehe ich von hier weg, irgendwohin, wo mich niemand kennt, wo ich ganz wer anders werden kann. Ich glaube, ich hätte Lust, eine Veronique zu sein. Oder vielleicht Bianca. Du weißt schon, jemand mit Esprit und Glamour. Kristy ist ein Allerweltsname. Kristy sein kann echt jeder.«

Vielleicht, dachte ich, vielleicht aber auch nicht. Denn obwohl ich sie erst seit fünf Minuten kannte, wusste ich: Eine Allerwelts-Kristy war sie nicht.

Sie setzte sich wieder in Bewegung und schob den Servierwagen weiter die steile Auffahrt hoch.

Als wir endlich oben ankamen, öffnete sich prompt die Tür des Seiteneingangs. Delia steckte den Kopf raus. Sie hatte eine rote Schürze mit dem *Wish-Catering*-Logo umgebunden und auf ihrer linken Wange prangte ein Mehlfleck. »Sind das die Schinkenmuffins? Oder der Shrimpssalat?«

»Muffins«, meinte Kristy, schob ihren Servierwagen dichter an die Hauswand und signalisierte mir, das Gleiche zu tun. »Oder Shrimps.«

Delia warf ihr einen Blick zu.

»Entweder das eine oder das andere«, sagte Kristy. »Zumindest so viel kann ich garantieren.«

Delia seufzte und begann, in die diversen Alubehälter auf den beiden Wagen zu schauen.

Kristy lehnte sich mit verschränkten Armen an die Wand. »Der Weg hier rauf bringt einen fast um«, sagte sie zu Delia. »Wir müssen den Lieferwagen vor die Tür fahren, sonst schaffen wir es nie, das Zeug rechtzeitig in die Küche zu bringen.«

Delia hob eine der Abdeckungen aus Alufolie an, warf einen Blick darunter. »Wenn wir pünktlich von zu Hause losgekommen wären, hätten wir es auf jeden Fall geschafft, so oder so.«

»Ich habe mich doch entschuldigt«, verteidigte sich Kristy. Zu mir sagte sie: »Ich hatte eine Klamottenkrise. Nichts sah aus, absolut nichts! Du kennst doch diesen Zustand. Ätzend, was?«

Delia ließ sich von diesem kleinen Einwurf nicht beirren,

sondern fuhr fort: »Außerdem haben die Leute hier strikte Vorschriften, was Fahrzeuge in der Nähe des Gartens angeht. Anscheinend ist der Rasen sehr empfindlich.«

»Meine Lungen auch«, sagte Kristy. »Wir müssen bloß schnell sein, dann kriegen sie es gar nicht erst mit.«

Monica tauchte mit einem Alubehälter in der offen stehenden Tür auf. »Pilze?«

»Fleischklopse.« Delia sah nicht mal hin. »Schieb drei davon in den Ofen, bereite die nächsten drei vor.«

Monica drehte sich um – und zwar nicht nur den Kopf, sondern den gesamten Körper –, weil sie einen Blick auf den Ofen werfen wollte. Wandte sich dann wieder uns zu. Blickte Delia an. »Fleischklopse«, wiederholte sie, als wäre es ein Fremdwort.

»Monica, wir machen jedes Wochenende dasselbe«, sagte Delia. »Kannst du nicht einfach mal versuchen, wenigstens etwas von dem zu behalten, das du am Wochenende vorher gelernt hast, bittebittebitte, sei so lieb, okay?«

»Sie behält doch, was sie gelernt hat«, meinte Kristy leicht zerknirscht. »Sie ist bloß sauer auf mich, weil ich heute Abend die Superbremse war, und das ist ihre Art, es auszudrücken. Du weißt doch, dass sie Schwierigkeiten hat, ihre Gefühle zu zeigen.«

»Könntest du ihr bitte helfen?«, fragte Delia, die schon wieder völlig durch den Wind wirkte. »Mit den Fleischklopsen, nicht mit ihren Gefühlen. Okay?«

»Okay«, erwiderte Kristy frohgemut und ging durch die Tür, durch die Monica inzwischen verschwunden war.

Delia stützte sich mit einer Hand den Rücken und sah mich leicht verwundert an. »Hallo. Macy, stimmt's?«

»Ja«, antwortete ich. »Anscheinend komme ich in einem ungünstigen Moment, aber –«

Delia unterbrach mich lächelnd: »Es gibt keinen günstigen Moment. Das ist in meinem Gewerbe nun einmal so. Aber es war meine Entscheidung, diesen Catering-Service zu übernehmen, also darf ich mich auch nicht beschweren. Was kann ich für dich tun?«

»Ich wollte bloß fragen ...« Doch ich unterbrach mich. Plötzlich kam ich mir total dämlich dabei vor, ihre Zeit in Anspruch zu nehmen, wo sie gerade so viel um die Ohren hatte. Außerdem – vielleicht war sie ja auch bloß höflich und nett gewesen, als sie mir anbot, ich könne für sie arbeiten. Andererseits war ich nun schon mal so weit gekommen, hatte mich nicht einmal von der steilen Auffahrt abschrecken lassen. Was hatte ich also zu verlieren? Schlimmstenfalls war ich den Berg umsonst hochgelaufen. Ich unternahm einen zweiten Anlauf: »Ich wollte bloß fragen, ob Ihr Angebot noch gilt. Wegen des Jobs, meine ich.«

Bevor Delia antworten konnte, tauchte Kristy im Türrahmen auf. »Die Fleischklopse sind im Ofen«, verkündete sie. »Kann ich jetzt den Wagen hochholen?«

Delia blickte die Auffahrt entlang nach unten und dann nach oben zum Haus, genauer gesagt zu den vorderen Fenstern, hinter denen sich der Salon befand. »Ob *du* den Wagen hochholen kannst? Nein.«

»Ist doch bloß ein Minihügel.« Kristy verdrehte die Augen und sagte zu mir: »Ich bin eine miserable Autofahrerin, aber immerhin gebe ich es offen zu. Das ist doch schon mal was oder etwa nicht?«

»Nein.« Delias Blick wanderte zwischen der Auffahrt und dem Haus hin und her; anscheinend wog sie das Für und Wider von Kristys Vorschlag ab. Schließlich zog sie einen Schlüsselbund aus der Schürzentasche. »Sobald der Wagen hier oben steht, fangt ihr an auszuladen, und zwar schnell«, sagte sie zu Kristy. »Und falls irgendwer meckert, tut einfach so, als hättet ihr keine Ahnung von den Vorschriften.«

»Was für Vorschriften?« Kristy streckte die Hand aus, um den Schlüsselbund an sich zu nehmen.

Doch Delia schwenkte den Arm, so dass der Schlüsselbund nicht mehr in Kristys Reichweite war, und hielt ihn mir hin. »Macy fährt. Basta. Keine Diskussion.«

»Okay«, antwortete Kristy. »Kein Problem. Solange es endlich losgeht ...«

Sie drehte sich abrupt um und ging die Auffahrt hinunter, jeder Schritt ein beschwingter kleiner Hüpfer. Ich schaute ihr einen Moment nach und realisierte, dass man ihr nachschauen musste, denn sie hatte einfach was. Vielleicht lag es an den Stiefeln oder den Haaren oder dem Minirock oder an allem zusammen, aber für mich lag es an etwas ganz anderem. Kristy war wie ein Stromschlag, so kraftvoll und lebendig. Und ich konnte nicht anders als es wahrzunehmen – vielleicht gerade deswegen, weil ich diese Qualität von mir selbst nicht kannte.

Auch Delia blickte Kristy – allerdings eher ermattet – nach, bevor sie sich wieder an mich wandte: »Falls du den Job noch willst, kannst du ihn gern haben.« Sie drückte mir den Schlüssel in die Hand. »Geld gibt's alle zwei Wochen freitags und in der Regel kann ich dir eine Woche vorher sagen, wann ich dich einsetzen möchte. Falls du weder schwarze Hosen noch weiße T-Shirts oder andere weiße Oberteile besitzt, besorg dir bitte welche. Montags arbeiten wir grundsätzlich nicht. Wahrscheinlich muss ich dir später noch tausend Kleinigkeiten erklären, aber das wäre erst mal das Wichtigste. Außerdem haben wir dazu jetzt keine Zeit, ich muss dich leider ins kalte Wasser schmeißen. Alles klar?«

»Klingt gut«, sagte ich.

Kristy war schon halb unten. Wandte den Kopf, blickte zu uns hoch und rief: »Komm schon, Macy, beeil dich.«

Kopfschüttelnd öffnete Delia die Fliegengittertür und meinte lakonisch: »Anders ausgedrückt: Willkommen an Bord!«

In der Bibliothek war ich zwei Wochen lang eingearbeitet worden. Bei diesem – meinem neuen – Job dauerte diese Phase exakt zwei Minuten.

»Oberste Regel: Du musst immer wissen, was du auf dem Tablett hast«, erklärte Kristy. Wir standen nebeneinander an der Küchentheke und beluden Servierplatten mit Mini-Schinkenmuffins. »Und pass auf, dass keine verknüllten Servietten drauf landen, solange noch was Essbares daliegt. Kein Mensch nimmt irgendwas in den Mund, das neben einer gebrauchten Papierserviette gelegen hat.«

Ich nickte. Sie setzte ihren Vortrag fort: »Und denk immer dran: Du bist gar nicht da …«

Delia flitzte geschäftig an uns vorbei und stellte ein weiteres Blech mit Fleischklopsen auf die Arbeitsplatte.

»… halte ihnen die Platte hin, lächle, sag ›Schinkenmuffins mit Dijonsenf‹ und geh zum Nächsten. Mach dich unsichtbar.«

»Aha«, sagte ich.

»Was Kristy meint, ist Folgendes …« Delia, die schon wieder am Backofen stand, hatte anscheinend das Gefühl, eingreifen zu müssen. »Du musst beim Servieren versuchen dich der Umgebung und der Atmosphäre anzupassen, damit die Gäste sich so wohl wie möglich fühlen. Du bist nicht eingeladen, sondern gehörst zu denen, die diese Einladung zu einem angenehmen Erlebnis werden lassen.«

Kristy reichte mir eine Platte mit Schinkenmuffins und legte einen kleinen Serviettenstapel auf den Rand. Immer wieder ertappte ich mich dabei, dass meine Augen zu ihren Narben wanderten, vor allem in Momenten wie diesem, wo wir so dicht nebeneinander standen. Gleichzeitig merkte ich aber auch, dass ich mich allmählich an die Narben gewöhnte und mir noch andere Dinge an Kristy auffielen: die Glitzerpunkte auf ihrer Haut, die kleinen Silberringe an ihren Ohren, zwei an jedem. »Fang am Rand an und arbeitete dich dann langsam durch den Raum. Falls du einem Schlinger in die Quere kommst, bleib höchstens eine Sekunde stehen, geh dann so schnell wie möglich weiter – lächeln nicht vergessen – und bleib auf jeden Fall in Bewegung, selbst wenn er die Hand nach deiner Platte ausstreckt.«

»Schlinger?«

»Schlinger sind Partygäste, die dir die gesamte Platte abräumen, sofern du sie lässt. Eiserne Grundregel, wenn du einem Schlinger begegnest: zwei Stück von egal was und weiter. Bevor er sich ein drittes angeln kann, bist du weg.«

»Zwei Stück, dann weitergehen«, sagte ich. »Kapiert.«

»Wenn sie dich nicht weglassen wollen«, fuhr Kristy fort, »überschreiten sie eine entscheidende Grenze, nämlich die vom Schlinger zum Grabscher. Und das ist vollkommen inakzeptables Partygastverhalten. In so einem Fall ist es dein gutes Recht als Kellnerin, ihnen auf den Fuß zu treten.«

»Nein, ist es nicht«, verkündete Delia über ihre Schulter hinweg. »Ausgeschlossen. In so einem Fall ist es dein gutes Recht, dich höflich zu entschuldigen und außer Reichweite zu gehen.«

Kristy warf mir einen Blick zu und schüttelte den Kopf. »Tritt sie«, meinte sie halblaut. »Das ist deine einzige Chance.«

In der Küche herrschte die totale Hektik. Delia sauste zwischen dem Ofen und der Arbeitsplatte hin und her. Monica packte einen Alubehälter nach dem anderen aus, zum Vorschein kamen Lachs, Steaks, Kartoffelmousse. Eine Art elektrische Spannung lag in der Luft. Als würde die Zeit beschleunigt und alles sich in einem höheren Tempo abspielen als normalerweise. Das absolute Gegenteil zur Atmosphäre am Infoschalter in der Bibliothek. Ich kam gar nicht mehr dazu, darüber nachzudenken, ob ich überhaupt etwas anderes gewollt hatte als das ewige Schweigen dort. Denn ich steckte bereits mittendrin.

»Wenn ältere Leute unter den Gästen sind, warte nicht darauf, dass sie zu dir kommen, sondern geh mit deiner Servierplatte zu ihnen, vor allem wenn sie sitzen.« Kristys Vortrag war noch nicht zu Ende, doch gleichzeitig schien sie loslegen zu wollen, denn sie warf einen Blick Richtung Tür. »Wenn Omilein nicht zufrieden ist oder ihr gar der Magen knurrt, weil sie nicht genug zu essen kriegt, fällt das unangenehm auf. Achte auf alles und jeden im Raum, vor allem darauf, wer was isst und wer nicht. Wenn du einmal die große Runde gemacht hast und die mit Ziegenfrischkäse und Johannisbeergelee gefüllten Selleriestangen trotzdem keinen Abnehmer gefunden haben, lass es sein und halt den Leuten die Dinger auf keinen Fall noch mal unter die Nase.«

»Ziegenfrischkäse, Sellerie und Johannisbeergelee?«, fragte ich ungläubig.

Kristy bestätigte mit bedeutsamem Gesicht.

»Das war nur ein einziges Mal, bei *einem* Empfang«, fauchte Delia in unserem Rücken. »Warum müsst ihr bis heute darauf rumreiten, warum?«

»Wenn etwas ein Reinfall ist, ist es ein Reinfall, Punkt«,

sagte Kristy. »Zur Not kannst du dir jederzeit eine Platte Fleischklopse schnappen und damit rumlaufen. Fleischklopse mag einfach jeder.«

»Wie spät ist es?« Delia knallte die Ofentür zu. »Schon sieben?«

»Viertel vor.« Kristy strich sich eine Locke hinters Ohr. »Wir müssen allmählich raus.«

Ich hob meine Servierplatte an und hielt still, während Kristy einen Minimuffin davor rettete, über den Rand zu stürzen.

»Fertig?«, fragte sie.

Ich nickte.

Kristy öffnete mit der freien Hand die Tür. Ein paar Leute, die in der Nähe an der Bar standen und auf Getränke warteten, drehten sich um und sahen – nein, nicht direkt uns an, denn ihr Blick wanderte sofort zu den Platten, die wir trugen. Unsichtbar, dachte ich, nicht schlecht. Ich hatte im vergangenen Jahr so viel Aufmerksamkeit bekommen – unsichtbar zu sein tat zur Abwechslung bestimmt gut. Deshalb richtete ich mich auf – Brust raus, Bauch rein, Schultern zurück –, hob meine Platte ein wenig höher und stürzte mich ins Gewühl.

Eine halbe Stunde später hatte ich noch ein paar Dinge dazugelernt. Erstens mag tatsächlich jeder Mensch Fleischklopse. Zweitens lauern einem die meisten Schlinger immer direkt an der Tür auf, damit sie als Erste Zugriff auf was auch immer haben, das man gerade reinträgt; und wenn man versucht ihnen auszuweichen, werden sie blitzschnell zu Grabschern. Getreten hatte ich allerdings noch niemanden. Und drittens stimmte absolut, was Kristy gesagt hatte: Man war unsichtbar. Stand unmittelbar neben den Gästen, kriegte alles mit, was sie sagten, jedes Wort. Trotzdem redeten sie über ohne Hemmungen alles, als wäre man gar nicht da.

Auf diese Weise erfuhr ich, dass das Hochzeitspaar, Molly und Roger, schon seit drei Jahren in wilder Ehe zusammenlebte, was nach Meinung einer lieben Verwandten das weibliche Familienoberhaupt direkt ins Grab gebracht hatte. (Besagte Verwandte gehörte übrigens zur Kategorie der Schlinger.) Weil auf der Junggesellinnenparty irgendetwas vorgefallen war, redeten Molly und ihre Trauzeugin kein Wort mehr miteinander, und der Vater des Bräutigams, der sich angeblich das Saufen abgewöhnt hatte, schmuggelte einen Martini nach dem anderen auf die Toilette. Ach ja, und mit den Servietten war auch irgendwas nicht in Ordnung. Ganz und gar nicht.

»Tut mir Leid, ich habe immer noch nicht begriffen, wo genau das Problem liegt«, sagte Delia, als ich gerade in die Küche reingeflitzt kam, um mir eine letzte Runde gratinierten Ziegenkäse auf Toast zu holen.

Delia und Monica hatten sich vor der Anrichte postiert, weil sie allmählich die Salatbeilage für den Hauptgang in Angriff nehmen wollten. Neben Delia standen die Braut, Molly, und ihre Mutter.

»Das, was auf die Servietten gedruckt wurde, geht so nicht!« Mollys Stimme zitterte und kletterte gleichzeitig in die Höhe. Sie war ein hübsches Blondchen mit Kurven genau an den richtigen Stellen, hatte allerdings, soweit ich es mitbekommen hatte, auf ihrer eigenen Hochzeitsfeier die ganze Zeit mit verkniffenem Gesichtsausdruck neben der Bar gestanden, während die Gäste an ihr vorbeidefilierten, ihr mitleidig über den Arm strichen und tröstende Ist-doch-alles-halb-so-schlimm-Laute von sich gaben. Der Bräutigam stand derweil draußen im Garten und rauchte eine Zigarre nach der anderen. Molly fuhr fort: »Auf den Servietten sollte *Molly und Roger* stehen, dann das Datum und darunter *Für immer.*«

Delia blickte sich kurz suchend um. »Sorry, ich habe gerade keine hier, aber ... steht das denn nicht drauf? Ich bin mir so gut wie sicher, dass doch. Zumindest stand es auf denen, die ich gesehen habe.«

Mollys Mutter schüttelte den Kopf und nahm einen Schluck aus ihrem Cocktailglas. Die Tür ging auf und Kristy kam mit ihrer Platte herein, auf der ein paar benutzte Servietten lagen; als sie die kleine Konferenz an der Anrichte bemerkte, blieb sie abrupt stehen und fragte: »Was ist los?« Ich sah, wie Mollys Mutter auf die Narben starrte und dann rasch wegschaute, als Kristy ihren Blick erwiderte. Kristy ließ sich nicht anmerken, ob ihr das Starren etwas ausgemacht, ob sie es überhaupt wahrgenommen hatte. Sie stellte ihre Platte ab und strich sich eine Locke hinters Ohr.

Ich klärte sie auf: »Serviettenprobleme.«

Molly unterdrückte ein Schluchzen. »Da steht nicht *Für immer*, sondern *Für immer ...*« Die Stimme versagte ihr fast und sie wedelte mit der Hand, als wollte sie die aufsteigenden Tränen wegwischen. »Das Pünktchen-Pünktchen-Pünktchen-Dingsda.«

»Pünktchen-Pünktchen-Pünktchen-Dingsda?« Delia sah sie verwirrt an.

»Sie wissen schon, dieses Zeichen, die drei Punkte, die man setzt, wenn ein Satz unvollendet bleiben soll oder man ein offenes Ende andeuten will. Diese drei Punkte eben, man nennt das –« Vor lauter Grübeln legte sie ihre Stirn in Falten. »Sie wissen doch, was ich meine. Dieses Punkteding eben!«

»Eine Auslassung«, sagte ich quer durch den Raum.

Plötzlich richteten sich alle Augen auf mich. Ich merkte, dass ich rot wurde.

»Auslassung?«, wiederholte Delia.

»Drei Punkte hintereinander«, erklärte ich, aber weil sie mich immer noch verständnislos anschaute, fügte ich hinzu: »Mit drei Punkten kann man entweder einen Übergang oder einen Gedanken, der quasi in der Luft hängen bleibt, markieren, vor allem innerhalb eines Dialogs.«

»Wahnsinn!«, meinte Kristy neben mir. »Gib's ihnen, Macy.«

»Genau!« Molly deutete zustimmend auf mich. »Da steht nicht *Molly und Roger. Für immer*, sondern *Molly und Roger. Für immer …* Pünktchen Pünktchen Pünktchen!« Mit ihrem Finger malte sie jeden einzelnen Punkt in die Luft. »Als sollte ausgedrückt werden: Vielleicht hält diese Ehe ja für immer, vielleicht aber auch nicht.«

»Heiraten heißt doch sowieso *Für immer*, oder etwa nicht?«, murmelte Kristy leise, so dass nur ich es hören konnte.

Molly hatte von irgendwoher ein Taschentuch hervorgeholt und tupfte sich das Gesicht ab. Ihr Atem kam stoßweise, in kleinen Schluchzern. Ich wollte sie trösten: »Ich glaube nicht, dass die Leute bei einer Auslassung automatisch denken: Ah, mal sehen, ob diese Ehe hält, anscheinend gibt's da große Zweifel. Eine Auslassung ist in dem Zusammenhang viel eher ein Hinweis auf die Zukunft, auf das, was vor einem liegt.«

Mit gerötetem Gesicht blinzelte Molly mich an. Und brach endgültig in Tränen aus.

»Mannomann«, sagte Kristy.

»Tut mir Leid«, beeilte ich mich zu sagen. »Ich wollte Sie nicht –«

Mollys Mutter fiel mir ins Wort: »Es geht nicht um das Für-Immer.« Sie legte den Arm um Mollys Schulter.

»Natürlich geht es um das Für-Immer, worum sonst? Es geht um nichts anderes«, jammerte Molly laut, wurde jedoch jetzt von ihrer Mutter aus der Küche bugsiert; sanft und beruhigend redete die ältere Frau auf die jüngere ein. Schweigend blickten wir den beiden nach. Ich fühlte mich fürchterlich schuldig. Dies war nicht der richtige Zeitpunkt gewesen, meine Interpunktionskenntnisse vorzuführen.

Delia rieb sich mit der Hand übers Gesicht und schüttelte den Kopf. »Du meine Güte«, sagte sie, als die beiden außer Hörweite waren. »Was machen wir denn jetzt?«

Einen Moment lang herrschte erneut Schweigen, dann schob Kristy ihr Tablett ein Stück zur Seite und verkündete: »Was wir jetzt machen? Salat.« Sie schnappte sich einen Stapel Salatteller und verteilte sie einzeln auf der Arbeitsplatte. Monica zog die große Schüssel mit den Salatblättern näher zu sich, nahm sich eine Servierzange und gemeinsam machten sich die beiden an die Arbeit.

Ich blickte noch einmal Richtung Tür und fühlte mich elend. Wer hätte gedacht, dass drei Punkte einen solchen Unterschied ausmachen konnten? Es hing wie immer davon ab, was man hineinlas – wie bei der Liebe oder einem Wunsch oder bei was auch immer.

»Macy?« Ich blickte auf. Kristy warf mir einen aufmunternden Blick zu. »Mach dir keinen Kopf. Es war nicht deine Schuld.«

Vielleicht war es ja wirklich nicht meine Schuld. Trotzdem – das war nun mal das Problem, wenn man alle Antworten kannte. Erst wenn man sie gegeben hatte, merkte man, dass die richtige, wahrheitsgemäße Antwort nicht immer das war, was die Menschen hören wollten.

»Alles in allem lief es einigermaßen heute Abend«, sagte Delia drei Stunden später, als wir den letzten Servierwagen, beladen mit Vorlegelöffeln und -gabeln sowie leeren Weinkühlern in den Lieferwagen schoben. »Keine größeren, nicht mal mittlere Katastrophen. Ich würde sogar so weit gehen zu behaupten, dass es halbwegs gut lief.«

»Bis auf die Sache mit den Steaks.« Kristy spielte auf einen Moment absoluter Panik an, als wir gerade den Salat serviert hatten und entdeckten, dass die Hälfte der Filets noch im Lieferwagen und entsprechend kalt war.

»Stimmt, hätte ich fast vergessen.« Delia seufzte. »Zumindest ist auch dieser Abend jetzt vorbei und beim nächsten Mal klappt alles besser. Wie am Schnürchen, würde ich sagen. Als wären wir eine gut geölte Maschine.«

Selbst ich als blutige Anfängerin wusste: Das war mehr als unwahrscheinlich. Denn den ganzen Abend über hatte sich ein Problem ans andere gereiht. Krisen, die sich ankündigten, sich steigerten und dann doch irgendwie bewältigt wurden. Und das alles in atemberaubender Geschwindigkeit. Ich war so daran gewöhnt, die Dinge um jeden Preis zu kontrollieren, um gegen alles Unerwartete gewappnet zu sein, dass ich richtig spüren konnte, wie mein Stresspegel jedes Mal stieg und wieder sank, weil ich auf jede Krise, jede sich anbahnende Katastrophe sofort reagierte. Für die anderen drei hingegen schienen die ständigen Turbulenzen das Normalste von der Welt zu sein. Außerdem waren sie offenbar fest davon überzeugt, dass am Ende schon alles irgendwie funktionieren würde. Und das Seltsame war: Am Ende funktionierte auch alles. Irgendwie. Irgendwann. Obwohl ich nie hätte sagen können, wie, auch wenn ich selbst dabei gewesen war.

Kristy schnappte sich ihre schwarze Fransenhandtasche,

die sie auf der Ladefläche des Lieferwagens deponiert hatte. »Tut mir Leid, wenn ich unke«, meinte sie, »aber ich gebe der Ehe von den beiden maximal ein Jahr. Auf dieser Hochzeit herrschte ganz klar das Gefühl vor, dass die Braut kalte Füße hatte – als ob sie die ganze Zeit denken würde: Um Himmels willen, tu's nicht. Die Braut wäre doch vor lauter Schiss beinahe durchgedreht.«

»Mmm-hmmm.« Das kam von Monica, die auf der Stoßstange hockte und hiermit einen der drei Kommentare von sich gegeben hatte, aus denen – wie ich inzwischen mitbekommen hatte – ihr Repertoire bestand. Ihre beiden anderen Standardbeiträge zu jeder Unterhaltung lauteten »Hör bloß auf« und »Lass stecken«. Keine Ahnung, wer den Spitznamen Miss Monoton erfunden hatte, aber er passte gut zu ihr.

»Dein T-Shirt solltest du in kaltem Wasser und etwas Chlorbleiche einweichen«, sagte Delia zu mir. Sie strich sich mit der Hand über ihren runden Schwangerenbauch und ließ sie mit gespreizten Fingern dort liegen. »Dann müsste der Fleck beim Waschen rausgehen.«

Ich sah an mir herunter; den Fleck auf meinem T-Shirt hatte ich längst vergessen. »Ach so, ja. Mach ich.«

Als der Trauzeuge des Bräutigams beim Essen aufgestanden war, um einen Trinkspruch auf das Brautpaar auszubringen, fuchtelte er vor lauter Eifer und Begeisterung so mit den Armen und vergaß dabei das Rotweinglas in seiner Hand, dass sich der Rotwein über mich ergoss. Über Schlinger und Grabscher wusste ich ja bereits Bescheid, doch dieser Herr lehrte mich alles, was ich über Fummler wissen musste, denn er tupfte und wischte geschlagene fünf Minuten an mir herum – angeblich um den Fleck rauszureiben. Aber eigentlich führte es nur dazu, dass sich zwischen mir und diesem Mann in fünf Minuten mehr abspielte, als ich mit Jason je erlebt hatte.

Jason. Der Gedanke an ihn zerrte und zog in meiner Bauchgegend. Gleichzeitig realisierte ich allerdings, dass ich seit drei Stunden nicht mehr an ihn, unsere Beziehungspause und meinen neuen Status als Freundin in der Warteschleife gedacht hatte. Aber es war passiert, war Realität; ich hatte vor lauter Hektik bloß nicht mehr daran gedacht.

Ein Wagen fuhr an uns vorbei. Als er wendete, strich das Licht der Scheinwerfer über uns hinweg. Dann fuhr das Auto langsam – unendlich langsam – auf uns zu. Ich blinzelte, um besser erkennen zu können, was da herankroch. Auf jeden Fall war es kein normales Auto, sondern eine Art Lieferwagen, weiß mit grauen Flecken. Es dauerte eine halbe Ewigkeit, bis das seltsame Fahrzeug uns erreicht hatte, doch schließlich fuhr es vorsichtig dicht an den Bordstein heran und blieb stehen. Der Motor wurde ausgemacht. Im nächsten Augenblick erschien ein Kopf am Fenster vorn auf der Fahrerseite.

»Meine Damen«, ertönte eine tiefe, feierliche Stimme. »Darf ich Ihnen das Bertmobil präsentieren?«

Ein paar Sekunden lang herrschte Schweigen.

Delia zog scharf die Luft ein.

»Das gibt's nicht«, sagte Kristy. »Das ist nicht dein Ernst, oder?«

Die Fahrertür öffnete sich quietschend, Bert stieg schwungvoll aus. »Was?«

»Ich dachte, du würdest Onkel Henrys Auto bekommen.« Delia trat näher an Bert heran, während Wes auf der anderen Seite ausstieg. »Hattet ihr das nicht so ausgemacht?«

»Ich hab's mir eben anders überlegt.« Bert klimperte mit den Wagenschlüsseln. Er trug ein gestreiftes Hemd, Khakihosen, einen Gürtel und Mokassins, sah also definitiv so aus wie jemand, der sich extra schick gemacht hat.

»Warum?« Delia legte den Kopf zur Seite und musterte das Bertmobil aufmerksam. Trat plötzlich einen Schritt zurück, stemmte die Hände in die Hüften. »Moment mal«, sagte sie langsam, »ist das etwa –«

»Ein Kraftfahrzeug mit Charakter? Das etwas hermacht? Die Antwort lautet Ja«, verkündete Bert.

»Ist das ein Krankenwagen?«, fragte Delia ungläubig. »Das war mal ein Krankenwagen, nicht wahr?«

»Ich fasse es nicht.« Kristy lachte. »Bert, ich glaube, du bist so ungefähr der einzige Mensch auf der Welt, der denkt, er könnte mit einer Karre was hermachen, in der Leute *gestorben* sind.«

»Woher hast du den Wagen?«, erkundigte sich Delia. »Darf man mit so was überhaupt offiziell herumfahren?«

Wes, der mittlerweile neben der vorderen Stoßstange stand, schüttelte bloß den Kopf. Frag nicht, schien das Kopfschütteln zu sagen. Ich trat dichter ran, um mir das Bertmobil genauer anzuschauen. Auf der Kühlerhaube konnte man gerade so die Umrisse eines As und eines Ms erkennen.

»Ich habe das Teil bei dem Autoschrotthändler am Flughafen gekauft.« Bert strahlte, als redete er vom allerneuesten Porsche-Modell. »Und der hat's auf einer Gemeindeauktion ersteigert. Ist doch ultrascharf oder etwa nicht?«

Delia sah Wes an. »Und was ist mit Onkel Henrys altem Sedan?«

»Ich habe versucht es ihm auszureden«, meinte Wes. »Aber du kennst ihn ja. Stur bis zum Anschlag. Außerdem ist es sein Geld.«

»Und ein Sedan hat weder Charakter noch kann man damit was hermachen«, fügte Bert hinzu.

»*Du* machst nichts her, Bert, egal was für ein Auto du fährst«, sagte Kristy. »Ich meine, schau dich doch mal an. Diese Klamotten! Wie oft habe ich dir gesagt, du sollst nicht rumlaufen wie der letzte Opa. Echt, ich fasse es nicht. Dieses Hemd ... ist das etwa aus Nylon?«

Ihr Kommentar schien Bert nicht weiter zu stören; er blickte an sich runter und strich mit der Hand über die Brusttasche seines Hemdes. »Nylon und noch was. Ein Kunststoff*gemisch.* Frauen stehen nun mal auf gut gekleidete Männer.«

Kristy verdrehte die Augen. Wes wischte sich mit der Hand über die Stirn. Monica sagte: »Lass stecken.«

»Ein Krankenwagen«, sagte Delia so neutral wie möglich. Als könnte sie sich daran gewöhnen, wenn sie es nur oft genug aussprach.

Bert beeilte sich sie zu korrigieren: »Ein ehemaliger Krankenwagen. Ein Auto mit Geschichte. Mit einer Persönlichkeit, mit –«

Wes fiel seinem Bruder ins Wort: »Der Kauf ist nicht rückgängig zu machen. Kein Umtausch möglich. Als er damit vom Parkplatz des Händlers fuhr, waren die Würfel gefallen.«

Delia schüttelte seufzend den Kopf.

»Aber ich wollte genau so ein Auto«, bekräftigte Bert.

Pause. Gegen diese klare Ansage schien niemandem ein Argument einzufallen.

Schließlich trat Delia auf Bert zu, nahm ihn in den Arm und drückte ihn fest an sich. »Herzlichen Glückwunsch zum Geburtstag, junger Mann.« Sie wuschelte ihm durchs Haar. »Ich kann gar nicht glauben, dass du schon sechzehn bist. Vor allem weil ich mir dadurch uralt vorkomme.«

»Du bist nicht alt«, sagte er.

»Alt genug, um mich an den Tag zu erinnern, an dem du geboren wurdest.« Sie trat einen Schritt zurück und strich ihm das Haar aus der Stirn. »Deine Mutter war so glücklich. Du warst ein absolutes Wunschkind.«

Bert senkte plötzlich den Kopf und drehte verhalten den Schlüsselbund zwischen seinen Fingern. Delia beugte sich vor und flüsterte ihm etwas zu. Er nickte. Als er wieder aufblickte, war sein Gesicht leicht gerötet und für einen flüchtigen Moment entdeckte ich darin etwas Vertrautes, etwas, das mir bekannt vorkam. Doch dann wandte er den Kopf ab. Und das Etwas war wieder fort.

»Darf ich euch Macy vorstellen?« Delia deutete beim Sprechen auf mich. »Macy, das sind meine Neffen, Bert und Wes.«

»Wir sind uns schon begegnet, neulich bei uns zu Hause«, sagte ich.

»Ja, Bert ist hinter den Mülltonnen hervorgehüpft und hat sie zu Tode erschreckt«, meinte Wes.

»Ich fasse es nicht. Zieht ihr beide den Scheiß etwa immer noch ab?«, fragte Kristy. »So was Bescheuertes.«

»Es ist bloß passiert, weil ich hinten liege.« Bert warf mir einen entschuldigenden Blick zu. »Drei Punkte, um genau zu sein.«

Kristy zog eine Nagelfeile aus ihrer Handtasche und meinte ungerührt: »Der Nächste, der hinter einer Tür oder sonst was hervorspringt und mich erschreckt, kriegt eins auf die Mütze, egal ob er nun hinten liegt oder nicht.«

»Mmm-hmmm.« Zustimmung von Monica.

»Ich dachte, sie wäre Wes«, grummelte Bert. »Außerdem würde ich nie hinter einer Tür hervorspringen, das ist unter unserem Niveau. Wir haben unsere Technik schon viel weiter entwickelt.«

»Ach?«, meinte Kristy, doch Bert ignorierte ihren spöttischen Ton und sagte gar nichts mehr, deshalb wandte Kristy sich an mich: »Seit Wochen spielen sie dieses ultradämliche Buh-Spielchen. Hüpfen wie Springteufel von irgendwoher auf einen zu, erschrecken einander, erschrecken uns, bis man fast einen Herzinfarkt bekommt.«

»Es ist vielleicht ein Spiel, aber eins, für das man echt Köpfchen haben muss«, sagte Bert zu mir.

»Eher eins für Leute, die überhaupt kein Köpfchen haben«, stichelte Kristy.

»Es geht nichts über eine gute Erschreck-Aktion«, meinte Bert beharrlich.

Delia gähnte kopfschüttelnd und hielt sich dabei die Hand vor den Mund. »Tut mir Leid, dass ich dieses interessante Gespräch unterbreche, aber ich fahre jetzt heim«, verkündete sie. »Alte, schwangere Damen müssen um Mitternacht im Bett sein. Bauernweisheit.«

»Ach, komm doch noch mit.« Schwungvoll ließ Bert seine Hand über die Kühlerhaube gleiten. »Die Nacht ist jung! Das Bertmobil braucht einen ordentlichen Einstand.«

»Du schlägst im Ernst vor, wir sollen in einem Krankenwagen durch die Gegend düsen?«, fragte Kristy.

»Es hat alles, was ein anständiges Auto braucht«, antwortete Bert. »Es ist wie jeder normale Wagen. Nein, besser.«

»Hat es einen CD-Spieler?«, fragte Kristy.

»Also, das ist so –«

»Nein«, antwortete Wes an Berts Stelle. »Aber eine nicht funktionierende Gegensprechanlage.«

»Na dann«, sagte Kristy großzügig. »Ihr habt mich überzeugt. Ich bin dabei.«

Bert warf ihr einen erbosten Blick zu, aber sie lächelte ihn entwaffnend an und drückte im Vorbeigehen seinen Arm.

Monica stand auf und folgte ihr; gemeinsam gingen sie um das Bertmobil herum und öffneten die hinteren Türen.

»Viel Spaß!«, rief Delia. »Und fahr nicht zu schnell, Bert, hörst du?«

Worauf allgemeines Gelächter ertönte. Das heißt, Wes lachte nicht, konnte es sich allerdings nur mit Mühe verkneifen. Bert ignorierte das Gelächter und ging schnurstracks zur Fahrertür.

»Wes, kommst du mal eben?«, rief Delia.

Wes wollte auf sie zugehen, aber ich stand im Weg. Deshalb ergab sich dieser komische kleine Eiertanz, wie immer, wenn zwei Leute, die einander ausweichen wollen, erst gleichzeitig zur einen Seite gehen und dann zur anderen. Während ich etwas unbeholfen vor ihm her von einem Bein aufs andere trat, fiel mir auf, dass er aus der Nähe noch viel besser aussah: Diese dunklen Augen mit ihren langen Wimpern! Dazu lockiges Haar, das bis zum Kragen reichte, tief sitzende Jeans und eine Tätowierung am Arm, irgendein keltisches Symbol, das unter dem Ärmel seines T-Shirts hervorlugte.

Schließlich blieb ich stehen, so dass er an mir vorbeikonnte. »Sorry.« Er lächelte mich an. Als ich ihm nachblickte, merkte ich, wie mein Gesicht aus irgendeinem Grund ganz heiß wurde. Dann verschwand er auf der anderen Seite des Lieferwagens.

»Und wo sollen wir bitte schön sitzen?« Kristys Stimme, vom hinteren Ende des Bertmobils. »Sag mal, ist das – ist das etwa eine Bahre?«

»Nein«, antwortete Bert. »In der Ecke war zwar mal eine Trageliege befestigt, aber das ist bloß ein Feldbett, das ich erst mal reingestellt habe, bis ich etwas Bequemeres finde.«

»Ein Feldbett?«, fragte Kristy. »Bert, ich glaube, du

machst dir echt Illusionen darüber, was du mit diesem Auto reißen kannst.«

»Jetzt steig schon ein«, sagte Bert beleidigt. »Mein Geburtstag ist bald vorbei. Die Zeit läuft.«

Ich holte meinen Autoschlüssel aus der Tasche und machte mich auf den Weg zu meinem Auto. Dabei kam ich an Wes vorbei, der hinter dem Lieferwagen hervorgekommen war und nun wieder das Bertmobil ansteuerte.

»Schönen Abend noch«, sagte er. Ich nickte, doch bei dem Versuch, eine angemessene Antwort zu geben, verhedderte sich meine Zunge. Als ich endlich kapiert hatte, dass ich seine Worte einfach nur hätte wiederholen müssen, um genau das Passende zu sagen – was war bloß mit mir los? –, war der Moment auch schon vorbei: Wes hatte das Bertmobil erreicht und stieg ein.

Ich kam an dem weißen Lieferwagen vorbei. Delia schnallte sich gerade an. »Hast du gut gemacht, Macy. Wirklich toll.«

»Danke.«

Sie nahm einen Kuli vom Armaturenbrett, zog eine zerknüllte Papierserviette aus der Tasche, kritzelte etwas darauf. »Meine Telefonnummer«, sagte sie. »Ruf mich Montag an, dann kann ich dir sagen, wann ich dich gern das nächste Mal dabeihätte. Einverstanden?«

»Ja.« Ich nahm die Serviette, faltete sie zusammen. »Danke. Hat Spaß gemacht.«

»Ja?« Sie lächelte mich erstaunt an. »Das freut mich. Fahr schön vorsichtig, okay?«

Ich nickte. Sie ließ den Motor an und fuhr los. Ein letztes Hupen, dann bog sie um die Ecke.

Ich hatte gerade aufgeschlossen, als das Bertmobil neben meinem Auto hielt. Kristy saß hinten, drehte aber vorn am

Radio rum. Die Sender wechselten rapide, von Popmusik zu atmosphärischem Rauschen zu den dröhnenden Bässen irgendeines Technostücks. Wes durchwühlte das Handschuhfach; Kristy blickte mich über seinen vorgebeugten Rücken hinweg an.

»Hast du Lust mitzukommen?«, fragte sie.

»Nein«, antwortete ich, »ich muss wirklich ...«

In dem Moment drehte Kristy wieder am Sendersuchknopf und irgendwer jaulte plötzlich *Baaaaaby ...!* – der Beginn einer bombastischen Schnulze. Bert und Wes zuckten simultan zusammen.

»... nach Hause«, vollendete ich meinen Satz.

Kristy machte die Musik etwas leiser. Aber nicht viel. »Wirklich? Ich meine, willst du echt auf diese Erfahrung verzichten? Wie oft hat man schon die Chance, in einem Krankenwagen mitzufahren?«

Einmal zu oft, dachte ich.

»Ehemaliger Krankenwagen. Umgebaut und aufgerüstet«, grummelte Bert.

»Was auch immer«, meinte Kristy und sagte dann zu mir: »Komm schon, raff dich auf. Ein bisschen Leben kann nie schaden.«

»Ich sollte wirklich besser heimfahren«, antwortete ich. »Trotzdem, danke für das Angebot.«

Kristy zuckte die Schultern. »Wie du willst. Aber beim nächsten Mal bist du dabei, okay?«

»Okay«, antwortete ich. »Bestimmt.«

Ich blieb neben meinem Auto stehen und schaute zu. Wie Bert vorsichtig in der gegenüberliegenden Auffahrt wendete. Wie Wes die Hand hob und winkte, bevor sie endgültig davonfuhren. In einem anderen Leben hätte ich es möglicherweise fertig gebracht, hinten in einen Krankenwagen einzusteigen, ohne dauernd an das bewusste andere Mal zu denken. Aber es wäre ein Risiko gewesen und mit Risiken hatte ich in letzter Zeit kein Glück; um mir das in Erinnerung zu rufen, brauchte ich bloß heimzufahren und einen Blick auf meinen Computerbildschirm zu werfen. Deshalb tat ich, was ich in letzter Zeit immer tat: das Richtige. Doch vorher warf ich noch einen letzten Blick in den seitlichen Rückspiegel und sah, wie das Bertmobil in einiger Entfernung abbog. Erst als sie weg waren, ließ ich den Motor an und fuhr heim.

Kapitel 5

Lieber Jason,
ich habe deine E-Mail bekommen und muss gestehen, ich war sehr überrascht, als ich merkte, dass du anscheinend das Gefühl hast, ich hätte

Lieber Jason,
ich habe deine E-Mail bekommen. Es wäre schön gewesen, wenn du mir vielleicht etwas eher gesagt hättest, dass du findest, unsere Beziehung ist

Lieber Jason,
ich habe deine E-Mail bekommen. Ich fasse es ehrlich gesagt nicht, dass du mir so was antust, nur weil ich Ich liebe dich *geschrieben habe. Die meisten Menschen, die zusammen sind, können das*

Nein, dachte ich, und noch mal nein. So definitiv nicht.

Montagmorgen. Seit zwei Tagen mühte ich mich damit ab, eine Mail an Jason zu entwerfen, war allerdings noch keinen Schritt weiter als zu Beginn. Es lag vor allem am Ton; seine Mail war so kalt, sachlich und gefühllos gewesen, dass ich bei jedem Anlauf unwillkürlich seinen Stil zu kopieren versuchte, es jedoch einfach nicht hinkriegte. Und genau da lag das Problem. Egal wie sorgfältig ich mir jedes Wort überlegte – am Ende spürte ich aus jeder einzelnen Zeile den Kummer und die Verzweiflung, die mich beim Schreiben überfielen. Zwischen den Buchstaben traten mir meine Fehler und mein Versagen wie mutlose, traurige Gestalten entgegen. Deshalb entschied ich mich schließlich für die Antwort, die mir am sichersten erschien, nämlich gar keine. Da ich nichts mehr von ihm gehört hatte, nahm ich an, dass er mein Schweigen für Zustimmung hielt. Wahrscheinlich war es ihm ohnehin am liebsten so.

Auf meinem Weg zur Bibliothek stand ich an einer Ampel plötzlich hinter einem Krankenwagen, worauf ich sofort wieder an *Wish Catering* denken musste. Was nichts Neues war, denn seit Freitag hatte ich eigentlich ständig daran gedacht. Außerdem hatte meine Mutter das T-Shirt mit dem Rotweinfleck in der Waschküche entdeckt, wo es still und leise in Chlorbleiche vor sich hin weichte. Also musste ich ihr notgedrungen von meinem neuen Job erzählen.

»Du hast doch schon einen Job, mein Schatz.« Ihre Stimme klang eher fragend denn missbilligend. Es war ja auch noch früh am Tag.

»Ich weiß«, antwortete ich. Meine Mutter warf einen prüfenden Blick auf das T-Shirt, vielmehr den Fleck. »Aber als ich Delia am Freitag zufällig im Supermarkt getroffen habe, kam sie mir so hektisch und überlastet vor, dass ich ihr spontan meine Hilfe anbot. Ich meine, ich habe es nicht geplant oder so.« Zumindest das entsprach vollständig der Wahrheit.

Meine Mutter schloss die Waschmaschinentür, verschränkte die Arme vor der Brust und sah mich an. »Ich habe bloß Angst, dass du dich überforderst. Mit deiner Arbeit in der Bibliothek hast du eine große Verantwortung übernommen. Jason verlässt sich drauf, dass du dich voll und ganz auf deine Aufgaben dort konzentrierst.«

In einem anderen Leben wäre das der ideale Augenblick gewesen, um meiner Mutter von Jasons einsamem Entschluss und unserer Trennung zu erzählen. Aber ich tat es nicht. Für meine Mutter war ich die gute Tochter – die, bei der sie sich darauf verlassen konnte, dass sie genauso zielstrebig und ehrgeizig war wie sie selbst. Aus irgendeinem Grund wusste ich, dass ich in ihrer Achtung sinken würde, wenn sie von der Trennung erfuhr, vor allem weil sie von Jason ausgegangen war. Schlimm genug, dass ich das Gefühl hatte, Jasons Erwartungen nicht zu entsprechen. Für meine Mutter würde das noch viel schlimmer sein.

»Das mit dem Catering mache ich ja bloß sporadisch«, sagte ich. »Ich werde mich davon nicht ablenken lassen. Wer weiß, vielleicht gibt es gar kein zweites Mal. Es hat bloß ... ich meine, es war okay. Hat Spaß gemacht.«

»Spaß?« Sie wirkte so überrascht, als hätte ich ihr gerade erzählt, ich fände es schön, meinen Arm mit Nägeln zu durchbohren. Weil es Spaß machen würde. »Ich stelle es mir schrecklich vor, die ganze Zeit auf den Beinen zu sein und all diese Leute zu bedienen. Außerdem ... also, mir kommt die Frau ziemlich chaotisch und unorganisiert vor. Ich würde verrückt werden, glaube ich.«

»Das war bloß bei uns so«, erwiderte ich. »Letzten Freitag lief die Sache völlig anders.«

»Wirklich?«

Ich nickte. Noch eine Lüge. Aber meine Mutter hätte sowieso nicht begriffen, warum ich mich in gewisser Weise zu dem Chaos hingezogen fühlte, das in Delias Catering-Welt herrschte. Ich war mir nicht mal sicher, ob ich es überhaupt hätte erklären können, wusste nur eins: Das

Wochenende selbst war sehr, sehr anders gewesen als die paar Stunden am Freitagabend davor. Tagsüber hatte ich brav meine Pflichten erfüllt, ging zum Yoga, erledigte die Wäsche, putzte mein Badezimmer und versuchte, diese E-Mail an Jason zu schreiben. An beiden Tagen, Samstag und Sonntag, aß ich sowohl mittags als auch abends immer zur selben Zeit, benutzte jeweils denselben Teller, dieselbe Schüssel, dasselbe Glas, wusch sie nach jeder Mahlzeit ab, stellte sie ordentlich zum Abtropfen hin und ging um elf ins Bett, obwohl ich – wenn überhaupt – selten vor zwei einschlief. Achtundvierzig Stunden lang redete ich mit keinem Menschen, bis auf die üblichen paar Werbeanrufe. Es war so still, dass ich manchmal am Küchentisch saß und mir selbst beim Atmen zuhörte – als bräuchte ich inmitten all der Ordnung und Sauberkeit einen Beweis dafür, dass ich lebte.

»Okay, warten wir ab, wie sich die Dinge entwickeln«, hatte meine Mutter gesagt. Ich beugte mich vor und stellte die Waschmaschine an. Gurgelnd lief das Wasser ein. »Aber der Job in der Bibliothek steht für dich nach wie vor an erster Stelle, oder?«

»Ja«, antwortete ich. Und damit war die Sache erst einmal erledigt.

Trotzdem hatte ich ein ganz seltsames, beklommenes Gefühl, während ich auf meinen Platz hinter der Infotheke zulief: meine zweite Woche in der Bibliothek. Obwohl wir offiziell um neun Uhr anfingen zu arbeiten und es erst zehn vor war, saßen Bethany und Amanda bereits auf ihren Stühlen. Aber das hätte ich mir natürlich denken können. Was war das nur für ein Gefühl, das mich gerade beschlich? Angst? Nein, eher so etwas wie eine unheilvolle Vorahnung. Vielleicht lag es am Schweigen. An der Stille, der Ruhe.

Oder an der Art, wie Amanda ihren Kopf hob und mich stirnrunzelnd ansah.

»Ach hallo, Macy«, sagte sie. Ihre Stimme klang wie jeden Tag, wenn sie mich begrüßte. Immer schwang darin ein verwunderter Unterton mit; als hätte sie gar nicht mehr mit meinem Kommen gerechnet. »Ich habe mich schon gefragt, ob du heute auftauchen würdest ... ich meine, nach dem, was geschehen ist.«

Natürlich wusste ich sofort, worauf sie anspielte. Jason war auf jeden Fall diskret und tratschte nicht gleich alles rum; doch außer ihm waren noch ein paar andere von unserer Highschool mit im Schlaumeiercamp, unter anderem ein gewisser Rob, der die Angewohnheit hatte, ständig zu blinzeln. Und Rob war mit Jason ebenso gut befreundet wie mit Amanda. Aber durch welche Kanäle die Neuigkeit auch gedrungen war – diese Trennung war nicht länger mein Geheimnis, sondern Information. Info wie in Infotheke. Und was Information anging, waren Amanda und Bethany Expertinnen.

»Ich meine, nach dem, was geschehen ist ...«, wiederholte Amanda langsam, als ob ich sie vielleicht nicht gehört hätte, weil ich nicht sofort reagierte, »... zwischen dir und Jason.«

Ich drehte mich so, dass ich sie frontal anschauen konnte. »Die Trennung ist nur vorübergehend. Eine Art Atempause. Und mit meinem Job hier hat das überhaupt nichts zu tun.«

»Mag ja sein«, sagte Amanda. Bethany legte einen Kugelschreiber an ihre Lippen. Amanda fuhr fort: »Wir haben uns nur gefragt ... besser gesagt, wir haben uns Sorgen gemacht, ob es dich vielleicht so beeinträchtigen könnte, dass deine Leistung darunter leidet.«

»Nein, bestimmt nicht.« Ich wandte mich ab und meinem Computer zu, aber ich sah die beiden trotzdem noch, denn ihre Gesichter spiegelten sich im Bildschirm. Daher bekam ich mit, wie Amanda herablassend und mitleidig den Kopf schüttelte, wie Bethany mit gekräuselten Lippen ihre Zustimmung dazu signalisierte, bevor sie sich langsam umwandte und wieder geradeaus blickte.

So begann mein bis dahin längster Tag in der Bibliothek. Viel tat ich nicht, obwohl ich sensationelle zwei Fragen beantworten durfte: eine von einem unrasierten Mann mit Alkoholfahne, der sich erkundigte, ob zufällig gerade eine Stelle frei sei; die andere von einer Sechsjährigen, die unbedingt die Adresse von Mickymaus brauchte – beides Fragen, die Amandas und Bethanys Ansicht nach unter ihrer Würde, aber für mich gerade richtig waren. Jedenfalls zeigte sich an diesem Tag noch deutlicher als sonst, dass ich ihnen nur lästig war und sonst gar nichts. In der vergangenen Woche hatten sie mich immerhin noch halbwegs toleriert. Doch von nun an ignorierten sie mich gänzlich – erstens weil es wegen Jasons Verhalten jetzt noch leichter geworden war, und weil sie sich, zweitens, als seine Freundinnen völlig im Recht fühlten.

Wir hatten gerade zu Abend gegessen und ich erledigte noch meine üblichen Nach-dem-Essen-Aufgaben, wischte also die Arbeitsflächen in der Küche ab, als das Telefon klingelte. Ich ging gar nicht erst ran, weil es garantiert nicht für mich war, sondern einer der Kunden meiner Mutter. Doch plötzlich hörte ich, wie sich die Arbeitszimmertür öffnete.

»Macy? Für dich.«

Nachdem ich das Telefon in der Küche abgenommen

hatte, hörte ich als Erstes ein leises Schluchzen mit langen Pausen. Eine Art Zwischen-Schluchzen, so wie jemand vor sich hin schnieft, der schon geweint hat und demnächst wieder damit loslegt.

»Bitte, Lucy, bitte, Schätzchen.« Die Stimme übertönte das Schluchzen. »Das machst du jedes Mal, wenn ich telefonieren muss. Warum? Hmm? Warum –«

»Hallo?«, sagte ich.

»Hi, Macy, hier ist Delia.« Das Blubberschluchzen entwickelte sich prompt zu einem lautstarken Protestgebrüll. »Lucy, Süße, bittebittebitte lass mich fünf Sekunden in Ruhe telefonieren, sei so lieb, okay? Schau mal, hier ... dein Häschen.«

Ich wartete, den Hörer in der Hand, während das Weinen langsam wieder leiser wurde, erst in ein Schnüffeln, dann in einen Schluckauf überging und schließlich ganz aufhörte.

»Entschuldige bitte, Macy«, sagte sie. »Bist du noch da?«

»Ja.«

Sie seufzte. Einer dieser abgrundtiefen, erschöpften Seufzer, die ich bereits als typisch Delia empfand, obwohl ich sie kaum kannte. »Ich rufe an, weil ich einen Engpass habe und dringend zusätzliche Hilfe gebrauchen könnte. Ich soll morgen Mittag einen Lunch liefern, eine ziemlich große Veranstaltung, aber zurzeit fehlen mir noch mehr als zweihundert Sandwichhappen und überhaupt. Könntest du kurzfristig vorbeikommen und helfen?«

»Heute Abend?« Ich warf einen Blick auf die Uhr am Herd. Fünf nach sieben. Normalerweise ging ich um diese Zeit nach oben, checkte meine E-Mails, putzte mir die Zähne, reinigte sie mit Zahnseide und las noch ein paar Seiten in dem Buch mit den Übungsfragen für die College-Aufnahmeprüfung, damit ich kein allzu schlechtes Gewissen hatte, wenn ich es mir anschließend vor dem Fernseher bequem machte, bis ich müde genug war, um einzuschlafen.

»Ich weiß, es ist kurzfristig, aber die anderen haben alle schon was vor«, sagte Delia. Sie musste zwischendurch den Wasserhahn aufgedreht haben, denn ich hörte Plätschern im Hintergrund. »Ist kein Problem, wenn du nicht kannst, aber ich wollte zumindest fragen. Zum Glück hatte ich die Visitenkarte deiner Mutter noch, deshalb dachte ich mir, ich rufe mal an und versuche dich herzulocken.«

»Ja, also«, begann ich und wollte schon Nein sagen. Nein, tut mir Leid, es geht nicht – die Worte lauerten auf meiner Zungenspitze, meine Lippen formten sie, ich konnte es regelrecht fühlen. Aber dann sah ich mich in unserer stillen, blitzsauberen Küche um. Ein Sommerabend. Ein früher Sommerabend. Das war mal meine Lieblingstageszeit zu meiner Lieblingsjahreszeit gewesen: früher Sommerabend. Wenn die Glühwürmchen allmählich zum Vorschein kamen und die Luft sachte abkühlte. Wie hatte ich das bloß vergessen können?

»... ich weiß zwar nicht, warum du deine kostbare Zeit dafür opfern solltest, bis zum Ellbogen in Brunnenkresse und Frischkäse herumzumanschen.« Delias Stimme holte mich in die Wirklichkeit zurück. »Außer natürlich, du hast sonst nichts Besseres vor.«

»Hab ich nicht«, antwortete ich zu meiner eigenen Verblüffung. »Zumindest nichts, was ich nicht verschieben könnte.«

»Wirklich? Das ist toll. Wunderbar. Du bist ein Engel. Ohne dich wäre ich aufgeschmissen. Dann beschreibe ich dir mal, wie du herfindest. Ist ein bisschen außerhalb, aber ich bezahle dir die Fahrzeit natürlich mit, das heißt, ab jetzt tickt die Uhr.«

Ich nahm einen Stift aus dem Glas, das neben dem Telefon stand, zog den Notizblock näher an mich heran – und verspürte plötzlich einen leichten Stich. Ob das wohl gutgehen würde? Wenn ich mich so ablenken ließ, meine Routine unterbrach? Andererseits ging es bloß um einen Abend unter vielen, um eine kleine Abweichung von meinem sonstigen Tagesablauf. Warum sollte ich es nicht ausprobieren und einfach mal abwarten, was sich daraus entwickelte? Wahrscheinlich schwirrten draußen längst die Glühwürmchen herum. Vielleicht hatte ich ja nicht nur eine Jahres- oder Tageszeit vergessen, sondern eine ganze Welt. Doch wenn ich diese Welt nicht betrat, würde ich es nie herausfinden. Also los.

Delias Wegbeschreibung war wie Delia selbst: zum Teil glasklar, dann wieder total chaotisch. Am Anfang hatte ich jedenfalls keinerlei Probleme. Ich fuhr auf der Hauptstraße einmal quer durch die Stadt, dann jenseits der Stadtgrenze vorbei an Neubausiedlungen, Bürogebäuden, Bauernhöfen, bis ich schließlich bei Feldern und Weideland inklusive Kühen landete. Von genau dieser Straße aus hätte ich zu Delia abbiegen müssen, hatte die Abzweigung allerdings irgendwie verpasst, also entweder ihre Beschreibung nicht richtig gedeutet oder mich verfahren. Oder beides. Die bewusste Abzweigung war einfach nicht da, Punkt – egal wie oft ich die Strecke, wo sie sich meiner Meinung nach befinden musste, entlangfuhr. Hin, wenden, wieder zurück. Was zu allem Überfluss irgendwann ziemlich peinlich wurde, weil ich jedes Mal an einem Obst- und Gemüsestand am Straßenrand vorbeikam; auf dem Schild stand TOMATEN BLUMEN KUCHEN & PASTETEN – ALLES FRISCH. Knallrote Buchstaben. Eine ältere Frau saß am Stand auf einem

Gartenstuhl und las im Schein einer großen Taschenlampe ein Buch. Als ich zum dritten Mal an ihr vorbeikam, ließ sie ihr Buch sinken und blickte mir nach. Beim vierten Mal trat sie in Aktion.

»Hast du dich verfahren?«, rief sie, als ich im Schneckentempo an ihr vorbeifuhr und angestrengt die Landschaft absuchte, um endlich die blöde Abzweigung zu entdecken.

»Eine schmale, ungeteerte Straße, die man leicht übersieht, da brauchst du bloß einmal im falschen Moment zu blinzeln«, hatte Delia gesagt. Ob das wohl eine Art Test für neue Mitarbeiter sein sollte? Ich bremste, legte den Rückwärtsgang ein, ließ den Wagen vor den Verkaufsstand rollen. Die Frau war mittlerweile aufgestanden und beugte sich durch das Fenster auf der Beifahrerseite. Sie war vielleicht Anfang fünfzig, trug Jeans, ein weißes, ärmelloses T-Shirt und einen Pullover um die füllige Taille. Die grauen Haare hatte sie zu einem Pferdeschwanz zusammengebunden und ihr dickes, buntes Taschenbuch hielt sie noch in der Hand. Ich erhaschte einen Blick auf den Titel, auf dem ein Mann mit nacktem Oberkörper prangte, an den sich eine Frau in knallengem Kleid schmiegte: *Die Entscheidung*, von Barbara Starr. Statt Lesezeichen steckte eine Nagelfeile in dem Schmöker.

»Ich suche den Sweetbud Drive«, sagte ich. »Angeblich muss man irgendwo von dieser Straße abbiegen, aber –«

»Gleich da drüben.« Sie wandte sich halb um und zeigte auf einen Schotterstreifen rechts von dem Obst- und Gemüsestand, der so schmal war, dass man ihn eher für einen Feldweg oder eine Zufahrt zu einem Privathaus halten konnte als für eine richtige Straße. »Ist nicht deine Schuld, dass du die Abzweigung übersehen hast. Gestern Nacht wurde nämlich wieder mal das Schild geklaut. Bestimmt von den Kiffern.« Mein Blick folgte ihrem ausgestreckten Zeigefinger zu einem dünnen Metallpfosten, an dem – kein Schild befestigt war. »Schon das vierte Mal in diesem Jahr. Jetzt kann mal wieder niemand mein Haus finden, bis das Verkehrsamt endlich wen zu uns rausschickt, um ein neues Schild anzubringen.«

»Ist ja schrecklich«, sagte ich.

»Vielleicht nicht direkt schrecklich, aber auf jeden Fall lästig.« Ihr Taschenbuch wechselte von der einen Hand in die andere. »Als wäre das Leben nicht so schon kompliziert genug. Da sollte man doch zumindest Schilder haben, an denen man sich orientieren kann.« Sie richtete sich auf. Reckte sich. »Ach, und pass unterwegs gut auf, in der Fahrbahn ist ein tiefes Loch, gleich hinter der Skulptur. Das Ding ist wirklich mörderisch. Am besten hältst du dich ganz weit links.« Bevor sie zu ihrem Stuhl zurückging, klopfte sie aufmunternd auf meine Motorhaube und lächelte mich an.

»Danke«, rief ich ihr nach. Sie hob grüßend die Hand, ohne sich noch einmal umzudrehen. Ich wendete, bog ab und fuhr vorsichtig den Sweetbud Drive entlang, wobei ich nach einer Skulptur und einem Loch in der Straße Ausschau hielt. Die Skulptur sah ich zuerst.

Sie stand neben der schmalen Fahrspur auf einem freien Platz zwischen zwei Bäumen, war aus rostigem Metall in Form einer Hand und groß. Sehr groß, mindestens zwei Meter. Dazu wurde sie von einer zu einem Kranz gebogenen Metallstrebe eingerahmt, um die sich eine Fahrradkette wie eine Art Girlande wand. Mittendrin hatte die Handfläche ein herzförmiges Loch, in dem ein leuchtend rot bemaltes, etwas kleineres Herz aus Metall hing, das sich leicht im

Wind drehte. Während die Räder meines Autos zentimeterweise knirschend über den Kies rollten, saß ich am Steuer und starrte fasziniert zu der Skulptur rüber. Irgendwie hatte ich das Gefühl, dieses Motiv schon mal gesehen zu haben.

Und dann fuhr ich in das Loch.

Mit einem scharfen Klong! verschwand mein linkes Vorderrad im wahrsten Sinne des Wortes in der Versenkung, und zwar vollständig. Aha, dachte ich, während sich mein Auto insgesamt schräg auf die Seite legte, deshalb hat sie was von mörderisch gesagt.

Während ich noch so überlegte, wie ich mich wohl möglichst unauffällig aus dem Schlamassel befreien konnte – es wäre mir nämlich schon peinlich gewesen, meinen ersten Auftritt bei Delia in Form einer Panne hinzulegen –, sah ich plötzlich, wie jemand aus einem Haus weiter unten an der Straße trat und auf mich zulief. Es wurde allmählich dunkel, deshalb erkannte ich ihn nicht gleich. Erst als er schon fast vor meiner schiefen Stoßstange stand, merkte ich, es war Wes.

»Was auch immer Sie jetzt tun, auf keinen Fall rückwärts rausfahren«, rief er mir zu. »Dadurch wird's nämlich nur noch schlimmer.« Er beugte sich etwas vor, erkannte mich und wirkte auf einmal etwas verdutzt. Keine Ahnung, mit wem er gerechnet hatte – mit mir jedenfalls nicht. »Hallo.«

»Hi.« Ich schluckte. »Ich ... äh ... ich bin anscheinend –«

»Stecken geblieben.« Er vollendete den Satz für mich und verschwand für einen Moment außer Sichtweite. Offenbar war er in die Hocke gegangen, um das Loch mit meinem Rad drin zu begutachten. Ich reckte den Hals, um ihn sehen zu können. Dadurch dass mein Auto so schräg stand, befand ich mich auf Augenhöhe mit seinem Hinterkopf, und als er sich nun wieder aufrichtete, waren unsere Gesichter plötzlich sehr dicht beieinander. Obwohl ich eigentlich weiß Gott anderes im Kopf hatte, fiel mir sofort wieder auf, wie unglaublich gut er aussah, allerdings auf eine fast beiläufige Art. So als wäre das gar nichts. Wodurch es nur schlimmer wurde. Oder besser. Oder was auch immer. Jedenfalls schien es ihm nicht bewusst zu sein.

»Bingo«, sagte er, als hätte daran irgendein Zweifel bestanden. »Du steckst fest, aber so was von.«

»Dabei bin ich sogar vorgewarnt worden«, sagte ich. Wes stand auf. »Aber die Skulptur hat mich wohl zu sehr abgelenkt«, fuhr ich fort.

»Die Skulptur?« Er sah erst die Skulptur und dann wieder mich an. »Wahrscheinlich weil du sie schon mal gesehen hast, oder?«

»Was meinst du?«

Einen Moment sah er mich verwirrt an, doch dann schüttelte er den Kopf. »Ach nichts, ich dachte bloß, du hättest sie ... äh ... vielleicht schon mal gesehen. In der Innenstadt stehen ein paar von den Dingern rum.«

»Nein«, antwortete ich. Der Wind hatte sich gelegt; in der stillen Luft hing das Herz reglos in der Mitte der Handfläche. »Aber sie ist auf jeden Fall irre.«

Irgendwo rechts von mir fiel eine Tür ins Schloss. Als ich den Kopf wandte, sah ich, dass Delia mit verschränkten Armen auf der Veranda eines weißen Hauses stand. »Macy?«, rief sie. »Bist du das? So was Dummes aber auch, ich habe vergessen dir das mit dem Loch zu sagen. Moment, wir holen dich da raus. Was bin ich bloß für ein Idiot! Warte, ich muss nur schnell Wes holen.«

»Bin schon da«, rief Wes zurück. Delia ließ sich erleichtert auf ihren Verandastufen nieder. Zu mir sagte er: »Bleib, wo du bist, bin gleich wieder da«, und setzte sich in Trab.

Ich blickte ihm nach, bis er auf dem Hof des Hauses am Ende der Straße verschwand. Kurze Zeit später hörte ich, wie ein Motor angelassen wurde. Dann erschien ein weißer kleiner Ford-Truck und fuhr auf mich zu. Die Strecke war wegen der Baumwurzeln in der Fahrbahn ziemlich holprig, weshalb der Truck ab und zu kleine Hüpfer machte. Wes rangierte an mir vorbei und setzte so lange zurück, bis unsere beiden hinteren Stoßstangen etwa einen halben Meter auseinander waren. Dann stieg er aus; aus dem Klirren und Scheppern, das seine Bewegungen begleitete, schloss ich messerscharf, dass er etwas an meinem Auto befestigte. Schließlich sah ich im seitlichen Rückspiegel, wie er zu mir nach vorne kam. Sein weißes T-Shirt leuchtete im Zwielicht der Dämmerung.

»Der Trick besteht darin, genau den richtigen Winkel zu erwischen.« Er beugte sich vor, ergriff durchs Fenster mein Lenkrad und drehte es leicht zur Seite. »Ungefähr so, okay?«

»Okay.« Ich legte meine Hände dahin, wo seine das Lenkrad berührt hatten.

»Gleich bist du frei«, sagte er, lief zu seinem Truck zurück, stieg ein und legte den Gang ein. Meine Hände umschlossen das Lenkrad. Gespannt saß ich da und wartete.

Der Motor heulte dröhnend auf und gleich darauf rollte der Truck ein Stück vorwärts. Zuerst geschah nichts – doch dann setzte sich mein Auto auf einmal in Bewegung. Nach oben, Zentimeter um Zentimeter, immer ein bisschen weiter, bis ich im Licht meiner Scheinwerfer das Loch vor mir auf der Fahrbahn erkennen konnte. Ein Loch, das nun wieder leer war. Und riesig. Ein wahrer Mondkrater. Mörderisch war genau der richtige Ausdruck für dieses Loch.

Als mein Wagen wieder waagerecht stand, sprang Wes aus dem Führerhaus und machte das Abschleppseil los. »Alles in Ordnung, jetzt müsstest du es allein schaffen«, rief er mir zu, wobei seine Stimme irgendwo auf Höhe meiner hinteren Stoßstange schwebte. »Halt dich einfach ganz weit links.«

Ich steckte meinen Kopf durchs Fenster. »Vielen Dank.«

Er zuckte lässig die Schultern. »Eine meiner leichtesten Übungen. Gestern musste ich den UPS-Mann rausziehen.« Er warf das Abschleppseil auf die Ladefläche, wo es mit einem dumpfen Klatschen landete. »Er wirkte ganz schön unglücklich bei der Aktion.«

»Das ist allerdings auch ein sehr tiefes Loch.« Ich sah es mir noch einmal genauer an.

»Ja, ein echtes Monsterloch.« Wes fuhr sich mit der Hand durchs Haar, wobei ich die Tätowierung auf seinem Arm zwar sehen, aber nicht erkennen konnte, was sie darstellte, dazu stand er zu weit weg. »Wir müssten es zuschütten, das ist uns auch klar. Aber es wird nicht passieren.«

»Warum nicht?«

Er schaute zu Delias Haus rüber. Sie kam gerade über den Gartenweg auf uns zu, barfuß, in rotem T-Shirt und langem Rock.

»Ist so ein Familiending«, antwortete Wes. »Manche Menschen glauben fest daran, dass es keine Zufälle gibt, sondern alles aus einem bestimmten Grund geschieht. Selbst Monsterlöcher auf der Straße.«

»Und du nicht?«

»Nein.« Sein Blick wanderte an meinem Wagen vorbei Richtung Loch, das er für einen Moment nachdenklich betrachtete. Erst als er mich unvermittelt ansah, wurde mir bewusst, dass ich ihn die ganze Zeit beobachtet hatte.

»Egal«, sagte er schließlich. Ich konzentrierte mich wieder auf mein Lenkrad. »Man sieht sich«, fügte er hinzu.

»Noch mal vielen Dank.« Ich legte den ersten Gang ein.

»Kein Thema. Und denk dran: links halten.«

»Ganz weit links«, antwortete ich. Er nickte, klopfte zweimal gegen meinen Kotflügel – dong dong – und marschierte auf seinen Truck zu. Ich drehte mein Lenkrad bis zum Anschlag und fuhr vorsichtig in einem weiten Bogen um das Loch herum. Knapp dreißig Meter weiter stand ich vor der Zufahrt zu Delias Haus, wo sie bereits auf mich wartete. Als ich die Fahrertür öffnen wollte, sah ich in meinem Rückspiegel Wes' Truck als verschwommenes Spiel aus Licht und Schatten. Im Führerhaus waren seine Umrisse zu erkennen, sein Gesicht wurde von der Beleuchtung des Armaturenbretts angestrahlt. Dann verschwand er hinter einer Reihe Bäume, der Kies knirschte ein letztes Mal und weg war er.

»Wes denkt eben, er kann alles reparieren.« Delia nahm sich ein Messer und schlitzte eine weitere Packung Truthahnfleisch auf. »Und falls er es nicht reparieren kann, will er aus den Bruchstücken und Einzelteilen zumindest was Neues basteln.«

»Was findest du daran so schlimm?« Zum x-ten Mal an diesem Abend tauchte ich mein Messer in das Riesenglas Mayonnaise vor mir, um das nächste Sandwich zu bestreichen.

»Nicht schlimm«, erwiderte sie. »Bloß – eigen.«

Wir befanden uns in Delias Garage, dem Hauptquartier von *Wish Catering*. Möblierung: zwei gigantische Profiöfen, ein mindestens so riesiger Kühlschrank und mehrere blitzende Stahltische, auf denen sich Schneidebretter und diverse andere Küchenutensilien türmten. Wir saßen einander gegenüber und bereiteten Sandwiches vor. Die Garagentür stand offen, draußen zirpten die Grillen.

»Ich stehe auf dem Standpunkt«, fuhr sie fort, »dass man manche Dinge so lassen muss, wie sie sind, weil sie genau so sein sollen.«

»Wie zum Beispiel das Loch?« Sofort fiel mir wieder ein, wie Wes zu Delia hinübergeschaut hatte, als wir darüber sprachen.

Sie legte die Packung mit dem Truthahn aus der Hand und sah mich an. »Ich kann mir denken, was er zu dir gesagt hat. Nämlich dass das Loch nur meinetwegen überhaupt noch da ist. Und wenn ich es ihn endlich zuschütten ließe, wäre der Briefträger nicht so sauer auf uns, dass er sich quasi weigert uns die Post zu bringen. Außerdem blieben mir die Rechnungen von der Autowerkstatt erspart, die mir ständig ins Haus flattern – wenn die Post denn mal kommt –, weil wieder irgendein armer Mensch seine Autoreifen auf dem Weg hierher ruiniert hat.«

»Nein, das hat er nicht gesagt.« Langsam und bedächtig bestrich ich die nächste Scheibe Brot, die vor mir lag, mit einer dünnen Mayonnaiseschicht. »Sondern dass manche Menschen glauben, es gäbe keine Zufälle. Und andere glauben das eben nicht.«

Sie blickte nachdenklich vor sich hin. »So kann man das auch nicht sagen. Ich glaube nicht, dass *alles* aus einem bestimmten Grund passiert«, meinte sie schließlich. »Es ist bloß so ... ich denke, manche Dinge sollen einfach nicht heil sein. Nicht perfekt, sondern chaotisch, improvisiert. Auf diese Weise sorgt das Universum für Gegensätzlichkeit, für Abwechslung. Auf der Straße müssen ein paar Löcher sein, genau wie im Leben. Weil es so ist.«

Wir schwiegen. Der letzte Schimmer Sonnenuntergang verblasste schwach rosa hinter den Bäumen, die ich von meinem Platz in der Garage aus sehen konnte.

»Trotzdem ...« Ich nahm mir eine neue Scheibe Brot. »Es ist ein ziemlich tiefes Loch.«

»Ein gigantisches Loch«, pflichtete sie mir bei und streckte die Hand nach dem Mayonnaiseglas aus. »Aber genau darum geht's. Ich will es nicht zuschütten, weil es für mich gar kein Loch ist, ich meine, in dem Sinn, dass die Straße kaputt wäre oder so. Das Loch ist eben da und ich lebe damit. Passe mich an, fahre drum herum. Aus demselben Grund würde ich mir nie einen anderen Wagen besorgen, obwohl die Klimaanlage und das Autoradio nie gleichzeitig funktionieren. Ich muss mich entscheiden: Musik oder Kühlung. Was ich, ehrlich gesagt, aber nicht so tragisch finde.«

»Die Klimaanlage funktioniert nicht, wenn das Radio läuft? Ist ja eigenartig.«

»Ich weiß.« Sie nahm drei weitere Brotscheiben aus dem Plastikbeutel, bestrich sie mit Mayonnaise und legte je ein Salatblatt drauf, alles wie am Fließband. »Das Prinzip setzt sich auf einer anderen, tieferen oder von mir aus auch höheren Ebene fort: Auch wenn es zum Beispiel schön wäre, nicht ständig mit dem Gefühl zu leben, dass eine Katastrophe die nächste jagt, möchte ich keinen festen Geschäftspartner für meinen Catering-Service, obwohl der Laden ohne Wish das reinste Chaos ist. Ich kann nun mal nicht besonders gut organisieren.«

Ich machte mich ans nächste Sandwich und hörte einfach nur zu.

»Aber wenn alles immer glatt liefe und perfekt wäre«, fuhr sie fort, »würde man sich zu sehr daran gewöhnen. Ein bisschen Durcheinander braucht der Mensch. Sonst kann man es gar nicht mehr genießen, wenn alles klappt. Du hältst mich jetzt bestimmt für verrückt, womit du übrigens nicht allein stehst.«

»Ich halte dich nicht für verrückt«, antwortete ich.

Doch Delia schüttelte zweifelnd den Kopf. »Schon okay. Du glaubst nicht, wie oft ich Wes schon dabei erwischt habe, wie er zusammen mit jemandem von der Kiesgrube heimlich versucht hat, das Loch zuzuschütten.« Sie arrangierte die nächste Brotscheibenreihe vor sich. »Und Pete, mein Mann, wollte mich schon zweimal mit zum Autohändler schleifen, um mein altes Auto gegen ein neues einzutauschen. Allerdings, was das Catering angeht – na ja, ich weiß nicht. Aus irgendeinem Grund redet mir da niemand rein. Wegen Wish. Was eine echte Ironie des Schicksals ist, denn wenn sie jetzt reinspazieren und mitkriegen würde, was hier abgeht ... sie würde ausflippen. Sie war ein Organisationsgenie.«

»Wish.« Ich angelte mir die Mayonnaise. »Was für ein cooler Name.«

Sie lächelte. »Ja, nicht? Eigentlich hieß sie Melissa. Aber das konnte ich als kleines Mädchen nicht gut aussprechen, sagte immer Ma-wisha oder so was in der Art. Daraus wurde Wish, als Abkürzung, und irgendwann nannten alle sie so. Was ihr nichts ausmachte, zumal der Name zu ihr passte.« Sie schnappte sich ein Messer und schnitt die belegten Brote sorgfältig erst einmal und dann noch einmal durch; die so entstandenen Sandwich-Dreiecke schichtete sie auf das Tablett, das neben uns stand. »Das Catering war ihre Idee und ihr Neuanfang nach der Scheidung von Wes' und Berts Vater. Er zog in den Norden und sie stampfte den Laden aus dem Boden, bis alles wie am Schnürchen lief. Aber dann wurde sie krank – Brustkrebs. Sie war erst neununddreißig, als sie starb.«

Es fühlte sich seltsam an, ausnahmsweise auf der anderen Seite zu stehen und jemand anderem sein Beileid ausdrücken zu müssen anstatt es zu hören, dieses Es-tut-mir-so-Leid. Ich wollte, dass die Worte echt klangen, aufrichtig, denn so waren sie gemeint. Doch das Schwierige am Trauern und an den Trauernden besteht ja darin, dass sie eine andere Sprache sprechen und dass die Worte niemals dem genügen, was man eigentlich ausdrücken will.

»Es tut mir so Leid, Delia. Wirklich.«

Sie blickte auf, in jeder Hand eine Scheibe Brot. »Danke. Mir auch.« Lächelte traurig, legte die Scheiben auf den Tisch und begann, das nächste Sandwich zusammenzubauen. Ich machte es ihr nach. Ein paar Minuten lang arbeiteten wir ohne zu reden. Das Schweigen zwischen uns war allerdings anders als die langen Phasen der Stille, an die ich mich in letzter Zeit wohl oder übel gewöhnt hatte, denn es war kein leeres, sondern ein bewusstes, selbst gewähltes Schweigen. Wenn man nicht allein ist, sondern das Schweigen jeden Augenblick gebrochen werden könnte – gebrochen werden kann –, fühlt Stille sich ganz anders an. Es ist so ähnlich wie der Unterschied zwischen einer Pause und einem endgültigen Abschluss.

»Weißt du, was geschieht, wenn jemand stirbt?«, fragte Delia so unvermittelt, dass ich leicht zusammenzuckte. Es klang, als würde sie gleich weitersprechen, daher antwortete ich nicht und fuhr wortlos fort, mein angefangenes Sandwich fertig zu belegen.

»Jeder reagiert anders. Es ist so, als würden bei jedem die Sollbruchstellen des Lebens neu berechnet. Nimm zum Beispiel Wes, im Gegensatz zu mir. Nach der Scheidung trieb er sich mit den falschen Leuten rum, wurde sogar verhaftet; seine Mutter wusste überhaupt nicht mehr, was sie mit ihm anstellen sollte. Aber durch ihre Krankheit änderte er sich. Wurde fast ein neuer Mensch, kümmerte sich rührend um Bert – das tut er übrigens bis heute –, konzentriert sich auf seine Skulpturen, steht dauernd in der Werkstatt, schweißt und lötet und macht. Es ist eben seine Art, damit umzugehen.«

»Wes kann schweißen?« Plötzlich fiel mir die Skulptur wieder ein. »Hat er etwa ...«

»... das Herz in der Hand gemacht?«, ergänzte sie meine Frage. »Ja. Ein irres Ding, was?«

»Allerdings. Ich hatte keine Ahnung. Dabei haben wir uns darüber unterhalten. Aber er hat mit keiner Silbe erwähnt, dass die Skulptur von ihm ist.«

»Er hängt das nicht an die große Glocke.« Sie zog das Mayonnaiseglas dichter zu sich heran. »In der Beziehung ist er wie seine Mutter. Ruhig, still, bescheiden – aber dahinter einfach unglaublich. Ich gebe zu, ich bin sogar ein bisschen neidisch auf Menschen, die so sind.«

Sie schnitt zwei weitere Sandwiches in je vier Teile. Das Messer klackte auf dem Schneidebrett. Ich sah ihr zu.

»Aber du bist doch auch unglaublich«, sagte ich schließlich. »Jedenfalls kommt es mir so vor. Was du alles schaffst. Hast ein Kind, bekommst noch ein zweites und schmeißt trotzdem deinen eigenen kleinen Catering-Laden.«

Sie schüttelte lächelnd den Kopf. »Glaub mir, ich bin nichts Besonderes, jedenfalls nicht so wie Wes oder Wish. Als sie starb, war ich völlig am Boden. Mir ging's wie bei dem blöden Spiel, das Wes und Bert immer veranstalten, du weißt schon, wenn sie plötzlich aus dem Nichts hervorspringen und Buh brüllen: Wishs Tod war das ultimative Buh!«

Delia betrachtete die Sandwichviertel, die vor ihr auf der Arbeitsplatte lagen. »Ich hatte mir immer eingebildet, es würde schon alles gut gehen. Wäre nicht im Traum draufgekommen, dass sie eines Tages einfach – weg sein könnte. Verstehst du?«

Ich nickte, fast unmerklich. Hatte ein schlechtes Gewissen, weil ich ihr nichts von meinem Vater erzählte, nicht zugab, wie gut ich verstand, sie nicht wissen ließ, was ich wusste und zu unserem Gespräch hätte beitragen können. Was einen ganz egoistischen Grund hatte, denn für Delia war ich nicht das Mädchen, das seinen Vater sterben sah, war niemand Besonderer. Und das gefiel mir, ich gebe es zu.

»Aber dann, plötzlich, war sie weg.« Delias Hand lag auf dem Brotbeutel. »Einfach so. Weg. Buh! Plötzlich musste ich mich nicht nur um mein neugeborenes Baby kümmern, sondern auch noch um ihre beiden Söhne. Ein unfassbarer Verlust, eine Riesenlücke, ein Loch, verstehst du?«

»Ja«, antwortete ich leise.

»Manche Menschen können einfach irgendwie weitermachen«, sagte sie und ich war mir nicht sicher, ob sie mein Ja überhaupt registriert hatte. »Verstehst du, was ich meine? Sie weinen, sie trauern und dann geht das Leben weiter. Sie schließen damit ab, zumindest wirkt es nach außen so. Ich dagegen ... ich weiß nicht. Ich wollte nichts drüberkleistern, wollte es nicht vergessen. Da war nichts kaputtgegangen, das man irgendwie hätte reparieren können, sondern ... es war eben einfach passiert. Und ich muss jeden Tag neue Möglichkeiten finden, damit zu leben. Wie bei dem Loch in der Straße. Mich erinnern, es wahrnehmen, respektieren und gleichzeitig damit klarkommen. Verstehst du?«

Ich nickte, obwohl ich nichts verstand. Im Gegensatz zu

Delia hatte ich mich dafür entschieden, die Richtung zu ändern, einen Riesenumweg zu machen. Als würde *es* von selbst verschwinden, wenn ich es verdrängte. Ich beneidete Delia. Zumindest wusste sie, wogegen sie kämpfte. Vielleicht war das der Lohn, wenn man sich seiner Trauer stellte: Man bekam endlich ein Gefühl dafür, wie tief die Trauer war, wie groß, wie weit, wie man sich hindurch- oder drum herumarbeiten konnte, egal wofür man sich letztendlich entschied.

Kapitel 6

»Okay«, sagte Wes halblaut. »Schau mir einfach zu, so lernst du es am besten.«

Ich nickte.

Wir standen in der Garderobe des *Lakeview Inn* und Wes hatte vor, mich in die Kunst des Erschreckens einzuweihen. Eigentlich sollten wir gerade die letzte Runde Appetithappen bei einer Party servieren, mit der jemand seinen Ruhestand feierte. Und ich hatte bloß schnell ein Cape loswerden wollen, das mir einer der Gäste zum Aufhängen gegeben hatte. Doch als ich in die Garderobe kam, lag Wes dort auf der Lauer.

»Wes?«, setzte ich an, doch er legte einen Finger auf die Lippen und signalisierte mir mit der anderen Hand näher zu kommen. Unwillkürlich stellte ich mich neben ihn, obwohl ich dasselbe unbestimmte Flattergefühl in meinem Bauch verspürte, das mich in Wes' Nähe immer überfiel. Auch wenn wir nicht gerade auf engstem Raum zusammenstanden so wie jetzt.

Aus dem Nebenraum drangen Partygeräusche: Gabelklirren auf Porzellan, glucksendes Lachen, dazwischen immer wieder Geigenklänge vom Band – zufällig die gleiche Musik, die auch bei der Hochzeit meiner Schwester hier im *Lakeview Inn* gelaufen war.

»Pass auf.« Wes sprach so leise, dass ich – hätten wir nicht schon so dicht beieinander gestanden – mich noch näher zu ihm gebeugt hätte, um ihn zu verstehen. »Timing ist alles.«

Unmittelbar vor meinem Gesicht baumelte ein Mantel, dem ein starker Parfumgeruch anhaftete. Ich schob ihn etwas beiseite.

»Noch nicht«, flüsterte Wes. »Noch nicht ... immer noch nicht ...«

Ich hörte Schritte, Gemurmel. Bert.

»Okay«, wisperte Wes. Und sprang plötzlich hoch, raus, vorwärts. »Jetzt ... Buh!«

Bert schrie, und zwar in einer Höhe und Lautstärke, dass Fensterscheiben zersprungen wären, wenn welche in der Nähe gewesen wären; gleichzeitig ruderte er mit den Armen, um das Gleichgewicht zu halten, doch vergeblich: Er taumelte rückwärts gegen die Wand und sank zu Boden wie ein nasser Sack. »Shit!«, sagte er laut, wurde knallrot im Gesicht und – als er mich sah – gleich noch röter. Ich verstand ihn nur zu gut. Es ist nicht leicht, in einer dermaßen peinlichen Situation einen Rest Anstand und Würde zu bewahren.

Endlich schaffte Bert es, keuchend und stotternd zu sagen: »Das war –«

Doch Wes fiel ihm ins Wort: »Nummer sechs, nach meiner Zählung.«

Bert rappelte sich mühsam hoch und funkelte uns böse an. »Ich mach dich fertig«, verkündete er grimmig, zeigte mit dem Finger erst auf Wes, dann auf mich, dann wieder auf Wes. »Ich mach euch alle beide fertig. Wartet's bloß ab.«

»Lass Macy aus dem Spiel«, meinte Wes. »Sie hat nicht mitgemacht, ich wollte ihr bloß zeigen, wie's geht.«

»Auf gar keinen Fall halte ich sie raus«, entgegnete Bert.

»Sie hängt ab jetzt mit drin. Deine Schonfrist ist vorbei, Macy.«

»Bert, du hast sie schon mal erschreckt«, sagte Wes. »Weißt du das etwa nicht mehr?«

Bert ignorierte die Frage. »Das Spiel geht weiter. Zu dritt! Und ihr werdet es noch bereuen«, verkündete er mit fester Stimme und stapfte, vor sich hin grummelnd, in Richtung Festsaal. Die Tür ließ er betont laut hinter sich zufallen. Wes blickte ihm ungerührt nach. Die Drohung schien ihm überhaupt nichts auszumachen, im Gegenteil, er lächelte amüsiert.

»Saubere Leistung«, meinte ich, während wir den Flur entlang zur Küche liefen.

»Ist gar nicht so schwer. Mit ein bisschen Übung kriegst du das auch hin und kannst die Welt eines Tages unsicher machen.«

»Ich bin vielleicht ein bisschen zu neugierig, aber ich würde wirklich gern wissen, wo diese Aktion ihren Ursprung genommen hat.«

»Ursprung genommen?«

»Ja, wie es angefangen hat.«

»Ich weiß, was die Worte bedeuten«, antwortete er. Ich bekam einen Riesenschreck, weil ich im ersten Moment glaubte ihn beleidigt zu haben. Aber dann grinste er mich an: »Es ist bloß so ... ›seinen Ursprung nehmen‹ – das klingt, als würdest du aus einem Handbuch für die College-Aufnahmeprüfung zitieren. Ich bin schwer beeindruckt.«

»Du hast es erfasst. Ich arbeite gerade das Kapitel über Vokabular und Ausdrucksfähigkeit durch.«

»Das merkt man.«

Ein Service-Angestellter vom *Lakeview Inn* kam an uns vorbei. Wes nickte ihm grüßend zu, bevor er fortfuhr: »Aber da ist nicht viel mit ›Ursprung nehmen‹. Es fing an, nachdem meine Mutter gestorben war und wir plötzlich allein im Haus wohnten. Auf einmal war es total still, deswegen kamen wir fast automatisch auf die alberne Idee, uns anzuschleichen und gegenseitig zu erschrecken. Hat sich eben so ergeben.«

Ich nickte, als verstünde ich, was er meinte, obwohl ich mir nicht wirklich vorstellen konnte, plötzlich hinter einer Tür oder Topfpflanze hervorzuspringen und meine Mutter zu erschrecken, auch wenn die Gelegenheit noch so günstig war. »Aha«, sagte ich.

»Außerdem macht es Spaß«, fuhr Wes fort, »ab und zu mal richtig erschreckt zu werden. Eine total unerwartete, überraschende Erfahrung zu machen. Findest du nicht?«

Dieses Mal stimmte ich nicht zu. Ich hatte vorläufig genug von unliebsamen Überraschungen, vom Erschreckt-Werden, egal ob es geplant worden war oder nicht. »Ist anscheinend eher was für Jungs«, sagte ich daher bloß.

Er zuckte die Schultern und hielt die Küchentür für mich auf. »Kann sein.«

Als wir reinkamen, stand Delia mitten im Raum und presste beide Hände vor die Brust. Ich brauchte nur ihr Gesicht zu sehen, um zu wissen, dass irgendetwas nicht stimmte.

»Moment«, sagte sie. »Alle mal stehen bleiben und nicht bewegen.«

Wir gehorchten. Sogar Kristy, die in der Regel jede Art von Anweisung ignorierte, unterbrach augenblicklich, was sie tat, so dass der Käsemuffin, den sie gerade auf eine Servierplatte legen wollte, reglos in der Luft vor ihr schwebte.

Delia drehte sich langsam einmal um ihre eigene Achse

und ließ die Augen suchend durch den Raum wandern. »Wo ist der Schinkenbraten?«

Pause. Bis Kristy mit leiser Stimme meinte: »Oha.«

»Sag so was nicht, bitte!« Delia verwandelte sich plötzlich in eine Windmühle, die an der riesigen Küchentheke entlangsauste und mit fliegenden Armen sämtliche Kartons und Behälter, die wir dort abgestellt hatten, auf ihren Inhalt kontrollierte. »Der Schinken muss irgendwo sein. Sechs Stück Schinkenbraten. Sie können sich doch nicht in Luft aufgelöst haben. Wozu hätte ich sonst dieses System ausgeklügelt, damit wir nichts mehr vergessen?«

Stimmt, es gab ein System. Aber es war funkelnagelneu, existierte im Prinzip erst seit gestern Abend, als wir auf dem Weg zu einem Cocktailempfang entdeckten, dass kein Mensch die Gläser eingeladen hatte. Delia musste fast die ganze Strecke noch mal zurückfahren, so dass wir viel zu spät ankamen. Da Delia, wie viele Schwangere, sowieso unter Schlafstörungen litt, hatte sie die Nacht genutzt, um Listen zu entwerfen, auf denen alles abgehakt werden konnte, was wir brauchten, von den Canapés bis zu den Servietten. Jeder von uns war für eine Liste verantwortlich, ich zum Beispiel für Küchenutensilien und Besteck. Wenn die Vorlegelöffel fehlten, war von nun an ich schuld.

»Das kann nicht wahr sein, das kann einfach nicht wahr sein.« Hektisch tastete Delia das Innere eines kleinen Kartons ab, in den kaum ein halber Schinkenbraten gepasst hätte, geschweige denn sechs davon. »Ich weiß bestimmt, dass sie fertig vorbereitet auf der Anrichte in der Garage lagen. Ich hab sie genau vor Augen.«

Die Stimmen, die von draußen zu uns in die Küche drangen, wurden lauter. Besser gesagt, es trudelten immer mehr Gäste ein, was bedeutete, dass sie sich bald zu Tisch setzen und essen wollen würden. Das Menü bestand aus Käsemuffins und überbackenen Toasts mit Ziegenkäse vorneweg, gefolgt von – auf besonderen Wunsch des Gastgebers – Unmengen Schinkenbraten, grünen Bohnen, Risotto und Kräuterbrötchen mit Rosmarin und Dill. Sofern sich die Menschheit in eine Rindfleisch- und eine Schweinefleischfraktion spaltete, war klar, zu welcher diese Leute gehörten.

»Okay, okay, Leute, ganz ruhig bleiben«, sagte Delia, dabei schien sie die Einzige zu sein, die kurz vorm Durchdrehen war. Raschelnd durchwühlte sie die Plastiktüten mit den Kräuterbrötchen, die auch noch dringend aufgebacken werden mussten. »Wir müssen systematisch vorgehen. Wer ist heute für was verantwortlich?«

»Ich für Vorspeisen, und die sind da«, sagte Kristy.

Bert kam mit einem leeren Tablett durch die Schwingtür. »Bert«, fragte Kristy, »solltest du drauf achten, dass das Fleisch mitkommt?«

»Nö, ich war mit Servierplatten, Tabletts, Servietten und allem anderen aus Papier dran.« Wie zum Beweis hielt er das Tablett hoch. »Wieso? Fehlt irgendwas?«

»Nein«, antwortete Delia mit fester Stimme. »Nichts fehlt.«

Kristy setzte die Aufzählung fort: »Monica war fürs Eis zuständig, Wes für Gläser und Sekt. Was bedeutet, verantwortlich für den Schinken –« Sie unterbrach sich, setzte in unheilvollem Ton wieder an: »Delia ...?!«

»Was?« Delias Kopf schoss aus einer Kiste mit Brot. »Nein, glaube ich nicht. Meine Verantwortung war ...«

Wir warteten schweigend darauf, dass sie weitersprach. Schließlich hatte *sie* das System eingeführt.

»... der Hauptgang«, sagte sie schließlich.

»Oha«, meinte Bert.

»Mist!« Delia schlug sich mit der flachen Hand vor die Stirn. »Ich weiß noch, ich habe die Braten extra auf die Anrichte gelegt, weil ich Angst hatte, wir würden sie vergessen. Und als wir dann alles in den Lieferwagen luden, habe ich sie …«

Wieder warteten wir schweigend, dass sie weitersprach.

»… nur mal kurz zwischendurch hinten auf mein Auto gelegt, auf die Klappe vom Kofferraum.« Delia legte die Hand auf die Stirn und ließ sie da. »Das gibt's nicht«, flüsterte sie, als würden wir taub, wenn sie in normaler Lautstärke sprach, weil die Wahrheit einfach zu furchtbar war. »Sie liegen noch zu Hause. Auf meinem Kofferraum.«

»Oha«, wiederholte Bert. Und er hatte Recht: Um zu Delia zu fahren, hätte man eine halbe Stunde gebraucht – und eine halbe wieder zurück. Aber die Gäste wollten ihren Schinken in zehn Minuten.

Delia lehnte sich an den Herd. »Was für ein Desaster!«

Und dann sagte etwa eine Minute lang niemand mehr was. Ich arbeitete zwar noch nicht lange bei *Wish Catering*, wusste aber inzwischen aus Erfahrung, dass diese bedeutungsschweren Pausen immer dann entstanden, wenn allen dämmerte, wie tief der Karren mal wieder im Dreck steckte.

Und wie jedes Mal ergriff Delia tatkräftig die Initiative. »Okay, Leute, so machen wir's …«

Inzwischen hatte ich – den ersten Abend nicht mit eingerechnet – dreimal für Delia gearbeitet: Bei einer Cocktailparty, einem Brunch und einem fünfzigsten Geburtstag. Und jedes Mal hatte ich mich mindestens einmal ernstlich über mich selbst und darüber gewundert, warum ich mir den Job eigentlich aufgehalst hatte. Einmal lag es an einem alten Mann, der mir in den Hintern kniff, als ich mit meiner Vorspeisenplatte an ihm vorbeilief; ein anderes Mal stießen Kristy und ich so heftig zusammen, dass ihr Tablett meine Nase rammte und es Lachshäppchen über mein T-Shirt regnete; und das dritte Mal erschreckte Bert mich zu Tode (damit hatte er nämlich längst angefangen, schon vor dem Schinken-Essen im *Lakeview Inn*, von wegen Schonzeit!), als er unvermittelt hinter einem Garderobenständer hervorstürzte, was sowohl den Tellerstapel in meiner Hand als auch meinen Puls in schwindelnde Höhen jagte. Doch jedes Mal wenn die Veranstaltung vorbei war, fühlte ich mich auf eine seltsame Weise ruhig, geradezu friedlich. Als würde sich durch die paar Stunden Chaos, Hektik und Wahnsinn etwas in mir entspannen, würden Verkrampfungen und Knoten sich lösen. Zumindest für eine gewisse Zeit.

Vor allem machte der Job einfach Spaß. Auch wenn ich immer noch dazulernte, manchmal durchaus schmerzlich. Zum Beispiel mich zu ducken, wenn Kristy »Ladung im Anmarsch!« brüllte, weil sie irgendetwas – eine Packung Servietten, ein Tablett, eine Spaghettizange – so rasch durch den Raum befördern musste, dass ihr nichts anderes übrig blieb als das Teil von A nach B zu werfen; oder mich unter gar keinen Umständen vor eine Schwingtür zu stellen, weil Bert die immer ohne jede Rücksicht mit Karacho aufstieß. Ich wusste mittlerweile, dass Delia vor sich hin summte, wenn sie nervös war (meistens *American Pie*), Monica hingegen niemals nervös wurde, im Gegenteil: Selbst wenn wir anderen vor lauter Hektik fast durchdrehten, setzte sie sich in irgendeine Ecke, um sich in aller Ruhe ein paar Shrimps oder Krabbenpastetchen zu genehmigen. Und ich hatte die Erfahrung gemacht, dass ich bei jedem Engpass, jedem Problem, mit dem ich klarkommen musste, nur Richtung Bar zu schauen brauchte und prompt moralische Unterstützung erhielt. Denn Wes war immer solidarisch und zeigte mir das auch: Lächelte mich mitfühlend an, zog ironisch die Augenbrauen hoch oder machte halblaut eine spöttische Bemerkung. Dieses Gefühl – dass jemand auf meiner Seite stand – hatte ich bei meinem Job in der Bibliothek nie. Ehrlich gesagt, ich hatte es eigentlich überhaupt nie. Wahrscheinlich war das der Grund, warum es sich so gut anfühlte.

Doch irgendwann waren das Essen, die Party, der Empfang vorbei. Wenn Delia kassierte, während wir lachend und schwatzend den Lieferwagen mit leeren Behältern beluden und uns gegenseitig die neuesten Geschichten von Grabschern, Schlingern & Co erzählten, klang der Rausch, den ich bei der Arbeit empfunden hatte, allmählich ab. Und plötzlich fiel mir auch wieder ein, dass ich ja am nächsten Morgen pünktlich am Infoschalter der Bibliothek zu sein hatte. In diesen Momenten konnte ich förmlich fühlen, wie ich mich schön langsam wieder auf die Grenze zu meinem wirklichen, meinem richtigen Leben zu bewegte, sie schließlich überquerte.

Und jedes Mal, wenn wir bei Delia in der Garage standen und die letzten Sachen wieder einräumten, die wir an dem Abend gebraucht hatten, fragte Kristy: »Wir ziehen noch ein bisschen um die Häuser, Macy, kommst du mit?«

Obwohl ich jedes Mal ablehnte, lud sie mich jedes Mal ein mitzukommen. Worüber ich mich jedes Mal freute. Selbst wenn man nicht kann, ist es schön, zu wissen, dass man könnte.

»Geht nicht«, antwortete ich. »Ich habe noch was zu tun.«

Sie zuckte die Schultern. »Okay, vielleicht ein andermal.«

So lief es jedes Mal ab, ein eingespielter Dialog. Bis Kristy eines Abends die Augen zusammenkniff und mich neugierig, ja prüfend musterte: »Was hast du eigentlich immer so Wichtiges zu tun?«

»Ach, du weißt schon, Sachen für die Schule und so.«

Monica schüttelte den Kopf. »Hör bloß auf.«

»Aber ich muss für den College-Vorbereitungskurs lernen«, verteidigte ich mich. »Und ich habe noch einen anderen Job, vormittags.«

Kristy schnitt eine Grimasse. »Es ist Sommer. Ich weiß zwar, dass du eine kleine Klugscheißerin bist, aber selbst du brauchst mal 'ne Pause, oder etwa nicht? Das Leben ist noch lang.«

Vielleicht, dachte ich im Stillen. Vielleicht auch nicht. Doch das sprach ich nicht aus, sondern sagte stattdessen: »Weißt du, ich habe einfach viel um die Ohren, das ist alles.«

»Okay, dann viel Spaß«, antwortete sie. »Und lern ein bisschen für mich mit, kann ich gut gebrauchen.«

Zu Hause war ich nach wie vor die lächelnde Alles-in-Ordnung-Macy, die jeden kleinsten Spritzer umgehend von der Arbeitsplatte wischte und ihre Sachen sofort bügelte, nachdem sie sie aus dem Trockner genommen hatte. Doch nach der Arbeit für *Wish Catering* war ich jemand anderer: ein Mädchen mit Flecken auf den Klamotten und einer Frisur, die keine mehr war. Außerdem roch ich nach dem, womit ich an dem Abend bekleckert oder beschmiert worden war. So eine Art umgekehrtes Aschenputtel: tagsüber Prinzessin, nachts arme Dienstmagd. Tagsüber achtete ich eisern auf Ordnung, Disziplin und Sauberkeit, nachts war mir das plötzlich egal, bis ich mich – gerade rechtzeitig – um Schlag Mitternacht in die Prinzessin zurückverwandelte.

Wie alle anderen Krisen bewältigten wir auch das Schinkendesaster, irgendwie. Wes raste zu einem Feinkostgeschäft, wo man Delia noch einen Gefallen schuldete. Kristy und ich servierten den Gästen Appetithäppchen bis zum Abwinken und schmetterten sämtliche Fragen, wann endlich der Hauptgang serviert werde, mit Wimpernklimpern und strahlendem Lächeln ab (Kristys Idee, wessen sonst?). Als der Schinken schließlich mit fünfundvierzigminütiger Verspätung aufgetragen wurde, entpuppte er sich als voller Erfolg, und am Ende gingen alle glücklich nach Hause.

Es war schon halb elf, als ich von der Hauptstraße nach Wildflower Ridge abbog. Das Licht meiner Scheinwerfer glitt über den Rasen des kleinen Parks in der Mitte der Siedlung, dann in die Sackgasse, an deren Ende wir wohnen; in dem Licht sah ich unser Haus, unseren Briefkasten, unsere Auffahrt, alles wie immer. Und dann sah ich plötzlich etwas anderes.

Den Truck meines Vaters.

Er stand genau an der Stelle, wo er ihn auch immer geparkt hatte: links vor der Garage. Ich hielt dahinter an, stellte den Motor ab und starrte den Truck einen Moment lang stumm an. Es war tatsächlich der meines Vaters, kein Zweifel, ich hätte ihn überall auf der Welt erkannt. Rostige Stoßstange, darüber der Aufkleber ESSEN ... SCHLAFEN ... ANGELN, Werkzeugkasten hinten drauf, mit der Delle in der Mitte, da, wo ihm vor ein paar Jahren die Kettensäge aus der Hand gerutscht und draufgekracht war. Ich stieg aus, ging rüber und berührte mit den Fingerspitzen das Nummernschild. Wobei ich nicht überrascht gewesen wäre, wenn sich der Truck bei der Berührung in Luft aufgelöst hätte, wie eine Seifenblase, die beim Anfassen zerplatzt. Wie Gespenster. Gespenster waren auch so.

Aber als ich die Fahrertür öffnete, fühlte sich der Griff unter meiner Hand stabil an, real. Dennoch klopfte mein Herz wie rasend, vor allem als mir der vertraute Geruch nach altem Leder, Zigarrenrauch und Meer in die Nase drang – jener Geruch nach Sand und Salzwasser, den man auf der Heimfahrt vom Strand immer noch ein Stück mit sich nimmt und von dem man sich jedes Mal – vergeblich – wünscht, er bliebe einem erhalten.

Ich liebte diesen kleinen Truck. Nirgendwo sonst hatten mein Vater und ich so viel Zeit miteinander verbracht: ich auf dem Beifahrersitz, die Füße gegen das Armaturenbrett gestemmt, er am Steuer, Ellbogen aus dem Fenster, Finger, die im Rhythmus zur Musik aus dem Autoradio aufs Dach klopften. Samstagmorgens fuhren wir zusammen darin Brötchen holen oder in der Gegend rum, um Baustellen zu besichtigen; oder wir kehrten abends von irgendwelchen Wettkämpfen zurück, wobei ich mich am liebsten in der gemütlichen Ecke zwischen Fenster und Sitz zusammenrollte und sofort einschlief. Solange ich auf der Welt war, hatte die Klimaanlage nicht funktioniert, weswegen es in dem Führerhaus oft so stickig und heiß war, dass man vertrocknete und verdurstete, aber das machte nichts, mir jedenfalls nicht. Der Truck war wie das Haus am Meer: ein bisschen runtergekommen, schäbig, vertraut, unverwechselbar, mit seinem ganz eigenen Charme. Er war nicht wie, er *war* mein Vater. Und jetzt war er zurückgekehrt.

Ich machte behutsam die Fahrertür zu und ging zum Haus. Die Tür war nicht verschlossen. Ich trat ein, streifte wie immer als Erstes meine Schuhe ab und spürte etwas Ungewohntes unter meinen nackten Sohlen. Hockte mich hin, strich mit dem Finger übers Parkett: Sand!

»Hallo?« Meine eigene Stimme hallte von den hohen

Wänden, von der Decke wider. Danach herrschte wieder vollkommene Stille.

Meine Mutter war in ihrem Büro, wo sie potenzielle Hauskäufer empfing, und zwar schon seit fünf Uhr nachmittags. Das wusste ich mit Sicherheit, sie hatte mir nämlich gegen zehn eine Nachricht auf meiner Mailbox hinterlassen. Also entweder hatte sich der Wagen meines Vaters in den letzten fünf Stunden allein von der Küste hierher gefahren oder es gab eine andere Erklärung, warum er unerwartet hier aufgetaucht war.

Ich lief durch den Flur in den hinteren Teil des Hauses und schaute die Treppe hoch. Meine Schlafzimmertür stand offen; normalerweise hielt ich sie geschlossen, damit es drinnen kühl oder warm blieb, je nachdem.

Ich ging die Treppe hinauf. Was sollte das alles? Und vor allem: Wie fand ich es? Keine Ahnung, ehrlich gesagt. Dabei hatte ich mir bestimmt schon tausendmal gewünscht, mein Vater würde eines Tages einfach wieder auftauchen und es würde sich herausstellen, dass das ganze Elend ein einziges Missverständnis gewesen war, über das wir am Ende lachen konnten, weil es trotz allem gut ausgegangen war. Wenn, ja wenn doch bloß ... wie oft war mir der Gedanke schon durch den Kopf geschossen?

Als ich mein Zimmer erreichte, blieb ich im Türrahmen stehen und bemerkte zu meiner Erleichterung, dass alles genau so war, wie ich es verlassen hatte: mein Computer, die geschlossene Kleiderschranktür, das Fenster, das Buch mit den Prüfungsfragen auf meinem Nachttisch. Alles so, wie es sein sollte. Doch als mein Blick aufs Bett fiel, entdeckte ich auf dem Kopfkissen einen dunklen Haarschopf. Nicht mein Vater war zurückgekehrt. Natürlich nicht. Aber Caroline.

Sie sei bloß mal kurz vorbeigekommen, um uns zu besuchen, behauptete sie, sorgte jedoch sofort wieder für Aufregung.

»Caroline!«, sagte meine Mutter. Ihr Ton hatte sich in den letzten Minuten mehrmals geändert, von höflich zu streng zu verärgert. »Schluss mit der Diskussion. Das ist weder der richtige Ort noch der rechte Zeitpunkt.«

»Vielleicht nicht der richtige Ort.« Caroline nahm sich noch ein paar Salzstangen. »Aber ganz bestimmt der richtige Zeitpunkt. Es wird nämlich Zeit, Mama, höchste Zeit.«

Montagmittag. Wir saßen im *Bella Luna*, einem schicken kleinen Bistro in der Nähe der Bibliothek. Ausnahmsweise verbrachte ich meine Mittagspause nicht allein, sondern in Gesellschaft meiner Mutter und meiner Schwester. Allerdings wurde mir so langsam klar, dass ich vielleicht doch lieber mein übliches einsames Sandwich auf meiner üblichen einsamen Parkbank gegessen hätte, denn es stellte sich heraus, dass meine Schwester aus einem ganz bestimmten Grund »mal eben vorbeigekommen« war: Sie hatte eine Mission.

»Ich kann mir einfach nicht vorstellen, dass Papa es so gewollt hätte.« Beim Sprechen warf Caroline unserer Kellnerin, die gerade vorbeidüste, einen fragenden Blick zu, nach dem Motto: Wo bleibt eigentlich unser Essen? »Papa liebte das Haus. Und was passiert jetzt damit? Es gammelt vor sich hin. Ihr könnt euch nicht vorstellen, wie viel Sand sich im Wohnzimmer angesammelt hat, und die Treppe zum Strand runter ist total schief und wackelig. Es sieht übel aus. Bist du überhaupt schon mal dort gewesen, seit er gestorben ist?«

Sosehr meine Mutter sich auch bemühte ihr übliches Pokerface zu machen – man sah genau, welche unterschiedlichen Gefühle sich beim Zuhören auf ihrem Gesicht widerspiegelten. Sie konnte gar nicht anders als so zu reagieren, denn Caroline missachtete gerade sämtliche Regeln, auf die wir uns seit dem Tod meines Vaters stillschweigend geeinigt hatten: wie wir über ihn sprachen, was genau gesagt wurde und vor allem was nicht. Mein Vater verkörperte die Vergangenheit. Meine Mutter und ich konzentrierten uns eisern auf die Zukunft. Aber meine Schwester schien anders damit umzugehen. Ihr eigenes Auto hatte eine Panne, Dichtungsmanschette defekt oder so was, deswegen hatte sie es kurz entschlossen dort gelassen und stattdessen seinen Truck genommen, um zu uns zu fahren. Seitdem ließ mich das Gefühl nicht mehr los, sie hätte nicht nur seinen Wagen vom Meer mitgebracht, sondern ihn gleich mit.

»Ich habe zurzeit wirklich andere Sorgen als ein Ferienhaus, Caroline«, sagte meine Mutter.

Unsere Kellnerin kam schon wieder mit leeren Händen an unserem Tisch vorbei und warf uns einen leicht nervösen Blick zu. Zu Recht – wir warteten schon seit über zwanzig Minuten auf unser Essen.

»Der neue Bauabschnitt geht gerade in die entscheidende Phase und es gibt jede Menge neue Vorschriften, vor allem was die Grundstücksgrenzen angeht, und –«

Caroline fiel ihr ins Wort: »Ich weiß. Und ich weiß auch, wie schwer das alles gewesen ist, für euch beide.«

»Das bezweifle ich.« Meine Mutter legte die Hand um ihr Wasserglas, aber sie trank nicht. »Sonst würdest du nämlich verstehen, dass ich über das Thema momentan nicht reden möchte.«

Meine Schwester lehnte sich auf ihrem Stuhl zurück. Als sie schließlich weitersprach, drehte sie ihren Ehering um den Finger, wieder und wieder. »Ich will dich nicht ärgern oder verletzen, Mama. Ich meine doch bloß ... es ist jetzt anderthalb Jahre her und vielleicht wird es allmählich Zeit, drüber hinwegzukommen. Weiterzuleben. Papa hätte nicht gewollt, dass du die ganze Zeit so unglücklich bist. Das weiß ich einfach.«

»Ich dachte, dir geht es um das Ferienhaus«, sagte meine Mutter steif.

»Ja, aber nicht nur«, antwortete Caroline. »Du kannst dich nicht ewig in deiner Arbeit vergraben. Wann seid ihr das letzte Mal weggefahren, Macy und du? Ihr unternehmt überhaupt nichts mehr.«

»Ich war erst vor kurzem am Meer.«

»Ja, aber geschäftlich«, hielt Caroline dagegen. »Du arbeitest bis spät in die Nacht, du stehst jeden Tag irrsinnig früh auf, du denkst an nichts anderes mehr als an deine Bauprojekte. Macy geht nie aus. Anstatt was mit ihren Freunden zu machen, verkriecht sie sich mit ihren Büchern auf ihrem Zimmer. Aber sie wird nicht für immer siebzehn bleiben –«

Jetzt fiel ich ihr ins Wort: »Mir geht's gut.«

Meine Schwester sah mich an. Ihr Gesicht wurde ganz weich. »Ich weiß, aber ich mache mir trotzdem Sorgen um dich. Ich habe einfach Angst, du verpasst etwas, das du später nicht mehr erleben kannst.«

»Nicht jeder ist so umtriebig wie du, Caroline, nicht jeder muss ständig etwas unternehmen, um sich gut zu fühlen«, sagte meine Mutter. »Macy konzentriert sich eben lieber auf die Schule, dafür hat sie hervorragende Zensuren. Und einen wunderbaren Freund. Nur weil sie sich nicht nachts um zwei noch in der Gegend rumtreibt und Bier trinkt, heißt das nicht, sie hätte kein richtiges Leben.«

»Ich behaupte nicht, dass sie kein richtiges Leben hat«,

erwiderte Caroline. »Ich finde bloß, sie ist zu jung, um alles so tierisch ernst zu nehmen.«

»Mir geht's gut«, wiederholte ich etwas lauter, worauf mich beide ansahen. »Wirklich«, betonte ich.

»Ich sage doch nur, dass es euch beiden gut täte, ein bisschen mehr Spaß zu haben.« Caroline blieb beharrlich. »Und deshalb schlage ich vor, wir bringen das Haus am Meer auf Vordermann und fahren im August für ein paar Wochen hin. Wally hat in diesem Sommer einen Riesenprozess am Hals und ist sowieso die ganze Zeit weg. Ich habe also genug Zeit, um mich um die Renovierung zu kümmern. Wenn alles fertig ist, machen wir zusammen Ferien, wie früher. Wartet's ab, es wird bestimmt großartig!«

»Und ich sage – übrigens nicht zum ersten Mal –, dass ich über unser Ferienhaus momentan nicht sprechen möchte«, erwiderte meine Mutter. Genau in dem Moment huschte unsere Kellnerin mal wieder mit hochrotem Gesicht an unserem Tisch vorbei. »Entschuldigen Sie bitte«, sagte meine Mutter in so scharfem Ton, dass die Arme regelrecht zusammenzuckte. »Wir warten jetzt seit einer halben Stunde auf unser Essen.«

»Kommt sofort«, antwortete die Kellnerin mechanisch und eilte Richtung Küche. Ich warf einen Blick auf meine Armbanduhr: fünf vor eins. Bethany und Amanda saßen unter Garantie schon an ihren Plätzen und zählten mit Blick auf die große Wanduhr die Sekunden, bis ich zu spät kommen würde und sie endlich was Konkretes gegen mich in der Hand hatten.

Meine Mutter starrte mit unbeweglichem Gesicht auf einen Punkt in der Ferne. In dem Licht, das von draußen auf unseren Tisch fiel, sah man noch deutlicher als sonst, wie müde sie wirkte. Um wie viel älter, als sie war. Ich konnte mich nicht daran erinnern, wann sie das letzte Mal gelächelt oder gar gelacht hatte. Denn eigentlich konnte sie das, so richtig aus dem Bauch lachen, vor allem wenn mein Vater einen seiner dummen Witze gemacht hatte. Über die sonst kein Mensch lachte; die Witze meines Vaters waren eher Stöhnwitze. Aber meine Mutter fand sie zum Brüllen komisch.

»Nachdem ich angekommen war, blieb ich erst mal im Auto hocken und weinte«, sagte Caroline. Meine Mutter blickte stur und ungerührt auf jenen unsichtbaren Punkt auf der gegenüberliegenden Wand. »Es war so, als hätte ich ihn noch einmal verloren.«

Meine Mutter schluckte, atmete ein, atmete aus. Ihre Schultern hoben sich und senkten sich wieder, im Rhythmus ihres Atems.

»Aber als ich dann ins Haus ging«, fuhr meine Schwester mit sanfter Stimme fort, »fiel mir plötzlich wieder ein, wie sehr er an dem blöden Elchkopf über dem Kamin hing, obwohl das Ding stinkt wie tausend alte Socken. Oder wie du auf dem kaputten Herd Abendessen gekocht hast, Makkaroni mit Käse und Tiefkühlerbsen. Alles auf nur einer funktionierenden Platte, weil du nicht schon wieder gegrillten Fisch essen wolltest, auf gar keinen Fall, da wärest du lieber gestorben.«

Meine Mutter hob die Hand und presste zwei Finger ans Kinn. Ich fühlte einen Stich in meiner Brust. Hör auf, wollte ich zu Caroline sagen, doch meine Lippen konnten die Worte nicht formen. Denn auch ich hörte zu. Erinnerte mich.

»Und dieser dämliche Grill, an dem hing er auch wie an einem Schatz. Dabei ist das Teil so was von gefährlich.« Carolines Blick wanderte beim Sprechen von meiner Mutter zu mir. »Der Grill hätte jederzeit in Flammen aufgehen können. Wisst ihr noch, wie er ihn ständig zweckentfremdete und Sachen drin aufbewahrte? Er räumte das Frisbee rein oder irgendwelche Extraschlüssel, vergaß es dann und schmiss das Teil an ohne die Sachen vorher rauszunehmen. Ich habe nachgesehen. Stellt euch vor, unten im Grill liegen noch mindestens fünf halb geschmolzene, rauchgeschwärzte Schlüssel. Wisst ihr das noch?«

Ich nickte, zu mehr war ich nicht in der Lage. Schon das Nicken fiel mir unendlich schwer.

»Ich wollte das Haus nicht vergammeln lassen«, meldete sich meine Mutter so plötzlich zu Wort, dass ich beinahe erschrak. »Aber es wurde mir einfach zu viel ... noch etwas, um das ich mich hätte kümmern müssen ... ich habe so schon zu viel um die Ohren.«

Nein! Es kann nicht so einfach sein, sie zum Reden zu bringen, dachte ich. Sie aus der Reserve zu locken, damit sie endlich über all die Dinge sprach, über die ich seit Monaten mit ihr sprechen wollte. Sie an das Thema heranzuführen, um das ich mit ihr gekreist war wie die Katze um den heißen Brei. Das Thema, das wir beide seit Monaten sorgfältig vermieden. Es *kann* doch nicht so leicht sein.

Meine Mutter setzte erneut an: »Ich will bloß –«

Doch Caroline unterbrach sie: »Das Dach bräuchte ein paar neue Schindeln.« Sie sprach jetzt ganz langsam und vorsichtig. »Ich habe mit unserem Nachbarn da unten gesprochen. Rudy, du weißt schon. Er ist Schreiner. Wir haben das Haus zusammen besichtigt. Viel wäre gar nicht zu tun, ein neuer Herd vielleicht, neue Fliegengitter vor Fenstern und Türen. Die Treppe müsste repariert werden und ein bisschen Farbe würde auch nicht schaden, sowohl innen als auch außen.«

»Ich weiß nicht«, sagte meine Mutter. Und dann legte Caroline ihre Hand auf die meiner Mutter, ihre Finger verschränkten sich ineinander und ich sah zu. Caroline machte diese Geste ganz bewusst, meine Mutter hingegen reagierte auf den Händedruck ohne groß drüber nachzudenken. Noch so etwas, das ich die ganze Zeit hatte tun wollen und irgendwie nicht hingekriegt hatte: die Hand ausstrecken, meine Mutter berühren, in Verbindung mit ihr treten. Letztlich hatte ich mich nicht getraut. Doch bei Caroline sah es ganz einfach aus.

»Bei so einer Renovierung gibt es viel zu bedenken«, sagte meine Mutter.

»Schon klar«, antwortete meine Schwester in ihrer direkten, offenen Art; sie hatte schon immer gesagt, was sie dachte. »Das weiß ich auch. Aber ich liebe dich und ich helfe dir. Okay?«

Meine Mutter blinzelte. Blinzelte gleich noch einmal. Seit mehr als einem Jahr war sie den Tränen nicht mehr so nah gewesen.

»Caroline«, sagte ich, weil ich das Gefühl hatte, ich müsste, irgendwer müsste etwas sagen.

»Alles in Ordnung«, meinte sie im Brustton der Überzeugung. Als zweifelte sie keine Sekunde daran, dass wirklich alles in Ordnung wäre. Und auch darum beneidete ich sie. »Alles wird gut.«

Obwohl ich meine Linguine mit Pesto in Weltrekordtempo runterschlang und die zwei Blocks zur Bibliothek zurückrannte, war es zwanzig nach eins, als ich keuchend wieder bei der Arbeit auftauchte. Amanda verschränkte die Arme über der Brust und betrachtete mich mit zu Schlitzen verengten Augen, während ich hinter die Infotheke trat und mich um ihren sowie Bethanys Thronsessel rumquetschte, um zu dem mickrigen Eckchen zu gelangen, das sie mir gnädigerweise zugewiesen hatten.

»Die Mittagspause endet um eins.« Amanda betonte jede einzelne Silbe, als läge meine Verspätung an einem grundsätzlichen Mangel an Intelligenz. Ein fast unmerkliches Lächeln huschte über Bethanys Gesicht; sie hob zwar rasch die Hand vor den Mund, doch gesehen hatte ich es trotzdem.

»Ich weiß, tut mir Leid«, antwortete ich. »Es ging nicht anders.«

»Alles geht anders«, erwiderte Amanda schnippisch und wandte sich wieder ihrem PC zu. Ich setzte mich. Und merkte, wie mein Gesicht feuerrot wurde, rot und glühend heiß. Wie wenn einem etwas ultrapeinlich ist oder man sich für etwas schämt.

Und plötzlich, mit etwa anderthalbjähriger Verspätung, überkam es mich. Wie eine Erleuchtung. Nämlich dass ich niemals perfekt sein würde. Denn was hatten meine Anstrengungen, perfekt zu werden, mir letztlich gebracht? Einen Freund, der mich in dem Moment zurückstieß, da meine Fassade bröckelte und ich den Fehler machte, mich wie ein Mensch zu verhalten. Gute Zensuren, die für Besserwisserinnen wie Amanda und Bethany dennoch nie gut genug sein würden. Ein ruhiges, stilles Leben ohne Gefahren, aber auch ohne Spaß, sowie jede Menge schlaflose Nächte, in denen ich mit schwerem Herzen und schweren Gedanken wach lag und Unausgesprochenes in mir vergrub. Unausgesprochenes, das meine Schwester offen aussprach und dadurch Kraft bekam.

Doch dieses mein bisheriges Leben löste sich allmählich auf, verflüchtigte sich. Und obwohl ich noch nicht wusste, wodurch ich wieder glücklich werden würde, obwohl ich den Weg noch nicht kannte, der mich zu einem anderen, einem neuen Ich bringen würde, obwohl ich noch keine Ahnung hatte, wie ich wieder ein ganzer, ein glücklicher Mensch werden konnte – eines dämmerte mir: Hier, in der Bibliothek, würde ich das alles nicht finden. Endlich wurde mir das klar.

Und deshalb ... ein paar Tage später ...

Ich hatte am Nachmittag für Delia gearbeitet, bei einem Verlobungsempfang für die Freundinnen und weiblichen Verwandten der Braut (in einer Blockhütte, man höre und staune, alles auf Holz gestylt). Auch die übliche Katastrophe war natürlich nicht ausgeblieben, denn der Sodawasserautomat explodierte, und zwar ausgerechnet in dem Augenblick, als man zur Begrüßung anstieß. Ich hatte also gerade einen weiteren ganz normalen Tag mit *Wish Catering* überlebt, der sich im Prinzip nicht von all den anderen Tagen davor unterschied. Bis zu diesem Augenblick.

»Na, Macy«, leitete Kristy unseren üblichen kleinen Dialog ein, wobei sie einen Fleck von ihrem schwarzen Fransenrock wischte.

»Kommst du noch mit?«

Wie schon gesagt, sie fragte mich das jedes Mal. Ich konnte mich darauf verlassen, es war schon genauso zur Routine geworden wie alles andere in meinem anderen Leben, meinem Leben außerhalb von *Wish Catering*, einem Leben voller Stundenpläne und geregelter Abläufe, pünktlich wie die Kirchturmuhr. Kristy kannte ihre Rolle bei diesem Dialog und ich meine. Doch dieses Mal hielt ich mich nicht an den Text, sondern wagte etwas und improvisierte.

»Ja«, antwortete ich. »Gern.«

»Cool.« Erfreut lächelnd schlang sie den Riemen ihrer Handtasche über ihre Schulter. Sie wirkte nicht einmal besonders überrascht – was mich wiederum leicht irritierte. Als hätte sie gewusst, dass ich meine Meinung irgendwann ändern und auf ihren Vorschlag eingehen würde. »Na, dann mal los. Auf geht's.«

Kapitel 7

»Wow, das wird toll.« Kristy steckte behutsam und geschickt den nächsten Lockenwickler in mein Haar, das sie gerade Strähne um Strähne einrollte. »Wart's ab, die Frisur steht dir bestimmt super. Du wirst umwerfend aussehen.«

Wovon ich persönlich nicht so überzeugt war. Wenn ich gewusst hätte, dass Kristy mich komplett umstylen würde, bevor sie mit mir loszog, hätte ich es mir möglicherweise zweimal überlegt, bevor ich mich auf die Aktion einließ. Doch jetzt kam ich aus der Sache nicht mehr raus.

Die ersten Zweifel waren mir gekommen, als sie darauf bestand, dass ich meine Arbeitsklamotten aus- und stattdessen ein Paar ihrer Jeans anzog, von denen sie sich sicher war, dass sie mir passten (was stimmte). Und dazu ein Top, von dem sie behauptete, der Ausschnitt sei auf keinen Fall zu tief (was nicht stimmte). Wobei ich mich weder vom einen noch vom anderen so richtig überzeugen konnte, weil der einzig neutrale Zeuge der Spiegel an Kristys Kleiderschrank gewesen wäre; doch Kristy hatte die Tür absichtlich geöffnet, so dass der Spiegel zur Wand zeigte, damit ich mich selbst nicht mehr sehen konnte, bis ich fertig war. Mein einziger Anhaltspunkt, wie ich in dem Outfit aussah, war derzeit Monica (und das half mir auch nicht viel weiter). Sie saß am Fenster auf einem Stuhl, hielt lässig ihre Zigarette nach draußen und gab jedes Mal, wenn Kristy eine zweite Expertenmeinung brauchte, irgendwelche Mmm-Laute von sich.

Dieser Freitagabend war ganz klar anders als die Freitagabende, die ich gewohnt war. Wobei das nicht nur für den Abend, sondern auch für alles andere hier galt. Hier hieß: bei Kristy und Monica.

Sie wohnten nämlich nicht in einem normalen, fest stehenden Haus, sondern in einem Trailer, wobei Kristy, als wir darauf zuliefen, mir erklärte, sie spreche lieber von einem »Doppeldecker« als von einem Trailer, weil das nicht so prollig klänge. Ich hingegen taufte es im Stillen sofort Hexenhäuschen, denn es sah aus wie etwas aus einem Märchen: ein kobaltblau gestrichenes kleines Haus mit einem riesigen, üppig wuchernden Garten, wo Kristys und Monicas Großmutter – die ältere Frau, die mir an dem Abend weiterhalf, als ich mich verfahren hatte – Blumen und Gemüse anpflanzte, um sie an ihrem Stand oder direkt an die umliegenden Restaurants zu verkaufen. Ich hatte schon viele Gärten gesehen, auch sehr exklusive oder raffinierte, gerade in unserem Viertel. Aber dieser Garten war wirklich etwas sehr Besonderes.

Das kobaltblaue Häuschen mit der roten Tür sah in dem satten, fruchtbaren Grün des Gartens aus, als wäre es »nur« eine weitere der vielen exotischen Blüten, die in diesem kleinen Paradies wuchsen. Vor dem Haus wiegten sich Sonnenblumen in der leichten Brise, streiften träge die niedrigen Fenster. Sie ragten aus einer anmutigen Reihe von Rosenbüschen heraus, deren Duft die Abendluft erfüllte. Von dort erstreckte sich das Grün zu beiden Seiten. Zwischen zwei Birnbäumen entdeckte ich eine Reihe eingetopfter Kakteen in allen möglichen Formen und Farben.

Blaubeerbüsche wuchsen zwischen Zinnien, Margeriten und Sonnenhut, silbergrauer Wollziest hob sich von leuchtenden Feuerlilien und violetten Gladiolen ab. Die Beete waren nicht in Reih und Glied angelegt, sondern in Kreisen und Spiralen, die von schmalen Pfaden umsäumt wurden. Am Ende einer kleinen Allee aus blühenden, von Bambus umstandenen Bäumen lag ein Minifeld mit Minisalatköpfen, die knapp aus der Erde lugten. Haselsträucher wuchsen zwischen Geranien und daneben – eine wahre Explosion strahlend blauer Iris. Nicht zu vergessen der Geruch, der über diesem Wundergarten schwebte: Früchte und Blumen, frisch aufgeworfene Erde und Regenwürmer. Dieser Geruch warf einen fast um, so irrsinnig schön war er, und ich ertappte mich dabei, wie ich einfach nur den Duft einatmete. Selbst als wir schon längst im Hexenhäuschen waren, hatte ich ihn noch deutlich in der Nase.

Kristy befestigte den nächsten Lockenwickler mit einer Haarklammer und strich mir mit der Hand eine Strähne aus dem Gesicht.

»Ich bin eigentlich gar nicht der Typ, dem toupiertes Haar oder eine wilde Mähne so gut stehen«, sagte ich skeptisch.

»Ich auch nicht.« Kristy schnappte sich den nächsten Lockenwickler. »Aber dein Haar wird nicht toupiert, bloß ein bisschen wellig. Vertrau mir einfach, okay? Was Haare angeht, bin ich echt Expertin. Ich war mal kahl, musst du wissen, und in der Zeit war ich von Haaren und Frisuren geradezu besessen.«

Weil sie hinter mir stand und mit den Lockenwicklern rumfummelte, konnte ich sie nicht sehen und wusste deshalb nicht, ob sie ein ernstes Gesicht machte oder ein lässiges oder was. Ich warf einen Blick zu Monica rüber, die allerdings durch eine Zeitschrift blätterte und nicht mal zuhörte. Schließlich nahm ich meinen Mut zusammen: »Du warst mal kahl?«

»Ja, mit zwölf. Ich musste ein paar Mal operiert werden, unter anderem am Hinterkopf, deshalb haben sie mir den Schädel rasiert.« Wieder strich sie einige lose Strähnen weg, die in meinem Gesicht herumflogen. »Ich hatte einen Autounfall, daher auch die Narben.«

»Ach so.« Plötzlich hatte ich Angst, ich hätte ihre Narben vielleicht mal wieder zu offensichtlich angestarrt und sie dadurch erst auf das Thema gebracht. »Ich wollte nicht ...«

»Ich weiß,« meinte sie in lockerem Ton, als würde es ihr wirklich nichts ausmachen, darüber zu sprechen. »Trotzdem ist es schwer, *nicht* hinzuschauen, was? Normalerweise werde ich sofort gefragt, woher ich die Narben habe, aber du hast nie einen Ton gesagt. Allerdings dachte ich mir, dass du dich schon gewundert hast, wie ich zu den Dingern gekommen bin. Du würdest dich wundern, wie viele Leute mich ganz direkt darauf ansprechen. So als würden sie sich erkundigen, wie spät es ist oder so was.«

»Ich finde das ziemlich dreist«, meinte ich.

»Mmm-hmmm.« Das kam von Monica und klang zustimmend. Wie zur Bestätigung drückte sie ihre Kippe am Fensterbrett aus.

Kristy dagegen zuckte die Schultern. »Irgendwie ist es mir sogar lieber so. Ich meine, es ist auf jeden Fall besser, als wenn mich jemand anstarrt, dabei aber so tut, als würde er gar nicht hingucken. Kinder sind in der Beziehung am besten drauf. Sie schauen mich an und fragen: ›Was ist mit deinem Gesicht los?‹ Das gefällt mir. Raus damit. Karten auf den Tisch. Ich kann die Narben ja sowieso nicht verstecken.

Deswegen stehe ich auch auf auffällige Klamotten. Die Leute starren mich so oder so an, da kann ich ihnen auch gleich was bieten, verstehst du?«

Ich nickte. Aber so ganz verstand ich es noch nicht.

»Jedenfalls ist es passiert, als ich zwölf war.« Kristy applizierte den nächsten Lockenwickler. »Meine Mutter fuhr mich mal wieder sturzbesoffen zur Schule. Sie kam von der Straße ab, stieß erst mit einem Zaun und danach noch mit einem Baum zusammen. Die mussten mich aus dem Auto rausschneiden. Monica hatte an dem Tag schlauerweise Windpocken, so dass sie erst gar nicht mitgefahren war.«

»Hör bloß auf«, sagte Monica.

»Sie hat Schuldgefühle«, erklärte Kristy. »Schwesterndynamik nennt man so was.«

Ich warf einen Blick zu Monica rüber. Sie musterte ihre Fingernägel mit demselben gleichmütigen Gesichtsausdruck, den sie eigentlich immer draufhatte. Für mein Gefühl hatte sie kein besonders schlechtes Gewissen oder so was; aber im Grunde kannte ich sie gar nicht anders als mit diesem einen Gesichtsausdruck. So sah sie eigentlich immer aus – eine Mischung aus gleichgültig und müde. Möglicherweise war es wie bei einem Rorschach-Test, bei dem man Tintenkleckse vorgelegt bekommt und deuten soll: In Monicas Gesicht sah man genau das, was man gerade sehen wollte.

»Außer den Narben in meinem Gesicht habe ich auch noch eine an der Wirbelsäule von meiner Rücken-OP und eine ziemlich fiese am Hintern; von da haben sie mir nämlich Haut transplantiert. Auf meinem Kopf sind auch noch ein paar Narben, aber die kann man nicht mehr sehen, seit das Haar nachgewachsen ist.«

»Klingt, als wäre es der reinste Horror gewesen«, meinte ich.

Sie nahm sich den nächsten Lockenwickler. »Kahl zu sein fand ich ätzend, das auf jeden Fall. Ich meine, selbst mit Hüten oder Tüchern gibt es nur begrenzte Variationsmöglichkeiten. Ich habe alles versucht, ich schwör's, trotzdem habe ich vor lauter Freude geweint, als meine Haare endlich, endlich wieder nachwuchsen. Deshalb bringe ich es auch nicht mehr übers Herz, mehr als nur die Spitzen nachschneiden zu lassen. Und das auch möglichst nur alle paar Monate. Ich *liebe* meine Haare.«

»Du hast auch allen Grund dazu«, sagte ich. »Schließlich hast du echt schöne Haare.«

»Danke. Und ich glaube, ich weiß so was wirklich mehr zu schätzen als die meisten anderen Leute. Anders als alle anderen Mädchen oder Frauen beschwere ich mich nie über meine Haare, egal wie sie aussehen. Nie!«

Kristy krabbelte vom Bett, steckte sich die Haarbürste in die hintere Jeanstasche und hockte sich vor mich, um die letzten losen Strähnen mit einer Haarklammer festzustecken. »Okay«, sagte sie, »mit dir wäre ich so gut wie fertig. Die Nächste bitte ... Miss Monoton?«

»N-nnnö.« Dieser Monica-Laut klang überraschend klar, fest und eindeutig.

»Nun lass mich wenigstens mal was ausprobieren. Dann würdest du sehen, dass –«

»Lass stecken.«

»Monica!«

Monica schüttelte langsam den Kopf. »Hör bloß auf«, sagte sie mahnend.

Kristy schüttelte seufzend den Kopf. »Wenn es um Outfits und Styling geht, weigert sie sich strikt, sich auf Experimente einzulassen«, sagte sie mit Grabesstimme, als gäbe es auf der Welt nichts Schlimmeres, bevor sie sich erneut ihrer Schwester zuwandte und mit den Händen an ihrem eigenen Kopf demonstrierte, was ihr vorschwebte. »Schau mal, so. Ich gebe dir sogar ein Stichwort.« Kristy legte eine kleine dramatische Kunstpause ein. »Im Perückenstil – was hältst du davon?«

Statt einer Antwort schüttelte Monica bloß den Kopf, stand auf und ging Richtung Tür.

»Tja, wer nicht will, der hat schon.« Kristy zuckte die Schultern. Monica schnappte sich ihre Handtasche, die auf dem Boden neben der Tür stand, und verließ das Zimmer. »Dann siehst du eben aus wie immer. Aber peppig ist was anderes, das kann ich dir flüstern.«

Als Antwort darauf ließ Monica die Haustür geräuschvoll hinter sich zufallen. Kristy schien das nichts weiter auszumachen. Sie baute sich, die Hände in die Hüften gestemmt, vor ihrem Kleiderschrank auf. Ich warf einen Blick durchs Fenster. Monica ging den Gartenweg entlang, ganz und gar nicht peppig, sondern – wie immer – unendlich langsam.

Kristy bückte sich, zog ein paar ausgelatschte Mokassins mit neckischen Troddeln unter ihren Klamotten hervor und warf sie mir zu. Ich betrachtete die Treter zweifelnd.

»Ich weiß genau, was du jetzt denkst«, sagte Kristy. »Aber Mokassins werden schwer unterschätzt, also zieh sie an. Und dein Dekolleté bearbeiten wir jetzt noch ein bisschen mit dem fabelhaften Selbstbräuner, den ich neulich besorgt habe. Ist im Bad, glaube ich.«

Sie huschte durch den Flur Richtung Bad. Und dann war sie weg. Man hörte sie nur noch leise vor sich hin murmeln.

Die Lockenwickler drückten schwer auf meinen Kopf. Bei dem Versuch, an mir selbst runterzuschauen, weil ich das Top noch mal genauer ansehen wollte, das Kristy mir verpasst hatte, verrenkte ich mir fast den Hals. In die dünnen Träger waren Glitzerfäden eingewoben, und der Ausschnitt war tiefer als bei sämtlichen meiner Kleidungsstücke zusammen. Außerdem war ich in dem Teil völlig overstylt, denn es sah aus wie etwas, das man auf einem Ball tragen würde, und passte für mein Gefühl überhaupt nicht zu den bereits ziemlich fadenscheinigen Jeans, die Kristy auch noch hochgekrempelt hatte. Auf dem einen Knie prangte ein mit Kuli aufgemaltes Herz. Während ich es so betrachtete – innen pechschwarz, links ein bisschen schief und nicht ganz symmetrisch –, dachte ich plötzlich: Dies sind nicht meine Sachen, das bin nicht ich. Und dieser Gedanke setzte sich gebetsmühlenartig in meinem Kopf fest. Okay, wahrscheinlich wollte ich mich mit dieser Aktion gegen Bethany und Amanda auflehnen, zumindest innerlich. Aber falls sie schief lief, würde ich dafür bezahlen müssen, und zwar ich ganz allein.

Ich muss weg hier, dachte ich. Stand auf, zog einen der Lockenwickler aus meinem Haar und ließ ihn auf die Bettdecke fallen. Was zur Folge hatte, dass plötzlich eine Korkenzieherlocke in meinem Blickfeld auftauchte und leicht vor sich hin wippte. Verblüfft starrte ich sie an: Ich hatte mich bereits verändert, minimal zwar, aber diese Spirallocke war ein untrügliches Zeichen dafür.

Trotzdem würde ich von hier verschwinden. Auf jeden Fall.

Ein Blick auf die Uhr: Viertel nach sechs. Wenn ich jetzt sofort losfuhr, war ich so rechtzeitig wieder zu Hause, als hätte ich gar nicht erst versucht von meinem gewohnten

Tagesablauf abzuweichen. Ich würde Kristy einfach erzählen, meine Mutter habe in der Zwischenzeit auf meinem Handy angerufen, weil sie irgendwas von mir wollte, tut mir Leid, ehrlich, vielleicht ein andermal, aber ich muss los.

Ich stand auf, zog noch einen Lockenwickler raus, dann noch einen und noch einen, ließ sie nacheinander aufs Bett fallen, schnappte mir meine Tasche und war schon fast zur Tür raus, als Kristy mit einer kleinen Dose zurückkam.

»Das Zeug ist Spitze«, verkündete sie. »Man sieht im Handumdrehen so aus, als hätte man sich schön lang in der Sonne geaalt, und –«

»Mir ist gerade eingefallen ...« Ich begann sofort mit meinen Ausreden. »Also, ich glaube wirklich –«

Sie sah mich an, ihre Augen wurden immer größer. Schließlich unterbrach sie mich: »Ja, du hast vollkommen Recht.« Ein bekräftigendes Nicken. »Mir war es gar nicht so klar, aber doch, ja, ich finde es so auch viel besser.«

»Was?«

»Na, deine Haare.« Sie betrat das Zimmer. Ich ging unwillkürlich rückwärts vor ihr her, bis ich mit den Kniekehlen an die Bettkante stieß. An mir vorbei angelte Kristy sich ein weißes Hemd, das auf den Kissen lag, und streifte es mir über, bevor ich auch nur den Mund aufmachen konnte, um sie zu bremsen. Aber ich hätte ohnehin nicht protestieren können, dazu war ich zu abgelenkt, denn:

»Meine Haare?«

Kristy verknotete die beiden Zipfel des Hemdes lose vor meinem Bauch.

»Was ist mit meinen Haaren?«

Sie hob beide Arme und kämmte mit gespreizten Fingern durch meine wild gelockte Mähne. »Ich wollte alles ausbürsten, für einen welligen Look, aber du hast Recht, so sieht es viel besser aus, so zerzaust und wuschelig. Eins a, wirklich. Aber schau's dir selbst an!«

Sie lief zum Kleiderschrank, schloss die Tür. Und ich sah – mich.

Ja, die Jeans waren verwaschen und zerschlissen, das Herz auf dem Knie hingekleckst und viel zu schwarz. Aber sie passten mir super, es hätten wirklich meine sein können. Das Spaghettiträgertop, das im Licht der Deckenlampe funkelte und glitzerte, war eindeutig zu schrill; aber mit dem weißen Hemd darüber trotzdem okay, weil Funkeln und Glitzern durch das Hemd abgemildert wurden. Die Schuhe, die mir vor dem Anziehen total daneben vorgekommen waren, sahen zusammen mit der Jeans richtig klasse aus; zwischen beidem war der Abstand gerade so groß, dass man ein schmales Stück Knöchel sah. Und meine Haare? Verschwunden war der schnurgerade Scheitel, den ich jeden Morgen mit großer Mühe und geradezu mathematischer Präzision exakt in der Mitte meines Kopfes platzierte. Stattdessen fielen meine Haare locker über die Schultern, machten mein Gesicht viel weicher. Eigentlich hätte nichts zusammenpassen sollen. Aber irgendwie stimmte jedes Detail.

»Hab ich's dir nicht gleich gesagt?« Lächelnd und voller Stolz auf ihr Werk stand Kristy hinter mir, während ich mein Spiegelbild anstarrte und das Vertraute in den Veränderungen suchte. Lauter einzelne Komponenten und Teile, ein Stückchen hier, ein Eckchen da – und doch ergab sich am Ende ein großes Ganzes, eine abgerundete Erscheinung. Dass aus all diesen Fragmenten etwas entstehen konnte, das tausend Möglichkeiten in sich barg – es war schon komisch. »Perfekt!«

Für ihr eigenes Styling brauchte Kristy wesentlich mehr Zeit: Retrolook im Stil der Sechziger mit weißen Gogo-Stiefeln, Minirock, pinkfarbener Bluse. Als wir endlich fertig waren und aus der Tür des Hexenhäuschens traten, wartete Bert schon seit fast einer halben Stunde auf uns.

»Endlich«, meinte er missmutig, als wir uns seinem Krankenwagen näherten. »Ich warte schon seit einer Ewigkeit.«

»Seit wann sind zwanzig Minuten eine Ewigkeit?«, fragte Kristy unschuldig.

»Seit man hier festsitzt und auf eine Person warten muss, die egoistisch und undankbar ist und denkt, die ganze Welt dreht sich nur um sie.« Bert drehte die Musik lauter – eine laute, dramatisch wehklagende Frauenstimme –, um sicherzugehen, dass jede Replik auf diese Bemerkung von dem Gesülze aus dem Autoradio übertönt wurde.

Kristy ließ ihre Handtasche elegant durch die offene Wagentür segeln, hielt sich an der hinteren Tür fest und schwang sich ins Innere der ehemaligen Ambulanz. Die Musik steuerte unaufhaltsam auf einen Höhepunkt zu, wurde noch intensiver. Vor allem hörte man jetzt sehr laut kreischende Gitarren. »Bert, drehst du das bitte mal leiser«, brüllte Kristy.

»Nein«, brüllte er zurück.

»*Pink Floyd*. Meine Strafe. Er weiß nämlich, wie sehr ich die Gruppe hasse«, sagte sie zu mir. Und zu Bert: »Dann mach wenigstens einen Moment das Licht an hier hinten. Macy kann nichts sehen.«

Prompt flackerte die Neonröhre über Kristys Kopf auf und erwachte summend zum Leben. Sie tauchte das Wageninnere in ein graues, fahles Licht. Was so stark an Krankenhaus erinnerte, dass ich zunehmend nervös wurde. Ich war nervös gewesen von dem Moment an, da wir aus dem Haus gekommen waren – klarer Fall von Krankenwagenphobie –, aber jetzt wurde das Gefühl fast übermächtig. »Für dich tut er's wenigstens«, sagte Kristy und streckte die Hand aus. »Hier, nimm und zieh dich hoch. Sieht schlimmer aus, als es ist. Du schaffst es, garantiert.«

Ich nahm ihre Hand, ließ mich von ihr hochziehen – ich war überrascht, wie viel Kraft sie hatte – und im nächsten Augenblick stand ich drin. Um nicht oben anzustoßen, musste ich den Kopf leicht gesenkt halten. In meinen Ohren schwirrte das Neonsummen. An der einen Wand stand ein mit schwerem braunen Stoff bezogenes Sofa; zwischen dem Sofaende und der Rückenlehne des Fahrersitzes klemmte ein kleiner Tisch. Wie ein fahrbares Wohnzimmer, dachte ich. Kristy schnappte sich ihre Tasche, hangelte sich nach vorn und nahm auf dem Beifahrersitz Platz. Ich setzte mich aufs Sofa.

»Bert, bitte mach das leiser.« Kristy versuchte die Musik zu übertönen, die in meinen Ohren hämmerte. Doch er beachtete sie gar nicht, sondern drehte den Kopf, um betont gleichgültig aus dem Fenster zu blicken. »Bert. Bert!«

Und da, endlich – gerade als die Musik *und* mein Kopf zu explodieren drohten –, streckte Bert die Hand aus, drehte am Lautstärkeregler. Plötzlich war es bis auf ein langsames Klopfgeräusch still. Poch poch poch.

Endlich dämmerte mir, dass das Geräusch von der hinteren Tür hereindrang. Ich stand auf, öffnete sie. Monica, eine Zigarette im Mundwinkel, blickte zu mir hoch.

»Hand«, sagte sie.

»Erst ausmachen.« Bert beobachtete sie im Rückspiegel. »Im Bertmobil wird nicht geraucht, das weißt du genau.«

Monica nahm einen letzten, tiefen Zug, ließ die Kippe fallen, trat drauf, streckte erneut die Hand aus und ich zog sie hoch in den Wagen, so wie Kristy es mit mir gemacht hatte. Kaum war sie drinnen, sackte sie aufs Sofa, als hätte schon diese Minianstrengung sie völlig ausgepowert.

»Können wir jetzt endlich fahren?«, fragte Bert. Ich zog die Türen von innen wieder zu. Kristy fummelte vorne am Radio herum; statt der wehklagenden Frau war nun ein munterer, rhythmischer Popsong zu hören. »Oder braucht ihr noch ein paar Minuten, um mich endgültig in den Wahnsinn zu treiben?«

Kristy verdrehte die Augen. »Wo ist Wes?«

»Er will sich dort mit uns treffen. Falls wir jemals dort ankommen.« Genervt deutete er auf die Digitaluhr am Armaturenbrett: neunzehn Uhr siebenunddreißig. »Siehst du das? Der Abend ist schon halb vorbei. Vorbei, sage ich.«

»Stell dich nicht so an, es ist noch total früh«, meinte Kristy. »Wir haben jede Menge Zeit.«

Was gut war. Denn mit Bert am Steuer brauchten wir auch jede Menge Zeit.

Er fuhr nämlich langsam. Sehr langsam. Und nicht nur das – er war extrem vorsichtig und korrekt. Der Traum jedes Fahrlehrers. Selbst wenn Grün war, blieb er vorsichtshalber kurz stehen, bevor er weiterfuhr; er bremste an Bahnübergängen, wo seit Jahren kein Zug vorbeigekommen war, und hielt sich sklavisch an die Geschwindigkeitsbegrenzungen, wenn er nicht sogar langsamer fuhr als erlaubt. Seine Hände lagen vorschriftsmäßig am Lenkrad, also immer schön »auf zehn und zwei Uhr«, wie es in der Fahrtheorie gelehrt wird. Wie ein Luchs beobachtete er die Fahrbahn, um jederzeit auf alle Eventualitäten vorbereitet zu sein.

Deshalb kam es mir vor, als wären wir Ewigkeiten unterwegs. Schließlich bogen wir von der Hauptstraße auf einen Schotterweg ab. Irgendwann fuhren wir dann nur noch über einen Grasstreifen durch ein Wäldchen, bis wir eine Lichtung erreichten. In der Mitte standen ein paar Picknicktischen aus Holz, drum herum mehrere Autos. Auf den Tischen lagen Taschenlampen, deren Strahlen in alle Richtungen wiesen. Dazwischen hockten jede Menge Leute. Bert fuhr rückwärts zwischen die anderen geparkten Wagen und machte den Motor aus.

»Endlich.« Kristy schnallte sich schwungvoll ab.

»Du hättest auch laufen können«, meinte Bert.

»Kommt mir auch so vor, als wären wir gelaufen«, antwortete sie und öffnete die Beifahrertür. Stimmen drangen zu uns herein, jemand lachte. »Ich brauche dringend ein Bier. Möchte noch wer eins?«

»Ich.« Monica erhob sich und schob die hinteren Türen auf. Mit gequältem Gesicht ließ sie sich vorsichtig von der Laderaumkante ins Gras herunter und trottete von dannen.

»Macy?«, fragte Kristy.

»Nein, danke«, sagte ich.

»Wie du willst.« Kristy kletterte aus dem Führerhaus und warf die Tür hinter sich zu. »Bin gleich wieder da.«

Sie überquerten die Lichtung und gingen an den Tischen vorbei zu ein paar Bäumen, wo jemand ein Bierfass aufgestellt hatte. Zwei Typen machten den Ausschank. Einer von beiden, ein großer Rothaariger, musterte Kristy mit anerkennender Miene und fing sofort an, ihr ein Bier zu zapfen, während Monica gelangweilt daneben stand. Der Kumpel des Rothaarigen blickte sie unauffällig von der Seite an und sah aus, als sammelte er Mut, um sie anzuquatschen.

Bert hockte auf der hinteren Stoßstange des Krankenwagens und checkte, wer alles da war. Ich setzte mich neben ihn, ließ die Füße baumeln. Ich kannte kaum jemanden, was mich nicht weiter überraschte, weil die meisten auf eine andere Highschool gingen als ich, und zwar auf eine, die exakt am anderen Ende der Stadt lag. Trotzdem entdeckte ich schließlich ein paar Leute von meiner Schule, fragte mich allerdings, ob sie mich in meinem jetzigen Aufzug überhaupt erkennen würden.

Während mein Blick über die Lichtung wanderte, sah ich plötzlich Wes. Er stand mit ein paar anderen Jungen um einen alten Ford Mustang herum und redete. Sofort machte irgendwas in meinem Bauch einen kleinen Hopser, genau wie an dem allerersten Abend vor unserem Haus, als ich ihn zum allerersten Mal gesehen hatte. Und dann wieder an dem Abend, als er mich aus dem Schlagloch abgeschleppt hatte. Und seitdem eigentlich jedes Mal, wenn wir uns begegneten. Ein Gefühl, das ich nicht kannte und nicht verstand, ein Gefühl, über das ich absolut keine Kontrolle hatte. So was Bescheuertes, dachte ich, und glotzte trotzdem zu ihm hinüber.

Kurze Zeit später löste er sich aus der Gruppe und überquerte die Lichtung. Ich bemühte mich angestrengt ihn nicht ununterbrochen anzustarren, und dabei fiel mir etwas auf: Ich war nicht die Einzige, die hinter ihm herschaute. Es gab außer mir mindestens noch drei Mädchen, deren Blicke genauso an ihm hingen wie meine. Ob sie sich wohl genauso dämlich vorkamen wie ich? Wahrscheinlich nicht.

»Hallo«, sagte Wes, als er uns erreicht hatte. »Wo wart ihr denn so lang?«

Bert verdrehte die Augen und deutete mit dem Kinn auf Kristy, die gerade mit Monica im Schlepptau zu uns zurückkam. »Was glaubst du denn?«

»Das habe ich gehört«, sagte Kristy. »Aber es dauert, bis man so aussieht. Dieses Outfit, dieses Styling, alles passt zu allem – das ist nichts, was man mal eben so mit links hinkriegt.«

Bert sah sie aus zusammengekniffenen Augen an. »Ach nein?«

Sie achtete gar nicht auf ihn, sondern fuhr fort: »Aber ich glaube, ich habe mir völlig umsonst solche Mühe gegeben. Die Aussichten hier sind nicht gerade glänzend.«

»Was ist mit dem Kerl am Bierfass?«, fragte Bert.

»Ich bitte dich.« Sie seufzte tief. »So nötig habe ich es nun auch wieder nicht. Ich will doch keinen 08/15-Typen.«

Aus dem Jeep, der neben uns parkte, ertönte lautes Gelächter. Im nächsten Moment kam ein blondes Mädchen in einem Tanktop auf uns zu. Anscheinend hatte sie bereits ziemlich viel getrunken, denn sie schwankte leicht. »He, kennen wir uns nicht?« Sie deutete auf mich. »Dich kenne ich doch, oder?«

»Äh ... ich weiß nicht«, antwortete ich, dabei wusste ich genau, wer sie war. Sie hieß Rachel Newcomb und in der Mittelstufe hatten wir zusammen trainiert, uns allerdings seit Jahren nicht mehr gesehen.

»Doch, doch.« Sie schnippte mehrmals mit den Fingern, als könnte sie ihrem Gedächtnis dadurch auf die Sprünge helfen. Die anderen standen daneben und sahen uns zu wie bestellt und nicht abgeholt, aber das schien Rachel nicht mal aufzufallen. Kristy zog leicht pikiert die Augenbrauen hoch.

»Du kennst *mich*, Rachel«, mischte Bert sich ein. »Ich heiße Bert, weißt du nicht mehr? In den letzten Sommerferien war ich dein Tutor im College-Vorbereitungskurs. In Mathe, daran erinnerst du dich doch bestimmt.«

Rachel warf ihm einen flüchtigen Blick zu, richtete ihre Aufmerksamkeit jedoch sofort wieder auf mich. »Ja, Shit, jetzt weiß ich es wieder. Wir haben zusammen trainiert, im

Laufteam der Mittelschule. Und jetzt bist du mit dem Typen zusammen, der uns immer damit nervt, wir sollten wiederverwerten ... äh ... wertschätzen ... du weißt schon, das mit der Umwelt.«

Ich brauchte eine Sekunde, bis der Groschen fiel. »Du meinst das Recycling-Projekt?«

»Genau!« Sie klatschte in die Hände. »Das meine ich.«

Aus dem Jeep drang Gelächter und jemand sagte: »Mann, Rachel, bist du blöd!«

Was Rachel gar nicht weiter zu stören schien. Sie pflanzte sich ungeniert zwischen Bert und mich. »Weißt du noch, wie viel Spaß wir beim Training hatten?« Sie warf den Kopf in den Nacken und lachte. »Und du, du warst schnell. Scheiße, warst du schnell.«

»Ach was«, sagte ich und hob intuitiv die Hand, um mein Haar rechts und links vom Scheitel zu glätten, bis ich merkte, dass es gar nicht gescheitelt war. Kristy hörte aufmerksam zu, wobei sie mich nicht aus den Augen ließ.

»Natürlich warst du schnell.« Wie um ihre Worte zu unterstreichen, bohrte Rachel einen Finger in Berts Arm. »Ihr hättet sie mal sehen sollen. Sie war so schnell, es sah aus, als würde sie ...«

Eine betretene Pause entstand, in der wir alle gemeinsam auf das Verb warteten.

»... fliegen«, sagte Rachel schließlich. Kristy schnaubte auf. »Als hätte sie Flügel, verflucht noch mal. Sie hat alles gewonnen, jedes Rennen. Weißt du nicht mehr? Wenn du antratst, hatte kein anderer eine Chance. Da hättest du schon auf den Start verzichten müssen.«

»Na ja«, sagte ich und beschwor sie lautlos, endlich zu verschwinden. Bevor sie noch was ausplaudern konnte, das sie nicht ausplaudern sollte. Ich jobbte nämlich auch deshalb so gern für *Wish Catering*, weil mich dort niemand kannte. Keiner von *Wish* ging auf dieselbe Schule wie ich und sie wussten über mich nur das, was ich sie freiwillig wissen ließ. Ich hatte diese Anonymität genossen, mehr noch, sie war bisher meine einzige Erholung in diesen Sommerferien. Ich hatte mich gefühlt wie eine sauber abgewischte Tafel. Und jetzt tauchte auf einmal diese Rachel Newcomb auf und schmierte meine Geheimnisse auf die Tafel, so dass sie für alle deutlich sichtbar wurden.

»Unser Team hieß *Das Rasende Rudel.*« Rachel hatte sich mittlerweile Monica zugewandt. Sie lallte unüberhörbar. »Bescheuerter Name, was? Möchte mal wissen, wer sich so was ausdenkt. Als wären wir Hunde, die man losjagt, um ein Rennen zu gewinnen. Lauf, Bello, lauf. Wuff wuff!«

»Worum geht's hier eigentlich?«, fragte Kristy betont beiläufig in die Runde. Ich spürte, dass mein Gesicht wie Feuer brannte, und zwar noch bevor ich aufblickte und merkte, dass Wes mich beobachtete.

Rachel schien das alles überhaupt nicht mitzubekommen. Sie klatschte mir mit der flachen Hand aufs Knie. »Hör zu, ich muss dir was sagen. Du sollst nämlich wissen ...«

Ich wusste, was jetzt kam. Woher? Keine Ahnung. Jedenfalls wusste ich es, aber nicht, wie ich sie hätte aufhalten können. Ich konnte nur noch aus dem Weg gehen, mich an den Rand stellen und zuschauen, wie alles zusammenbrach.

»Es ist mir echt wichtig, dass du eines weißt«, wiederholte sie, ernst und eindringlich – als wären wir allein, als stünden keine Zuschauer um uns herum. »Egal was die anderen sagen, ich finde nicht, dass du total komisch geworden bist, seit das mit deinem Vater passiert ist. Ich meine, das war doch echt der Horror. Du warst dabei, Mensch. Wer kann schon mit so was umgehen? Ich meine: zusehen, wie jemand stirbt, vor deinen Augen.«

Ich starrte sie einfach bloß an, stumm, wie gelähmt: ihr gerötetes Gesicht, den Plastikbecher mit Bier in ihrer Hand, die weißen Linien, die ihre Bikiniträger auf ihrer gebräunten Haut hinterlassen hatten und die neben den Trägern ihres Tops hervorblitzten. Denn den anderen konnte ich nicht mehr ins Gesicht sehen, es ging nicht. Das war's also mit meinen Märchen über mich selbst, mit dem Luxus unsichtbarer Narben. Sie hatte nicht lang gedauert, diese Phase, und jetzt war sie vorbei. Ich war mir fast sicher, dass ich irgendwo eine Uhr schlagen hörte.

»Rachel!«, brüllte jemand aus dem Jeep. »Komm endlich wieder her oder wir fahren ohne dich.«

»Ich muss los.« Rachel stand auf, warf die langen Haare über die Schultern und wiederholte, als hätten wir sie beim ersten Mal nicht laut und deutlich gehört: »Ich muss jetzt los. Aber ich hab's ernst gemeint. Das, was ich gerade gesagt habe, meine ich. Vergiss das nicht. Denk immer an das, was ich dir gesagt habe. Und dass ich es ernst gemeint habe, okay?«

Ich war unfähig zu nicken, geschweige denn einen Ton von mir zu geben. Rachel stolperte Richtung Jeep, wo sie mit lautem Gelächter und ein paar spöttischen Sprüchen von wegen Wertschätzung und Wiederverwertung empfangen wurde. Dann stellte jemand das Radio an. Ein Song von Van Morrison ertönte, bei dem die ganze Truppe in dem Jeep sofort laut und schief mitsang.

Es war einer dieser Momente, in denen man sich wünscht, man könnte sich in Luft auflösen. Zusammenschrumpfen, jedes einzelne Körpermolekül winzig klein werden lassen, bis man nicht mehr da ist. Aber ich wusste, so was war unmöglich. Es gab immer ein Danach. Deshalb hob ich den Kopf. Sah Kristy an. Merkte, dass Bert mich beobachtete. Nahm Wes' und Monicas Gesichter aus den Augenwinkeln wahr. Ich atmete einmal tief durch, um – ja, was sollte ich sagen? Keine Ahnung. Doch ich kam ohnehin nicht dazu, den Mund aufzumachen, denn plötzlich saß Kristy neben mir. Und nahm meine Hand: »Das war ja wohl die größte Idiotin, die mir je untergekommen ist.«

»Allerdings«, meinte Bert leise, doch als ich endlich wagte, ihn direkt anzuschauen, sah ich nicht das verhasste Oh-das-arme-Mädchen-Gesicht. Nein, er schnitt eine belustigte Grimasse, die wohl ausdrücken sollte, dass er Rachels Auftritt mehr als daneben fand. Rachel, nicht mich!

Kristy beugte sich über mich hinweg zu ihm vor und fragte: »War das nicht die – ich meine, aus dem Mathekurs –, der du erklären musstest, was eine ungerade Zahl ist?«

Bert nickte: »Zweimal.«

»Die Frau ist echt dümmer, als die Polizei erlaubt!«, sagte Kristy. Was Monica durch ein entschiedenes »Mmmhmmm« bekräftigte.

Kristy verdrehte noch nachträglich die Augen und trank einen Schluck Bier. Ich spürte die Wärme ihrer Handfläche in meiner. Plötzlich fiel mir auf, wie lange es her war, seit jemand meine Hand gehalten hatte, und ich musste an Wes' Skulptur denken, das Herz in der Hand. Ich sah ihn an. Er erwiderte meinen Blick. Und wie bei Bert war Wes' Blick anders, als ich erwartet hätte. Weder Mitleid noch Trauer lagen darin. Nein, der Blick drückte aus: An unserem Verhältnis hat sich nichts geändert, ich sehe dich noch genauso wie vorher. Außerdem weiß ich, wie du dich fühlst. Mir wurde auf einmal bewusst, dass die Gesichter der Menschen, die mich in den letzten Monaten angestarrt hatten, trotz allen vermeintlichen Mitgefühls undurchdringliche Flächen gewesen waren und keine Spiegel, in denen ich mich oder meine Trauer hätte wiedererkennen können. Meine Trauer, meine Gefühle, die musste ich ganz allein ertragen. Das hatte ich jedenfalls geglaubt. Bis zu diesem Augenblick, in dem sich unsere Blicke trafen. Doch als ich Wes jetzt ins Gesicht schaute, hatte ich das Gefühl, etwas wiederzuerkennen – wie man etwas wiedererkennt, das man zwar noch nie gesehen hat, wovon man jedoch weiß. Es existiert. Denn endlich, endlich schien tatsächlich mal jemand zu begreifen, wie es mir ging.

»Aber ihr Top hat mir gefallen«, stellte Kristy fest. »Ich habe einen Rock, zu dem es perfekt passen würde.«

Danach herrschte wieder Schweigen. Wir standen einfach zusammen und sagten nichts. Auf der Lichtung spielte jemand mit einer Taschenlampe rum, ließ ihre Strahlen über die Baumkronen wandern, so dass mal hier ein Ast, mal dort ein paar Blätter aufleuchteten und dann wieder im Dunkeln versanken. Ich wusste, in den letzten paar Minuten hatte sich mein Leben um hundertachtzig Grad gedreht. Ich hatte versucht mich rauszuhalten, den anderen nur das von mir zu zeigen, was ich wollte. Als wäre es möglich, nur Schnipsel und Teilstücke von mir preiszugeben, und zwar gerade so viel und genau so, wie ich es wollte. Doch so etwas funktioniert nur eine gewisse Zeit lang und dann eben nicht mehr. Irgendwann entsteht auch aus den winzigsten Fragmenten unweigerlich ein Ganzes.

Eine Stunde später hockten wir drei Mädchen auf dem Sofa im Bertmobil und unterhielten uns ohne noch irgendetwas zu verschweigen oder zurückzuhalten. Ein wahrer Anfall von Offenheit und Ehrlichkeit. Vielleicht lag's am Bier.

Ich trank normalerweise so gut wie keinen Alkohol. Aber nach der Szene mit Rachel war ich so durcheinander gewesen, dass ich Kristys Angebot angenommen hatte, mir ein kleines – aber bitte wirklich nur ein ganz kleines – Bier zu holen. Und ich bräuchte es selbstverständlich nicht zu trinken, wenn ich nicht wolle, meinte sie noch. Doch nach ein paar Schlucken fingen wir an, über Jungs zu reden, und von da an gab's kein Halten mehr.

»Also, mein letzter Freund hat mich einfach irgendwo mitten in der Pampa stehen lassen. Und das meine ich wörtlich.« Kristy schlug ein weißes Stiefelbein übers andere. »Das heißt, von jetzt an kann es nur noch besser werden, denn das ist wohl kaum zu toppen. Im Negativen, meine ich. Auf jeden Fall möchte ich endlich mal wen kennen lernen, der nett ist.«

Merkwürdig war es schon: Da hockte ich mit den beiden zusammen und quatschte, als wäre das mit Rachel nie passiert. Wes war fast unmittelbar nach unserem intensiven Blickwechsel losgezogen, weil er jemanden suchen wollte, der ihm ein paar ausrangierte Stahlrohre versprochen hatte. Bert war mitgegangen, Kristy, Monica und ich verzogen uns aufs Sofa. Mein frisch enthülltes Geheimnis schien gar keine Rolle mehr zu spielen. Im Gegenteil, es löste sich auf wie eine dunkle Wolke, die immer heller wird und schließlich ganz verblasst. Als hätten die anderen es schon wieder vergessen oder zumindest erst mal weggelegt, wie irgendeine Sache, die man gerade nicht braucht.

»Wisst ihr, was ich mir wünsche? Endlich mal einen intelligenten Freund.« Kristys Stimme holte mich zum Thema unserer Unterhaltung zurück. »Ich habe die Schnauze voll von den Typen, die sich kaum meinen Namen merken, geschweige denn ihn richtig buchstabieren können. Ich möchte jemanden, der was auf dem Kasten hat, nicht so eine Dumpfbacke. Echt, am liebsten wäre ich mal mit einem echten Superhirn liiert.«

»Nein, das willst du nicht wirklich, es würde dir nämlich nicht gefallen.« Ich nahm noch einen Schluck Bier und merkte erst hinterher, dass mich die beiden aufmerksam ansahen und auf eine Erklärung warteten. »So einen Freund hatte ich nämlich mal«, fuhr ich deshalb fort. »Vielleicht habe ich ihn auch noch. Keine Ahnung, wo wir miteinander stehen.«

»Das sind die Schlimmsten.« Kristy nickte zustimmend.

Die Bemerkung verwirrte mich. »Was sind die Schlimmsten?«

»Die Freunde, bei denen man nicht weiß, woran man ist. Ob man nun noch eine Beziehung hat oder nicht.« Kristy seufzte. »Eigentlich stehen sie auf dich, aber irgendwie auch nicht. Mal wollen sie mit dir zusammen sein, dann wieder nicht. Das Einzige, was sie definitiv wissen, ist, dass sie dir an die Wäsche wollen.«

»Mmm-hmmm.« Vehemente Zustimmung von Miss Monoton.

»So ist es auch wieder nicht«, sagte ich. »Eher so eine Art Trennung auf Probe. Wir sind nicht richtig zusammen, aber auch nicht richtig auseinander.«

»Trennung auf Probe«, wiederholte Kristy. Aus ihrem Mund klang das wie ein Fremdwort. »Und das heißt ...?« Die Geste, die diese Frage begleitete, sollte wohl ausdrücken: Pünktchen Pünktchen Pünktchen – bitte ergänzen.

»Das heißt, dass er anscheinend das Gefühl hat, wir wollen nicht das Gleiche, wir hätten nicht dieselben Ziele oder Erwartungen. Deshalb haben wir uns geeinigt, dass wir uns bis zum Ende der Sommerferien nicht sehen und danach entscheiden, wie's weitergehen soll.«

Darüber mussten Kristy und Monica erst einmal nachdenken.

»Klingt grauenhaft erwachsen«, meinte Kristy schließlich.

»Jasons Idee, nicht meine.«

»Und wie lange dauert diese so genannte Trennung auf Probe schon?«

Ich musste einen Moment überlegen, dann antwortete ich: »Seit dem Abend, an dem ich den Job bei euch angenommen habe.«

Kristy machte vor Überraschung ganz große Augen, während ich fortfuhr: »Ich hatte die E-Mail, in der er mir das geschrieben hat, gerade erst bekommen, vielleicht eine Stunde vorher oder so.«

»Witzig, das habe ich wohl irgendwie gespürt.« Kristy wandte sich an ihre Schwester. »Weißt du noch? Ich habe dir gleich gesagt, dieses Mädchen hat einen Freund oder ist sonst wie liiert. Stimmt's, Monica?«

»Mmm-hmmm« lautete deren Kommentar.

»Du sahst einfach ...« Kristy unterbrach sich, suchte nach dem richtigen Wort. »... vergeben aus. Außerdem hast du kaum auf Wes reagiert. Ich meine, schon, ein bisschen, aber nicht so heftig wie der Rest der weiblichen Welt normalerweise. Dir ist etwas schwindelig geworden, aber du bist nicht in Ohnmacht gefallen. Bäng!«

»Wie ... bäng?«

Kristy schüttelte den Kopf, als traute sie ihren Ohren nicht. »Komm, du weißt genau, was ich meine. Dass er absolut umwerfend aussieht, könnte dir selbst 'ne Blinde sagen.«

Monica seufzte zustimmend.

»Und warum machst du dich dann nicht an ihn ran?«, fragte ich ziemlich unverblümt.

»Geht nicht«, antwortete sie trocken. »Inzwischen sind wir praktisch wie Bruder und Schwester. Aber als ich ihn kennen lernte, war ich natürlich total in ihn verknallt, also damals, als wir zu Stella zogen, weil meine Mutter endgültig abhob und sich auf ihren Selbstfindungstrip verpisste. Monica ging's übrigens genauso.«

»Hör bloß auf«, meinte Monica düster.

»Sie hat's immer noch nicht ganz überwunden«, sagte Kristy. Monica wandte sich ab und atmete entnervt aus.

»Ich habe mich auf den Kopf gestellt und mit den Beinen gewackelt, damit er mich beachtet«, fuhr Kristy fort. »Aber er war gerade erst aus Myers wiedergekommen und auch der Tod seiner Mutter lag noch nicht lange zurück. Das war alles echt hart für ihn, es gab also ein paar Sachen, an denen er schwer zu knacken hatte. Mit solchen blöden Argumenten habe ich jedenfalls versucht mich zu beruhigen, sonst hätte ich es überhaupt nicht ausgehalten, dass er mir widerstehen konnte.«

»Myers?«

Kristy nickte. »So 'ne Art Jugendknast. Aber sie nennen es Resozialisierungseinrichtung für straffällige Jugendliche.«

Doch deswegen hatte ich gar nicht nachgefragt, denn das wusste ich. Jason hatte nämlich schon als ehrenamtlicher Tutor in Myers gearbeitet. Ich war öfter mit ihm hingefahren und hatte im Auto gelernt, während er reinging, um seine Nachhilfestunden zu geben. Delia hatte erzählt, Wes sei verhaftet worden. Zur Strafe hatte man ihn also nach Myers geschickt. Vielleicht waren wir sogar gleichzeitig dort gewesen, er hinter dem Zaun mit Stacheldrahtverstärkung, ich draußen davor in Jasons Wagen, während im Hintergrund auf der Schnellstraße die Autos vorbeirasten.

»Erzähl uns doch mal ein bisschen von deinem Freund, der gar nicht dein Freund ist, jedenfalls nicht so richtig.« Kristy klopfte im Takt zur Musik mit dem Fuß auf den Boden.

»Wir sind ... waren ... was auch immer seit anderthalb Jahren zusammen.«

In der Hoffnung, die Auskunft würde genügen, nahm ich einen Schluck Bier. Aber die beiden blickten mich erwartungsvoll an. Na gut, dachte ich, was soll's? Wenn sie unbedingt in die Banalitäten meines Alltags eingeweiht werden wollten, bitte.

»Er ist gleich am Anfang der Sommerferien weggefahren und nach zwei Wochen hat er beschlossen, es wäre wohl besser, wenn wir uns vorläufig trennen. Ich war ziemlich fertig deswegen. Bin ich im Prinzip immer noch.«

»Er hat sich also für wen anders entschieden.« Keine Frage, sondern eine Klarstellung. Von Kristy, natürlich.

»Ich glaube, darum geht's nicht. Er ist im Schlaumeiercamp.«

»Häh?«, fragte Monica.

»Schlaumeiercamp«, wiederholte ich. »Ein Ferienlager für Hochbegabte.«

»Also hat er im Schlaumeiercamp wen anders kennen gelernt«, meinte Kristy.

»Ich habe doch gesagt, daran liegt es nicht, es geht nicht um wen anders.«

»Sondern?«

Auf einmal kam es mir falsch vor, darüber zu reden. Außerdem war es mir peinlich: Was geschehen war, was ich getan hatte ... was ja so schlimm gewesen war, dass Jason sich daraufhin von mir getrennt hatte. Die ganze Sache war mir so peinlich, dass ich bisher nicht mal meiner Mutter davon erzählt hatte, meiner Mutter, der ich doch eigentlich alles hätte erzählen können, oder? Und dann sollte ich es vor diesen beiden Mädchen ausplaudern, einfach mal so? Ihre Reaktion konnte ich mir lebhaft vorstellen.

»Es gibt mehrere Gründe«, antwortete ich schließlich.

Wieder dieses erwartungsvolle Schweigen.

Ich holte tief Luft. »Im Prinzip fing es damit an, dass ich am Ende einer E-Mail *Ich liebe dich* geschrieben habe. Ihr wisst, das geht schon ganz schön weit; ihm jedenfalls ging es offenbar zu weit. Es hat ihn nervös gemacht. Außerdem hatte er das Gefühl, ich würde mich nicht genug auf meinen Job in der Bibliothek konzentrieren. Wahrscheinlich gibt es noch ein paar Gründe, aber das sind die wichtigsten, denke ich.«

Die beiden starrten mich an. Ausnahmsweise brach Monica das Schweigen als Erste: »Hör bloß auf.«

»Moment mal.« Kristy richtete sich kerzengerade auf, so als bräuchte sie ihre ganze Höhe, Länge, Größe – dabei war sie ja eher klein –, um zu sagen, was sie als Nächstes sagte: »Du bist seit anderthalb Jahren mit dem Typen zusammen und darfst ihm nicht sagen, dass du ihn liebst?«

»Es ist kompliziert.« Ich nahm noch einen Schluck Bier.

»Und er hat sich von dir getrennt, weil er findet, du konzentrierst dich nicht genug auf deine Arbeit?«, fügte sie hinzu.

»Die Bibliothek ist ihm sehr wichtig.«

»Ist er neunzig oder was?«

Ich starrte in mein Bier. »Du verstehst das nicht. Er war mein Leben, seit anderthalb Jahren. Er hat einen besseren Menschen aus mir gemacht.«

Daraufhin verschlug es Kristy erst einmal die Sprache. Ich fuhr mit dem Finger am Rand meines Bechers entlang.

»Inwiefern?«, fragte sie schließlich.

»Er ist eben in jeder Beziehung vollkommen«, erwiderte ich. »Superzensuren, superintelligent, superengagiert, superfleißig. Er kann einfach alles. Mit ihm zusammen zu sein tat mir gut. Dadurch wurde ich auch besser, in jeder Beziehung. Nicht super, aber besser.«

»Bis ...?«

»Bis ich ihn enttäuscht habe«, sagte ich. »Ich habe meine Erwartungen zu hoch geschraubt, ich habe geklammert. Er hat eben hohe Maßstäbe.«

»Und du nicht«, sagte Kristy.

»Doch, natürlich.«

Monica atmete hörbar aus und schüttelte missbilligend den Kopf. »Nn-nööö.«

Kristy pflichtete ihr bei ohne mich eine Sekunde aus den Augen zu lassen: »Sehe ich ganz genauso.«

»Wie meint ihr das?«, fragte ich.

»Merkst du eigentlich, wie du klingst?«, entgegnete Kristy. »Willst du wirklich behaupten, er hat das Recht, dich abzuservieren, weil du gewagt hast, was für ihn zu empfinden? An ihm zu hängen? Nach anderthalb Jahren!? Oder weil du irgendeinen blöden Büchereijob nicht ganz so ernst genommen hast, wie du seiner Meinung nach hättest tun sollen?«

So was Ähnliches hatte ich tatsächlich gerade gesagt, das war mir auch klar. Doch aus Kristys Mund klang es plötzlich vollkommen anders.

Während ich noch versuchte zu begreifen, woran das lag, redete sie bereits weiter: »Ich gebe zu, ich kenne dich noch nicht sehr gut. Aber was ich kenne und sehe, ist ein Mädchen, bei dem jeder Junge, vor allem irgend so ein Eierkopf, der es nötig hat, in irgendwelche Hirnilager zu fahren …«

»Es ist ein Feriencamp für ganz normale Hochbegabte«, murmelte ich dazwischen.

»… jeder Junge würde sich freuen, von dir zu hören, dass du ihn liebst. Und so einer sollte sich geradezu glücklich schätzen. Du hast unheimlich was drauf, siehst super aus, bist total nett. Und er? Was ist an ihm eigentlich so besonders? Woher nimmt er die Frechheit, über dich zu urteilen?«

»Er ist eben Jason.« Ein besseres Argument fiel mir nicht ein.

»Er ist ein Idiot.« Kristy kippte ihr restliches Bier in einem Zug. »An deiner Stelle wäre ich froh, ihn los zu sein. Leute, die es schaffen, dass man sich mies und minderwertig vorkommt, sind nämlich das reinste Gift.«

»Es ist nicht seine Schuld, wenn ich mir mies und minderwertig vorkomme«, sagte ich, wusste aber schon in dem Moment, als meine Lippen die Worte noch formten, dass er genau das tat. Beziehungsweise ich es zuließ. Schwer zu sagen, wie rum.

»Was du brauchst, nein – was du verdienst, ist jemand, der dich auf Knien anbetet und auf Händen trägt«, sagte Kristy. »Und zwar, weil du bist, wie du bist. Der in dir kein Projekt sieht, sondern den Hauptgewinn, verstehst du?«

»Ich bin kein Hauptgewinn.«

»Doch, natürlich!«, sagte sie im Brustton der Überzeugung. Innerlich erschrak ich beinahe: Wie konnte sie sich dessen so sicher sein? Sie kannte mich doch kaum.

»Aber weißt du, was mich so aufregt? Dass du es nicht mal selber weißt. Das mit dem Hauptgewinn, meine ich.«

Ich wandte den Kopf, blickte hinaus auf die Lichtung.

Egal wo ich war – immer und überall schien es jemanden zu geben, der wollte, dass ich mich änderte.

Kristy streckte die Hand aus, legte sie auf meine und ließ sie eisern da, bis ich ihren Blick einfach erwidern musste. »Ich will nicht an dir rummeckern«, sagte sie.

»Nicht?«

Sie schüttelte den Kopf. »Wir wissen beide, dass das Leben kurz ist, Macy. Zu kurz, um auch nur eine Minute mit jemandem zu verschwenden, der deine Qualitäten nicht zu schätzen weiß. Einfach nicht schnallt, was für ein wunderbarer Mensch du bist.«

»Neulich hast du gesagt, das Leben sei lang«, konterte ich. »Was stimmt denn nun?«

»Beides.« Kristy zuckte unbekümmert die Schultern. »Hängt davon ab, wie man es lebt. Alles ist im Fluss, ändert sich ständig. Das gilt übrigens sowohl fürs Jetzt als auch für alles, von dem man denkt, es wäre für immer und ewig.«

»Nichts kann gleichzeitig so *und* so sein, wenn so und so sich diametral widersprechen«, entgegnete ich. »Das ist unmöglich.«

»Nein.« Sie drückte meine Hand. »Weißt du, was unmöglich ist? Dass wir *denken*, es müsste immer alles entweder so oder so sein. Ohne Zwischenstufen, ohne Widersprüche. Als ich nach meinem Unfall im Krankenhaus lag, dachten alle, ich würde sterben. Mir ging's nicht nur schlecht, ich war am Ende, ehrlich.«

»Mmm-hmmm«, meinte Monica zustimmend und schaute ihre Schwester an.

Kristy nickte ihr liebevoll zu, bevor sie fortfuhr: »Damals war das Leben echt kurz. Aber jetzt, wo es mir wieder besser geht, kommt es mir so lang vor, dass ich das Gefühl habe, ich muss die Augen zusammenkneifen, um bis an den Horizont zu sehen. Es kommt auf den Blickwinkel an, Macy. Dasselbe habe ich vorhin gemeint, als ich gesagt habe, alles ändert sich. Wir denken immer, was ist, ist und bleibt auch so. Dabei kann es jederzeit vorbei sein. Jetzt, gleich, in einer Stunde, in hundert Jahren. Bei dir, bei mir, bei jedem. Deine persönliche Ewigkeit. Aber wie lang sie dauert, kann man nie genau wissen. Deshalb ist es so wichtig, im Augenblick zu leben und darauf zu achten, dass jede Stunde es wert ist, gelebt zu werden.«

»Mmm-hmmm.« Monica nickte und zündete sich eine weitere Zigarette an.

»Du musst dich entscheiden.« Kristy beugte sich näher zu mir. »Wie soll dein Leben aussehen? Es ist deine Entscheidung. Wenn deine persönliche Ewigkeit morgen vorbei wäre – wären das Bisher und das Heute dann so, wie du sie gern gehabt hättest?«

Eigentlich hatte ich bisher geglaubt diese Entscheidung längst getroffen zu haben. Schließlich hatte ich in den letzten anderthalb Jahren mit Jason alles getan, was ich konnte, um mein Leben dem seinen anzupassen, um sicherzustellen, dass ich in seiner perfekten Welt, wo alles einen Sinn ergab, ein Plätzchen fand. Aber es hatte nicht funktioniert.

»Weißt du, womit wir uns abfinden müssen? Dass es keine Garantien gibt«, meinte Kristy. »Nichts ist sicher. Gerade du solltest das besser wissen als jeder andere.« Eindringlich blickte sie mich an, wollte sich offensichtlich davon überzeugen, dass ich auch wirklich verstand, was sie meinte. Und ich verstand es, natürlich verstand ich es. Hatte es im Grunde längst gewusst. »Also, hab keine Angst. Sei lebendig. Leb einfach.«

Doch das konnte ich mir nicht vorstellen. Ich hatte bereits den Schreck meines Lebens abbekommen. Nach allem, was ich erlebt hatte, fiel es mir schwer, zu glauben, dass man einfach leben konnte, ohne ständig Angst davor zu haben, welche bösen Überraschungen noch auf einen lauerten. »Das ist dasselbe«, sagte ich.

»Was?«

»Angst haben und leben.«

»Nein«, erwiderte Kristy. Und betonte den nächsten Satz so langsam und sorgfältig, als müsste sie mir etwas in einer mir unbekannten Sprache beibringen. Als würde sie Worte benutzen, die ich zuerst einmal überhaupt nicht begreifen würde, weder die Worte selbst, geschweige denn ihren Sinn – so fremd war mir das, was sie mir zu sagen versuchte. Noch. »Nein, Macy, es ist nicht dasselbe.«

Es ist nicht dasselbe, wiederholte ich im Stillen. Und wenn ich jetzt daran zurückdenke, habe ich das Gefühl, dass die eigentliche Kehrtwende genau in diesem Moment stattfand. Von da an war alles anders. Wirklich anders. Auch wenn ich Kristys Worte nicht laut aussprach, sondern bloß innerlich vor mich hin sagte, bekräftigte ich dadurch meinen eigenen, ganz persönlichen Wunsch: dass diese Worte irgendwie irgendwann Realität werden und auch für mich gelten würden.

Kurze Zeit später machten Kristy und Monica sich noch einmal Richtung Bierfass auf. Ich stieg zwar ebenfalls aus, blieb allerdings auf der Stoßstange des Bertmobils hocken. Mir war leicht schwindelig, was sowohl an dem bisschen Bier lag, das ich getrunken hatte, als auch an allem, was Kristy zu mir gesagt hatte. Selbst unter günstigeren Umständen hätte es mich vermutlich umgehauen. Im Moment konnte ich nicht mal drüber nachdenken, ohne dass mir sofort anders wurde.

Als ich das erste Mal bewusst wieder aufblickte, sah ich, dass Wes mit ein paar Rohren unter dem Arm über die Lichtung auf mich zukam. Ich blieb hocken, wo ich war, beobachtete unauffällig, wie er langsam auf mich zuschlenderte, und fragte mich plötzlich, wie es wohl wäre, wenn er meinetwegen käme. Wenn er auf mich zuliefe, um *mich* zu sehen, um mit *mir* zusammen zu sein. Es war ganz anders als bei Jason; wenn Jason auf mich zugekommen war, stieg in mir jedes Mal so was wie ein Gefühl von Sicherheit auf. Sein Anblick half mir mich zusammenzureißen. Bei Wes passierte exakt das Gegenteil. Ein Blick, und ich hatte keine Ahnung mehr, wer oder wo ich war oder was ich tat.

»Hallo«, sagte er, als er schon ziemlich dicht bei mir war. Ich tat so, als wäre ich überrascht, ihn plötzlich vor mir zu sehen, um mich innerlich vor dem größten Chaos zu bewahren, was zunächst auch ganz gut klappte. Bis er sich neben mich setzte. Prompt fühlte ich mich wieder, als würde irgendetwas in mir gelöst, gelockert, in Unordnung gebracht. Er stellte die Rohre ab. »Wo sind die anderen?«

»Bierfass.« Ich deutete mit dem Kinn in die betreffende Richtung.

»Alles klar.«

Apropos Ewigkeit: Die Minute des Schweigens, die nun verging, dehnte sich endlos. Vielleicht sogar noch etwas länger. Vor meinem inneren Auge sah ich plötzlich die Wanduhren in meiner Schule, sah die allerletzten Sekunden der Stunde vor sich hin ticken, den Moment, in dem der Minutenzeiger zittert, als hielte er es kaum noch aus, nicht endlich auf die Zwölf zu springen. Sag was, dachte ich und warf Wes einen verstohlenen Seitenblick zu. Anders als ich schien er die Lücke in der Zeit kaum als solche wahrzunehmen, sondern beobachtete seelenruhig die Leute auf der

Lichtung. Seine Arme hingen locker seitlich am Körper herab. Nicht zum ersten Mal fiel mir die Tätowierung auf seinem Oberarm auf, deren Spitze unter dem Ärmel seines T-Shirts hervorschaute. Kristy hatte gesagt, ich solle leben – was auch immer das bedeutete, schließlich gab es eine gewaltige Bandbreite von Leben. Jedenfalls hallten ihre Worte noch in mir nach. Also gut, dachte ich, warum nicht?

»Was ist das?« Während ich die Worte noch zwang, meinen Mund zu verlassen, merkte ich, dass ich ihn ansah, nicht die Tätowierung. Meine Frage konnte sich also auf alles Mögliche beziehen. Wes hob prompt fragend die Augenbrauen. Meine Güte – wurde ich etwa rot? So schnell ich konnte, fügte ich hinzu: »Ich meine deine Tätowierung. Ich konnte bisher nie richtig erkennen, was sie darstellen soll. Also, was ist das?«

Ein ganzer Satz. Eine vollständige Frage. Wow!

Ich hatte plötzlich das nicht sehr angenehme Gefühl, auf gleicher Stufe zu stehen wie Helen Keller, nachdem sie es endlich geschafft hatte, das Wort W-A-S-S-E-R in Zeichensprache auszudrücken.

Wes schob seinen Ärmel etwas weiter hoch. »Ach, das ist bloß dieses kleine Symbol. Als du das erste Mal zu Delia rausgekommen bist, hast du doch die Skulptur gesehen?«

Ich muss wohl genickt haben, aber ehrlich gesagt sah ich jetzt nichts anderes mehr als die schwarzen Linien der Tätowierung. Das Herz in der Handfläche. Dieses Herz war natürlich kleiner und von einem kreisförmigen Muster eingerahmt, das an die Zeichen auf Totempfählen erinnerte. Aber ansonsten war es genau das gleiche Symbol: offene Handfläche, ausgestreckte Finger, rotes Herz in der Mitte.

»Ja«, antwortete ich. Und wie schon beim ersten Mal, als

ich die Herzhand gesehen hatte, überkam mich das Gefühl, dieses Zeichen zu kennen; als würde etwas leicht drängend an meinem Unterbewusstsein zupfen, was auch immer. Seltsam. »Hat es irgendeine bestimmte Bedeutung?«

»Schon.« Er blickte auf seinen Arm hinunter. »So was in der Art hat meine Mutter immer für mich gezeichnet, als ich klein war.«

»Wirklich?«

»Ja. Für sie waren Herz und Hand eine Einheit. Davon war sie aus irgendeinem Grund fest überzeugt.« Kurz berührte er das rote Herz mit seinem Finger, dann sah er mich an. »Nach dem Motto, Gefühl und Handeln sind miteinander verbunden, das eine kann es ohne das andere nicht geben. An so Zeug haben die Hippies geglaubt und ihr gefiel das. Sie stand auf solche Ideen.«

»Mir gefällt's auch«, sagte ich. »Ich meine, die Vorstellung dahinter. Klingt sinnvoll, finde ich.«

Wieder senkte er leicht den Kopf, um das Tattoo zu betrachten. »Nach ihrem Tod fing ich an, beim Schweißen zu experimentieren, und habe mir verschiedene Rahmen ausgedacht. Diese Herzhand hat zum Beispiel ein Kreismuster drum rum, die bei uns neben der Straße den Stacheldraht. Alle sind leicht unterschiedlich, haben aber dasselbe Grundkonzept.«

»Eine Art Serie.«

»Wahrscheinlich«, antwortete er. »Aber vor allem versuche ich irgendwie das Richtige zu tun, was immer das bedeutet.«

Als ich meinen Blick über die Lichtung wandern ließ, entdeckte ich plötzlich Kristy. Ihr blonder Kopf hüpfte beim Gehen zwischen den anderen auf und ab wie ein Ball auf den Wellen.

»Ist schwer«, meinte ich.

Wes sah mich an. »Was?«

Ich schluckte. »Das Richtige zu tun.« Keine Ahnung, warum ich das überhaupt sagte.

Bestimmt hält er mich für total bescheuert, dachte ich und schwor mir von jetzt an den Mund zu halten. Doch Wes nahm bloß eins seiner neuen alten Stahlrohre in die Hand, wendete es hin und her. »Ja, das stimmt«, erwiderte er nach kurzem Zögern.

Kristy ging gerade in der Nähe des Bierfasses vorbei. Sie sagte etwas zu Monica, warf den Kopf in den Nacken und lachte.

»Das mit deiner Mutter tut mir Leid«, sagte ich zu Wes. Ohne mir vorher überlegt zu haben, was genau ich damit ausdrückte. Oder eben auch nicht. Ich achtete nicht auf die Bedeutung der Worte, wägte nicht jedes einzelne ab, sondern sprach sie einfach aus. Vielmehr sprachen sie sich fast von selbst. Als hätte ich damit gar nichts zu tun.

»Tut mir Leid, das mit deinem Vater«, entgegnete er mir. Wir sahen beide geradeaus, nicht einander an. »Ich kann mich an ihn erinnern. Er hat das Kinderteam beim Laufen trainiert. War 'n guter Typ, dein Dad.«

Ich spürte plötzlich, wie mein Hals eng wurde. Eine unvermittelte Welle von Traurigkeit stieg in mir auf. Erwischte mich kalt. Ich schnappte förmlich nach Luft. Denn man gewöhnte sich einfach nicht dran. Gewöhnt sich nicht dran, dass jemand weg ist. Immer wenn man glaubt, man hätte sich endlich damit abgefunden, legt irgendwer den Finger auf die Wunde – und es haut dich um. Der Schock zieht dir jedes Mal wieder den Boden unter den Füßen weg.

»Warum hast du aufgehört?«, fragte er abrupt.

»Womit aufgehört?«

»Mit dem Laufen.«

Ich starrte in meinen leeren Becher. »Keine Ahnung«, behauptete ich, obwohl jener Tag nach Weihnachten sofort wieder vor meinem inneren Auge lebendig wurde. »Ich hatte einfach keine Lust mehr.«

Am anderen Ende der Lichtung unterhielt Kristy sich mit einem großen Blonden, der ihr offensichtlich irgendeine lange, umständliche Geschichte erzählte und dabei ausladend gestikulierte. Kristy musste sich förmlich ducken, damit sie nicht aus Versehen eine verpasst bekam.

»Wie schnell warst du?«, fragte Wes.

»Nicht so schnell.«

»Du meinst, du konntest gar nicht ... fliegen?« Er lächelte mich an.

Blöde Rachel, dachte ich. »Nein.« Und spürte, wie ich schon wieder rot wurde. »Ich konnte nicht fliegen.«

»Was war deine persönliche Bestzeit?«

»Warum fragst du?«

»Einfach so.« Er drehte das Rohr in seiner Hand. »Ich meine bloß ... ich laufe nämlich auch. Schätze, ich bin einfach neugierig.«

»Ich weiß es nicht mehr«, antwortete ich.

»Ach komm, jetzt verrat's mir. Ich bin ein großer Junge, ich halte das schon aus.« Er stieß mit seiner Schulter gegen meine. Ich glaub's nicht, dachte ich. Ich glaube es nicht.

Obwohl der Fuchtelkerl noch auf sie einquatschte, blickte Kristy jetzt zu uns herüber. Selbst auf die Entfernung konnte ich erkennen, dass sie mich ansah und die Augenbrauen hob. Dann wandte sie sich wieder ihm zu, gerade rechtzeitig, um dem nächsten Schwinger auszuweichen.

»Okay, wenn du's unbedingt wissen musst«, sagte ich. »Meine Bestzeit pro Kilometer waren drei Minuten vier achtunddreißig.«

Er starrte mich an. Und sagte schließlich: »Oh.«

»Was ist? Was war dein Rekord?«

Sich räuspernd wandte er den Kopf ab. »Vergiss es.«

»He, das ist nicht fair«, protestierte ich.

»Auf jeden Fall mehr als drei Minuten vier achtunddreißig.« Wes lehnte sich zurück, stützte sich auf seine Hände. »Können wir es jetzt bitte dabei belassen?«

»Aber das ist Jahre her«, sagte ich. »Heute würde ich in der Zeit vermutlich nicht mal mehr einen halben Kilometer schaffen.«

»Wetten, dass doch.« Er hielt das Stahlrohr hoch, betrachtete es prüfend. »Ich wette, du wärst viel schneller, als du denkst. Vielleicht nicht schnell genug, um zu fliegen, aber immerhin.«

Ich merkte, dass ich lächelte, und hörte sofort wieder damit auf. »Und ich wette, du rennst mir mit Leichtigkeit davon.«

»Tja, vielleicht finden wir eines Tages ja mal zusammen raus, ob das stimmt.«

Wahnsinn, dachte ich und wusste gleichzeitig, ich hätte sofort was darauf erwidern sollen, egal was. Aber Kristy, Bert und Monica näherten sich. Chance verpasst.

»Noch zwanzig Minuten bis zur Sperrstunde«, verkündete Bert, während er auf seine Armbanduhr blickte. »Wir müssen los.«

»Oh nein, Hilfe!«, spottete Kristy. »Vielleicht musst du ausnahmsweise mal vierzig fahren, damit wir rechtzeitig daheim sind.«

Bert schnitt eine Grimasse, lief zur Fahrertür und öffnete

sie. Monica kletterte hinten rein und ließ sich aufs Sofa fallen, unmittelbar gefolgt von mir und Kristy.

»Worüber habt ihr zwei denn so geredet?«, flüsterte Kristy mir zu, während Wes die Türen hinter uns zuzog.

»Über gar nichts«, antwortete ich. »Übers Laufen.«

»Du hättest dein Gesicht sehen sollen.« Ihr Atem drang heiß an mein Ohr. »Ich sage nur: bäng!«

Kapitel 8

»Achtung ...« Caroline drückte den Selbstauslöserknopf der Kamera und kam auf uns zugestürzt, um sich rechtzeitig neben meine Mutter zu setzen. »Und jetzt – lächeln!«

Samstagmorgen. Meine Schwester war am Vorabend angekommen, nachdem sie den ganzen Tag in Colby verbracht hatte, um mit dem Schreiner über die Renovierung und die Reparaturen zu reden, die in unserem Haus am Meer durchgeführt werden mussten. Mit so was kannte sie sich aus; sie hatte schon ihr eigenes Haus auf Vordermann bringen lassen, plus die Blockhütte, die Wally und sie in den Bergen besaßen. Tief im Herzen fühlte sie sich zur Innenarchitektin berufen, seit ihr ein Kunstlehrer am College ein »gutes Auge« bescheinigt hatte – ein Kompliment, das Caroline ihrer Meinung nach das Recht gab, nicht nur ihre eigenen Häuser, sondern auch die der übrigen Menschheit zu verschönern.

Obwohl also meine Mutter gerade erst einen Fuß an Bord gesetzt hatte – was in sich schon ein kleines Weltwunder war, fand ich jedenfalls –, hatte Caroline den Kessel angeheizt und fuhr bereits mit Volldampf voraus. Sie hatte nicht nur ihre gesammelten Bücher über Innenarchitektur und Renovierung mitgebracht, sondern mit Wallys Digitalkamera in unserem Haus am Meer jede Menge Bilder aufgenommen, damit wir die geplanten Neuerungen und Veränderungen gleich buchstäblich vor Augen hatten.

»Wenn man eine Renovierung aus der Ferne beaufsichtigen muss, kommt man ohne die Dinger nicht mehr aus.« Beim Sprechen schloss Caroline die Digitalkamera an den Fernseher an. »Ich weiß gar nicht mehr, wie wir das früher ohne geschafft haben.«

Sie drückte auf einen Knopf. Der Bildschirm wurde schwarz. Doch plötzlich tauchte wie aus dem Nichts das Ferienhaus vor uns auf, und zwar vom Strand aus gesehen. Die Veranda mit der wackeligen Holzbank; die Treppe über die Düne; der alte Grill unter dem Küchenfenster. Auf der einen Seite hatte ich das Gefühl, es wäre ewig her, seit ich das alles gesehen hatte. Andererseits war es mir immer noch so vertraut, dass es fast körperlich schmerzte. Und so konkret, dass man sich gut vorstellen konnte, meinen Vater zu entdecken, wenn man nur genau genug hinsah. Ja, man würde ihn durchs Fenster sehen, wie er sich auf dem Sofa fläzte, Zeitung las und unvermittelt den Kopf drehte, als hätte er gerade gehört, dass jemand seinen Namen rief.

Meine Mutter hielt sich mit beiden Händen an ihrem Kaffeebecher fest und starrte stumm auf das Bild. Zum wiederholten Mal fragte ich mich, ob und wie sie diese Aktion wohl durchstehen würde. Ich warf einen Blick zu meiner Schwester hinüber und bemerkte, dass sie unsere Mutter ebenfalls beobachtete. Schließlich sagte sie behutsam: »So sieht es jetzt dort aus. Auf der einen Seite hängt das Dach ein bisschen durch, und zwar anscheinend schon seit dem letzten großen Sturm.«

Meine Mutter nickte stumm.

»Es braucht neue Stützen, Sparren und auch ein paar Schindeln. Außerdem meint der Schreiner, da sowieso ein

Gerüst gebaut werden müsse, sollten wir gleich überlegen, ob wir vielleicht ein Oberlicht einbauen lassen oder so etwas. Ihr wisst ja, die Fenster sind so klein, dass es im Wohnzimmer ziemlich dunkel ist. Darüber hast du dich doch sowieso dauernd beschwert, Mama.«

Ja, meine Mutter hatte im Wohnzimmer eigentlich immer alle Lampen angemacht, auch tagsüber, weil sie fand, es wäre da drinnen so finster wie in einer Höhle. (»Ist doch prima, kann man besser ein Nickerchen halten«, hatte mein Vater jedes Mal dagegengehalten und war prompt leise schnarchend auf dem Sofa eingeschlafen.) Meine Mutter hielt sich deshalb lieber im vorderen Schlafzimmer auf, das ein großes Fenster hatte. Außerdem fand sie den Elchkopf gruselig. Was sie wohl gerade dachte? Es war bestimmt schwer für sie. Für mich ebenfalls. Doch im Stillen klammerte ich mich an das, was Kristy gestern Abend zu mir gesagt hatte, nämlich dass man keine Angst haben sollte. Und daran, was ich verpasst hätte, wenn ich in dem Moment, als ich Angst bekam, nach Hause gefahren wäre.

»Allerdings habe ich mich mit Oberlichtern noch nie beschäftigt«, meinte Caroline. »Deshalb habe ich keine Ahnung, wie viel man investieren muss oder ob sich der Aufwand überhaupt lohnt.«

»Kommt auf den Hersteller an.« Die Augen meiner Mutter waren fest auf den Bildschirm gerichtet. »Und auf die Größe. Die Preise variieren stark.«

Eines musste ich meiner Schwester lassen: Bei aller Hartnäckigkeit, allem Drängen wusste sie genau, wie sie es anstellen musste, um das Thema einigermaßen erträglich zu verpacken. Sie kombinierte einfach einen schwierigen Schritt mit einem leichten; zeigte uns beispielsweise ein Bild, von dem sie ahnte, dass meiner Mutter bei dem Anblick schwer ums Herz werden würde, und verband es gleichzeitig mit einer Frage, bei der sie sich auf sicherem Terrain bewegte: ihrer Arbeit.

In der Art ging es die nächste halbe Stunde weiter, während Caroline uns behutsam durchs Ferienhaus führte, im wahrsten Sinne des Wortes ein Zimmer nach dem anderen mit uns durchging. Am Anfang musste ich ständig einen neuen Kloß im Hals runterschlucken, zum Beispiel wenn ich den Blick aufs Meer von der Veranda aus sah oder das Zimmer mit den Etagenbetten, wo ich immer geschlafen hatte. Es machte mich so fertig, dass ich kaum etwas anderes wahrnahm. Am schlimmsten waren die Bilder vom Elternschlafzimmer, denn an der Wand neben der Tür stand noch ein Paar alter Laufschuhe meines Vaters.

Doch jedes Mal wenn die Erinnerungen über unseren Köpfen zusammenzuschlagen drohten, holte Caroline uns an die Oberfläche zurück. Langsam, vorsichtig, beharrlich. Jedes Mal wenn uns vor lauter Trauer die Luft wegblieb, jedes Mal wenn ich glaubte, ich würde diese Prozedur keine Sekunde länger aushalten, warf sie eine Frage in den Raum, irgendetwas Konkretes, Rationales, an dem man sich festhalten konnte. Was haltet ihr davon, fragte sie beispielsweise, wenn wir das Fenster im Bad durch Glasbausteine ersetzen? Oder: Seht ihr, wie wellig das Linoleum in der Küche geworden ist? Ich habe da Fliesen in einem tollen Blau entdeckt, mit denen wir es ersetzen könnten. Oder würden Fliesen zu teuer? Und jedes Mal wenn meine Mutter sachkundig antworten konnte, hielt sie sich an der Antwort fest wie an einem Rettungsring auf hoher, schwerer See. Sobald sie wieder einigermaßen zu Atem gekommen war, ging's weiter.

Als die Vorführung vorbei war, überließ ich die beiden sich selbst sowie einer angeregten Diskussion über Oberlichter, um meine Wäsche aus dem Trockner zu holen, weil ich mir noch was für meinen nächsten Arbeitstag in der Bibliothek bügeln wollte. Ich war fast fertig, da erschien meine Mutter in der Waschküche und lehnte sich mit verschränkten Armen an den Türrahmen.

»Sieht so aus, als hätte deine Schwester ein neues Projekt gefunden«, meinte sie.

»Wo ist sie?«

»Bei ihrem Wagen. Sie hat ein paar Stoff- und Farbmuster mitgebracht, die sie mir unbedingt zeigen will.« Seufzend strich meine Mutter mit einer Hand den Türrahmen entlang. »Anscheinend sind Polsterbezüge aus Kord derzeit der neueste Schrei.«

Ich lächelte, während ich eine Falte in der Hose glättete, die ich gerade in der Hand hielt. »Sie kennt sich wirklich aus auf dem Gebiet«, sagte ich. »Denk doch mal dran, was sie aus ihrem eigenen Haus gemacht hat. Und aus dem Ferienhaus in den Bergen. Ist doch gut geworden, findest du nicht?«

»Ja, schon.« Schweigend sah sie einen Augenblick lang zu, wie ich ein T-Shirt faltete und es in den Korb legte, der neben mir auf dem Boden stand. »Trotzdem ... es ist schon eine Menge Geld und Arbeit, um sie in ein so altes Haus zu investieren. Ich kann mir nicht helfen, aber das geht mir die ganze Zeit im Kopf herum. Dein Vater hat immer gesagt, es sei nur noch eine Frage von ein paar Jahren, bis die Grundmauern wegsacken würden. Ich bin mir einfach unsicher, ob das Ganze die Mühe und den Aufwand, den Caroline betreibt, tatsächlich lohnt.«

Ich holte Kristys Jeans aus dem Trockner und faltete sie zusammen. Das Herz auf dem Knie war genauso pechschwarz wie vor der Wäsche. »Aber vielleicht wird es ja auch schön.« Ich überlegte mir jedes Wort sehr genau. »Ich meine, wieder etwas zu haben, wo wir hinfahren können. Unser Haus am Meer.«

»Ich weiß nicht.« Meine Mutter fuhr sich mit der Hand durchs Haar. »Falls die Grundmauern tatsächlich marode sind, wäre es möglicherweise einfacher, das Haus insgesamt abzureißen und auf dem Grundstück etwas Neues aufzubauen.«

Ich hatte mich gerade zum Trockner hinuntergebeugt, um die letzten Klamotten rauszuholen, als sie das sagte, und erstarrte. Vor ein paar Minuten hatte ich zum ersten Mal seit über einem Jahr unser Ferienhaus wiedergesehen. Mir jetzt vorstellen, dass es genau wie so vieles andere eines Tages einfach weg sein könnte – das konnte ich nicht. »Ich weiß nicht. Meinst du wirklich, die Grundmauern sind schon so kaputt? Also, ich kann das irgendwie nicht so recht glauben.«

»Mama?«, rief Caroline aus der Küche. »Ich habe jetzt die Muster. Wo steckst du?«

»Ich komme«, rief meine Mutter über ihre Schulter hinweg. An mich gewandt, sagte sie mit etwas leiserer Stimme: »War bloß eine Idee. Nur ein Gedanke, nichts weiter.«

Eigentlich hätte es mich gar nicht wundern dürfen, dass meine Mutter auf so eine Idee kam. Schließlich plante und verkaufte sie Neubauten, das war ihr Beruf. Es war bloß logisch, dass ihr der Gedanke an etwas Perfektes, Unberührtes, Jungfräuliches besser gefiel als die Idee, etwas Altes neu herzurichten. Tag für Tag versuchte sie ihren Kunden den Traum von einem völlig neuen Anfang zu verkaufen. Was ihr nur gelang, wenn sie selbst an diesen Traum glaubte.

»Ist das neu?«, fragte sie.

»Was meinst du?«

Sie deutete auf das Top, das ich gerade in den Korb gelegt hatte. »Das habe ich noch nie an dir gesehen.«

Natürlich nicht, denn es gehörte Kristy und sah unter dem grellen Neonlicht in unserer Waschküche noch unpassender aus als an dem Abend, an dem ich mich darauf eingelassen hatte, es zu tragen. Obwohl ich es zusammengefaltet hatte, war nicht zu übersehen, dass es viel zu tief ausgeschnitten war, auf jeden Fall tiefer, als meiner Mutter lieb sein würde. Und die Glitzerfäden an den Trägern funkelten geradezu aufdringlich. In Kristys Zimmer, in Kristys Leben war es ungefähr so schockierend wie ein simples weißes T-Shirt. In unserer Waschküche dagegen fiel es total aus dem Rahmen.

»Das gehört nicht mir«, antwortete ich. »Ich habe es mir ... äh ... von einer Freundin geliehen.«

»Tatsächlich?« Meine Mutter beugte sich vor, um genauer hinsehen zu können. Anscheinend versuchte sie gerade – etwas mühsam – nachzuvollziehen, wie es dazu kommen konnte, dass eine meiner Freundinnen aus der Schülermitverwaltung so ein verwegenes Teil besaß. »Von wem denn?«

Unvermittelt tauchte Kristys Gesicht vor mir auf, ihr offenes, unbekümmertes Lächeln, ihre Narben, ihre großen blauen Augen. Wenn meine Mutter sich schon wegen dieses Glitzertops ansatzweise aufregte – wie würde sie dann wohl reagieren, wenn sie Kristy in voller Montur gegenüberstand oder meine anderen neuen Freunde von *Wish Catering* kennen lernte? Da ich mir ihre Reaktion lebhaft vorstellen konnte, erschien es mir ratsam und einfacher, zu antworten: »Von einer meiner Kolleginnen beim Catering. Gestern Abend habe ich mich mit Salatsauce bekleckert, deshalb hat sie mir das geliehen, sonst hätte ich in einem durchweichten T-Shirt heimfahren müssen.«

»Ach so«, sagte sie. Richtig erleichtert klang sie zwar nicht gerade, doch mit dieser Erklärung konnte sie offensichtlich leben. »Nett von ihr.«

»Ja«, antwortete ich, während sie sich abwandte, um in die Küche zu gehen, wo meine Schwester und ihre Dekostoffmuster auf sie warteten. »Finde ich auch.«

Als ich auf dem Weg zu meinem Zimmer an der Küche vorbeikam, hörte meine Mutter gerade mit skeptischem Gesichtsausdruck zu, wie Caroline ihr wortreich erklärte, dass Kord als Möbelstoff wieder voll im Kommen sei. Ich ließ die beiden mit diesem hoch spannenden Thema allein, ging nach oben, stellte den Wäschekorb auf mein Bett. Nachdem ich meine T-Shirts, Jeans und Shorts in den Fächern meines Kleiderschranks verstaut und mir meine guten Sachen für die Bibliothek zum Bügeln zurechtgelegt hatte, befanden sich bloß noch Kristys Jeans und das Top im Korb. Ich wollte die Sachen gerade auf den Tisch legen, damit ich beim nächsten Mal, wenn ich Kristy sah, daran denken würde, sie mitzunehmen. Doch plötzlich hielt ich mitten in der Bewegung inne und ließ die dünnen Glitzerträger durch meine Finger gleiten. Das Teil war so anders als alles andere, was ich besaß – kein Wunder, dass es meiner Mutter sofort aufgefallen war. Und deshalb hätte ich es Kristy eigentlich noch am selben Abend zurückgeben müssen. Doch aus genau diesem Grund würde ich es überhaupt nicht mehr zurückgeben. Stattdessen versteckte ich es in der untersten Schublade, wo es außer mir niemand finden würde.

Am Sonntagabend wollte meine Schwester für uns drei kochen. Plötzlich fiel ihr ein, dass sie dafür Rauke brauchte. Ich wusste zwar nicht genau, was das war; trotzdem bestand sie darauf, dass ich mit einkaufen kam. Ich sollte ihr nämlich helfen, das Zeug zu finden.

Wir fuhren also zum Markt und machten uns auf die Suche. Als Erstes liefen wir durch den mittleren Gang. Meine Schwester erklärte mir gerade detailliert den Unterschied zwischen Rauke und sämtlichen anderen Salatsorten, als ich auf einmal Wes entdeckte. Mist, dachte ich, und strich mir unwillkürlich übers Haar, das ich ausgerechnet an dem Tag noch nicht gewaschen hatte. Was mir eigentlich gar nicht ähnlich sah. Aber Caroline hatte ja unbedingt direkt nach dem Frühstück losfahren wollen; offenbar rechnete sie mit einem massiven Andrang auf exotisches Grünzeug und hatte Angst, wir würden nichts mehr abbekommen, wenn wir zu spät auf dem Markt auftauchten. Bei den ungewaschenen Haaren hörte das Problem allerdings noch nicht auf: Als Nächstes wanderte meine Hand zu meinem Uralt-Shirt, einem Relikt aus Wettkampfzeiten, als ich bei jedem Lauf ein Shirt mit dem Logo des Veranstalters bekommen hatte. Shorts und Flipflops vervollständigten meine exquisite Garderobe, denn ich hatte mich natürlich in die erstbesten Klamotten geschmissen ohne daran zu denken, dass ich beim Einkaufen zufällig irgendjemanden treffen könnte, den ich kannte. Von Wes ganz zu schweigen. Wenn wir zusammen arbeiteten, sah ich in der Hitze des Catering-Gefechts auch manchmal ganz schön zerrupft aus, aber da war ich nicht die Einzige. Hier und jetzt dagegen, in einer normalen Alltagssituation, überfielen mich schlagartig alle meine alten Unsicherheiten.

»... auf keinen Fall mit Feldsalat zu verwechseln«, erklärte Caroline gerade. »Das ist etwas ganz anderes.«

Wes stand, umgeben von Skulpturen, am Ende der Reihe von Verkaufsständen und unterhielt sich mit einer Frau, die einen großen Schlapphut trug und ihr Scheckheft in der Hand hielt. Als ich genauer hinsah, merkte ich, dass alle Skulpturen in sich beweglich waren, wie Windspiele. Es gab eine sehr große, an der ein VERKAUFT-Schild befestigt war, und einige kleinere. Die einzelnen Komponenten drehten sich im Luftzug mal rechtsherum, mal linksherum.

Ich schlug einen Haken, was dazu führte, dass ich abrupt vor einem Stand mit gehäkelten Topflappen und selbst gebackenen Napfkuchen endete, während Caroline weiter geradeaus lief und dabei nach wie vor über Salatsorten dozierte. Sie brauchte etwa eine Sekunde, um zu kapieren, dass ich mich abgesetzt hatte. Doch dann drehte sie um und kam auf mich zu.

»Was ist denn los, Macy?«, fragte sie leicht gereizt und entschieden zu laut. Zumindest fand ich das.

»Nichts.« Ich hielt einen der Topflappen hoch. »Die sind doch ganz schön, oder?«

Caroline warf nur einen Blick auf den Topflappen (orange, mit Pailletten bestickt – schön ist was anderes) und fixierte mich scharf. »Okay, was ist los? Erzähl's mir.«

Ich blickte an ihr vorbei unauffällig Richtung Wes, in der wilden Hoffnung, er wäre vielleicht ebenfalls losgezogen, um Rauke aufzutreiben, oder zumindest mit der Frau zu ihrem Wagen gegangen, um ihr beim Tragen der Skulptur zu helfen. Aber nein, Pech gehabt. Im Gegenteil – er blickte zu uns herüber.

Zu mir, um genau zu sein. Die Frau mit dem Schlapphut war verschwunden. Wes stand einfach bloß da und sah mich an. Hob die Hand, winkte grüßend. Ich legte den Topflappen wieder zu seinen ästhetisch ebenso ansprechenden Gefährten und spürte, dass ich knallrot wurde.

»Macy, was ist los mit dir? Alles in Ordnung?« Caroline

musterte mich durch ihre Designer-Sonnenbrille hindurch forschend, bevor sie den Kopf wandte, um nachzusehen, was mich so heiß hatte erröten lassen. Ich folgte ihrem Blick; er wanderte über Verkaufstische mit Zuckermais, frischem Ziegenkäse und Hängematten, bis sie schließlich nur einen Laut ausstieß: »Oh!«

Ich wusste, was sie dachte, hörte Kristys Stimme in meinem Kopf: *Bäng!*

»Kennst du den?« Caroline starrte Wes wie gebannt an.

»Äh, ja«, antwortete ich. Nachdem wir uns alle gegenseitig gesehen hatten, war mir klar, dass mich jetzt nichts mehr retten konnte, egal wie viele Topflappen oder Hängematten den Weg versperrten. Also kapitulierte ich und hakte mich bei Caroline unter: »Komm.«

Während wir uns zu Wes hinüberschlängelten, hatte ich genügend Zeit, mir die Skulpturen anzuschauen. Mir fiel auf, dass keine Herzhand dabei war, sondern ein anderes Motiv dominierte: Engel mit Heiligenscheinen. Die kleineren Skulpturen ähnelten Stockpuppen, nur hatte Wes sie aus Metall, nicht aus Holz gemacht, mit Gesichtern aus Zahnrädern, Fingern und Zehen aus winzigen Nägeln. Über jedem Kopf hing ein kreisförmiges Gebilde aus unterschiedlichen Materialien und mit unterschiedlicher Struktur. Ein Heiligenschein war beispielsweise mit bunten Glasscherben besetzt, aus einem anderen ragten lange Zimmermannsnägel in verschiedene Richtungen – ein Medusa-Engel. Bei der großen Skulptur, der mit dem VERKAUFT-Schild, rankte sich Stacheldraht um den Heiligenschein, ähnlich wie bei der gigantischen Herzhand, die am Sweetbud Drive stand. Ich musste plötzlich an Myers denken, die Einrichtung für straffällig gewordene Jugendliche. Wie der Stacheldraht dort sich um den Zaun gewunden hatte. Genau so. Als wären die Gitterstangen mit spitzem, gezacktem Schleifenband umwickelt.

»Hallo«, meinte Wes, als wir bei ihm ankamen. »Dacht ich mir, dass du das bist.«

»Hi«, sagte ich.

»Die sind ja irre.« Caroline streckte die Hand aus und ließ ihre Finger an dem großen Zahnrad entlangfahren, das den Bauch der Figur bildete. »Ich liebe diese Art von Materialien.«

»Danke«, erwiderte Wes. »Kommt alles vom Schrottplatz.«

»Das ist Wes«, sagte ich, während Caroline bewundernd um die Skulptur herumlief. »Wes, das ist meine Schwester Caroline.«

»Freut mich dich kennen zu lernen«, sagte Caroline mit ihrer Smalltalk-Stimme und reichte Wes die Hand. Doch nachdem die beiden sich kurz die Hände geschüttelt hatten, fuhr Caroline augenblicklich mit ihrer eingehenden Betrachtung der Skulptur fort. Sie nahm sogar die Sonnenbrille ab und beugte sich vor, um besser sehen zu können. »Das Besondere und besonders Schöne hieran ist der Kontrast.« Sie redete wie bei einer Museumsführung. »Der komplementäre Gegensatz zwischen Motiv und Material.«

Wes warf mir einen leicht befremdeten Blick zu. Ich schüttelte nur den Kopf. Wenn meine Schwester auf die Tour erst mal losgelegt hatte, war sie nicht mehr zu bremsen. Schließlich war Kunst im College ihr Hauptfach gewesen.

»Im Prinzip kann jeder darauf kommen, Engel zu gestalten«, sagte sie zu mir, als stünde Wes nicht daneben und hörte zu. »Aber entscheidend ist, wie bei diesen Skulpturen die Wahl des Materials die Aussage transportiert. Engel gelten von Natur aus als vollkommene Geschöpfe. Doch indem der Künstler sie aus unvollkommenem Werkstoff erschafft, aus verrosteten Bruchstücken, aus Abfällen und Schrott, drückt er etwas über die Fehlbarkeit selbst der vollkommensten Wesen aus.«

»Wow«, sagte ich zu Wes, während Caroline sich den kleineren Skulpturen zuwandte und dabei anerkennend vor sich hin murmelte. »Ich bin schwer beeindruckt.«

»Ich auch«, antwortete er. »Ich hatte keine Ahnung, dass es so ist. Als ich anfing Skulpturen zu machen, konnte ich mir einfach nichts anderes leisten als Metall vom Schrottplatz.«

Zu meiner eigenen Überraschung musste ich lachen. Und war dann noch überraschter – nein, geradezu geschockt –, als Wes mich plötzlich anlächelte. Das Lächeln eines Herzensbrechers. In dem Moment existierte wirklich nichts anderes mehr als genau dieser Moment: ich und Wes an einem Sonntag, umgeben von Engeln und Sonnenschein.

»Wahnsinn«, rief Caroline und holte mich wieder in die Wirklichkeit zurück. »Hast du für das Gesicht hier eine Metallplatte verwendet?«

Wes blickte zu ihr hinüber. Sie hockte vor einer Figur, deren Heiligenschein aus Kronkorken bestand.

»Das war ursprünglich ein altes Werbeschild für Coca-Cola. Habe ich im Sperrmüllcontainer entdeckt und rund zugeschnitten«, antwortete er.

»Ein Werbeschild für Coca-Cola«, wiederholte sie ehrfürchtig. »Und die Kronkorken ... die unvermeidliche Vermischung von Religion und Kommerz. Das finde ich klasse, ziemlich klasse!«

Wes nickte. Er kapierte schnell und hatte längst gemerkt, wie man am besten mit meiner Schwester umging: Indem man sie einfach machen ließ. Deshalb antwortete er bloß: »Aha.« Und fügte an mich gewandt mit gedämpfter Stimme hinzu: »Mir hat einfach das alte Schild gefallen.«

»Kann ich mir vorstellen«, antwortete ich.

Ein leichter Wind kam auf, so dass die Heiligenscheine der kleineren Figuren sich wieder in Bewegung setzten. Bei einem hatte Wes mehrere Glöckchen eingearbeitet, die jetzt leise bimmelten. Ich beugte mich vor, schaute genauer hin: Hinter den Glöckchen, die wie auf einem Karussell an mir vorbeisausten, entdeckte ich eine etwas größere Skulptur, die sich entsprechend langsamer drehte. Ein kleiner Engel mit einem Heiligenschein aus flachen Steinen. Doch als ich einen davon berührte, merkte ich, dass es sich gar nicht um einen Stein handelte, konnte jedoch nicht sofort einordnen, was genau es war.

»Was ist das?«, fragte ich Wes.

»Abgeschliffene Glasscherben. Vom Meer.« Wes stand dicht neben mir, beugte sich mit mir zusammen vor. »Siehst du die Formen? So glatt, fast weich. Überhaupt keine scharfe Kanten mehr.«

»Natürlich, Strandglas. Das ist ja super.«

»Und schwer zu finden«, meinte er. Der Wind flaute wieder ab. Wes streckte die Hand aus und stupste den Heiligenschein mit einem Finger an, damit er sich weiterdrehte und das Sonnenlicht sich im Glas brach. Er stand so dicht neben mir, dass sich unsere Knie beinahe berührten. »Ich habe eine ganze Sammlung davon auf dem Flohmarkt gekauft, für zwei Dollar oder so. In dem Moment wusste ich zwar noch gar nicht, was ich damit anstellen sollte, aber die Dinger waren einfach zu cool, um sie *nicht* mitzunehmen.«

»Diese Skulptur ist wunderschön«, sagte ich. Und das

war absolut die Wahrheit. Je schneller der Heiligenschein sich drehte, umso mehr verschwammen die Farben ineinander, vermischten sich die Lichtbrechungen im Glas. Wie beim Meer, dachte ich, und betrachtete das Gesicht des Engels. Er hatte Augen aus Dichtungsringen, und sein Mund war ein winziger Schlüssel, genauso einer wie der, den ich früher gehabt hatte, um mein Tagebuch abzuschließen. Was mir jetzt erst auffiel.

»Möchtest du ihn haben?«

»Das geht nicht«, antwortete ich.

»Natürlich geht das. Ich schenke ihn dir.« Er hob den Engel hoch, ließ seine Finger über die winzigen Zehen gleiten. »Hier, nimm.«

»Wes, nein.«

»Doch. Irgendwann schenkst du mir dafür was anderes, okay?«

»Was denn?«

Er überlegte kurz, bevor er antwortete: »Wir laufen einen Kilometer zusammen und finden raus, ob du mich schlägst oder nicht.«

»Ich würde dir lieber was dafür bezahlen.« Ich holte mein Portemonnaie aus meiner Hosentasche. »Wie viel?«

»Macy, ich habe nur Spaß gemacht. Ich weiß, dass du schneller bist als ich.« Wieder lächelte er mich an. Bäng, dachte ich.

»Jetzt nimm schon.« Er hielt mir den Engel hin.

Ich wollte gerade noch einmal widersprechen, doch dann überlegte ich es mir anders. Warum nicht ausnahmsweise mal was geschehen lassen, fragte ich mich und betrachtete den Engel in seiner Hand, die funkelnden Glasstücke. Ich wollte diese Skulptur. Ich hätte zwar nicht erklären können, warum, hätte nicht gewusst, was ich sagen sollte, wenn ich danach gefragt worden wäre. Aber ich wollte den Engel, Punkt.

»Okay«, erwiderte ich. »Aber irgendwann und irgendwie bezahle ich dir was dafür.«

»Wie du willst.« Er drückte mir den Engel in die Hand.

Caroline näherte sich, wobei sie vor jeder einzelnen der kleineren Skulpturen stehen blieb, um sie genauestens zu betrachten. Gleichzeitig telefonierte sie auf ihrem Handy, das sie aus der Handtasche geholt hatte ohne diese wieder zu schließen: »... nein, eher so was wie Freilichtskulpturen. Sie würden wunderbar auf die hintere Terrasse in den Bergen passen, du weißt schon, oberhalb des Steingartens, den ich anlegen will. Schade, dass du nicht hier bist, um sie dir selbst anzuschauen. Sie sind tausendmal schöner als die gusseisernen Reiher, die sie bei uns im Gartencenter für Hunderte von Dollar verhökern. – Ich weiß, Liebling, dir haben die Reiher gut gefallen, aber diese Skulpturen sind viel besser, glaub mir.«

»Gusseiserne Reiher?« Wes blickte mich fragend an.

»Sie wohnt in Atlanta«, sagte ich, als würde das alles erklären.

»Okay, Schatz, ich muss Schluss machen. Bis später. Ich liebe dich, tschü-üs.« Sie klappte das Handy zusammen, ließ es in ihre Tasche fallen, klappte diese ebenfalls zu und hängte sie sich wieder über die Schulter. »Okay, dann reden wir mal über Geld«, sagte sie zu Wes.

Ich stand mit meinem Engel ein wenig abseits und sah zu, wie sie die verschiedenen Skulpturen durchgingen, um über Preise zu verhandeln, was allerdings des Öfteren durch einen kleinen Vortrag Carolines über die Bedeutung dieser oder jener Skulptur unterbrochen wurde, während Wes höflich zuhörte. Als das Ganze endlich vorbei war, hatte meine Schwester drei Engel erworben, unter anderem den mit dem Cola-Schild und dem Kronkorken-Heiligenschein, sowie Wes seine Telefonnummer abgeluchst, weil sie fest vorhatte, einen Termin mit ihm zu vereinbaren. Bei nächster Gelegenheit wollte sie zu ihm in die Werkstatt rausfahren und seine größeren Stücke begutachten.

»Ein Schnäppchen«, sagte sie, riss einen Scheck über eine nicht unbeträchtliche Summe aus ihrem Scheckheft und gab ihn Wes. »Wirklich, du solltest mehr für deine Sachen verlangen.«

»Wenn ich meine Skulpturen mal woanders ausstellen könnte, dann vielleicht.« Er faltete den Scheck zusammen, steckte ihn in die Tasche. »Aber wenn man von hausgemachten Backwaren umzingelt ist, darf man es mit den Preisen nicht übertreiben.«

»Du wirst bestimmt mal richtige, hochwertige Ausstellungen haben.« Caroline klemmte sich zwei ihrer Engel unter den Arm. »Das ist bloß eine Frage der Zeit.« Sie blickte auf die Uhr. »Macy, wir müssen dringend los. Ich habe Mama gesagt, wir wären mittags wieder daheim, damit wir genug Zeit haben, uns noch ein paar weitere Farben anzuschauen.«

Ich hatte das dumpfe Gefühl, meine Mutter würde nicht allzu traurig sein, wenn ihr das erspart blieb. Schließlich hatte sie schon heute Morgen beim Frühstück ausgesehen wie bei einer Wurzelbehandlung, als sie mit Caroline – die sie sanft, aber beharrlich dazu gebracht hatte mitzumachen – Kataloge wälzen musste, um Fenster und ein Oberlicht auszusuchen. Aber selbst wenn ich Caroline darauf aufmerksam machte, dass meine Mutter vermutlich gut auf Muster und Ähnliches verzichten konnte – bringen würde es sowieso nichts. Deshalb hielt ich den Mund, zumal meine

Schwester gerade schon wieder was anderes im Kopf hatte, nämlich einen Engel mit einem Heiligenschein aus Heftzwecken, der ihr bisher entgangen war.

»Vielen Dank noch mal für den Engel«, sagte ich zu Wes.

»Danke dir, dass du deine Schwester vorbeigebracht hast. Ich habe ein gutes Geschäft gemacht.« Er warf einen Blick zu Caroline hinüber, die immer noch völlig verzückt vor dem Heftzwecken-Engel hockte.

»Das liegt an ihr, nicht an mir.«

»Schon klar«, meinte er. »Trotzdem danke.«

»Entschuldigung«, rief eine Frau, die neben der großen Skulptur stand, mit lauter, schriller Stimme. »Haben Sie von denen noch mehr?«

Wes blickte zu ihr hinüber. »Ich glaube, ich muss.«

»Ja, lauf. Bis bald«, sagte ich.

»Okay. Man sieht sich.«

Ich blickte ihm nach, während er auf die Frau zuging und sich höflich ihre Fragen anhörte. Dann betrachtete ich den Engel in meiner Hand. Fuhr mit dem Finger die glatt geschliffenen Glasscherben an seinem Heiligenschein entlang.

»Können wir?«, fragte Caroline hinter mir.

»Ja«, antwortete ich.

Kapitel 9

»Also *das* macht mich allmählich wirklich nervös«, sagte Delia mit gedämpfter Stimme.

Worauf ich nur zustimmend nicken konnte; wir standen nebeneinander in der Küche und sahen durch die Tür zum Salon hinüber. Wir waren also beide nervös, allerdings aus unterschiedlichen Gründen. Delia bangte um die zerbrechlichen, wertvollen Antiquitäten, von denen es in diesem Haus auf jeder freien Fläche wimmelte, denn Monica war soeben mit einem Tablett Weingläser hinausmarschiert – volle Weingläser auf einem voll beladenen Tablett. Ich dagegen hatte ein ganz anderes Problem, denn knapp einen Meter von der Tür entfernt, durch die auch ich demnächst gehen musste, um zu servieren, standen Jasons Eltern. Sozusagen in idealer Grabscher-Position.

Bisher hatte ich noch nicht rausgemusst, weil ich in der Küche gestanden und zusammen mit Wes in Windeseile Garnelen gepult hatte – so schnell zwei menschliche Wesen überhaupt Garnelen pulen konnten. Das war nötig geworden, weil Delia es vergessen hatte. Und vergessen hatte sie es wiederum wegen einer mittleren Krise, die sich unter anderem deswegen zusammengebraut hatte, weil ihre großartigen Profiöfen sich heute nicht hatten anschalten lassen.

In diesem Moment hörte ich ein gurrendes Lachen, das

ich leider nur zu gut kannte. Und als Kristy nun mit einer leeren Servierplatte hereinkam (die sie, mit Schinkenmuffins beladen, erst vor wenigen Minuten hinausgetragen hatte), sah ich durch die halb geöffnete Tür flüchtig Mrs Talbot. Dann fiel die Tür wieder zu, und mich beschlich das sichere Gefühl, dass sie mich ebenfalls bemerkt hatte.

»Unglaublich«, sagte Wes.

»Was?« Für einen Augenblick dachte ich, er meinte Mrs Talbot.

»Ich fasse es nicht.« Als ich seinem Blick folgte, merkte ich, dass er sowohl die Garnele in meiner Hand als auch den Garnelenberg vor mir meinte, der ungefähr doppelt so hoch war wie seiner. »Wie kriegst du das nur so schnell hin?«

»Tue ich doch gar nicht.« Ich zog die Garnele aus ihrer Schale und legte sie zu den anderen.

Er warf mir bloß einen Blick zu und betrachtete dann etwas kläglich die Garnele in seiner Hand. »Ich habe dich beobachtet«, sagte er. »Während ich noch mit dieser einen rummache, hast du schon fünf geschafft. Mindestens.«

Ich schnappte mir die nächste Garnele, zupfte die Beine ab, zog sie an einem Stück aus der Schale, legte sie auf den Stapel vor mich. Alles in einer einzigen, fließenden Bewegung.

»Sechs«, meinte er. »Das wird allmählich peinlich. Wo oder von wem hast du das gelernt?«

Ich nahm mir die nächste vor. »Von oder besser gesagt wegen meines Vaters. Wenn wir in den Sommerferien am Meer waren, haben wir oft pfundweise Garnelen fürs Abendessen gekauft. Sie wurden nur kurz gedünstet und dann ging die Post ab. Sein absolutes Lieblingsessen. Und er war superschnell. Wenn man also überhaupt welche abhaben wollte, musste man sich tierisch beeilen.« Ich legte die nächste geschälte Garnele zu den übrigen auf den Haufen. »Ich musste es einfach lernen, es war der reinste Darwinismus: Nur die Starken kommen durch.«

Endlich schaffte er es, die Garnele in seiner Hand zu schälen und auf seinen Stapel zu legen. »Bei uns zu Hause war's genau umgekehrt«, meinte er. »Man tat alles, was man konnte, um *nicht* essen zu müssen.«

»Wieso das denn?«

»Nach der Scheidung war meine Mutter auf dem Trip, dass man sich unbedingt gesund ernähren muss.« Wes nahm sich die nächste Garnele vor und imitierte meine Methode, indem er zunächst einmal alle Beine auf einmal abriss. »Nach dem Motto: Wer seinen Körper entschlackt, reinigt auch seinen Geist. Oder so was Ähnliches. Es gab keine Hamburger mehr, keine Hotdogs, sondern Linsenauflauf mit Tofusalat. Und das waren noch die Highlights.«

»Mein Vater war das genaue Gegenteil.« Ich machte mich über die nächste Garnele her. »Für ihn gab es nichts Besseres und Gesünderes als Fleisch, und zwar rotes Fleisch. Schon Huhn war in seinen Augen ein Gemüse.«

»Die Einstellung gefällt mir«, meinte Wes.

»Garnelen! Ich brauche dringend Garnelen!«, fauchte Delia aus dem Hintergrund. Ich schob den Stapel vor mir auf eine Platte, sauste zum Spülbecken, wusch sie blitzschnell ab und tupfte sie noch schneller trocken, während Delia Zahnstocher, Servietten sowie Cocktailsauce auf einem Tablett bereitstellte.

»Die Schinkenmuffins sind echt der Hit. Gehen rasend schnell weg«, verkündete Kristy, die gerade schon wieder zur Tür hereinkam; ihre leer geräumte Servierplatte balancierte sie auf der flachen Hand. Was sie heute anhatte, stellte ihre bisherigen Outfits in den Schatten: Schwarzer Lederrock, Motorradstiefel, eine weiße, weite Bauernbluse, und die Haare hatte sie mit einem Paar roter Essstäbchen hoch auf dem Kopf festgesteckt. »Da draußen schwirren lauter Professoren und so Leute rum. Echt daneben, die Typen. Tun total vornehm und sind gleichzeitig so was von gierig. Sagen total affig ›Das sieht aber köstlich aus‹, machen einen auf höflich und zurückhaltend, aber bevor man Piep sagen kann, haben sie einem die Platte leer gefuttert.«

»Zwei Stück und weiter«, sagte ich.

»Ja ja, schon klar.« Kristy pustete sich eine Haarsträhne aus dem Gesicht. »Heute ist es irgendwie nervig.«

In dem Moment, als Delia Kristy das Tablett mit den Garnelen geben wollte, ertönte aus dem Nebenraum ein lautes Scheppern. Wir alle blieben wie angewurzelt stehen.

»Scheiße«, sagte Delia. »Ich meinte Scheibenkleister. Nein, ehrlich gesagt, meine ich Scheiße. Aber wirklich.«

Kristy öffnete die Tür einen Spalt weit. »Nichts von dem Edelkram, der hier überall rumsteht«, berichtete sie. Delia entspannte sich merklich.

»Aber ein paar Weingläser sind auf dem Teppich gelandet«, fuhr Kristy fort.

»Rot oder weiß?«, erkundigte sich Delia.

»Äh ... rot«, erwiderte Kristy.

»Scheiße!« Delia durchquerte mit großen Schritten die Küche, um sich den großen Plastikbehälter zu holen, den wir jedes Mal dabeihatten, ohne dass ich bisher mitgekriegt hätte, was drin war. »Und ausgerechnet heute hat Bert was anderes vor.«

Ich warf Wes einen fragenden Blick zu. Er sagte: »Bert ist ein Genie, wenn's um Flecken geht. Er kriegt alles aus allem raus.«

»Echt?«

Wes nickte und pulte bedächtig eine weitere Garnele. »Ja, seine Fleckentfernungsfähigkeiten sind legendär.«

Delia holte eine Flasche Teppichreinigungsmittel und einen Lappen aus dem Plastikbehälter. »Und wie bist du?«, fragte sie, während sie mir beides in die Hand drückte.

»Wie bin ich inwiefern?«, fragte ich zurück.

»Wenn es darum geht, Flecken wegzukriegen.«

Ich betrachtete die Reinigungsmittelflasche und den Lappen in meiner Hand. Kristy schob sich mit der Garnelenplatte durch die Tür.

»Äh … mmh …«, antwortete ich. Die Tür hatte sich noch nicht wieder geschlossen, daher erhaschte ich einen kurzen Blick in den Salon. Monica hockte auf dem Boden und klaubte im Schneckentempo Glasscherben auf. Die Gastgeberin stand neben ihr und sah zu. »Ich bin nicht gerade –«

»Nun mach schon, bitte! An die Arbeit.« Delia schob mich Richtung Tür, und zwar so energisch, dass ich beinahe gestolpert wäre. Zum Glück fand ich beinahe genauso schnell mein Gleichgewicht wieder, sonst wäre ich noch mit dem Gesicht voran auf einen kleinen Beistelltisch gepurzelt, der gleich hinter der Tür stand. Ich brauchte einen Moment, um mich zu fangen; dann ging ich zu Monica, die beim Scherben-Aufsammeln und Teppich-Saubermachen keine nennenswerten Fortschritte zu machen schien.

»Hallo.« Ich hockte mich neben sie. »Alles okay?«

»Mmm-hmmm.« Monica stand auf, wischte sich die Hände an der Schürze ab und verzog sich Richtung Küche. Mich und ihr Tablett ließ sie da. So viel zum Thema Teamarbeit, dachte ich, legte Reinigungsmittel mitsamt Lappen neben mir ab und fing an, Scherben aufzusammeln, so schnell ich konnte. Ich hatte gerade alle Scherben beieinander – zumindest hoffte ich das – und war dabei, den Teppich einzusprühen, da hörte ich von schräg oben hinter mir eine Stimme.

»Macy? Bist du das?«

Ich sprühte weiter, als würden dadurch nicht nur der Fleck, sondern auch ich mitsamt der ganzen Situation verschwinden. Doch nachdem ich sorgfältig und ausgiebig alles eingesprüht hatte, was auch nur entfernt nach Fleck aussah, blieb mir gar nichts anderes mehr übrig als aufzublicken.

»Hallo«, sagte ich zu Mrs Talbot. Sie stand vor mir und hielt eine Serviette in der Hand, auf der sich die Garnelen bloß so türmten. »Wie geht es Ihnen?«

»Uns geht es gut.« Dabei warf sie einen Blick zu Mr Talbot rüber, der sich großzügig an den Garnelen auf Kristys Tablett bediente, während Kristy wiederum vergeblich versuchte sich und die Garnelen von ihm loszueisen. »Arbeitest du etwa hier?«

Einerseits war die Frage berechtigt, das wusste ich auch. Andererseits fragte ich mich dann doch, ob Mrs Talbot wirklich so klug war, wie alle Welt glaubte; schließlich trug ich eine Schürze mit dem *Wish-Catering*-Logo, hockte auf einem Teppich im Haus fremder Leute und versuchte verzweifelt, einen Riesenrotweinfleck zu entfernen. »Ja, ich … äh … habe aber erst vor kurzem damit angefangen.« Ich strich mir eine Strähne hinters Ohr.

»Aber du arbeitest auch noch am Infoschalter in der Bibliothek, oder?« Sie wirkte plötzlich geradezu besorgt. Wenn Jason diesen ernsthaften Gesichtsausdruck aufsetzte, sah er genauso aus. Und wenn irgendwas möglicherweise nicht exakt so war, wie es sein sollte, wurde er, genau wie sie, wie auf Knopfdruck nervös.

Ich nickte. »Den Job hier mache ich nur ab und zu, wenn ich ein bisschen Extrageld brauche.«

»Ach so.« Wieder warf sie Mr Talbot einen Blick zu; er stand in der Gegend rum und kaute vor sich hin. Auf seiner Serviette stapelten sich wesentlich mehr Garnelen als Kristys obligatorische zwei Stück, es war ein ganzer Berg. »Wie schön.«

Ich zog den Kopf ein und ging wieder in die Hocke. Zum Glück gesellte sich jetzt eine Frau zu Mrs Talbot, um sich nach irgendeiner Forschungsreise zu erkundigen. Die zwei zogen weiter. Uff. Geschlagene fünf Minuten lang sprühte, rieb und wischte ich vor mich hin, wischte, sprühte und rieb. Bis am Rand meines Blickfelds ein Paar Motorradstiefel auftauchten und ungeduldig auf den Boden klopften.

»Es sieht nicht gerade toll aus, wenn jemand auf einer Party stundenlang auf dem Boden hockt«, sagte Kristy halblaut.

»Ich sitze hier nicht rum, weil's Spaß macht«, konterte ich. »Monica hat mich mit dem Fleck einfach allein gelassen.«

Kristy ging auf erstaunlich damenhafte Weise neben mir in die Hocke und sagte mit ebenso erstaunlich ernster Stimme: »Du musst versuchen, sie zu verstehen. Monica hat's nicht leicht, nicht mit sich, nicht mit anderen. Sie ist total unsicher, weil sie so tollpatschig ist; deshalb macht sie oft einfach zu und haut ab, statt zu versuchen damit klarzukommen. Ist so eine Art Schutzmechanismus. Eigentlich ist Monica ein sehr emotionaler Mensch, wirklich.«

Kristy hatte noch nicht zu Ende geredet, da öffnete sich die Küchentür. Monica kam mit einer Platte voll gratinierter Ziegenkäsetoasts herein und stapfte auf ihrer Serviertour mit ausdruckslosem Gesicht vorbei ohne uns eines Blickes zu würdigen.

»Siehst du?«, sagte Kristy. »Sie ist total aufgewühlt.«

»Macy«, ertönte eine dröhnende Stimme über unseren Köpfen. »Hallo, du da unten.«

Kristy und ich blickten gleichzeitig auf. Mr Talbot – wer sonst? – lächelte uns breit an, wobei das meiner Meinung nach weniger mit unserem beschaulichen kleinen Schwatz dort unten auf dem Teppich zu tun hatte als vielmehr mit den Garnelen auf Kristys Tablett. Und ich hatte mich nicht getäuscht, denn noch während wir aufstanden, angelte er sich eine und stopfte sie sich in den Mund.

»Hallo, Mr Talbot, schön, Sie zu sehen«, sagte ich. Kristy dagegen funkelte ihn bloß erbost an.

»Gleichfalls«, antwortete er. »Martha hat mir erzählt, du hast diesen Job zusätzlich zu dem in der Bibliothek angenommen. Fleißig, fleißig. Überforderst du dich nicht etwas? Von Jason weiß ich, dass die Arbeit in der Bibliothek sehr viel Zeit in Anspruch nimmt. Er sagt immer, er könne keinen zweiten Job nebenher bewältigen.«

»Das ist auch bestimmt so«, entgegnete ich.

Mr Talbot hob leicht pikiert die Augenbrauen, was ihn nicht daran hinderte, seine Pfoten nach der nächsten Garnele auszustrecken.

Rasch hob Kristy das Tablett auf ihre andere Hand.

Ich bückte mich, um die Reinigungsmittelflasche und den Lappen aufzuheben. Der Fleck sah wundersamerweise so aus, als würde er tatsächlich verschwinden. An Mr Talbot gewandt erklärte ich: »Damit wollte ich bloß sagen, Jason konzentriert sich eben auf alles, was er tut. Er ist schließlich sehr engagiert.«

Mr Talbot nickte. »Das stimmt.« Und fügte mit gedämpfter Stimme hinzu: »Ich bin froh, dass du anscheinend Verständnis für ihn hast, vor allem wenn ich bedenke, wie die

Dinge zwischen euch stehen. Ich meine die Entscheidung, die er kürzlich treffen musste, was eure Beziehung angeht.« Er tupfte sich die Lippen mit einer Serviette ab. »Er mag dich, ganz sicher. Aber Jason hat so viel um die Ohren, dass er darauf achten muss, seine Hauptziele nicht aus den Augen zu verlieren.«

Was erwartete der Mann eigentlich von mir? Ich starrte ihn an und fragte mich, wie ich seiner Meinung nach auf so eine Bemerkung wohl reagieren sollte. *Ich* lenkte Jason von seinen Hauptzielen ab? Ich spürte, wie ich rot wurde.

»Jedenfalls weiß ich ganz sicher«, fuhr Mr Talbot fort, »dass er – wie Martha und ich übrigens auch – die Hoffnung nicht aufgegeben hat, ihr zwei findet nach seiner Rückkehr eventuell einen gemeinsamen Weg, eure Beziehung fortzusetzen.«

Und mit diesen Worten wollte er sich die nächste Garnele schnappen. Doch während seine Hand sich zielsicher darauf zubewegte, riss Kristy das Tablett so heftig herum, dass ein paar Garnelen über den Rand rutschten und mit einem sanften Platsch auf dem Teppich landeten. Mr Talbot sah sie verwirrt an. Dann wanderte sein Blick zu den Garnelen auf dem Boden. Als würde er sich fragen, ob die Maximal-zwei-Stück-Regel auch auf diese anwendbar war.

»Tut mir Leid«, sagte Kristy in aalglattem Ton und machte auf dem Absatz kehrt. »Aber wir haben jetzt gerade das Hauptziel, die nächste Runde Vorspeisen zu servieren, und dürfen uns auf keinen Fall davon ablenken lassen.«

»Kristy!«, zischte ich.

»Komm endlich«, erwiderte sie ungerührt und marschierte los. Mir blieb gar nichts anderes übrig als ihr zu folgen; jedenfalls fiel mir auf die Schnelle nichts Besseres ein. Ich lief also hinter Kristy her, wobei ich mich nicht mehr umschaute. Ob aus Stolz oder weil ich mir den Anblick ersparen wollte, wie Mr Talbot Garnelen vom Fußboden aß, weiß ich nicht.

Kristy öffnete die Küchentür mit Schmackes, stürmte auf die Küchentheke zu und knallte das Tablett hin. Wes und Delia, die gerade Weingläser auf mehreren Tabletts bereitstellten, sahen uns erstaunt an.

»Krass. Absolut das Letzte!«, begann Kristy. »Ihr werdet nicht glauben, was da gerade abgegangen ist.«

»Ist noch etwas kaputtgegangen oder verschüttet worden?«, fragte Delia sofort. »Mann, was ist heute bloß los?«

»Nein, darum geht's nicht«, erwiderte Kristy. Als ich sie ansah, wurde mir klar, dass ich vielleicht gekränkt, verletzt, Kristy dagegen stocksauer war.

»Wisst ihr, wer sich da draußen rumtreibt?«, fuhr Kristy fort.

Delia blickte alarmiert Richtung Tür. »Monica?«

»Nein. Der Vater von Macys ätzendem Freund. Und wisst ihr, was der gerade vor mir und allen anderen Leuten zu ihr gesagt hat?«

Dieses Mal versuchten Wes und Delia gar nicht erst die Frage zu beantworten, sondern sahen stattdessen erst mich und dann wieder Kristy an. Aus dem Nebenraum drang mal wieder Mrs Talbots Gegurre.

»Der Typ hat doch glatt quer durch den Raum krakeelt, sein beschissener, blöder Sohn habe sich von ihr getrennt, weil sie ihn beim Erreichen seiner Ziele störe.«

Delia hob die Augenbrauen. Und Wes? Keine Ahnung, wie er reagierte, da ich mich krampfhaft bemühte, nicht in seine Richtung zu schauen.

»Außerdem hat er mir die halbe Garnelenplatte weggefressen.« Kristy steigerte sich immer mehr in ihre Wut hinein. »Er beleidigt meine Freundin, schleudert ihr Unverschämtheiten ins Gesicht und wagt es dann noch, sich eine Garnele nach der anderen zu grabschen. Ich hätte ihm am liebsten eine runtergehauen.«

»Hast du aber nicht, oder?«, fragte Delia vorsichtig.

»Nein«, erwiderte Kristy. Delia enspannte sich merklich. »Aber ich habe ihm den Hahn zugedreht«, fuhr Kristy fort. »Keine Garnelen mehr für Monsieur, definitiv und unwiderruflich. Und wenn er sich noch einmal an mein Tablett ranmacht, trete ich ihm auf die Füße, aber so was von.«

»Bitte nicht«, sagte Delia. »Bitte, Kristy, lass gut sein. Kannst du ihn nicht einfach ignorieren?«

Und ich? Starrte angestrengt auf die gegenüberliegende Wand und versuchte mich zu beruhigen. Was mir angesichts der Fülle an Beleidigungen und Peinlichkeiten, denen ich in den letzten paar Minuten ausgesetzt gewesen war, nicht unbedingt leicht fiel.

»Es geht ums Prinzip.« Kristy schaufelte mit beiden Händen Garnelen auf die Servierplatte. »Und deshalb lautet die Antwort: Nein, ich kann ihn nicht ignorieren.«

Die Tür öffnete sich. Monica schleppte sich herein, blies sich ihren Pony aus dem Gesicht. »Garnelen«, meinte sie trocken und warf Kristy einen Blick zu.

»Kann ich mir denken.« Kristy stellte eine Schale mit frischer Cocktailsauce auf ihr Tablett, legte ein paar Servietten dazu. »Idioten!«

»Kristy«, sagte Delia beschwichtigend, doch Kristy stürmte bereits mit hoch erhobenem Tablett durch die Tür und ließ sie hinter sich zukrachen. Delia blickte sich leicht verzweifelt um, als würde sie etwas suchen; ihre Wahl fiel auf eins der Tabletts mit Weingläsern. Sie nahm es vorsichtig in beide Hände.

»Nur um sicherzugehen«, sagte sie, schob die Tür mit dem Fuß auf und blickte hinaus in den Salon, wo Kristy gerade an ein paar Gästen vorbeidüste, deren Hände sich vergeblich nach den Garnelen ausstreckten. »Ich drehe mal eine Runde mit dem Wein, um sie etwas im Auge zu behalten. Wes, du nimmst auch ein Tablett. Monica, da stehen Ziegenkäsetoasts frisch aus dem Backofen, servierst du die bitte? Und Macy –«

Ich drehte mich um und sah sie an, froh, etwas zu tun zu bekommen. Etwas, worauf ich mich konzentrieren konnte. Etwas, das mich ablenken würde.

»Tut mir Leid, was passiert ist.« Und bei diesen Worten lächelte Delia mich so herzlich an, dass ich mir beschämt vorkam. Als wäre dieses Lächeln die dritte Peinlichkeit des Abends, die größte von allen – obwohl ich genau wusste, dass Delia es so gar nicht gemeint hatte. Die Tür fiel hinter ihr zu. Ich stand da, mein Herz tat weh, mein Gesicht brannte. Als wären sämtliche Minderwertigkeitsgefühle, die sich seit Jasons E-Mail in mir angestaut hatten, nicht länger mein Geheimnis, sondern mir ins Gesicht geschrieben, für jedermann sichtbar.

Nachdem Delia gegangen war, kam mir die Küche irgendwie kleiner vor. Monica beförderte wie üblich langsamst Toasts vom Backblech auf eine Servierplatte. Wes stand irgendwo hinter mir im Raum und schenkte in die restlichen Gläser auf seinem Tablett Wein ein. Durch die Hintertür konnte ich in den Garten und auf die Straße schauen. Einen Augenblick lang war ich versucht die Tür zu öffnen. Hindurchzugehen. Weg von hier, nur weg. Ich spürte förmlich das Gras unter meinen Füßen, die Sonne auf meinem Gesicht, während ich das ganze Elend hinter mir ließ.

Monica nahm ihre Platte mit Toasts, ging so dicht an mir

vorbei, dass sie mich beinahe anrempelte, und verschwand Richtung Salon. Für einen Moment drangen Partygeräusche und Stimmen durch die geöffnete Tür in die Küche, dann wurde es wieder still. Als ich mich umwandte, um Wes anzuschauen, hob auch er gerade sein Tablett an, wobei er die Gläser darauf geschickt verrückte, um sie ins Gleichgewicht zu bringen. Offensichtlich war ihm das in dem Moment wesentlich wichtiger als meine Unzulänglichkeiten und Fehler. Doch plötzlich sah er auf, erwiderte meinen Blick.

»Hey«, sagte er. Ich merkte, wie sich etwas in mir seiner unausweichlichen Frage entgegenstemmte.

»Bist du …«

»Okay. Alles in Ordnung«, platzte ich heraus. Es war so leicht, diese stereotype Antwort zu geben, es geschah automatisch. Wie oft hatte ich schon so reagiert? »Das war bloß eine blöde Bemerkung, hat mir nichts ausgemacht, wirklich, ich bin okay.«

»… vielleicht in der Lage, auch ein Tablett mit Gläsern zu nehmen und rumzureichen?«, beendete Wes seine Frage.

Und dann klappten wir beide gleichzeitig den Mund zu. Pause. Einer dieser Momente, in denen man nicht weiß, wer auf was zuerst reagieren soll. Ich musste plötzlich an ein Rennen denken, bei dem die Kontrahenten zeitgleich über die Ziellinie gekommen sind und alle gespannt auf die Entscheidung der Wettkampfrichter warten, die noch heftig darüber debattieren, wie das Zielfoto zu interpretieren sei.

»Ja.« Ich deutete zustimmend mit dem Kinn auf das Tablett hinter ihm. »Geh schon mal vor, ich komme gleich nach.«

»In Ordnung.« Er sah mich an, als überlegte er, ob er noch etwas hinzufügen sollte. Doch dann sagte er nichts.

Ging stattdessen zur Tür und stieß sie mit seiner freien Hand auf. »Bis gleich, wir sehen uns draußen.«

Während Wes durch die Tür in den Salon trat, erhaschte ich erneut einen flüchtigen Blick auf die Party. Viel konnte ich zwar nicht sehen, doch es reichte, um zu wissen, was dort draußen abging. Kristy pflügte auf ihrem Rachefeldzug für mich empört mit ihrem Tablett durch die Gästeschar, während Delia ihr auf dem Fuß folgte, Entschuldigungen murmelte, die Wogen glättete. Monica befand sich wahrscheinlich wie immer auf ihrem eigenen Trip und kriegte von alledem entweder überhaupt nichts mit oder drückte gerade durch ihre scheinbare Gleichgültigkeit aus, dass sie von den Ereignissen völlig aufgewühlt war – je nachdem, wie man es sehen wollte. Und Wes umkreiste den Raum wie ein guter Hütehund, der alles und jeden im Auge behielt. Ich passte in die Welt dort draußen – die Welt der Talbots – nicht hinein, jetzt noch weniger als vorher. Falls ich überhaupt je dazugehört hatte. Aber es war völlig okay, irgendwo *nicht* dazuzugehören, solange es einen Ort gab, wo man dazugehörte. Deshalb hob ich mein Tablett hoch, achtete darauf, es gerade zu halten, und ging durch die Tür, um meinen Freunden beim Servieren zu helfen.

»Nun hau schon ab, Delia«, sagte Kristy. »Wir schaffen das auch ohne dich. Alles im grünen Bereich.«

Delia schüttelte den Kopf, beide Hände an die Schläfen gepresst. »Ich weiß, ich habe etwas vergessen. Ich *weiß* es. Wenn ich bloß wüsste, was.«

Pete, Delias Mann, stand geduldig wartend neben seinem Wagen, Autoschlüssel in der Hand. »Unsere Tischreservierung, Liebes … hätten wir nicht vor ungefähr zehn Minuten dort sein sollen?«

»Das ist es nicht, was ich vergessen habe«, fauchte sie und warf ihm einen verärgerten Blick zu. »Es ist etwas anderes. Meine Güte, Delia, wo hast du bloß deinen Kopf? Denk nach.«

Gähnend blickte Kristy auf ihre Armbanduhr. Halb acht. Wir hatten die Intellektuellenparty hinter uns gebracht, standen in der Auffahrt der Gastgeber herum und wollten endlich los. Das heißt, wir waren eigentlich schon fast weg gewesen, da fiel Delia ein, dass sie irgendetwas Wichtiges vergessen hatte. Aber sie kam einfach nicht drauf.

»Ihr wisst doch, wie das ist, oder?« Sie schnippte mit den Fingern, als könnte sie dadurch die Neurotransmitter in ihrem Hirn, die dafür sorgten, dass es ihr wieder einfallen würde, in Gang setzen. »Wenn man weiß, man hat was vergessen, kommt aber ums Verrecken nicht drauf, was es ist.«

»Bist du sicher? Vielleicht hat es ja was mit Schwangerschaftshormonen zu tun und du hast gar nicht wirklich was vergessen«, meinte Kristy.

Delia funkelte sie an. »Ja, ich bin sicher.«

Wir wechselten viel sagende Blicke. Je näher der errechnete Termin rückte, umso saurer wurde Delia, wenn irgendwer irgendwas – Vergesslichkeit, heftige Stimmungsschwankungen, die feste Überzeugung, dass jeder Raum definitiv zu heiß war, selbst wenn wir anderen vor lauter Kälte mit den Zähnen klapperten – auf ihre Schwangerschaft schob.

»Liebling«, meinte Pete sanft und legte beruhigend eine Hand auf ihren Arm. »Der Babysitter kostet uns zehn Dollar pro Stunde. Können wir jetzt bitte losfahren und essen gehen?«

In einem letzten angestrengten Versuch, sich zu erinnern, schloss Delia die Augen. Schüttelte schließlich resigniert den Kopf. »Na gut«, sagte sie. Das Signal zum Aufbruch, endlich. Pete hielt ihr die Wagentür auf. Kristy kramte ihre Autoschlüssel aus der Handtasche. Wes und ich marschierten Richtung Lieferwagen.

»Ich wette mit euch, in fünf Minuten fällt es mir wieder ein. Und dann ist es zu spät«, murmelte Delia vor sich hin, während sie sich schwerfällig auf dem Beifahrersitz von Petes Auto niederließ, sich den Gurt angelte und ihn nur mit Mühe über ihren Bauch zog, um sich anzuschnallen. Als ich zu Wes in den Lieferwagen stieg, setzte Pete gerade aus der Auffahrt zurück und fuhr die Straße entlang davon. Am Stoppschild hielt er vorschriftsmäßig an. Ob es ihr wohl in diesem Augenblick einfiel? Vermutlich.

»Wann soll das Baby eigentlich kommen?«, rief Kristy durchs offene Fenster zu uns herüber, als sie – mit Monica auf dem Beifahrersitz – neben uns bremste. Sie hatte ihr Outfit inzwischen gewechselt; denn nachdem wir den Lieferwagen beladen und unser Geld bekommen hatten, verschwand sie kurz in der Garage und kam wieder mit Jeansminirock, Bluse mit gerafften Ärmeln, Plateausandalen, hoch angesetztem, wippendem Pferdeschwanz. Kristy war sehr wandlungsfähig, dachte ich bewundernd, während sie sich vor uns im Kreis drehte, um das Ausgeh-Styling des Abends vorzuführen.

»Am zehnten Juli«, antwortete Wes und ließ den Motor an.

»Also bleiben ...« Angestrengt kniff Kristy die Augen zusammen, während sie auszurechnen versuchte wie viel Zeit bis dahin noch vergehen würde. Schließlich gab sie auf. »Jedenfalls noch viel zu lang, bis sie endlich wieder normal ist.«

»Drei Wochen«, meinte ich.

»Genau.« Kristy seufzte. Warf einen kurzen prüfenden

Blick in den Rückspiegel. »Also, Leute, die Party ist in Lakeview. Bis zum Hillcrest Drive, dann rechts abbiegen, wieder links in die Willow Street. Es ist das Haus am Ende der Sackgasse. Wir treffen uns da. Ach, und Macy?«

»Ja?«

Sie beugte sich noch weiter durchs Fenster und sprach, als würde sie mir etwas total Vertrauliches mitteilen, obwohl wir ziemlich weit voneinander entfernt und in zwei unterschiedlichen Autos saßen. Ganz zu schweigen von der Tatsache, dass Wes sich genau zwischen uns befand. »Aus gut unterrichteten Kreisen weiß ich, dass jede Menge Supertypen auf diese Party kommen«, fuhr sie fort. »Jungs, die nicht so sind wie alle anderen. Du weißt, was ich meine?«

Wes fummelte am Rückspiegel herum, um ihn einzustellen. Ich war mir seiner Nähe deutlich bewusst.

»Äh ... nein, nicht so genau«, antwortete ich.

»Keine Panik.« Kristy legte den ersten Gang ein. »Noch bevor dieser Abend zu Ende geht, wirst du es wissen. Bis gleich!« Autoradio auf volle Lautstärke eingestellt, bretterte sie im Rückwärtsgang los, wendete auf der Straße, blieb am Stoppschild nicht wirklich stehen und verschwand in einer Staubwolke.

»Na dann.« Wes fuhr ebenfalls los, allerdings in etwas gemäßigterem Tempo. »Dann checken wir mal, was auf dieser Party so abgeht, okay?«

»Klar.«

Während der nächsten fünf Minuten dachte ich krampfhaft darüber nach, wie ich möglichst geistreich eine Unterhaltung anzetteln könnte. Potenzielle Themen, von völlig banal bis halbwegs aussichtsreich, schwirrten mir durchs Hirn, während wir über stille, leere Landstraßen fuhren. Als ich das Schweigen nicht länger aushielt, machte ich einfach den Mund auf, um etwas zu sagen, obwohl ich noch gar nicht wusste, was.

»Also«, fing ich an. Doch weiter kam ich nicht. Und wie sich herausstellte, kamen auch wir nicht weiter.

Denn der Motor, der bis zu diesem Moment vergnügt vor sich hin gebrummt hatte, fing plötzlich an zu husten. Dann zu stottern. Zu stöhnen. Und schließlich: nichts mehr. Wir hielten auf dem platten Land an. Und da standen wir nun.

Zuerst sagte keiner von uns beiden etwas. Über uns flog ein Vogel daher, man sah allerdings nur seinen Schatten auf der Windschutzscheibe.

»Also«, meinte Wes, als würde er da weitermachen, wo ich begonnen hatte. »*Das* hat Delia vergessen.«

Ich sah ihn an. »Was?«

Er hob die Hand und deutete auf die Tankanzeige des Armaturenbretts. Der Zeiger stand bei null. Leer. »Benzin.«

»Benzin«, wiederholte ich. Und konnte in meinem Kopf förmlich hören, wie auch Delia das Wort aussprach, nachdem es ihr endlich eingefallen war. Ein Schlag mit der flachen Hand gegen die Stirn und: *Benzin.*

Wes hatte bereits die Tür auf seiner Seite geöffnet und stieg aus. Die Tür fiel hinter ihm ins Schloss. Ich stieg ebenfalls aus, lief um den Lieferwagen herum und blickte in beide Richtungen die leere Straße entlang.

Ich hatte schon oft gehört, wie Leute beim Erzählen den Ausdruck »mitten im Nirgendwo« benutzten, und es eigentlich immer als Übertreibung empfunden. Doch während mein Blick nun über die flachen Wiesen und Felder schweifte, die uns umgaben, kam mir der Ausdruck plötzlich als sehr zutreffend in den Sinn. Kein Auto in Sicht, keine

Häuser in erreichbarer Nähe. Das einzige Licht stammte vom Mond, der voll und gelb auf halber Höhe über uns am Himmel hing.

»Wie weit ist es deiner Meinung nach bis zur nächsten Tankstelle?«, fragte ich.

Wes kniff die Augen zusammen und blickte prüfend in die Richtung, aus der wir gekommen waren, bevor er sich umdrehte und die Straße vor uns entlangschaute. Er sah aus, als würde er eine wissenschaftliche Einschätzung vornehmen. »Keine Ahnung«, meinte er schließlich. »Ich schätze, das finden wir noch früh genug heraus.«

Wir schoben den Lieferwagen an den Straßenrand, kurbelten die Fenster hoch, schlossen die Türen ab. In der Stille hörte sich alles besonders laut an: unsere Schritte, das Schließen der Türen, der unvermittelte Ruf einer Eule, bei dem ich heftig zusammenzuckte. Während Wes ein letztes Mal nachsah, ob der Lieferwagen auch wirklich okay stand und richtig abgeschlossen war, stellte ich mich mitten auf die Straße und wartete auf ihn. Die Hände in den Taschen vergraben, kam er schließlich auf mich zugelaufen.

»Okay, jetzt müssen wir uns entscheiden«, sagte er. »Links oder rechts?«

Ich blickte erst in die eine, dann in die andere Richtung. »Links«, meinte ich. Und wir marschierten los.

»Grüne Bohnen«, sagte Wes.

»Nusseis«, konterte ich.

Er musste einen Moment überlegen. Alles, was ich in der Stille hören konnte, waren unsere Schritte. »Sahnetorte.«

»Erdbeereis.«

»Mit wie vielen Eissorten willst du mir denn noch kommen?« Entnervt legte er den Kopf in den Nacken und blickte gen Himmel. »Mir fallen keine Wörter mit S mehr ein.«

»Ich habe dich gewarnt«, antwortete ich. »Ich spiele das Spiel schließlich nicht zum ersten Mal.«

Wieder dachte er schweigend nach. Bereits seit zwanzig Minuten gingen wir die dunkle Landstraße entlang. Bisher war kein einziges Auto vorbeigekommen. Ich hatte zwar mein Handy dabei, aber Kristy ging nicht ran, Bert war nicht zu Hause und meine Mutter bei einer Besprechung, deshalb waren wir fürs Erste auf uns allein gestellt. Nachdem wir eine Zeit lang stumm nebeneinander hergelaufen waren, meinte Wes, wir könnten vielleicht etwas spielen, weil es a) Spaß mache und b) die Zeit dadurch schneller vergehe. Für Ich-sehe-was-was-du-nicht-siehst war es zu dunkel, deshalb schlug ich Letzter-Buchstabe-gleich-erster-Buchstabe vor. Das kannte er zwar nicht, hatte aber nichts dagegen. Ich ließ ihn sogar das Gebiet aussuchen, Nahrungsmittel und Speisen, aber er hatte trotzdem schwere Probleme mitzuhalten.

»Slim Fast«, verkündete er nun.

»Das ist nichts zu essen.«

»Was denn sonst?«

»Was zu trinken.«

Er warf mir einen Blick zu. »Du willst wohl um jeden Preis gewinnen?«

»Nein.« Ich schob meine Hände in die Hosentaschen. Ein leichter Wind strich über uns hinweg, so dass die Blätter in den Bäumen am Straßenrand raschelten. »Trotzdem ist es etwas zu trinken und nichts zu essen. Mehr sage ich gar nicht.«

»Du bist ja eine richtige Pedantin«, meinte er. »Ich wusste gar nicht, dass du so auf Regeln abfährst.«

»Es war einfach nötig, darauf zu achten, weil meine Schwester bei allem gemogelt hat.«

»Sogar bei diesem Spiel?«

»Bei jedem Spiel«, antwortete ich. »Wenn wir Monopoly gespielt haben, wollte sie immer die Bank verwalten und zahlte sich dafür bei jedem Kauf oder Verkauf von Grundstücken und Häusern alle möglichen Kredite und Servicegebühren aus. Erst als ich mit zehn oder elf Jahren mal bei wem anders Monopoly gespielt habe, kriegte ich mit, dass man das gar nicht darf.«

Wes lachte. Auch dieses Geräusch wirkte in der Stille lauter, als es war. Ich musste bei der Erinnerung ebenfalls lächeln.

»Du weißt doch, es gibt ein Spiel, bei dem man einander anstarrt, und der, der als Erster blinzelt, hat verloren«, fuhr ich fort. »Sie hat immer geblinzelt, *immer*, schwor aber jedes Mal, das stimme nicht, absolut nicht, wie kommst du darauf, dass ich geblinzelt habe, und zwang einen weiterzumachen, bis sie tatsächlich gewonnen hatte. Und bei Wahrheit log sie grundsätzlich.«

»Wahrheit?« Er warf einen Blick über die Schulter, weil hinter uns ein leicht gruseliger Ruf ertönte. Ich hoffte, dass es wieder eine Eule und nicht irgendetwas anderes war.

»Was ist das jetzt wieder, Wahrheit?«, fuhr Wes fort.

Ich sah ihn an. »Sag bloß, du hast noch nie Wahrheit gespielt«, antwortete ich. »Was habt ihr früher eigentlich gemacht, wenn ihr im Auto unterwegs wart?«

»Über Politik und aktuelles Zeitgeschehen oder andere anregende Gesprächsthemen diskutiert.«

»Oh.«

»Das war ein Witz.« Er lächelte. »Normalerweise haben wir Comics gelesen und uns hinten auf der Rückbank geprügelt, bis mein Vater drohte, anzuhalten und ›die Sache ein für alle Mal zu regeln‹. Typischer Spruch von ihm. Später, als wir dann nur noch mit meiner Mutter unterwegs waren, haben wir Folksongs gesungen.«

Da musste ich doch mal nachfragen. »Ihr habt Folksongs gesungen?« Irgendwie schwer vorstellbar.

»Ich hatte keine andere Wahl. Es war wie bei dem Linsenauflauf. Alternativen gab es nicht.« Er seufzte tief. »Ich kenne sämtliche Lieder von Woody Guthrie auswendig.«

»Singst du mir was vor?« Ich stieß ihn mit dem Ellbogen an. »Du willst mir doch ganz bestimmt was vorsingen.«

»Nein«, erwiderte er knapp.

»Komm, mach schon. Ich wette, du kannst super singen.«

»Nein.«

»Wes«, sagte ich mit ernster Stimme.

»Macy«, entgegnete er ebenso ernst. »Nein.«

Eine Zeit lang gingen wir wieder schweigend nebeneinanderher. In weiter Ferne sah ich plötzlich Scheinwerferlicht, doch der Wagen bog ab. Wes atmete entnervt durch und ich fragte mich, wie weit wir wohl schon gelaufen waren.

»Okay, zurück zur Wahrheit«, sagte er. »Wie spielt man das?«

»Fällt dir kein anderes Nahrungsmittel mit S mehr ein?«, konterte ich.

»Quatsch«, antwortete er entrüstet. Doch dann: »Kann schon sein. Also, wie geht Wahrheit?«

»Das können wir nicht spielen«, antwortete ich. Vor uns stieg der Weg jetzt leicht an und aus dem Nichts tauchte plötzlich ein Zaun neben der Straße auf.

»Warum nicht?«

»Weil es ziemlich ekelig werden kann«, antwortete ich.

»Inwiefern?«

»Ist einfach so. Man muss nämlich die Wahrheit sagen, selbst wenn man nicht will.«

»Damit komme ich schon klar«, erwiderte er.

»Dir fällt doch nicht mal mehr ein Lebensmittel mit S ein«, sagte ich.

»Dir denn?«

»Schnecken«, antwortete ich. »Salbeinudeln.«

»Okay, okay, ich glaube dir ja. Trotzdem – verrate mir jetzt endlich, wie man Wahrheit spielt.«

»Na gut, aber sag später nicht, ich hätte dich nicht gewarnt.«

Er warf mir bloß einen Blick zu. Okay, dachte ich, wie du willst.

»Es gibt bei Wahrheit nur eine einzige Regel. Nämlich dass man die Wahrheit sagen muss.«

»Und wie gewinnt man?«, erkundigte er sich.

»Typisch«, meinte ich. »So eine Frage können auch nur Jungen stellen.«

»Wieso? Weil Mädchen keinen Wert darauf legen, zu gewinnen?« Er lachte trocken auf. »Erzähl mir nichts. Du warst doch diejenige, die plötzlich auf die Regeln pochte und mir nicht zugestehen wollte, dass Slim Fast etwas zu essen ist.«

»Ist es auch nicht, sondern was zu trinken.«

Er verdrehte die Augen. Ich fasse es nicht, dachte ich. Noch vor ein, zwei Wochen war es eine echte Herausforderung für mich gewesen, in Wes' Gegenwart auch nur einen einzigen zusammenhängenden Satz über die Lippen zu bringen. Und jetzt diskutierten wir über Getränke.

»Okay, zurück zum Thema«, meinte er. »Was muss ich über das Wahrheitsspiel noch wissen?«

Ich holte tief Luft. »Um zu gewinnen, muss man eine Frage stellen, die der andere nicht beantworten will. Sagen wir mal, ich stelle dir eine Frage und du weigerst dich zu antworten. Dann darfst du mir eine stellen, aber wenn ich sie beantworte, habe ich gewonnen.«

»Viel zu einfach«, meinte er. »Und wenn ich dich was total Harmloses frage?«

»Das würdest du nicht«, antwortete ich. »Man stellt in so einem Moment immer eine richtig schwierige, heikle Frage. Weil man nämlich gewinnen *will*. Du auch.«

»Aha.« Er nickte, zögernd, aber zustimmend. Dachte noch einen Moment lang über das nach, was ich gesagt hatte. Nickte erneut: »Mann, klingt wirklich hart. Das kann höllisch werden.«

»Ist ein typisches Mädchenspiel, zum Beispiel dann, wenn alle zusammen bei einer Freundin übernachten und Lust auf Drama haben.« Ich legte meinen Kopf in den Nacken und sah zu den Sternen empor. »Ich habe dir gesagt, dieses Spiel willst du gar nicht spielen.«

»Doch.« Er streckte sich, warf sich in die Brust. »Das kriege ich schon hin.«

»Ehrlich?«

»Ja. Schieß los.«

Nun dachte ich einen Augenblick lang nach. Wir liefen an der gelben Mittellinie entlang. Der Mond warf schräge Strahlen zu uns herab. »Also gut«, sagte ich schließlich. »Lieblingsfarbe?«

Er warf mir einen Blick zu. »Die Frage ist eine Beleidigung. Du brauchst mich nicht zu schonen.«

»Ich will dich nicht schonen, nur langsam an das Spiel gewöhnen«, antwortete ich.

»Vergiss das mit dem Gewöhnen. Frag mich was Richtiges.«

Ich verdrehte die Augen. »Ja ja, schon gut.« Und dann fragte ich ohne nachzudenken: »Weswegen wurdest du auf die Myers School geschickt?«

Wes schwieg. Auf einmal war ich mir sicher, dass ich zu weit gegangen war.

Doch schließlich antwortete er: »Ich bin zusammen mit ein paar Kumpels eingebrochen. Wir haben nichts geklaut, nur ein paar Bier aus dem Kühlschrank genommen und getrunken. Aber ein Nachbar sah uns von nebenan und alarmierte die Bullen. Als sie auftauchten, sind wir getürmt, aber sie haben uns erwischt.«

»Warum hast du das überhaupt gemacht?«

»Was? Abhauen?«

»Nein«, antwortete ich, obwohl mich das ebenfalls interessiert hätte. »Einbrechen.«

Wes zuckte die Schultern. »Keine Ahnung. Meine Kumpels hatten solche Aktionen schon ein paar Mal gebracht, ich bis dahin noch nie. Ich habe eben mitgemacht, weil ich in dem Moment zufällig mit ihnen herumhing.« Er fuhr sich mit der Hand durchs Haar. »Es war das erste Mal, dass ich überhaupt was Strafbares gemacht habe. Das erste und einzige Mal. Aber Staatsanwalt und Richter waren zu der Zeit auf dem Trip, dass sie einem harte Strafen verpassten, um es einem von vornherein gründlich auszutreiben. Deshalb buchteten sie mich ein. Eigentlich für sechs Monate, aber ich war nach vieren wieder draußen.«

»Mein Freund«, begann ich, hatte aber sofort das Gefühl, mich dringend korrigieren zu müssen, und fügte deshalb hinzu: »Mein angeblicher Ex-Freund oder auch nicht war oft in Myers, um Nachhilfestunden zu geben.«

»Echt?«

Ich nickte. »Ja.«

»Genau, was ist eigentlich mit diesem so genannten Freund los?«, fragte er.

»Bitte?«

»Ich bin dran mit Fragen«, antwortete Wes. »So läuft das Spiel doch, oder?«

»Äh ... ja, stimmt«, sagte ich.

Wes machte eine lässige Geste, nach dem Motto: Hab ich Recht oder hab ich Recht? Das kann ja toll werden, dachte ich, und spähte angestrengt in die Ferne, ob vielleicht irgendwo Scheinwerferlicht zu sehen wäre. Vergeblich.

»Ich warte«, meinte Wes. »Gibst du auf?«

»Nein«, entgegnete ich bissig. »Ich werde antworten. Ich denke bloß darüber nach, wie ich es formulieren soll.«

Wieder vergingen ein paar Sekunden.

»Gibt es eine zeitliche Begrenzung bei dem Spiel?«, fragte er. Ich funkelte ihn an.

»Man wird ja wohl noch fragen dürfen«, murmelte er leicht spöttisch.

»Na gut.« Ich holte tief Luft. »Wir waren ungefähr anderthalb Jahre zusammen. Und er ist so ... er ist so was wie ein Genie, musst du wissen. Hyperbegabt, hochintelligent, super engagiert. Am Anfang der Sommerferien ist er weggefahren, worauf ich wohl ein bisschen zu sehr geklammert habe, falls du verstehst, was ich meine. Da hat er anscheinend Angst bekommen. Er braucht eben seine Freiheit.«

»Was meinst du genau mit Klammern?«, fragte er.

»Weißt du nicht, was das Wort bedeutet, oder was?«

»Ich weiß, was es für *mich* bedeutet«, entgegnete er. »Aber das ist individuell verschieden.«

»Nun«, fing ich an, unterbrach mich aber sofort wieder, weil ich tatsächlich nicht genau wusste, wie ich es ihm erklären sollte. »Zuerst hat er sich darüber aufgeregt, dass ich den Job, bei dem ich ihn vertrete, nicht so ernst genommen habe, wie ich seiner Meinung nach sollte. Und als ich ihm dann in einer E-Mail auch noch schrieb, dass ich ihn liebe, hat er gescheut.«

»Gescheut?«

»Wie ein Pferd«, antwortete ich. »Oder brauchst du für das Wort auch noch mehr Erklärung?«

»Nö.« Er legte den Kopf in den Nacken und blickte zum Mond hinauf. »Das heißt also, ihr habt Probleme miteinander, weil du ihm die bewussten drei Worte geschrieben und den Job in der Bibliothek nicht ganz so ernst genommen hast, wie er es sich gewünscht hätte.«

»Ja, so ungefähr.« In Wes' Zusammenfassung klang das Ganze ziemlich banal und dämlich, genau wie bei Kristy, nachdem ich es ihr erzählt hatte. Aber alles klingt dämlich und banal, wenn man lediglich die Fakten beschreibt, ohne die Zusammenhänge zu erklären, und – da durchzuckte es mich: »Moment mal.« Ich blieb abrupt stehen. »Von der Bibliothek habe ich keinen Ton gesagt.«

»Doch, hast du«, antwortete er. »Du –«

Ich fiel ihm ins Wort, weil ich mir absolut sicher war. »Nein, ich habe sie mit keiner Silbe erwähnt.«

Pause. Wes war ebenfalls stehen geblieben. Wich meinem Blick nicht aus, schwieg aber.

»Kristy«, sagte ich schließlich.

»Nicht direkt. Ich habe bloß ein bisschen was von dem mitgekriegt, worüber ihr euch neulich Nacht auf der Lichtung unterhalten habt.«

Ich lief weiter. »Dann hast du es jetzt eben doppelt gehört. Obwohl ich finde, dafür müsstest du eigentlich bestraft werden. Schließlich hast du eine Frage gestellt, deren

Antwort du bereits kanntest. Das verstößt gegen die Regeln.«

»Ich denke, die einzige Regel besteht darin, dass man unter allen Umständen die Wahrheit sagen muss.«

Ich schnitt eine Grimasse. »Okay, dann gibt es eben zwei Regeln.«

Wes schnaubte belustigt. »Und als Nächstes erzählst du mir was von Servicegebühren oder was?«

»Was ist eigentlich los mit dir?«, fragte ich. »Hast du irgendein Problem?«

Ein Achselzucken. »Nö, überhaupt nicht. Ich schlage bloß vor, diese neue Regel ersatzlos zu streichen.«

»Du hast überhaupt nichts vorzuschlagen«, erwiderte ich. »Dies ist ein Spiel mit genau definierten Regeln, das schon gespielt wurde, bevor du überhaupt wusstest, dass es existiert.«

»Mag ja sein, aber das ist nicht der Punkt.«

Manno! War der eigentlich immer so stur? Die Eigenschaft war mir an Wes bisher noch gar nicht aufgefallen.

»Genau definierte Regeln, ha!«, fuhr Wes gerade fort. »Du denkst dir doch selber ständig neue aus, je nachdem, wie es dir in den Kram passt.«

»Tue ich nicht«, antwortete ich empört. Doch er warf mir bloß einen Blick zu nach dem Motto: Ich glaube dir kein Wort. Deshalb setzte ich hinzu: »Okay, wenn du schon die Regeln ändern willst, dann erkläre mir wenigstens mal, warum und in welchem Fall das überhaupt nötig wäre.«

Er lachte. »Ui, das klingt aber schwer nach Schülermitverwaltung.«

Eigentlich hätte ich auf diese Bemerkung hin alles Recht gehabt, beleidigt zu sein, fand ich, verkniff mir aber jeglichen Kommentar und sagte stattdessen auffordernd: »Ich warte.«

»Ich finde, manchmal sollte es schon erlaubt sein, eine Frage zu stellen, deren Antwort man kennt«, antwortete er.

Typisch Mann, dachte ich. Meckert an den Regeln rum, bevor das Spiel überhaupt richtig losgegangen ist.

»Auf diese Weise kann man testen, ob der andere auch wirklich die Wahrheit sagt.«

In dem Moment sahen wir es: Scheinwerferlicht in der Ferne. Es kam auf uns zu, näher, immer näher – bis es schließlich an einer Abbiegung nach links fegte und wieder verschwand.

Wes schüttelte frustriert den Kopf und sah mich an. »Na schön, vergiss es. Lassen wir das mit den Extraregeln. Wir einigen uns darauf, *nie* zu lügen, basta. Okay?«

Ich nickte. »Von mir aus.«

»Dann mal los, du bist dran«, sagte er.

Ich dachte sorgfältig nach, wollte mir nämlich eine wirklich gute Frage einfallen lassen. Schließlich hatte ich sie: »Okay, du hast mich danach gefragt, also tue ich's auch. Erzähl mir von deiner letzten Freundin.«

»Von meiner letzten Freundin?«, fragte er zurück. »Oder von meiner jetzigen?«

Ich muss zugeben, ich war überrascht. Nicht nur überrascht – nein, es haute mich fast um vor Enttäuschung. Aber ich fing mich schnell wieder. Was hatte ich mir denn eingebildet? Natürlich hatte ein Typ wie Wes eine Freundin.

»Deine jetzige Freundin«, erwiderte ich daher. »Was läuft zwischen euch?«

»Nun, sie sitzt hinter Schloss und Riegel, damit fängt es schon mal an«, antwortete er.

Ich sah ihn an. »Du bist mit einer zusammen, die im Gefängnis ist?«

»In einer geschlossenen Anstalt, die auf Entziehungskuren spezialisiert ist.« Das Wort kam ihm so leicht über die Lippen wie mir das Wort Schlaumeiercamp, wenn ich Leuten erzählte, wo Jason gerade steckte. Als wäre es genauso normal. »Ich habe sie in Myers kennen gelernt. Man hatte sie wegen Ladendiebstahls eingebuchtet, doch weil sie seither noch mal erwischt worden ist, und zwar mit ziemlich viel Marihuana in den Taschen, muss sie jetzt ihre Zeit im Evergreen Care Center absitzen, zumindest solange die Versicherung ihres Vaters die Rehabilitierungsmaßnahme noch zahlt.«

»Wie heißt sie?«

»Becky.«

Becky. Becky, die bekiffte Ladendiebin, dachte ich, rief mich aber sofort zur Ordnung. Sei nicht so gemein, ermahnte ich mich selbst, bevor ich fragte: »Scheint was Ernstes zu sein zwischen euch, oder?«

Erneutes Achselzucken. »Becky hatte im letzten Jahr ständig irgendwelchen Ärger, deswegen haben wir uns kaum gesehen. Sie will partout nicht, dass ich sie in Evergreen besuche, deshalb haben wir beschlossen zu warten, bis sie wieder draußen ist, und dann zu sehen, wie's mit uns weitergehen könnte.«

»Und wann wird das sein?«

»Am Ende des Sommers.« Wes trat gegen ein Steinchen, so dass es quer über den Asphalt schlitterte. »Bis dahin hängen wir sozusagen in einer Art Warteschleife.«

»So ähnlich wie bei mir«, antwortete ich. »Ende August wollen wir überlegen, ob wir wieder zusammenkommen oder ob es für uns beide das Beste ist, wenn wir endgültig auseinander gehen.«

Er verzog leicht gequält das Gesicht. »Das klingt wie ein Zitat.«

Ich seufzte. »Stimmt, genau so hat er es in seiner E-Mail ausgedrückt.«

»Autsch!«

»Ich weiß.«

Schweigend liefen Wes und ich Seite an Seite durch die Dunkelheit. Komisch, wie viel man mit jemandem gemeinsam haben kann, bei dem man das auf den ersten Blick nicht für möglich gehalten hätte, dachte ich. An jenem Abend vor unserem Haus, als ich ihn kennen lernte, hätte ich das jedenfalls nie gedacht. Ich hatte bloß einen umwerfend gut aussehenden Jungen wahrgenommen und mit Recht vermutet, dass ich ihn dieses eine Mal und ansonsten nie wieder sehen würde. Was er wohl über mich gedacht hatte?

Wieder stieg die Straße leicht an, dieses Mal umsäumt von Bäumen. »Ich bin dran«, verkündete Wes.

Ich schob meine Hände in die Hosentaschen.

»Und? Wie lautet die Frage?«

»Was ist der wahre Grund, warum du aufgehört hast zu laufen?«

Ich merkte, dass ich scharf die Luft einsog, als hätte mir jemand einen Schlag in die Magengrube versetzt, so jäh und unvermittelt überfiel mich die Frage. Über Jason konnte ich reden, kein Problem. Aber das hier war etwas anderes. Etwas ganz anderes. Es ging weit über die Frage selbst hinaus. Doch ich hatte mich nun mal drauf eingelassen, Wahrheit zu spielen. Und soweit ich es bisher beurteilen konnte, spielte Wes absolut fair. Es war dunkel, es war still. Wir waren allein. Und plötzlich merkte ich, dass ich schon angefangen hatte zu antworten.

»An dem Tag, an dem mein Vater gestorben ist, kam er morgens in mein Zimmer, um mich zu wecken.« Ich hielt meine Augen stur auf die Straße vor uns gerichtet. »Er wollte, dass ich mitkomme, aber ich war noch viel zu verpennt und faul. Deshalb habe ich bloß abgewunken und gemeint, er solle ohne mich laufen gehen.«

Ich hatte diese Geschichte noch nie jemandem erzählt, meine Gedanken und Gefühle dazu noch nie Wort für Wort ausgesprochen. Und ich konnte kaum glauben, dass ich es nun tatsächlich tat.

»Kurze Zeit später änderte ich allerdings meine Meinung.« Ich unterbrach mich. Schluckte. Ich brauchte nicht weiterzuerzählen, nein. Wenn ich wollte, konnte ich jederzeit aufhören und mich geschlagen geben. Aber aus irgendeinem Grund redete ich wie ein Wasserfall. »Deshalb stand ich doch auf und rannte ihm nach. Ich wusste, wo er langlaufen würde, wusste, dass ich ihn einholen konnte. Er nahm dieselbe Route wie jedes Mal, wenn wir zusammen joggten. Raus aus unserer Straße, rechts auf den Willow Drive, links in die McKinley Road.«

Wes schwieg, aber ich wusste, dass er aufmerksam zuhörte. Spürte es einfach.

»Ich hatte einen guten halben Kilometer hinter mir. An der Stelle steigt die Straße leicht an. Als ich oben ankam, sah ich ihn. Er lag auf dem Bürgersteig.«

Ich wusste, dass Wes mich ansah, wusste allerdings auch, diesen Blick durfte ich nicht erwidern, sonst hätte ich nicht weitergesprochen. Deshalb schaute ich stur geradeaus und redete weiter. Immer weiter. Meine Schritte, unsere Schritte erklangen gleichmäßig auf dem Asphalt. Sag was, dachte ich, nicht aufhören.

»Im ersten Moment habe ich es überhaupt nicht richtig begriffen«, fuhr ich fort. »Ich meine, ich sah ihn dort liegen, aber mein Gehirn konnte die Eindrücke nicht verarbeiten, deshalb sah ich im Prinzip gar nichts, obwohl es sich unmittelbar vor meinen Augen abspielte.«

Die Worte stürzten nur so aus meinem Mund. Im Grunde genommen redete ich viel zu schnell, konnte das jedoch genauso wenig kontrollieren wie die Tatsache, dass sie überhaupt kamen. Die Worte. Sich geradezu rausdrängten. Und weil sie so lang in mir gefangen gewesen waren, konnte niemand und nichts sie mehr aufhalten, nicht einmal ich selbst.

»Ich fing an zu rennen. Schneller, immer schneller. Ich rannte wie noch nie zuvor in meinem Leben. Ich denke, es lag am Adrenalin. Nie bin ich so schnell gewesen wie in dem Moment. Nie!«

Alles, was ich hörte, waren unsere Schritte. Die stille Dunkelheit. Und meine Stimme.

»Neben meinem Vater kniete ein Mann.« Ich hörte und hörte nicht auf zu sprechen. »Ein Passant, der auf dem Weg zum Einkaufen gewesen war und versuchte meinen Vater durch Mund-zu-Mund-Beatmung wiederzubeleben. Was er allerdings ungefähr in dem Moment aufgab, als ich bei ihnen war. Der Notarztwagen kam, wir fuhren ins Krankenhaus. Aber es war zu spät.«

Und damit hatte ich es geschafft. Es war vorbei. Ich merkte, dass ich schneller atmete als sonst, spürte den Luftzug an meinen Zähnen, meinen Lippen. Außerdem wurde mir etwas schwindelig; als hätte ich dadurch, dass ich diese Geschichte nicht mehr so krampfhaft umklammerte und an mich drückte wie bisher, mein Gleichgewicht verloren. Trauer kann eine Last sein, aber auch ein Anker. Man gewöhnt sich an das Gewicht der Trauer. Gewöhnt sich daran, wie es einen stabilisiert und verwurzelt. Wie man sich daran festhalten kann.

»Macy«, sagte Wes leise.

»Bitte nicht«, erwiderte ich, denn ich wusste, was als Nächstes kam, irgendeine Beileidsbekundung, die ich jedoch nicht hören wollte. In diesem Moment nicht. Und vor allem nicht von ihm. »Bitte. Du brauchst jetzt gar nichts –«

Unvermittelt wurden wir von Licht überflutet. Helles, gelbes Licht, das am oberen Ende der Steigung vor uns aufflammte und sich über uns ergoss. Plötzlich warfen wir wieder Schatten. Und mussten beide blinzeln. Wes schirmte sich die Augen mit der Hand ab. Der Motor des sich nähernden Wagens ratterte ziemlich laut. Es schien eine Ewigkeit zu dauern, bis er neben uns anhielt.

»Hallo ihr.« Eine Männerstimme. Vermutlich der Fahrer. Aber das konnte ich letztlich ebenso wenig erkennen wie sein Gesicht, dazu war der Übergang von dunkel zu hell einfach zu abrupt. »Soll ich euch mitnehmen? Was treibt ihr überhaupt hier draußen?«

»Wir hatten kein Benzin mehr«, sagte Wes. »Wo ist die nächste Tankstelle?«

Der Mann deutete mit dem Daumen in die entgegengesetzte Richtung. »Ungefähr fünf Kilometer da lang. Wo steht euer Auto?«

»Etwa drei Kilometer da lang«, antwortete Wes und deutete in dieselbe Richtung wie der Typ.

»Dann steigt mal ein.« Er griff nach hinten, um die Türen zu entriegeln. »Ich fahre euch hin. Habt ihr mich erschreckt, als ihr so plötzlich aus der Dunkelheit aufgetaucht seid. Ich dachte, jetzt habe ich gleich ein Reh auf der Kühlerhaube.«

Wes öffnete die hintere Tür auf der Fahrerseite, hielt sie auf, damit ich einsteigen konnte, und glitt neben mir auf die Rückbank. Im Wageninneren roch es nach Motoröl und

Zigarrenrauch. Der Mann fuhr los. Von schräg hinten konnte ich ihn nur im Profil sehen; er hatte weiße Haare, eine leicht gebogene Nase und er fuhr fast so langsam wie Bert. Seltsam, dass wir seinen Wagen nicht eher gesehen hatten. Er war einfach plötzlich erschienen, als wäre er vom Himmel gefallen.

Ich lehnte mich zurück. Mein Herz fühlte sich an, als würde es zittern. Ich konnte immer noch nicht fassen, was ich soeben getan hatte. Nie wieder würde ich diese Geschichte zurücknehmen, ordentlich zusammenfalten und erneut an dem Ort verstauen können, wo ich sie die ganze Zeit, bis heute, aufbewahrt hatte. Egal was noch geschah – von nun an würde ich mich für immer an Wes erinnern, denn indem ich ihm die Geschichte erzählt hatte, war er ein Teil von ihr geworden. Ein Teil meiner eigenen Geschichte.

Wir fuhren an Delias Lieferwagen vorbei. »Ist das eurer?« Der Mann sah uns im Rückspiegel fragend an.

»Ja«, antwortete Wes.

»Ihr konntet es wohl nicht besser wissen«, sagte er. Im ersten Moment wusste ich nicht, was er meinte, doch als wir kurze Zeit später über eine niedrige Anhöhe gefahren und um eine Kurve gebogen waren, sah ich sie: eine hell erleuchtete Tankstelle. Das Neonschild im Fenster verkündete geradezu aufdringlich GEÖFFNET. »Ihr hattet keine Ahnung, wie nah ihr im Grunde dran wart«, setzte der Mann hinzu.

»Nein, offensichtlich nicht«, meinte Wes.

Als wir vor den Zapfsäulen anhielten, drehte ich mich zur Seite, weil ich Wes noch etwas sagen wollte. Doch er öffnete bereits die Tür, stieg aus und lief um den Wagen herum, um den Benzinkanister aus dem Kofferraum zu holen. Also blieb ich einfach hocken. Starrte ins Leere. Das Neonlicht flackerte über mir. Der Mann ging in den Laden, um Zigaretten zu kaufen. Wes füllte den Kanister mit Benzin. Er stand mit dem Rücken zu mir und hielt die Augen auf die Anzeiger der Zapfsäule gerichtet, deren Zahlen unaufhaltsam weiterklickten.

Ich blickte auf. Merkte, dass Wes sich umgedreht hatte und mich ansah. Innerlich ging ich sofort in Habachtstellung, um für das gewappnet zu sein, was ich in seinem Gesicht lesen würde. Sein Gesicht, das ich seit mehr als einer Stunde zum ersten Mal wieder deutlich erkennen konnte. Ich musste mich schützen. Schließlich hatte ich bei Jason die Erfahrung gemacht, dass er sich jedes Mal zurückzog, ja, mich abwies, wenn ich mich geöffnet hatte. Ich machte mich darauf gefasst, dass es mir mit Wes ebenso ergehen würde. Im Grunde ging ich fest davon aus.

Aber als ich Wes' Blick nun erwiderte, sah ich nur das Gesicht, das ich bereits kannte und das mir jetzt sogar noch vertrauter erschien als zuvor. Dieselben ebenmäßigen Gesichtszüge, dasselbe angedeutete Lächeln. Er signalisierte mir das Fenster runterzukurbeln.

»Hey«, sagte er.

»Hey.«

Ich wartete. Was kam jetzt? Was für Worte würde er finden? Womit würde er versuchen die Situation erträglicher zu machen, sie vielleicht sogar zu entspannen?

»Mir ist doch noch eins eingefallen«, sagte er.

Perplexer Blick meinerseits. »Bitte?«

»Suppengrün«, sagte er stolz und fügte rasch hinzu: »Und wehe, du behauptest jetzt, das sei nichts zu essen. Es ist ganz eindeutig was zu essen. Und dieses Mal werde ich nicht kampflos nachgeben. Dieses Mal habe *ich* Recht.«

Ich lächelte. »Kein Kampf. Suppengrün gilt.«

Der Kanister war voll, die Pumpe stellte sich automatisch ab. Wes hängte den Einfüllstutzen wieder an die Zapfsäule und schraubte die Verschlusskappe auf den Kanister. »Brauchst du irgendwas?«, fragte er.

Ich schüttelte den Kopf.

Wes ging los, um zu bezahlen.

Neben meinen Füßen summte etwas. Mein Handy. Ich öffnete meine Tasche, holte es raus und drückte auf den Knopf, während ich es mir ans Ohr hielt. »Hal –«

»Wo bleibt ihr denn?«, fragte Kristy energisch. Im Hintergrund hörte ich Partygeräusche: Musik, laute Stimmen. »Wir machen uns Sorgen um euch. Monica dreht schon fast durch, sie kann sich gar nicht mehr beruhigen –«

»Wir hatten kein Benzin mehr.« Ich wechselte das Handy von einem Ohr zum anderen. »Ich habe dir auf deine Mailbox gesprochen. Wir waren in der Pampa gestrandet, mitten im Nirgendwo.«

»Nachricht? Ich habe keine –« Pause. Vermutlich checkte sie gerade zum ersten Mal an diesem Abend, ob sie Nachrichten auf ihrer Mailbox hatte. »Ach so ... ja ... meine Güte! Wo seid ihr? Alles okay?«

»Ja, uns geht's gut, macht euch keinen Kopf. Zum Glück hat uns jemand mitgenommen. Im Moment sind wir an einer Tankstelle.«

»Da bin ich aber froh.« Ich hörte, wie sie die Information an Monica weitergab, deren Gesicht beim Zuhören bestimmt genauso ausdruckslos und gelangweilt wirkte wie sonst, da konnte sie sich vorher noch solche Sorgen gemacht haben. Oder auch nicht. Jetzt ertönte Kristys Stimme wieder durchs Handy: »Aber es hat auch sein Gutes, denn diese Party ist der totale Flop. An eurer Stelle würde ich direkt nach Hause fahren. Ich habe mich so was von geirrt. Oder irgendwer hat mir echten Quatsch erzählt. Jedenfalls gibt es hier nur langweilige Typen.«

Ich wandte den Kopf, um in den Tankladen hineinzublicken, wo Wes gerade an der Kasse stand und bezahlte. Der Mann, der uns mitgenommen hatte, wartete geduldig neben ihm. »Pech«, sagte ich zu Kristy.

»Halb so schlimm. Eines Tages führe ich dir den ultimativen Supertypen vor, Macy. Einen Jungen, der garantiert nicht so ist wie alle anderen.« Ihre Stimme drang zuversichtlich an mein Ohr. »Es gibt sie, glaub mir.«

»Keine Angst«, antwortete ich. »Ich glaube dir aufs Wort.«

Kapitel 10

Meine Mutter war im Stress.

Ehrlich gesagt, meine Mutter war eigentlich immer im Stress. Ich konnte mich schon gar nicht mehr daran erinnern, wann ich sie das letzte Mal entspannt gesehen hatte, wann sie das letzte Mal einfach nur irgendwo gesessen und man ihr nicht an der Nasenspitze angesehen hatte, dass sie bereits an die nächsten sechs Sachen dachte, die sie erledigen musste, und wahrscheinlich gleich auch noch an die übernächsten sechs. Sie hatte das mal gekonnt – sich einfach dem Augenblick zu überlassen, allen Druck von sich abzuwerfen; am liebsten saß sie dann stundenlang in einem der altmodischen, klobigen Holzliegestühle (die so von Wind und Wetter gegerbt waren, dass man höllisch aufpassen musste, sich keine Splitter zu holen) auf der Veranda unseres Ferienhauses und sah aufs Meer hinaus. Ohne Buch, ohne Zeitung, ohne jedwede Ablenkung. Brauchte sie alles nicht. Nur den Horizont. Auf ihn richtete sie ihre gesamte Aufmerksamkeit, ihren völlig ruhigen Blick. Vielleicht liebte sie das Meer ja so, weil es sie dazu brachte, überhaupt nichts mehr denken zu müssen. Vielleicht fuhr sie deshalb so gern hin. Dorthin, wo die Welt sich in sich zusammenzog und auflöste, bis nichts mehr existierte als das gleichmäßige Geräusch des Ozeans, wenn sich die Wellen brechen und das Wasser leise zischend und ziehend wieder hinausströmt.

Das Projekt Wildflower Ridge stand und fiel mit meiner Mutter; letztendlich war alles auf ihr Engagement zurückzuführen. Die ursprüngliche Planung des Projekts, die detaillierten Pläne für jede einzelne Bauphase, die Gestaltung der Grünflächen, die Grundstücks- und Gebäudeverwaltung, sogar wie die Nachbarn sich untereinander organisierten – *sie* traf alle wesentlichen Entscheidungen. Deshalb hatte ich mich daran gewöhnt, dass ihr Handy der Dritte im Bunde war, wenn wir beim Abendessen saßen. Statt eines Tellers lag es auf dem dritten Set – da, wo früher Caroline gesessen hatte – und klingelte vor sich hin. Ununterbrochen. Wenn meine Mutter sogar spätabends noch nicht daheim war, wunderte ich mich nicht weiter darüber, denn ich wusste, sie führte entweder Kunden durch die halb fertigen Häuser oder hielt im Modellhaus Hof. Und *wenn* sie daheim war, wunderte es mich ebenfalls nicht mehr, dass bei uns im Wohnzimmer ganze Versammlungen mit Handwerkern, Geschäftspartnern, Ladenbesitzern oder potenziellen Hauskäufern stattfanden, denen meine Mutter Ringvorlesungen darüber hielt, was an Wildflower Ridge so einzigartig sei.

Zur Zeit befanden sich die Villen im Bau und die Villen waren meiner Mutter ganz besonders wichtig. Sie war ohnehin ein ziemliches Risiko eingegangen, als sie Luxushäuser für eine wohlhabende, anspruchsvolle Klientel – die bereit und in der Lage war, für aufwändige Extra-Annehmlichkeiten wie beheizbare Garagen, Marmorbäder, Balkone und modernste Innenausstattung, vor allem in der Küche, sehr viel Geld zu bezahlen – in das Projekt integrierte. Prompt verschlechterten sich genau in dem Moment, in dem sie konkret anfing zu bauen, die wirtschaftlichen Verhältnisse.

Leute wurden entlassen, die Börse kollabierte und plötzlich hockten alle ängstlich auf ihrem Vermögen, vor allem wenn es um Immobilien ging. Da meine Mutter nun schon einmal losgelegt hatte, blieb ihr gar nichts anderes übrig als tapfer weiterzumachen; doch ihre Nervosität wuchs und entsprechend arbeitete sie immer mehr und immer härter, um ihre Kontakte zu pflegen, neue zu knüpfen und ihre Immobilien an den Mann zu bringen. Weil sie aber ohnehin schon fast jede Stunde, in der sie nicht im Bett lag und schlief, mit Arbeiten verbrachte, schien es eigentlich unmöglich, dass sie noch mehr arbeitete. Aber sie tat es. Und daher war sie im Stress. Im Dauerstress.

Dennoch sagte sie: »Mir geht's gut«, nachdem Caroline sie danach gefragt hatte. Wir saßen zu dritt (Handy ausnahmsweise nicht mit eingerechnet) beim Frühstück. Seit meiner nächtlichen Wanderung mit Wes waren einige Tage vergangen. Meine Schwester pendelte mittlerweile fast ständig zwischen Atlanta und dem Meer hin und her. Bei sich zu Hause sorgte sie dafür, dass Wally genug Obst und Gemüse aß, während er eine wichtige Klage gegen einen Megakonzern durchzufechten hatte. Dann fuhr sie wieder zu unserem Ferienhaus, um mit dem Schreiner die Renovierungsmaßnahmen zu besprechen, fachsimpelte unverdrossen über Baumaterialien, Dekostoffe, Anstrichfarben und kaufte, den Quittungen nach zu urteilen, die überall von ihr herumflogen, den halben Baumarkt von Colby leer. Auf dem Weg zwischen Wally und dem Haus am Meer schaute sie regelmäßig bei uns vorbei, zeigte uns ihre neuesten Fotos, damit wir mitverfolgen konnten, wie die Renovierung vorankam. Sie wollte unsere Meinung zu ihren diversen Gestaltungsideen hören und erzählte meiner Mutter jedes Mal, sie müsse dringend Urlaub machen. Klar, was sonst?

»Du siehst aber nicht so aus, als ginge es dir gut, Mama«, antwortete meine Schwester.

Ich steckte mir einen Löffel Cornflakes in den Mund.

»Schläfst du genug? Schläfst du überhaupt?«, fragte meine Schwester.

»Natürlich.« Meine Mutter blätterte ein paar Unterlagen durch. »Ich schlafe tief und fest. Wie ein Baby.«

Wenn sie schlief. Ich hatte in letzter Zeit, wenn ich mitten in der Nacht, so um zwei oder drei, aus irgendeinem Grund runtermusste, ein paar Mal mitgekriegt, dass sie, noch im Businesskostüm, in ihrem Arbeitszimmer saß, wie rasend etwas in ihren PC tippte oder Nachrichten auf den Anrufbeantwortern der Lieferanten und Handwerksbetriebe hinterließ, die für sie arbeiteten. Keine Ahnung, wann sie schlafen ging. Oder ob überhaupt? Jedenfalls war sie am nächsten Morgen immer vor mir wach. Wenn ich in die Küche kam, um vor der Arbeit in der Bibliothek zu frühstücken, saß sie garantiert schon da. Frisch geduscht, wie aus dem Ei gepellt, Handy am Ohr.

»Aber du musst mir versprechen, dass du mit ans Meer kommst und Urlaub machst, wenn das Haus fertig renoviert ist.« Meine Schwester öffnete eine der Mappen, in denen sie sämtliche Unterlagen für das Ferienhausprojekt mit sich rumschleppte, und sortierte ein paar Fotos um. »Ich schätze, Anfang August wird es so weit sein. Wahrscheinlich in der zweiten Augustwoche.«

»Solange es nach dem siebten ist, bin ich mit allem einverstanden.« Meine Mutter schob ihren Kaffeebecher zur Seite, um sich mit dem Kuli, den sie in der Hand hielt, neben einem Absatz auf dem Blatt Papier vor ihr etwas zu notieren. »Am siebten werden die Villen mit einer Gala eingeweiht.«

»Du veranstaltest eine Gala?«, fragte ich.

»Eher einen Empfang.« Meine Mutter wollte schon eine Nummer auf ihrem Handy wählen, legte es jedoch noch einmal kurz beiseite. »Aber ich möchte, dass er größer und exklusiver wird als die Verkaufsveranstaltungen, die bisher bei uns stattfanden. Ich werde ein Festzelt anmieten, außerdem habe ich einen fantastischen französischen Caterer entdeckt ... dabei fällt mir ein, ich muss *sofort* einen Anruf machen, wenn ich überhaupt noch eine Chance haben will, in den Küchen die hochwertigeren Wasserhähne installieren zu lassen.«

Damit stand sie auf, schob ihren Stuhl zurück und ging aus der Küche, wobei sie irgendwas vor sich hin murmelte. Wie sie von Caterern auf Wasserhähne gekommen war, leuchtete mir zwar nicht ganz ein. Aber man kam dieser Tage ohnehin kaum noch mit ihr mit.

»Am achten also?«, rief Caroline ihr nach. »Achter August? Kann ich mir das in den Terminkalender schreiben? Definitiv?«

Meine Mutter war zwar schon halb aus der Tür, drehte sich allerdings tatsächlich noch einmal um. »Der achte August. Einverstanden. Definitiv.« Und bekräftigte das mit einem Nicken.

Caroline lächelte zufrieden, während meine Mutter durch den Flur verschwand. Caroline hob ihre Mappe an, klopfte leicht mit der Unterkante auf die Tischplatte, um die Blätter darin gerade auszurichten, und legte die Mappe anschließend wieder ordentlich vor sich hin. »Abgemacht«, sagte sie. »Vom achten bis zum fünfzehnten August machen wir offiziell zusammen Urlaub.«

Als ich meinen Löffel in mein leeres Cornflakes-Schüsselchen legte, wurde mir bewusst, warum ich bei dem Datum sofort aufgehorcht hatte: Jason kam am Tag davor zurück. Wenn ich mit meiner Mutter und meiner Schwester ans Meer fuhr, würde ich also wissen, ob er und ich endgültig zusammen oder auseinander waren. Aber jetzt hatten wir erst Ende Juni. In den Villen fehlte noch alles Mögliche, von Fensterrahmen über elektrische Leitungen bis hin zu den Beeten im Vorgarten. Im Haus am Meer musste gestrichen, mussten Böden abgeschmirgelt und neue Einrichtungsgegenstände geliefert werden; unter dem wachsamen Blick meiner Schwester würde dort ein ganz neuer Look entstehen. Das Neue würde neu sein, das Alte ebenfalls. Wieder neu. Was würde ich sein? Zusammen, getrennt, in der Warteschleife oder was? Ich wusste es nicht. Zum Glück hatten wir alle miteinander noch ein bisschen Zeit.

Wes und ich waren jetzt offiziell Freunde. Worüber sich niemand mehr wunderte als ich.

Zu Beginn hatten wir eigentlich – mal abgesehen davon, dass wir beide ein Elternteil verloren hatten – nur eins gemeinsam, nämlich den Job bei *Wish Catering*. Zugegeben, das waren im Grunde schon ziemlich viele und vor allem wichtige Gemeinsamkeiten. Aber was uns jetzt verband, ging weit darüber hinaus. Seit jener Nacht, in der uns das Benzin ausging und wir mutterseelenallein durch die dunkle Pampa marschiert waren, fühlte ich mich in Wes' Gegenwart einfach wohl. Wenn ich mit ihm zusammen war, musste ich weder perfekt sein noch es überhaupt im Ansatz versuchen. Denn er kannte bereits sämtliche meiner Geheimnisse, wusste, was ich anderen gegenüber verschwieg. Deswegen fiel es mir leicht, in seiner Gegenwart ich selbst zu sein. Das hätte eigentlich nichts Besonderes zu sein brauchen. Doch für mich war es etwas Besonderes. Sehr sogar.

»Sag mal, warum glotzen die eigentlich so?«, fragte er mich eines Abends, als wir auf dem Verandageländer eines Hauses in Arbors – dem Viertel neben Wildflower Ridge – hockten, wo gerade eine Party stieg.

Ich folgte seinem Blick durch die offen stehende, gläserne Schiebetür und entdeckte in der Küche drei Mädchen, die ich aus der Schule kannte und die uns – genauer gesagt: mich – unverhohlen anstarrten. Die drei gehörten zu denen, die nach Schulschluss noch ewig auf dem Parkplatz abhingen, grundsätzlich Sonnenbrillen trugen und ihre Kippen hinter vorgehaltener Hand verstecken zu können glaubten.

Ich trank einen Schluck Bier. »Ich glaube, sie sind einfach überrascht, mich hier zu treffen.«

»Ach ja?«

Ich nickte und stellte meinen Plastikbecher mit Bier auf dem Geländer ab. An den Köpfen der Mädchen vorbei konnte ich im Hintergrund Kristy, Bert und Monica sehen; sie saßen an dem langen Eichentisch im Esszimmer und spielten Münzenschnippen, wobei sie geschickt um die Bierdosen herummanövrierten, die sich dort türmten. Das ausladende Gesteck, das wohl sonst in der Mitte des Tisches prangte, war achtlos an den Rand geschoben worden. Wenn wir in letzter Zeit zu Partys gingen, ergab sich eigentlich immer dieselbe Konstellation: Wes und ich taten uns zusammen und hielten uns etwas abseits des Geschehens auf, während Kristy – genau wie alle anderen weiblichen Partygäste – auf Jungsfang ging, mit dem festen Vorsatz, den Supertypen des Abends abzuschleppen. Und Bert versuchte das Gleiche in puncto Mädels, wenn es in der Regel auch nur die sehr verzweifelten Mädchen waren, bei denen er Chancen hatte. Während die anderen also alle ihr Glück versuchten und über das dürftige Angebot klagten, saßen wir zwei »Beziehungspausierer« gemütlich beisammen, quatschten und sahen dem Trubel gelassen zu.

»Und warum sind sie so erstaunt, dich hier zu sehen?«, fragte Wes. Dabei nickte er einem Typen mit Baseballmütze zu, der gerade vorbeistiefelte und ihn grüßte.

»Weil sie denken, ich sei die Perfektion in Person.«

»Du?« Seine Stimme klang so übertrieben verdutzt, dass ich ihm einen ebenso übertrieben entrüsteten Blick zuwarf.

»Ich meine, äh ... na ja«, lautete Wes' nächster Kommentar.

»Halt bloß den Mund.« Ich schnappte mir mein Bier und nahm noch einen Schluck.

»Nein, nein, ich finde das sehr interessant«, sagte er.

Die drei Grazien traten auf die Terrasse und verschwanden in einem ganzen Klumpatsch Leute, die sich ums Bierfass drängten.

»Erklär mir, was du mit Perfektion meinst«, insistierte Wes.

»Artig. Lieb. Und zwar schon allein dadurch, mit wem ich sonst meine Zeit verbringe. Jason würde nie auf solche Partys gehen.«

»Nicht?«

»Natürlich nicht.«

Darüber musste Wes erst einmal ausgiebig nachdenken. Mir fielen mindestens sechs Mädchen auf der Terrasse auf, die ihn mehr oder minder offen anstarrten. Mit den Augen förmlich verschlangen. Obwohl ich mich allmählich daran gewöhnte, weil es jedes Mal passierte, wenn ich mit ihm zusammen in der Öffentlichkeit auftauchte, verunsicherte es mich nach wie vor. Und es nervte. Wie oft hatte ich mir schon neidisch-finstere Blicke eingehandelt, nur weil ich neben ihm saß! Ich hatte aufgehört, es zu zählen. Wir sind kein Paar, wollte ich jedem dieser Mädchen zurufen, die mich mit zu Schlitzen verengten Augen beobachteten und nur darauf warteten, dass ich zur Toilette musste oder mal kurz zu Kristy rüberging, um eine Runde mit ihr zu quatschen. Denn in dem Moment, da ich Wes' Seite verließ, ergriffen sie unter Garantie sofort die Chance, sich an ihn ranzumachen. Inzwischen konnte ich allerdings ziemlich genau, und das aus einem Kilometer Entfernung, einschätzen, wer sein Typ war und wer nicht. Das Mädchen in dem engen schwarzen Kleid mit den knallrot geschminkten Lippen, das am Bierfass lehnte? Nein. Die Braungebrannte im Jeansminirock und schwarzen T-Shirt? Vielleicht. Die da hinten, die sich andauernd »verführerisch« über die Lippen leckte? Igitt. Nein. Nein. Nein.

»Nehmen wir trotzdem mal an, Jason wäre hier«, sagte Wes gerade. »Was würde er machen?«

Ich überlegte kurz, bevor ich antwortete. »Sich vermutlich über den Rauch beschweren. Sich Sorgen machen, ob die Dosen auch ordentlich, sprich umweltfreundlich entsorgt werden. Er ist ein absoluter Recycling-Fanatiker, wenn du verstehst, was ich meine. Und Becky?«

Auch Wes dachte einen Moment über meine Frage nach, fuhr sich dabei mit der Hand durchs Haar. Aus dem Esszimmer drang Kristys lautes, ausgelassenes Lachen. »Sie läge irgendwo in einer Ecke und wäre völlig zu. Oder würde sich im Gebüsch verstecken, um heimlich Gras zu rauchen. Was sie mir gegenüber hinterher standhaft leugnen würde.«

»Aha«, sagte ich.

»Genau – aha.«

Das Mädchen in dem engen schwarzen Kleid ging entschieden zu langsam an uns vorbei, wobei sie Wes tief in die Augen blickte. »Hallo«, hauchte sie. Er nickte bloß stumm. Hab ich's doch gewusst, dachte ich.

»Also, echt«, sagte ich.

»Was?«

»Komm, gib zu, irgendwie ist es ziemlich albern.«

»Was?«

Erst jetzt, da ich versuchen wollte es ihm zu erklären, wurde mir klar, wie schwierig es war, die richtigen Worte dafür zu finden. »Du weißt schon, was ich meine«, begann ich. Zum Glück fiel mir Kristys Formulierung ein, die das Wes-Phänomen tatsächlich am besten charakterisierte: »Ich sage nur Bäng.«

»Bäng?«

»Jetzt hör aber auf, Wes. Merkst du wirklich nicht, wie dich alle Mädchen dieser Welt anstarren?«

Er verdrehte bloß die Augen und lehnte sich etwas zurück, die Hände am Geländer abgestützt. »Um noch mal darauf zurückzukommen, dass du angeblich perfekt bist –«

Ich fiel ihm ins Wort. »Mal im Ernst: Wie fühlt sich das an?«

»Perfekt zu sein? Woher soll ich das wissen?«

Ich stieß einen tiefen Seufzer aus. »Ich rede nicht von perfekt, sondern von ...«

Während ich krampfhaft nach dem passenden Wort suchte, schnipste er einen Käfer von seinem Arm.

»... schön. Attraktiv. Gut aussehend.« Noch vor zwei Wochen wäre ich an dieser Stelle feuerrot geworden und vor Scham im Boden versunken, so peinlich wäre es mir gewesen. Doch jetzt spürte ich allenfalls ein leichtes Zwicken in der Herzgegend, während ich einen Schluck Bier trank und wartete, dass Wes antwortete.

»Und ich wiederhole: Woher soll ich das wissen?«, meinte er. Gleichzeitig schlenderten die drei Parkplatzmiezen an uns vorbei und musterten uns von oben bis unten. »Sag du's mir«, fuhr Wes fort.

»Lass stecken.« Dabei imitierte ich Monicas gedehnten Tonfall so perfekt, dass Wes laut auflachte. »Wir sprechen aber nicht von mir.«

»Das wäre aber gut möglich«, antwortete er. Amüsiert warf ich einen kurzen Blick zu Bert rüber, der gerade in Lauerstellung ging, weil eine Gruppe sehr junger, sehr naiver Girlies – schätzungsweise neuntes Schuljahr – das Wohnzimmer betraten.

»Ich bin nicht schön«, sagte ich.

»Natürlich bist du schön, spinnst du?«

Ich schüttelte den Kopf. Er wollte nur meiner Frage ausweichen. »Du bist so was von im Vorteil, schau dich doch mal an: der Prototyp des dunklen, schlanken, großen, geheimnisvollen Fremden. Und dazu noch ein Touch leidender Künstler.«

»Touch?«

»Du weißt schon, was ich meine.«

Er schüttelte ablehnend den Kopf. Mit dieser Beschreibung war er offensichtlich nicht einverstanden. »Sieh dich doch selber an: der Prototyp der coolen, smarten, überlegenen, perfekten Blondine.«

»Auf dich stehen alle Mädels, weil sie sich dann so schön rebellisch fühlen können. So schön anders.«

»Und du bist die Unnahbare auf der anderen Seite des Klassenzimmers, die allen Jungen die kalte Schulter zeigt.«

Aus dem Inneren des Hauses drangen unvermittelt laute Musikfetzen, ein paar dröhnende Bassrhythmen. Dann wurde es wieder etwas leiser.

»Ich bin nicht perfekt«, sagte ich. »Nicht mal ansatzweise.«

»Und ich leide nicht. Außer vielleicht bei dieser Unterhaltung.«

»Na gut.« Ich nahm mein Bier wieder in die Hand. »Worüber möchtest du als Nächstes reden?«

»Zum Beispiel darüber, dass wir mit unserem Spiel noch nicht fertig sind. Wir wurden mittendrin unterbrochen, schon vergessen? Ich würde gern weiterspielen.«

»Aber nicht heute Abend«, antwortete ich, während ein Typ, mit dem ich Englisch zusammen hatte, vorbeischwankte. Er sah definitiv so aus, als müsste er sich jeden Augenblick übergeben. »Ich glaube, Wahrheit ist heute Abend nichts für mich, das wird mir zu viel.«

»Das sagst du bloß, weil ich dran bin«, konterte er.

»Stimmt gar nicht, ich wäre dran.«

»Nein, es ist –«

Ich unterbrach ihn. »Ich habe dich nach der Myers School gefragt, du mich nach Jason, dann kam meine Frage wegen Becky und danach wolltest du wissen, warum ich nicht mehr laufe. Zwei Runden, jeder jeweils eine Frage. Ich bin dran.«

»Verstehst du jetzt, warum ich intelligenten Mädchen aus dem Weg gehe?«

Ich verdrehte bloß die Augen.

Wes rieb seine Handflächen aneinander und richtete sich kerzengerade auf, um mir zu zeigen, dass er bereit war. »Okay, schieß los. Ich bin so weit.«

»Na gut.« Ich strich mir eine Haarsträhne hinters Ohr. »Wie ist das, wenn einen alle Mädels anhimmeln?«

Er wandte sich mir zu, sah mich an. »Macy!«

»Du wolltest unbedingt spielen, nicht ich.«

Er schwieg fast eine Minute. Ich fing schon an, mich zu fragen, ob er vielleicht passen würde. Verneinte das aber sofort wieder. Er will viel zu gern gewinnen, um klein beizugeben, dachte ich. Und sollte Recht behalten.

»Ich weiß es nicht«, antwortete er schließlich. »Selbst wenn es so ist, wie du sagst – ich merke es nicht mal.«

»Darf ich dich daran erinnern, dass dieses Spiel *Wahrheit* heißt?«, bemerkte ich.

Wes warf mir einen gereizten Blick zu. »Also gut. Ich find's komisch. Jedenfalls nicht toll. Denn was bedeutet es schon? Ich meine, angestarrt zu werden, weil man so aussieht, wie man aussieht. Was soll das? Deswegen kennt man mich doch noch lange nicht wirklich. Es ist total oberflächlich und hat mit dem Menschen, der ich bin, überhaupt nichts zu tun.«

»Sag ihr das mal.« Diskret deutete ich mit dem Kinn auf ein Mädchen auf der entgegengesetzten Seite der Terrasse, die Wes mit Glupschaugen verschlang.

»Haha«, murmelte er und sah bewusst in die andere Richtung. »Bin ich jetzt endlich dran?«

»Nein, ich habe noch eine Frage, die mit der ersten zusammenhängt«, antwortete ich.

»Darf man das?«

»Ja«, erwiderte ich mit fester Stimme, ganz wie damals meine Schwester, die sich ständig neue Regeln ausgedacht hatte. Regeln, die *ihr* in den Kram passten. »Wenn das also oberflächlich ist und Aussehen nichts damit zu tun hat, wie ein Mensch wirklich ist – was ist dir denn dann wichtig? Bei einem Menschen, meine ich?«

Nach kurzem Nachdenken antwortete er. »Ich weiß nicht. Nur weil ein Mädchen ein hübsches Gesicht hat, heißt das noch lange nicht, dass sie auch nett, fair, zuverlässig ist. Oder umgekehrt. Äußerlichkeiten sind mir nicht so wichtig. Ich mag Macken. Ich finde, dadurch werden Dinge und Menschen überhaupt erst interessant.«

Ich wusste zwar nicht, was für eine Antwort ich erwartet hatte, doch diese jedenfalls nicht. Deshalb saß ich einen Moment lang stumm da und versuchte erst einmal zu begreifen, was Wes gesagt hatte.

»Weißt du was?«, meinte ich schließlich. »Ich schätze, die meisten Mädchen wären, wenn sie das jetzt gehört hätten, noch verrückter nach dir als sowieso schon. Weil es zeigt, dass du zwar übermenschlich gut aussiehst, aber trotzdem ein ganz normaler Mensch bist. Attraktiv bist du sowieso, keine Frage. Aber durch so eine Einstellung katapultierst du dich in einen Bereich jenseits von gut und böse, bist überhaupt mit nichts und niemandem mehr zu vergleichen.«

»Ich möchte nicht so sein, so ... unvergleichlich.« Wes verdrehte die Augen. »Aber ich möchte endlich das Thema wechseln.«

»Okay, du bist dran«, sagte ich.

Ich warf einen Blick ins Haus. Kristy quatschte mit einem Typen im Rastalook. Monica hockte gelangweilt daneben (ganz was Neues). Berts lüsterner Blick hing an dem Mädchen, das gerade beim Münzenschnippen an der Reihe war; allerdings hatte sie, soweit ich es beurteilen konnte, die Tasse, die als Ziel diente, bereits sechsmal hintereinander verfehlt.

»Warum ist dir Perfektion so wichtig?«

Ich merkte, dass ich vor lauter Verblüffung über die Frage ein paar Mal blinzeln musste. »Stimmt doch gar nicht«, antwortete ich.

Er beäugte mich skeptisch. »Wie heißt dieses Spiel noch mal?«

»Aber es ist die Wahrheit«, sagte ich. »Mir persönlich ist es ziemlich egal, ob ich oder irgendwer anders perfekt ist oder nicht.«

»Ich habe einen anderen Eindruck von dir.«

»Und wie kommst du darauf?«

Er zuckte die Schultern. »Jedes Mal, wenn du von deinem Freund sprichst, sagst du, er sei perfekt.«

»Das stimmt ja auch«, entgegnete ich ihm. »Aber ich bin's nicht. Das war unser Problem.«

»Ach, Macy.« Wes warf mir einen Blick zu. »Ich meine, was heißt überhaupt perfekt?«

Kopfschüttelnd führte ich mein Glas an die Lippen. Es war leer, aber ich brauchte dringend irgendetwas zu tun. »Ich glaube, es geht im Grunde gar nicht darum, perfekt zu sein«, sagte ich. »Es geht darum ... keine Ahnung. Ich weiß es nicht. Die Kontrolle zu haben?«

»Erklär mir das mal genauer.«

Ich seufzte. »Ich weiß nicht, ob ich das kann ...« Ausweichend drehte ich den Kopf, sah wieder Richtung Esszimmer. Wo waren Kristy, Monica, Bert? Jede Ablenkung wäre mir hoch willkommen gewesen. Doch die drei waren nirgendwo mehr zu sehen, und um den Esszimmertisch saß plötzlich auch niemand mehr. Also musste ich wohl oder übel antworten.

»Als mein Vater starb, fühlte sich das an wie bei einem Erdbeben. Wackelig, schwankend, verstehst du? Damals habe ich damit angefangen, alles so gut wie möglich machen zu wollen, weil es mir irgendwie geholfen hat. Es hat mich abgelenkt, weil ich mich aufs Perfektsein-Wollen konzentrieren konnte. Und ich redete mir selbst ein, solange ich perfekt bin, also keine Fehler mache, kann mir nichts mehr passieren.«

Wieder einmal traute ich meinen eigenen Ohren kaum. Wie kam ich dazu, Wes solche absolut intimen Dinge anzuvertrauen? Und das auf einer lärmenden Party, wo jede Menge Fremde und, was noch schlimmer war, Klassenkameraden von mir herumschwirrten. Quatsch – im Grunde konnte ich mir keinen einzigen Ort vorstellen, wo ich wirklich gern und unbefangen darüber geredet hätte. Außer vielleicht in meinem eigenen Kopf, denn dort ergab es zumindest eine Art Sinn.

»Das ist doch irgendwie ätzend«, meinte Wes schließlich leise. »Du verurteilst dich selbst von vornherein zum Scheitern, weil niemand immer perfekt sein kann. Das ist unmöglich.«

»Wer sagt das?«

Wes sah mich an. »Das Leben. Die Welt«, antwortete er und machte mit dem Arm eine ausladende Geste, als wären diese Terrasse, diese Party tatsächlich gleichbedeutend mit der ganzen Welt. »Das Universum. Reine Perfektion gibt es nicht. Und warum würdest du das überhaupt wollen? Dass alles perfekt ist, meine ich.«

»Ich will nicht, dass alles perfekt ist«, antwortete ich. Und fügte in Gedanken hinzu: nur ich. »Ich will bloß –«

»Wir müssen«, sagte jemand neben mir. Als ich aufblickte, sah ich Monica, die wie üblich ihren Pony aus der Stirn pustete. Sie zeigte erst auf ihre Armbanduhr und dann Richtung Küche, wo Bert und Kristy bereits auf uns warteten.

»Hast du ein Glück, dass es geklingelt hat«, meinte Wes und hüpfte vom Geländer. Ich ließ mich ebenfalls hinuntergleiten, allerdings etwas langsamer. Meine letzten drei Worte schwebten noch durch mein Bewusstsein. Was wollte ich? Ich hatte einen Jungen kennen gelernt, der Macken und Fehler mochte, ja sogar Stärken darin sah, nicht automatisch Scheitern oder Versagen. Früher wäre ich nie draufgekommen, dass so jemand überhaupt existierte. Was wohl passiert wäre, wenn wir uns unter anderen Umständen kennen gelernt hätten? In einer anderen, einer perfekten Welt. Nicht in dieser.

Mittlerweile hasste ich den Bibliotheksjob.

Es war einfach nervtötend da. Langweilig. Es erstickte einen. Dort drinnen war es so still, dass ich mir sicher war, ich würde mein Blut durch meine Adern rauschen hören, wenn ich nur aufmerksam genug lauschte. Würde hören, wie sich die Erdplatten knirschend gegeneinander verschoben. Würde sogar hören, wie die Zeit verging. Selbst wenn mein Tag gut angefangen hatte – in dem Augenblick, da ich durch die hohe Glastür trat und auf die Infotheke zulief, blieb alles stehen. Als ob man den Zeiger einer Uhr anhielt. Die Welt blieb stehen. Sank in tiefste Tiefen. Und verharrte da geschlagene sechs Stunden lang, die ich in dieser verfluchten Bibliothek festhing.

Eines Tages marschierte ich mit einem Riesenstapel angeschimmelter, muffiger Ausgaben von *Nature* durch den Lesesaal und kam gerade an einem besonders hohen Stapel irgendwelcher Fachzeitschriften vorbei, da hörte ich ein »Buh!«.

Ich zuckte zusammen, allerdings nicht sehr, denn allzu doll hatte ich mich nicht erschreckt. Dazu war das Buh zu leise gewesen. Warum das so war, klärte sich auf, als ich vorsichtig um den Zeitschriftenstapel herum in den angrenzenden Saal blickte. Da stand Kristy in einem weißen Plisseerock, einem kurzärmeligen, pinkfarbenen Flauschpullover und ihren weißen Gogo-Stiefeln. Die Haare hatte sie hoch auf dem Kopf zusammengebunden. Außerdem trug sie eine gigantische Sonnenbrille mit weißem Rahmen sowie eine Fransentasche. Sie sah aus, als wollte sie zum Rodeo oder vielleicht in einer Disco im Käfig tanzen, aber keinesfalls so, als gehörte sie in die Abteilung Literatur, A bis E. Doch vor dem Regal stand sie.

»Hallo!« Sie sprach viel zu laut. Prompt warf uns ein Mann, der, den Arm voller Bücher, bei Literatur F bis K stand, einen missbilligenden Blick zu. »Wie geht's?«

»Was machst du hier?«, fragte ich und schob den Zeitschriftenstapel etwas mehr auf meinen anderen Arm.

»Monica braucht Nachschub.« Kristy deutete auf ihre Schwester, die am anderen Ende des Lesesaals stand, Kaugummi kaute und mit mattem Blick ein paar Fachbücher begutachtete, die sie aus dem Regal gezogen hatte. »Sie ist der absolute Bücherwurm, verschlingt eins nach dem anderen. Ich stehe mehr auf Zeitschriften, aber weil ich mal sehen wollte, was du tagsüber so treibst, bin ich mitgekommen.«

Ich warf einen Blick Richtung Infotheke. Bethany hing am Telefon und tippte gleichzeitig wie wild auf ihrer Computertastatur. Doch Amanda, die neben ihr saß, schaute gerade zu uns herüber. Stimmt nicht ganz: Sie starrte Kristy an. Unverhohlen.

»Tja, hier arbeite ich tagsüber«, sagte ich.

»Wie heißt die mit dem Zopf?« Kristy schob die Sonnenbrille über ihren Haaransatz und erwiderte Amandas scharfen Blick ebenso unverhohlen. Was Amanda nicht davon abhielt, Kristy weiter anzustarren. Glaubte sie vielleicht, wir sähen sie gar nicht, oder was?

»Amanda«, antwortete ich.

»Ah ja.« Kristy hob eine Augenbraue. »Die kann ganz gut glotzen, was?«

»Scheint so.«

Kristy starrte Amanda weiter an und fing plötzlich an zu schielen, absichtlich natürlich. Was Amanda endlich zur Besinnung brachte. Hastig, angewidert senkte sie den Kopf und schlug das Buch auf, das vor ihr lag.

»Ihr Twinset ist allerdings nicht übel, muss ich leider zugeben«, sagte Kristy. »Ist das Merinowolle?«

»Keine Ahnung.«

»Ich wette, es ist Merinowolle.« Kristy schob den Riemen ihrer Handtasche auf ihrer Schulter etwas höher. »Monica und ich wollen einen neuen Imbiss in der Nähe ausprobieren. Angeblich gibt es da total köstliche Wraps und Tortillas. Kommst du mit?«

»Wraps und Tortillas?«, wiederholte ich leicht stupide. Bethany hatte aufgehört zu telefonieren. Sie und Amanda steckten die Köpfe zusammen und tuschelten, wobei sie immer wieder zu uns rüberschauten und danach postwendend den nächsten Kommentar abließen.

»Ja. Im Einkaufszentrum. Man kann sich die Tortillas angeblich mit tausend verschiedenen Sachen füllen lassen. Also natürlich nicht mit allem, was sie haben, aber man darf sich anscheinend ziemlich viel auf einmal aussuchen. Kannst du jetzt Pause machen?«

Ich warf einen Blick auf die Uhr an der Wand. Viertel vor zwölf. »Ich weiß nicht genau«, antwortete ich. Amanda glitt gerade seitwärts von ihrem Stuhl herunter und stand auf, wobei sie mich keine Sekunde aus den Augen ließ. »Das ist keine so gute Idee, glaube ich.«

»Warum nicht? Du hast in diesem Laden doch irgendwann mal Mittagspause oder etwa nicht?«

»Schon.«

»Und selbst du musst ab und zu was essen, nicht wahr?«

»Ja ja«, antwortete ich.

»Wo liegt das Problem?«, fragte sie.

»Es ist wahrscheinlich ein bisschen komplizierter, als du dir vorstellen kannst«, erwiderte ich. »Es wird nicht so gern gesehen, wenn ich meine Mittagspause nicht hier drinnen verbringe.«

»Wer sieht das nicht gern?«

Ich nickte Richtung Amanda und Bethany.

»Und das geht dir nicht am Arsch vorbei, weil ...?« Kristy sprach betont langsam.

»Weil ich Angst vor ihnen habe«, antwortete ich achselzuckend. »Weil ich ein Loser bin. Egal, such dir was aus.«

Kristys Blick wurde schmal. »Du hast Angst vor diesen beiden Tussen?!«

Ich hätte mir am liebsten auf die Zunge gebissen. Warum hatte ich das bloß zugegeben? Ich fummelte an den Zeitschriften auf meinem Arm herum. »Glaub mir, es ist kompliziert.«

»Aber ich kapier's nicht.« Kristy schüttelte den Kopf. »Ich meine, die beiden wirken so ... so unzufrieden. Unglücklich. Warum solltest du Angst vor denen haben?«

»Sie sind nicht unglücklich.«

»Sie sind so was von unglücklich, dass man schon wieder Mitleid mit ihnen haben muss.« Kristy warf einen Blick Richtung Bethany und Amanda, die inzwischen beide zu uns rüberstarrten, und schüttelte den Kopf. »Schau sie dir doch an. Ehrlich. Sieh mal genau hin. Jetzt!«

»Kristy!«

»Schau hin.« Kristy nahm mein Kinn in die Hand und drehte meinen Kopf so, dass ich Bethanys und Amandas Blick erwidern musste. »Siehst du das etwa nicht? Sie sind blass und unscheinbar und total verkrampft. Ich meine, ich habe nichts gegen Twinsets, überhaupt nicht, im Gegenteil, in dem Punkt bin ich nicht anders als viele andere Frauen. Trotzdem muss man, wenn man eins trägt, doch nicht aussehen, als hätte man einen Stock im Hintern. Da kann man noch so intelligent sein, das nützt einem überhaupt nichts, wenn man kein modisches oder sonst irgendein Bewusstsein hat. In dem Fall sieht nämlich alles Scheiße aus, egal, wie schön oder teuer es war. Und diese Glotzerei! Himmel, was soll das überhaupt?« Kristy räusperte sich. »Was soll das Geglotze?«, wiederholte sie laut und deutlich, so dass es in dem ganzen riesigen Raum zu hören war. »Was?«

Bethany wurde rot. Amanda machte den Mund auf. Und wieder zu.

»Pssst«, tönte es aus der Regalreihe nebenan.

»Selber psssssst!« Endlich ließ Kristy mein Kinn los. »Jetzt pass mal auf, Macy«, sagte sie eindringlich. »Wenn sie so ein Verhalten toll finden, ist das ihre Sache, findest du nicht auch?«

Ich hatte keine Ahnung, was ich darauf antworten sollte.

»Also abgemacht«, sagte Kristy. »Du machst gleich Mittagspause, weil du ein ganz normaler Mensch bist, der manchmal Hunger und vor allem keine Angst hat. Wann fängt deine Pause offiziell an? Um zwölf?«

»Ja«, antwortete ich gedehnt.

»Gut, wir warten draußen auf dich.«

Monica trottete gerade mit ein paar Büchern unterm Arm Richtung Ausgang.

»Um zwölf ...?«, sagte ich zögernd.

»Jawohl. Wir sehen uns in einer Viertelstunde.« Kristy ließ ihren Blick noch einmal kurz durch den ganzen Raum wandern, bevor sie sich zu mir vorbeugte und in gedämpftem Ton sagte: »Ich meine, du musst zwischendurch hier raus, und sei es für eine Stunde. Zu viel Zeit an einem Ort wie diesem kann einem nicht gut tun. Ich meine, schau dir an, was aus den beiden geworden ist hier drinnen ...«

Aber ich dachte darüber nach, was aus mir geworden war. Was mir das Hiersein angetan hatte, Tag für Tag. Wie unglücklich ich gewesen war, Tag für Tag. Mir wurde plötzlich klar, dass der Job an der Infotheke in vielem mit meinem Leben vergleichbar war, besser gesagt, mit meinem Leben vor *Wish Catering* und Kristy und Wes. Ein Leben, das man ertrug. In dem es nichts zu genießen gab. Nichts, das Spaß machte.

»Wir sehen uns draußen. Bis gleich«, sagte Kristy. Ließ die Sonnenbrille zurück auf die Nase plumpsen, drückte meinen Arm, spazierte Richtung Ausgang. Als sie unter dem riesigen Oberlicht herging, flammte sie förmlich auf, denn das Sonnenlicht strömte direkt auf sie herab, so dass es für eine Sekunde so aussah, als würde sie leuchten. Das Licht verfing sich in ihrem Haar und glitzerte, als wollte es einem zuzwinkern. Ich nahm diesen Moment sehr deutlich wahr, Amanda und Bethany ebenfalls. Und deshalb störten mich ihre abfälligen Bemerkungen auch nicht mehr. Denn als ich eine gute Stunde später von meiner Mittagspause zurückkehrte, saßen sie wie üblich säuberlich nebeneinander aufgereiht auf ihren Stühlen und erkundigten sich so herablassend, ob der Lunch mit meinen »Freundinnen« nett gewesen sei, dass ich die Anführungsstriche hören konnte. Auch ihr spöttisches Lächeln, nachdem ich die Frage bejaht hatte, oder ihr Getuschel machten mir nichts mehr aus. Sollten sie denken, was sie wollten – es war mir egal. Nicht zum ersten Mal wurde mir bewusst, dass ich nie so sein würde wie sie. Neu war die Erkenntnis, dass ich froh darüber war. Froh, nicht so zu sein wie sie.

Kapitel 11

»Wisst ihr was«, sagte ich ungefähr zum hundertsten Mal, seit ich etwa zwei Stunden zuvor bei Kristy und Monica zu Hause angekommen war. »Ich glaube, ich fahre jetzt besser heim.«

»Macy!« Kristy stand vor dem Spiegel und bewunderte sich in Seitenansicht: kurzer roter Rock, schwarzes Spaghettiträgertop und ein Paar hochhackige Sandalen, für die man einen Waffenschein gebraucht hätte. »Ich habe dir doch gesagt, du verpflichtest dich zu gar nichts, wenn du mitkommst. Wir gehen bloß mit ein paar netten Typen aus, sonst nichts. Jetzt mach nicht so einen Aufstand.«

Aha, so lautete also ihre neueste Version des Plans für den heutigen Abend. Jedes Mal wenn ich einen Rückzieher machen wollte, beschrieb Kristy – was ganz schön auffällig war – die Aktion als noch einen Tick harmloser, unverbindlicher. Es ging um Folgendes: Vor ein paar Tagen, als *Wish Catering* eine Veranstaltung auszurichten hatte, bei der ich nicht dabei sein konnte, weil es sich mit meinem Job in der Bibliothek überschnitten hätte, hatten Monica und Kristy zwei Jungs kennen gelernt, die zwar nicht direkt in Kristys Kategorie ›Supertyp‹ fielen, aber doch zumindest, wie sie meinte, »viel versprechend« wirkten. Weil beide als Pizzaboten arbeiteten, konnte man sich mit ihnen erst zu einer Zeit verabreden, zu der Kristy und Monica normalerweise längst daheim sein mussten. Deshalb mussten wir warten, bis Stella vor dem Fernseher eingenickt war, und uns dann heimlich rausschleichen. Dass ich mit von der Partie sein sollte, hatte sich erst am Nachmittag entschieden; allerdings hatte Kristy es zunächst so dargestellt, als sollte ich doch bitte vorbeikommen und bei ihnen übernachten. Erst als ich – im festen Glauben, wir würden uns einen gemütlichen Abend bei ihnen daheim machen – gegen sieben ankam, eröffnete Kristy mir, dass ihre Typen einen dritten Kerl mitbringen würden und die Schwestern gebeten hatten im Gegenzug ein drittes Mädchen anzuschleppen.

»Und ich habe dir gesagt, ich bin nicht interessiert –«

Ausgerechnet Monica unterbrach mich: »Jetzt!« Sie saß am Fenster, wollte sich eigentlich eine Zigarette anzünden und zeigte auf irgendetwas draußen vor dem Haus, das ich nicht sehen konnte. Augenblicklich lief Kristy zu ihr, stellte sich hinter ihren Stuhl, beugte sich etwas vor, damit sie besser sehen konnte, und fuchtelte gleichzeitig mit den Armen, damit ich mich zu den beiden gesellte.

»Was ist denn los?«, fragte ich und spähte über Monicas Kopf hinweg durch das Fliegengitter. Es war schon fast dunkel. Alles, was ich sehen konnte, waren die letzten Strahlen des Sonnenuntergangs und ein Stück von Stellas Garten: ein paar Salatreihen, ein Beet mit Lilien, ein schmaler Weg in der Mitte.

»Einen Moment noch«, flüsterte Kristy. »Es passiert jeden Abend ungefähr um die Zeit.«

Ich rechnete damit, gleich einen besonderen Vogel zu sehen. Oder eine Blüte, die sich nur in der Dunkelheit entfaltet. Doch zunächst sah ich gar nichts, sondern hörte nur etwas. Ein leises, hämmerndes Geräusch, das mir bekannt vorkam; dennoch konnte ich es im ersten Moment nicht einordnen. Dabei wusste ich genau, was es war. Es war –

»Mmm-hmmm«, murmelte Monica, als Wes in Sicht kam. Er joggte mit raschen, regelmäßigen Schritten über den Gartenweg und blickte dabei konzentriert geradeaus. Er trug Shorts und Schuhe, sonst nichts. Auf seinem gebräunten Oberkörper glitzerte der Schweiß.

Kristy neben mir seufzte sehnsüchtig. Der Seufzer dauerte ewig und hörte erst auf, als Wes zwischen ein paar Bäumen verschwunden und um eine Ecke gebogen war, hinter der in leichter Entfernung sein Haus lag, dessen Umrisse gerade noch zu erkennen waren.

»Du lieber Gott.« Kristy fächelte sich mit einer dramatischen Geste Luft zu. »Das habe ich bestimmt schon eine Million Mal gesehen. Aber ich kann nicht genug davon kriegen. Dieser Anblick ist so … er ist immer wieder wie neu.«

Monica nickte zustimmend.

»Was habt ihr denn bloß auf einmal?«, fragte ich. »Das ist doch bloß Wes.«

»Du sagst es.« Kristy kehrte zum Spiegel zurück und beugte sich vor, um ihr Dekolleté zu inspizieren. »Es hat nicht viele Vorteile, in der Pampa zu wohnen. Aber das ist definitiv einer davon.«

Ich schüttelte irgendwo zwischen belustigt und entnervt den Kopf und setzte mich aufs Bett. Monica zündete sich nun endlich ihre Zigarette an und streckte den Arm aus dem Fenster; spiralförmig stieg der Rauch außen an den Fensterläden hoch.

»Zierst du dich deshalb so sehr wegen heute Abend?« Kristy ließ sich neben mich aufs Bett plumpsen und warf einen prüfenden Blick durch die offen stehende Tür den Flur entlang, wo man Stella im Wohnzimmer sitzen sehen konnte. Sie war fast sofort weggedämmert, als sie es sich vor etwa einer Stunde vor dem Fernseher bequem gemacht hatte. Und inzwischen machte sie tatsächlich den Eindruck, als schliefe sie tief und fest.

»Was meinst du?«

Kristy deutete mit dem Kinn Richtung Fenster. »Unser Wesley. Zwischen euch läuft doch was, oder? Mir ist zwar nicht klar, was, aber ihr spielt permanent dieses komische Spiel und –«

»Was da läuft, nennt man Freundschaft«, erwiderte ich. »Und es hat mit meiner Meinung über deine Pläne heute Abend nicht das Geringste zu tun. Du weißt doch, wie es ist. Jason und ich, wir sind nicht richtig zusammen, aber richtig vorbei ist es auch nicht. Ich habe momentan kein Interesse daran, irgendwelche neuen Typen kennen zu lernen.«

»Bis auf Wes«, sagte Kristy stur, weil sie wohl fand, das klarstellen zu müssen.

Ich warf ihr einen Blick von der Seite zu. »Das ist etwas ganz anderes. Schließlich ist er genauso liiert wie ich. Und das bedeutet, wir können einfach befreundet sein, ohne dass es für irgendjemanden komisch wäre oder so was.«

Kristy blickte mich an, als hätte sie soeben eine Erleuchtung gehabt. »Natürlich!« Sie schlug sich mit der Hand vor den Mund. »*Jetzt* kapier ich.«

»Was?«

Statt zu antworten beugte sie sich weit über die Bettkante und kramte eine Zeit lang unter ihrem Bett herum. Ich konnte hören, wie Sachen gegeneinander klirrten und rumpelten. Was um alles in der Welt bewahrte sie da unten auf? Doch als ich Monica einen fragenden Blick zuwarf, zog diese bloß die Schultern hoch und atmete tief den Rauch aus, den sie inhaliert hatte. Endlich tauchte Kristys Kopf wieder oberhalb der Bettkante auf.

»Du und Wes«, verkündete sie triumphierend, »seid genau wie die beiden!«

Sie hielt ein dickes Taschenbuch in der Hand, ganz unverkennbar einen gewaltigen Schundroman mit dem Titel VERBOTEN, der in großen goldenen Lettern über der Abbildung eines Mannes im Piratenkostüm, Augenklappe und alles inklusive, auf dem Umschlag prangte. Der Pirat hielt eine sehr kleine Frau mit sehr großen Brüsten an sich gepresst. Im Hintergrund: eine einsame Insel mitten im tiefblauen Ozean.

»Wir sind Piraten?«, fragte ich.

Kristy klopfte mit dem Fingernagel auf das Buch. »In der Geschichte geht es um zwei Leute, die wegen der Umstände, in denen sie leben, nicht zusammenkommen können. Trotzdem lieben sie einander wie wahnsinnig; es kommt alles vor, der ganze Herzschmerz mit allem Drum und Dran. Natürlich alles heimlich, aber gerade weil sie sich nicht lieben dürfen, weil es verboten ist, ist ihre Liebe umso leidenschaftlicher.«

»Hast du dir das gerade ausgedacht?«

»Nein.« Kristy drehte das Buch um, überflog den Klappentext. »In der Zusammenfassung steht es auch. Bei Wes und dir läuft es genauso. Weil ihr nicht zusammen sein *könnt*, *wollt* ihr zusammen sein. Und ihr dürft es niemals zugeben, denn dann wäre eure Liebe ja nicht mehr heimlich und entsprechend weniger leidenschaftlich.«

Ich verdrehte die Augen. Monicas »Mmm-hmmm« dagegen klang, als leuchtete Kristys Erklärung ihr vollkommen ein.

Kristy legte das Buch zwischen uns aufs Bett. »Ich gebe zu, eine unerfüllte Liebe ist besser als eine reale«, meinte sie wehmütig und verschränkte nachdenklich die Arme vor der Brust. »Ich meine, so eine Liebe ist perfekt.«

»Nichts ist perfekt«, sagte ich.

»Nichts, was in Wirklichkeit existiert«, hielt sie dagegen. »Doch solange es nicht mal richtig losgegangen ist, braucht man sich keine Sorgen darüber zu machen, wie es eventuell enden könnte. Die Möglichkeiten sind unbegrenzt, die Zukunft steht einem weit offen.« Kristy stieß einen Seufzer aus, der genauso klang wie vorhin, als sie Wes mit nacktem Oberkörper hatte vorbeijoggen sehen: lang, inbrünstig, sehnsüchtig. »Sehr romantisch. Kein Wunder, dass du nicht mit Sherman ausgehen willst.«

Ich hörte nur mit halbem Ohr zu, weil ich über das nachdachte, was sie gesagt hatte. Erst bei den letzten Worten horchte ich auf. »Sherman?«

Kristy nickte. »So heißt der Freund von John und Craig. Er wohnt in Shreveport und ist auf Besuch da.«

»Sherman aus Shreveport, hm?«, meinte ich. »Mit so einem willst du mich also verkuppeln?«

»He, du kannst ein Buch doch nicht nur nach dem Cover beurteilen«, antwortete Kristy leicht beleidigt. Und als ich daraufhin einen viel sagenden Blick auf VERBOTEN warf, schnappte sie sich das Buch und schob es wieder unters Bett. »Du weißt genau, was ich meine. Vielleicht ist Sherman ja richtig nett.«

»Bestimmt ist er das«, antwortete ich. »Trotzdem interessiert er mich nicht.«

Kristy sah mich forschend an. »Natürlich nicht«, meinte sie nach einer Pause. »Warum auch? Schließlich hast du ja deinen eigenen, von aller Welt missverstandenen, sexy Piraten namens Silus Branchburg Turlock, nach dem du dich heimlich verzehren kannst.«

»Wen?«

»Ach, vergiss es.« Sie stand auf, rauschte ab und kurze Zeit später fiel die Badezimmertür mit einem vernehmlichen Knall ins Schloss. Ich warf einen Blick zu Monica rüber. Sie starrte – wie immer mit vollkommen unbewegtem Gesicht – in die Nacht.

»Sherman aus Shreveport.« Wenn man es laut aussprach, klang es noch alberner.

»Lass stecken.« Monica atmete tief und langsam aus.

»Allerdings.«

Trotzdem schlich ich mich um Viertel nach zehn – als John, Craig und Sherman aus Shreveport in geheimer Mission vor dem Hexenhaus vorfuhren und nur einmal kurz verschwörerisch die Scheinwerfer aufleuchten ließen – hinter Kristy die Verandastufen hinunter, während Monica leise die Tür hinter uns zuzog. Stella rührte sich nicht. Wir liefen auf den Wagen zu. Der Typ auf dem Beifahrersitz stieg aus, um Monica zu begrüßen. Kristy winkte dem Fahrer zu, der zurückwinkte und sich ebenfalls aus seinem Sitz schälte. Auf der Rückbank saß auch jemand, dessen Gesicht ich allerdings nicht erkennen konnte. Ich nahm nur eine Gestalt wahr, die an der Fensterscheibe lehnte.

Kristy wandte sich mir zu und sagte im Flüsterton: »Deine letzte Chance, es dir anders zu überlegen.«

»Tut mir Leid«, antwortete ich. »Vielleicht beim nächsten Mal.«

Was sie mir nicht abkaufte, denn sie schüttelte bloß den Kopf und klemmte sich ihre Handtasche fester unter den Arm. »Du verpasst was, nicht ich«, meinte sie. Dennoch fasste sie mich kurz am Arm, bevor sie näher an den Wagen herantrat. »Ruf mich morgen an.«

»Mach ich«, versprach ich.

Der Typ, der am Steuer gesessen hatte, lächelte ihr entgegen und öffnete die Tür hinter seiner. »Pass ein bisschen auf, wegen Sherman«, meinte er, als Kristy gerade einsteigen wollte. »Er hat seinen Feierabend bereits vor ein paar Stunden eingeläutet und ist schon ziemlich weg vom Fenster.«

»Bitte?«, fragte Kristy.

»Keine Panik.« Der Typ setzte sich wieder ans Steuer. »Wir sind uns ziemlich sicher, dass er schon alles wieder ausgekotzt hat, was er intus hatte. Dürfte also nichts mehr passieren.«

Kristy warf erst einen Blick auf die zusammengesunkene Gestalt neben sich, dann zu mir rüber. Ich hob bloß die Augenbrauen. Achselzuckend zog sie die Tür hinter sich zu und winkte mir zum Abschied durchs Fenster zu, während das Auto rückwärts die Auffahrt hinuntersetzte und Richtung Straße entschwand. Leise tuckerte der Motor in der Dunkelheit davon.

Alles in Stellas Garten fühlte sich so lebendig an. Es war, als könnte man spüren, wie alles wuchs, angefangen bei den leuchtend weißen Blüten, die mir von den Ranken über meinem Kopf zuwinkten, bis zu den kompakten, niedrigen Beerenbüschen, die den Gartenweg wie kleine Felsen säumten. Ich lief aufs Geratewohl weiter, vorbei an büschelweise Zinien, Petunien, einer Ansammlung Rosenbüsche, unter denen das Gras mit zerbrochenen kleinen weißen Eierschalen gesprenkelt war. Rechts von mir sah ich zwar das Dach des Hexenhäuschens und zu meiner Linken die Straße. Dennoch kam es mir so vor, als würde der Garten in seinem üppigen Wuchern, seiner Dschungelartigkeit beides an den Rand meines Sichtfelds drängen; als würden die Pflanzen sich um einen herum zusammenschließen, sobald man den Garten betreten hatte, sich dicht an den herandrängen, der darin herumspazierte, um ihn festzuhalten.

Vor mir schimmerte etwas im Mondschein, das sich mitten auf einer kleinen Lichtung befand, eingerahmt von Kletterrosen, deren Blüten im Nachtwind leise wippten. Ich trat durch eine Öffnung in der Rosenhecke und stand vor beziehungsweise hinter einer Skulptur. Eine Frauengestalt. Die Arme hielt sie weit ausgestreckt, die Handflächen wiesen gen Himmel; über ihre Handflächen hingen dünne, biegsame Rohre herab, deren Enden sich in sanften Wellen nach unten bogen. Ich stellte mich so, dass ich die Figur von vorn betrachten konnte. Als ich meinen Kopf etwas in den Nacken legte, um besser an ihr hochschauen zu können, sah ich, dass auch der Kopf mit ähnlich dünnen, in sich verdrehten Rohren bedeckt und von einer Art Kranz aus demselben Material gekrönt war. Natürlich handelte es sich um eine von Wes' Skulpturen, so viel stand auf den ersten Blick fest. Dennoch war irgendetwas anders als sonst. Was das war, kapierte ich allerdings erst, als ich merkte, dass an jedem einzelnen Rohr, sowohl an denen auf dem Kopf als auch an den Händen, ja selbst an den Rohren, welche die Haare darstellten, ein Dichtungsring befestigt war, in dem wiederum ein kleines Stück Metall steckte. Blumen! Jedes Rohr stellte eine Blume dar. Noch einmal wanderten meine Augen von oben bis unten über die gesamte Statue, von dem Geflecht an ihrem Kopf, in dem das Mondlicht glänzte, bis zu den Füßen, mit denen die Figur fest auf dem Boden stand. Und endlich begriff ich, dass es sich um Stella handelte. Eine Skulptur, die symbolisierte, was Stella tat: aus dem dicken, lehmigen Boden durch die Arbeit ihrer Hände Blume für Blume, Blüte für Blüte zu zaubern.

»Macy?«

So sehr hatte ich mich in meinem Leben noch nicht erschreckt. Und wer mich da erschreckte, hatte es noch nie so raffiniert eingefädelt. Es war die ultimative Erschreck-Aktion. Nur zu verständlich also, dass mein Herz einen Riesensatz machte und ich laut aufschrie, und zwar gleich zweimal. Denn ein paar Spatzen, die mein Erschrecken erschreckt hatte, flatterten so unvermittelt vom Fuß der Skulptur auf, dass ich gleich noch einmal erschrak mit allem Drum und Dran. Aufgeregt zwitschernd flogen die Spatzen zwischen den Rosenbüschen umher und entschwanden schließlich in die Dunkelheit.

»Ups«, sagte ich und schluckte hart. »Du meine Güte!«

»Wow«, meinte Wes. Er stand, die Hände in den Hosentaschen, am Rand des Gartenwegs. »Du hast geschrien wie in einem Horrorfilm.«

»Du hast mich ja auch zu Tode erschreckt!«, antwortete ich. »Was schleichst du nachts hier draußen im Dunkeln herum und lauerst nichts ahnenden Spaziergängern auf?«

»Ich bin weder rumgeschlichen noch habe ich dir aufgelauert«, entgegnete er. »Seit du auf die Lichtung gekommen bist, habe ich versucht dich anzusprechen. Was meinst du, wie oft ich dich gerufen habe?«

»Hast du nicht.«

»Doch, ehrlich.«

»Stimmt nicht«, hielt ich dagegen. »Du hast dich klammheimlich an mich rangeschlichen, um mich absichtlich zu erschrecken. Und das ist dir gelungen, du kannst also zufrieden sein.«

»Nein«, antwortete er bedächtig, als wäre ich ein Kleinkind, das einen total ungerechtfertigten Tobsuchtsanfall hatte. »Ich wollte gerade los, da sah ich, wie du deine Tasche in dein Auto gelegt hast. Ich habe dich gerufen, aber du hast mich einfach nicht gehört.«

Ich blickte zu Boden. Mein Herz schlug allmählich wieder etwas langsamer. Wind kam auf. Die Blumen hinter Wes neigten sich mal in die eine, mal in die andere Richtung. Über mir hörte ich ein Surren. Ich blickte auf. Je stärker der Wind blies, umso mehr drehten sich die Blumen in der Hand der Figur, schneller und immer schneller. Auch der Kranz auf ihrem Kopf setzte sich wie ein Karussell in Bewegung.

Wes und ich sahen dem Tanz der Skulptur gemeinsam zu, bis der Wind wieder nachließ. »Echt, du hast mich total erschreckt«, wiederholte ich überflüssigerweise. Mittlerweile war es mir nur noch peinlich.

»Das wollte ich nicht.«

»Weiß ich.«

Alles beruhigte sich nach und nach: mein Herz, die Blumen in den Händen der Figur und in dem Kranz auf ihrem Kopf, sogar die Spatzen, die sich in Scharen auf der Rosenhecke hinter mir niedergelassen hatten und darauf warteten, endlich wieder nach Hause zu können. Den Gefallen tat ich ihnen gern und verließ die Lichtung. Wes bog einen Zweig beiseite, damit ich leichter durch die Hecke zu ihm auf den Gartenweg treten konnte.

»Lass es mich wieder gutmachen«, sagte er, während er mir über den schmalen Pfad folgte.

»Brauchst du nicht«, antwortete ich.

»Schon klar. Ich will aber. Und ich weiß auch schon, wie.«

Ich wandte mich zu ihm um. »Ach?«

Er nickte. »Komm einfach mit. Auf geht's.«

Man kann sich auf vielerlei Art entschuldigen. Mit Diamanten, Pralinen, Blumen. Oder auch indem man es schlicht und einfach ernst meint mit der Entschuldigung, sie wirklich aufrichtig empfindet. Doch einen Stift, der nach Sirup roch, hatte ich noch nie zuvor bekommen, wenn sich jemand bei mir entschuldigen wollte. Ich muss zugeben: Es wirkte.

»Okay«, sagte ich. »Ich verzeihe dir.«

Wir saßen im Waffelcafé, einem kleinen, orange gestrichenen Gebäude direkt an der Schnellstraße, an dem ich in meinem Leben bestimmt schon tausendmal vorbeigefahren war, ohne dass es mir je in den Sinn gekommen wäre, anzuhalten und hineinzugehen. Vielleicht lag es an den riesigen Lastwagen – ein paar parkten eigentlich immer davor – oder an dem uralten, von der Sonne ausgeblichenen Schild, auf dem in schwarzen Buchstaben IMMER HEREIN MIT DER GANZEN BANDE stand. Aber jetzt saß ich drin, um kurz vor elf an einem Samstagabend, und hielt eine Friedenspfeife in Form eines Stiftes in der Hand, der nach Ahornsirup roch, mit Miniwaffeln dekoriert war und den Wes gerade für mich im Geschenkeshop gekauft hatte, Kostenpunkt ein Dollar neunundsiebzig.

Ich nahm die Speisekarte vom Tisch. Alles klebte, Speisekarte, Tischplatte ... Die Kellnerin trat zu uns, zog einen Stift aus ihrer Schürzentasche. »Hallo, Großer«, sagte sie zu Wes. Sie war ungefähr so alt wie meine Mutter, trug eine dicke Stützstrumpfhose und Krankenschwesternschuhe mit quietschenden Sohlen. »Das Übliche?«

»Genau.« Er schob seine Speisekarte zur Tischkante. »Danke.«

»Und Sie?«, fragte sie mich.

»Eine Waffel und einmal Rösti«, sagte ich und legte

meine Speisekarte auf seine. Die einzigen Gäste außer uns waren ein alter Mann, der Zeitung las und einen Kaffee nach dem anderen in sich hineinschüttete, sowie eine Gruppe betrunkener Collegestudenten, die die Jukebox in Endlosschleife einen Song von Tammy Wynette spielen ließen und sich aus unerfindlichen Gründen halb totlachten.

Ich nahm meinen Stift in die Hand und schnupperte dran.

»Gib's zu«, sagte Wes. »Jetzt, wo du endlich eins von den Dingern geschenkt bekommen hast, kannst du es nicht fassen, dass du im Leben bisher ohne ausgekommen bist.«

»Was ich tatsächlich nicht fasse, ist, dass man dich hier kennt.« Ich legte den Stift wieder auf die Tischplatte. »Seit wann bist du Stammgast?«

Er lehnte sich auf der gepolsterten Bank zurück und strich mit dem Finger am Rand der Papierserviette entlang, die unter seinem Besteck lag. »Seit dem Tod meiner Mutter. Ich konnte oft nicht gut schlafen. Dieses Café hat Tag und Nacht geöffnet. Hierher zu kommen war besser, als ziellos in der Gegend herumzufahren. Inzwischen ist es zur Gewohnheit geworden. Vor allem wenn ich etwas Inspiration brauche, komme ich gern her.«

»Inspiration«, wiederholte ich und sah mich leicht verwundert um.

»Allerdings«, antwortete Wes so enthusiastisch wie selten; offenbar war ihm mein zweifelnder Ton aufgefallen. »Wenn ich bei der Arbeit an einer Skulptur nicht weiterkomme, setze ich mich eine Zeit lang hier rein, esse eine Waffel – und wenn ich damit fertig bin, habe ich das Problem im Kopf gelöst oder sehe zumindest Möglichkeiten, wie ich weitermachen könnte.«

»Und die Skulptur im Garten? Wie bist du darauf gekommen?«

Nach kurzem Nachdenken antwortete er: »Das lässt sich nicht vergleichen. Ich meine, die habe ich speziell für jemanden gemacht. Und damit ergab sich die Idee fast von selbst.«

»Stella.«

»Ja.« Er lächelte. »Sie hat sich vor lauter Freude überhaupt nicht mehr eingekriegt. Dabei war es das Mindeste, was ich für sie tun konnte, weil sie die ganze Zeit, als meine Mutter krank war, so nett zu Bert und mir gewesen war. Vor allem zu Bert.«

»Die Stella-Skulptur ist echt der Hammer«, meinte ich. Und erntete ein Achselzucken. Typisch. Wes machte das immer, wenn man irgendwas Positives über ihn sagte. »Bei all deinen Skulpturen dreht oder bewegt sich was, wie bei einem Windspiel. Gibt es dafür einen bestimmten Grund?«

»Sieh mal an, seit wann willst du denn eine Bedeutung in meinen Sachen entdecken?«, frotzelte er. »Als Nächstes erzählst du mir was von der komplexen Wechselbeziehung zwischen Gärtnerei und Weiblichkeit, die sich in dieser Skulptur ausdrückt.«

Ich warf ihm einen – nicht ganz gespielten – bösen Blick zu. »Verwechsle mich nicht mit meiner Schwester. Ich habe dich bloß was gefragt.«

Noch ein Achselzucken. »Keine Ahnung. Als ich in Myers mit dem Kram angefangen habe, waren die Sachen noch statisch und überwiegend ganz simpel. Aber nachdem ich meine ersten Herzhände gemacht hatte, wurde ich zunehmend neugierig darauf, wie sich was durch Bewegung verändert. Deshalb begann ich rumzuexperimentieren. Mich interessierte, wie das Drehen und Schwingen des Materials rückwirkend Einfluss auf das Motiv nimmt, wie alles dadurch lebendig wird, verstehst du?«

Ich erinnerte mich an den Augenblick, als ich vorhin in Stellas Garten hineinspaziert war, an das deutlich wahrnehmbare, fast schmeck- und fühlbare Gefühl, alles um mich her würde ebenso atmen wie ich selbst. »Ja, das verstehe ich gut«, antwortete ich.

»Was hast du eigentlich in ihrem Garten getrieben?«, fragte er. Die Jukebox in der Ecke hörte endlich auf zu plärren.

»Eigentlich weiß ich das gar nicht so genau«, erwiderte ich. »Aber dieser Garten fasziniert mich, seit ich zum ersten Mal bei Kristy und Monica gewesen bin.«

»Ja, er ist schon irre.« Wes nahm einen Schluck aus seinem Wasserglas. Die Herzhand auf seinem Oberarm blitzte auf, weil der Ärmel seines T-Shirts mit der Bewegung leicht hochrutschte; doch dann war das Tattoo wieder verschwunden.

»Ja, irre ist das richtige Wort.« Ich fuhr mit dem Finger an der Tischkante entlang. »Außerdem ist es einfach anders als bei mir zu Hause, wo alles neu und immer total aufgeräumt ist. Aber der Chaosfaktor gefällt mir.«

»Als Bert klein war, hat er sich öfter in dem Garten verlaufen, weil er von der Straße her abkürzen wollte.« Wes lehnte sich zurück und lächelte. »Wir konnten hören, wie er da drinnen rumschrie, als wäre er rettungslos im Urwald verschollen, dabei befand er sich gerade mal einen Meter von unserem Hof entfernt. Aber er hatte einfach komplett den Überblick verloren und regte sich tierisch auf.«

»Armer Bert.«

»Er hat's überlebt.« Wes ließ sein Glas auf der Tischplatte kreisen. »Er ist zäher, als man denkt. Zum Beispiel als unsere

Mutter starb; da war er erst dreizehn, und wir haben uns totale Sorgen um ihn gemacht, weil die beiden einander so nahe standen. Außerdem war er im Gegensatz zu mir bei ihr, als sie erfuhr, dass sie Krebs hatte. Ich saß zu dem Zeitpunkt in Myers fest. Aber Bert entpuppte sich als echter Kämpfer. Und als extrem fürsorglich. Er wich nicht mehr von ihrer Seite und unterstützte sie, so gut er konnte, egal wie schwer es wurde.«

»Das hat dir bestimmt ganz schön viel ausgemacht«, meinte ich. »Nicht da zu sein in dem Moment.«

»Bevor es richtig schlimm wurde, war ich längst wieder daheim. Trotzdem fand ich es natürlich ätzend, wegen einer einzigen dummen Geschichte weggesperrt zu sein, als meine Familie mich am meisten brauchte. Und als ich endlich wieder draußen war, wusste ich eins: So wollte ich mich nie wieder fühlen. Was auch immer von nun an geschehen würde, ob mit Bert oder sonst wem – ich würde für denjenigen da sein, aber hundert pro.«

Einen Teller in jeder Hand, näherte sich die Kellnerin unserem Tisch. Wie aufs Stichwort fing es in meinem Magen an zu rumoren, obwohl ich eigentlich gedacht hatte, ich hätte gar keinen Hunger. Mit einem energischen Klappern stellte sie die Teller vor uns hin, gab uns eine etwa zweisekündige Chance, uns zu äußern, falls wir noch etwas bräuchten, und marschierte wieder ab.

»Aufgepasst!« Wes deutete auf meinen Teller. »Gleich wird dir Hören und Sehen vergehen.«

Ich warf ihm einen ungläubigen Blick zu. »Das ist eine Waffel und nicht die Rückkehr der apokalyptischen Reiter.«

»Sei dir da mal nicht so sicher. Du hast noch nicht probiert.«

Bevor ich ein kleines Stück abschnitt, bestrich ich meine

Waffel mit Butter und goss Sirup darüber. Während ich den ersten Bissen in den Mund steckte, ließ Wes mich nicht aus den Augen. Er hatte noch nicht mal mit Essen angefangen – als wollte er zuerst mein Urteil abwarten. Was positiv ausfiel. Sogar sehr positiv.

Doch bevor ich überhaupt etwas sagen konnte, meinte Wes: »Ich wusste es.« Als hätte er meine Gedanken gelesen. »Vielleicht nicht gerade die Apokalypse, aber auf jeden Fall so was wie eine spirituelle Erfahrung, findest du nicht?«

Ich hatte bereits den zweiten Bissen im Mund und wollte ihm gerade begeistert zustimmen, da fiel mir etwas ein und ich musste unwillkürlich lächeln.

»Was ist?«, fragte Wes.

Ich blickte auf meinen Teller. »Witzig, deine Bemerkung gerade; erinnert mich an etwas, das mein Vater immer gesagt hat.«

Wes steckte sich ein Stück Waffel in den Mund und wartete, dass ich weitersprach.

»Obwohl meine Mutter immer fand, wir sollten, und Schuldgefühle hatte, weil wir's nicht taten, gingen wir nie zur Kirche«, erzählte ich. »Mein Vater liebte es einfach zu sehr, sonntags ausgiebig zu frühstücken. Er machte eigenhändig das Frühstück, immer sehr aufwändig, und meinte dann jedes Mal, das sei eben seine Form von Gottesdienst und die Küche seine Kirche. Die Opfergaben, das waren Eier und Speck und Muffins und …«

»Waffeln«, vollendete Wes meinen Satz.

Ich nickte und spürte, wie sich in meinem Hals ein Kloß festsetzte. Jetzt bloß nicht anfangen zu heulen, dachte ich, hier vor allen Leuten in dieser grell erleuchteten Fernfahrerraststätte mit Tammy Wynette im Hintergrund (ja, die Jukebox dudelte wieder munter vor sich hin). Doch als mir bewusst wurde, dass mein Vater dieses Lokal geliebt hätte, sogar inklusive Tammy Wynette, wurde der Kloß prompt noch größer.

»Das allererste Mal bin ich mit meiner Mutter hergekommen«, sagte Wes unvermittelt und spießte ein Stück Waffel mit der Gabel auf. »Auf dem Rückweg von meiner Oma, die in Greensboro wohnt, haben wir jedes Mal hier angehalten. Das war ein echtes Ritual, sogar während ihrer Gesundheitsfraß-Phase. Hier haute sie immer richtig rein, egal wie ungesund es war. Sie bestellte meistens die belgischen Waffeln mit Erdbeeren und Schlagsahne und verputzte sie bis zum letzten Krümel. Den Rest des Wegs nach Hause beschwerte sie sich dann, wie schlecht ihr sei.«

Ich lächelte und trank einen Schluck Wasser. Der Kloß löste sich allmählich auf. »Ist es nicht seltsam, wie und an was man sich erinnert, wenn jemand nicht mehr da ist?«

»Was meinst du damit genau?«

Ich aß noch ein Stück Waffel. »In der ersten Zeit, nachdem mein Vater gestorben war, konnte ich mich an überhaupt nichts mehr erinnern, nur noch an den Tag selbst. Ich habe ewig gebraucht, bis ich überhaupt wieder an die Zeit davor denken konnte.«

Noch bevor ich den Satz vollendet hatte, fing Wes an zu nicken. »Wenn jemand über lange Zeit krank ist, ist das noch viel schlimmer«, meinte er. »Man vergisst, dass dieser Mensch auch mal gesund war, dass es ihm gut ging. Es kommt einem so vor, als hätte man nie eine Zeit erlebt, wo man nicht permanent mit der nächsten Horrormeldung rechnen musste.«

»Aber es gibt diese Zeiten«, antwortete ich. »Allerdings erinnere ich mich erst seit ein paar Monaten wieder daran.

An alles Schöne, was ich mit meinem Vater zusammen erlebt habe. Wie viel wir gelacht haben. Und ich fasse es nicht, dass ich es vorübergehend vergessen hatte.«

»Du hattest es nicht vergessen.« Wes trank einen Schluck Wasser. »Du konntest dich in dem Moment bloß nicht mehr daran erinnern. Aber jetzt bist du offen dafür, deshalb kannst du es auch wieder.«

Während ich meine Waffel aufaß, dachte ich über seine letzte Bemerkung nach. »Ich glaube, es fiel mir auch deshalb so schwer, mich zu erinnern, weil meine Mutter nach dem Tod meines Vaters so einigermaßen durchdrehte und alles wegwarf, was ihr vor die Nase kam. Sie hat so gründlich ausgemistet, dass am Ende von den alten Sachen nichts mehr da war. Irgendwie galt das auch für ihn. Fast so, als wäre er ebenfalls nie da gewesen.«

»Bei mir zu Hause ist es genau umgekehrt«, sagte Wes. »Meine Mutter ist im Prinzip noch überall präsent. Delia hat zwar viele ihrer Klamotten in Kartons gepackt, aber sie brachte es einfach nicht übers Herz, alles wegzuräumen. An der Garderobe im Flur hängt immer noch einer ihrer Mäntel. Neben dem Rasenmäher in der Garage steht nach wie vor ein Paar Gummistiefel von ihr. Und es vergeht kaum ein Tag, an dem ich nicht eine Liste wiederfinde, bis heute. Sie sind einfach überall.«

»Liste?«

»Ja.« Mit einem leichten Lächeln senkte Wes den Kopf, blickte versonnen auf die Tischplatte. »Meine Mutter war ein richtiger Kontrollfreak und hat für alles Listen geschrieben: Was sie am nächsten Tag zu tun hatte, was sie in diesem Jahr noch schaffen wollte, was sie einkaufen und wen sie zurückrufen musste. Doch wenn sie mit einer Liste fertig war, verschmiss sie den Zettel irgendwo und vergaß völlig, dass es die Liste überhaupt gab. Wahrscheinlich werde ich auch in ein paar Jahren noch welche finden.«

»Das ist bestimmt komisch«, sagte ich und fügte – weil mir »komisch« in dem Zusammenhang nicht als das richtige Wort erschien – rasch hinzu: »Oder vielleicht gut?«

»Stimmt beides ein bisschen.« Wes warf seine zusammengeknüllte Serviette auf den Teller und lehnte sich zurück. »Bert macht es wahnsinnig, aber mir gefällt es irgendwie. Ich hatte eine Phase, da habe ich versucht, aus jeder Liste eine besondere Bedeutung herauszulesen. Wenn ich wieder mal eine gefunden hatte, grübelte ich stundenlang nach, um sie zu entschlüsseln. Sachen aus der Reinigung abholen, Tante Sylvia anrufen … als steckte irgendeine Botschaft aus dem Jenseits hinter den Worten.« Wieder dieses typische Achselzucken, doch diesmal eher aus Verlegenheit.

»Ich weiß, was du meinst. Ich habe so was Ähnliches gemacht.«

Er hob verblüfft die Augenbrauen. »Echt?«

Ich konnte nicht glauben, dass ich ihm davon erzählte, aber die Worte kamen wie von selbst: »Mein Vater war süchtig nach TV-Verkaufsshows beziehungsweise nach dem Zeug, das da verkauft wird. Er hockte die halbe Nacht vorm Fernseher und bestellte überflüssigen Kram, zum Beispiel diesen Fußabtreter mit Sensor, der einem automatisch signalisiert, wenn jemand –«

Wes fiel mir ins Wort: »*Des Gastgebers bester Freund.*«

»Du kennst das Teil?«

»Nein.« Er grinste. »Doch natürlich. Wer kennt den bescheuerten Werbespot *nicht*?«

»Mein Vater hat den ganzen Krempel *gekauft*«, sagte ich. »Er konnte einfach die Finger nicht davon lassen, wie andere von Drogen oder Alkohol.«

»Ich wollte schon immer mal so ein Gerät haben, das Münzen automatisch sortiert«, sagte Wes verträumt.

»Ich habe eins«, sagte ich.

»Nicht wahr.«

»Doch, ich schwöre«, antwortete ich. »Jedenfalls bekam er immer weiter Pakete von dem Hersteller, auch nachdem er längst gestorben war. Sie schickten jeden Monat ungefragt ein neues. Eine Zeit lang war ich fest davon überzeugt, das hätte etwas zu bedeuten. Als würde mein Vater mit Absicht dafür sorgen, dass ich diese Pakete bekam. Als wollte er mir eine Botschaft übermitteln.«

»Tja, man kann nie wissen«, meinte Wes. »Vielleicht ist es so.«

Ich sah ihn an. »Was meinst du?«

»Na, dass die Pakete etwas zu bedeuten haben«, antwortete Wes.

Ich blickte aus dem Fenster. In einiger Entfernung sausten die Autos auf der Schnellstraße vorbei; ihre Scheinwerfer verschwammen zu einer einzigen Lichtspur. Wo die vielen Leute wohl hinfuhren? Schließlich war es schon nach Mitternacht. »Ich habe jedes Paket behalten«, sagte ich schließlich leise. »Einfach so, für den Fall. Ich bringe es nicht übers Herz, sie wegzuwerfen, verstehst du?«

»Ja, verstehe ich gut«, antwortete er.

Wir blieben noch etwa eine Stunde im Waffelcafé, um uns ein ständiges Kommen und Gehen. Familien mit schlafenden Babys, Fernfahrer, die dort Rast machten, ein Pärchen, das am Nebentisch eine Straßenkarte ausbreitete und mit den Fingern die Strecke entlangfuhr, auf der sie zu ihrem Ziel – wo auch immer – gelangen würden. Die ganze Zeit hockten Wes und ich beisammen und unterhielten uns. Über alles und nichts und dann wieder über alles. Ich konnte mich nicht erinnern, wann ich das letzte Mal so viel geredet, wann ich überhaupt so geredet hatte. Vielleicht nie?

Trotzdem war ich noch zehn Minuten vor Kristy und Monica wieder im Hexenhäuschen. Ich hatte Wes gerade zum Abschied zugewunken und mich an der friedlich schlafenden Stella vorbei hineingeschlichen, als die Jungs Monica und Kristy in der Auffahrt absetzten. Als Kristy auf bloßen Füßen, Schuhe unterm Arm, ins Zimmer kam, hatte ich den Schlafsack, den sie extra für mich bereitgelegt hatte, schon auf dem Boden neben ihrem Bett ausgerollt und schlüpfte gerade in meinen Pyjama. Kristy schien nicht im Mindesten überrascht, mich zu sehen.

»Hattet ihr einen schönen Abend?«, fragte ich, während sie Top und Rock aus- und stattdessen ein T-Shirt sowie Boxershorts anzog.

»Nein.« Sie setzte sich aufs Bett, holte eine Flasche Reinigungsmilch aus der Schublade ihres Nachttischs und begann, sich das Gesicht einzureiben. Als es ungefähr zur Hälfte mit dem weißen Zeug beschmiert war, entschloss Kristy sich endlich mir doch noch ein bisschen was zu erzählen. »Ich sage nur eins: Obwohl Sherman fast die ganze Zeit völlig ausgeknockt war, war er immer noch der Beste von den dreien.«

»Das klingt übel.«

Kristy nickte und schraubte den Verschluss auf die Flasche. »Diese Typen waren langweiliger als der normalste Normalo, kannst du dir das vorstellen? So was von frustrierend. Gibt's was Schlimmeres als diese 08/15-Normalos? Ich habe das Gefühl, ich mache drei Schritte zurück anstatt wenigstens mal einen vor.«

Ich versuchte sie zu trösten. »Das stimmt nicht. Du hattest eben einen bescheuerten Abend, mehr nicht.«

»Vielleicht.« Kristy stand auf, ging zur Tür. »Aber diese Welt macht es einem Mädchen schon schwer, *nicht* die Hoffnung zu verlieren, das kannst du mir glauben.«

Sie ging ins Bad, um sich das Gesicht zu waschen. Ich streckte mich in meinem Schlafsack aus. Durchs Fenster über meinem Kopf konnte ich den Himmel mit dem Mond sehen. Aber ich war so müde, dass mir bald die Augen zufielen. Dass Kristy zurückkam, merkte ich nur am Geräusch der Tür und an dem lauten Seufzer, den sie ausstieß, als sie in ihr Bett und unter die Decken kroch.

»Wieder ein Abend vorbei und außer Spesen nichts gewesen.« Kristy gähnte. »Mich nervt es einfach, wenn nie was passiert, von dem man hinterher noch was hat. Was Konkretes. Du nicht auch?«

»Doch«, antwortete ich. »So was ist echt blöd.«

Sie gab so eine Art Räuspern von sich, das alles und nichts bedeuten konnte, drehte sich auf die andere Seite, klopfte und schüttelte an ihrem Kissen rum, bis sie bequem lag. »Gute Nacht, Macy«, sagte sie schließlich. Ihre Stimme klang schläfrig. »Träum was Schönes.«

»Du auch. Gute Nacht.«

Kurze Zeit später hörte ich, wie ihr Atem immer regelmäßiger ging; bald darauf war sie tief und fest eingeschlafen. Ich hingegen lag noch ein paar Minuten mit geöffneten Augen da und starrte den Mond an. Irgendwann streckte ich die Hand aus und tastete suchend über den Boden, bis ich auf meine Tasche stieß, die neben dem Schlafsack lag. Ich wühlte darin herum, bis ich fand, was ich gesucht hatte. Und hielt es fest umklammert, dort im Dunkeln. Das, was ich als Ergebnis dieses Abends vorzuweisen hatte. Das Konkrete. Das, von dem ich auch hinterher noch was hatte: ein Stift, der nach Zucker und Sirup roch. Und als ich am nächsten Morgen bei strahlendem Sonnenschein wieder aufwachte, hielt ich den Stift nach wie vor fest in meiner Hand.

»Macy? Bist du das?«

Ich stellte meine Schuhe auf die oberste Stufe vor dem Treppenabsatz und meine Handtasche daneben. Normalerweise stand meine Mutter auch an den Wochenenden sehr zeitig auf; sie wollte möglichst früh in ihrem Modellhaus sein, um potenziellen Käufern zuvorzukommen und sie persönlich begrüßen zu können. Doch obwohl es schon fast zehn Uhr war, saß sie in einem Sessel am Fenster – ich konnte sie durch die halb geöffnete Wohnzimmertür sehen –, trank Kaffee und las in einer Immobilienfachzeitschrift. Sie sah ganz anders aus als sonst. Ruhig, still, geradezu faul. Sehr ungewohnt. Das konnte nur einen Grund haben: Sie hatte auf mich gewartet.

»Äh ... ja.« Während ich durch den Flur lief, stopfte ich mir unwillkürlich das T-Shirt in die Jeans und versuchte meine Haare nicht nur zu glätten, sondern mit den Händen eine Art Scheitel zu ziehen. »Kristy hat extra Frühstück gemacht, deshalb bin ich ein bisschen länger geblieben, als ich vorhatte. Was machst du denn noch zu Hause?«

»Ach, ich dachte, ich gönne mir mal eine Stunde, um hier im Haus ein paar Dinge zu erledigen.« Sie ließ die Zeitschrift in ihren Schoß sinken. »Außerdem kommt es mir vor, als hätten wir seit Ewigkeiten keine Gelegenheit mehr gehabt, uns miteinander zu unterhalten. Komm, setz dich zu mir, erzähl mir was von dir. Wie geht es dir, was treibst du so?«

Wie ein Blitz schoss mir plötzlich ein Bild durch den Kopf, ein Flashback: Ich oben an der Treppe, Caroline – nachdem sie die ganze Nacht weggeblieben war – eilig auf dem Weg in ihr Zimmer, meine Mutter im Wohnzimmer, die sie zu sich bat. Notgedrungen ging Caroline dann die Treppe wieder hinunter ins Wohnzimmer, wo meine Mutter sie bereits erwartete, um etwas mit ihr zu »besprechen«. In diesen Augenblicken herrschte jedes Mal eine angespannte Atmosphäre. Deutlich wahrnehmbar lag ein Streit, zumindest ein sich anbahnender Konflikt in der Luft. Genau wie jetzt.

Ich setzte mich aufs Sofa. Ein Fehler, wie ich merkte, denn die Sonne schien schräg, gleißend hell, geradezu stechend durchs Fenster direkt auf mich. Ich kam mir vor wie unter einem Scheinwerfer und hatte das Gefühl, jeder noch so kleine Makel wäre ganz besonders deutlich erkennbar, von meinen leicht zerzausten Haaren bis zu dem abgeplatzten Lack an meinem rechten großen Zehnagel. Am liebsten wäre ich zu einem der Sessel oder zu der anderen Couch gehuscht, die weiter weg vom Fenster standen, hätte damit aber vermutlich erst recht Aufmerksamkeit erregt. Deshalb blieb ich, wo ich war.

»Wie war es gestern bei der Arbeit?«, begann meine Mutter das Verhör.

»Gut.«

Auf ihren fragenden, nein auffordernden Blick hin fuhr ich fort: »Hat Spaß gemacht. Es war das Abendessen vor der eigentlichen Hochzeitsfeier, nach der Probe in der Kirche, das heißt, die Gäste sind alle ziemlich neben der Spur, entweder weil sie einen Kater vom Polterabend haben oder bei der Vorstellung, was alles schief gehen könnte oder was noch fehlt, total ausflippen. Gestern Abend gab's von beiden Varianten ein bisschen was, deshalb herrschte ziemliches Chaos, aber genau das macht ja auch irgendwie Spaß. Und dann passierte da noch dieser kleine Zwischenfall mit den Crêpes, die plötzlich in Flammen standen, aber das war eigentlich gar nicht unsere Schuld.«

Meine Mutter hörte mir höflich, allerdings nur mäßig interessiert zu. Als würde ich ihr gerade etwas über die Kultur eines exotischen Landes erzählen, wo sie im Leben nicht hinfahren würde. »In letzter Zeit hast du ziemlich häufig für diesen Catering-Service gejobbt, nicht wahr?«

»Eigentlich nicht.« Doch als mir klar wurde, dass ich so klang, als müsste ich mich rechtfertigen (Wirklich? Klang ich so, als müsste ich mich rechtfertigen?), fügte ich hinzu: »Es kommt dir vielleicht so vor, weil Delia in letzter Zeit sehr viele Aufträge angenommen hat. Bis das Baby kommt, möchte sie nämlich noch so viel wie möglich arbeiten. Aber wenn es dann da ist, werde ich vermutlich erst mal nichts mehr zu tun haben.«

Meine Mutter nahm die Zeitschrift von ihrem Schoß und legte sie auf den Beistelltisch neben sich. »Aber die Information in der Bibliothek bleibt dir doch, oder?«

»Ach ja, klar«, erwiderte ich schnell. Zu schnell. »Ich meine, natürlich.«

Pause. Für meinen Geschmack eine viel zu lange Pause.

»Wie geht es dir denn so in der Bibliothek?«, erkundigte meine Mutter sich schließlich. »Du erzählst kaum noch davon.«

»Alles okay. Da gibt es auch nicht viel zu erzählen. Ist im Prinzip jeden Tag dasselbe.« Und das war definitiv nicht gelogen. Außerdem hatte sich meine Situation in der Bibliothek in den letzten Wochen nicht verbessert, im Gegenteil. Neu war lediglich, dass es mich nicht mehr so fertig machte. Ich saß meine Zeit ab, ignorierte Amanda und Bethany, so gut ich konnte, und ging, sobald der Stundenzeiger auf der drei landete. »Es ist Arbeit, da zu arbeiten.

Wenn es Spaß machen würde, hieße es nicht Arbeit, sondern Spaß.«

Sie nickte, wobei sie etwas schief lächelte. Oje, dachte ich. Ich wusste, da kam noch was. Und ich hatte Recht.

»Gestern habe ich in einem Restaurant mit einem Geschäftspartner zu Mittag gegessen und dabei zufällig Mrs Talbot getroffen«, sagte meine Mutter. »Sie hat mir erzählt, dass es Jason im Ferienlager dieses Jahr wirklich ausnehmend gut gefällt.«

»Ach, wirklich?«, antwortete ich und fuhr mir unwillkürlich mit der Hand durchs Haar.

Meine Mutter schlug die Beine übereinander. »Außerdem erwähnte Mrs Talbot, Jason habe ihr geschrieben. Er und du hättet beschlossen euch auf Probe zu trennen, zumindest für die Dauer der Sommerferien.«

Na toll, dachte ich. »Äh ... ja«, sagte ich. »Ich meine, das stimmt«, fügte ich hinzu.

Einen Augenblick lang war es so still, dass ich das Summen des Kühlschranks hören konnte. Diese ungemütlichen Pausen im Gespräch – genauso wie früher bei Caroline. Nur dass ich mich damals gefragt hatte, was in den langen, leeren Pausen zwischen Vorwürfen und Rechtfertigungen wohl geschah. Jetzt dagegen ...

Meine Mutter beendete das Schweigen. »Ich wundere mich etwas, dass du so gar nichts davon erzählt hast. Mrs Talbot meinte, ihr hättet diese Entscheidung schon vor Wochen getroffen.«

»Es ist ja keine richtige Trennung, sondern bloß vorübergehend«, sagte ich so munter und zuversichtlich wie möglich. »Sobald Jason wieder hier ist, werden wir ausführlich miteinander reden. In dem Moment hielten wir es einfach beide für das Einfachste und Beste, mehr nicht.«

Meine Mutter faltete die Hände im Schoß übereinander und beugte sich ein wenig vor. Ich kannte diese Haltung, kannte sie von einer Million Verkaufsveranstaltungen: Sie rückte vor, bereit zum Angriff. »Ich muss leider zugeben, Macy, dass ich mir zurzeit ein wenig Sorgen um dich mache.«

Ich merkte, wie irgendetwas in mir leicht zusammensackte, wie bei einem Luftballon, aus dem schleichend Luft entweicht.

»Sorgen?«

Sie nickte und sah mich forschend an. »In letzter Zeit bist du oft bis spätabends mit deinen neuen Freunden unterwegs. Du jobbst so häufig für diesen Catering-Service, dass ich fürchte, deine Arbeit in der Bibliothek leidet darunter. Doch auf die solltest du dich konzentrieren, schließlich wird sie als praktische Erfahrung auf deinem Abschlusszeugnis mitbewertet.«

»Ich habe in der Bibliothek bisher keinen einzigen Tag gefehlt«, erwiderte ich.

»Ich weiß. Ich möchte doch bloß …« Meine Mutter hielt inne und wandte den Kopf zum Fenster, um hinauszuschauen, wodurch nun sie hell von der Sonne beschienen wurde. Sofort fielen mir die feinen Falten um ihre Augen herum auf. Und wie erschöpft sie wirkte! Nicht zum ersten Mal überkam mich ein Anflug von Panik, ob sie sich vielleicht überanstrengte, zu viel zumutete. Bestimmt reagierte ich über, andererseits hatte ich es bei meinem Vater nicht früh genug bemerkt. Keine von uns. »Im kommenden Jahr stellst du Weichen für dein ganzes Leben, sowohl in puncto College als auch insgesamt, was deine Zukunft betrifft. Wie du bei den Aufnahmeprüfungen abschneidest, ist entscheidend für deine akademische und berufliche Laufbahn. Du sollest dich also unbedingt auf die Schule und deine Vorbereitungskurse konzentrieren. Weißt du noch, wie du mir zu Beginn der Sommerferien selbst gesagt hast, du wolltest dich in diesen Wochen gründlich auf das kommende Schuljahr vorbereiten? Damals hatte ich den Eindruck, dir wäre sehr klar, wie wichtig das ist.«

»Ja«, antwortete ich. »Und daran habe ich mich auch gehalten. Ich habe Vokabeln gelernt, Prüfungsaufgaben durchgearbeitet, Übungstests im Internet gemacht.«

Erneuter Blick durchs Fenster. »Außerdem bist du mittlerweile fast jeden Abend mit deiner Freundin Christine unterwegs …«

»Kristy«, warf ich ein.

»… und nicht nur mit ihr, sondern mit einem ganzen Haufen neuer Freunde, die ich noch nicht einmal kennen gelernt habe, geschweige denn näher kenne.« Sie blickte auf ihre Finger, die sich in ihrem Schoß verschränkten und wieder öffneten, verschränkten und wieder öffneten. »Und dann erfahre ich plötzlich das von dir und Jason und frage mich ernsthaft, warum du es mit keiner Silbe erwähnt hast. Wie bist du bloß auf die Idee gekommen, mir nichts davon erzählen zu können?«

»Es ist bloß eine Beziehungs*pause*«, wiederholte ich wie ein Papagei. »Außerdem hat Jason nichts mit meinen eigenen Plänen und Zielen zu tun, das sind zwei völlig verschiedene Dinge.«

»Wirklich?«, fragte meine Mutter. »Wenn Jason da ist, verbringst du viel mehr Zeit daheim, lernst mehr, arbeitest konzentriert für die Schule. Doch mittlerweile sehe ich dich kaum noch zu Hause. Tut mir Leid, aber ich habe das Gefühl, das eine hängt durchaus mit dem anderen zusammen.«

Dem konnte ich nicht widersprechen. In den letzten Wochen hatte ich mich tatsächlich verändert, wobei ich die Veränderung allerdings als Verbesserung empfand: Endlich, ganz langsam, ließ ich die Vergangenheit hinter mir und befreite mich aus dem Käfig, den ich vor vielen Monaten sorgsam um mich herum aufgebaut hatte. Das war eine positive Entwicklung, oder etwa nicht? Zumindest hatte ich das bis zu diesem Moment geglaubt.

»Macy, ich möchte doch nur eins.« Ihre Stimme klang sanfter als vorher. »Ich möchte sicher sein, dass du weißt, worauf es wirklich ankommt. Wo du deine Prioritäten zu setzen hast. Du hast dich bisher so angestrengt, es täte mir sehr Leid für dich, wenn das alles umsonst gewesen wäre.«

Damit war ich im Prinzip einverstanden. Allerdings meinte meine Mutter etwas ganz anderes als ich. Sie bezog sich darauf, wie sehr ich mich bemüht hatte, perfekt zu werden, gute Zensuren zu bekommen, mir einen intelligenten Freund zu angeln und meine Trauer über den Verlust meines Vaters durch eiserne Disziplin und Selbstbeherrschung zu überwinden, bis zumindest nach außen hin alles in Ordnung schien. Immer hübsch nach dem Motto: Ja, natürlich geht's mir gut, kein Problem, alles okay. Für mich dagegen war genau das Gegenteil entscheidend. Ich hatte so viel durchgemacht, mir hohe Ziele gesteckt, war immer wieder gescheitert und hatte erst jetzt – endlich – einen Ort gefunden, wo es genügte, dass ich einfach nur ich selbst war.

Plötzlich wurde mir klar, dass dieses Problem zwischen meiner Mutter und mir schon immer bestanden hatte. Wir *glaubten*, wir würden über dieselben Dinge reden und dasselbe meinen, doch alles hat zwei Bedeutungen. Zumindest kann das so sein. Wie bei einer Münze; am Ende kommt es darauf an, was oben liegt, Kopf oder Zahl.

»Das würde mir auch sehr Leid tun, wirklich«, sagte ich.

»Dann sind wir uns also einig. Das ist schön. Und das war auch schon alles. Ich wollte mir nur sicher sein, dass wir uns einig sind.« Meine Mutter lächelte und drückte im Aufstehen meine Hand – eine typische Geste zwischen uns, wenn eine von uns beiden ihre Zuneigung ausdrücken wollte. Ich stand ebenfalls auf, wollte hoch in mein Zimmer, während meine Mutter in ihr Arbeitszimmer ging. Ich lief bereits die Treppe hoch, da hörte ich, wie sie mich noch einmal rief.

»Schatz?«

Ich wandte mich um. Sie stand an der Tür zum Arbeitszimmer, die Hand am Türgriff.

»Ja?«

»Wirklich, du kannst mit allem zu mir kommen, mit mir über alles reden. Zum Beispiel über so was wie mit Jason. Du kannst mir alles anvertrauen, hörst du? Es ist mir sehr wichtig, dass du das weißt.«

Ich nickte. »Ist gut.«

Ich lief weiter die Treppe hoch. Meine Mutter wandte sich in diesem Moment bereits dem nächsten Problem zu, das ihre Aufmerksamkeit erforderte. Und die Sache mit mir war als erledigt abgehakt. Für mich hingegen war das Ganze nicht so einfach. Natürlich ging sie wie selbstverständlich davon aus, dass ich ihr alles erzählen, alles anvertrauen konnte. Sie war schließlich meine Mutter. Aber um ehrlich zu sein: Ich konnte es eben nicht. Seit über einem Jahr sehnte ich mich danach, offen mit ihr über alles zu reden, was mich quälte. Außerdem hätte ich sie gern in den Arm genommen und ihr gestanden, dass ich mir Sorgen um sie machte. Aber das ging nicht. Deshalb war das, worüber wir gerade gesprochen hatten, nichts als eine Formalität, ein Vertrag, den ich unterschrieben hatte ohne das Kleingedruckte zu lesen. Was ohnehin nicht nötig gewesen wäre, denn ich wusste, was da stand: Bis zu einem gewissen Punkt durfte ich meine – leider allzu menschlichen – Schwächen und Fehler haben, aber eben nur bis zu einem gewissen Punkt. Und Ehrlichkeit – Ehrlichkeit war strengstens verboten. Ehrlich durfte ich weder zu ihr sein noch zu mir selbst.

Ich betrat mein Zimmer. Mitten auf meinem Bett stand eine Einkaufstüte, an der ein Blatt Papier lehnte. Selbst aus der Entfernung erkannte ich die ausladende Schrift mit den großen Schwüngen und Bögen: Caroline.

Hallo kleine Schwester,
schade, dass wir uns verpasst haben. In ein paar Tagen bin ich wieder da, hoffentlich mit guten Neuigkeiten über die Fortschritte bei der Renovierung. Als ich das letzte Mal bei euch war, vergaß ich, das hier für dich dazulassen. Ich habe es beim Ausmisten in einem der Kleiderschränke im Ferienhaus gefunden. Keine Ahnung, was drin ist (ich wollte es nicht ohne dich aufmachen), aber ich wollte auf jeden Fall dafür sorgen, dass du es so rasch wie möglich bekommst. Bis bald.

Statt einer Unterschrift folgten jede Menge Herzen und Blümchen sowie ein Smiley. Ich setzte mich neben die Tüte aufs Bett, öffnete sie einen Spalt, schaute hinein und machte sie sofort wieder zu.

Nein, bitte nicht, bitte bitte nicht, dachte ich.

Denn schon auf den ersten, flüchtigen Blick hatte ich zweierlei gesehen: Golden gemustertes Geschenkpapier. Und ein weißes Kärtchen, auf dem mein Name stand. In einer Schrift, die ich (wie Carolines) überall auf der Welt auf Anhieb identifiziert hätte. Die Schrift meines Vaters.

Da kommt noch was, hatte auf der Karte gestanden, die er mir an jenem Weihnachtstag – unserem letzten Tag zusammen – gegeben hatte. *Bald*. Das fehlende Geschenk für mich war also, wie ich vermutet hatte, nichts von *E.I.N.fach-Produkte*, sondern das hier.

Ich wollte die Tüte ein zweites Mal öffnen, hielt jedoch inne. So gern ich das Geschenk auch ausgepackt hätte – jetzt war nicht der richtige Zeitpunkt dafür, denn gleichgültig was sich unter dem goldenen Papier befand: Es wäre eine Enttäuschung gewesen, zumindest in diesem Augenblick. Ich hatte die ganze Zeit auf ein Zeichen gewartet. Ein Zeichen gewollt, kein Geschenk. Deshalb war es vermutlich besser, ich ließ alle Möglichkeiten offen. Zumindest was das Zeichen betraf.

Ich trug die Tüte zum Kleiderschrank, stieg auf einen Stuhl und schob sie ganz nach hinten zu dem Karton mit den *E.I.N.fach*-Produkten. Was auch immer in dem Geschenk war – es hatte lange Zeit gebraucht, um es bis zu mir zu schaffen. Ein bisschen länger würde auch keinen Unterschied mehr machen.

Kapitel 12

»Wer ist dran mit Fragen?«

»Du«, antwortete Wes.

»Bist du sicher?«, fragte ich.

Er nickte und ließ den Motor des Lieferwagens an. »Fang an, ich bin bereit.« Damit fuhr er über die Auffahrt von Delias Haus zur Straße und bog in den Sweetbud Drive ein.

Ich lehnte mich an, ein Bein angewinkelt, so dass der rechte Fuß unter dem linken Oberschenkel lag. Wir hatten beim Münzenwerfen gewonnen, durften also den Wagen waschen, während Bert und Kristy dazu verdonnert waren, Krabbenpastetchen vorzubereiten. Viele, viele Krabbenpastetchen.

»Also ... wovor hast du am meisten Angst?«, fragte ich.

Wie immer überlegte Wes kurz, bevor er antwortete. »Clowns.«

»Clowns.«

»Ja.«

Ich sah ihn bloß stumm an.

Er erwiderte meinen Blick. »Was?«

»Das ist keine richtige Antwort.«

»Wer sagt das?«

»Ich. Ich meinte nämlich echte Angst. Angst, zu versagen, Angst, etwas zu bereuen, Angst vorm Sterben. So was in der Art. Etwas, weswegen man nachts wachliegt und seine eigene Existenz infrage stellt.«

Wieder dachte er einen Moment nach. »Clowns.«

Ich verdrehte die Augen. »We-es!«

»Das ist definitiv die richtige Antwort.« Vor dem Loch bremste er ab und manövrierte vorsichtig darum herum. Ich warf einen Blick auf die Riesenherzhand, die still in der gleißenden Sonne hing.

»Ich kann Clowns nicht ausstehen. Als kleiner Junge war ich mal im Zirkus, da hat einer einen Ballon direkt vor meinem Gesicht platzen lassen. Seitdem sind Clowns für mich der wahre Horror.«

»Kann doch gar nicht sein«, meinte ich lächelnd.

»Ich wünschte, es wäre so.«

In einer Staubwolke erreichten wir die Landstraße, wo der Asphalt begann.

»Clowns«, wiederholte ich. »Echt?«

Er nickte. »Akzeptierst du das jetzt als Antwort oder nicht?«

»Stimmt es denn wirklich?«

»Ja, es ist die Wahrheit.«

»Okay«, meinte ich. »Du bist dran.«

Mittlerweile wusste ich so einiges über Wes. Dass er seinen ersten Kuss im sechsten Schuljahr bekommen hatte, von einer gewissen Willa Patrick. Dass er fand, seine Ohren wären zu groß für seinen Kopf. Dass er Jazz, Wasabi sowie den Geruch von Patchouli hasste. Und Clowns.

Seit unserer nächtlichen Wanderung spielten wir das Spiel, mit dem wir damals begonnen hatten, in Schüben immer weiter. Jedes Mal wenn wir allein waren – auf der Fahrt zu einem Job oder wenn wir Besteckkästen einräumten oder auch wenn wir einfach bloß irgendwo abhingen –, machten wir automatisch da weiter, wo wir beim letzten Mal aufgehört hatten. Wenn die anderen von *Wish Catering* dabei waren, herrschte zu viel Trubel, Lärm, Chaos, wurde gelacht und gestritten und erzählt. Aber in Momenten zu zweit – so wie diesem – gab es nur mich, Wes und die Wahrheit.

Früher hatte ich das Wahrheitsspiel mit meinen Freundinnen gespielt, vor allem wenn wir in großen Rudeln beieinander übernachteten, was wir eine Zeit lang supertoll gefunden hatten. Damals hatte mich das Spiel allerdings nervös gemacht. Mit seiner spontanen Bemerkung, es sei teuflisch, hatte Wes vollkommen Recht gehabt, denn die Fragen waren in der Regel entweder sehr persönlich oder sehr peinlich oder beides. Als ich mit meinen Freundinnen oder meiner Schwester gespielt hatte, war es mir oft lieber gewesen, bei einer Frage zu passen und eine Niederlage in Kauf zu nehmen, statt öffentlich zuzugeben, dass ich wie wahnsinnig in meinen Mathelehrer verknallt war. Je älter wir wurden, umso brutaler wurde auch das Spiel, denn nun drehten sich die Fragen darum, auf welchen Jungen man stand oder auch nicht und ob man ES schon gemacht hatte. Mit Wes dagegen Wahrheit zu spielen, fühlte sich völlig anders an. Die schwierigen Fragen hatte er mir gleich zu Beginn gestellt, deshalb kam mir alles Weitere einfach vor. Zumindest vergleichsweise einfach.

»Was ist das Ekelhafteste, das dir je passiert ist?«, fragte Wes mich beispielsweise eines Tages, als wir auf der Suche nach Küchenpapier durch den Supermarkt stapften.

»Iiih.« Ich warf ihm einen Blick zu. »Muss das sein?«

»Du kannst antworten oder passen. Deine Entscheidung.« Er schob die Hände in die Hosentaschen.

Er wusste, ich würde nicht passen. Und ich wusste es auch. Wir nahmen das Spiel beide ungeheuer ernst, wollten beide gewinnen. Aber es ging inzwischen weit darüber hinaus, zumindest für mich. Mir gefiel es einfach, Wes auf diese Weise kennen zu lernen, lauter unzusammenhängende Informationen und Details über ihn einzusammeln. Für mich waren das einzelne Puzzleteile, die ich mir in aller Ruhe anschauen und überlegen konnte, wie sie ins Gesamtbild passten. Falls einer von uns beiden gewann, war das Spiel vorbei. Deshalb antwortete ich tapfer weiter.

»Es war in der Fünften.« Wir bogen in den Gang mit Papierprodukten ein. »Im Dezember. Barbara Feltons Mutter – Barbara war eine Mitschülerin von mir – kam in unsere Klasse, um uns etwas über das jüdische Chanukka-Fest zu erzählen. Dabei verteilte sie als Beispiel für etwas, das man sich an Chanukka schenkt, Schokoladentaler.«

»Und das war ekelig?«

Ich funkelte ihn an. »Nein, der Teil kommt noch.« Weil Wes sich selbst immer so präzise ausdrückte, kein Wort zu viel oder zu wenig sagte, drängte er mich jedes Mal, auf den Punkt zu kommen. Worauf ich allerdings genau entgegengesetzt reagierte: Ich ließ mir Zeit und schmückte meine Antworten absichtlich aus. Das gehörte alles zum Spiel. »Mrs Felton verteilt also Schokoladentaler und erklärt uns, was eine Menora ist, du weißt schon, der siebenarmige Leuchter. So weit, so gut.«

Wir standen mittlerweile vor dem Küchenpapier. Wes holte eine Achterpackung aus dem Regal, gab sie mir, klemmte sich eine weitere Achterpackung unter den Arm und wir machten uns auf den Weg zur Kasse.

»Aber dann kam unsere Lehrerin, Mrs Whitehead, zu Norma Piskill, die neben mir saß, und fragte, ob alles in

Ordnung sei. Norma nickt, aber als ich sie zufällig genauer anschaue, sehe ich, dass sie ein bisschen grün im Gesicht ist.«

»Uh ...« Wes schnitt eine Grimasse.

»Genau.« Ich seufzte. »Ehe ich überhaupt begreife, was los ist, versucht Norma Piskill aufzustehen, schafft es aber nicht mehr. Stattdessen kotzt sie mich von oben bis unten voll. Das ganze Zeug tropft an mir runter. Und weißt du, was sie dann macht? Sie kotzt gleich noch mal. Wieder auf mich, natürlich.«

»Igitt.«

»Du hast gefragt«, sagte ich lässig.

»Stimmt.« Wir stellten uns an der Kasse an. »Du bist dran mit Fragen.«

»Ja, ich weiß.« Ich musste kurz überlegen. »Worüber machst du dir am meisten Sorgen?«

Wieder dachte Wes gründlich nach, bevor er antwortete. Von Kotze zu tiefen Erkenntnissen über einen selbst – so lief das eben, wenn man Wahrheit spielte. Man ließ sich entweder mittreiben oder es gleich bleiben.

»Bert«, antwortete er schließlich knapp.

»Bert.«

Er blickte mich an. »Ich fühle mich für ihn verantwortlich. Ist wahrscheinlich sowieso typisch für große Brüder. Aber seit meine Mutter nicht mehr da ist ... sie hat es nie offen ausgesprochen, aber ich weiß, dass sie sich auf mich verlässt. Sie hätte gewollt, dass ich mich um ihn kümmere. Er ist so ...«

»Wie denn?«

Der Kassierer hielt unser Küchenpapier unter den Scanner.

Wes zuckte die Schultern. »So ... so Bert eben, du weißt

schon. Bert steht immer unter Strom, nimmt alles total ernst. Zum Beispiel diese Sache mit dem Jüngsten Gericht, also dass das Ende der Welt unmittelbar bevorsteht und so Theorien. Gerade Kids in seinem Alter steigen da oft aus; sie kapieren einfach nicht, wie er drauf ist, kommen nicht damit klar, wie leidenschaftlich und emotional er ist. Bei Bert gibt's keine halben Sachen, keine halben Gefühle. Alles ist entweder schwarz oder weiß. Er ist ein sehr intensiver Mensch. Vielen Leuten wird das zu viel.«

»So schlimm finde ich es gar nicht«, sagte ich, während Wes dem Kassierer einen Zwanzigdollarschein gab und sein Wechselgeld zurückbekam. »Er ist einfach ...« Ich stockte wie zuvor Wes, fand auch nicht gleich das richtige Wort, um Bert zu beschreiben.

»Bert«, schlug Wes vor.

»Genau.«

Und so ging es weiter. Eine Frage nach der anderen, eine Antwort nach der anderen. Jeder hielt uns für total übergeschnappt. Doch ich fragte mich allmählich, wie ich es sonst – ohne Wahrheitsspiel, meine ich – bisher geschafft hatte, einen Menschen überhaupt näher kennen zu lernen. Denn eins wird mehr als deutlich, wenn man Wahrheit spielt: wie wenig man über andere Menschen weiß. Ich kannte Wes zwar erst ein paar Wochen, dennoch wusste ich bereits, was ihm am peinlichsten war, weswegen er sich die meisten Sorgen machte, wann und wie er seine bisher größte Enttäuschung erlebt hatte. Wenn es dagegen um meine Mutter, Caroline oder Jason gegangen wäre, hätte ich nichts Genaues zu sagen gewusst. Ich wäre mir zu unsicher gewesen. Ihnen ging es umgekehrt mit mir bestimmt genauso.

»Ich finde es trotzdem ziemlich gaga«, sagte Kristy zu mir, nachdem sie ein paar Mal zufällig den Schluss irgendeiner

Geschichte mitbekommen hatte, zum Beispiel welches Horrorerlebnis Wes in der Siebten gehabt hatte oder warum ich meinen eigenen Hals komisch fand. »Ich meine, das Konzept von eurem Wahrheitsspiel verstehe ich ja noch so gerade. Aber ihr zwei quatscht doch bloß ununterbrochen. Das Ganze ist nichts als Gelaber.«

»Genau darum geht es aber«, antwortete ich. »Der andere stellt dir eine Frage und du *musst* antworten, wenn du nicht verlieren willst. Im Prinzip ist das nichts anderes als eine Aufgabe zu erfüllen, die einem jemand aufbrummt wie beim Flaschendrehen. Und das kann jeder, da ist nichts dabei.«

»Da bin ich anderer Meinung«, erwiderte sie mit Grabesstimme. »Wenn man schlau ist, entscheidet man sich grundsätzlich für die Wahrheit. Auf die Weise kann man wenigstens im Notfall lügen.«

Ich sah sie prüfend an.

»Was?« Kristy verdrehte die Augen. »Dich würde ich doch niemals anlügen. Nein, ich rede von den Regeln, die auf jeder anständigen Teenie-Party herrschen. Die haben ihre eigenen Gesetze und nur die Stärksten überleben. Überhaupt sagt niemand immer die Wahrheit.«

»In unserem Spiel schon.«

»Du vielleicht. Aber woher willst du so genau wissen, dass Wes das auch tut?«

»Keine Ahnung«, antwortete ich. »Ich weiß es einfach.«

Und das stimmte. Es war übrigens auch der Grund, warum ich mich in Wes' Gegenwart so wohl fühlte: Bei ihm konnte ich mich bedingungslos darauf verlassen, dass er immer exakt das sagte, was er auch meinte. Nicht taktierte, nichts zurückhielt. Er hatte vermutlich keine Ahnung, wie sehr ich diese Eigenschaft an ihm schätzte.

»Macy!«

Ich drehte mich um. Bert stand in Unterhemd und Bundfaltenhose in der Auffahrt zu seinem Haus. An Kinn und Schläfe klebte jeweils ein Fetzen Tempotaschentuch – eindeutige Signale für kleine Rasierunfälle. Er wirkte völlig verzweifelt. »Kommst du mal, bitte?«

»Klar.« Ich lief über die Straße auf ihn zu. Je näher ich kam, umso stärker drang mir der Geruch nach Rasierwasser, der Bert wie eine Wolke umhüllte, in die Nase, bis ich schließlich überhaupt nichts anderes mehr roch. Was insofern bemerkenswert war, als dass ich die letzte Stunde damit zugebracht hatte, mit Delia Knoblauch für Hummus zu pellen, und selbst nicht gerade neutral roch.

»Was ist los?«, fragte ich.

Statt zu antworten, machte er auf dem Absatz kehrt und lief so schnell und hektisch aufs Haus zu, dass ich kaum Schritt halten konnte. »Ich habe einen wichtigen Termin«, antwortete er mir über die Schulter hinweg, »und Kristy wollte mir helfen, mich zu stylen. Sie hat es *versprochen*. Aber sie und Monica mussten mit Stella Blumensträuße ausfahren und sind noch nicht zurück.«

»Termin?«

»Das Jahrestreffen meines Armageddon-Clubs. Ein echtes Mega-Event.« Sein durchdringender Blick bei diesen Worten sollte die Wichtigkeit des Ereignisses wohl noch unterstreichen. »Schließlich findet ein Jahrestreffen bloß einmal im Jahr statt.«

»Da hast du allerdings Recht«, antwortete ich. Als wir die Stufen zur Veranda hochstürmten, löste sich einer der Taschentuchfetzen von seinem Gesicht, wirbelte hoch in die Luft und verschwand irgendwo hinter uns. Ein Gutes hatte das Gehetze zumindest: Die Wolke verflog und ich roch das Rasierwasser nicht mehr so deutlich. Zumindest kam es mir nicht mehr ganz so penetrant vor.

Ich war noch nie bei Wes und Bert gewesen. Von der Straße aus sah man nur ein gemütlich wirkendes Holzhäuschen, daher war ich, als ich hinter Bert durch die Haustür trat, ziemlich überrascht, wie hell und weiträumig das Innere wirkte. In dem großen Wohnzimmer verteilten sich zwischen den Balken an der Decke mehrere Oberlichter, die Einrichtung bestand aus modernen, komfortablen Möbeln. Die Küche erstreckte sich über die gesamte Länge der hinteren Hauswand; über der Spüle befand sich ein riesiges Fenster, dem sich die zahlreichen Pflanzen auf der Küchentheke entgegenneigten, hin zum Licht. Und überall stand oder hing Kunst: abstrakte Gemälde an der Wand, einige Keramikstücke und zwei von Wes' kleineren Skulpturen zu beiden Seiten des Kamins. Ich hatte fest damit gerechnet, dass es so aussehen würde, wie es in einem Haushalt, in dem zwei Jungen allein wohnen, in der Regel eben aussieht: Pizzaschachteln auf dem Küchentisch, halb leere Gläser auf jedem freien Fleck. Aber es war erstaunlich sauber und aufgeräumt.

Bert eilte bereits den Flur entlang, ich hinterher, wobei wir an einer geschlossenen Tür und einem Schlafzimmer vorbeikamen.

»Die Frage ist: Punkte oder Streifen? Was meinst du?« Beim Sprechen öffnete er die Tür zu seinem Zimmer und sauste hinein. Ich dagegen blieb wie angewurzelt auf der Schwelle stehen und starrte – nein, nicht die beiden Oberhemden an, die er mir zur Begutachtung entgegenhielt, sondern das gigantische Poster, das die ganze Wand hinter ihm bedeckte. SEID GEWARNT VOR DEM JÜNGSTEN GERICHT! stand darauf und darunter war eine explodierende

Erdkugel abgebildet. Im Zimmer hingen noch mehr Poster dieser Art. Eins verkündete zum Beispiel DAS ENDE DER WELT IST NAH – NÄHER, ALS DU GLAUBST, auf einem anderen stand MEGA-TSUNAMI: EINE WELLE, TOTALE ZERSTÖRUNG. Was an Wandfläche überhaupt noch frei war, war mit Regalbrettern zugepflastert, in denen Unmengen von Büchern mit ähnlich lautenden Titeln standen.

»Streifen« – Bert wedelte mit dem einen Hemd – »oder Punkte. Punkte oder Streifen. Welches soll ich anziehen?«

»Nun«, begann ich, konnte mich allerdings kaum konzentrieren, so überwältigt war ich von der Zimmerdeko, »ich glaube –«

In dem Augenblick öffnete sich die Tür in meinem Rücken. Wes kam mit nassen Haaren, die er sich gerade mit einem Handtuch trockenrieb, aus dem Bad. Er trug Jeans, aber kein T-Shirt, was mich ungefähr so aus der Fassung brachte wie der Mega-Tsunami. Wahrscheinlich sogar etwas mehr. Er hob gerade die Hand, um mir grüßend zuzuwinken, da hielt er plötzlich inne. Und schnüffelte. Einmal. Zweimal.

»Bert!« Er verzog schmerzlich das Gesicht. »Was habe ich versucht dir über Rasierwasser beizubringen?«

»Ich habe doch kaum welches drauf«, antwortete Bert, doch Wes strafte ihn Lügen, indem er sich demonstrativ die Nase zuhielt. Was Bert nicht daran hinderte, die beiden Hemden, die zur Wahl standen, nun Wes auffordernd entgegenzustrecken. Offensichtlich wollte er mehr als nur eine Meinung hören, am liebsten vermutlich so viele wie möglich. »Wes, welches soll ich anziehen? Der erste Eindruck, den die Leute von einem haben, ist der allerwichtigste.«

»Mein Reden.« Wes' Stimme drang nur gedämpft hinter

seiner vorgehaltenen Hand hervor. »Welchen Eindruck willst du denn erwecken? Umwerfend – im wahrsten Sinne des Wortes …?«

Bert ignorierte die Spitze und wandte sich erneut an mich: »Macy, bitte. Streifen oder Punkte?«

Er rührte mich. Dieses Gefühl von Zuneigung überkam mich bei Bert des Öfteren, aber in dem Moment ganz besonders: Wie er da mitten in seinem Zimmer mit den aberwitzigen Postern stand, in seinem Feinripp-Unterhemd und einem Tempotaschentuchfetzen im Gesicht …

»Streifen«, sagte ich. »Sieht erwachsener aus.«

»Danke.« Bert ließ das Hemd mit den Punkten aufs Bett fallen, zog das andere an, knöpfte es in Windeseile zu und stellte sich vor den Spiegel. »So was Ähnliches hatte ich mir auch schon gedacht.«

»Mit Krawatte oder ohne, was hast du vor?«, fragte Wes und verschwand dabei wieder im Bad, wo er das Handtuch über die Stange des Duschvorhangs warf.

»Soll ich?«

»Wie willst du denn genau rüberkommen?«, fragte ich.

Bert überlegte. »Gut aussehend. Intelligent. Reif«

»Umwerfend«, ertönte es aus dem Bad, worauf Bert endgültig beleidigt das Gesicht verzog.

»In dem Fall solltest du tatsächlich einen Schlips tragen«, meinte ich.

Bert öffnete die Tür seines Kleiderschranks und begann darin herumzuwühlen. Ich drehte mich nach Wes um, der mittlerweile in seinem eigenen Zimmer stand und sich gerade ein graues T-Shirt anzog. Anders als bei Bert hing dort gar nichts an den Wänden, und die sparsame Möblierung bestand aus einem Futon, einer Getränkekiste, auf der sich Bücher stapelten, und einer Spiegelkommode. Im Spiegelrahmen steckte das Foto eines Mädchens, ihr Gesicht konnte ich allerdings nicht genau erkennen.

»Die Jahresversammlung des Armageddon-Clubs ist deshalb so wichtig, weil EDWler aus dem ganzen Land hinkommen«, sagte Bert. Ich wandte mich wieder zu ihm um. Er mühte sich gerade mit einem Schlips ab.

»EDWler?«

Er schlang das eine Ende der Krawatte über das andere und schob den Knoten hoch, allerdings zu fest, so dass er alles wieder auseinander fummeln und von vorn beginnen musste. »EDW steht für ›Ende der Welt‹«, erklärte er mir und fing mit dem nächsten Knoten an. Dieses Mal geriet ihm das vordere Ende viel zu lang, so dass es fast bis zur Gürtelschnalle runterhing. »Ein solches Treffen ist eine Supergelegenheit, neue Theorien kennen zu lernen und Recherche-Ergebnisse mit Gleichgesinnten auszutauschen, die sich genauso für das Thema interessieren wie ich.« Er blickte kläglich an sich runter. »Hilfe, warum ist das bloß so kompliziert? Weißt du, wie das geht?«

»Nicht so richtig.« Mein Vater hatte sich eher leger gekleidet. Und Jason trug zwar häufig Krawatten, konnte sie aber mit geschlossenen Augen binden. Deshalb hatte es für mich nie einen Anlass gegeben, es zu lernen.

»Kristy hat versprochen, sie würde mir helfen«, grummelte Bert und zerrte ungeduldig an dem Schlips, was aber bloß zur Folge hatte, dass er vorne noch länger wurde. Außerdem lief er allmählich puterrot an. »Sie hat's mir *versprochen.*«

»Ganz ruhig bleiben.« Wes kam herein, ging um mich herum, stellte sich vor Bert, entwirrte den Schlips, glättete die Enden. »Still halten!« Und dann – ein Griff, ein Dreh aus dem Handgelenk, ein kräftiges Ziehen. Und der Knoten saß perfekt. Bert und ich konnten bloß staunend zusehen.

»Wahnsinn«, meinte Bert und blickte verdutzt an sich runter, während Wes einen Schritt zurücktrat und sein Werk prüfend musterte. »Wo hast du das denn gelernt?«

»Als ich vor Gericht erscheinen musste«, antwortete Wes. Er streckte die Hand aus, zupfte den Tempofetzen von Berts Gesicht und rückte die Krawatte noch einmal gerade. »Brauchst du Geld?«

Bert lächelte überlegen. »Was denkst du denn? Ich habe mir meine Eintrittskarte schon im März im Vorverkauf geholt, Essen inklusive. Es gibt Hühnchen und sogar Nachtisch. Alles bezahlt.«

Wes zog einen Zwanziger aus dem Portemonnaie und steckte den Schein in Berts Hemdtasche. »Ab jetzt absolutes Rasierwasserverbot, okay?«

»Okay.« Noch einmal bewunderte Bert den Sitz seines Schlipses. Das schnurlose Telefon auf dem Bett klingelte. Bert schnappte es sich und drückte auf den Antwortknopf. »Hallo. Hi, Richard. Ja, ich auch ... Gestreiftes Hemd, blauer Schlips, normale Hose. Meine guten Schuhe. Und du?«

Wes verließ mit einem amüsierten Kopfschütteln den Raum und lief über den Flur in sein Zimmer. Ich folgte ihm, lehnte mich an den Türstock, ließ meinen Blick noch einmal über die sparsame Einrichtung wandern. »Wie ich sehe, bist du Minimalist«, sagte ich.

»Falls du meine paar Möbel meinst – nö, ich habe bloß was gegen voll gestopfte Räume«, antwortete er, öffnete den Wandschrank und holte etwas heraus. »Was du hier nicht siehst, das brauche ich auch nicht.«

Ich verließ meinen Platz im Türrahmen, ging zur Kommode und beugte mich vor, um das Foto am Spiegel besser sehen zu können. Ich war ein bisschen zu neugierig, schon klar, aber ich konnte mir die Frage einfach nicht verkneifen: »Ist das Becky?«

Wes drehte sich um, sah erst mich und dann das Foto an. »Nein. Becky ist viel dünner, knochiger. Das ist meine Mutter.«

Wish war schön – der erste Gedanke, der mir durch den Kopf schoss – und jung, zumindest auf diesem Bild. Um die zwanzig, schätzte ich. Sofort entdeckte ich die Ähnlichkeit zwischen ihr und Bert, die Augen, das runde Gesicht ... Ich erkannte Delias strahlendes Lächeln wieder, ihre dunklen Locken. Doch vor allem erinnerte sie mich an Wes beziehungsweise umgekehrt. Vielleicht lag es an der Art, wie sie nicht direkt in die Kamera blickte, sondern mit einem halben Lächeln daran vorbei. Ungezwungen, ungekünstelt. Sie posierte nicht, sondern saß einfach da, auf einem Brunnenrand, die Hände im Schoß gefaltet. Hinter ihr glitzerte das Wasser.

»Du siehst ihr sehr ähnlich«, sagte ich.

Wes kam mit einem kleinen Karton in der Hand zu mir herüber und stellte sich so hinter mich, dass unsere Spiegelbilder im Rahmen zu sehen waren. »Findest du?«

»Ja, absolut«, erwiderte ich.

Bert stürzte mit einem Fusselroller in der Hand aus seinem Zimmer und machte kurz Zwischenstation in Wes' Zimmer. »Ich muss los«, sagte er. »Ich möchte auf jeden Fall vor dem Einlass da sein.«

»Nimmst du etwa den Fusselroller mit?«, fragte Wes perplex.

»Man weiß nie, in einem Auto können immer irgendwelche Fussel rumfliegen.« Bert steckte sich das Teil in die Hemdtasche. »Wie sehe ich aus? Okay?«

»Großartig«, sagte ich. Was ihn aufrichtig zu freuen schien, denn er strahlte über das ganze Gesicht.

»Ich penne heute Nacht bei Richard, damit wir anschließend noch alles bequatschen können.« Beim Reden stürzte Bert bereits wieder Richtung Tür. »Bis morgen, okay?«

Wes nickte. »Viel Spaß!«

Bert verschwand im Flur. Sekunden später krachte die Haustür hinter ihm ins Schloss. Wes schnappte sich sein Portemonnaie sowie seine Schlüssel, die auf der Kommode lagen, und klemmte sich den Karton unter den Arm. Bevor wir sein Zimmer verließen, warf ich einen letzten langen Blick auf das Foto von Wish.

»Ich sollte vermutlich auch mal los«, sagte ich, als wir ins Wohnzimmer traten. Wieder fiel mir auf, wie gemütlich es wirkte, ganz anders als bei mir zu Hause, wo einen in den großen Räumen und unter den hohen Decken immer ein Gefühl von Leere und Kargheit beschlich.

»Sag bloß, du gehst auch auf die Armageddon-Jahresversammlung«, meinte Wes.

»Wie hast du das bloß erraten?«

»Intuition.«

Ich schnitt eine belustigte Grimasse. »Nein, ich werde wahrscheinlich eine Runde lernen, eine Runde waschen und, wer weiß, vielleicht übertreffe ich mich auch selbst und bügele sogar eine Runde. Mit Dampfbügeleisen *und* Stärkespray.«

»Oha«, frotzelte er. »Meinst du nicht, du übertreibst es ein bisschen?«

Wes hielt mir die Haustür auf. Ich wartete auf den Stufen, während er hinter uns abschloss. »Und du Partylöwe? Was hast du so vor?«

Er hielt den Karton hoch. »Bei einer Party in Lakeview vorbeifahren und einem Freund von mir Ersatzteile für seine Karre bringen, die ich auf dem Schrottplatz entdeckt habe.«

»Eine Party *und* Ersatzteile!? Übernimm dich bloß nicht.«

»Ich versuche mein Bestes.«

Lächelnd kramte ich meinen Schlüssel aus der Tasche.

»Magst du mitkommen?«

Ich wunderte mich ein wenig, dass er mich überhaupt fragte. Aber noch mehr wunderte ich mich darüber, wie spontan ich antwortete. Ohne jedes Zögern. So als hätte ich die ganze Zeit – nicht nur darauf gewartet, sondern es von vornherein vorgehabt. »Klar, gern.«

Als wir zwanzig Minuten später vor dem Haus vorfuhren, wo die Party stattfand, war dort schon der Teufel los. Und es war eine *Riesen*party. Wir liefen über den Rasen aufs Haus zu, wobei wir uns im Slalom um ganze Herden von Leuten herumschlängeln mussten, die auf der Auffahrt und im Vorgarten herumstanden oder -saßen. Wie immer nahm ich wahr, dass wir – zumindest Wes – angestarrt wurden.

Ich war kaum durch die Haustür, als mich jemand am Arm packte. Jemand in Minijeansrock, Cowboystiefeln und einem heißen, pinkfarbenen Mieder.

»Das gibt's nicht!«, zischte Kristy dicht an meinem Ohr und zerrte mich mit sich zur Treppe. »Ich hab's gewusst! Was tust du hier, Macy? Erzähl mir alles, und zwar sofort.«

Wes war im Eingangsflur stehen geblieben und blickte sich suchend nach mir um. Als er mich zusammen mit Kristy entdeckte, signalisierte er mir, er werde bald zurück sein, und verschwand über den Flur nach hinten, vorbei an einer Truppe Cheerleader, die ihm schmachtend nachsahen. Wobei ich das allerdings nur am Rande wahrnahm, denn Kristy war drauf und dran, mir den Arm zu brechen.

»Hör auf!« Ich entwand mich ihrem Eisengriff. »Du renkst mir noch den Ellbogen aus.«

Sie ignorierte das einfach und meinte stattdessen empört: »Ich fasse es nicht! Du hast ein Date mit Wes und sagst mir nichts davon? Was für eine Freundin bist du eigentlich, Macy? Vertraust du mir etwa nicht oder was?«

Jemand rempelte mich an und ich drehte mich um. Monica, eine Mineralwasserflasche in der Hand, stand neben mir und beobachtete das Gedrängel im Wohnzimmer mit gelangweilter Miene.

»Hast du gesehen, mit wem Macy hier ist?«, fragte Kristy ihre Schwester.

»Mmm-hmmm«, machte Monica.

»Ich bin nicht *mit* ihm da.« Ich rieb mir den schmerzenden Ellbogen. »Er wollte hier vorbeifahren, um etwas abzugeben, ich war zufällig bei ihm zu Hause, weil ich Bert geholfen habe sich für seine Armageddon-Jahresversammlung fertig zu machen, und –«

»Shit!« Kristy schlug sich erschrocken mit der Hand auf den Mund. »Das hatte ich ja ganz vergessen, verdammt. Bittebitte sag mir, dass er nicht sein gepunktetes Hemd angezogen hat.«

»Nein«, antwortete ich. Sie entspannte sich sichtlich. »Streifen.«

»Schlips?«

Ich nickte. »Den blauen.«

»Gut. Sehr gut.« Kristy trank einen Schluck von ihrem Bier und deutete anklagend mit dem Finger auf mich. »Zurück zu Wes und dir. Es läuft also nichts zwischen euch. Schwörst du es?«

»Meine Güte, jetzt beruhige dich erst mal wieder«, sagte ich, doch sie starrte mich weiterhin auffordernd an. Mit dieser Antwort gab sie sich offensichtlich nicht zufrieden. Deshalb fügte ich notgedrungen hinzu: »Okay, ich schwör's.«

»Na gut.« Kristy deutete mit dem Kinn Richtung Esszimmer, wo ein paar Typen um den riesigen Tisch herum saßen. »Beweise es.«

»Beweisen?«

Doch sie zog mich bereits mit sich durch Flur und Wohnzimmer ins Esszimmer, drückte mich auf einen Stuhl und setzte sich auf die Armlehne. Monica tauchte schwer atmend etwa dreißig Sekunden später neben uns auf. Was Kristy überhaupt nicht zu bemerken schien. Sie hatte ganz klar etwas anderes im Kopf. Ein Vorhaben, das sie unerbittlich durchziehen würde.

»Das ist Macy«, sagte sie und winkte den drei Jungs am Tisch zu: einem stämmigen Kerl mit Baseballmütze, einem im orangefarbenen T-Shirt sowie einem Hippie-Typen mit blauen Augen und Pferdeschwanz, der am anderen Ende des Tisches hockte. »John, Donald, Philip.«

»Hi«, sagte ich. John, Donald, Philip begrüßten mich ebenfalls.

»Macy befindet sich gerade in einer Art Limbo zwischen zwei Beziehungen«, verkündete Kristy. »Und ich reiße mir ein Bein aus, um ihr zu zeigen, dass es eine ganze Welt voll ungeahnter Möglichkeiten gibt.«

Aller Augen richteten sich auf mich. Ich merkte, wie ich rot wurde, und fragte mich, wann Wes wohl endlich zurückkam.

»Keiner von diesen Kerlen taugt als fester Freund.« Kristy hob den Arm und ließ ihn mit großer Geste über die Runde kreisen. »Trotzdem sind alle drei richtig nett.«

»Die Tatsache, dass keiner von uns als Freund taugt«, sagte der Typ mit der Baseballmütze (John) zu mir, »hat sie allerdings nicht davon abgehalten, mit jedem von uns auszugehen.«

»Genau deshalb weiß ich ja Bescheid. Aus Erfahrung«, konterte Kristy. Allgemeines Gelächter. Donald gab ihr eine Vierteldollarmünze. Kristy zielte, schnippte daneben und trank. »Pass auf, ich drehe jetzt 'ne Runde und leiste ein bisschen Vorarbeit. Sichten, was sich hier so rumtreibt, meine ich«, sagte sie zu mir. »Dann hole ich dich wieder ab und stelle dich ein paar von den aussichtsreicheren Kandidaten vor. Abgemacht?«

»Kristy«, sagte ich noch, doch da war sie auch schon weg, wobei sie John im Vorbeigehen einen leichten Klaps auf den Kopf versetzte.

»Du bist dran.« John nickte mir zu.

Ich nahm die Münze. Ich hatte zwar schon oft zugeschaut, aber selbst noch nie Münzenschnippen gespielt. Also machte ich es Kristy einfach nach: Schnippte die Münze zu der Tasse, die als Ziel diente. Mit einem leisen Klirren landete die Münze in der Tasse. Soweit ich es verstand, hatte ich die Runde damit gewonnen. Nicht schlecht. »Und was passiert jetzt?«, fragte ich Philip.

Er schluckte übertrieben angstvoll. »Du entscheidest, wer trinken muss.«

Ich ließ meinen Blick über die drei Jungs wandern, die am Tisch saßen, und deutete auf John. Er hob sein Glas, prostete mir zu.

»Du bist noch mal dran«, meinte Philip.

»Oh.« Wieder schnippte ich die Münze, wieder landete sie in der Tasse.

»Vorsicht, Leute!«, sagte Donald. »Gleich gibt's Tote.«

Das blieb zum Glück allen erspart, denn beim dritten Mal verfehlte die Münze das Ziel. Philip signalisierte mir triumphierend, nun müsste ich trinken – was ich auch brav tat –, und schob die Münze zu John rüber.

»Macht Spaß. Zumindest solange man nicht daneben schnippt«, sagte ich.

John schnippte, traf – natürlich – und deutete auf mich – natürlich.

»Auf ex!«, befahl er. Und ich trank.

Und dann trank ich noch mal. Und noch mal. Die folgenden zwanzig Minuten vergingen wie im Flug, zumindest kam es mir so vor, denn ich verfehlte ungefähr bei jedem Mal, das ich an der Reihe war, die Tasse. Und musste natürlich jedes Mal, wenn jemand anderer traf, trinken. Unabhängig davon, ob diese Typen nun als Freunde taugten oder nicht, Skrupel kannten sie auf jeden Fall keine. Was dazu führte, dass alles im Raum um mich her, um es gelinde auszudrücken, allmählich verschwamm.

Irgendwann merkte ich, dass Wes sich auf den Stuhl neben mich setzte. »Hallo. Ich dachte schon, du bist verschollen.«

»Verschollen nicht gerade«, antwortete ich. »Aber gekidnappt. Und die ultimative Versagerin beim Münzenschnippen. Hast du deinen Freund gefunden?«

Er schüttelte den Kopf. »Er ist nicht da. Können wir?«

»Absolut«, sagte ich. »Es wäre sogar sehr gut. Ich glaube nämlich, ich muss –«

»Macy!« Kristy stand wie aus dem Boden gewachsen hinter mir, die Hände in die Hüften gestemmt, und sah sehr entschlossen aus. »Es wird Zeit.«

»Wofür?«, fragte Wes. Ich wusste auch nicht, was sie meinte, hatte komplett verdrängt, was sie vorhin gesagt hatte. Doch Kristy zerrte mich bereits vom Stuhl und mit Bärenkräften Richtung Küche, wobei wir beide schon etwas schwankten. Ach ja, stimmt, dachte ich. Aussichtsreiche Kandidaten.

»Weißt du was?«, meinte ich etwas mühsam. »Ich glaube nicht, dass ich –«

»Fünf Minuten«, sagte Kristy energisch. »Mehr will ich gar nicht von dir, bloß fünf Minuten.«

Fünfzehn Minuten später stand ich noch immer in der Küche und redete mit einem Football-Spieler namens Hank oder Frank (es war zu laut, um seinen Namen zu verstehen). Die Küche war gestopft voll mit Leuten, die alle durcheinander quatschten.

Ich versuchte schon seit geraumer Zeit mich loszueisen, was sich allerdings als gar nicht so einfach herausstellte. Denn erstens war es fast unmöglich, sich durch die Masse um uns rauszudrängeln; zweitens beobachtete Kristy mich mit Argusaugen, während sie sich mit ihrem eigenen aussichtsreichen Kandidaten unterhielt; und drittens war ich sowieso nicht mehr ganz sicher auf den Beinen. Gar nicht mehr sicher, um genau zu sein.

»Bist du nicht mit Jason Talbot zusammen?«, fragte Hank/Frank gerade. Er musste schreien, um die Stimmen und die Musik zu übertönen, die gleich neben uns aus der Anlage dröhnte.

Ich strich mir die Haare aus dem Gesicht und versuchte zu antworten. »Das ist so ...«

»Was?«, schrie er.

»Also, wir sind gerade –«

Er schüttelte den Kopf, legte die Hand ans Ohr. »Was?«

»Nein«, antwortete ich, so laut ich konnte, beugte mich näher zu ihm und verlor dabei fast das Gleichgewicht. »Nein, bin ich nicht!«

In dem Moment rempelte mich jemand von hinten an, so dass ich gegen Hank/Frank stolperte. »Entschuldige«, sagte ich und wollte einen Schritt zurücktreten, da spürte ich, wie er die Hände um meine Taille legte. Mir war komisch und schwindelig und heiß. Viel zu heiß.

»Vorsicht, fall nicht.« Er lächelte mich an. Ich senkte den Blick. Seine Hände um meine Taille sahen aus wie zwei große Schinken. Würg! »Alles klar?«

»Ja, alles okay.« Wieder wollte ich einen Schritt zurücktreten, aber er ließ nicht los, umschlang meine Taille sogar noch fester. »Ich glaube, ich muss dringend an die frische Luft«, sagte ich.

»Ich komme mit«, sagte er.

Kristy wandte den Kopf, sah mich an. »Macy?«

»Sie ist okay«, brüllte Hank/Frank.

»Weißt du was«, sagte ich zu Kristy, sah sie jedoch auf einmal nicht mehr, weil sich ein ziemlich großes Mädchen mit Nasenring zwischen uns schob. »Ich glaube, wir sollten jetzt besser –«

»Ich auch«, mischte Hank/Frank sich schon wieder ein. Ich spürte, wie seine Finger unter mein T-Shirt wanderten, meine Haut berührten. Ein Schauer lief mir über den Rücken, aber kein angenehmer. Er beugte sich noch näher zu mir und seine Lippen streiften mein Ohr, als er sagte: »Komm, wir verziehen uns.«

Suchend blickte ich mich nach Kristy um, konnte sie allerdings nirgendwo mehr entdecken. Um mich drehte sich alles. Hank/Frank kaute schon wieder an meinem Ohr herum und sagte irgendwas, das ich nicht verstand, denn die Musik war einfach zu laut, hämmerte in meinem Kopf.

»Moment, warte mal.« Ich versuchte, mich von ihm loszumachen.

»Schsch, ganz ruhig.« Seine Hand wanderte über die bloße Haut an meinem Rücken. Ich riss mich so heftig los, dass ich rückwärts stolperte und das Gleichgewicht verlor.

Ich merkte, dass ich nach hinten stürzte, obwohl ich noch krampfhaft versuchte mich aufrecht zu halten. Doch plötzlich war jemand hinter mir.

Jemand, der mich auffing, die Hände an meine Ellbogen legte, mich stützte, mir half, wieder auf die Beine zu kommen. Die Hände fühlten sich kühl an auf meiner erhitzten Haut. Und ich nahm seine Gegenwart in meinem Rücken wahr, als stünde dort eine Wand, an die ich mich lehnen konnte. Die stark genug war, damit ich nicht umfiel.

Ich wandte den Kopf. Wes.

»Da bist du ja«, sagte er. Hank/Frank wirkte auf einmal ziemlich angesäuert. »Und, sollen wir jetzt?«

Ich nickte. Wes' Bauch berührte meinen Rücken und ohne groß drüber nachzudenken, lehnte ich mich einfach noch weiter zurück. Seine Hände lagen nach wie vor unter meinen Ellbogen. Und obwohl ich wusste, dass ich mich merkwürdig benahm, obwohl ich es unter anderen Umständen nie getan hätte, blieb ich, wo ich war, presste mich sogar noch fester an ihn.

»He du«, sagte Hank/Frank zu mir, aber Wes marschierte bereits los und ich mit ihm. Es wimmelte vor Leuten, so dass es schwierig war, beieinander zu bleiben. Nach einiger Zeit ließ Wes meine Ellbogen los, doch seine Hand glitt an meinem Arm runter und seine Finger schlossen sich um mein Handgelenk.

Vielleicht würde er in dem Geschiebe und Gedränge irgendwann ganz loslassen, aber ich wusste plötzlich nur noch eins: Wenn nichts mehr einen Sinn ergibt, wenn überhaupt seit Ewigkeiten nichts mehr einen Sinn ergeben hat, muss man sich unbedingt an etwas festhalten, auf das man sich verlassen kann. Von dem man sicher sein kann, dass es sich nicht gleich wieder in Luft auflöst. Und deshalb ergriff ich, als ich spürte, wie sich Wes' Finger allmählich von meinem Handgelenk lösten, von mir aus seine Hand und umklammerte sie fest.

Kaum waren wir durch die Haustür, brüllte jemand Wes' Namen, und zwar so laut, dass wir beide zusammenzuckten. Rasch ließ ich seine Hand los.

»Wo hast du gesteckt, Baker?«, krakeelte ein Typ mit Baseballmütze, der an einem Landrover lehnte. »Hast du meinen Vergaser dabei?«

»Ja«, rief Wes zurück. »Moment.« Dann wandte er sich um, sah mich an.

»Tut mir Leid«, sagte ich. »Da drinnen war es so heiß, und er –«

Er unterbrach mich mitten im Satz, indem er mir die Hände auf die Schultern legte und mich sanft nach unten drückte, bis ich auf den Stufen vor der Haustür hockte. »Wartest du hier? Bin gleich wieder da, okay?«

Ich nickte. Wes lief über die Wiese auf den Landrover zu. Ich atmete tief durch, wodurch mir allerdings noch schwindeliger wurde, und vergrub mein Gesicht in den Händen. Plötzlich hatte ich das Gefühl, beobachtet zu werden. Als ich aufblickte, sah ich, dass Monica rechts neben den Stufen stand.

Sie hatte ihre Wasserflasche unter den Arm geklemmt und rauchte. Da ich wusste, dass sie sicher nicht der Typ war, der sich überfallsartig an Leute anschlich, war mir sofort klar, dass sie gesehen hatte, wie wir aus dem Haus gekommen waren, Händchen haltend und alles.

Monica führte die Zigarette zu den Lippen und nahm einen tiefen Zug, wobei sie mich unverwandt ansah. Geradezu vorwurfsvoll.

»Es ist nicht so, wie du denkst«, sagte ich. »Es war bloß wegen dieses unverschämten Kerls da drinnen ... Wes hat mich gerettet. *Ich* habe mich an *seiner* Hand festgehalten, nicht umgekehrt, um überhaupt heil rauszukommen.«

Sie atmete langsam aus; kräuselnd stieg der Rauch zwischen uns hoch.

»Es war der totale Zufall«, sagte ich. »Du weißt doch, wie es ist, so was passiert einfach, ohne dass man es will oder geplant hat. Man tut es einfach.«

Ich wartete darauf, dass sie mir widersprach, mit einem »Lass stecken« oder einem »Mmm-hmmm«, ironisch gemeint natürlich. Aber sie gab keinen Mucks von sich, sondern sah mich nur so unergründlich an wie eh und je.

Wes kam zurück. »Okay, lass uns fahren.« Erst dann bemerkte er Monica und nickte ihr zu. »Hi, alles klar?«

Monicas Reaktion bestand darin, dass sie noch einmal an ihrer Zigarette zog, bevor sie ihre Aufmerksamkeit wieder voll und ganz auf mich richtete.

Ich stand auf, wobei ich aufpassen musste, nicht umzufallen, was mir mit gewisser Mühe auch gelang. »Und bei dir? Auch alles klar?«, erkundigte sich Wes.

»Ja, einigermaßen.« Wes lief über den Gartenweg auf seinen Truck zu. Ich folgte ihm, drehte mich aber nach ein, zwei Schritten noch einmal zu Monica um. »Tschüs. Bis morgen, okay?«

»Mmm-hmmm«, antwortete sie. Während ich davonging, spürte ich ihren Blick in meinem Rücken.

»Wenn du etwas an dir verändern könntest, irgendetwas«, fragte Wes, »was wäre das?«

»Zum Beispiel alles, was heute Abend geschehen ist, und

zwar von dem Moment an, als wir bei dir zu Hause losgefahren sind.«

Er schüttelte verständnislos den Kopf. »Ich habe dir doch schon gesagt, so furchtbar war das gar nicht.«

»Dich hat aber auch kein Football-Spieler angetatscht.« Darauf musste ich ihn nun doch mal hinweisen, fand ich.

»Da hast du Recht«, entgegnete er.

Ich lehnte mich auf der Ladeklappe des Trucks, die Wes runtergeklappt hatte, damit wir uns draufsetzen konnten, zurück und streckte die Beine aus. Von der Party aus waren wir zur Tankstelle gefahren, wo ich eine große Flasche Mineralwasser sowie eine Packung Aspirin gekauft hatte. Anschließend hatte Wes mich nach Hause gebracht. Meine halbherzigen Proteste, das sei doch nicht nötig und überhaupt, ich müsste doch noch zu meinem Auto, fing er damit ab, dass er mir versprach mich am nächsten Tag persönlich zu meinem Wagen zurückzukutschieren, der ja noch bei Delia stand. Als wir vor unserem Haus ankamen, dachte ich, er würde mich absetzen und gleich weiterfahren. Aber Pustekuchen. Seitdem hockten wir in der Auffahrt, sahen den Glühwürmchen beim Tanzen zu und erzählten uns gegenseitig die Wahrheit.

Allerdings fragte keiner von uns nach dem Moment, in dem ich seine Hand genommen hatte. Im Gegenteil, zwischendurch überlegte ich ernsthaft, ob ich mir das nicht eingebildet hatte. Schließlich war es so heiß gewesen, so chaotisch und verwirrend, dass mir alles, was auf der Party passiert war, völlig unwirklich erschien. Aber dann fiel mir Monicas argwöhnischer, vorwurfsvoller Blick wieder ein und ich wusste, ich hatte es mir nicht eingebildet. Außerdem dachte ich aus irgendeinem Grund des Öfteren an Jason: wie sehr er vor Berührungen zurückscheute, wie eigenartig er in dieser Beziehung war, so dass jede liebevolle Geste, jedes Mal, das ich ihn anzufassen versuchte, ein Risiko mit ungewissem Ausgang dargestellt hatte. Mit Wes dagegen war es vollkommen anders gewesen. Es hatte sich ganz natürlich ergeben.

»Ich hätte nicht mehr so viel Angst«, sagte ich. Wes, der einem fröhlich herumflatternden Glühwürmchen nachgeblickt hatte, wandte den Kopf, um mich anzuschauen. »Ich meine, wenn ich irgendetwas an mir selbst verändern könnte. Das wäre es.«

»Keine Angst mehr haben«, sagte er. Nicht zum ersten Mal ging mir durch den Kopf, was ich an Wes bei diesem Spiel so besonders mochte: dass er meine Antworten nie bewertete. Seine Stimme und sein Gesicht blieben neutral, was mir immer Raum gab weiterzusprechen, wenn ich wollte, zu erklären, was ich meinte. »Wovor denn?«, fügte Wes hinzu.

»Ungeplante Dinge tun. Spontan sein. Wenn ich keine Angst mehr hätte, würde ich nicht dauernd an sämtliche Konsequenzen denken, sondern einfach machen, was mir in den Sinn kommt.«

Er brauchte wie so oft einen Moment, um darüber nachzudenken. »Zum Beispiel?«

Ich nahm einen Schluck aus meiner Wasserflasche, stellte sie wieder neben mir ab. »Zum Beispiel bei meiner Mutter. Es gibt so vieles, das ich ihr gern sagen würde, aber weil ich nicht weiß, wie sie reagiert, lasse ich es lieber.«

»Was denn?«, fragte er. »Was würdest du ihr gern sagen?«

Ich fuhr mit meinem Finger an der Kante der Ladeklappe entlang. »Ich glaube, es geht weniger darum, was ich genau sagen, als darum, was ich tun würde …« Ich unterbrach mich, machte eine abwehrende Geste. »Ach, vergiss es. Ich bin dran.«

»Gibst du etwa auf?«, fragte er.

»Natürlich nicht, ich habe die Frage beantwortet!«

Wes schüttelte den Kopf. »Nur den ersten Teil.«

»Das war aber keine zweiteilige Frage.«

»Jetzt ist es eine.«

»So was kannst du nicht bringen, das weißt du genau«, konterte ich. Im Anfang hatte es nur eine einzige Regel gegeben, nämlich dass wir auf jeden Fall die Wahrheit sagen mussten. Doch schon bald hatten wir angefangen, uns ständig wegen irgendwelcher Zusatzregeln und Variationen des Spiels zu kabbeln. Ein paar Mal stritten wir uns über den konkreten Inhalt einer Frage, ein- oder zweimal darüber, ob die Antwort auch vollständig gewesen war, und unzählige Male darüber, wer an der Reihe war. Doch das gehörte alles zum Spiel mit dazu. Wenn allerdings jemand plötzlich anfing, die Regeln *während* einer Frage zu ändern, also mittendrin, wurde das Ganze natürlich noch komplizierter.

Wes schüttelte erneut den Kopf. »Komm, antworte einfach«, sagte er und stieß mich mit dem Ellbogen an.

Ich atmete angespannt durch, stützte mich auf meinen Händen ab und lehnte mich etwas zurück. »Na gut, wenn du es unbedingt wissen willst … also, wenn ich könnte, würde ich am liebsten zu meiner Mutter gehen und ihr sagen, was ich ihr in dem Moment eben gerade sagen will, egal was das ist. Vielleicht würde ich ihr erzählen, wie sehr ich meinen Vater vermisse. Oder dass ich mir Sorgen um sie mache. Keine Ahnung, es könnte alles Mögliche sein. So bescheuert es klingen mag, ich würde sie auf jeden Fall erst einmal wissen lassen, wie ich mich fühle. Ohne erst groß drüber nachzudenken. Reicht das als Erklärung?«

Nicht zum ersten Mal machte mich eine meiner eigenen Antworten verlegen, aber so hatte es sich noch nie angefühlt, so real, so ... als könnte mich das, was ich sagte, verletzen. Als würde ich dadurch total bloßgestellt. Ich hatte keine Ahnung, wie ich in dem Moment aussah, war aber froh, dass mein Gesichtsausdruck im Halbdunkel wahrscheinlich sowieso kaum zu erkennen war. Eine Zeit lang schwiegen wir beide.

»Das ist überhaupt nicht bescheuert«, meinte Wes schließlich. Mit gesenktem Kopf knibbelte ich am Rand der Ladeklappe rum. »Ganz und gar nicht bescheuert«, wiederholte er.

Ich fühlte dieses seltsame Kitzeln und Schaben im Hals und schluckte es mühsam weg. »Kann schon sein. Aber ihr fällt es einfach ungeheuer schwer, über Gefühle zu reden. Und damit wird es für uns alle schwer. Als wäre es ihr lieber, wenn wir überhaupt nicht mehr über unsere Gefühle sprächen, keiner von uns. Als würde es ihr sonst zu viel.«

Wieder musste ich schlucken. Atmete dann tief durch. Spürte, dass sein Blick auf mir ruhte.

»Glaubst du wirklich, dass es für sie so ist?«

»Woher soll ich das wissen? Genau weiß ich es letztlich natürlich nicht, denn wir reden ja nicht darüber. Wir reden über gar nichts. Das ist ja das Problem.« Ich fuhr mit dem Finger am Hals meiner Wasserflasche entlang. »Genau das ist mein Problem. Ich rede mit niemandem über das, was in meinem Inneren vor sich geht, weil ich Angst habe, dass es dem anderen zu viel werden könnte.«

»Und was ist das hier?« Er wedelte mit der Hand zwischen uns auf und ab. »Nennt man das etwa nicht reden?«

Ich lächelte. »Wir spielen bloß Wahrheit. Das ist etwas anderes.«

Er fuhr sich mit der Hand durchs Haar. »Ich weiß nicht ... Die Kotzgeschichte war schon der Hammer.«

»Hör mir auf mit der Kotzgeschichte«, sagte ich gespielt entnervt. »Bittebittebitte, sei so lieb.«

Worauf er jedoch überhaupt nicht reagierte, sondern stattdessen fortfuhr: »Seit wir dieses Spiel spielen, hast du mir echt viel von dir erzählt. Und wenn auch manches davon vielleicht schräg war oder schwierig oder richtiggehend ekelhaft …«

»Wes!«

»… war nichts dabei, das mir zu viel geworden wäre.« Mit ernstem Gesicht sah er mich an. »Vergiss das nicht, wenn du dich das nächste Mal fragst, was andere Menschen verkraften können oder auch nicht, was du ihnen zumuten kannst oder nicht. Es ist vielleicht mehr, als du denkst.«

»Kann sein«, antwortete ich. »Aber vielleicht bist du in der Beziehung auch einfach eine Ausnahme. Eben jemand, der nicht so ist wie alle anderen.«

Ich kam mir vor, als redete ich gar nicht selber. Ich hörte die Worte, als wäre nicht ich die Sprecherin, war vollkommen einverstanden mit dem, was gesagt wurde – und realisierte erst mit leichter Verzögerung, dass es *meine* Stimme war. Hilfe, dachte ich. Das kommt also dabei raus, wenn man nicht denkt, sondern aus dem Bauch heraus redet. Und handelt.

Wir blickten einander in die Augen. Die Glühwürmchen leuchteten, funkelten, glitzerten in der warmen Nacht. Wes war mir nah, so nah, dass sich unsere Knie beinahe berührten. Plötzlich überkam mich dasselbe überwältigende Gefühl wie auf der Party, als ich seine Hand ergriffen, als seine Finger sich um meine geschlossen hatten. Und für eine Sekunde – eine völlig abgehobene, verrückte, wahnsinnige Sekunde – dachte ich: Wenn ich es nur zulassen könnte, würde sich alles ändern. Alles. In genau diesem Augenblick.

Wenn ich ein anderes Mädchen gewesen wäre und das hier eine andere Welt, hätte ich ihn geküsst. Und nichts hätte mich mehr aufgehalten.

»Okay«, sagte ich zu schnell, fast atemlos. »Ich bin dran.«

Wes blinzelte mich an, als hätte er vergessen, dass wir spielten. Also hatte er es ebenfalls gespürt.

»Klar.« Er nickte. »Schieß los. Stell deine Frage.«

Ich holte tief Luft. »Wenn du absolut alles tun könntest, was du wolltest – was wäre das?«

Ich hatte keine Ahnung, was er antworten würde, aber im Grunde wusste ich das vorher nie. Vielleicht würde er sagen, dass er seine Mutter gern noch einmal wiedersähe, oder sich Frieden auf der ganzen Welt oder einen Röntgenblick wünschen, mit dem er durch alles hindurchblicken konnte. Keine Ahnung, was genau ich für eine Antwort erwartete. Doch bestimmt nicht die, die ich bekam.

»Passe.«

Zunächst glaubte ich, mich verhört zu haben. »Wie bitte?«

Wes räusperte sich. »Ich sagte, ich passe.«

»Warum?«

Er wandte den Kopf, sah mich an. »Darum.«

»Was bedeutet darum?«

»Darum ist darum, weiter nichts. Ich will einfach nicht.«

»Du weißt, was das bedeutet?«

Er nickte.

»Du kennst die Regeln?«

»Wenn du meine nächste Frage beantwortest – egal, wie sie lautet –, hast du gewonnen«, sagte er.

»Genau.« Ich setzte mich aufrecht hin und wappnete mich für das, was jetzt kam. »Okay, mach.«

Er atmete einmal tief durch. Ich wartete gespannt. Aber dann sagte er: »Nein.«

»Nein?«, fragte ich ungläubig. »Was meinst du mit nein?«

»Mit nein meine ich nein.« Er redete in einem Ton, als wäre ich vollkommen begriffsstutzig.

»Du musst eine Frage stellen.«

»Aber nicht sofort«, erwiderte er und schnippte ein Insekt von seinem Arm. »Bei einer derart wichtigen Frage, einer Frage, die für das Gesamtergebnis des Spiels entscheidend ist, kann man sich so lange Zeit lassen, wie man möchte.«

Ich traute meinen Ohren kaum. »Wer sagt das?«

»So lauten die Regeln.«

»Wir haben diese Regeln diskutiert, bis sie uns zu den Ohren rauskamen«, antwortete ich. »Das ist keine offizielle Regel.«

»Dann ist es eben jetzt eine«, erwiderte er lapidar.

Ich war völlig platt. Nicht nur wegen seiner Weigerung, die nächste, die entscheidende Frage zu stellen. Alles, was in den letzten fünf Minuten passiert war – dass ich gesagt hatte, er sei nicht wie alle anderen, dass ich gespürt hatte, wie sich von einer Sekunde auf die andere alles verändern konnte, alles veränderte, bis hin zu dem, was gerade geschah –, fühlte sich an wie nicht von dieser Welt. So als befände ich mich gar nicht mehr in meinem eigenen Körper.

»Also gut«, meinte ich. »Aber du darfst dir keine Ewigkeit Zeit damit lassen.«

»So lange werde ich nicht brauchen.«

»Wie lange denn?«

»Auf jeden Fall bedeutend weniger als eine Ewigkeit«, antwortete Wes. Ich schwieg. Wartete, dass er weitersprach. Was er schließlich auch tat. »Vielleicht eine Woche, vielleicht ein bisschen mehr oder weniger. Aber fang auf keinen

Fall an, mich deswegen zu drängen. Damit würde das ganze Spiel ungültig. Die Frage kommt, wann sie kommen soll.«

»Noch eine neue Regel«, sagte ich. Nur damit das auch klar war.

Wes nickte. »Ja.«

Während ich ihn noch ansah und versuchte zu verarbeiten, was eigentlich genau zwischen uns vorging, kam plötzlich ein Wagen über den Hügel gefahren. Geblendet blinzelten wir ins Scheinwerferlicht. Ich schirmte die Augen mit der Hand ab, um zu erkennen, wessen Auto sich näherte. Meine Mutter. Natürlich hing sie am Telefon und schien uns nicht zu sehen, selbst dann nicht, als sie an uns vorbei über die Auffahrt bis zur Garage fuhr. Erst als sie – Handy zwischen Ohr und Schulter geklemmt – ausgestiegen war, fiel ihr Blick auf uns. Sie kniff die Augen zusammen.

»Macy, bist du das?«

»Ja«, antwortete ich. »Ich komme gleich. Eine Minute noch.«

Meine Mutter konzentrierte sich wieder auf ihr Telefonat und lief Richtung Haus, allerdings nicht ohne sich im Gehen nach mir und Wes' Truck umzudrehen. Sie stieg die Stufen zur Haustür hoch, kramte ihren Schlüssel aus der Handtasche, schloss auf, ging hinein. Kurze Zeit später gingen nacheinander die Lichter im Haus an – Eingangsbereich, Küche, hinterer Flur – und markierten so ihren Gang zum Arbeitszimmer.

Ich hüpfte von der Ladeklappe runter. »Danke für den aufregenden Abend. Auch wenn du mich echt in der Luft hängen lässt.«

»Du wirst es überleben.« Wes lief zur Fahrertür, stieg ein, setzte sich ans Steuer.

»Aber lass dir eins gesagt sein: Wenn es vorbei ist, beantrage ich etwa zwanzig Zusatzregeln. Und wenn ich damit fertig bin, wirst du das Spiel nicht mehr wiedererkennen.«

Er schüttelte erst amüsiert den Kopf, lachte dann laut auf. Und ich merkte, dass ich lächelte. Im Grunde war es mir ganz recht, auf die nächste Frage ein wenig warten zu müssen. Was ich ihm gegenüber natürlich nicht zugegeben hätte, in dem Moment nicht und vielleicht überhaupt nie. Das Spiel war mir mittlerweile sehr wichtig geworden. Ich wollte nicht, dass es aufhörte, vor allem nicht so bald. Nicht jetzt. Aber das musste er ja nicht unbedingt wissen. Zumal er nicht danach gefragt hatte.

»Und noch eins lass dir gesagt sein: Ich hoffe, deine Frage – wenn du sie denn endlich stellst – ist wenigstens gut. Wo du schon so einen Aufstand machst deswegen.«

»Keine Bange«, meinte er. Seine Stimme klang so selbstbewusst und ruhig wie immer. »Meine nächste Frage wird der Hammer.«

Kapitel 13

»Es ist kaum zu glauben.« Meine Mutter fuhr mit dem Finger über den Rand eines der Fotos, die vor ihr auf dem Tisch lagen. »Dein Projekt macht ja richtige Fortschritte.«

Meine Schwester strahlte. »Ja, nicht wahr? Die Oberlichter sind eingebaut, morgen kommt der Klempner und installiert die neue Toilette. Jetzt müssen wir uns nur noch die Farben für die Wände aussuchen, dann wird gestrichen. Ich sage euch, es wird großartig!«

Ich hätte nie für möglich gehalten, mit welcher Begeisterung ein Mensch Wandfarbensorten – die für mein Gefühl alle identisch wirkten – miteinander vergleichen konnte. Aber Caroline lebte nur noch für das Ferienhausprojekt. Obwohl vieles neu wurde, ging sie nicht vor wie ein Bulldozer, sondern erhielt auch einiges vom Alten. Deswegen hing, trotz besserer Fenster und neuer Oberlichter, nach wie vor der Elchkopf über dem Kamin, allerdings professionell saniert und gereinigt. Kaum zu glauben, dass es Menschen gab, die mit so was ihr Geld verdienten. Auch die splittrigen, alten Holzliegestühle würden auf der Veranda zum Meer hin stehen bleiben, allerdings ergänzt durch eine neue, gusseiserne Bank und eine Reihe dekorativ bepflanzter Terrakottatöpfe. Alles, was uns in dem Haus besonders am Herzen liege, sei erhalten geblieben, sagte

Caroline. Und dass mein Vater es mit Sicherheit so gewollt hätte.

»Ich habe mir überlegt, ich könnte doch, wenn die Küche gestrichen ist, den Übergang zwischen Wand und Decke kacheln lassen«, sagte Caroline, während meine Mutter das nächste Foto in die Hand nahm und prüfend betrachtete. »So eine Art schmalen Mosaikfries im mexikanischen Stil aus Minikacheln mit verschiedenen Mustern. Moment, irgendwo müsste der Katalog sein, aus dem ich die Anregung habe ...«

Ich beobachtete meine Mutter und wusste genau, dass sie an etwas ganz anderes dachte. Dennoch sah sie pflichtschuldig die neuesten Bilder durch, die Caroline mitgebracht hatte; jetzt gerade zum Beispiel eins von der neuen, gläsernen Schiebetür. Sie nahm es sogar in die Hand, um es genauer betrachten zu können. Dabei wanderten ihre Gedanken allerdings garantiert zu anderen Häusern, anderen Farbmustern, anderen Armaturen und Beleuchtungskörpern: denen ihrer Villen. Der Zeitplan für ihr Bauprojekt verlief nämlich parallel zu dem von Caroline. Für meine Mutter war das Ferienhaus etwas Fernes, fast Fremdes, ein Ding aus der Vergangenheit. Ihre eigenen Projekte dagegen repräsentierten die Gegenwart, die Zukunft. Außerdem waren sie ganz nah, denn wenn man oben an unserer Auffahrt stand, konnte man sie über den Hügel hinweg sehen, konnte erkennen, wie sie langsam, aber sicher aus dem Boden wuchsen. Vielleicht war es ja durchaus möglich, gleichzeitig vorwärts und rückwärts zu gehen. Aber leicht war es auf jeden Fall nicht. Man musste es wollen. Meine Schwester schien für diese Schwierigkeit kein Gespür zu haben. Sie hatte nichts anderes mehr im Kopf als blaue Minikacheln oder Fensterläden mit verstellbaren Klappen, wie bei einer

Südstaatenvilla. Ich hingegen bemerkte den Widerspruch bei dem, was gerade geschah, deutlich und konnte nur hoffen, dass meine Mutter am Ende damit klarkommen würde und ihn irgendwie für sich auflösen konnte.

Ein paar Abende später. *Wish Catering* hatte das Essen für eine Feier zum Fünfzigsten geliefert. Das Geburtstagskind wohnte in meiner Nähe, deshalb hatten mich die anderen auf dem Hinweg abgeholt und setzten mich hinterher daheim wieder ab. Wir hielten gerade vor unserem Haus, da bat Delia mich um einen Gefallen.

»Ich muss dringend aufs Klo«, sagte sie. »Meinst du, ich könnte eben mit reinkommen und eure Toilette benutzen?«

»Klar«, antwortete ich.

»Delia!« Bert warf einen ungeduldigen Blick auf seine Uhr. »Wir haben's eilig!«

»Und ich bin schwanger und mache mir gleich in die Hose.« Delia öffnete die Tür, schwang etwas schwerfällig ein Bein aus dem Wagen. »Dauert nur eine Minute.«

Was für Bert allerdings entschieden zu lang war. Schon den ganzen Abend hatte er uns in den Ohren gelegen, er müsse spätestens um zehn daheim sein, weil da *Das Neueste vom Ende der Welt* lief, eine Fernsehsendung, in der über »die aktuellen Entwicklungen der Theorie vom Jüngsten Gericht« (Zitat Bert) berichtet werden würde. Aber die Party hatte länger gedauert als geplant, und obwohl wir uns sowieso schon tierisch beeilt hatten, lief die Zeit ab. Nicht nur für die Welt, sondern auch für Bert.

»Ich komme mit.« Kristy öffnete die Tür auf ihrer Seite. »Jedes Mal wenn ich bei der Party aufs Klo wollte, war besetzt.«

»Die Sendung fängt in fünf Minuten an!«, jammerte Bert.

»Gib's auf, Bert.« Wes zeigte auf die Uhr am Armaturenbrett. Sechs Minuten vor zehn. »Das kannst du vergessen, du schaffst es sowieso nicht mehr.«

»Wisst ihr schon das Neueste? Es ist zu spät«, fügte Kristy fröhlich hinzu.

Bert funkelte die beiden böse an, sackte auf seinem Sitz zusammen und starrte trübe aus dem Fenster. Einen Augenblick lang herrschte Stille, die nur durch Delias leises Stöhnen unterbrochen wurde, als sie sich vorsichtig aus dem Auto auf den Bürgersteig hievte. Ich warf einen Blick zu unserem Haus hinüber, das hoch in die Dunkelheit aufragte. Auch drinnen war es dunkel, denn meine Mutter befand sich auf einer zweitägigen Veranstaltung für Bauunternehmer in Greensboro, wo sie auch übernachten wollte; sie würde also erst am nächsten Morgen zurückkehren.

»Du kannst gern mit reinkommen und hier fernsehen«, schlug ich vor. »Ich meine, wenn du möchtest.«

»Echt?« Bert sah mich überrascht an. »Ehrlich?«

»Macy!« Kristy stieß mich mit dem Ellbogen an. »Ich glaube, du spinnst! Was ist denn in dich gefahren?«

»Nettigkeit und Rücksichtnahme«, konterte Bert, während er blitzschnell die Tür auf seiner Seite öffnete. »In sie ist gefahren, wovon andere – gewisse anwesende Personen eingeschlossen – nur träumen können.«

Delia legte mir eine Hand auf den Arm. »Entschuldige, aber meine Blase platzt gleich.«

»Sorry. Komm mit, die Gästetoilette ist gleich neben der Haustür.«

»Wir gehen also alle rein?« Wes drehte den Schlüssel, der Motor ging aus.

»Sieht so aus«, meinte Kristy.

Dasselbe hätte ich auch tun können, wenn meine Mutter da wäre, dachte ich, während wir aufs Haus zuliefen. Delia watschelte neben mir her, Kristy musterte das Gebäude interessiert von oben bis unten, Bert, Wes und Monica bildeten die Nachhut. Ich hätte meine Freunde problemlos mit reinbringen können – zumindest versuchte ich mich innerlich davon zu überzeugen. Aber ob das wirklich stimmte? Seit meine Mutter mir gesagt hatte, sie mache sich Sorgen, ob ich noch die richtigen Prioritäten setze, kamen weder *Wish Catering* noch Kristy noch irgendwas, das damit zusammenhing, mehr in unseren Gesprächen vor. Ich gebe zu, ich erwähnte es nicht mehr, weil ich das Gefühl hatte, es wäre klüger. Und sicherer.

Ich schloss die Haustür auf und zeigte Delia die Gästetoilette. Sie rannte schneller durch den Flur, als ich sie seit Wochen hatte laufen sehen, und knallte die Tür hinter sich zu. »Endlich!«, seufzte sie so laut, dass wir sie durch die geschlossene Tür hören konnten. Kristy lachte laut und unvermittelt auf, so dass der Klang von der hohen Decke widerhallte und wir alle die Köpfe hoben.

»Hab ich's euch vorher nicht gesagt?«, meinte Bert. »Dieses Haus ist gigantisch.«

»Das ist ein Palast, kein Haus.« Kristy linste ins Esszimmer, wo ein Hochzeitsporträt meiner Schwester über der Anrichte hing, und betrachtete es interessiert. »Wie viele Schlafzimmer habt ihr?«

»Keine Ahnung. Fünf?« Ich lief zur Treppe und sah hoch ins obere Stockwerk. Kein einziges Licht brannte da oben. Auch der Rest des Hauses lag im Dunkeln.

»Steht der Fernseher hier irgendwo?« Bert streckte den Kopf durch die Tür, die in den Salon führte. Wes versetzte ihm einen Klaps auf den Hinterkopf, um ihn an seine Manieren zu erinnern. »Ich meine, darf ich nachschauen, wo der Fernseher steht?«

»Hier entlang«, antwortete ich und lief durch den Flur Richtung Küche, wobei ich rechts und links auf jeden Lichtschalter drückte, an dem ich vorbeikam. Ich zeigte auf die Tür zum kleinen Wohnzimmer. »Die Fernbedienung liegt auf dem Tisch, glaube ich jedenfalls.«

»Danke.« Bert flitzte zum Sofa. »Mann, was für eine Riesenglotze!« Monica folgte ihm und ließ sich in den Ledersessel plumpsen. Ein leises Klicken war zu vernehmen: Der Fernseher wurde eingeschaltet.

Ich ging in die Küche und öffnete den Kühlschrank. »Möchte jemand was zu trinken?«

»Habt ihr Sprite?«, rief Bert.

Über den Flur sah ich, wie Wes ihm einen vernichtenden Blick zuwarf.

»Ich meine, nein danke«, sagte Bert.

Kristy grinste und fuhr mit der Hand über die Oberfläche der Küchentheke. »Ist das cool. Als wären lauter kleine Diamanten eingelassen. Wie nennt man so was?«

»Keine Ahnung«, sagte ich.

Wes warf einen Blick über Kristys Schulter. »Corian.«

»Es ist alles so schön hier«, meinte Kristy begeistert und sah sich in der Küche um. »Wenn Stella die Schnauze voll von mir hat, ziehe ich zu Macy. Hier gibt es fünf Schlafzimmer, aber ich würde sogar in der Gästetoilette schlafen. Ich wette, die ist schöner als unser ganzes Haus.«

»Überhaupt nicht«, sagte ich.

Aus dem Wohnzimmer hörte ich die tiefe, sonore Stimme des Moderators, der in bedeutungsvollem Ton verkündete: »Unsere Zukunft, unser Schicksal: *Das Neueste vom Ende der Welt*. Und es steht unmittelbar bevor.«

»Kommt, Leute, es fängt an«, brüllte Bert.

»Leiser, Bert, du bist nicht auf dem Sportplatz«, rief Kristy zurück, bevor sie sich auf dem Hocker drehte, auf den sie sich mittlerweile gesetzt hatte, und durch die Schiebetür in den Garten hinausblickte. »Wow! Monica, hast du diese Terrasse gesehen? Und den Swimmingpool?«

»Mmm-hmmm«, antwortete Monica.

»Monica steht voll auf Pools«, erklärte Kristy. »Sie kommt überhaupt nicht mehr aus dem Wasser, wenn sie erst mal drin ist. Der sprichwörtliche Fisch im Wasser. Ich bin eher der Typ, der am Rand im Liegestuhl liegt und einen mondänen Drink mit Cocktailkirsche und Sonnenschirmchen schlürft.«

Ich holte ein paar Coladosen aus dem Kühlschrank, ein paar Gläser aus dem Küchenschrank und füllte sie mit Eiswürfeln. Kristy blätterte mittlerweile durch eine Ausgabe von *Southern Living*, die meine Schwester bei ihrem letzten Besuch hatte liegen lassen. Wes stand an der großen Glasschiebetür zum Garten und blickte versonnen auf die Terrasse. Unvermittelt wurde mir bewusst, wie still es in unserem Haus normalerweise war. Doch es fiel mir erst jetzt wirklich auf, wo der Fernseher lief und Leute zugegen waren. Schon allein dadurch, dass sie in den Räumen standen, saßen und atmeten, schien sich im Haus eine fühlbare Energie zu entfalten, die sonst fehlte.

»Jetzt geht's mir besser.« Delia kam durch den Flur in die Küche; ihre Flipflops klatschten schmatzend auf die Fliesen. »Ich hätte nie gedacht, dass es mich mal so glücklich machen würde, einfach nur pinkeln zu können.«

Der Fernsehmoderator verkündete: »Wodurch wird es ausgelöst werden – das *Ende der Welt*!?«

Kristy blätterte eine Seite um und meinte: »Wetten, dass

dieses Zimmer jeden Scheußlichkeitswettbewerb gewinnen würde! Ich meine, schaut euch das doch mal an. Ein Traum aus karierter Baumwolle. Krass.«

»Macy?«

Ich fuhr heftig zusammen und drehte mich um. Meine Mutter, einen Aktenordner in der Hand, stand unter dem Bogen im Flur, der zu ihrem Arbeitszimmer führte. Sie war also die ganze Zeit hier gewesen, ohne dass ich es bemerkt hatte, und hatte sich angeschlichen, als wollte sie bei Wes' und Berts Spiel mitmischen, Buh machen, mich erschrecken. Es war ihr gelungen. Mein Herz schlug wie rasend.

»Hi, Mama«, sagte ich. Was gar nicht so ertappt klingen sollte, wie es klang.

»Hallo.« Doch dabei sah sie nicht mich an, sondern ließ ihre Blicke wandern, registrierte Bert und Monica vor dem Fernseher, Wes neben der Gartentür, Delia, die sich gerade zum Sofa schleppte, und Kristy, nach wie vor in die Zeitschrift vertieft. »Mir war plötzlich so, als würde ich Stimmen hören.«

»Wir sind erst seit kurzem hier.« Sie kam herein und legte den Ordner auf die Arbeitsplatte neben dem Kühlschrank. Ich blickte ihr entgegen und fuhr fort: »Ich habe meinen Freunden angeboten, eine Fernsehsendung bei uns anzuschauen, die sie sonst verpasst hätten. Ich hoffe, das ist okay.«

»Natürlich.« Plötzlich klang ihre Stimme überfreundlich. Künstlich. Gezwungen. »Ich wollte deine neuen Freunde schon lange kennen lernen.«

Prompt blickte Kristy auf. Setzte sich kerzengerade hin, streckte die Hand aus: »Kristy Palmetto.«

Meine Mutter, ganz Profi, ergriff zunächst automatisch Kristys Hand, um sie zu schütteln. Erst dann blickte sie Kristy direkt ins Gesicht, entdeckte die Narben. »Ach …

hallo.« Sie stolperte ein wenig über das Hallo. Doch wie ich nicht anders erwartet hatte, erholte sie sich rasch vom ersten Schreck; und als sie weitersprach, war ihr Ton glatt. Emotionslos. »Macy hat mir schon viel von Ihnen erzählt. Ich freue mich, Sie kennen zu lernen.«

»Sie haben ein wunderschönes Haus«, sagte Kristy und klopfte mit der flachen Hand leicht auf die Oberfläche der Küchentheke. »Besonders dieses Coreal finde ich Spitze.«

»Corian.« Das kam aus dem Hintergrund, von Wes.

»Stimmt, so heißt das Zeug.« Kristy lächelte meine Mutter an, die angestrengt versuchte, gleichzeitig überall und nirgendwo hinzublicken – allerdings ohne Erfolg, weil ihre Augen wie magisch immer wieder von dem einen gewissen Punkt angezogen wurden. Doch meine Mutter hatte Glück im Unglück, denn es gab bei Kristy bekanntermaßen noch mehr anzustarren, etwa ihr Outfit. »Ihr Haus ist einfach der Wahnsinn, Mrs Queen. Ich habe schon zu Macy gesagt, wenn sie nicht aufpasst, ziehe ich hier ein. Ich hörte, Sie haben ein paar Extraschlafzimmer zu vergeben.«

Meine Mutter lachte höflich und warf mir einen Blick zu, den ich mit einem Lächeln erwiderte, das sich allerdings sehr angestrengt anfühlte. Als wären meine Lippen nicht mehr groß genug, um meine Zähne zu bedecken, sondern zögen sich schmerzhaft zurück. So habe ich früher gelächelt, dachte ich. Als Lächeln für mich noch Arbeit war.

»Mama.« Ich deutete auf Wes, der sich von der Glastür abgewandt hatte und zu uns herüberkam. »Das ist Wes.«

»Hi«, sagte Wes.

»Und Delia kennst du ja schon.« Ich nickte in Richtung des Sofas, wo Delia saß.

»Selbstverständlich. Wie geht es Ihnen?«, erkundigte sich meine Mutter.

»Sehr schwanger.« Delia lächelte. »Aber ansonsten gut.«

»Das Baby kann jederzeit kommen«, erklärte ich. Und weil meine Mutter daraufhin ein wenig alarmiert wirkte, fügte ich rasch hinzu: »Ich meine, jeden Tag, nicht jetzt sofort. Das da drüben sind übrigens Bert und Monica.«

»Hallo, schön, euch kennen zu lernen«, rief meine Mutter ins Wohnzimmer hinüber. Bert und Monica winkten grüßend zurück. »Haben Sie schon die große Neuigkeit, die Neuigkeit aller Neuigkeiten gehört?«, tönte der Moderator mit seinem gewaltigen Organ.

»Bert wollte diese Sendung unbedingt sehen«, sagte ich. »Es geht um ... äh ... gewisse Theorien.«

»Durchgeknallte Theorien von ein paar Spinnern«, ergänzte Kristy.

»Alles wissenschaftlich untermauert«, trompetete Bert.

»Leiser, Bert, du befindest dich in einem *Haus.*« Wie um seine Worte zu unterstreichen, machte Wes ein paar Schritte Richtung Wohnzimmer.

»Alles wissenschaftlich erwiesen«, sagte Bert, immerhin nicht ganz so laut. »Das Ende der Welt ist kein Witz. Die Frage ist nicht, *ob* es kommt, sondern nur *wann.*«

Ich warf einen Blick auf meine Mutter. Ihr Gesichtsausdruck – Verwirrung, Neugierde, vielleicht sogar Schock – war meinem eigenen an dem Tag, an dem ich das Team von *Wish Catering* kennen gelernt hatte, vermutlich gar nicht unähnlich. Doch als ich diesen Gesichtsausdruck nun an ihr wahrnahm, beschlich mich das Gefühl, dass das nicht unbedingt was Gutes bedeutete.

»Macy, kann ich dich bitte kurz in meinem Arbeitszimmer sprechen?«, fragte sie. »Unter vier Augen.«

»Äh ... klar.«

»Ist es zu fassen?« Kristy hielt mir die Zeitschrift entgegen, um mir ein mit Korbmöbeln voll gestopftes Wohnzimmer zu zeigen. »Ist dir schon mal ein so unbequemes Sofa untergekommen? Also so, wie das aussieht, kann es doch nur total unbequem sein.«

Ich verneinte stumm und folgte meiner Mutter durch den kurzen Flur zu ihrem Arbeitszimmer. Wir gingen hinein, sie schloss die Tür und stellte sich sofort demonstrativ hinter ihren Schreibtisch. »Es ist nach zehn«, sagte sie mit gedämpfter Stimme. »Findest du das nicht auch ein wenig zu spät für Besuch?«

»Bert wollte so gern diese Sendung sehen«, antwortete ich. »Sie dauert bloß eine halbe Stunde. Außerdem dachte ich, du bleibst über Nacht in Greensboro.«

»Du musst morgen früh arbeiten«, sagte meine Mutter, als hätte ich das noch nicht mitgekriegt. »Außerdem ist der vierte Juli. Uns steht ein wichtiger und anstrengender Tag bevor. Oder hast du vergessen, dass ich dich gebeten habe, mir bei dem Feiertagspicknick zu helfen? Sobald du aus der Bibliothek zurück bist, ist es deine Aufgabe, am Eingang zum Park zu stehen und die Leute aus der Nachbarschaft zu begrüßen. Heute Abend Gäste einzuladen erscheint mir deshalb ziemlich unpassend.«

»Tut mir Leid. Sie gehen bald wieder.«

Sie sah nicht mich an, sondern ein paar Unterlagen vor sich auf dem Schreibtisch, die sie langsam durchblätterte. Aber ihr Missfallen war mehr als deutlich spürbar. Es durchdrang die Luft, war fast zu schmecken und schloss sich um mich wie Nebel.

Aus dem Wohnzimmer drang Gelächter. Ich warf einen Blick zu der geschlossenen Tür. »Ich sollte wieder zu ihnen gehen«, sagte ich. »Ich möchte nicht unhöflich wirken.«

Sie fuhr sich mit der Hand durchs Haar und nickte.

Ich ging zur Tür und wollte sie gerade öffnen, als sie fragte: »Woher hat Kristy Palmetto diese Narben?«

Plötzlich sah ich Kristy lebhaft vor mir, und zwar genau in dem Moment, in dem sie – nur wenige Minuten zuvor – meiner Mutter freundlich und unbekümmert die Hand geschüttelt hatte.

»Als sie elf war, hatte sie einen Autounfall.«

»Armes Mädchen.« Meine Mutter schüttelte mitleidig den Kopf und nahm einen Kugelschreiber aus dem Stiftehalter auf ihrem Schreibtisch. »Muss schrecklich für sie sein.«

»Wie kommst du darauf?« Ehrlich gesagt fielen mir Kristys Narben kaum noch auf. Sie gehörten zu ihrem Gesicht, waren ein Teil von ihr. Ich fand Kristys Outfits inzwischen wesentlich auffälliger, vielleicht aber auch nur deshalb, weil sie ständig wechselten.

Meine Mutter sah mich an. »Weil sie so entstellt ist. Das Alter, in dem ihr seid, ist so schon schwer genug, auch ohne ein solches Handicap. Sie muss sich vom Schicksal sehr benachteiligt fühlen.«

»Sie fühlt sich nicht benachteiligt, Mama. Es sind bloß ein paar Narben, nichts weiter.«

»Trotzdem schade.« Seufzend zog meine Mutter eine Aktenmappe, die am anderen Ende des Schreibtischs lag, näher zu sich heran. »Sonst wäre sie nämlich ein hübsches Mädchen.«

Sie öffnete die Mappe und begann sich Notizen zu machen. Als wäre ich schon gar nicht mehr da. Doch vor allem, als gäbe es keine andere Meinung als ihre, kein Recht auf Widerspruch.

Natürlich war Kristy keine Schönheit, dazu waren die Macken zu offensichtlich. Natürlich waren wir über den

Tod meines Vaters hinweg, schaut euch ruhig bei uns um, alles bestens, wir haben Erfolg, beruflich, in der Schule, uns geht's gut, ja wunderbar. Doch ich hatte nie den Mund aufgemacht, um ihr zu widersprechen. Deswegen konnte ich niemandem die Schuld an diesem Zustand geben außer mir selbst.

Mit diesen Gedanken im Kopf kehrte ich in die Küche zurück. Wes hockte mittlerweile neben Kristy und blätterte mit ihr zusammen durch *Southern Living.*

»Der Krempel ist nicht halb so gut wie deine Sachen.« Kristy deutete auf die aufgeschlagene Seite. »Ich meine, was soll das hier überhaupt darstellen?«

»Einen Reiher. Aus Gusseisen.« Doch dabei sah Wes mich an, nicht sie. »Glaube ich jedenfalls.«

»Einen was?« Kristy kniff die Augen zusammen, als könnte sie dadurch besser erkennen, was die Abbildung darstellen sollte. »Ist nicht wahr.«

Ich trat zu den beiden an die Küchentheke, um mir das Foto selbst anzusehen. Tatsächlich – ein gusseiserner Reiher. Genau von so was hatte meine Schwester gesprochen.

»Die sind in Atlanta gerade der Hit«, sagte Wes zu Kristy.

»Und wie«, fügte ich hinzu.

Kristy sah erst ihn und dann mich an. »Schön für sie.« Schob ihren Hocker zurück, hüpfte auf den Boden. »Aber jetzt muss ich dringend diesen Wahnsinnsweltuntergang checken.«

Kristy ging ins Wohnzimmer. Ich blickte ihr nach. Sie schmiss sich in unseren Ohrensessel, ließ ihre Hände über die Armlehnen gleiten, rutschte ein bisschen hin und her, bis sie bequem saß, und legte für einen Moment entspannt den Kopf in den Nacken, bevor sie ihre Aufmerksamkeit auf den Fernseher richtete.

Wes, der mir gegenüber an der Küchentheke stand, blätterte um. »Alles in Ordnung, ich meine, wegen deiner Mutter?«, fragte er ohne aufzublicken.

»Ja.« Ich warf einen Blick auf die Zeitschrift. Noch ein eiserner Reiher. »Ich kapiere nicht ganz, was man an den Dingern finden kann«, meinte ich.

Er deutete erklärend auf das Bild. »Also, zuerst einmal sehen sie sauber und ordentlich aus. Auf einen Blick zu erfassen. Das gefällt den Leuten. Zweitens nehmen sie ein Motiv aus der Natur auf, passen also gut in den Garten. Drittens ...« Er blätterte noch eine Seite um, zeigte auf den nächsten, dort abgebildeten Reiher. »... nimmt der Künstler sich und seine Reiher sehr ernst, wodurch sie zusätzlich einen ganz eigenen Charakter bekommen.«

Ich betrachtete das Foto des Künstlers, eines hoch gewachsenen Mannes mit weißem Pferdeschwanz, der in nachdenklicher Pose neben einem Gartenteich stand. Die Bildunterschrift lautete: *In meinen Reihern manifestiert sich die Fragilität des Lebens.*

»Bah«, meinte ich. »Wenn man so was von sich geben muss, um als ernsthafter Künstler zu gelten – gute Nacht.«

»Sehe ich genauso.«

»Aber wart's ab, eines Tages taucht dein Foto auch in so einer Zeitschrift auf, plus Artikel, in dem du über die wahre, tiefe Bedeutung deines Werks sprichst.«

»Unwahrscheinlich«, antwortete Wes. »Ich glaube nicht, dass *Southern Living* über Leute berichtet, deren Laufbahn als Künstler damit begonnen hat, dass sie verhaftet und in eine Erziehungsanstalt verfrachtet wurden.«

»Quatsch. Ich kann mir gut vorstellen, dass auf dem Foto da einer von deinen Engel ist«, meinte ich.

Wes schnitt eine abwehrende Grimasse.

»Woher kommt eigentlich diese negative Einstellung?«, fuhr ich neckend fort.

»Nicht negativ, sondern realistisch.« Wes klappte die Zeitschrift zu.

Ich pikte ihn scherzhaft mit dem Finger. »Ich finde, du solltest etwas positiver denken.«

»Und du solltest aufhören mich zu piken.«

Ich lachte, drehte mich aber um, weil ich ein Geräusch in meinem Rücken hörte. Meine Mutter stand wieder im Türrahmen. Wie lange wohl schon? Doch die Frage beantwortete sich von selbst, dazu genügte ein Blick auf ihr Gesicht: streng, missbilligend, energisch vorgestrecktes Kinn.

Ihre Stimme klang allerdings vollkommen neutral: »Macy, reichst du mir bitte meinen Aktenordner?«

Als ich zur Arbeitsplatte neben dem Kühlschrank ging, spürte ich ihren Blick bohrend in meinem Rücken. Wes, dem die unvermittelt angespannte Atmosphäre nicht entgangen war, verzog sich ins Wohnzimmer. Als er den Raum betrat, rückte Kristy in ihrem Riesensessel wie selbstverständlich ein Stück zur Seite, damit er sich neben sie setzen konnte.

»Es handelt sich um eine Art Rückkopplungseffekt«, verkündete der Moderator, »der wiederum in der Bevölkerung eine Art Dominoeffekt bewirken würde, denn das konstante, unterschwellige Dröhnen würde die Menschen langsam, aber sicher in den Wahnsinn treiben ...«

»Vibrationen können einen verrückt machen?«, fragte Kristy.

»Alles kann einen verrückt machen«, antwortete Bert.

»... entweder ein Naturphänomen«, sagte der Moderator gerade eindringlich, »aber möglicherweise auch ein von Außerirdischen entwickeltes, hoch technisiertes Instrument, das Töne produziert, deren Klang und Wirkung unser Vorstellungsvermögen überschreiten.«

»Interessant.« Delia strich sich über ihren Bauch.

»Mmm-hmmm.« Monica schien der gleichen Ansicht zu sein.

Ich nahm den Ordner und brachte ihn meiner Mutter. Sie trat durch die Tür ins Halbdunkel des Flurs, wobei ihr Blick mir signalisierte, ich solle ihr bitte folgen.

»Macy, habe ich richtig gehört? Dieser Junge wurde schon mal verhaftet?«

»Das ist lange her«, antwortete ich, »und –«

»Macy!«, rief Kristy. »Komm her, sonst verpasst du den Mega-Hunami.«

»Tsunami«, sagte Bert.

»Egal, Hauptsache Mega, oder etwa nicht?«, konterte Kristy.

Doch ich hörte sie kaum, denn ich konnte nichts anderes mehr tun als meine Mutter anzuschauen. Nahm nichts anderes mehr wahr als die Blicke, die sie meinen Freunden zuwarf, und das vernichtende Urteil, das sich überdeutlich auf ihrem Gesicht abzeichnete. Angefangen mit Delias chaotischem Geschäftsgebaren über Kristys Narben bis hin zu Wes' Vergangenheit – ihre Schwächen waren nur allzu offensichtlich. Weswegen sie den Ansprüchen meiner Mutter nicht genügten.

»Das ist der junge Mann von neulich Abend, oder?«

»Bitte?«

Meine Mutter sah mich so streng und unerbittlich an, als hätte ich ihr allein durch diese simple Verständnisfrage widersprochen.

»Als ich neulich Abend nach Hause kam, stand in unserer Auffahrt ein Truck. Und auf dem warst du, zusammen mit noch jemandem.« Sie betonte jede einzelne Silbe. »War er das?«

»Äh … ja, vermutlich schon«, antwortete ich. »Er hat mich netterweise nach Hause gefahren.« Wie war ich bloß auf die Idee gekommen, sie hätte uns nicht bemerkt? Im Gegenteil – es war nur ein weiterer Punkt, den sie gegen mich verwenden würde. Ich merkte es nur zu deutlich an der Art, wie sie Wes betrachtete. »Es ist nicht so, wie du denkst, Mama. Er ist einfach ein netter Typ, mit dem ich befreundet bin.«

»Sobald die Sendung vorbei ist«, befahl sie, als hätte ich überhaupt nichts gesagt, »verlassen diese Leute mein Haus! Hast du mich verstanden?«

Ich nickte. Meine Mutter klemmte sich ihren Ordner unter den Arm. Ich wollte gerade ins Wohnzimmer gehen, da rief sie mich zurück.

»Übrigens, was ich noch vergessen habe …« Ihre Stimme drang laut und deutlich durch sämtliche Räume des unteren Stockwerks. »Jason rief vorhin an. Er kommt übers Wochenende nach Hause.«

»Wirklich?«

»Ja, seine Großmutter ist anscheinend schwer krank, deshalb fliegt er für ein paar Tage her. Ich soll dir ausrichten, dass er morgen gegen Mittag ankommt und dann direkt in die Bibliothek fährt, um sich dort mit dir zu treffen.« Damit wandte sie sich abrupt um und ging in ihr Arbeitszimmer.

Ich stand wie angewurzelt da und versuchte diese Nachricht zu verarbeiten. Jason kam nach Hause. Und natürlich hatte meine Mutter nichts Besseres zu tun als genau das vor aller Welt, insbesondere Wes, rauszuposaunen. Wo sie heute Abend doch sonst so großen Wert darauf gelegt hatte, ihre Kritik so diskret wie möglich zu äußern. Aber was hatte ich erwartet? Sie wollte mich zurück auf Spur bringen; das hatte sie mit jeder Faser ihres Körpers, mit jeder Nuance ihres Tons ausgedrückt. Dieser letzte Schlag diente einzig und allein dazu, mich in die richtige, in *ihre* Richtung zu schubsen.

Als ich das Wohnzimmer betrat, redete der Moderator gerade lang und breit über den Mega-Tsunami; in sämtlichen gruseligen Einzelheiten beschrieb er, wie ein einziger Vulkanausbruch genügte, um die Kettenreaktion in Gang zu setzen, durch die am Ende die gesamte Küstenregion unseres Kontinents ausgelöscht werden würde. Was braucht man noch für einen Beweis dafür, dass das Leben kurz ist, dachte ich. Vielleicht rumorte es ja bereits heftig im Inneren des Vulkans, in *diesem* Augenblick; vielleicht brodelte die Lava schon hoch, vielleicht entstand gerade der Druck, der immer gewaltiger, immer unerträglicher werden würde, so dass das Ganze am Ende zwangsläufig explodieren musste.

Kristy rutschte auf die breite Lehne des Sessels, um Platz zwischen sich und Wes zu machen, der konzentriert auf den Bildschirm blickte. Ich setzte mich. Er schwieg. Ob er die Bemerkungen meiner Mutter über Jason wohl gehört hatte? Egal. Schließlich waren wir bloß Freunde, nichts weiter.

»Alles klar?«, fragte Kristy. Ich nickte, während ich auf eine Computersimulation der gigantischen Flutwelle starrte. Ein Vulkanausbruch, große Teile Land brachen ab, stürzten ins Meer, eine zwangsläufige Abfolge von Ereignissen, die alle auf das eine, ungeheure Danach hinausliefen, während sich die Welle höher, immer höher aufbaute und über den Ozean raste, wobei sie die Entfernung zwischen Afrika und uns in wenigen Sekunden zu überwinden schien. Meinen Kopf beherrschte nur noch ein einziger Gedanke: Vor unseren Augen – da, auf dem Fernsehbildschirm – bewegte sich die Zukunft in diesen wenigen Sekunden unweigerlich auf ihr eigenes Ende zu. Es gab nichts, worin sich der Ausdruck »für immer und ewig« mit all seinen Bedeutungen und Konsequenzen so deutlich zeigen würde wie beim Ende der Welt. Dem todsicheren, dem unwiderruflichen, dem Ende aller Zeiten.

Kapitel 14

Als ich am nächsten Tag aufwachte, hatte ich so schlechte Laune wie noch nie. Die ganze Nacht über hatte ich kaum geschlafen, sondern mich hin und her gewälzt und wirres, schreckliches Zeug geträumt. Wobei der letzte Traum der Oberhorror war.

Ich ging während der Mittagspause mit meiner Sandwichtüte die Straße vor der Bibliothek entlang. Plötzlich bremste hupend ein Auto neben mir. Als ich den Kopf drehte, sah ich meinen Vater am Steuer sitzen. Er bedeutete mir mit einer Geste einzusteigen, aber gerade als ich die Tür öffnen wollte, machte der Wagen mit quietschenden Reifen einen Satz vorwärts und raste los. Mein Vater drehte sich zu mir um; ich sah deutlich, dass er Angst hatte, konnte jedoch nichts machen, überhaupt nichts, während das Auto unaufhaltsam auf eine dicht befahrene Kreuzung zusteuerte. Ich fing an zu rennen, und obwohl ich träumte, fühlte es sich vollkommen real an: das leichte Ziehen, das ich bei jedem Start am Knöchel verspürte, und das sichere Gefühl, bei diesem Lauf meinen Rhythmus, mein Tempo nicht zu finden. Jedes Mal, wenn ich meinen Vater fast eingeholt hatte, wenn ich glaubte, das Auto irgendwie, irgendwo festhalten zu können, glitt es mir durch die Finger – und damit auch mein Vater.

Keuchend wachte ich auf. Meine Beine hatten sich in

meinen Decken und Laken verheddert. Ich strampelte mich frei und spürte das rasende Pochen meines Pulses im Handgelenk. Kein guter Einstieg in den Tag.

Als ich in die Küche kam, hing meine Mutter am Telefon, um die letzten Einzelheiten für die Wildflower-Ridge-Parade zum Unabhängigkeitstag inklusive Picknick zu klären, die sie seit Wochen minutiös geplant hatte. Mein Job würde es sein, am Informationstisch zu sitzen, die Leute aus der Nachbarschaft zu begrüßen, zu lächeln sowie höflich jede erdenkliche Frage zu beantworten, und das, *nachdem* ich eine halbe Schicht in der Bibliothek gearbeitet hatte, die trotz des heutigen Feiertags bis eins geöffnet sein würde. Selbst wenn ich gut beziehungsweise überhaupt geschlafen hätte, wäre das ein langer, anstrengender Tag geworden. Aber so hatte ich das Gefühl, der Tag dehnte sich endlos vor mir aus, zumal ich ja – bevor ich mich, vermutlich halb tot, auf meinem Stuhl am Informationstisch niederlassen konnte – erst Jasons Auftauchen, die Bibliothek und wer weiß was sonst noch hinter mich bringen musste.

Ich setzte mich an den Küchentisch, zwang mich, ein paar Löffel Müsli zu essen und nicht an das zu denken, was mir bevorstand. Nachdem meine Mutter aufgelegt hatte, kam sie mit ihrem Kaffeebecher zu mir und setzte sich neben mich. »Ich glaube, wir müssen wegen gestern Abend noch einmal miteinander sprechen.«

Ich legte meinen Löffel auf dem Rand des Schüsselchens ab. »Okay«, antwortete ich.

Sie atmete tief durch. »Ich denke, ich habe dir gegenüber bereits mehr als deutlich gemacht –«

Das Telefon begann zu klingeln. Meine Mutter stand auf, schob ihren Stuhl zurück, durchquerte die Küche und hob ab. Beim zweiten Klingeln.

»Deborah Queen«, sagte sie und hörte einen Moment zu, wobei sie mir den Rücken zuwandte. »Ja. Sehr gut. Ja. Spätestens um halb vier, bitte. Vielen Dank.« Sie legte auf und machte sich rasch eine Notiz, bevor sie zu mir an den Tisch zurückkehrte. Im Hinsetzen meinte sie: »Tut mir Leid.« Nahm ihren Becher, trank einen Schluck Kaffee. »Wir sprachen ja bereits darüber, dass ich über die Veränderungen, die mir in letzter Zeit bei dir aufgefallen sind, nicht eben glücklich bin. Gestern Abend wurde mein Eindruck bestätigt, dass ich allen Grund habe, mir Sorgen zu machen.«

»Mama, du hast keine –«

Aus ihrer Handtasche, die auf der Küchentheke stand, ertönte ein schrilles Klingeln. Meine Mutter schnappte sich die Tasche, wühlte darin herum, drückte auf den Sprechknopf, hielt sich das Handy ans Ohr. »Deborah Queen. Hallo, Marilyn. Nein, Sie stören überhaupt nicht. Lassen Sie mich nur rasch die Zahlen für Sie raussuchen.« Mit erhobenem Finger signalisierte sie mir, mich nicht von der Stelle zu rühren, wobei sie aufstand und durch den Flur in ihr Arbeitszimmer entschwand. Dieses Gespräch war als solches schon grausam genug. Durch die ständigen Unterbrechungen wurde es die reinste Folter.

Als meine Mutter das Gespräch beendet hatte und wieder in die Küche kam, hatte ich bereits meine Müslischüssel unter den Wasserhahn gehalten und in die Spülmaschine gestellt.

»Langer Rede kurzer Sinn ...«, sagte sie im Hinsetzen und als hätte es überhaupt keine Unterbrechung gegeben, »... ich wünsche, dass du deine Freizeit in Zukunft nicht mehr mit diesen Leuten verbringst. Du kannst von mir aus weiter für den Catering-Service arbeiten, aber sonst nichts.«

Vielleicht lag es daran, dass ich müde war. Oder daran, dass sie nicht ein einziges Mal mit mir reden konnte, und dann auch noch über ein so schwieriges Thema, ohne das Gespräch alle paar Sekunden zu unterbrechen. Egal. Was ich als Nächstes sagte, verblüffte jedenfalls uns beide.

»Warum?«

Nur ein einziges Wort. Aber mit diesem einen Wort hatte ich meiner Mutter, soweit ich zurückdenken konnte, zum ersten Mal in meinem Leben bewusst widersprochen, und sei es auch noch so dezent.

»Macy, dieser junge Mann ist schon einmal *verhaftet* worden.« Meine Mutter betonte jedes Wort. »Ich bin dagegen, dass du mit so jemandem zu jeder Tages- und Nachtzeit in der Gegend rumfährst –«

Wieder begann das Telefon zu klingeln. Sie wollte schon aufstehen, hielt jedoch inne. Das Telefon klingelte noch zweimal und verstummte.

»Hör zu, mein Schatz«, sagte sie und ihre Stimme klang erschöpft. »Ich weiß, was passiert, wenn sich jemand mit den falschen Leuten rumtreibt. Bei deiner Schwester habe ich das zur Genüge durchgemacht.«

»Aber es ist nicht fair«, antwortete ich. »Ich habe nichts verbrochen.«

»Es geht nicht um Bestrafung«, entgegnete sie, »sondern um Vorbeugung.« Als dozierte sie über Waldbrandbekämpfung oder eine ansteckende Krankheit. Ich wandte den Kopf ab und sah durchs Fenster hinaus in den Garten, wo das Gras im hellen Sonnenlicht glänzte.

»Macy, bitte mach dir Folgendes klar.« Meine Mutter sprach leise, aber eindringlich. »Was du jetzt tust, prägt dein ganzes Leben. Die Menschen, mit denen du dich umgibst, die Entscheidungen, die du triffst, können dich, deine Persönlichkeit, deine Zukunft unwiderruflich verändern. Verstehst du, was ich meine?«

Und wie ich es verstand. Besser als je zuvor. Denn in den wenigen Wochen, seit ich mich mit Kristy und – noch viel wichtiger – mit Wes angefreundet hatte, *hatte* ich mich verändert. Sie halfen mir zu erkennen, dass die Welt aus mehr bestand als aus Angst. In dem Sinne hatten sie mich tatsächlich geprägt. Allerdings nicht in der Art und Weise, vor der meine Mutter sich fürchtete.

»Ich verstehe dich genau.« Ich hätte es ihr so gern erklärt. »Aber –«

Sie fiel mir ins Wort. »Dann bin ich ja zufrieden.« In diesem Augenblick begann das Telefon erneut zu klingeln. »Und ich bin sehr froh, dass wir einer Meinung sind.«

Dann stand sie auf, ging zum Telefon, hob ab. War weg. »Deborah Queen«, sagte sie. »Harry. Hallo. Ja, ich dachte auch gerade, dass ich unbedingt noch mit Ihnen sprechen muss ...« Telefonierend ging sie durch den Flur davon. Ich saß in der Küche, in der es plötzlich sehr still geworden war. Meine Mutter war für alle und jeden zu erreichen. Man musste nichts weiter tun als eine Nummer zu wählen und zu warten, bis sie abhob. Wenn es für mich doch auch nur so einfach wäre.

Als ich zur Arbeit aufbrechen wollte, musste ich feststellen, dass mein Auto in unserer Auffahrt von einem Lieferwagen voller Klappstühle blockiert wurde. Also ging ich wieder ins Haus und schaffte es sogar, meine Mutter bei einem ihrer vielen Telefonate zu unterbrechen. Viel weiter half mir das allerdings nicht, denn der Mensch, der den Lieferwagen dort abgestellt hatte (und der für meine Mutter arbeitete), hatte den Schlüssel mit nach Hause genommen.

»Ich fahre dich schnell zur Bibliothek.« Meine Mutter schnappte sich ihre Handtasche von der Küchentheke. »Aber wir müssen uns beeilen, ich habe noch irrsinnig viel zu tun.«

Da saßen wir nun in dem kleinen beengten Raum, der ihr Wagen war. Und schwiegen. Die ganze Fahrt über. Dieses Schweigen wurde noch verstärkt, als der Wagen im Stau stecken blieb. Immer noch saßen wir schweigend da, eingezwängt zwischen anderen gereizten Menschen in ihren Autos. Vermutlich war meiner Mutter überhaupt nicht bewusst, dass ich sauer war. Bis wir in ihr Auto eingestiegen waren, hatte ich es selbst kaum bemerkt, doch mittlerweile spürte ich, wie ich mit jeder Sekunde saurer wurde. Sie hatte mir die Sachen meines Vaters weggenommen, meine Erinnerungen an ihn, und jetzt wollte sie mir auch noch meine Freunde wegnehmen. Ich musste zumindest versuchen, mich dagegen zu wehren.

»Du siehst müde aus, mein Schatz«, sagte sie schließlich, nachdem ein paar weitere Minuten ohne ein Wort vergangen waren. Ich wusste, dass sie mich ansah, hatte ihren Blick jedoch noch nicht erwidert. »Hast du nicht gut geschlafen?«

Mein übliches Nein-alles-okay-mir-geht-es-gut lag mir schon auf der Zunge, doch dann hielt ich inne. Nichts ist okay, dachte ich. Und antwortete deshalb: »Nein, habe ich nicht. Ich habe schlecht geträumt.«

Hinter uns hupte jemand.

»Wirklich?«, sagte sie. »Wovon?«

»Von Dad, wenn du es genau wissen willst.« Während ich das sagte, sah ich sie dann doch an. Sah, wie ihre Finger, die sich ums Lenkrad krampften, für einen Moment ganz weiß wurden, bevor sie sich wieder ein wenig entspannten. Ich verspürte ein bohrendes Gefühl in der Magengrube. Fast so, als würde ich gerade etwas ganz und gar Falsches tun.

»Ach wirklich?« Sie schaute stur geradeaus auf die Straße. Der Verkehr kam allmählich wieder ins Rollen.

»Ja«, antwortete ich. »Es war ziemlich unheimlich. Er saß in einem Auto und –«

»Wahrscheinlich war es in deinem Zimmer zu heiß.« Meine Mutter beugte sich vor und drehte am Regler der Klimaanlage. »Ich habe dir schon immer gesagt, du hast zu viele Decken auf deinem Bett. Du weißt doch, wenn dir zu heiß wird, hast du Alpträume.«

Ich wusste, was sie vorhatte: mich durch gezielte Sätze dieser Art behutsam wieder auf Spur bringen.

»Trotzdem ist es komisch.« Ich musste mich regelrecht zwingen weiterzusprechen. »Nachdem er gestorben war, habe ich oft von ihm geträumt, in letzter Zeit allerdings überhaupt nicht mehr. Wahrscheinlich hat es mich deshalb letzte Nacht auch so aufgewühlt. Er steckte in großen Schwierigkeiten, aber ich konnte ihm nicht helfen, was mir totale Angst eingejagt hat.«

Ich redete viel zu schnell, doch da standen sie zwischen uns – diese paar Sätze. So viel hatte ich mit meiner Mutter über meinen Vater seit dessen Tod nicht mehr gesprochen. Schon dass ich es überhaupt gesagt hatte, schon dass die Worte die Kluft zwischen innen und außen überwunden hatten, grenzte an ein Wunder. In einer Mischung aus Angst und Aufgekratztheit wartete ich darauf, was als Nächstes passieren würde.

Meine Mutter atmete tief durch. Ich krallte meine Fingernägel in meine Handflächen.

»Es war nur ein Traum«, sagte sie.

Und das war's. Die ganze Anspannung umsonst. Ich hatte mich so angestrengt, um den Mut zum Springen aufzubringen – und nichts geschah. Ich fiel nicht, stürzte nicht, flog nicht. Stattdessen stand ich wieder am Rand des Abgrunds, rieb mir verwundert die Augen und fragte mich, ob ich überhaupt je gesprungen war. Irgendwas läuft hier falsch, dachte ich. Meine Mutter saß neben mir am Steuer, die Augen unverwandt auf die Straße gerichtet.

Sie hielt vor der Bibliothek. Ich nahm meine Handtasche, öffnete die Tür, stieg aus. Glühende Hitze schlug mir vom Asphalt entgegen.

»Wie kommst du nach Hause?«, fragte sie mich. »Soll ich dich abholen?«

»Ich finde bestimmt jemanden, der mich schnell fährt«, antwortete ich.

»Wenn ich nichts anderes von dir höre«, sagte sie, »erwarte ich dich um Punkt sechs am Eingang zum Park, wo der Begrüßungstisch aufgebaut sein wird.«

Ich nickte und schloss die Tür. Meine Mutter fuhr davon. Ich stand da, blickte ihr nach und merkte auf einmal: Das war ja wie in meinem Traum. Ich stand an derselben Stelle vor der Bibliothek und ein Wagen fuhr davon. Als wäre ich überhaupt nicht aufgewacht. Als würde ich jeden Moment meine Augen aufschlagen und ein anderer Morgen beginnen, an dem alles völlig anders laufen würde. Doch als meine Mutter, kurz bevor sie um die Ecke bog, sich umwandte, um mir zuzuwinken, wirkte sie im Gegensatz zu meinem Vater in meinem Traum nicht so, als hätte sie Angst oder würde mich brauchen. Mit ihr war alles okay. Nein, mir geht's gut, alles in Ordnung.

Um zwölf Minuten nach neun betrat ich die Bibliothek. Bethany und Amanda, die schon auf ihren Plätzen saßen, blickten auf. Bethany warf erst einen Blick auf die Uhr an der Wand und danach auf mich.

»Da war ein Stau auf der Cloverdale Road.« Ich stieß die Schwingtür auf und mir das Knie an ihrem Stuhl. Wartete, dass sie etwas zur Seite rückte, damit ich vorbeikam, doch vergeblich. Deshalb schlängelte ich mich um sie herum, mit der Folge, dass mir nun Amandas Stuhl im Weg stand. Die üblichen kleinen Schikanen eben.

»Ich bin die Strecke auch langgefahren«, meinte Amanda kühl und verrückte ihren Stuhl auf leise quietschenden Rollen so, dass sie mir den Weg noch weiter blockierte. »Ich hatte keine Probleme.«

Ich manövrierte um sie herum, wobei ich nun dem Papierkorb ausweichen musste, und stellte meine Tasche auf den Boden neben meinem Stuhl, auf dem sich Zeitschriften stapelten. Bevor ich mich hinsetzen konnte, musste ich sie erst einmal auf den Tisch bei meinem Computer legen. Seit Wochen ließ ich mir das gefallen. Seit Wochen. Warum? Weil ich mich verpflichtet fühlte? Wem überhaupt? Etwa Jason? Schließlich hatte *er* seine Verpflichtungen mir gegenüber so problemlos abgeschüttelt wie eine schlecht sitzende zweite Haut. Und meiner Mutter, die mich für nicht pflichtbewusst genug hielt, obwohl ich in der Bibliothek die ganze Zeit still und tapfer vor mich hin gelitten hatte, schuldete ich meines Erachtens erst recht nichts.

Es stand einfach nicht dafür. Absolut nicht.

Offensichtlich war ich nicht die Einzige, die von Jasons überraschender Stippvisite erfahren hatte. Den ganzen Morgen über waren Bethany und Amanda richtiggehend ausgelassen, wirbelten und schwatzten, sortierten Rechnungen der Zeitschriften, die in seiner Abwesenheit eingegangen waren, brachten das System auf den neuesten Stand. Meine Wenigkeit wurde ins hintere Zimmer verbannt, um alte, halb verschimmelte Zeitschriften mit Stockflecken zu ordnen. Ich hatte noch etwa zwei Stunden Zeit, um über Jason nachzudenken und darüber, was ich zu ihm sagen sollte, wenn ich ihn sah. Aber je mehr ich versuchte mich darauf zu konzentrieren, umso hartnäckiger wanderten meine Gedanken zu *Wish Catering* und Wes und allem, was in den letzten Wochen passiert war. An dem Abend, als Jason mir die Mail schrieb, er wolle sich von mir trennen, hatte ich an nichts anderes denken können als daran, wie ich die Sache zwischen uns wieder in Ordnung bringen konnte. Doch jetzt war ich mir nicht mehr sicher, was ich eigentlich wollte.

Nachdem ich mit dem Sortieren der Zeitschriften fertig war, setzte ich mich wieder an meinen Platz an der Theke und starrte durchs Fenster zu der Mauer auf der gegenüberliegenden Straßenseite. Der Countdown bis zu Jasons Ankunft lief. Immer wieder schoss mir der Gedanke durch den Kopf, dass sich die große gläserne Eingangstür jeden Moment öffnen und etwas geschehen würde. Ich wusste bloß nicht, was.

Amanda und Bethany unterhielten sich eifrig auf Französisch; sie wollten in den letzten Wochen der Sommerferien einen Sprachkurs machen und übten schon mal. Nervös und durcheinander, wie ich war, trieb mich das Genäsel fast in den Wahnsinn. Nur deshalb fiel es mir wahrscheinlich überhaupt auf, als sie endlich damit aufhörten. Vollkommen unvermittelt.

Gut festhalten, Macy, dachte ich, jetzt geht's los. Gerade hatte Amanda noch irgendetwas von den Champs-Élysées geflötet, doch im nächsten Moment starrten beide zur Eingangstür. Sprachlos.

Ich blickte auf, hatte Jason bereits vor meinem geistigen Auge. Aber es war nicht Jason. Es war Wes.

Er war gerade hereingekommen, stand an der Eingangstür und schaute sich um, als müsste er sich erst einmal sammeln. Dann entdeckte er mich und bewegte sich in seinem wohl bekannten Schlendergang auf uns drei zu.

Während er sich näherte, hörte ich die Rollen an Bethanys und Amandas Stühlen aufgeregt quietschen: Die beiden rückten näher an die Theke heran, setzten sich aufrecht und erwartungsvoll hin. Doch Wes trat direkt auf mich zu.

»Hallo«, sagte er.

In meinem ganzen Leben hatte ich mich noch nicht so gefreut jemanden zu sehen. »Hallo.«

Wes beugte sich ein wenig vor. »Ich wollte dich bloß –«

»Entschuldigung«, sagte Bethany mit lauter, klarer Stimme.

Wes wandte sich um und sah sie an. Ich nahm alles an ihm genau wahr: sein Profil, seinen Arm, das kleine Stück Herzhand, das unter seinem Ärmel hervorguckte.

»Wir helfen dir gerne«, fuhr Bethany fort. »Hast du irgendeine Frage?«

»Äh ... ja ...« Wes blickte mich an. Ein leichtes Lächeln umspielte seine Lippen. »Aber –«

»Die kann ich bestimmt auch beantworten.« Bethanys Stimme klang so fest, so von sich selbst überzeugt. Amanda nickte zustimmend.

»Ist schon in Ordnung«, antwortete Wes, bevor er sich wieder mir zuwandte und fragend die Augenbrauen hob. Ich zuckte nur die Schultern.

»Okay, also –«

Bethany fiel ihm ins Wort. »Sie ist bloß Praktikantin und kann dir ganz sicher nicht weiterhelfen.« Rutschte auf ihrem Stuhl etwas näher an Wes heran und sagte in chefmäßigem Ton: »Es wäre wirklich besser, wenn du dich an mich wenden würdest beziehungsweise an uns.«

Und jetzt – aber wirklich erst jetzt – bemerkte ich, dass Wes einen Hauch genervt wirkte. »Danke«, antwortete er, »aber ich bin mir sicher, sie kennt die Antwort auf meine Frage.«

»Nein. Frag mich.«

Jetzt war er nicht mehr nur einen Hauch genervt. Als er mich ansah, verengten sich seine Augen wie bei einem Tiger vor dem Sprung. Ich erwiderte seinen Blick. Furchtlos. Was auch immer jetzt geschieht, dachte ich, es ist mir egal. Und zum ersten Mal überhaupt schlich die Zeit an der Infotheke nicht dahin. Nein, sie flog.

»Na gut«, sagte Wes gedehnt. Er trat näher an Bethany heran, stützte sich auf seine Ellbogen und beugte sich zu ihr hinunter. Sie setzte sich noch aufrechter hin als sowieso schon und blickte ihn gespannt an. Genau wie jemand, der bei *Wer wird Millionär?* nur noch die alles entscheidende Frage beantworten muss, um endgültig abzuräumen. »Meine Frage lautet …«

Amanda nahm einen Stift in die Hand, als glaubte sie einen Teil dieser Herausforderung schriftlich erledigen zu müssen.

»Weißt du, wo die großen Servierzangen hingekommen sind, als wir gestern Abend die Sachen weggeräumt haben?«, fragte Wes mit todernster Stimme.

Das Absurde war, dass Bethany für den Bruchteil einer Sekunde tatsächlich aussah, als würde sie den Karteikasten in ihrem Kopf nach der Antwort durchsuchen. Doch dann schluckte sie und spitzte leicht die Lippen. »Nun …« Mehr sagte sie nicht.

Ich merkte, dass ich lächelte. Nein: breit, unverhohlen und schamlos grinste.

Wes richtete seinen Blick auf Amanda. »Weißt du's?«

Amanda schüttelte langsam den Kopf.

»Na dann.« Wes wandte sich wieder mir zu. »Frag ich doch besser die Praktikantin. Macy?«

Ich konnte Amandas und Bethanys Blicke auf meiner Haut spüren wie Stiche. »Auf dem Servierwagen mit dem kaputten Rad, und zwar unter den Schürzen«, antwortete ich. »Bei den anderen Servierbestecken war kein Platz mehr dafür.«

Wes lächelte mich an. »Ach so.« Er schüttelte den Kopf, als hätte er auch selbst darauf kommen können. »Klar, wo sonst?«

Das Quietschen der Räder verriet mir, dass Bethany und Amanda entlang der Theke den Rückzug antraten. Wes sah ihnen ungerührt nach und beugte sich dann ganz dicht zu mir.

»Nette Kolleginnen«, meinte er halblaut.

»Ja, stimmt«, erwiderte ich, jedoch nicht ganz so leise. »Sie können mich nicht ausstehen.«

Die Stühle rollten plötzlich nicht mehr weiter. Stille. Ja und? Als wäre das ein Geheimnis gewesen.

»Und sonst? Wie läuft es so bei euch?«, fragte ich.

»Das übliche Chaos.« Wes fuhr sich mit der Hand durchs Haar. »Delia flippt aus, weil über Nacht eine der Kühlboxen den Geist aufgegeben hat und alles, was drin war, schlecht geworden ist. Kristy und Monica sind wegen des Feiertags ans Meer gefahren, deshalb müssen Delia, Bert und ich mal eben fünf Eimer Kartoffelsalat improvisieren und die ganze Veranstaltung zu dritt managen. Nachdem ich gerade zum Supermarkt geflitzt war, weil wir natürlich nicht mehr genug Mayonnaise hatten, rief Delia völlig verzweifelt an und meinte, sie könne die Servierzangen nirgends finden; ich solle doch bitte hier vorbeifahren und dich fragen.« Er atmete einmal tief durch, bevor er sich erkundigte: »Und wie war dein Tag so bisher?«

»Frag nicht.«

»Ist ein gewisser Freund schon aufgetaucht?«

Er hat es also doch mitgekriegt, dachte ich. Und schüttelte den Kopf. »Nein, noch nicht.«

»Sag dir einfach, es könnte noch viel schlimmer sein«, meinte Wes. »Zum Beispiel, wenn du gerade Kartoffelsalat machen müsstest. Stell dir vor, du würdest bis zu den Ellbogen in Mayonnaise verschwinden.«

Wahrlich keine schöne Vorstellung. Ich schnitt eine übertrieben angewiderte Grimasse.

»Folgendes ...« Wes fuhr mit der Hand über die Fläche zwischen uns. »Es wäre einfach Spitze, wenn du uns helfen könntest. Schade, dass du hier nicht wegkommst.«

In den Sekunden, die nun vergingen, hörte ich nichts weiter als die ewige Grabesstille der Bibliothek. Das Ticken der Wanduhr. Das leise Knarren von Bethanys Stuhl. Und das gab – nach allem, was in diesem Raum geschehen war, von meinem ersten Tag hier bis zu den letzten fünf Minuten – den Ausschlag.

»Vielleicht ja doch«, erwiderte ich.

Wandte mich um, sah Bethany und Amanda an. Sie taten, als wären sie in irgendwelche Fachzeitschriften vertieft, spitzten aber gleichzeitig die Ohren, um ja kein Wort von unserer Unterhaltung zu verpassen. »Hey«, sagte ich. Sie blickten gleichzeitig auf, ein Wesen mit zwei Köpfen. »Wisst ihr was? Ich glaube, ich gehe jetzt mal.«

Ein paar Sekunden vergingen, während meine Worte langsam einsickerten.

Amanda sah mich verdutzt an. »Aber du hast erst in einer Stunde frei.«

»Ja, deine Schicht endet um eins«, fügte Bethany hinzu.

Ich nahm meine Tasche und meinte lapidar: »Wie komme ich bloß darauf, dass ihr mich nicht weiter vermissen werdet?« Stand auf, schob meinen Stuhl ordentlich an die Theke. Wes, die Hände in den Hosentaschen, betrachtete mich neugierig, geradezu fasziniert.

Ich warf einen letzten langen Blick auf die Infotheke, an der ich so lange vor mich hin vegetiert hatte. Vielleicht mache ich ja einen Riesenfehler, dachte ich. Und wenn schon. Der noch viel größere Fehler ist doch längst passiert. Ich hatte von vielem keine Ahnung, hätte ich nie behauptet, aber eines wusste ich mit Bestimmtheit: Sofern es sich um mein persönliches Immer handelte, wollte ich keine Sekunde länger an diesem Ort verbringen. Auf gar keinen Fall.

»Wenn du jetzt gehst«, presste Bethany hervor, »gibt es kein Zurück. Du kannst nicht wiederkommen.«

»Damit hast du vollkommen Recht«, antwortete ich. Und war unendlich froh, dass sie Recht hatte. »Ich kann nicht zurückkommen.«

Ich wollte hinter der Theke entlang zur Schwingtür laufen, aber wie üblich versperrte mir Amandas Stuhl den Weg. Und dahinter Bethanys. Da ich schon an meinem ersten Arbeitstag – und seitdem an jedem verfluchten Tag – einen wahren Hindernislauf hatte veranstalten müssen, um überhaupt hier reinzukommen, fand ich, dass ich zumindest beim Hinausgehen freie Bahn verdient hatte.

Ich warf meine Handtasche über die Theke. Mit einem dumpfen Klatschen landete sie neben Wes' Füßen auf dem Boden. Dann hob ich ein Bein und schwang mich in einer einzigen, fließenden Bewegung über die Theke. Selbst meine Schwester, die alte Rebellin, wäre stolz auf mich gewesen! Bethany und Amanda kriegten den Mund überhaupt nicht mehr zu.

»Wow!« Wes hob die Augenbrauen. Ich sammelte meine Handtasche vom Boden auf.

»Nicht schlecht«, sagte er außerdem. »Gekonnter Abschwung.«

»Danke«, entgegnete ich.

»Macy«, zischte Bethany. »Was ist bloß in dich gefahren?«

Doch ich antwortete nicht. Ich blickte nicht ein einziges Mal mehr zurück, während Wes und ich durch die Bibliothek auf den Ausgang zuliefen. Alle starrten uns nach. Es fühlte sich einfach richtig an. Nicht dass ich ging, nein, auch wie ich ging. Ohne groß darüber nachzudenken, ohne es zu bereuen. Und es fühlte sich richtig an, es zusammen mit Wes zu tun. Er hielt mir die Tür auf, ich trat hindurch. Ins Licht.

Kapitel 15

Mit ihren kurzen, pummeligen Fingerchen grabschte Lucy nach einem Buntstift. Und als sie dann damit das Papier berührte, tat sie es mit der ganzen Kraft ihrer zwei Jahre. Als würde die Farbe überhaupt nur so vom Stift aufs Papier übertragen. »Baum«, verkündete sie, während auf dem weißen Blatt ein längliches Gekrakel erschien, das von der einen Kante zur anderen reichte.

»Baum«, wiederholte ich und bemerkte, dass Wes mich schon wieder auf dieselbe Weise ansah wie eigentlich ständig seit dem Moment, als ich vor einer Stunde meinen schwungvollen Abgang über die Infotheke gemacht hatte. Auch während unserer gemeinsamen Fahrt zum Sweetbud Drive hatte er mich immer wieder mit derselben Miene betrachtet. Irgendwas zwischen beeindruckt und ungläubig. »Hör endlich auf, mich so anzusehen«, sagte ich.

»'tschuldigung.« Wes zuckte die Schultern, als könnte er es dadurch ein für alle Mal abschütteln. »Aber ich kriege einfach dieses Bild nicht mehr aus meinem Kopf. Es war –«

»Total gaga«, ergänzte ich. Lucy, die zwischen uns auf der Veranda von Wes' Haus saß, seufzte schwer unter der Last der Entscheidung, bevor sie nach dem nächsten Buntstift griff.

»Ich fand's total mutig. Du hast es ihnen so richtig gezeigt«, meinte er. »Ich meine, so ein Abgang … ich habe mir schon oft gewünscht, ich könnte einen Job mal so elegant hinschmeißen, habe mich aber nie getraut.«

»Das war weder mutig noch elegant.« Seine Anerkennung war mir peinlich.

»Dir kommt es vielleicht nicht so vor …«

Um ehrlich zu sein, ich hatte das Ganze im Grunde noch gar nicht richtig begriffen. Ich wusste bloß, dass sich am anderen Ende der Stadt ein Mega-Tsunami aufgebaut hatte und unaufhaltsam vorwärts stürmte. Irgendwann würde die Riesenwelle auch mich erreichen, würden die Konsequenzen des Schocks, den ich ausgelöst hatte, bei mir ankommen. Ich konnte Jason förmlich vor mir sehen: Er stand in der Bibliothek und hörte total perplex zu, wie Amanda und Bethany ihm von meinem Infothekensprung erzählten, natürlich in äußerst gewählter Sprache, so wie sie es in ihren College-Vorbereitungskursen gelernt hatten. Vermutlich versuchte er bereits fieberhaft, mich auf meinem Handy zu erreichen, um eine Erklärung für mein irrationales Verhalten zu bekommen. Aus genau dem Grund hatte ich mein Handy vorsichtshalber ausgeschaltet, hatte innerlich beschlossen mir die Zeit zwischen jetzt und sechs Uhr – wenn ich mit meiner Mutter verabredet war – zu gönnen, um nicht ständig darüber nachdenken zu müssen, was wohl als Nächstes geschehen würde und wie ich darauf reagieren sollte. Momentan wollte ich mich bloß ablenken, irgendetwas anderes machen. Zum Beispiel mit Buntstiften und Farbe.

Mit diesen Gedanken im Kopf wandte ich mich wieder zu Lucy. Als wir mit der Mayonnaise aufgetaucht waren, war Delia hysterisch wie noch nie. Zusammen mit Bert schnitt sie einen Riesenberg Kartoffeln klein, während um die beiden herum noch riesigere Töpfe mit kochendem Wasser brodelten, so dass die Garage wie eine Hexenküche wirkte. Zu allem Überfluss lief Lucy, der heiß war und die sich langweilte, den beiden ständig zwischen den Beinen herum. Delia hatte ihre Tochter auf meinem Arm abgesetzt und uns gebeten sie irgendwie zu beschäftigen, bis Bert und sie so weit waren, dass wir mit dem eigentlichen Salatmachen anfangen konnten. Und nun wischte Lucy sich gerade eine ihrer schwarzen Korkenzieherlocken aus dem Gesicht und fuhr energisch mit einem orangefarbenen Stift im Zickzack über das Papier. »Kuh«, sagte sie mit einer Stimme, die keinen Widerspruch duldete.

»Kuh«, wiederholte ich.

In dem Moment strich ein leichter Wind durch die Bäume, über die Veranda. In meinen Augenwinkeln blitzte unvermittelt etwas auf, das sich anscheinend seitlich am Haus befand. Ich stützte mich ab und verdrehte den Hals, um an der Hauswand entlangblicken zu können: Hinten im Garten standen und hingen mehrere Engel – große, kleine – sowie einige Stücke, die offensichtlich noch nicht fertig waren. Ein paar große, verbogene, verdrehte Rohre, ein paar angefangene Skulpturen, bei denen die beweglichen Teile noch fehlten. Dahinter, am Zaun, sah es aus wie auf einem kleinen, privaten Schrottplatz: stapelweise Stangen, Rohre und andere Metallgegenstände, Ersatzteile für Autos und Ähnliches, Nägel, Schrauben, Winkel, Zahnräder in allen Größen – von riesig bis so winzig, dass sie auf meine Handfläche gepasst hätten.

Ich deutete mit dem Kopf darauf. »Das ist also der Ort, wo die Magie entsteht.«

»Das ist keine Magie.« Er sah nicht mich an, sondern Lucy, die das ganze Blatt mit Orange voll malte.

»Dir kommt es vielleicht nicht so vor …«

Wes verzog bescheiden das Gesicht. Typisch.

»Darf ich mir die Sachen mal genauer ansehen?«, fragte ich.

Lucy lief vor uns her über die Veranda, die Stufen hinunter. Als wir um die Hausecke bogen, rannte sie sofort auf eine ziemlich große Skulptur aus Radkappen zu, die kreisförmig um eine hohe, in sich gekrümmte Röhre montiert waren.

»Schieben! Schieben!« Fordernd schlug sie mit der Hand gegen eine der unteren Kappen.

»Wie sagt man?«, meinte Wes. Lucy sagte brav bitte. Wes legte die Hand auf eine der höher montierten Kappen und schob sie kräftig an, so dass das Teil sich zu drehen begann; einige der Kreise rotierten nach oben, andere gegenläufig nach unten, alles in einer einzigen, fließenden Bewegung. Das Sonnenlicht fing sich funkelnd in dem glänzenden Metall. Lucy trat einen Schritt zurück und schaute gebannt zu, bis das Kreiseln nach einiger Zeit aufhörte und die Skulptur mit einem leisen Knarren zum Stillstand kam.

»Noch mal!« Lucy hüpfte vor lauter Begeisterung auf und ab. »Wes, noch mal!«

Wes sah mich an. »Das kann jetzt stundenlang so weitergehen«, meinte er trocken. Trotzdem schob er die Skulptur geduldig wieder an.

»Wes!« Delias Stimme drang zwischen den Bäumen zu uns herüber. »Kannst du bitte mal kommen? Wir brauchen einen starken Mann.«

»Ich habe doch gesagt, ich mache das.« Bert protestierte lautstark. »Ich bin stärker, als ich aussehe.«

»Wes?«, rief Delia noch einmal. Armer Bert, dachte ich.

»Ja, bin sofort bei euch«, rief Wes zurück. »Kommst du

kurz allein klar?«, fragte er mich. Ich nickte. Er lief los. Lucy schaute ihm nach und für einen Augenblick fragte ich mich, ob sie wohl losbrüllen würde. Tat sie aber nicht. Stattdessen stapfte sie quer durch den Garten, und zwar so zielstrebig, wie man es einer Zweijährigen kaum zugetraut hätte.

Als ich sie einholte, stand sie schon fast am hinteren Gartenzaun und ging dort in die Hocke. Über ihre Schulter hinweg sah ich drei kleinere Herzhände, quasi Miniausgaben der großen Skulptur, die vorne an der Straße stand, wobei Wes jede der drei leicht variiert hatte: Bei einer verlief quer über dem Herzen eine gezackte Linie, als wäre es gebrochen; bei der zweiten waren die Ränder gezackt, quasi ausgefranst, aber mit spitzen Kanten und Ecken. Aber am meisten mochte ich die dritte, die hinterste in der Reihe; aus dem Herz in der Mitte der Handfläche war ein herzförmiges Loch rausgeschnitten, in dem eine weitere kleine Hand pendelte. Es erinnerte mich an die Puppen in der Puppe, mit denen ich als Kind so gern gespielt hatte. Alle drei Skulpturen waren schmutzig und verrostet. Offensichtlich hatten sie schon lange dort gestanden, bevor Lucy das Gras darüber beiseite geschoben hatte.

Sie wandte den Kopf und sah mich an. »Hände«, sagte sie.

»Hände«, wiederholte ich. Sie legte ihre kleine Hand auf die der ersten Skulptur. Ihre Finger lagen auf den rostigen Fingern der Skulptur, und ihre weiche, weiße Haut stand in starkem Kontrast zu dem dunklen, wettergegerbten, spröden Metall. Wieder schaute sie mich an und ich legte meine Hand neben ihre auf die zweite Skulptur.

Ich hörte Stimmen und wandte mich um. Wes und Delia kamen über die Wiese auf uns zu. Als Lucy ihre Mutter bemerkte, rappelte sie sich hoch, sauste ihr entgegen und schmiss sich an Delias Knie. Delia blickte mit einem belustigten Kopfschütteln auf ihre Tochter und wuschelte mit beiden Händen durch Lucys dunkle Locken.

»Was treibt ihr zwei da?«, fragte Wes.

»Lucy hat mir die Skulpturen gezeigt«, antwortete ich und zeigte mit einer Kopfbewegung darauf. »Ich wusste gar nicht, dass du auch kleine Herzhände gemacht hast.«

»Bloß für kurze Zeit.« Er machte eine abwehrende Geste. »Irgendwie lief's nie richtig damit.«

»Soll ich zum Kartoffelsalatdienst antreten?« Ich stand auf.

»Nein, falscher Alarm«, erwiderte Wes.

»Wie jetzt*!*«

Delia drückte Lucy liebevoll gegen ihre Beine. »Es ist wirklich sehr, sehr merkwürdig. Gerade als ich die Kartoffeln ins kochende Wasser schmeißen will, ruft die Kundin an. Es stellt sich raus, dass sie doch keinen Kartoffel-, sondern lieber Krautsalat und Käsemakkaroni will. Und von beidem habe ich noch mehr als genug.«

»Ich habe versucht Delia zu erklären, dass das eine gute Nachricht ist«, meinte Wes.

»Klar«, sagte ich. »Warum auch nicht?«

Delia strich mit der Hand über Lucys Kopf. »Ich find's einfach ... seltsam. Ich weiß auch nicht genau, warum, aber es macht mich irgendwie nervös.«

Wes warf ihr einen Blick zu. »Manchmal laufen die Dinge eben so, wie sie sollen. So was kommt vor.«

»Bei *Wish Catering* nicht.« Delia seufzte. »Jedenfalls haben wir genug Zeit, um alles in Ruhe vorzubereiten. Und das ist ... ja, das ist wahrscheinlich wirklich eine gute Nachricht.« Aber ihre Stimme klang nach wie vor skeptisch.

»Keine Angst«, meinte Wes, während wir alle zusammen zu ihrem Haus zurückliefen. »Die nächste Katastrophe kommt bestimmt.«

Was Delia tatsächlich aufzumuntern schien. »Ja, du hast Recht.« Sie nahm Lucy an die Hand.

Während wir den ganzen Kram für die heutige Veranstaltung zusammenpackten, passierte dann doch ständig was. Beziehungsweise es passierte eben gerade nichts. Zum Beispiel mussten wir normalerweise sämtliche Servierwagen in den Lieferwagen stopfen in der verzweifelten Hoffnung, dass sie irgendwie reinpassen würden; doch diesmal war es Delia aus irgendeinem Grund gelungen, die Sachen in den Kühlboxen so Raum sparend zu stapeln, dass wir mit einem Servierwagen weniger auskamen, alles entsprechend gut in den Lieferwagen passte und wir (huch!) sogar noch Platz übrig hatten. Die große runde Servierplatte (die schönste im Inventar von *Wish Catering*, die allerdings seit langem verschwunden gewesen war) tauchte wie von Zauberhand hinter einem der Gefrierschränke auf. Und am Ende bretterten wir – oh Wunder! – nicht wie üblich auf den allerletzten Drücker den Sweetbud Drive runter, sondern waren tatsächlich einmal fertig, *bevor* wir losmussten. Wir hatten Zeit übrig, um sie totzuschlagen, mussten nicht wie sonst immer hinter uns selbst herhecheln. Es war tatsächlich etwas eigenartig.

Delia und ich hockten uns auf die Stufen vor ihrer Veranda und fächelten uns mit allem, was wir in die Finger kriegen konnten, Luft zu, während Bert und Wes in der Garage rumtrödelten und die letzten paar Sachen zum Lieferwagen trugen. Delia stützte sich auf ihren Händen ab, lehnte sich leise ächzend zurück und versuchte eine möglichst bequeme Position zu finden. »Wie ich höre, hast du deinen Job hingeschmissen?«

Wes, der genau in dem Moment mit einem Karton Papierservietten vorbeischlenderte, erntete dafür einen bösen Blick. Von mir.

»Tut mir Leid, ich konnte nicht anders«, sagte er. »Die Geschichte war einfach zu gut, um sie für sich zu behalten.«

»Dann gehst du am besten auch gleich noch zu meiner Mutter und bringst es ihr schonend bei.« Ich griff mit beiden Händen in meine Haare und zog sie zu einem Pferdeschwanz nach oben.

»Nein, danke.« Und rasch verschwand er aus meinem Blickfeld.

»Glaubst du wirklich, sie ist deswegen sauer auf dich?«, fragte Delia. »Nach allem, was ich von dir über den Job gehört habe, hast du da ziemlich gelitten.«

»Das stimmt zwar, aber ihrer Meinung nach zählt so was nicht«, antwortete ich. »Für sie ist entscheidend, dass ich mich dazu verpflichtet habe. Und zu seinen Verpflichtungen steht man, egal wie man sich dabei fühlt.«

»Ah ja?«

»Und dass durch den Job meine Chancen auf ein gutes Übertrittszeugnis zum College erhöht worden wären, war ihr auch sehr wichtig.«

»Ich verstehe.«

»Außerdem passt so ein Job in der Bibliothek gut zu ihrem Bild von mir«, sagte ich abschließend.

»Und wie sieht das aus, dieses Bild?«

Ich nahm einen Zipfel meines T-Shirts zwischen Daumen und Zeigefinger und dachte an die beiden Gespräche – heute Morgen, gestern Abend –, die wir geführt hatten, meine Mutter und ich. »Perfekt«, antwortete ich.

Delia schüttelte den Kopf. »Ach was.« Sie wedelte mit der Hand, als wollte sie den Gedanken verscheuchen. »Es kann doch nicht wirklich ihr Ziel sein, dass aus dir ein perfekter Mensch wird.«

»Und warum nicht?«

»Zum einen ist so etwas unmöglich.« Sie verlagerte ihr Gewicht, lehnte sich dann aufs Neue etwas zurück. »Außerdem ist sie deine Mutter. Und gerade für Mütter ist so was nicht wichtig.«

»Ja klar«, nickte ich düster.

»Ich mein's ernst.« Delia streckte die Beine aus und legte beide Hände wie beschützend auf ihren Bauch. »Ich kenne mich damit aus, schließlich bin ich selbst Mutter. Und ich will für Lucy und Wes und Bert nur eins: dass sie glücklich sind. Gesund. Und gute Menschen natürlich. Nicht vollkommen, aber gut. Ich bin ja selbst nicht perfekt, im Gegenteil. Da kann ich das von ihnen wirklich nicht verlangen. Und warum sollte ich überhaupt?«

Ich schüttelte den Kopf. »Meine Mutter ist anders.«

»Inwiefern?«

Während ich darüber nachdachte, wie ich diese Frage beantworten sollte, wunderte ich mich, dass ich nicht schneller darauf kam. Dass es gar nicht so leicht war, diese Frage zu beantworten. »Sie arbeitet zu viel«, fing ich schließlich an, unterbrach mich jedoch gleich wieder. »Ich meine, seit dem Tod meines Vaters steht und fällt die Firma mit ihr. Und sie ist immer so im Stress, hat so viel zu tun, dass ich mir Sorgen um sie mache. Sogar ziemlich große Sorgen.«

Delia schwieg, aber mir war bewusst, dass sie mich von der Seite ansah.

»Ich glaube, sie arbeitet so viel, um immer alles unter Kontrolle zu haben. Weißt du, was ich meine?«, fuhr ich fort.

Delia nickte.

»Außerdem glaube ich, es hat damit zu tun, dass sie sich nur dann sicher fühlt.«

»Was ich verstehen kann«, meinte Delia leise. »Wenn man einen Menschen verliert, hat man leicht das Gefühl, auch die Kontrolle zu verlieren. Und zwar vollständig.«

»Ich weiß«, sagte ich. »Trotzdem ist es nicht fair. Weißt du, nachdem mein Vater gestorben war, habe ich versucht mich zusammenzureißen. Ihretwegen. Ich habe so getan, als wäre alles okay, selbst wenn es mir schwer fiel. Aber jetzt, wo's mir endlich gut geht, ist sie unzufrieden mit mir. Weil ich nicht mehr perfekt bin.«

»Trauern macht einen nicht zu einem perfekten oder nicht perfekten Menschen«, sagte Delia ruhig. »Trauern macht einen überhaupt erst zu einem Menschen.«

Im Hintergrund wuselte Bert um den Lieferwagen rum, rückte einen der Servierwagen zurecht.

»Jeder von uns hat seine Art, mit dem Leben klarzukommen«, fuhr Delia fort. »Deine Mutter vermisst deinen Vater sicher schrecklich, Tag für Tag. Nur eben auf ihre Art. Sprich sie doch mal drauf an.«

»Geht nicht«, sagte ich. »Wenn ich ihn nur erwähne, macht sie dicht. Ich habe es heute Morgen versucht, zum ersten Mal seit ewig langer Zeit – sie *will* nicht über ihn reden.«

»Versuch's noch mal.« Sie rückte etwas näher an mich heran und legte einen Arm um meine Schulter. »Jeder trauert nicht nur auf seine eigene Weise, sondern auch in seinem eigenen Tempo. Vielleicht bist du ihr momentan ein Stück voraus, aber irgendwann kommt sie auch an den Punkt, an dem du jetzt stehst. Das Wichtigste ist, nicht aufzugeben; ihr müsst immer wieder versuchen, miteinander zu sprechen, auch wenn es zunächst schwer fällt. Aber es wird leichter, das weiß ich aus Erfahrung.«

Mit einem Mal fühlte ich mich so erschöpft, dass ich meinen Kopf an ihre Schulter lehnte. Schweigend strich sie mir übers Haar.

»Danke«, sagte ich.

»Sehr gern geschehen, Liebes«, antwortete sie. Ich konnte das Vibrieren ihrer Stimme an meiner Wange spüren.

Mindestens eine, wenn nicht sogar zwei Minuten saßen wir so nebeneinander ohne irgendetwas zu sagen. Bis unvermittelt aus der Garage schallte:

»Buh!«

Worauf ein lauter Schrei ertönte. Bert! Klar, wer sonst?

Delia stieß einen lauten Seufzer aus. »Also wirklich, Jungs!«, sagte sie.

»Nummer zehn.« Wes' Stimme. Bert brummte irgendwas, das ich nicht verstand. »Und glaub jetzt nicht, dass damit Schluss gewesen wäre«, fügte Wes hinzu.

Auch auf der Party setzte sich unsere Glückssträhne fort, obwohl es zunächst so aussah, als hätten wir die üblichen Startschwierigkeiten. Denn als wir ankamen, mussten wir feststellen, dass die großen, mit Gas betriebenen Grills, die Delia bei ihrer Zulieferfirma bestellt hatte, nicht anspringen wollten, egal wie oft Wes es probierte.

»Ich fasse es nicht!«, zischte Delia mir zu, während die ersten Gäste eintrudelten. »Der Kunde will eine Grillparty. Das bedeutet, man *kocht* draußen und man *isst* draußen, was sonst?«

»Delia, nun sei –«

In dem Moment zischte etwas ungefähr zehnmal so laut wie Delia, aber es war nicht Delia, sondern der Grill, der plötzlich doch geruhte sich zu entzünden. Wie sich rausstellte, waren die Gaskartuschen bloß nicht richtig angeschlossen gewesen.

Eine Stunde später. Ich hatte gerade eine letzte Runde mit Appetithäppchen gedreht, als Bert auffiel, dass wir nur einen Behälter mit fix und fertig vorbereiteten, rohen Hamburgern mitgebracht hatten anstelle von zweien. Uns fehlten also ungefähr hundert Stück.

»Okay ...« Delia vergrub das Gesicht in den Händen. »Einen Moment ... ich muss nachdenken ...«

»Was ist jetzt schon wieder los?«, fragte Wes, der sich gerade einen weiteren Kasten Ginger Ale für die Bar holen wollte.

»Wir haben nicht genug Fleisch für die Hamburger dabei«, antwortete ich. Wandte mich dann an Delia: »Komm, das wird schon reichen, die meisten Leute essen bestimmt nicht mehr als –«

»Drei Behälter sind nicht genug?«, fragte Wes irritiert.

Delia nahm die Hände vom Gesicht. »Es sollten zwei Behälter mit«, sagte sie betont langsam.

»Du hast gesagt drei«, antwortete Wes. »Ich weiß es ganz genau.«

»Ich sagte zwei«, erwiderte sie mühsam beherrscht.

»Nein, hast du nicht.«

»Zwei!« Delia hob die Hand und hielt zwei Finger hoch. »Ich sagte, zwei Behälter.«

»Aber wir haben *drei* mitgebracht.« Wes sprach ebenso langsam und beherrscht wie Delia. »Einer steht auf dem Servierwagen, die anderen beiden sind in der Kühlbox. Schau selbst nach, wenn du willst. Ist alles da.«

Ich schaute nach. Es war wirklich alles da. Anstatt zu wenig Hackfleisch zu haben, das man nur noch auf den Grill schmeißen musste, hatten wir plötzlich mehr als genug. Und damit endete unsere unheimliche Glückssträhne immer noch nicht. Denn einmal stießen Bert und ich beinahe zusammen, was eigentlich in einer Katastrophe hätte enden müssen, da wir beide voll beladene Tabletts mit diversen Soßen, Gürkchen, Ketchup, Senf und so weiter trugen; aber da ich in allerletzter Sekunde ausweichen konnte, gab es keinen Zusammenstoß und die Katastrophe blieb aus. Die Eiswürfelzange war nirgends aufzutreiben, bis sie plötzlich in der Schublade unter jener, wo wir sie normalerweise aufbewahrten, auftauchte. Und so weiter und so fort.

»Und trotzdem macht es mich nervös. Es läuft einfach zu glatt«, meinte Delia, als wir schließlich Zeit hatten, kurz durchzuatmen, uns an die Küchentür stellten und von dort aus in den Garten auf lauter gut gesättigte, gut gelaunte Partygäste blickten, die Essen, Trinken und Gesellschaft in vollen Zügen genossen.

Worauf ich bloß »Delia!« sagte und zusah, wie Wes einer Frau im Spaghettiträgerkleidchen ein Glas Wein einschenkte; sie quasselte ununterbrochen auf ihn ein und unterstrich ihre sicher sehr bedeutsamen Worte mit ebenso bedeutsamen, weit ausladenden Gesten. Er nickte die ganze Zeit stumm vor sich hin, höflich, verständnisvoll; als wäre er von dem, was sie sagte, vollkommen fasziniert. Doch entging mir nicht, dass er, als er sich kurz wegbeugte, um ein paar Eiswürfel aus dem Behälter zu fischen, heimlich die Augen verdrehte.

»Ich weiß, ich weiß.« Delia kaute am Nagel ihres kleinen Fingers. »Trotzdem merkwürdig, dass heute alles klappt.«

»Vielleicht hast du es dir ja verdient«, meinte ich. »Als Generalbelohnung für die vielen Desasterveranstaltungen.«

»Vielleicht. Trotzdem wünschte ich mir fast, uns würde

zumindest ein kleines Missgeschick passieren. Mich würde das irgendwie beruhigen.«

Ich wusste genau, was sie meinte. Und das war vielleicht das Merkwürdigste überhaupt. Es hatte eine Zeit gegeben, da wäre ein Nachmittag wie dieser ganz nach meinem Geschmack gewesen: Alles klappt wie am Schnürchen, ist einfach perfekt. Doch so, wie die Dinge heute liefen, war es fast unheimlich und – ehrlich gesagt – ein wenig langweilig.

Der Zeiger kroch von vier auf halb fünf auf fünf. Und allmählich kam ich auf die Idee, dass sich dieser Zustand – das Leben hatte sich heute offenbar für eine gewisse Gleichmütigkeit entschieden – gerade für mich möglicherweise als Vorteil erweisen könnte. Schließlich würden Delia, Wes und Bert mich in etwa einer halben Stunde am Park absetzen, wo ich mich meiner Mutter stellen und ihr die Sache mit dem Infothekensprung erklären musste. Je näher dieser Zeitpunkt rückte, umso aufgeregter wurde ich, versuchte allerdings jedes Mal, wenn sich mir wieder mal der Magen zusammenkrampfte, mich an das zu erinnern, was Delia mir geraten hatte: dass es zwar möglicherweise nicht leicht sein würde, meiner Mutter von meinen wahren Gefühlen zu erzählen, ich es aber dennoch immer wieder versuchen müsste. Nein, leicht würde es bestimmt nicht sein, aber es wäre immerhin ein Anfang. Wie hatte mein Vater so oft gesagt? Der erste Schritt ist der schwerste.

Darüber grübelte ich gerade nach, während ich mit einem Pfannenheber am Buffet stand, als plötzlich jemand mit der Hand vor meinem Gesicht wedelte.

»Hallo-o?«

Ich blinzelte Wes an.

»In welcher Realität treibst du dich gerade herum?«, fragte er.

»Im Land der Wahrheit und ihrer Konsequenzen«, antwortete ich und stupste mit dem Pfannenheber sachte gegen das vegetarische Angebot (gegrillte marinierte Paprika und Bohnen-Burger aus scharf gewürzten Kidneybohnen), das allerdings bisher wenig Abnehmer gefunden hatte. »Noch eine knappe Stunde bis zum Vulkanausbruch.«

»Stimmt.« Kritisch beäugte er die Bohnen-Burger. »Jason.«

»Nicht Jason«, antwortete ich. »Jason ist das geringste meiner Probleme. Nein, meine Mutter.«

»Ach so, ja.« Wes nickte.

»An Jason habe ich überhaupt nicht mehr gedacht.« Mit dem Pfannenheber arrangierte ich die Bohnen-Burger so, dass sie hoffentlich etwas appetitlicher wirkten. »Ich meine, ich hatte schon Angst, ihm in der Bibliothek über den Weg zu laufen, weil das vermutlich ziemlich ungemütlich geworden wäre. Aber so wie die Dinge stehen ... jetzt ist alles anders. Ich meine, wir sind ...«

Wes schwieg und wartete geduldig darauf, dass ich das richtige Wort fand. Eine Frau warf einen argwöhnischen Blick auf die Paprika, bevor sie sich reichlich von der nächsten Platte bediente, auf der sich die Steaks türmten.

»Vorbei. Das zwischen uns ist vorbei«, sagte ich schließlich. Und realisierte es erst in dem Moment, da ich es aussprach. Jasons Reaktion auf meinen Abgang in der Bibliothek konnte ich mir lebhaft vorstellen: Er würde nie wieder mit mir zusammen sein wollen. Womit ich – wie mir gerade klar wurde – vollkommen einverstanden war. »Es ist vorbei«, wiederholte ich, als eine Art Test, wie es sich anfühlte, wenn meine Lippen die Silben formten. Es fühlte sich gut an. »Zwischen uns ist es aus.«

»Wow!«, meinte Wes langsam. »Bist du –«

»Entschuldigung, ist das alles vegetarisch?« Vor dem Buffet stand eine kleine untersetzte Frau in einem grell gemusterten Kleid mit einem Teller Kartoffelchips in der Hand. Obwohl sie eine Brille mit sehr dicken Gläsern trug, konnte sie das Schild, auf dem FÜR VEGETARIER stand, anscheinend nicht lesen.

»Ja«, antwortete ich. »Alles auf diesen beiden Platten ist rein vegetarisch.«

»Sicher?«

Ich nickte, nahm einen der Bohnen-Burger mit dem Pfannenwender und legte ihn auf ihren Teller. Sie betrachtete ihn misstrauisch, bevor sie weiterging. Ich wandte mich wieder Wes zu: »Was wolltest du gerade –«

»Die Dame an dem Ecktisch da drüben möchte eine Weißweinschorle.« Bert düste mit einem Tablett voll zerknüllter Servietten und leerer Plastikbecher vorbei. »Und zwar pronto.«

Wes lief ums Buffet herum, wobei er mir über die Schulter einen Blick zuwarf. »Äh … nicht so wichtig«, meinte er. »Erzähl ich dir später.«

Wes strebte zur Bar, während Delia sich am Buffet entlang auf mich zubewegte und dabei die Speisen auf den Platten neu arrangierte. Als sie bei den Bohnen-Burgern angelangt war, betrachtete sie die Teile versonnen. »Schon wieder was sehr Merkwürdiges. Von denen wollte ich unbedingt mehr mitbringen, hab's aber vergessen und war total nervös, dass die Bohnen-Burger nicht reichen würden.«

»Im Gegenteil.« Ich verscheuchte eine Fliege, die über den Gerichten FÜR VEGETARIER kreiste. »Wir haben mehr als genug.«

»Siehst du, schon wieder.« Sie seufzte schwer. »Heute klappt einfach alles zu gut. Viel zu gut. Irgendwie muss es dafür noch einen Ausgleich geben. Ich hätte nie gedacht, dass diese Worte je über meine Lippen kommen würden, aber ich brauche Chaos!«

Kurz bevor wir losfahren wollten, ging ihr Wunsch in Erfüllung.

Wir verstauten gerade die letzten Sachen im Lieferwagen. Wes und ich schoben die Servierwagen rein. Delia stand oben an der Auffahrt mit der Kundin, die mit allem – Essen, Getränke, Service – so rundum zufrieden war, dass sie nicht nur anstandslos den Gesamtpreis zahlte, sondern sogar was extra drauflegte. Noch eine Premiere, denn so was war in der Geschichte von *Wish Catering* noch nie passiert. Alles war also wunderbar, großartig, in einem Wort: perfekt. Bis ich einen Schrei hörte.

Doch nicht Delia stieß ihn aus, sondern die Kundin. Es war ihre Reaktion auf die Tatsache, dass bei Delia die Fruchtblase geplatzt war. Das Baby kam!

Kapitel 16

»Alles okay?«

Ich nickte. »Mir geht's gut. Alles okay.«

Mein Mantra. Immer wieder sagte ich es mir in Gedanken vor: Alles okay, alles okay. Allerdings wusste ich nicht so genau, ob das auch wirklich stimmte. Alles, was ich mit Sicherheit wusste, war, dass ich mich im Krankenhaus befand. Darüber hinaus war alles ein wenig verschwommen. Genau wie beim letzten Mal.

Nachdem wir unseren ersten Schock über die geplatzte Fruchtblase überwunden hatten, taten wir, was wir am besten konnten: rissen uns zusammen, fanden unsere Geistesgegenwart wieder, machten einen – neuen! – Plan und traten in Aktion. Erst als wir alle glücklich im Lieferwagen saßen und auf dem Weg ins Krankenhaus waren, warf ich einen Blick auf die Uhr am Armaturenbrett und stellte fest: Viertel vor sechs. Delia saß neben mir und umklammerte meine Hand. In einer Viertelstunde sollte ich mich mit meiner Mutter am Eingang zum Park treffen. In Anbetracht dessen, was an diesem Tag schon alles passiert war, hätte das meine größte Sorge sein müssen. Aber es war mir kaum bewusst. Stattdessen wanderten meine Gedanken immer wieder zu einer anderen Fahrt ins Krankenhaus zurück. Es war noch gar nicht so lange her.

Auch damals hatte ich eine Hand gehalten. Die meines Vaters. Aber seine Hand, seine Finger waren schlaff und leblos gewesen, so dass meine Hand, meine Finger allein alle Kraft aufbringen mussten, die nötig war, damit unsere Hände einander nicht entglitten. Und anstelle von Bert – der vernehmlich durch die Nase atmete und Delia damit fast zur Weißglut trieb – hatte mir gegenüber ein Sanitäter gesessen, der in fliegender Hast eine Sauerstoffmaske befestigt und den Defibrilator geladen hatte. Jetzt rauschte der Wind geräuschvoll durch das offene Fenster neben Wes, der am Steuer saß. Und Delia telefonierte auf ihrem Handy mit Pete und dem Babysitter, wobei sie bemerkenswert gelassen wirkte. Damals hatte eine unheimliche, beklemmende, beängstigende Stille geherrscht, die nur durch das stetige Pochen meines Herzens in meinen Ohren unterbrochen wurde. Damals ging ein Leben zu Ende. Jetzt fing eines an. Eigentlich glaubte ich nicht an so was. Glaubte nicht, dass einem das Leben Zeichen sandte. Aber in diesem Fall war es echt schwer, nicht zu glauben, dass irgendwo da draußen irgendwer oder irgendwas mit voller Absicht dafür gesorgt hatte, dass ich das Gleiche noch mal durchmachte. Allerdings mit einem anderen Ergebnis. Denn genau das sollte ich offenbar lernen: dass so etwas möglich war.

Die Erinnerungen überschwemmten mich förmlich. Ich konnte nicht ausweichen, dazu spielte sich alles zu ähnlich ab wie damals. Wir fuhren an derselben Stelle vor der Notaufnahme vor. Rannten genauso rasch hinein. Dasselbe zischende Gleiten der Türen, die sich automatisch öffneten und schlossen. Selbst der Geruch war der gleiche, diese undefinierbare Mischung aus Desinfektionsmittel und Blütenduft. Für einen Moment war ich mir sicher, es nicht noch einmal ertragen zu können, und merkte, wie ich unwillkürlich zurückblieb. Doch Wes drehte sich um, sah mich an, stellte dieselbe Frage, die er seitdem alle paar Minuten gestellt hatte. Ich hatte genickt und ihn rasch eingeholt. Er schob Delia in einem Rollstuhl vor sich her – Delia, die tief, langsam, gleichmäßig atmete. Und ich tat es ihr gleich. Nachdem wir den Fahrstuhl betreten und sich die Tür hinter uns geschlossen hatte, entspannte ich mich etwas. Und spürte, wie es aufwärts ging.

Ich hatte zwar immer noch Angst, aber inzwischen fühlte es sich anders an als vorher. Seit über einer Stunde saß ich auf einer Bank im Flur vor Delias Zimmer. Zunächst waren Ärzte und Krankenschwestern eher gemächlich hinein- und herausgelaufen. Als würde es noch ungefähr eine Million Jahre dauern, bis wirklich etwas passierte. Doch allmählich steigerten sie das Tempo, zunehmend, deutlich wahrnehmbar, bis plötzlich helle Aufregung herrschte und alle nur noch durch die Gegend wirbelten. Medizinische Gerätschaften piepten, Menschen wurden per Lautsprecher ausgerufen, und als ein Arzt an mir vorbei den Flur entlangjoggte – sein Stethoskop hüpfte auf seiner Brust im Rhythmus seiner Schritte auf und ab –, vibrierte der Boden unter meinen Füßen.

Für mein Gefühl waren alle anderen viel zu ruhig. Vor allem Wes; wenn er sich nicht gerade danach erkundigte, ob mit mir alles in Ordnung sei, mampfte er einen Snack nach dem anderen in sich hinein, die er sich aus dem Automaten eine Etage tiefer besorgte. Gerade öffnete er eine kleine Tüte mit Mini-Schokoladendonuts und bot mir einen an. Ich schüttelte den Kopf.

»Versteh ich nicht. Wie kannst du bloß zu einem Schokodoughnut Nein sagen?« Er stopfte sich eins der Dinger in den Mund. Ich war mir sicher, dass aus Delias Zimmer in diesem Augenblick ein Stöhnen oder Grunzen oder so was ertönte. Und danach Petes Stimme, die irgendetwas Beruhigendes murmelte.

»Und wie kannst du bloß irgendwas runterkriegen?«, fragte ich zurück. Eine Krankenschwester, den Arm voll weißer Tücher, Laken und Ähnlichem, trat aus Delias Zimmer und marschierte auf die Empfangstheke am Ende des Flurs zu.

Wes kaute, schluckte, antwortete: »Das kann sich möglicherweise noch Ewigkeiten hinziehen.« Bert, der auf seiner anderen Seite hockte, schreckte plötzlich hoch und blinzelte; er hatte seit etwa einer halben Stunde friedlich vor sich hin gedöst.

»Deshalb muss man seine Kräfte zusammenhalten«, setzte Wes hinzu.

»Wie spät ist es?«, fragte Bert verschlafen und rieb sich die Augen.

Wes gab ihm einen Doughnut. »Gleich sieben«, antwortete er.

Mein Magen drehte einen Salto, wobei ich mir nicht sicher war, ob es daran lag, dass ich nun offiziell eine geschlagene Stunde zu spät dran war, um meine Mutter zu treffen, oder an dem Schrei, der in diesem Moment aus Delias Zimmer drang. Ein lauter, langgezogener, sehr eindeutiger Schrei. Wir starrten auf die nur angelehnte Tür, starrten immer weiter, bis der Schrei so abrupt endete, wie er begonnen hatte. Danach herrschte Stille. Ich raffte mich auf.

»Macy?«

»Ja, alles okay«, antwortete ich, um Wes' nächster Frage zuvorzukommen. »Ich will bloß schnell meine Mutter anrufen.«

Mein Handy hatte ich im Lieferwagen liegen lassen, deshalb ging ich zu den Münztelefonen. Unterwegs kramte ich etwas Kleingeld aus meinen Taschen. Beim ersten Versuch war besetzt, deshalb legte ich auf, wählte ein zweites Mal. Immer noch besetzt. Ich entdeckte eine Tür, die zu einem kleinen Innenhof führte, hockte mich dort hin und betrachtete den Himmel. Es wurde allmählich Abend. Perfektes Feuerwerkswetter, sobald es dunkel sein würde. Ich ging wieder hinein, rief noch einmal an. Nach wie vor besetzt. Doch dieses Mal legte ich nicht auf, sondern wartete, bis ihre Mailbox ansprang. Räusperte mich, setzte zu einer versuchsweisen Erklärung an.

»Hallo, Mama, ich bin's. Du machst dir bestimmt Sorgen und es tut mir auch echt Leid. Aber als ich gerade loswollte, um mich mit dir am Park zu treffen, setzten bei Delia die Wehen ein. Ich fuhr mit ins Krankenhaus und da bin ich jetzt immer noch. Ich muss warten, bis mich jemand nach Lakeview fahren kann, aber ich komme auf jeden Fall so schnell, wie's geht. Wirklich, tut mir Leid, entschuldige. Bis bald.«

Gut, dachte ich, als ich auflegte. Wenigstens das wäre erledigt. Mir war vollkommen klar, dass dieser Anruf nicht die Lösung war, nicht mal ansatzweise. Aber mit dem Problem würde ich mich auseinander setzen, wenn es so weit war.

Als ich zu der Bank zurückkam, auf der ich mit Wes und Bert gesessen hatte, saß da niemand. Überhaupt sah ich gar keine Menschenseele mehr, weder auf dem Flur noch im Schwesternzimmer. Alles leer. Für einen Augenblick stand ich wie angewurzelt da und hatte das Gefühl, in einem Horrorfilm gelandet zu sein. Doch plötzlich steckte Wes den Kopf durch die Tür zu Delias Zimmer. Er grinste.

»Komm rein und begrüß den neuen Menschen«, sagte er.

Er hielt die Tür für mich auf. Ich betrat das Zimmer. Delia

saß in ein Laken gehüllt aufrecht im Bett. Sie hatte einen hochroten Kopf und hielt ein winziges Wesen mit schwarzen Haaren im Arm. Pete, der neben ihr auf der Bettkante hockte, hatte den Arm um ihre Schultern gelegt. Gemeinsam betrachteten sie das Baby. Im Raum war es still – aber gut still. Selbst Bert, der notorische Schwarzseher, stand am Fenster und lächelte.

Delia blickte auf, bemerkte mich. »Hi«, sagte sie leise und winkte mir zu. »Komm mal her, sag Hallo.« Als ich ans Bett trat, hielt sie das Baby so, dass ich es besser sehen konnte. »Schau mal, ist sie nicht wunderschön?«

Aus der Nähe wirkte das Baby noch winziger; es hielt die Augen geschlossen und gab kleine Schnüffellaute von sich, als träumte es gerade etwas absolut Umwerfendes.

»Perfekt. Sie ist perfekt«, antwortete ich. Und ausnahmsweise war es genau das richtige Wort.

Delia strich mit einem Finger sanft über die Wange des Babys. »Wir werden sie Avery nennen«, sagte sie. »Nach Petes Mutter. Avery Melissa.«

»Schöner Name«, antwortete ich.

Ich betrachtete das Gesicht der Kleinen, ihre winzige Nase, ihre noch winzigeren Nägel an den winzigen Fingern. Und plötzlich überfiel es mich wie ein Flashback: wie wir vorhin im Krankenhaus angekommen und durch die Eingangshalle gelaufen waren; wie viel Angst ich dabei gehabt hatte, weil ich nur noch daran denken konnte, wie es damals mit meinem Vater gewesen war. Ich spürte, wie mich die Erinnerung zu überwältigen drohte, und wollte ausweichen, sie verdrängen; doch dann ballte ich meine Hände zu Fäusten und wappnete mich statt sie auszublenden. Avery hatte die Augen geöffnet und sah mich an. Ihre Augen waren klar und dunkel und ich fragte mich, wie das wohl war:

alles zum ersten Mal zu sehen, eine Welt zu erleben, die vollkommen neu war. Mir war dieser Luxus heute nicht vergönnt gewesen, denn alles, was seit unserer Ankunft geschehen war, war eine Art Echo von etwas anderem gewesen.

Ich betrachtete Delia, die wiederum ihre Tochter betrachtete und dabei unter Tränen lächelte. Plötzlich hatte ich meine Mutter vor Augen. Wie sie aus dem Warteraum im unteren Stockwerk heraus- und auf mich zugekommen war. Ich hatte mir in jenem Moment so sehr gewünscht, irgendetwas in ihrem Gesicht zu entdecken, das mir Hoffnung geben würde. Doch da war nichts außer Schock, Trauer, Entsetzen – mein eigener Gesichtsausdruck, der mir gespiegelt wurde. In dem Moment hatte es angefangen. Von da an hatte sich alles zwischen uns verändert. Alles hatte sich verändert – nicht nur zwischen uns.

Irgendetwas tief im Inneren meiner Brust tat auf einmal sehr weh. Und ich wusste, gleich würde ich anfangen zu weinen. Meinetwegen, wegen meiner Mutter. Wegen allem, was uns genommen worden war, aber auch wegen dem, was wir freiwillig aufgegeben hatten. So viel Leben. Und so viel voneinander.

Ich schluckte schwer, wich etwas vom Bett zurück. »Ich ... äh ...« Ich spürte, dass Wes mich beobachtete. »Ich muss noch mal versuchen meine Mutter zu erreichen.«

»Richte ihr bitte aus, ohne dich hätte ich es nicht geschafft«, sagte Delia. »Du warst mir eine große Hilfe.«

Ich hörte kaum hin, nickte mechanisch. Delia beugte sich wieder über das Baby und strich die Decke glatt, in die es eingewickelt war.

»Macy«, sagte Wes, als ich an ihm vorbei in den Flur ging.

»Es ist bloß …« Ich musste schon wieder schlucken. »Ich … ich muss echt mit meiner Mutter reden. Ich meine, sie macht sich bestimmt Sorgen, weil sie nicht weiß, wo ich stecke.«

»Okay, natürlich.«

Auf einmal vermisste ich meine Mutter – die Mutter, die stundenlang aufs Meer hinausgeblickt hatte, die aus voller Kehle lachen konnte – so sehr, dass es wehtat. Der Schmerz pulsierte durch mich hindurch. Ich rang förmlich nach Luft. »Ich erledige das mal eben«, sagte ich zu Wes. »Meine Mutter anrufen, meine ich. Dann komme ich wieder her.«

Er nickte. »In Ordnung.«

Ich umklammerte meinen Oberkörper mit beiden Armen. So lief ich auf den Aufzug zu. Ich ging ziemlich schnell. Kämpfte innerlich darum, ruhig zu bleiben, obwohl mir die Tränen brennend in die Augen stiegen. Mit gesenktem Kopf bog ich um die erstbeste Ecke in eine Art Nische. Sie war leer. Mein Herz schlug wie rasend. Kaum hatte ich die Nische betreten, schluchzte ich auch schon los. Vergrub mein Gesicht in den Händen und weinte. Die Tränen liefen, strömten, stürzten durch meine Finger.

Ich weiß nicht, wie lange ich dort stand, bevor Wes auftauchte. Sekunden, Minuten, Stunden …? Keine Ahnung. Er sagte meinen Namen. Ich wollte mich zusammenreißen, aber es ging nicht.

Als er mich umarmte, tat er es zunächst ganz vorsichtig. Vielleicht erwartete er ja, dass ich zurückweichen würde. Doch ich rührte mich nicht, woraufhin die Umarmung fester wurde. Seine Hände streichelten tröstend meine Schultern. Ich erinnerte mich an die vielen Situationen, in denen ich ausgewichen war, wenn andere Menschen das versucht hatten, wenn meine Schwester oder meine Mutter mich umarmen wollten. Ich hatte mich in mich selbst zurückgezogen und meine Gefühle an einem geheimen Ort vergraben, wo nur ich sie wiederfinden konnte. Doch dieses Mal ließ ich los. Ließ zu, dass Wes mich an sich zog, meinen Kopf sanft an seine Brust drückte. Ich hörte sein Herz schlagen. Regelmäßig. Aufrichtig. Ich merkte, dass irgendwer an uns vorbeiging, in dessen Augen ich vermutlich nur irgendein Mensch war, der im Krankenhaus weinte. Ich konnte es nicht fassen, wie lange ich dazu gebraucht hatte, um es endlich zu begreifen. Delia hatte Recht: Es war okay, es war in Ordnung. Man erwartete es sogar. So verhielt man sich, wenn man trauerte. Man weinte, ließ los, ließ sich umarmen, festhalten. Und ich war nicht die Einzige. Es passierte andauernd.

Als wir auf den Lieferwagen zuliefen, der auf dem Krankenhausparkplatz stand, kriegten wir gerade noch das Ende des Feuerwerks mit. Das grandiose Finale, den besten Teil überhaupt. Bert, Wes und ich blieben stehen und schauten zu, wie die Raketen über uns explodierten. Wir hörten das Zischen und Knallen, während sie in den Himmel schossen, sahen die langen Funkenspuren, die von oben wieder zurückfielen. Avery hat echt Glück, dachte ich. An ihrem Geburtstag wird jedes Jahr automatisch eine Riesenparty gefeiert.

Ich hatte vermutet, dass die Atmosphäre zwischen Wes und mir vielleicht ein bisschen eigenartig sein würde. Nach dem, was da in der Nische passiert war, meine ich. Jedenfalls dachte ich das, als ich hinterher vor dem Waschbecken in der Damentoilette stand, mir kaltes Wasser ins Gesicht spritzte und versuchte, wieder etwas klarer zu werden. Aber er überraschte mich, wie schon so oft, indem er einfach bloß wie selbstverständlich mit mir zu Delias Zimmer zurückging, damit wir uns verabschieden konnten. Als wäre nichts Ungewöhnliches passiert. Und vielleicht war ja auch nichts Ungewöhnliches passiert.

Wir fuhren nach Wildflower Ridge. Wes hielt am anderen Ende des Parks und damit in einiger Entfernung von dem Bereich, wo Picknick und Feuerwerk stattfanden. Als ahnte er, dass ein kleiner Spaziergang mir gut tun und die Zeit geben würde, die ich brauchte, um mich zu sammeln und auf die nächste Herausforderung einzustellen. Bert, der hinten saß, pennte schon wieder, schnarchte leise mit offenem Mund. Bevor ich die Tür auf meiner Seite öffnete und ausstieg, zog ich vorsichtig, um ihn nicht aufzuwecken, meine Handtasche unter seinem Ellbogen hervor.

Wes stieg ebenfalls aus und reckte sich mit hoch erhobenen Armen, während er um den Lieferwagen herum auf mich zuging. Ein kurzer Blick Richtung Park: Die Party neigte sich bereits ihrem Ende zu. Die Leute sammelten ihre Decken und Kinderwagen und Hunde ein und schwatzten, während sie die Kinder, die noch nicht auf dem Arm oder huckepack eingeschlafen waren, gleich mit einsammelten.

»Was hast du morgen vor?«, fragte Wes.

Ich schüttelte lächelnd den Kopf. »Keine Ahnung. Und du?«

»Nichts Besonderes. Am Nachmittag muss ich ein paar Sachen erledigen. Aber am Morgen wollte ich laufen gehen. Ich dachte, vielleicht probiere ich ja mal die Strecke bei euch im Viertel aus.«

»Ach? Und dann stellst du mir endlich *die* Frage? Hast du vor, sie von der Straße aus zu mir hochzubrüllen?«

»Kann sein.« Er lächelte. »Man weiß nie. Auf jeden Fall rate ich dir, auf alles vorbereitet zu sein. Wahrscheinlich laufe ich gegen neun oder so an eurem Haus vorbei. Übrigens – ich bin der Typ, der nur im Schneckentempo vorankommt.«

»Okay, ich schau um die Zeit mal aus dem Fenster.«

Wes lief zur Fahrertür zurück. »Gute Nacht.«

»Ja, gute Nacht«, antwortete ich. »Und ... danke.«

Er fuhr los. Ich holte tief Luft und machte mich auf den Weg, um meine Mutter im Park zu suchen. Es gab so vieles, das ich ihr sagen wollte, und ich nahm mir fest vor, nicht erst lang drüber nachzudenken, sondern die Worte einfach kommen zu lassen. Meine Mutter wollte bestimmt, dass ich glücklich war. Davon hatte Delia mich überzeugt. Nun lag es an mir, meiner Mutter zu zeigen, dass ich glücklich *war*. Und warum.

Noch war es so voll, dass ich Slalom laufen musste, um zwischen den Leuten durchzukommen. Nachdem ich erfolgreich ein paar Kindern und noch mehr Hunden ausgewichen war, entdeckte ich meine Mutter. Sie unterhielt sich mit Mrs Burcock, der Vorsitzenden der Eigentümergemeinschaft von Wildflower Ridge. Während sie aufmerksam zuhörte, schaffte sie es gleichzeitig, Leuten, die an ihr vorbeikamen, grüßend zuzuwinken. Die Veranstaltung war offensichtlich ein Erfolg gewesen, sie wirkte entspannt. Auch noch, als ich mich neben sie stellte. Denn sie warf mir nur einen flüchtigen Blick zu und lächelte, bevor sie sich erneut Mrs Burcock zuwandte.

»... und werde es bei unserem Treffen nächste Woche ansprechen. Ich bin nämlich der Überzeugung, dass es für uns alle von Vorteil wäre, wenn wir feste Regeln einführen würden, was das Aufsammeln und Entsorgen von Hundekot betrifft, vor allem hier im Park.«

»Selbstverständlich«, antwortete meine Mutter. »Wir sollten das Thema auf die Tagesordnung setzen und abwarten, wie die Leute darauf reagieren.«

»Hallo, Macy«, sagte Mrs Burcock, eine ältere Dame mit

adrettem, kurzem Haarschnitt. »Hattest du einen schönen Abend?«

»Ja.« Ich spürte den Blick meiner Mutter auf mir ruhen. »Und Sie?«

»Es war einmalig. Sehr schön. Wir müssen sofort anfangen fürs nächste Jahr zu planen, nicht wahr, Deborah?«

Meine Mutter lachte. »Aber natürlich, ab morgen früh. Erster Tagesordnungspunkt.«

Mrs Burcock nickte uns lächelnd zu und entschwand durch den Park in Richtung ihres Hauses. Einen Augenblick lang standen meine Mutter und ich schweigend nebeneinander, während unsere Nachbarn rechts und links grüßend an uns vorbeiliefen.

»Hast du meine Nachricht bekommen?«, fragte ich schließlich.

Sie wandte den Kopf. Sah mich an. Und plötzlich merkte ich, wie sauer sie war. Sauer ist gar kein Ausdruck. Außer sich. Meine Mutter war außer sich vor Wut. Ich konnte gar nicht fassen, dass es mir nicht sofort aufgefallen war.

»Nicht jetzt«, sagte sie tonlos. Die Worte waren kaum zu hören, nur an ihren Lippen abzulesen.

»Bitte?«

»Ich will jetzt nicht darüber sprechen.« Und dieses Mal war der harte, unerbittliche Ton in ihrer Stimme nicht zu überhören.

»Tolles Picknick, Deborah!«, rief ein Mann in Khakihosen und Golfhemd, der mit einer ganzen Kinderschar im Schlepptau an uns vorbeilief.

»Danke, Ron«, antwortete meine Mutter lächelnd. »Freut mich, dass es Ihnen gefallen hat.«

»Es war nicht meine Schuld, Mama.« Ich atmete tief durch. Irgendwie hatte ich mir das alles etwas anders vorgestellt. »Delia bekam plötzlich Wehen, da konnte ich doch nicht –«

»Macy!« Noch nie in meinem ganzen Leben war ich beim Klang meines eigenen Namens zusammengezuckt. Doch jetzt zuckte ich zusammen. Heftiger als beim heftigsten Buh! »Ich will, dass du auf der Stelle heimgehst, dich wäschst, umziehst und im Bett verschwindest. Wir sprechen uns später. Nur eins: Das *muss* sich ändern. Und es *wird* sich ändern ...«

»Mama, bitte, lass es mich dir doch erklären. Du verstehst das nicht, der heutige Abend war –«

»Geh schon. *Sofort!*«

Und dann machte meine Mutter auf dem Absatz kehrt und ging davon. Ließ mich einfach stehen. Lief mit hoch erhobenem Kopf auf ihre Mitarbeiter zu, die sich in einiger Entfernung versammelt hatten und auf sie warteten. Ich blieb stehen und sah zu. Nahm wahr, wie sie mit ihnen sprach, ihnen zuhörte, nickte, ihnen ihre ganze Aufmerksamkeit schenkte – alles, was sie mir vorenthalten hatte. Nicht eine Sekunde lang hatte sie mich so angesehen, mir so zugehört wie den anderen jetzt.

Ich lief wie in Trance nach Hause. Vermutlich stand ich unter Schock. Als ich an dem Spiegel in meinem Zimmer vorbeikam, merkte ich zum ersten Mal an diesem Abend, wie ich aussah, nämlich wild: Auf meiner Jeans war ein Riesenketchupfleck, mein T-Shirt hing mir wild aus der Hose, mein Haare waren durcheinander, mein Gesicht vom Weinen völlig verschmiert.

Ich sah definitiv anders aus als vorher. Ich sah nicht nur anders aus, ich *war* anders. Man konnte es in meinem Gesicht lesen wie in einem offenen Buch, obwohl ich es mit keiner Silbe hatte erklären können. Dennoch hatte meine

Mutter es auf Anhieb wahrgenommen. Das wird sich ändern, hatte sie ironischerweise gesagt, denn ich hatte ihr doch bloß eins sagen wollen: dass es – nein, dass ich mich bereits verändert hatte.

Ich war geliefert. Aber so was von.

Und zwar nicht nur, weil ich nicht pünktlich zum Feiertagspicknick erschienen war, sondern natürlich auch wegen Jason, der – nachdem er in der Bibliothek von meinem Spezialabgang erfahren hatte – nichts Eiligeres zu tun hatte, als erst auf meinem Handy und dann bei mir daheim anzurufen. Da er mich nicht erreichen konnte, erzählte er alles brühwarm meiner Mutter, die daraufhin natürlich sofort versucht hatte mich anzurufen. Doch erstens hatte ich mein Handy nicht wieder eingeschaltet, es zweitens im Lieferwagen liegen lassen und drittens nie nachgeschaut, ob ich irgendwelche Nachrichten bekommen hatte. Hatte ich aber. Zehn Stück. Was ich allerdings praktischerweise erst später an dem Abend erfuhr, nämlich nachdem ich das Handy endlich aus meiner Handtasche gekramt und die Mailbox abgehört hatte.

Auf jeden Fall hatte ich einen Riesenärger am Hals. Aber glücklicherweise auch jemanden an meiner Seite, der sich mit so was bestens auskannte, die Hindernisse und einzelnen Stationen im Katastrophenfall identifizieren und den besten Ausweg finden konnte.

»Lass sie erst mal reden«, sagte Caroline. Die Arme kam genau »am Morgen danach« auf ihrem Weg von der Küste nach Hause bei uns vorbei und geriet prompt zwischen die Fronten. Wir standen zusammen im Bad, wo ich doppelt so viel Zeit damit zubrachte, mir die Zähne zu putzen wie sonst, um den unausweichlichen Canossagang nach unten zu meiner Mutter hinauszuschieben. »Setz dich still hin und hör zu. Kein Nicken, kein Lächeln – auf keinen Fall lächeln, denn dann wird sie sofort noch wütender.«

Ich spülte mir den Mund, spuckte aus. »Okay.«

»Du musst dich entschuldigen, aber nicht sofort, sonst wirkt es nicht echt. Sie muss erst einmal ihren ganzen Ärger loswerden. Erst dann sagst du, es tue dir Leid. Keine Ausflüchte, keine Erklärungen, außer natürlich du hast welche, die wirklich zählen. Hast du welche?«

»Ich war im *Krankenhaus.*« Ich schnappte mir die Flasche mit dem Mundwasser. Wenn ich schon unterging, dann bitte wenigstens mit frischem Atem. »Meine Freundin hat ihr Kind bekommen.«

»Gab es da etwa kein Telefon?«

»Ich habe angerufen!«

»Eine Stunde *nachdem* du bei dem Picknick aufkreuzen solltest«, sagte Caroline, als müsste sie mich belehren.

»Auf wessen Seite stehst du eigentlich?«

»Auf deiner. Deswegen versuche ich ja auch dir zu helfen, so gut ich kann.« Meine Schwester stieß einen ungeduldigen Seufzer aus. »Sie wird sofort darauf rumreiten, dass du nicht angerufen hast. Versuch auf keinen Fall irgendeine Ausrede dafür zu erfinden, es gibt nämlich keine. Aber überall auf der Welt gibt es Telefone. *Überall.*«

Ich nahm einen Schluck Mundwasser und funkelte sie an.

»Tränen können durchaus etwas bringen.« Caroline lehnte sich an den Türrahmen und blickte prüfend auf ihre Fingernägel. »Aber nur, wenn sie echt sind. Wenn du nur so tust, als ob ...« Sie schüttelte warnend den Kopf. »Das hasst sie und würde sie noch mehr gegen dich aufbringen. Im Prinzip musst du es schlicht aussitzen. Am Anfang flippt sie immer aus, aber je länger sie redet, umso mehr beruhigt sie sich.«

Wieder spuckte ich aus. »Ich werde bestimmt nicht vor ihr losheulen.«

»Ach, und übrigens: nicht unterbrechen. Auf gar keinen Fall unterbrechen. Damit versetzt du dir selbst den Todesstoß.«

Caroline hatte kaum zu Ende gesprochen, als vom Fuße der Treppe die Stimme meiner Mutter zu uns hochdrang: »Macy? Kommst du bitte mal zu mir?«

Doch es klang nicht wie eine Frage. Caroline biss sich auf die Lippen, als durchlebte sie gerade eine Art posttraumatischen Flashback.

»Alles wird gut«, sagte sie. »Tief durchatmen. Denk an alles, was ich dir gesagt habe. Und jetzt ...« Sie legte die Hände auf meine Schultern und drückte sie, bevor sie mich Richtung Tür drehte. »Auf geht's!«

Ich lief die Treppe hinunter. Meine Mutter, die schon für die Arbeit umgezogen war, wartete schweigend am Küchentisch und blickte erst auf, nachdem ich mich gesetzt hatte. Oje, dachte ich, faltete meine Hände auf dem Tisch zusammen, hoffte, dass ich möglichst unterwürfig aussah, und wartete.

»Ich bin sehr enttäuscht von dir.« Ihre Stimme klang ganz ruhig. »*Sehr* enttäuscht.«

Und ich spürte ihre Enttäuschung. In meinem Bauch – es brannte. In meinen Handflächen – die schwitzten. Genau um dieser Enttäuschung zu entgehen, hatte ich mich so lang so sehr angestrengt. Jetzt schlug sie über mir zusammen wie eine Riesenwelle. Ich konnte nichts anderes mehr tun als nach oben zu schwimmen und zu hoffen, dass ich wieder Luft bekäme.

»Macy«, sagte sie als Nächstes. Ich merkte, dass ich blinzelte. »Was gestern geschehen ist, kann ich so nicht hinnehmen«, fuhr sie fort.

»Es tut mir wirklich Leid«, platzte es aus mir heraus. Viel zu früh, natürlich. Aber ich konnte nicht anders. Meine Stimme klang dünn und zittrig, überhaupt nicht nach mir. Ätzend. Gestern Abend hatte ich so viel Mut gehabt; ich war bereit und in der Lage gewesen, alles zu sagen, alles zu tun. Jetzt konnte ich überhaupt nichts mehr tun. Bloß dasitzen.

»Es muss sich einiges ändern.« Meine Mutter sprach zunehmend lauter. »Da ich mich nicht mehr auf dich verlassen kann, werde ich die Sache von nun an selbst in die Hand nehmen müssen.«

Flüchtig schoss mir durch den Kopf, ob meine Schwester wohl gerade mit angezogenen Knien auf der Treppe saß und lauschte, wie ich damals, wenn das Donnerwetter über sie hereinbrach.

»Du wirst nie wieder für diese Catering-Firma arbeiten. Damit ist endgültig Schluss.«

Ich spürte, wie ein Aber in meiner Kehle hochstieg. Und drückte es wieder nach unten. Sitz es aus, hatte Caroline mir geraten. Der Anfang ist immer am schlimmsten. Überdies würde Delia sowieso eine Zeit lang außer Gefecht gesetzt sein. »Okay«, antwortete ich deshalb folgsam.

»Stattdessen arbeitest du von jetzt an für mich.« Sie legte die Hand auf die Armlehne ihres Stuhls. »Im Modellhaus. Ich brauche jemanden, der Broschüren verteilt und potenzielle Kunden begrüßt. Montags bis samstags von neun bis fünf.«

Samstags?, dachte ich. Natürlich. Samstags kamen die meisten Leute spontan vorbei, um sich im Modellhaus umzuschauen. Eine Supermethode, mich im Auge und im Griff zu behalten. Ich holte tief Luft, behielt sie einen Moment im Mund, atmete dann wieder aus.

»Ich möchte nicht, dass du dich weiter mit den Leuten triffst, die du beim Catering kennen gelernt hast«, fuhr sie fort. »Alles hat mit diesem Job angefangen, sämtliche Probleme, die ich mit dir und deinem Benehmen habe: dass du die halbe Nacht wegbleibst, deine Verpflichtungen nicht mehr ernst nimmst ...«

Ich schaute sie unverwandt an und versuchte mich an alles zu erinnern, was ich am Vorabend für sie empfunden hatte. Dieses überwältigende Gefühl, sie zu vermissen. Aber dann nahm ich wieder wahr, wie sie wirklich aussah in diesem Moment. Sah ihre stählerne, undurchdringliche, perfekte Fassade und wunderte mich, wie ich mich so hatte irren können.

»Von heute an wirst du, bis die Schule wieder anfängt, jeden Abend um acht zu Hause sein. Nur so kann ich sicher sein, dass du genug Ruhe und Schlaf bekommst, um dich aufs Lernen und das kommende Schuljahr zu konzentrieren.«

»Um acht?«

Sie sah mich ruhig, aber durchdringend an. Und ich merkte, wie Recht meine Schwester hatte: Unterbrechungen konnten einem den Todesstoß versetzen.

»Wenn du möchtest, gern auch um sieben«, sagte sie.

Ich schwieg, blickte auf meine Hände und schüttelte den Kopf. Um uns herum war es so still, als wartete das Haus selbst darauf, dass es endlich vorüber war.

»Deine Sommerferien sind erst zur Hälfte vorbei«, sagte meine Mutter. Eingehend betrachtete ich meinen Daumen, den Nagel, die feinen Linien auf der Haut. »Es liegt an dir, wie sie von jetzt an verlaufen. Verstehst du, was ich meine?«

Ich nickte. Sie schwieg. Als ich nach einer Minute oder so aufblickte, merkte ich, dass sie mich beobachtete und auf eine richtige, ordnungsgemäße, vollständige Antwort wartete. »Ja, ich verstehe, was du meinst.«

»Gut.« Sie schob ihren Stuhl zurück, stand auf, strich sich mit der Hand glättend über den Rock. Ging hinter meinem Stuhl vorbei und sagte: »Wir sehen uns in einer Stunde im Modellhaus.«

Ich blieb sitzen und hörte zu, wie ihre Absätze über die Fliesen des Küchenbodens davonklackten. Dann verstummten ihre Schritte, weil sie den Teppichboden im Flur betreten hatte, der zu ihrem Arbeitszimmer führte. Ich blieb weiter sitzen. Meine Mutter holte ihre Aktenmappe, verabschiedete sich von Caroline und verließ das Haus. Mit einem dumpfen Knall fiel die Tür hinter ihr ins Schloss.

Eine Sekunde später kam meine Schwester die Treppe herunter. »Das war übel«, meinte sie.

»Ich darf mich nicht mehr mit meinen Freunden treffen. Ich darf überhaupt nichts mehr.«

»Sie entspannt sich auch wieder.« Doch der Blick, den Caroline Richtung Haustür warf, verriet, dass sie selbst nicht ganz glaubte, was sie sagte. Und ihr Ton verriet es auch. »Hoffentlich«, setzte sie hinzu.

Aber sie würde sich nicht entspannen. Würde nicht nachgeben. Denn zwischen meiner Mutter und mir bestand eine stillschweigende Übereinkunft: Wir arbeiteten gemeinsam daran, unsere gemeinsame Welt gemeinsam so gut unter Kontrolle zu haben, wie wir überhaupt nur konnten. Meine Aufgabe war es, ihre zweite Hälfte, ihr Gegengewicht zu bilden, indem ich meinen Teil der Last trug. In den vergangenen Woche hatte ich versucht diese Last loszuwerden. Dadurch war alles aus dem Gleichgewicht geraten. Deshalb war es nur logisch, dass sie mich wieder stärker an sich band, mich auf meinen Platz verwies. Denn nur so konnte sie sich ihres eigenen Platzes und letztlich ihrer selbst wirklich sicher sein. Zumindest ein bisschen, irgendwie ...

Ich ging in mein Zimmer, setzte mich aufs Bett und lauschte still auf die Geräusche der Welt um mich herum. Irgendwer mähte eine Wiese, bei jemand anderem lief surrend die Rasensprenganlage, ein paar Kinder fuhren in der Sackgasse zwischen den Häusern Fahrrad, immer im Kreis. Und irgendwann hörte ich Schritte auf dem Gehweg. Ein Jogger. Ich blickte auf die Uhr: fünf nach neun. Die Schritte kamen näher, wurden lauter, wurden langsamer – der Jogger lief direkt an unserem Haus vorbei. Ich spähte durch die Jalousien vor meinem Fenster. Wes. Wer sonst? Er verlangsamte sein Tempo, bis er fast stehen blieb. Als hoffte er, dass ich rauskommen und mitlaufen oder zumindest Hallo sagen würde. Vielleicht wollte er mir ja auch wirklich die Frage aller Fragen stellen. Ich rührte mich nicht. Ich konnte nicht. Ich saß da und ließ es einfach nur auf mich wirken: das, was meine Sommerferien von nun an ausmachen würde.

Irgendwann wurden die Schritte schneller. Und Wes war wieder verschwunden.

Kapitel 17

Dienstagabend, Punkt Viertel nach sechs. Meine Mutter und ich aßen zu Abend und unterhielten uns. Smalltalk. Was allerdings, seit wir zusammen arbeiteten, leichter war als vorher, weil es immer irgendein unverfängliches Thema gab, worüber wir sprechen konnten.

»Ich glaube, der Verkauf der Villen wird in dieser Woche noch mal anziehen.« Sie nahm sich noch etwas Brot und hielt mir den Korb hin, doch ich lehnte dankend ab. »Findest du nicht auch, dass das Interesse in letzter Zeit gestiegen ist?«

Anfangs hatte ich meiner Mutter sehr deutlich gezeigt, was ich von ihr und ihren Bestrafungsmethoden hielt, allerdings schnell gemerkt, dass mir das nichts nützte, eher im Gegenteil. Deshalb hatte ich mir eine nichts sagende, aber höfliche Maske zugelegt. Ich antwortete, wenn sie mich ansprach, aber nur das Allernötigste.

»Ja, es scheinen tatsächlich viele spontan vorbeigeschaut zu haben.«

»Da hast du Recht.« Sie nahm ihre Gabel in die Hand. »Wir müssen einfach abwarten, schätze ich.«

Nach dem Essen blieben mir noch etwa anderthalb Stunden, bis ich endgültig für den Rest des Abends zu Hause sein musste. Falls ich nicht zum Yoga oder in den Buchladen ging, um ein bisschen rumzuschmökern und einen Espresso zu trinken (die einzigen genehmigten »Freizeitvergnügungen«, die mir noch geblieben waren), würde ich eben fernsehen, meine Klamotten für den nächsten Tag bügeln und zurechtlegen oder bei weit offenem Fenster auf meinem Bett hocken und Wortschatzübungen für den College-Vorbereitungskurs machen. Wenn ich in dem Buch zurückblätterte, konnte ich verfolgen, wie ich mir zu Beginn der Sommerferien noch sorgfältig Notizen neben den schwierigeren Ausdrücken gemacht oder die Präfixe und Suffixe unterstrichen hatte. Irgendwie ein komisches Gefühl, das so schwarz auf weiß vor Augen zu haben, denn jetzt schrieb ich praktisch nichts auf, ja konnte mich mittlerweile kaum mehr daran erinnern, diese Notizen gemacht zu haben. Als wäre ich nicht mehr dieselbe, sondern irgendein anderes Mädchen, das zufällig dasselbe Buch benutzte.

Das Leben, das ich jetzt führte, war noch vor wenigen Wochen mein Ideal gewesen. Vor die Wahl gestellt hätte ich mich immer dafür entschieden, sogar freiwillig. Doch inzwischen konnte ich es kaum fassen, dass mir diese Art von schweigsamer, stiller, gleichförmiger Existenz, diese Begrenztheit mal lieber gewesen waren. Aber damals hatte ich ja auch noch nicht gewusst, dass es Alternativen gab.

»Ich denke mal, dass Caroline nächste Woche vorbeikommt.« Meine Mutter legte ihre Gabel auf den Teller und tupfte sich mit einer Serviette die Lippen ab.

»Ja, Donnerstag, glaube ich.«

»Wir sollten alle zusammen zu Abend essen, damit wir uns in Ruhe unterhalten können.«

Ich trank einen Schluck Wasser. »Klar.«

Es musste meiner Mutter doch klar sein, wie unglücklich ich war. Aber das schien überhaupt nicht zu zählen; ihr war bloß wichtig, dass ich wieder *ihre* Macy war – die Macy, an deren Gegenwart sie sich gewöhnt hatte, die Macy, bei der sie sich darauf verlassen konnte, dass sie immer zur Stelle, immer in Hörweite war. Ich kam überpünktlich zur Arbeit, saß aufrecht an meinem Schreibtisch und ließ den ganzen Tag mit den immer gleichen Abläufen über mich ergehen, die Anrufe, bei denen ich Floskeln abspulte, die Interessenten, die ich mit einem strahlenden Lächeln begrüßte. Meine »Freizeit«, also die anderthalb Stunden nach dem Abendessen, verbrachte ich allein und tat nur, was erlaubt war. Wenn ich anschließend heimkam, steckte meine Mutter prompt den Kopf durch die Tür ihres Arbeitszimmers, um sicherzugehen, dass ich genau da war, wo ich sein sollte. Ich *war* da, natürlich war ich da. Und fühlte mich hundeelend dabei.

»Dein Salat ist heute wieder köstlich.« Meine Mutter nahm ihr Weinglas, trank einen Schluck.

»Danke«, antwortete ich. »Aber dein Huhn schmeckt auch sehr gut.«

»Findest du? Freut mich.«

Um uns herum war das Haus dunkel. Dunkel und still. Leer.

»Ja, sehr lecker«, sagte ich.

Ich vermisste Kristy. Ich vermisste Delia. Doch am meisten vermisste ich Wes.

Am Abend des ersten Tags, an dem meine Mutter ihr Strafgericht über mich verhängt hatte, rief Wes an. Ich saß auf meinem Bett und grübelte vor mich hin; meine Sommerferien dehnten sich schrecklich lang und öde vor mir. Da vibrierte plötzlich mein Handy. Ich hatte mir sowieso schon den ganzen Tag über selbst Leid getan, aber in dem

Moment, als ich auf die Taste zum Annehmen des Gesprächs drückte und Wes' Stimme hörte, wuchs mein Selbstmitleid geradezu ins Unermessliche.

»Hi«, sagte er. »Wie geht's?«

»Frag nicht.«

Er fragte natürlich trotzdem nach. Und hörte natürlich teilnahmsvoll zu. Gab genau die passenden mitfühlenden Laute von sich, während ich ihm von meinem Hausarrest und den anderen Einschränkungen meiner Freiheit, die sich meine Mutter für mich ausgedacht hatte, sowie der gar nicht so unwahrscheinlichen Möglichkeit erzählte, dass wir einander vielleicht nie wiedersehen würden. Dass sie mir den Umgang mit ihm und den anderen von *Wish Catering* verboten hatte, sprach ich zwar nicht direkt aus, hatte jedoch das Gefühl, er ahnte es sowieso.

»Das wird schon«, meinte er. »Es hätte noch viel schlimmer kommen können.«

»Wie denn?«

Während Wes – wie immer lange und gründlich – darüber nachdachte, wie er antworten würde, war außer dem leichten Summen der Verbindung von Telefon zu Handy nichts zu hören, gar nichts.

»Sie hätte dir den Hausarrest bis in alle Ewigkeit aufbrummen können«, meinte er schließlich.

»Das geht jetzt so bis zum Ende der Sommerferien weiter«, sagte ich. »Und ich finde, das *ist* eine Ewigkeit.«

»Nein. Es kommt dir nur so vor, weil heute der erste Tag ist. Aber wart's ab, die Zeit vergeht schnell.«

Wes hatte gut reden. Während mein Leben fast vollständig zum Stillstand kam, hatte er alle Hände voll zu tun, und zwar mehr denn je. Seine Skulpturen waren mittlerweile so gefragt, dass er kaum noch nachkam. Wenn er nicht in seiner Werkstatt stand und schweißte, fuhr er bei den Geschäften – überwiegend Gartencenter oder Einrichtungshäuser – vorbei, die seine Stücke in Kommission nahmen, um Nachschub zu liefern und neue Bestellungen entgegenzunehmen. Abends jobbte er als Fahrer für *À la Carte*, ein Delikatessengeschäft, das sich darauf spezialisiert hatte, Gourmetvorspeisen in Restaurantqualität direkt nach Hause zu liefern. In letzter Zeit telefonierten wir eigentlich fast nur noch miteinander, wenn er gerade im Wagen saß, um irgendetwas irgendwohin zu bringen. Ich hockte dann in meinem Zimmer und starrte aus dem Fenster, während Wes gerade mal wieder quer durch die Stadt düste. Auf dem Beifahrersitz neben ihm: Warmhalteverpackungen mit Meeresfrüchtepasta oder Saltimbocca. Ich freute mich zwar jedes Mal, seine Stimme zu hören. Aber es war nicht mehr so wie vorher.

Zum Beispiel führten wir am Telefon unser Wahrheitsspiel nicht fort. Wir hatten uns darauf geeinigt, eine Pause einzulegen, bis wir einander wiedersahen. Manchmal, wenn ich abends allein auf dem Dach vor meinem Zimmer hockte, ging ich im Kopf die Fragen und Antworten von früher durch. Aus irgendeinem undurchschaubaren Grund hatte ich Angst, ich könnte sie sonst vergessen; als wären sie Vokabeln oder so was Ähnliches, die ich mir immer wieder aufs Neue einprägen musste, um sie im Gedächtnis zu behalten.

Auch Kristy meldete sich ab und zu bei mir. Meistens rief sie an, um mich auf eine Party einzuladen, oder schlug vor, ich solle vorbeikommen, um mich eine Runde mit ihr in den Garten zu legen und zu sonnen. Sie wusste zwar, dass ich Hausarrest hatte; aber genau wie das Wort »Freizeit« für meine Mutter eine sehr eigene Bedeutung hatte, war

»Hausarrest« für Kristy anscheinend ein ziemlich dehnbarer Begriff. Oder sie wollte mir einfach bloß das Neueste über ihren neuen Freund erzählen. Er hieß Baxter und sie hatten sich auf der Stelle ineinander verguckt, als sie Stella eines Tages am Obst- und Gemüsestand vertrat. Nachdem er angehalten und die beiden eine Stunde miteinander gequatscht hatten, war er gleich so verknallt gewesen, dass er einen halben Zentner Gurken gekauft hatte. Was natürlich ein Hammer war – vor allem für einen Typen! Und wegen Baxter hatte Kristy – genau wie Wes – momentan auch nicht gerade wenig um die Ohren. So war das eben, wenn man drinnen festsaß: Draußen drehte die Welt sich weiter, während für einen selbst die Zeit stillzustehen schien.

Mir war langweilig. Ich war traurig. Ich war einsam. Es war nur eine Frage der Zeit, bis ich durchdrehen würde.

Es geschah am Ende eines langen, anstrengenden Tags im Modellhaus. Ich hatte stundenlang Umschläge mit Broschüren, Pläne, Visitenkarten et cetera zusammengestellt und dabei im Hintergrund das ständige Süßholzraspeln meiner Mutter über mich ergehen lassen müssen, die sechs potenziellen Hauskäufern sechsmal dasselbe erzählt und die Villen in höchsten Tönen angepriesen hatte. Im Prinzip war der Tag auch nicht länger und härter gewesen als die vorangegangenen. Die Tage im Modellhaus liefen alle nach demselben Schema ab. Was an sich schon übel genug war, selbst wenn man nicht mit einrechnete, dass ich auch an diesem Tag zur selben Zeit wie immer (Punkt sechs Uhr) dasselbe zu Abend aß wie jeden Tag (Hühnchen mit Salat), mir am Esstisch dieselbe Person gegenübersaß wie jeden Tag (meine Mutter) und ich anschließend die Zeit bis zum Schlafengehen mit denselben Aktivitäten verbrachte wie jeden Tag (Yoga und Lernen). All das zusammengenommen war eine tödliche Kombination von langweilig, öde, eintönig und monoton. Kein Wunder also, dass meine Frustration einen einsamen Höhepunkt erreicht hatte. Ich fühlte mich eingesperrt und hatte die Hoffnung aufgegeben, die Dinge könnten sich jemals wieder ändern. Und das, *bevor* ich meinen PC einschaltete und folgende E-Mail von Jason vorfand:

Macy,
ich wollte mich schon länger bei dir melden, wusste aber nicht genau, was ich schreiben beziehungsweise wie ich es am besten formulieren sollte. Ich weiß nicht, ob deine Mutter dir erzählt hat, dass ich um den vierten Juli ein paar Tage da war, weil meine Großmutter einen Schlaganfall hatte, und es ihr seitdem kontinuierlich schlechter geht. Wie du weißt, stehen wir einander sehr nahe, und dass sie die nächsten Wochen wahrscheinlich nicht überleben wird, trifft mich hart, härter, als ich geglaubt hätte.
Ich war sehr enttäuscht, als ich hörte, dass du den Job in der Bibliothek aufgegeben hast. Auch wenn ich ein paar Vermutungen habe, wieso du das getan hast, würde ich doch gern von dir persönlich erfahren, warum du diese – in meinen Augen ziemlich übereilte – Entscheidung getroffen hast.
Aber all das ist nicht der Hauptgrund, warum ich schreibe. Ich habe das Gefühl, ein bisschen besser zu verstehen, wie es dir in der Zeit, seit wir uns kennen, ergangen ist, weil in meiner eigenen Familie gerade etwas Ähnliches passiert. Außerdem habe ich deine Einstellung zu der Arbeit in der Bibliothek wahrscheinlich zu negativ beurteilt. Dafür möchte ich mich entschuldigen. Ich weiß, der Vorschlag, dass wir eine vorübergehende Beziehungspause einlegen, stammt von mir; trotzdem hoffe ich, dass wir Freunde bleiben und du mir auch mal wieder schreibst. Ich würde mich wirklich freuen, von dir zu hören.

Ich las die Mail einmal, zweimal – und stellte fest: Sie ergab immer noch keinen Sinn. Zumindest nicht für mich. Ich hatte felsenfest geglaubt, mein Abgang aus der Bibliothek wäre für Jason der entscheidende Beweis gewesen, dass ich nicht die Richtige für ihn war. Doch jetzt auf einmal, wo es ihm bevorstand, einen nahen Menschen zu verlieren, schien er plötzlich gegenteiliger Ansicht zu sein. Denn wenn ihn irgendjemand in dieser Situation verstehen konnte, dann ich, nicht wahr? Ich konnte Jason förmlich beim Nachdenken vor mir sehen, wie er mit seinem scharfen, unerbittlich vernünftigen Verstand zu dieser Schlussfolgerung gekommen war.

»Nein«, sagte ich laut. Die Gedanken wirbelten nur so durch meinen Kopf und spielten Karussell. Vor anderthalb Wochen hatte ich das Gefühl gehabt, mein Leben hätte sich definitiv geändert, und zwar zum Besseren. *Ich* hätte es geändert. Doch auf einmal entglitt mir alles. Ich stand wieder ganz am Anfang, war die Tochter meiner Mutter, würde anscheinend, wenn man von dieser Mail ausging, möglicherweise auch wieder Jasons Freundin werden. Wenn ich nicht handelte, würden – wenn der Sommer vorbei war – auch meine Erfahrungen mit *Wish Catering* und mit Wes nur noch ein Traum sein. Vergessen, verdrängt, verwischt. Und deshalb verstieß ich an diesem Abend gegen die Regeln, die meine Mutter aufgestellt hatte. Nachdem ich wie immer Tisch und Arbeitsplatte abgewischt und die Reste vom Essen weggeräumt hatte, schnappte ich mir meine Yogamatte, sagte zu meiner Mutter, ich würde um acht Uhr wieder daheim sein, und fuhr zum Sweetbud Drive.

Ich bog auf den Schotterweg ab (immer noch kein Straßenschild), wich automatisch dem Loch aus (immer noch nicht zugeschüttet) und warf im Vorbeifahren einen Blick auf die große Herzhand (immer noch da). Aus irgendeinem Grund überraschte es mich, dass sich anscheinend nichts verändert hatte, bis mir klar wurde: Es war gerade mal zehn Tage her, seit ich das letzte Mal dort gewesen war. Nur zehn Tage.

Als Erstes fuhr ich zu Wes' Haus, aber sein Truck stand nicht in der Auffahrt und das Haus war dunkel. Ich ging seitlich daran entlang bis zu seiner Werkstatt. Im Hof standen mehr Skulpturen herum als je zuvor: Engel, ein paar große Windspiele und ein mittelgroßes Gebilde, mit dem er allerdings offenbar gerade erst begonnen hatte, denn vorläufig waren nur die groben Umrisse einer Art dreidimensionalen Strichmännchens mit ein paar Winkeln und Halterungen am Rücken erkennbar.

Auf meinem Weg zu Kristys Trailer hielt ich kurz vor Delias Haus an und spähte durchs Fenster. Pete lief mit Avery auf dem Arm herum, wiegte sie beruhigend hin und her; im Hintergrund am Herd rührte Delia in einem Topf, während Lucy zu ihren Füßen saß und Bauklötze aufeinander stapelte. Delia hätte sich garantiert gefreut mich zu sehen, aber ich ging nicht hinein, sondern beobachtete sie bloß für eine Weile von draußen und wurde traurig. Mir kam es fast so vor, als hätte ich dieses Haus nie betreten, als wäre in meiner knapp zweiwöchigen Abwesenheit bereits Gras über mich gewachsen. Ich fuhr die Auffahrt zum Hexenhäuschen hoch und sah schon von weitem das Flackern des Fernsehbildschirms durchs Fenster. Ich stieg aus, doch noch bevor ich die Haustür erreicht hatte, kam Bert heraus. Ich roch ihn, bevor ich ihn sah, denn er war umhüllt von einer Wolke Rasierwasser. Er trug Khakihosen und ein Polohemd aus Polyester.

Ich gab mir Mühe, bei dem Geruch nicht das Gesicht zu verziehen, und sagte: »Hallo. Gut schaust du aus.«

Er lächelte erfreut. »Ich habe ein Date.« Schob lässig die Hände in die Hosentaschen, wippte auf seinen Absätzen vor und zurück. »Bin zum Abendessen verabredet.«

»Super. Wie heißt sie denn?«

»Lisa Jo. Ich habe sie auf der Jahresversammlung des Armageddon-Clubs kennen gelernt. Sie ist eine richtige Expertin. Jedenfalls kennt sie sich mit dem Thema voll aus. Letzten Sommer war sie mit ihrem Vater im Westen, wo sie jede Menge Beweise für das bevorstehende Ende der Welt gesammelt haben.«

»Echt?« Bert in Weiblich. Unvorstellbar.

»Ja.« Er hüpfte geradezu übermütig von der letzten Stufe und lief auf dem Gartenweg an mir vorbei. »Bis dann.«

»Tschüs.« Ich sah ihm nach. Er nahm die Abkürzung durch den Garten und über den gewundenen Pfad, der zu seinem und Wes' Haus führte. »Viel Spaß.«

Ich öffnete die Tür und rief »Hallo«, bevor ich eintrat. Keine Reaktion. Ich warf einen Blick durch den Flur zu Kristys Zimmer: Die Tür stand halb offen, im Raum war es dunkel. Als ich den Kopf wandte, entdeckte ich Monica. Sie saß auf dem Sofa und starrte Richtung Fernseher.

»Hallo«, sagte ich noch einmal. Sie drehte leicht den Kopf, was bedeutete, dass sie mich immerhin zur Kenntnis nahm. »Wo ist Kristy?«

»Weg«, antwortete sie.

»Mit Baxter?«

Monica nickte.

»Ach so.« Ich durchquerte den Raum und setzte mich auf den gepolsterten Hocker vor Stellas Ohrensessel. »Ich hatte gehofft, sie wäre vielleicht hier.«

»Nö.«

Das war wirklich Ironie des Schicksals. Ich brauchte dringend wen zum Reden und der einzige Mensch, den ich auftreiben konnte, war ausgerechnet Monica. Trotzdem blieb ich erst einmal da und unternahm noch ein paar Anläufe, sie vielleicht doch zu einer Art Unterhaltung zu bewegen. Was das Ganze allerdings bloß noch schlimmer machte.

»Und? Wie läuft's so bei euch?«

Monica zappte wortlos rum.

Ich versuchte es noch einmal. »Was passiert so bei euch gerade?«

Sie verweilte kurz bei einem Sender, um dann wieder weiterzuschalten.

»Nicht viel«, antwortete sie schließlich. »Und bei dir?«

»Ich habe Stress zu Hause«, sagte ich. Du meine Güte – ich klang wirklich wie der letzte Jammerlappen. »Meine Mutter hat mich unter Hausarrest gestellt und eigentlich dürfte ich gar nicht hier sein ... aber ich habe eine E-Mail bekommen, von meinem Freund oder Ex-Freund oder was auch immer. Und irgendwie drehe ich seitdem ein bisschen durch und ... ich meine, ich habe das Gefühl, alles verändert sich. Rasend schnell.«

»Mmm-hmmm«, sagte sie mitfühlend.

»Alles ist so komisch.« Warum erzähle ich dir das überhaupt, dachte ich und konnte trotzdem nicht aufhören zu reden: »Ich weiß nicht mehr, was ich tun soll.«

Monica holte tief Luft. Eine Sekunde lang dachte ich, sie würde mich tatsächlich mit einem vollständigen Satz beglücken. Doch dann seufzte sie bloß und meinte: »Aha.«

Ein Gespräch mit Monica würde mir nicht weiterhelfen, so viel stand fest. Deshalb verabschiedete ich mich. Monica zappte weiter. Ich fuhr in die Stadt zurück. Und fand – vor einer Ampel in der Nähe des Einkaufszentrums von Lakeview dann doch, was ich suchte.

Wes. Sein Truck stand meinem Auto gegenüber auf der Kreuzung. Ich blinkte ihn mit meinem Fernlicht an. Als die Ampel auf Grün sprang, bog er auf den Parkplatz vor dem Supermarkt ein. Ich wendete und folgte ihm dorthin.

»Ich dachte, du hast Hausarrest«, meinte er, als ich ausstieg und zu ihm rüberlief. Er stand vor seinem Truck und blickte mir entgegen. Ich war unglaublich froh, ihn zu sehen.

»Habe ich auch«, antwortete ich. »Offiziell bin ich beim Yoga.«

Er hob bloß kurz die Augenbrauen. Ich musste unwillkürlich lächeln und fühlte mich schlagartig besser. Nicht mehr so verunsichert, geradezu bestätigt. Natürlich würde ich *nicht* wieder zu Jason zurückkehren. Natürlich war ich *nicht* plötzlich wieder die Alte. Ich musste Wes nur sehen und sofort war mir das alles klar.

»Okay, bin ich eben nicht beim Yoga.« Ich schüttelte den Kopf. »Ich sage dir, das war vielleicht ein Tag ... ich weiß nicht. Schräg. Ich musste einfach mal raus. Mir geht so viel im Kopf rum.«

Er nickte, fuhr sich mit der Hand durchs Haar. »Ich weiß, was du meinst.«

»Was treibst du gerade?«, fragte ich. »Arbeit?«

»Äh ... nö, nicht wirklich.« Er warf einen Blick zu seinem Truck rüber. »Heute Abend habe ich frei. Ich muss dringend ein paar Sachen erledigen.«

Ich warf einen Blick auf meine Armbanduhr. »Ich muss erst in einer Stunde daheim sein. Soll ich dir Gesellschaft leisten?«

»Äh ...«, sagte er. Schon wieder. Aus irgendeinem Grund fiel mir das plötzlich auf. Überhaupt hatte ich das Gefühl, er war irgendwie auf dem Sprung. Richtig nervös.

»Sorry, lieber nicht. Ich habe einen Termin mit einem

Kunden, um halb acht. Wenn du mitkämst, würdest du wahrscheinlich zu spät nach Hause kommen.«

»Ach so.« Ich strich mir eine Haarsträhne hinters Ohr. Und dann sagte eine Weile lang keiner von uns beiden mehr was. Ein angespanntes, beklommenes Schweigen. Ein Schweigen, wie ich es zwischen uns bisher noch nie erlebt hatte. Irgendetwas stimmt hier nicht, dachte ich. Und plötzlich fiel mir der Abend im Krankenhaus wieder ein. Als ich so geweint hatte. In Wes' Armen. Vielleicht war es ihm doch zu viel gewesen. Wir hatten uns seitdem nicht mehr gesehen, nur am Telefon miteinander gesprochen. Vielleicht hatte sich seine Einstellung mir gegenüber geändert und ich hatte es bloß deshalb nicht mitbekommen, weil wir uns jetzt zum ersten Mal seitdem wiedersahen.

»Ich muss diese eine Sache hinter mich bringen«, sagte er.

Ich wandte den Kopf ab und starrte auf die Straße, wo gerade ein Auto vorüberfuhr.

»Du verpasst nichts, glaube mir. Im Gegenteil«, fügte er hinzu.

Ich spürte, wie ich mich aufrichtete, innerlich wie äußerlich. Mein Körper reagierte sofort, nahm die defensive Haltung ein, die mir an mir selbst so vertraut war. »Ja, du hast bestimmt Recht«, sagte ich. »Ich fahr dann mal wieder.«

»Moment«, sagte er. »Du kannst mir schon noch kurz erzählen, was bei dir gerade so los ist.«

»Nicht viel.« Erneut blickte ich auf die Uhr. »Echt, ich muss los. Nach allem, was passiert ist, darf ich nicht riskieren, dass sie mich erwischt. Das wäre echt idiotisch von mir. Außerdem habe ich eine E-Mail von Jason bekommen, die ich beantworten will.«

»Jason?« Er wirkte total überrascht. »Wirklich?«

Ich nickte und spielte mit meinem Autoschlüssel. »Er hat

sich bei mir gemeldet, ihm geht es gerade nicht so gut. Ich glaube, er würde gern wieder mit mir zusammen sein.«

»Und du?«

»Keine Ahnung«, antwortete ich, obwohl ich wusste, dass ich auf keinen Fall wieder mit Jason zusammen sein wollte. »Vielleicht.«

Wes sah mich jetzt unverwandt an, sah nur mich und sonst nichts. Seine Aufmerksamkeit war ganz und gar auf mich gerichtet. Und genau deshalb drehte ich mich um und lief zu meinem Auto zurück.

»Macy, jetzt warte doch mal.«

»Ich muss echt los«, sagte ich über meine Schulter. »Bis dann.«

»Bleib stehen!« Ich blieb nicht stehen, hörte aber, dass er mir folgte, wusste, dass er seine Hand auf meine Schulter legen würde, bevor er es tat. »Ist alles okay mit dir?«

»Ja.« Ich ging weiter. »Mir geht's prima.« Erreichte mein Auto, stieg ein. Wes rührte sich nicht vom Fleck, auch nicht, als ich den Motor anließ und losfuhr. Eigentlich hatte ich gedacht, ich würde mich besser fühlen. Schließlich war ich ausnahmsweise mal diejenige gewesen, die verließ. Nicht immer diejenige, die verlassen wurde. Aber ich fühlte mich nicht besser. Kein bisschen.

Ich war schon beinahe wieder daheim, als ich wendete und zurückfuhr.

Sein Truck stand natürlich nicht mehr auf dem Parkplatz. Ich hielt vor der Ampel. An der Bank neben mir blinkten abwechselnd die Uhrzeit und die Temperatur: 7:34, 27°. Mein Blick wanderte zwischen der roten Ampel und den rot blinkenden Ziffern hin und her. Und plötzlich wusste ich, wo ich ihn finden würde.

Ich brauste los Richtung Waffelcafé. Keine Ahnung, warum, aber auf dem Weg dorthin hatte ich tief im Bauch das sichere Gefühl, dass alles wieder in Ordnung kommen würde. Wahrscheinlich war ich einfach überempfindlich gewesen. Und er hatte derzeit zu viel im Kopf und hatte deshalb so abwesend gewirkt, so angespannt. Vermutlich hatte es überhaupt nichts mit mir zu tun. Eins war allerdings wirklich komisch gewesen: wie er immer wieder auf seine Uhr geschaut hatte. Das hatte ich mir nicht eingebildet. Egal – trotzdem musste ich ihm unbedingt erklären, warum ich so abweisend gewesen war. Und was er mir bedeutete. Vielleicht wurde ihm das auch wieder zu viel. Aber es war die Wahrheit. Und wir hatten es immer mit der Wahrheit gehalten.

Als ich auf den Parkplatz vor dem Waffelcafé einbog und seinen Truck dort stehen sah, entspannte ich mich. Ich kriege das hin, alles wird gut, dachte ich, während ich zwei Plätze von ihm entfernt parkte, den Motor abstellte und die Tür öffnete. Schon hier draußen roch es süß, dieser unverwechselbare Duft nach Teig und Zucker. Ich überquerte den Parkplatz. Und während ich auf den hell erleuchteten Eingang zusteuerte, sagte ich mir: Ja, du hast dich wirklich verändert. Dass du hier bist, ist der Beweis. Früher hättest du es einfach laufen, hättest Wes gehen lassen. Doch nun war ich eine andere.

Auf meinem Weg über den Parkplatz bis zum Rand des Bürgersteigs vor dem Café, ja, beinahe noch bis zur Tür war ich tatsächlich eine andere. Doch dann entdeckte ich ihn. Er saß an demselben Tisch beim Fenster, an dem er mit mir gesessen hatte. Und er war nicht allein.

Buh!, dachte ich. Und fühlte mich eigenartigerweise exakt so, als hätte Wes mich tatsächlich gerade zu Tode erschreckt: der Schock, das Herzrasen … Als würde das gesamte Betriebssystem abstürzen und dann langsam – während man selbst noch dasteht und nach Luft ringt – wieder hochfahren.

Ich wusste nicht viel von Becky, erkannte sie jedoch auf den ersten Blick, denn sie sah genauso aus, wie Wes sie beschrieben hatte: dünn, eckig, kurze Haare, die ihr gerade bis zu den Schultern reichten. Sie trug ein dünnes Spaghettiträgerhemdchen, einen Rosenkranz um den Hals und dunkelroten Lippenstift, der bereits den Rand des Kaffeebechers verschmiert hatte, den sie mit beiden Händen hielt. Wes saß ihr gegenüber und redete; sie sah ihn unverwandt an, hörte aufmerksam zu, als gäbe es nichts Wichtigeres auf der Welt als das, was er sagte. Vielleicht stimmte das sogar. Vielleicht enthüllte er ihr gerade seine tiefsten Geheimnisse. Oder stellte ihr die Frage, auf die ich so lange gewartet hatte. Ich würde es niemals erfahren.

Ich kehrte zu meinem Wagen zurück, stieg ein, ließ den Motor an, fuhr los. Erst als ich auf die Hauptstraße einbog, wurde mir in aller Klarheit bewusst, wie flüchtig unsere Freundschaft gewesen war. Beide waren wir mit wem zusammen gewesen und irgendwie auch nicht beziehungsweise irgendwo dazwischen. Doch im Grunde waren nicht unsere Beziehungen vorübergehend in einer Warteschleife gewesen, sondern wir. Wir standen still, wir hatten Pause – nicht aber unsere Beziehungen. Und jetzt bewegten wir uns wieder. Bewegten uns weiter. Bewegten uns auseinander. Einige Fragen blieben unbeantwortet. Na und? Das Leben ging weiter. Wenn jemand Erfahrung damit hatte, dann wir.

Kapitel 18

Zuerst hatte meine Mutter sich meinetwegen Sorgen gemacht. Jetzt war ich dran. Und zwar ihretwegen.

Meine Mutter hatte schon immer viel gearbeitet. Aber so hatte ich sie noch nie erlebt. Vielleicht lag es ja auch daran, dass ich inzwischen fast den ganzen Tag mit ihr verbrachte, sechs, sieben Stunden am Stück, und alles mitbekam: die Dauertelefonate, ihr rasendes Tippen, wenn sie E-Mails beantwortete, den unaufhörlichen Strom von Leuten, die zu ihr reinpilgerten und was von ihr wollten – Makler, Handwerker, Vertreter, Kunden. Es herrschte ein ständiges Kommen und Gehen. Es war der dreiundzwanzigste Juli und in gut zwei Wochen war es so weit: Ihr Villenkomplex würde mit der Riesengala, die sie seit langem plante, eröffnet werden. Alle Welt glaubte, das Projekt liefe prima, aber meine Mutter war unzufrieden mit den bisherigen Verkaufszahlen; oder die Badewannen aus Marmor waren noch nicht alle installiert; oder der eine oder andere Handwerker brachte sie um den Verstand, weil er ihrer Meinung nach lieber ausschlief oder sonntags auch mal freinahm, anstatt pünktlich oder – noch besser – vor dem vereinbarten Termin fertig zu werden und perfekte Arbeit zu liefern. Mir war ja schon seit längerem aufgefallen, wie erschöpft sie immer wirkte. Und dass sie kaum noch lächelte. Doch allmählich wurde mir klar, dass es schlechter um sie stand, als ich vermutet hatte.

Vielleicht hätte ich früher etwas merken müssen, aber ich hatte schließlich meine eigenen Probleme. Nur eines hatte sich seit der Sache mit Wes erledigt: Ich hatte mich mit meiner Strafe abgefunden. Es fiel mir komischerweise überhaupt nicht schwer, wieder in mein altes Leben hineinzugleiten, nachdem das mit Wes und mir endgültig vorbei war (als ob da je was gewesen wäre). Allmählich vergaß ich das Mädchen, das ich zwischendurch gewesen war. Vergaß die Macy, die nicht mehr so viel Angst gehabt hatte, ja die geradezu mutig gewesen war.

Mein Leben verlief in ruhigen, ordentlichen, schweigsamen Bahnen. Der Alltag meiner Mutter dagegen bestand aus nichts als Hektik und Stress. Sie schien immer schmaler zu werden und überhaupt nicht mehr zu schlafen, und obwohl sie sich jeden Morgen sorgfältig schminkte und jede Menge Abdeckstift benutzte, waren die dunklen Ränder unter ihren Augen deutlich zu erkennen. Immer häufiger ertappte ich mich dabei, dass ich sie heimlich beobachtete und mich fragte, welchen Preis sie für den Stress zahlte, den sie sich aufbürdete. Und wie ihr Körper wohl auf die Dauerbelastung reagieren würde. Manchmal gibt es Anzeichen für so was, manchmal nicht. Auf jeden Fall behielt ich sie vorsichtshalber im Auge.

»Mama!« Ich stand in der Tür zu ihrem Büro, wollte ihr das Hühnersandwich bringen, das ich vor einer halben Ewigkeit für sie bestellt hatte. Es war nämlich bereits halb drei, das heißt, das Sandwich lag seit fast drei Stunden auf meinem Schreibtisch und gammelte vor sich hin. Auf jeden Fall wurde es nicht besser und die Mayonnaise garantiert bald schlecht. »Mama, du musst etwas essen. Jetzt!«

»Danke, mein Schatz.« Sie griff nach ein paar Telefonnotizen, um sie zu sichten. »Leg's bitte da drüben hin, ich esse gleich einen Happen. Nur noch ein Anruf.« Sie griff zum Telefonhörer.

Ich trat ins Zimmer. Sie tippte wie eine Rasende, während sie gleichzeitig telefonierte. Ich holte das Sandwich aus der Tüte und arrangierte es so appetitlich wie möglich auf einem Pappteller. Meine Mutter redete gerade mit einem Herrn, der sich Rathka nannte. Rathka war der Koch, den sie für ihre Gala engagiert hatte und der ihr mehrfach wärmstens emfohlen worden war. Trotzdem waren meine Mutter und Rathka schon mehrere Male heftig aneinander geraten, weil er erstens fast nie zu erreichen war (anscheinend ging er so gut wie gar nicht ans Telefon), zweitens darauf bestand, dass sie sündhaft teures Porzellan für sein Essen anmietete (sonst kämen die Gäste nicht in den vollen Genuss der herausragenden kulinarischen Erfahrung), und drittens wegen des Menüs, denn Rathka wollte ihr partout nicht verraten, was er eigentlich zu kochen gedachte.

»Damit meine ich Folgendes«, sagte meine Mutter gerade ins Telefon, während ich eine Dose Cola Light öffnete, ein Glas einschenkte und neben den Pappteller stellte. »Dies ist eine äußerst wichtige Veranstaltung für mich, zu der ich fünfundsiebzig Leute einlade. Ist es da wirklich zu viel verlangt, wenn ich Sie darum bitte, mir ein paar Einzelheiten über das Menü mitzuteilen?«

Ich faltete eine Serviette, schob sie unter den Rand des Papptellers und dann beides zusammen näher an ihren Ellbogen heran. Doch erst als der Pappteller ihren Arm berührte, merkte sie überhaupt, was ich tat, und blickte kurz auf. Ihre Lippen formten ein lautloses Danke, ohne dass sie das

Telefonat für eine Sekunde unterbrach. Das Sandwich ignorierte sie weiterhin, trank bloß einen Schluck von der Cola. Immerhin.

»Ja, dass es Lamm geben wird, habe ich begriffen.« Sie verdrehte entnervt die Augen. In letzter Zeit schien meine Mutter eigentlich nur noch zu kämpfen, mit jedem, gegen jeden, wegen jeder Kleinigkeit. »Aber ein Menü besteht doch nicht nur aus Lamm ... ich meine, ich hätte gern ein wenig genauer gewusst, was Sie im Einzelnen servieren wollen.« Pause. »Ich verstehe. Sie sind ein Künstler, Rathka. Aber ich bin Geschäftsfrau. Und ich wüsste gern, wofür ich mein Geld ausgebe.«

Ich kehrte an meinen Schreibtisch zurück, setzte mich, drehte mich ein bisschen auf meinem Stuhl hin und her und gab ein paar Befehle über die Tastatur ein, um meine E-Mails abzurufen. Seit ich für meine Mutter arbeitete, hatte ich zwar tausendmal mehr zu tun als in der Bibliothek; trotzdem gab es dazwischen auch immer mal wieder Zeiten, in denen nichts los war. Und jedes Mal wenn ich in solchen Momenten meine E-Mails checkte, schien gerade wieder eine von Jason gekommen zu sein.

An dem Abend, als ich Wes das letzte Mal gesehen hatte, flimmerte bei meiner Rückkehr nach Hause Jasons E-Mail noch auf meinem Bildschirm. Im ersten Moment hätte ich sie fast gelöscht und ignoriert. Doch aus irgendeinem Grund tat ich es nicht. Ich saß vor dem PC, meine Finger schwebten schreibbereit über den Tasten. Zu diesem Leben gezwungen zu werden war eine Sache. Es zu wählen eine ganz andere. Aus irgendeinem Grund bildete ich mir plötzlich ein, eine gewisse Wahl zu haben. Auch wenn es gar keine Alternativen gab. Trotzdem.

Also schrieb ich an Jason. Schrieb, dass ich den Job in der

Bibliothek gehasst hätte, dass er nicht das Richtige für mich gewesen sei und ich vermutlich gleich hätte gehen sollen statt so lange durchzuhalten. Ich schrieb ihm, wie sehr mich seine Mail, in der er die vorübergehende Trennung vorschlug, verletzt habe. Und dass ich nicht wisse, was ich davon halten solle, wenn wir am Ende der Sommerferien – oder überhaupt – wieder zusammenkommen würden. Aber ich schrieb ihm auch, das mit seiner Großmutter tue mir sehr Leid und dass ich für ihn da sein würde, wenn er jemanden zum Reden brauche. Das war das Mindeste, was ich tun konnte, fand ich. Ich konnte doch niemanden zurückstoßen, der gerade am Tiefpunkt war.

Seitdem hatten wir wieder Kontakt zueinander. Wenn man es denn so nennen wollte. Die E-Mails, die wir einander schrieben, waren kurz und eher sachlich: Er erzählte mir, dass es im Schlaumeiercamp sehr anregend sei, aber auch viel Arbeit, und ich berichtete ihm von meiner Mutter und ihrem ganzen Stress. Ich zerbrach mir nicht mehr so sehr den Kopf, wie er wohl auf meine E-Mails reagieren und was er möglicherweise hineininterpretieren würde. Und wenn ich eine E-Mail von ihm bekam, beeilte ich mich auch nicht sonderlich mit der Antwort; manchmal ließ ich ein, zwei Tage vergehen, bevor ich zurückschrieb. Sollten die Worte kommen, wann und wie sie wollten. Wenn mir schließlich etwas einfiel, das ich schreiben könnte, tippte ich einfach drauf los und schickte die Mail ab, ohne lang darüber nachzugrübeln. Er hingegen antwortete mir fast immer umgehend, fing allmählich sogar an, Andeutungen zu machen, ob es nicht schön wäre, wenn wir uns gleich am Tag seiner Rückkehr sehen könnten. Also am siebten, dem Tag der großen Gala. Je weiter ich mich zurückzog, umso vehementer bewegte er sich auf mich zu. Aber lag ihm wirklich etwas an mir? Oder sah er in mir mittlerweile nur eine weitere Herausforderung, die ihn reizte?

Ich dachte noch oft an Wes. Es war etwa zwei Wochen her. Und seitdem hatten wir nicht mehr miteinander gesprochen. In den ersten paar Tagen seit unserer Begegnung auf dem Parkplatz versuchte er mehrmals mich auf meinem Handy zu erreichen; doch wenn ich seine Nummer auf dem Display sah, legte ich das Handy weg, ließ es klingeln, schaltete irgendwann ab. Ich konnte mir gut vorstellen, was ihm bei diesem Verhalten im Kopf rumging: Wie ist die denn plötzlich drauf? Schließlich waren wir »nur« Freunde gewesen und hatten uns häufiger über Becky und Jason unterhalten. Also warum plötzlich nicht mehr? Ich wusste nicht, warum. Genauso wenig wusste ich, warum es mich so fertig gemacht hatte, ihn mit Becky zusammen zu sehen. Sie war zu ihm zurückgekommen, so wie Jason zu mir zurückkam. Worüber Wes sich wahrscheinlich freute. Warum auch nicht? Ich hätte mich vermutlich auch darüber freuen sollen, wie sich die Dinge entwickelten. Aber das Gefühl stellte sich einfach nicht ein.

Manchmal hörte ich noch was von Kristy, die in Baxter mittlerweile nicht mehr nur verknallt, sondern geradezu besessen von ihm war. »Ach, Macy, er ist so toll«, säuselte sie in mein Ohr. Und ihre Stimme klang dabei so glücklich, dass ich sie beinahe schon wieder hasste – wenn sie es nicht so sehr verdient hätte, glücklich zu sein. »Ein echter Supertyp. Ein Volltreffer!«

Insgeheim rechnete ich fest damit, sie würde mir irgendwann erzählen, dass Wes und Becky wieder zusammen seien, doch komischerweise erwähnte sie es nie. Vermutlich ahnte sie, dass sie damit bei mir einen wunden Punkt treffen würde. Allerdings meinte sie einmal, dass Wes nach mir gefragt habe. Ob zwischen uns irgendwas vorgefallen sei?

»Hat er so was behauptet?«, fragte ich zurück.

»Nein.« Sie wechselte den Telefonhörer von einem Ohr zum anderen. »Du kennst doch Wes. Er sagt nie viel.«

Doch, dachte ich. Doch, zu mir hat er mal sehr viel gesagt. »Da war nichts«, erklärte ich ihr. »Jedenfalls nichts Schlimmes. Wir haben wohl doch nicht so viel gemeinsam.« Und vielleicht stimmte das ja sogar.

Eigentlich sind Freitage gute Tage. Aber nicht für mich, jedenfalls nicht dieser Freitag. Und auch nicht für den Mann von der Betonfirma, der heute bei meiner Mutter im Büro stand. Dass es sowohl für ihn als auch für mich gerade den Bach hinunterging, wusste ich allerdings zu diesem Zeitpunkt noch nicht.

»... ich bezahle keine Überstunden für einen Auftrag, der vor über einer Woche erledigt sein sollte. Das hatten Sie mir in Ihrem Angebot fest zugesichert«, hörte ich meine Mutter sagen. Dies war ihre vierte Besprechung mit einem Handwerker an diesem Tag und sie liefen alle gleich ab, sprich: nicht gut. Überhaupt nicht gut.

Der Betontyp setzte zu einer Erklärung an: »Leider war das Wetter –«

Meine Mutter fiel ihm barsch ins Wort: »Sie sind ein Profi. Sie sollten wissen, wie sehr einem in unserer Gegend das Wetter einen Strich durch die Rechnung machen kann, und das bei einem Angebot mit einkalkulieren, bevor sie irgendwelche Versprechungen machen. Wir haben Sommer. Und im Sommer regnet es nun mal öfter.«

Ihre Stimme klang in letzter Zeit so schrill und brüchig, dass ich nur vom Zuhören Gänsehaut bekam, obwohl ich ja gar nicht die Zielscheibe ihres Zorns war. Wie musste sich erst der Betontyp fühlen ...

Es ging noch ein bisschen hin und her und schließlich wurden die Stimmen etwas leiser. Was bedeutete, dass das Gespräch vermutlich bald vorbei sein würde. Und richtig – Sekunden später stapfte der Betonheini, ein untersetzter Mann mit hochrotem Kopf, gereizt vor sich hin murmelnd an meinem Schreibtisch vorbei und knallte die Tür hinter sich zu, dass die Fensterscheiben klirrten.

Mein Telefon klingelte. Die interne Leitung. Ich hob ab. »Macy?« Meine Mutter klang vollkommen erschöpft. »Bringst du mir bitte ein Wasser?«

Ich holte eine Flasche aus dem kleinen Kühlschrank, der neben meinem Schreibtisch stand, und ging in ihr Büro. Ausnahmsweise hing meine Mutter weder am Telefon noch starrte sie auf den Monitor ihres Computers. Nein, sie hatte sich auf ihrem Schreibtischstuhl zurückgelehnt und blickte aus dem Fenster auf ein Schild auf der anderen Straßenseite, das für die Villen warb. Ein Lastwagen parkte direkt davor, so dass man nur einen Teil der Aufschrift erkennen konnte: BEZUGSFERTIG AB DEM 8. AUGUST. SICHERN SIE SICH JETZT IHR TRAUMHAUS.

Ich schraubte den Verschluss von der Wasserflasche und schob sie über den Schreibtisch zu meiner Mutter. Sie trank einen Schluck und schloss die Augen. Ich fragte: »Alles okay?«

»Ja, mir geht's gut«, antwortete sie automatisch. »So ist es jedes Mal, wenn ein Projekt kurz vor dem Abschluss steht. Bei den Häusern lief es genauso, bei den Apartments ebenfalls. Egal ob es sich um Villen im Gesamtwert von fünfzig Millionen Dollar oder um ein einziges Modellhaus handelt – am Ende spielt immer alles verrückt. Aber dann muss man einfach weitermachen, darf nicht nach rechts und nicht nach links schauen, egal wie schrecklich es ist. Was anderes bleibt mir gar nicht übrig.« Sie trank noch einen Schluck Wasser. »Ich mache weiter, selbst an Tagen wie heute, an denen ich denke, dass mich dieses Geschäft noch umbringen wird.«

»Mama, sag so was nicht, bitte!«

Sie lächelte. Ein müdes, mattes Lächeln, doch immerhin das erste seit langer Zeit. »Das ist doch bloß eine Redensart«, meinte sie. »Mir geht es wirklich gut, alles in Ordnung.«

Trotzdem war mir unbehaglich zumute.

Den restlichen Nachmittag über beschäftigte ich mich mit der Gästeliste für das Gala-Dinner, bis ich mich um Viertel vor fünf in meinem Stuhl zurücklehnte und höllisch dankbar dafür war, dass zwischen mir und meiner Flucht aus diesem Büro bloß noch vierzehn Minuten lagen. Der Countdown lief. Doch dann passierten zwei Dinge auf einmal. Das Telefon klingelte. Und meine Schwester rauschte herein.

»*Wildflower Ridge Immobilien*, Macy am Apparat«, sagte ich mit meiner Business-Stimme in den Hörer und winkte ihr zu, während sie die Tür schloss und auf meinen Schreibtisch zukam.

»Miiis Kwiiins biiite iiis Raffka«, drang es vom anderen Ende der Leitung an mein Ohr. Rathka hatte einen unmöglichen Akzent, man konnte ihn kaum verstehen; außerdem sprach er mit dem Mund so dicht am Hörer, dass es einem richtig unangenehm war.

»Natürlich, einen Moment bitte.« Ich drückte auf den Knopf, der Rathka vorübergehend in die Warteschleife schickte, und blickte zu Caroline auf, die vor mir stand und ziemlich aufgekratzt wirkte; sie hatte die Hände vor der Brust zusammengefaltet und strahlte mich erwartungsvoll an. »Hallo, was gibt's?«, fragte ich.

Sie wollte gerade antworten, da öffnete meine Mutter die Tür zu ihrem Büro und steckte den Kopf hindurch. »Auf der Eins, ist das für mich?« Erst dann bemerkte sie meine Schwester. »Hallo, Caroline. Seit wann bist du denn hier?«

Meine Schwester sah zwischen uns beiden hin und her. Ganz offensichtlich hatte sie uns etwas Wichtiges zu sagen. Schließlich holte sie tief Luft und lächelte: »Fertig!«

Für ein, zwei Sekunden herrschte Schweigen, während meine Mutter und ich zu erfassen versuchten, was das bedeutete. Das rote Licht am Telefon vor mir blinkte unübersehbar.

»Fertig«, wiederholte meine Mutter langsam.

Caroline sah uns noch immer mit demselben freudigen Gesichtsausdruck an.

»Das Ferienhaus«, sagte ich. »Das meinst du doch, oder?«

»Ja!« Caroline klatschte dreimal in die Hände, als befänden wir uns in einer Quizshow und ich hätte soeben alle Konkurrenten besiegt und den Hauptpreis gewonnen. »Es ist fertig. Und es ist toll geworden. Absolut einmalig! Ihr müsst mitkommen und euch alles anschauen. Sofort!«

»Jetzt?« Meine Mutter warf einen Blick auf die Uhr und anschließend auf das blinkende Licht an meinem Telefon. »Aber es ist –«

»Freitag! Feierabend. Wochenende.« Caroline schien auf jeden Einwand vorbereitet. Offensichtlich hatte sie sich vorher alles genau überlegt. »Ich habe schon getankt und ein paar Sandwiches gekauft, wir müssen also nicht mal zum

Essen anhalten. Wenn wir innerhalb der nächsten halben Stunde losfahren, kriegen wir vielleicht noch den Rest des Sonnenuntergangs am Meer mit.«

Meine Mutter legte eine Hand auf meinen Schreibtisch. Ich sah, wie sich ihre Finger um die Tischkante krampften. »Caroline, es ist bestimmt alles ganz großartig.« Sie sprach betont langsam. »Aber ich komme dieses Wochenende nicht hier weg. Ich habe einfach zu viel zu tun.«

Caroline brauchte einen Moment, um das zu verdauen, doch dann sagte sie geistesgegenwärtig: »Es muss gar nicht das ganze Wochenende sein. Wir können dich schon morgen früh wieder zurückbringen.«

»Morgen früh habe ich eine Besprechung mit dem Bauleiter und seinem Team. Der Zeitplan ist wirklich auf Kante genäht. Ich kann jetzt nicht weg hier.«

Caroline stemmte die Hände in die Hüften. »Das sagst du schon seit Wochen.«

»Weil sich seit Wochen nichts an der Situation geändert hat. Zurzeit geht alles drunter und drüber, ich *muss* einfach vor Ort bleiben.« Meine Mutter warf einen Blick auf das Telefon; das rote Licht blinkte hartnäckig vor sich hin. »Wer ist da in der Leitung?«

»Rathka«, sagte ich leise.

»Mit dem sollte ich reden. Ist womöglich wichtig.«

Sie eilte auf die Tür ihres Büros zu, wandte sich jedoch kurz vorher noch einmal zu meiner Schwester um, die wie angewurzelt dastand und entgeistert vor sich hin starrte. Ich fühlte plötzlich heißes Mitleid mit ihr: Sie hatte sich so darauf gefreut, uns das Haus zu zeigen, hatte alles geplant, was zu essen gekauft, die Kühlbox mit Getränken gefüllt … Meine Mutter blieb im Türrahmen stehen und sagte zu Caroline: »Ich weiß, wie viel Arbeit und Engagement du in dieses Projekt gesteckt hast, mein Schatz. Und ich weiß es wirklich zu würdigen, glaub mir.«

Ob das stimmte? Ich war mir nicht so sicher. Übrigens nicht nur in Bezug auf meine Mutter, sondern auch auf mich selbst. In den letzten Wochen war meine Schwester ständig zwischen Atlanta und unserem Ferienhaus hin- und hergedüst. Und jedes Mal hatte sie unterwegs bei uns Station gemacht, um uns kurz auf den neuesten Stand zu bringen. Wegen unserer jeweiligen Probleme war es meiner Mutter und mir jedoch nicht leicht gefallen, uns auf das zu konzentrieren, was meine Schwester von den Fortschritten der Renovierung erzählte. Wir hatten uns zwar bemüht zuzuhören, Caroline hingegen hatte dieses Bemühen vermutlich nie ganz gereicht. Sie hätte uns mit ihrer Begeisterung sicher gerne mehr angesteckt.

Nun stand sie mitten im Raum und biss sich auf die Lippen. Ich hatte eigentlich immer geglaubt, mit meiner Schwester nicht viel gemeinsam zu haben, doch auf einmal verspürte ich eine große Solidarität mit ihr. Caroline war es im Laufe der letzten Wochen gelungen, eine sehr große Veränderung, ja, einen echten Wandel zu bewirken; und sie wünschte sich nichts sehnlicher als das mit uns zu teilen, vor allem mit meiner Mutter.

»Mama, ich bin mir sicher, dass es dir gefallen wird, sogar sehr«, sagte Caroline. »Nimm dir zwölf Stunden Zeit und komm mit. Bitte.«

Meine Mutter seufzte. »Und ich bin mir sicher, dass du Recht hast. Es ist bestimmt großartig geworden. Ich werde es mir auf jeden Fall anschauen. Nur nicht heute.«

»Na gut«, sagte Caroline, doch am Ton ihrer Stimme erkannte man deutlich, dass nichts gut war. Sie ging zu einem der Stühle am Fenster, setzte sich und schlug ein Bein übers andere. Als würde das rote Licht an der Telefonanlage sie magnetisch anziehen, versuchte meine Mutter sich möglichst unauffällig in ihr Büro zu verdrücken. Da sagte meine Schwester: »Ich hatte gedacht, wir könnten spontan hinfahren, aber wenn das zu kurzfristig ist ... auch nicht weiter schlimm. Schließlich fahren wir nächsten Sonntag sowieso hin.«

»Nächsten Sonntag?«, wiederholte meine Mutter leicht verwirrt. »Was ist nächsten Sonntag?«

Caroline starrte sie bloß stumm an. Mich überkam plötzlich eine unheilvolle Ahnung. Sehr unheilvoll. »Wir fahren zusammen eine Woche ans Meer«, meinte ich rasch und sah dabei zwischen Caroline und meiner Mutter hin und her. »Ab dem achten, nicht wahr?«

Ich wartete auf Carolines zustimmendes Nicken. Doch bevor sie reagieren konnte, sagte meine Mutter: »Nächsten Sonntag? Am Tag nach der Gala? Ausgeschlossen. Dann sind die Villen gerade eröffnet und die nächste heiße Phase beginnt. Wann hast du das denn beschlossen?«

»Ich habe gar nichts beschlossen, sondern wir.« Als Caroline nun endlich wieder den Mund aufmachte, klang ihre Stimme gefährlich ruhig. »Wir haben das gemeinsam beschlossen, schon vor Wochen.«

Meine Mutter warf mir einen Blick zu. »Unmöglich«, sagte sie und fuhr mit der Hand durch ihr Haar. »Ich kann mir gar nicht vorstellen, dass ich zu dem Termin Ja gesagt haben soll. Ich kann ab dem achten unmöglich Urlaub machen, es ist zu kurz nach der Eröffnung. Wie schon gesagt, die eigentliche Verkaufsphase fängt dann erst an. Außerdem findet am Montag, also am neunten, eine wichtige Besprechung über die weitere Entwicklung und Planung des ganzen Projekts Wildflower Ridge statt. Bei den Villen allein wird es ja nicht bleiben. Und das heißt, ich muss hier sein, ich kann nicht wegfahren.«

»Ich fasse es nicht.« Meine Schwester schüttelte ungläubig den Kopf. »Ich begreife dich nicht.«

»Versuch es wenigstens, Caroline. Warum verstehst du mich nicht?«, sagte meine Mutter. »Es ist wirklich sehr wichtig.«

»Nein!«, schrie meine Schwester. Das Wort explodierte förmlich im Raum. »Es ist dein Job und der hört nie auf. Du hast mir versprochen, dass wir zusammen Urlaub machen. Den Zeitpunkt haben wir gemeinsam festgelegt. Ich habe Tag und Nacht gerackert, um es bis dahin zu schaffen. Nicht dass ich mich beschwere – das Haus sollte rechtzeitig fertig werden, damit wir drei eine Woche dort verbringen können. Du hast damals gesagt, ab dem achten sei es dir recht, ab dann hättest du Zeit. Aber es ist dir niemals recht, du hast niemals Zeit. Weil du nie aufhörst zu arbeiten. Den ganzen Sommer lang dreht sich das Leben bloß noch um diese verfluchten Villen. Und was tust du? Zwei Tage nachdem sie endlich fertig sind, willst du den Grundstein für was Neues legen? Meine Güte, du tust wirklich alles, um es zu verdrängen!«

»Um was zu verdrängen?«, fragte meine Mutter.

»Die Vergangenheit«, antwortete Caroline. »Unsere Vergangenheit. Ich bin es leid, so zu tun, als wäre nichts passiert, als hätte es ihn nicht gegeben. Ich ertrage es nicht, dass es kein einziges Foto mehr von ihm gibt, dass du seine Sachen radikal aus dem Haus verbannt hast. Und warum? Weil du unfähig bist zu trauern.«

Die Stimme meiner Mutter wurde leise, fast drohend: »Erzähl du mir nichts von Trauer! Du hast ja keine Ahnung.«

»Doch, ich weiß genau, wovon ich spreche.« Caroline musste ein paar Mal schlucken, bevor sie fortfahren konnte.

»Aber ich versuche wenigstens nicht, meine Trauer wegzudrücken. Ich *bin* traurig. Du hingegen versteckst dich zwischen deinen Plänen für Häuser und Villen, weil sie neu sind und perfekt und dich an nichts von dem erinnern, was war.«

»Hör auf!«, sagte meine Mutter.

Caroline achtete gar nicht auf den Einwurf, sondern redete einfach weiter: »Schau dir doch Macy an. Hast du überhaupt eine Ahnung, was du ihr antust?«

Wieder warf meine Mutter mir einen Blick zu. Ich wich unwillkürlich zurück, wollte mich so weit wie möglich raushalten.

»Macy geht's gut«, sagte meine Mutter.

»Nein, es geht ihr nicht gut. Du behauptest das, aber es stimmt einfach nicht.« Nun warf Caroline mir einen Blick zu, als wollte sie mir signalisieren mit einzustimmen. Doch ich blieb stumm, rührte mich nicht. »Du bekommst überhaupt nicht mehr mit, was in ihr vorgeht. Seit Papas Tod hat sie immer nur versucht es dir möglichst recht zu machen und ist dabei immer unglücklicher geworden. Bis sie in diesen Sommerferien endlich neue Freunde fand und einen Job, der ihr wirklich Spaß machte. Aber dann unterläuft ihr ein einziger, winziger Fehler und du nimmst ihr alles wieder weg.«

»Das eine hat mit dem anderen überhaupt nichts zu tun«, sagte meine Mutter.

»Aber natürlich, das eine hat *nur* mit dem anderen zu tun«, konterte Caroline. »Denn Macy hatte es endlich geschafft, darüber hinwegzukommen. Hast du nicht bemerkt, wie sie sich verändert hat? Selbst mir fiel es auf, dabei bin ich nur ab und zu da. Aber Macy war *anders*. Sie war gerade dabei, sich zu *verändern*.«

»Genau«, sagte meine Mutter. »Sie war –«

»Glücklich!«, fiel Caroline ihr ins Wort. »Endlich fing sie

wieder an, ihr eigenes Leben zu leben. Und das hat dir Angst gemacht. Genauso wie ich dir Angst gemacht habe, weil ich das Ferienhaus renovieren wollte. Du hältst dich selbst für so stark, weil du nie über Papa sprichst. Aber sich verstecken, Dinge verdrängen, das kann jeder. Sich ihnen stellen, durch sie hindurchgehen, sie ertragen und trotzdem weitermachen – *das* ist echte Stärke!«

»Ich habe alles für diese Familie gegeben«, stieß meine Mutter zwischen zusammengebissenen Zähnen hervor. »Alles. Aber dir reicht es immer noch nicht.«

»Ich will doch gar nicht alles von dir.« Caroline vergrub das Gesicht in den Händen und atmete tief durch, bevor sie ihre Hände wieder herunternahm. »Ich bitte dich nur darum, mir und Macy und vor allem dir selbst zu gestatten, dass wir uns an Papa erinnern ...«

Meine Mutter atmete geräuschvoll aus und schüttelte den Kopf.

»... und ich bitte dich um eine Woche Lebenszeit, um endlich damit anzufangen.« Caroline sah erst mich und danach wieder meine Mutter an. »Das ist alles.«

Danach schwiegen wir alle drei so lange, dass ich schon anfing zu denken, meine Mutter würde vielleicht – ganz vielleicht – nachgeben. Sie hatte die Arme vor der Brust verschränkt und blickte durchs Fenster zu den Häusern auf der gegenüberliegenden Straßenseite rüber.

»Ich muss hier bleiben«, meinte sie schließlich. »Ich kann nicht wegfahren.«

»Es ist bloß eine Woche«, antwortete Caroline, »keine Ewigkeit.«

»Ich kann nicht wegfahren«, wiederholte meine Mutter. »Tut mir Leid.« Sie ging zurück in ihr Büro, ganz gerade und aufrecht. Steif. Schloss die Tür hinter sich. Dann horchte ich auf die vertrauten Laute: das leise Quietschen der Rollen an ihrem Schreibtischstuhl, das Klicken in der Leitung, als sie abhob, um sich mit Rathka zu befassen, das Klappern der Tastatur ihres PCs. Aber im Grunde hörte ich ... nichts. Als wäre sie hinter dieser Tür vom Erdboden verschluckt worden.

Meine Schwester kämpfte ihre Tränen nieder, drehte sich um, ging zum Ausgang. »Caroline«, sagte ich, aber da stand sie auch schon draußen. Lief die Stufen hinunter.

Ich überlegte, ob ich ihr nachlaufen sollte. Ich hätte so gern etwas gesagt, um sie zu trösten, um alles wieder in Ordnung zu bringen, hatte allerdings keine Ahnung, was. *Keine Ewigkeit* hatte sie gesagt, doch das spielte für meine Mutter keine Rolle. Von ihrem Standpunkt aus bedeutete eine Woche Wegfahren dasselbe wie eine Ewigkeit. Sie hatte sich für einen Weg entschieden. Und auf dem blieb sie. Hier, wo sie sich sicher fühlte, in einer Welt, die sie – zumindest weitestgehend – unter Kontrolle hatte.

Meine Schwester saß mittlerweile am Steuer ihres Wagens und wischte sich über die Augen. Hilflos hörte ich, wie sie den Motor anließ, hilflos sah ich, wie sie den Blinker setzte und sich in den Verkehr auf der Straße einfädelte. Nachdem sie davongefahren war, konnte ich das Schild auf der gegenüberliegenden Straßenseite, vor dem sie geparkt hatte, zur Gänze erkennen. WEITERE ATTRAKTIVE OBJEKTE SIND GEPLANT stand da. Und – als wäre das so einfach oder immer erstrebenswert – LUST AUF VERÄNDERUNG? KOMMEN SIE ZU UNS!

Um fünf Uhr war die Tür zum Büro meiner Mutter noch immer geschlossen und dahinter herrschte Stille. Ich stand auf. Bevor ich das Modellhaus verließ, überlegte ich kurz, ob ich an die Tür klopfen und mich erkundigen sollte, ob alles okay sei. Doch dann sammelte ich meine Sachen zusammen und ging, wobei ich die Tür laut und vernehmlich hinter mir schloss, damit sie wusste, dass ich weg war.

Als ich auf unser Haus zulief, entdeckte ich das Paket sofort: klein, kompakt, rechteckig lag es auf dem Fußabtreter direkt vor der Haustür. Waterville, Maine, schoss es mir durch den Kopf, noch bevor ich nahe genug herangekommen war, um den Absender entziffern zu können. Ich hob das Paket auf und nahm es mit hinein.

Im Haus war es kühl und still. In der Küche stellte ich das Paket auf der Arbeitsplatte ab, holte die Küchenschere aus der Schublade. Öffnete es.

Zwei Bilder fielen mir entgegen. Auf dem einen hing ein gigantischer Schlüsselbund, der aussah, als wöge er fast hundert Kilo, an einer Gürtelschlaufe. Auf dem zweiten sah man wieder die Gürtelschlaufe, nur dass jetzt etwas Kleines, Viereckiges aus Plastik, so was wie ein Maßband oder Zollstock, mit mehreren verschiedenfarbigen Markierungen daran befestigt war. *Sind Sie es leid, ständig einen klobigen, unhandlichen Schlüsselbund mit sich herumzuschleppen?* stand in grellen Buchstaben darunter. *Werfen Sie ihn weg! Schaffen Sie Ordnung! Gönnen Sie sich das* E.I.N.fach*-Schlüsselsystem*!

Mithilfe des *E.I.N.fach*-Schlüsselsystems bekam jeder Schlüssel eine andersfarbige Markierung und wurde an einer Feder befestigt, die von selbst in das Gehäuse zurückschnappte; man musste also nur an der entsprechenden Stelle ziehen, den Schlüssel herausnehmen, aufschließen und – zack! – verschwand der Schlüssel wieder im Gehäuse. Gar keine schlechte Idee, dachte ich, während ich die Verpackung des *E.I.N.fach*-Schlüsselsystems in meinen Händen hielt und den enthusiastischen Werbetext las, der auf der

Schachtel aufgedruckt war. Aber auf den ersten Blick war keine dieser Ideen wirklich schlecht.

Als ich ungefähr eine Stunde später zwei Hühnerbrüste in den Backofen schob, rief meine Mutter an.

»Macy, ich bräuchte eine Telefonnummer, bitte.«

»Einen Moment. Ich hole mir nur schnell dein Adressbuch.« Ich wollte gerade durch den Flur zu ihrem Arbeitszimmer laufen.

»Nicht nötig, du weißt sie wahrscheinlich auswendig. Ich brauche die Nummer von dieser Frau, für die du gearbeitet hast, du weißt schon, Delia.«

»Delia?«

»Ja.«

Ich wartete, ob sie mir erklären würde, warum sie ausgerechnet Delias Nummer haben wollte. Weil sie jedoch beharrlich schwieg, fragte ich vorsichtig: »Und warum ...?«

»Weil Rathka gerade alles hingeschmissen hat«, antwortete sie, »und jeder andere Catering-Service in dieser Stadt am kommenden Samstag entweder bereits ausgebucht oder wegen Sommerferien geschlossen ist. Delia wäre meine letzte Rettung.«

»Rathka hat hingeschmissen?«, fragte ich entgeistert.

»Macy, dürfte ich jetzt bitte die Nummer haben?«

Delia würde nie und nimmer Ja sagen. Erstens hatte sie seit Averys Geburt noch keinen Job angenommen, zweitens kam das Anliegen meiner Mutter viel zu kurzfristig. Aber ich hütete mich diese meine Befürchtung laut zu äußern, vor allem nach dem Tag, den meine Mutter hinter sich hatte. »555–7823«, antwortete ich.

»Danke«, sagte sie. »Ich komme bald nach Hause.« Es klickte. Sie hatte aufgelegt.

Kapitel 19

Von meiner Schwester hörten und sahen wir die ganze nächste Woche über nichts. Totale Funkstille. Sie ging nicht mehr an ihr Handy, sie reagierte nicht auf E-Mails, und als wir endlich bei ihr zu Hause jemanden erreichten, war Wally am Apparat. Allerdings sprach er so gezwungen und steif, dass sofort klar war: Nicht nur sagte er genau das, was sie ihm aufgetragen hatte, sondern sie stand auch noch neben ihm, während er mit uns telefonierte.

»Sie beruhigt sich schon wieder«, sagte meine Mutter jedes Mal, wenn ich ihr von einem meiner gescheiterten Versuche erzählte, zu Caroline vorzudringen. »Ganz bestimmt.«

Ich war mir dessen gar nicht so sicher und entsprechend beunruhigt. Meine Mutter nicht. Sie hatte ganz andere, ihrer Meinung nach viel schwerwiegendere Probleme. Und jedes ihrer Probleme hatte mit dieser Gala zu tun.

Dass Rathka sie im Stich gelassen hatte, war bloß der Anfang gewesen. Seitdem lief alles schief, was nur schief laufen konnte. Als endlich die Gartenbaufirma auftauchte, die unseren Vorgarten und die Grünflächen ums Haus für die Gala auf Vordermann bringen sollte, drehte einer der Rasenmäher durch. Er wütete wie ein durchgeknallter Roboter in unserem Garten, rupfte ziemlich viel von unserem gepflegten Rasen aus und massakrierte ein paar Ziersträucher. Die Leute von der Gartenbaufirma taten alles, was sie konnten, um den Schaden zu beheben, aber das Gelände blieb uneben. Wenn man von der Garage zum Gartenweg ging, hatte man das Gefühl, über eine Buckelwiese zu laufen.

Aber das war noch lange nicht das letzte Missgeschick: Wegen irgendeines blöden Fehlers bei der Briefzustellung wurde die Hälfte der Einladungen irrtümlich an uns zurückgesandt, was zur Folge hatte, dass ich an einem besonders heißen Nachmittag durch die halbe Stadt kutschieren und jeden Briefkasten einzeln beliefern musste. Am Tag darauf sagte das Streichquartett ab, weil drei der vier Mitglieder nach einer Hochzeit, auf der sie gespielt hatten, mit Lebensmittelvergiftung darniederlagen.

Am Abend vor der Gala schien sich das Blatt allerdings endlich zu wenden. Die Leute von der Firma, die das Partyzubehör lieferte, kamen tatsächlich überpünktlich, um das Zelt aufzubauen. Wir stellten uns vorsichtshalber daneben, schauten mit Argusaugen zu und waren innerlich auf jede Form von Krise eingestellt. Aber siehe da, das Zelt erhob sich leicht und luftig, Tische und Stühle wurden in Reih und Glied aufgestellt – alles verlief nach Plan.

»Ausgezeichnet«, sagte meine Mutter, als sie dem Typen von der Partyfirma seinen Scheck überreichte. »Ich war mir nicht mal sicher, ob wir überhaupt ein Zelt brauchen würden. Aber es sieht wirklich sehr schön aus so. Das ganze Ambiente gewinnt dadurch.«

»Und falls es regnet, können Sie trotzdem weiterfeiern«, antwortete er.

Sie warf ihm einen Blick zu. »Es wird nicht regnen«, sagte sie in einem Ton, der keinen Widerspruch duldete.

Ach ja, es gab in dieser Stresswoche noch eine andere

gute Nachricht für meine Mutter. Die einzige, aber immerhin: Zu meiner großen Überraschung nahm Delia den Auftrag an. Es werde zwar weder Lamm noch feines Porzellan geben, hatte meine Mutter resigniert gesagt; sie sei inzwischen jedoch froh, wenn es überhaupt etwas zu essen gebe, und seien es Hühnerspießchen oder Fleischklopse.

»Fleischklopse mag wirklich jeder.« Mit dieser Erkenntnis aus eigener Erfahrung versuchte ich sie zu beruhigen, doch sie hatte mir lediglich einen stummen Blick zugeworfen, bevor sie ihre Aufmerksamkeit der nächsten drohenden Katastrophe zuwandte.

In gewisser Weise war ich froh darüber, dass eine Krise die nächste jagte, weil es mich so in Atem hielt, dass ich keine Zeit hatte, nachzudenken oder mir Sorgen zu machen. Zum Beispiel darüber, wie es wohl sein würde, Wes wiederzusehen, oder mit Jason klarzukommen, der sich in den Kopf gesetzt hatte, noch an dem Abend der Gala vorbeizuschauen. Am besten lasse ich alles auf mich zukommen, sagte ich mir immer wieder, und sehe dann, wie's läuft. Es würde alles noch früh genug passieren.

Die Leute, die das Zelt aufgebaut hatten, fuhren gerade wieder weg, da hörte ich, wie ein Wagen die Auffahrt hochkam und parkte. Ich schaute um die Ecke und entdeckte – Caroline. Sie stieg aus einem kleinen Lastwagen mit lang gestreckter, offener Ladefläche, der mit irgendwelchen Gegenständen aus Metall voll gepackt war; im ersten Moment dachte ich, es würde sich um Gartenmöbel handeln oder um Überreste der Hausrenovierung. Während sie ausstieg, stellte sich ein weiteres Auto hinter ihren Truck. Am Steuer saß einer der Makler, mit denen meine Mutter zusammenarbeitete.

»Was schleppt sie denn da um Himmels willen an?«,

überlegte meine Mutter laut, während wir am Haus entlang zu ihr liefen. Doch noch während sie die Frage stellte, wurde mir klar, worum es sich handelte: um Skulpturen. Wes' Skulpturen. Mindestens sechs Stück. Es war tatsächlich nicht so leicht zu erkennen, dazu waren sie zu kunstvoll auf- und ineinander gestapelt. Als wir bei Caroline und dem Makler anlangten, hatten die beiden bereits die hintere Klappe des Lastwagens runtergelassen und damit begonnen, die Skulpturen auszuladen und sie nebeneinander an die hintere Stoßstange zu lehnen, unter anderem einen großen Engel mit einem Heiligenschein aus Stacheldraht sowie das Windspiel, das ich noch unfertig gesehen hatte, als ich zum letzten Mal bei ihm war. Es bestand aus Fahrradrädern unterschiedlicher Größe, von ganz normalen bis hin zu winzig kleinen Stützrädern, die Wes um ein in sich verdrehtes Stahlrohr montiert und festgeschweißt hatte.

»Hallo, Caroline.« Meine Mutter bemühte sich hörbar um einen möglichst unbeschwerten Tonfall.

Caroline reagierte zunächst überhaupt nicht, doch der Makler winkte uns grüßend zu, während die beiden wortlos damit fortfuhren, die Skulpturen auszuladen und auf der Auffahrt abzustellen: Einen kleineren Engel mit einem Heiligenschein aus bunten Glasscherben, noch ein Windspiel – eine Konstruktion aus Radkappen und Zahnrädern, die kunstvoll ineinander griffen.

»Wir stellen sie einfach auf der Wiese auf«, sagte Caroline zu dem Makler. »Egal wo, das ist schon okay.«

Prompt zerrte der Mann einen der Engel über den Rasen, und zwar zielsicher auf das unebene Stück zu.

»Caroline?« Ich spürte, dass meine Mutter nervös wurde, eine neuerliche Auseinandersetzung jedoch um jeden Preis vermeiden wollte. Deshalb blieb es auch bei diesem einen Wort, diesem einen Fragezeichen, selbst als der Engel in dem gerade notdürftig wiederhergestellten Rasen eine ziemlich tiefe Furche hinterließ.

»Keine Bange«, meinte Caroline. Endlich. Sie trug Shorts und ein T-Shirt, hatte die Haare zum Pferdeschwanz zusammengebunden und wischte sich mit der flachen Hand den Schweiß von der Stirn. »Ich bin gleich wieder weg. Wollte bloß rasch ein paar Fotos von den Skulpturen machen und an Wally mailen, damit wir gemeinsam entscheiden, welche wir bei unserem Haus in den Bergen aufstellen und welche ich direkt mit nach Atlanta bringe.«

»Ach so«, sagte meine Mutter. Caroline und der Makler zogen gemeinsam den größeren Engel auf den Rasen vor dem Haus und rückten ihn zurecht, bis er einigermaßen sicher stand. Anschließend gingen sie zurück, um einen von den kleineren zu holen. »Mach das«, fuhr meine Mutter fort. »Kein Problem.«

Und dann sagte niemand von uns ein Wort, während langsam ein kleiner Skulpturenwald aus dem Rasen wuchs. Die Leute, die in der Zeit vorbeifuhren, bremsten fast alle ab und schauten verwundert herüber. Meine Mutter erwiderte die Blicke mit ihrem freundlichsten Lächeln und winkte jedes Mal zurück, die perfekte höfliche Nachbarin. Aber ich merkte genau, dass ihr die ganze Aktion überhaupt nicht in den Kram passte.

Als Caroline und der Vertreter fertig waren, standen auf der Wiese vor unserem Haus sieben Skulpturen: zwei große und zwei kleine Engel, ein großes rechteckiges Gebilde sowie die zwei Windspiele. Der Makler trat einen Schritt zurück, um sich einen besseren Überblick zu verschaffen, und wischte sich den Schweiß vom Gesicht.

»Sind Sie sicher, dass ich nicht doch besser bleiben und Ihnen helfen soll die Stücke wieder einzuladen?«

»Nicht nötig«, antwortete Caroline. »Ich werde einen der Nachbarsjungen fragen, ob er mit anpackt. Ich wusste vorhin bloß nicht, ob bei meiner Ankunft irgendwer hier sein würde. Auf jeden Fall vielen Dank.«

»Gern geschehen«, sagte er freundlich. »Ich bin immer gern behilflich. Bis morgen, Deborah.«

»Ja.« Meine Mutter nickte. »Bis morgen.«

Er fuhr wieder los. Meine Schwester ging zwischen den Skulpturen umher, verrückte mal hier eine, arrangierte dort eine etwas anders. Plötzlich schien ihr überhaupt erst aufzufallen, in welchem Zustand der Rasen war, und sie fragte: »Was ist eigentlich mit der Wiese passiert?«

Ich schüttelte bloß den Kopf und riskierte einen Blick zu meiner Mutter.

»Gar nichts«, antwortete meine Mutter ruhig. Sie trat näher an den großen Engel heran, um ihn genauer betrachten zu können. »Die sind ... auf jeden Fall sehr interessant. Wo hast du sie her?«

»Von Macys Freund Wes«, antwortete Caroline, während sie einen Fleck von einem der Räder abrieb. Und an mich gewandt fuhr sie fort: »Er ist schon etwas ganz Besonderes, aber das weißt du ja.«

»Mmh.« Ich betrachtete den Engel mit Stacheldraht-Heiligenschein. Wes' Skulpturen wirkten hier, im Freien und ohne das Durcheinander seiner Werkstatt oder des Marktes als Hintergrund, noch viel eindrucksvoller als ohnehin schon. Was sogar meiner Mutter auffiel. Ich merkte es an der Art, wie sie unverwandt, ja geradezu versonnen das Gesicht des Engels studierte. »Ich weiß.«

»Wes?«, fragte meine Mutter. »Ist das der junge Mann,

mit dem du neulich abends in der Auffahrt gesessen und geredet hast?«

»Hat Macy dir nicht erzählt, dass er ein Künstler ist?«, fragte Caroline.

Meine Mutter warf mir einen Blick zu, dem ich auswich. Wir wussten beide, dass das zum damaligen Zeitpunkt – bei jenem bewussten »Gespräch« – auch nichts geändert hätte. »Nein«, antwortete meine Mutter leise. »Hat sie nicht.«

»Er ist wirklich sehr begabt.« Caroline strich sich eine Strähne aus dem Gesicht. »Ich habe gerade Stunden in seinem Atelier verbracht und mir jedes einzelne Stück genau angesehen. Das Schweißen hat er übrigens in einer Einrichtung für straffällig gewordene Jugendliche gelernt.«

Meine Mutter ließ mich nicht aus den Augen. »Was du nicht sagst.«

»Eine irre Geschichte ist das.« Caroline hockte sich hin und stupste eins der kleinen Räder an, das sich daraufhin in Bewegung setzte. »Ein paar Dozenten von unserer Uni engagieren sich ehrenamtlich in Myers, du weißt schon, das ist eine dieser Einrichtungen; auch der Leiter des Instituts für Kunst und Kunstgeschichte, wo ich studiert habe, war mal dort, um zu unterrichten. Und er war von Wes' Arbeit derart beeindruckt, dass er ihm anbot, Wes könne als Externer an den praktischen Seminaren im Institut teilnehmen. Und das tut Wes auch seit zwei Jahren regelmäßig. Außerdem hatte er vor ein paar Monaten eine eigene Ausstellung in der Galerie, die zur Universität gehört.«

»Davon hat er mir nie was erzählt«, meinte ich.

»Mir auch nicht«, erwiderte Caroline lapidar. »Aber seine Tante kam zufällig vorbei ... wie heißt sie noch gleich?«

»Delia«, sagte ich.

»Genau.« Caroline fing wieder an, zwischen den Skulpturen hin und her zu gehen. »Während Wes die Skulpturen einlud, unterhielten wir uns ein bisschen miteinander, wobei sie auch erwähnte, dass ihm mittlerweile mehrere Colleges im ganzen Land Kunststipendien angeboten haben, er sich aber noch gar nicht sicher sei, ob er überhaupt studieren wolle. Im Moment hat er nämlich so viele Aufträge von Galerien, Designerläden und Gartencentern, dass er gar nicht mehr nachkommt. Und letztes Jahr hat er den Emblem-Preis gewonnen.«

»Was ist das?«, fragte ich.

»Ein staatlicher Kunstpreis.« Meine Mutter sah erst mich und dann den kleinen Engel zu ihren Füßen an, dessen Heiligenschein aus ineinander montierten Schraubenschlüsseln konstruiert war. »Wird direkt vom Kulturausschuss der Landesregierung vergeben.«

»Auf jeden Fall ist er ein richtiger Künstler. Und ein richtig guter dazu«, fügte Caroline hinzu.

»Wahnsinn!«, meinte ich. Und Wahnsinn, dass er mir nichts von all dem erzählt hatte. Aber ich hatte ja auch nie danach gefragt. Wie hatte Delia Menschen wie ihn und seine Mutter beschrieben? Ruhig, still, bescheiden – aber unglaublich.

»Ich hatte ja schon ein paar Skulpturen von ihm gekauft, damals, auf dem Markt. Als ich sie bei mir im Garten aufstellte, flippten meine Nachbarinnen beinahe aus. Auf einmal wollte jede auch so eine, mindestens.« Caroline rückte die rechteckige Skulptur zurecht, deren Basis – wie mir jetzt erst klar wurde – im Prinzip ein altes, eisernes Bettgestell war. »Ich habe Wes gesagt, wenn ich mit diesen neuen Sachen daheim auftauche, könnte ich sie vermutlich fürs Doppelte weiterverkaufen. Wobei ich sie natürlich nie verkaufen würde.«

»Wirklich? Das Doppelte?« Mit schräg geneigtem Kopf betrachtete meine Mutter die Bettgestell-Skulptur. Wes hatte die Beine abgesägt, so dass nur der kastenförmige Rahmen übrig geblieben war; diesen hatte er auf der Innenseite mit glänzendem Aluminium verkleidet und dann auf zwei langen, leicht abgewinkelten Rohren montiert. Das Ganze wirkte wie ein riesiger Bilderrahmen ohne Bild: Als Bild sah man das, was sich hinter dem Rahmen befand, wenn man davorstand und hindurchschaute. Caroline hatte die Skulptur so aufgestellt, dass sie genau die Vorderseite unseres Hauses einrahmte – die rote Haustür, die sorgfältig zurechtgestutzten Stechpalmen zu beiden Seiten der Eingangsstufen, eine Reihe Fenster.

Zu dritt standen wir davor und betrachteten unser Haus in Wes' Rahmen.

»Eine neue Serie, an der er gerade arbeitet und die mir wirklich sehr gut gefällt«, meinte Caroline. »Ich habe gleich drei Stück davon gekauft, weil es mich fasziniert, was Kunst hier über Vergänglichkeit und Beständigkeit aussagt.«

»Ach ja?«, sagte meine Mutter.

»Allerdings.« Caroline hatte schon wieder ihren Ich-habe-Kunst-studiert-und-kenne-mich-aus-Ton angeschlagen. Ich verspürte plötzlich eine ungeheure Sehnsucht nach Wes. Mir war gar nicht klar gewesen, wie sehr ich ihn vermisste, wie sehr ich mir wünschte, er wäre jetzt da, würde mir einen seiner ironischen Blicke zuwerfen, die Augenbrauen heben, belustigt lächeln. Damals, als Caroline ihn durch mich kennen gelernt und in dem Stil mit ihm gesprochen hatte, hatte er doch glatt so getan, als hörte er diese Art Gerede zum allerersten Mal. Aber wie ich soeben erfahren hatte, stimmte das gar nicht. »Ein leerer Rahmen und darin ein sich ständig wandelndes Bild als Symbol dafür, wie auch die Zeit fortschreitet und sich ständig wandelt. Die Zeit hält niemals an, nicht einmal in einem einzigen Bild. So empfinde ich das, wenn ich mir diese Skulptur anschaue.«

Es war noch nicht sehr spät, die Sonne noch nicht einmal ganz untergegangen. Dennoch sprangen in diesem Moment die Straßenlaternen hinter uns an. Erst ertönte das leise, charakteristische Summen, dann flackerten sie mit einem schwachen Knacken auf. Als sie schließlich brannten, wurden auf der leeren Fläche hinter dem Rahmen unsere Schatten sichtbar: auf der einen Seite der meiner Mutter, groß und dünn, sowie Carolines – Hände in den Hüften, Ellbogen nach außen ragend – auf der anderen Seite. Meiner fiel genau dazwischen. Ich führte meine Hand zum Kopf, ließ sic abrupt wieder sinken. Mein Schatten tat es mir gleich.

»Ich mache mal besser die Fotos, bevor es ganz dunkel wird«, sagte Caroline und lief zum Truck, um ihre Kamera zu holen.

Noch bevor sie das Führerhaus erreicht hatte, fuhr ein Wagen an unserem Haus vorbei, wurde langsamer und hielt schließlich ganz an. Am Steuer saß eine Frau, die wir gut kannten, denn sie gehörte zu den unabhängigen Maklern, die die Objekte meiner Mutter besonders engagiert verkauften. Sie hupte, ließ das Fenster auf der Beifahrerseite runter und rief meiner Mutter zu: »Deborah! Was für eine originelle Idee!«

Meine Mutter kam über die Wiese an das Auto heran. »Ich verstehe nicht ganz ...«

»Die Dinger da!« Die Frau zeigte auf die Skulpturen beziehungsweise fuchtelte vor lauter Begeisterung so heftig mit dem Arm, dass ihr dickes, klobiges Holzarmband am Handgelenk auf und ab rutschte. »Sehr passend, wirklich, Baumaterial aus den Villen als Dekoration für die Eröffnung zu verwenden. So symbolisch. Mal wieder brillant von Ihnen.«

»Nein«, sagte meine Mutter. »Das ist keine –«

Doch die Frau hörte gar nicht richtig hin, sondern fiel meiner Mutter ins Wort: »Bis morgen. Ich muss schon sagen – fabelhaft! Großartige Idee.« Und damit fuhr sie bereits wieder davon, wobei sie noch einmal hupte. Meine Mutter blickte ihr stumm nach.

Caroline kam mit ihrer Kamera über die Wiese zurück und ging, während sie die Linse auf den größeren Engel richtete, ein wenig in die Knie, um für das Foto den richtigen Ausschnitt zu finden. Dabei stutzte sie und betrachtete den Boden aufmerksam: »Ihr könnt mir erzählen, was ihr wollt – irgendwas stimmt nicht mit diesem Rasen. Es ist mir sofort aufgefallen. Als ... als wäre das Gelände auf einmal uneben. Geradezu wellig.«

»Wir hatten da ein kleines Problem«, antwortete ich. Caroline blickte durch den Sucher und im nächsten Augenblick hörte ich das Klicken der Kamera. »Um genau zu sein, wir hatten ein paar Probleme.«

Ich hatte erwartet, dass meine Mutter alles abstreiten oder zumindest schönreden würde, aber als ich mich nach ihr umwandte, merkte ich, dass sie nicht einmal richtig zuhörte. Stattdessen blickte sie immer noch auf die Straße, auf der das gewohnte, allabendliche nachbarschaftliche Treiben herrschte: Die Leute machten einen kleinen Verdauungsspaziergang nach dem Abendessen, schoben einen Kinderwagen vor sich her, führten einen Hund an der Leine spazieren; Kinder kreisten auf Fahrrädern um ihre Eltern, fuhren vor, kamen zurück, fuhren wieder vor ... Eines war an diesem Abend allerdings anders als sonst: Jeder, der vorbeikam, warf einen Blick auf die Skulpturen in unserem Vorgarten.

Manche Leute blieben sogar stehen und starrten unverhohlen herüber. Was meiner Mutter genauso auffiel wie mir.

Prompt wandte sie sich an Caroline. »Weißt du was?«, begann sie vorsichtig. »Diese Skulpturen würden sich bei dem Empfang morgen vielleicht wirklich gut machen. Sie haben einfach was. Unser Garten wirkt auf einmal viel spektakulärer.«

Caroline machte noch ein Foto, richtete sich auf und trat auf das Windspiel aus Rädern zu. »Ich wollte eigentlich heute Abend weiterfahren.« Beim Sprechen sah sie nicht meine Mutter an, sondern blickte prüfend durch den Sucher. »Ich hab noch ein paar Termine, du weißt schon ...«

Das war's, dachte ich. Sie lehnte ab und wir konnten nichts dagegen tun. Was meiner Mutter ebenfalls klar war; ich merkte es an der Art und Weise, wie sie ein, zwei Schritte zurückwich und nickte. »Ich verstehe«, antwortete sie. »Natürlich, wenn es nicht geht ...«

Einen Moment lang schwiegen wir alle drei. Ich fragte mich plötzlich, ob am Ende wohl jeder Streit so ausgeht: Ein einvernehmliches Schweigen – und dann ist man quitt. Ich nehme dir etwas weg, du nimmst mir etwas weg. Ich mache dir was kaputt, du machst mir was kaputt. Am Ende gleicht sich alles aus. Und das ist es doch, was sich die Menschen am meisten wünschen.

»Andererseits könnte ich es vermutlich auch verschieben«, meinte Caroline plötzlich. »Es geht ja nur um den einen Tag, nicht wahr?«

»Ja«, antwortete meine Mutter. Caroline hob erneut die Kamera vors Auge. »Nur für einen Tag.«

Also blieb Caroline über Nacht bei uns. Sie machte ein Foto nach dem anderen, bis es zu dunkel wurde. Erst dann kam sie ins Haus. Sie und meine Mutter umkreisten einander wachsam, fast misstrauisch, aber höflich. Bis wir alle schlafen gingen. Beziehungsweise ich wie üblich nicht einschlafen konnte. Nachdem ich mich eine Stunde oder so im Bett hin- und hergewälzt hatte, kletterte ich auf das Dach vor meinem Fenster und betrachtete Wes' Skulpturen auf der Wiese unter mir. Sie kamen mir in dieser Umgebung so fremd vor, als wären sie vom Himmel gefallen.

Irgendwann ging ich wieder ins Bett und schlief doch ein, wurde allerdings gegen drei Uhr früh von einem Windstoß geweckt, der durch mein geöffnetes Fenster blies. Auch wenn meine Mutter es anders geplant hatte – das Wetter schlug offensichtlich um. Ich setzte mich im Bett auf, schob den Vorhang beiseite und blickte übers Dach hinweg in unseren Vorgarten.

Die beweglichen Teile der Skulpturen – und jede hatte welche – drehten sich wie verrückt im Kreis. Wirbelten, schwirrten, pfiffen, lärmten, sausten. Das Geräusch war ohrenbetäubend und verdrängte alles andere. Wie ich überhaupt dabei hatte schlafen können, war mir ein Rätsel. Ich legte mich wieder auf mein Kissen und hörte zu. Mindestens eine Stunde. Wartete, dass der Wind abnahm. Aber der Wind nahm nicht ab, das Geräusch hörte nicht auf. Im Gegenteil, es wurde eher lauter und ich dachte, ich würde nie in meinem Leben wieder einschlafen. Aber irgendwie passierte es dann doch.

Macy! Wach auf.

Hastig richtete ich mich auf. Die Stimme meines Vaters hallte in meinem Kopf wider. Ich träume nur, sagte ich mir; doch in meinem Zustand zwischen Schlafen und Wachen war ich mir dessen nicht ganz sicher.

Beim letzten Mal, als ich diese Worte im Halbschlaf gehört hatte, war es Winter gewesen. Kalt, kahle Bäume. Jetzt blies ein starker, süß duftender Sommerwind. Traum, entschied ich, glitt wieder zwischen meine Laken, legte den Kopf aufs Kissen, schloss die Augen. Aber genau wie beim letzten Mal vor anderthalb Jahren überkam mich ungefähr drei Minuten später der unwiderstehliche Drang, doch aufzustehen.

Ich ging zum Fenster, schaute hinaus – und traute im ersten Moment meinen Augen nicht. Aber nachdem ich einmal und dann gleich noch einmal heftig geblinzelt hatte, um sicherzugehen, dass ich wirklich nicht mehr träumte, musste ich mir eingestehen, dass Wes wirklich dort unten in unserem Garten stand; seinen Truck hatte er vor dem Haus am Bordstein geparkt. Es war sieben Uhr morgens. Und was tat Wes? Betrachtete seine Skulpturen, seine Windspiele, wie sie sich drehten und wirbelten. Als ich mich näher zum Fliegengitter vor dem Fenster beugte, um ihn besser sehen zu können, blickte er auf und entdeckte mich.

Einen Moment lang starrten wir einander regungslos an. Dann holte ich ein T-Shirt und ein Paar Shorts aus der Kommode, streifte beides rasch über, lief auf Zehenspitzen die Treppe hinunter und durch die Haustür nach draußen.

So wie der Wind mit den Skulpturen spielte, bekam man das Gefühl, *alles* wäre in Bewegung. Der Torf, den die Gärtner am Rand der Blumenbeete entlang aufgehäuft hatten, war über die ganze Wiese bis weit auf die Straße geweht worden. An mehreren Stellen fegten kleine Wirbelstürme aus Blütenblättern und Grasabfällen mit den Windstößen über den Rasen. Und im Zentrum dieses Aufruhrs stand Wes. Stand nun auch ich, zwischen uns nichts als die paar Meter Gartenweg.

»Was machst du hier?« Ich musste fast brüllen, um gegen

den Sturm anzukommen, hatte das Gefühl, meine Stimme würde sofort auf und davon getragen. Doch meine Frage hörte er trotzdem.

»Ich wollte noch etwas vorbeibringen«, rief er zurück. »Ich dachte nicht, dass schon jemand wach sein würde.«

»War ich auch nicht«, antwortete ich. »Zumindest nicht bis gerade eben.«

»Ich habe versucht dich anzurufen.« Er trat einen Schritt auf mich zu, ich tat es ihm gleich. »Ein paar Mal, in den Tagen nach jenem Abend, du weißt schon ... Warum bist du nie ans Telefon gegangen?«

Eine weitere starke Böe ließ meine Shorts um meine Beine flattern. Das ist ein richtig starker Sturm, dachte ich und schaute mich ein wenig skeptisch um, bevor ich antwortete: »Ich weiß auch nicht so genau.« Mit beiden Händen hielt ich mir meine Haare aus dem Gesicht. »Ich dachte bloß ... mir kam es irgendwie so vor, als wäre plötzlich alles anders geworden.«

»Anders.« Er trat noch einen Schritt auf mich zu. »Du meinst, am vierten Juli? Zwischen uns beiden?«

»Nein«, antwortete ich, was ihn zu überraschen, ja irgendwie sogar zu verletzen schien, denn ein Schatten flog über sein Gesicht. Doch der Moment war ebenso schnell vorbei, so dass ich sofort wieder daran zweifelte, ob ich überhaupt richtig gesehen hatte. »Ich rede nicht vom vierten Juli, sondern von dem Abend, als wir uns das letzte Mal gesehen haben. Du warst so ...« Ich brach ab, weil mir kein passender Ausdruck dafür einfiel. Und trotzdem ... Ich bekam die Chance, etwas zu erklären oder vielleicht sogar eine Erklärung zu bekommen, wenn man auseinander ging oder etwas zu Ende war – das war eine ganz neue, ungewohnte Situation für mich.

Doch Wes wartete offenbar geduldig darauf, dass ich weitersprach, egal was ich als Nächstes sagen würde.

»Es war einfach schräg.« Kein besonders gutes oder zutreffendes Wort, aber irgendetwas musste ich ja sagen. »Du warst schräg drauf. Deswegen dachte ich, es wäre vielleicht zu viel gewesen.«

»Was war zu viel?«

»Ich. Am vierten Juli. Als ich im Krankenhaus zusammengebrochen bin.« Er war vollkommen perplex; anscheinend hatte er keine Ahnung, wovon ich redete. »Wir. Wir waren vielleicht auch zu viel. Füreinander. Und weil du, als wir uns das letzte Mal gesehen haben, so komisch warst, hatte ich das Gefühl, du wolltest mich nicht mehr sehen.«

»Da irrst du dich«, antwortete er. »Es lag nur daran, dass –«

Ich unterbrach ihn. »Ich bin dir gefolgt, um mich bei dir zu entschuldigen. Irgendwie wusste ich, dass ich dich im Waffelcafé finden würde. Deshalb bin ich dorthin gefahren und habe dich gesehen. Mit Becky.«

»Du hast mich gesehen«, wiederholte er, »nachdem wir auf dem Parkplatz vorm Supermarkt miteinander geredet hatten?«

»In dem Moment habe ich endgültig kapiert, was los war«, erwiderte ich. »Aber ich fand alles schon vorher ziemlich merkwürdig. Wie wir da standen, wie wir redeten ... Deshalb hatte ich plötzlich den Eindruck, was am vierten Juli passiert ist, wäre dir zu viel geworden. Und das war mir peinlich.«

»*Deshalb* hast du die Bemerkung über dich und Jason gemacht«, sagte Wes auf einmal. »Dass ihr vielleicht wieder zusammenkommen würdet. Dann bist du mir gefolgt, hast mich gesehen und –«

Wieder fiel ich ihm ins Wort und schüttelte dabei energisch den Kopf, um ihm zu signalisieren, dass er nichts weiter zu erklären brauchte: »Ist schon okay. Das spielt alles keine Rolle mehr.«

»Okay«, wiederholte er. Warum lief es immer wieder darauf hinaus? Warum tauchte immer wieder dieses verdammte Okay auf, wenn man gefragt wurde, wie es einem ging? Obwohl dem, der gefragt hatte, die Antwort im Grunde meistens herzlich egal war, weil er die Wahrheit gar nicht wirklich wissen wollte.

Irgendetwas flog von hinten gegen meine Beine. Ich senkte den Kopf und sah ein Stück weißen Stoff, der sich wahrscheinlich von einer Wäscheleine losgerissen oder zu irgendeinem Gartenmöbel gehört hatte. Im nächsten Moment segelte es auch schon wieder weiter und verschwand über den Büschen neben mir. »Wir wussten beide, dass Jason und Becky zurückkommen und unsere Beziehungspausen irgendwann zu Ende sein würden«, sagte ich. »Das war für niemanden eine Überraschung, sondern von vornherein so geplant. Wir wollten es doch gar nicht anders.«

»Stimmt das?«, fragte er. »Willst du es wirklich nicht anders?«

Ob absichtlich oder nicht – damit hatte Wes die letzte Frage gestellt. Die entscheidende Frage, mit der unser Wahrheitsspiel enden würde. Wenn ich jetzt gesagt hätte, was ich wirklich dachte, wäre ich so offen gewesen wie noch nie in meinem Leben; gleichzeitig hätte ich mich dadurch verwundbar gemacht, verletzlich. Und das schaffte ich nicht. Es entsprach mir einfach nicht. Wes hatte im Verlauf des Spiels viele Regeln verändert und auf raffinierte Weise zu seinen Gunsten ausgelegt. Aber ich würde jetzt eine Regel brechen, und zwar die wichtigste, die entscheidende Regel: Ich würde *nicht* die Wahrheit sagen.

»Ja«, antwortete ich.

Ich wartete darauf, dass er etwas sagte, wartete auf irgendeine Reaktion und fragte mich dabei im Stillen, was wohl als Nächstes geschehen würde, jetzt, da das Spiel vorbei war. Doch Wes' Blick wanderte plötzlich an meinem Gesicht vorbei und nach oben. Verblüfft hob ich den Kopf, um nachzusehen, was ihn ablenkte. Aber ich sah eigentlich gar nichts mehr, nur wirbelndes Weiß, das den Himmel bedeckte.

Es war fast wie Schnee; doch während die einzelnen Stücke langsam herunterfielen und um mich herumwehten, bemerkte ich, dass es sich um Fetzen desselben steifen, weißen Stoffes handelte, der vorhin gegen meine Beine geflogen war. Der Groschen fiel allerdings erst, als ich einen Entsetzensschrei hörte, der auf der anderen Seite des Hauses ausgestoßen wurde.

»Das Zelt!«, kreischte meine Mutter. »Das kann nicht sein! Das Zelt!«

Ich wandte mich wieder zu Wes um, doch er hatte mir bereits den Rücken zugekehrt und lief zu seinem Truck. Ich rührte mich nicht vom Fleck, sondern blickte ihm nach, wie er einstieg, sich hinters Steuer setzte, losfuhr. Ich hatte gewonnen. Aber es fühlte sich nicht wie ein Sieg an. Ganz und gar nicht.

Die Bilanz: ein zerfetztes Zelt, ein Garten voll geköpfter Blumen und aus der Ferne – Donnergrollen.

Caroline sagte mit gedämpfter Stimme »Oje« und stieß mich mit dem Ellbogen an. Ich schreckte hoch. Schon seit Stunden war ich nicht mehr ganz bei mir, sondern mit meinen Gedanken irgendwo im Nirgendwo versunken. Obwohl ich instinktiv alles tat, um meine total entnervte, panische Mutter zu unterstützen, hatte ich die ganze Zeit das Gefühl, neben mir zu stehen. Dennoch streichelte ich beruhigend ihre Hand und meinte, nein, natürlich werde es auch ohne Zelt gehen. Denn die Leute von der Partyfirma hatten uns mehrfach versichert, es tue ihnen schrecklich Leid, aber sie könnten uns kein Ersatzzelt liefern, da alle ihre Zelte vergeben seien; und selbst wenn, gebe es so kurzfristig kein Personal zum Aufbauen. Also versuchten wir drei auf eigene Faust, zumindest die Stühle und Tische so zu arrangieren, dass man sitzen konnte, doch der Wind blies sie genauso schnell wieder um, wie wir sie aufstellen konnten. Daher schlug Caroline vor, wir sollten sie ganz wegräumen, das wäre doch auch nicht schlecht; schließlich würde es den Gästen ermöglichen, sich ganz »zwanglos untereinander zu mischen und zu plaudern«, wie sie sich ausdrückte. Ich nickte eifrig, um meiner Mutter das Gefühl zu geben, es würde schon alles irgendwie klappen. Und als sie sich kurze Zeit später den Absatz abbrach, nachdem sie das rote Band vor der Modellvilla zerschnitten und rückwärts die Stufe hinuntergetreten war, wobei sie mehr als unglücklich mit dem Fuß aufkam, sorgte ich für einen kleinen Lacher, weil ich geistesgegenwärtig meine eigenen Schuhe auszog und sie ihr hinhielt. Trotzdem kam ich mir die ganze Zeit merkwürdig distanziert vor. Als spielte sich das Geschehen nicht direkt vor meinen Augen, sondern irgendwo weit weg ab, so dass die Konsequenzen – egal welche – für mich überhaupt keine Rolle spielen würden.

Ausnahmsweise lächelte meine Mutter gerade mal, zwar nur für die Kameras, aber immerhin. Während dunkel drohende Wolken über den Himmel jagten, schüttelte sie ihren Bauleitern, Handwerkern und anderen Mitarbeitern herzlich und äußerlich vollkommen gelassen die Hände. Alles in allem vermittelte sie das Gefühl, ganz gut drauf zu sein – bis zu dem Moment, als wir in ihr Auto einstiegen und sie die Tür hinter sich geschlossen hatte.

»Was soll das?«, schrie sie hysterisch. »Warum? Seit Wochen habe ich auf diesen Tag hingearbeitet und genau das wollte ich nicht.«

Ihre Stimme gellte durchs Wageninnere, dröhnte in meinen Ohren. Meine Mutter trat aufs Gaspedal und fuhr los. Während die vertrauten Straßen und Häuser unseres Viertels draußen am Fenster vorbeihuschten, schoss mir plötzlich die Szene mit mir und Wes durch den Kopf, als wir am frühen Morgen bei uns im Garten gestanden und ich etwas ganz Ähnliches zu ihm gesagt hatte wie meine Mutter gerade – ganz ähnlich und gleichzeitig das genaue Gegenteil: *Wir wollten es doch gar nicht anders.* Als ich die Worte ausgesprochen hatte, waren sie mir vollkommen logisch erschienen. Doch allmählich überkamen mich Zweifel.

Wir bogen um eine Ecke. Direkt über uns ertönte ein Donnerschlag, der uns alle drei heftig zusammenzucken ließ. Meine Schwester, die vorne neben meiner Mutter saß, beugte sich etwas vor, um durch die Windschutzscheibe zum Himmel zu spähen. »Vielleicht sollten wir uns allmählich überlegen, was wir tun, falls es regnet«, sagte sie.

»Es wird nicht regnen«, meinte meine Mutter lapidar.

»Hast du den Donner nicht gehört?«

»Nur weil es donnert, heißt das noch lange nicht, dass es auch regnet.« Meine Mutter gab Gas und raste mit mindestens dreißig Stundenkilometern mehr dahin, als es sich für einen rücksichtsvollen Bewohner von Wildflower Ridge gehörte.

Caroline warf ihr einen Blick von der Seite zu. »Mama, bitte.«

Doch meine Mutter bretterte unsere Auffahrt hoch und war, zusammen mit Caroline, schon fast im Haus, da stieg ich überhaupt erst aus. Nach wie vor war ich tief in Gedanken versunken. Gelegentlich flatterte ein Stück weiße Zeltplane durch die Luft. Ich folgte den beiden und fand sie in der Küche, wo sie eilig die Broschüren und Kataloge bereitlegten, die draußen auf den Tischen verteilt werden sollten; und auch sonst wirbelten sie wie zwei Derwische durch die Gegend, um alles für den Empfang vorzubereiten. Als sie mich kommen sah, schnappte sich meine Mutter einen Stapel alter Zeitungen, Innenarchitektur- und Design-Zeitschriften meiner Schwester, Mappen sowie Flyer von der Arbeitsplatte und packte ihn mir auf den Arm.

»Bringst du das bitte außer Sichtweite, Macy? Leg es irgendwohin, wo es nicht stört. Und schau in der Toilette nach, ob die Gästehandtücher auch gerade aufeinander liegen und genug Seife nachgefüllt wurde und ...« Sie unterbrach sich und schaute sich hektisch um, welche Unordnung ihren scharfen Augen bisher entgangen war. Ihr Blick fiel auf den Karton mit dem *E.I.N.fach*-Schlüsselsystem, den ich gestern neben dem Telefon hatte stehen lassen. »... bitte verstau das Ding ebenfalls irgendwo, wo es nicht im Weg rumliegt, und komm anschließend sofort zu mir zurück, ich brauche deine Hilfe im Esszimmer, dringend.«

Ich bewegte mich zwar immer noch wie in Trance, nickte aber und tat alles, worum sie mich gebeten hatte. Die Mappen brachte ich in ihr Arbeitszimmer, die Zeitungen zum Altpapier, die Zeitschriften legte ich vor die Zimmertür meiner Schwester. Blieb bloß noch das *E.I.N.fach*-Schlüsselsystem. Damit ging ich in mein Zimmer, setzte mich aufs Bett, drehte und wendete das Paket in meinen Händen.

Von unten drang das Geräusch des Staubsaugers zu mir

hoch; anscheinend war meine Schwester zu einer letzten Blitzsäuberungsaktion verdonnert worden, denn meine Mutter hastete im Flur hin und her, was ich am Klappern ihrer Absätze hörte. Ich wusste zwar, dass sie mich eigentlich im unteren Stockwerk brauchten, und zwar bald; dennoch wollte ein Teil von mir sich einfach aufs Bett legen, die Augen schließen und noch einmal ein paar Stunden früher aufwachen, heute Morgen, sieben Uhr. Um eine zweite Chance zu bekommen. Zunächst würde sich alles genauso abspielen wie beim ersten Mal: Ich würde die Treppe hinunterlaufen, über den Gartenweg auf Wes zugehen – aber ich würde etwas anderes zu ihm sagen als heute Morgen. Er hatte mir immer die Wahrheit gesagt. Inzwischen hatte ich begriffen, dass ich dasselbe hätte tun sollen.

Und was war die Wahrheit?

Wes war mein Freund, zweifellos. Aber ich hatte Gefühle für ihn, die weit darüber hinausgingen, auch wenn ich an jenem Abend, als ich ihn mit Becky zusammen sah, das Gegenteil behauptet hatte. Allmählich blieb mir jedoch gar nichts anderes mehr übrig als mir diese Gefühle einzugestehen. Und es wurde auch höchste Zeit. Im Prinzip hatte ich es schon lange gewusst. Genau deswegen hatte es mich ja schon fast wieder zu Jason zurückgezogen, zu dem geordneten, ruhigen Leben, das mich – wie ich hoffte – davor bewahren sollte, je wieder verletzt zu werden. In dieser meiner geordneten, ruhigen Welt war es nicht nur möglich, sondern sogar ziemlich einfach, so zu tun, als wäre nichts von dem, was ich in diesem Sommer – mit Wes, mit *Wish Catering* – erlebt hatte, überhaupt je passiert.

Aber es *war* passiert. Ich war Delias Lieferwagen an jenem Abend gefolgt, ich hatte Wes meine Wahrheiten erzählt, mich in seine Arme geflüchtet, ihm mein trauriges, wundes, gebrochenes Herz geöffnet. Natürlich konnte ich auch weiterhin so tun, als wäre es nicht so gewesen, konnte die Ereignisse aus meinem Kopf und hoffentlich irgendwann auch aus meinem Bewusstsein verbannen. Aber ob das auf Dauer überhaupt was bringen würde? Wenn nämlich irgendetwas wirklich wichtig ist, sorgt das Schicksal in der Regel dafür, dass es noch einmal zu einem zurückkehrt und man eine zweite Chance bekommt. Einmal war – ganz konkret – die Hand nach mir ausgestreckt worden, als Kristy mich ins Bertmobil, also den ehemaligen Krankenwagen, gezogen hatte; ein zweites Mal forderte das Schicksal mich heraus, als ich mit den anderen ins Krankenhaus fuhr und am Ende die Geburt von Avery miterlebte. Die Ereignisse verschwören sich miteinander, um einen an den Ort zurückzukatapultieren, an dem man in einer existenziellen Situation schon einmal gewesen ist. Ab dann hängt es von einem selbst ab, wie es weitergeht, und im Mittelpunkt steht nur noch eins: die *Möglichkeiten*, das Potenzial des Lebens.

Ich stand auf, trug einen Stuhl zum Schrank und stellte mich drauf, um das neueste *E.I.N.fach*-Produkt zu den anderen zu legen. Ich wollte schon wieder runterklettern, da fiel mein Blick auf die Einkaufstüte, die ich vor Wochen ebenfalls dort oben hingeräumt hatte. Schon den ganzen Tag über hatte ich das Gefühl gehabt, irgendwie wäre alles anders als sonst. Vermutlich streckte ich nur deshalb die Hand aus und zog die Tüte vom Regal.

»Ich fasse es nicht«, murmelte meine Mutter vor sich hin, die gerade an meiner nur angelehnten Schlafzimmertür vorbeieilte. Mir war sofort klar, dass sie das Donnergrollen über unseren Köpfen meinte. »Als läge ein Fluch über dem heutigen Tag.«

Ich setzte mich wieder aufs Bett, nahm das Päckchen aus

der Tüte. Es fühlte sich ziemlich schwer an. Ich legte es auf meinen Schoß und begann sofort, es auszuwickeln.

»Also wirklich!« Jetzt murmelte sie nicht mehr, sondern rief laut gegen den ebenfalls immer lauter werdenden Donner an. »Wie soll man denn so ein Wetter überhaupt einplanen?«

Das Papier verknitterte und zerriss beim Auspacken. Und plötzlich spürte ich intuitiv, dass sich etwas mir Wohlbekanntes unter dem Geschenkpapier verbarg, kam aber noch nicht drauf, was es war.

»Der Rasen, der Caterer, das Zelt ...« Erneut hastete meine Mutter an meiner Zimmertür vorbei. »Was kommt wohl als Nächstes?«

Ich saß ganz still da (dafür klopfte mein Herz umso lauter) und betrachtete mein Geschenk. Schließlich hob ich langsam die Hand und legte sie auf ihr Gegenstück in der Skulptur auf meinem Schoß. Auf einmal begann einiges einen Sinn zu ergeben, anderes dagegen verwirrte mich stärker denn je zuvor. Eins wusste ich allerdings mit Bestimmtheit: Das Herz in meiner Hand – *diese* Herzhand – gehörte mir. So lange hatte ich vergeblich auf ein Zeichen gehofft. Dabei war es die ganze Zeit über in meiner Nähe gewesen und hatte darauf gewartet, dass ich endlich bereit sein würde, es zu empfangen.

Noch hallte die letzte Frage meiner Mutter in meinem Kopf wider, da donnerte es plötzlich so heftig und laut, dass die Fenster klirrten, das Haus wackelte und die Erde bebte. Zumindest bekam man das Gefühl. Und dann fing es an zu schütten.

Meine Mutter hatte eine Antwort auf ihre Frage bekommen. Und ich ebenfalls.

Kapitel 20

Als ich ins untere Stockwerk kam, tobte im Haus mindestens so ein Orkan wie draußen.

Nachdem ich die Herzhand neben den Engel auf meinen Nachttisch gestellt hatte, aufgestanden und die Treppe hinuntergelaufen war, hatte ich eigentlich gedacht, ich wüsste, was ich jetzt zu tun hätte. Aber als ich die Küche betrat, wurde ich fast von einem Tischchen erschlagen, das meine Schwester in Windeseile durch die Gegend trug. Sie und meine Mutter waren hektisch dabei, Möbel zu verrücken, Stühle zu stapeln, Sofas an die Wand zu schieben und so weiter, um auf diese Weise irgendwie Platz für fünfundsiebzig Gäste in unserem Esszimmer, unserem Wohnzimmer und dem Eingangsflur zu schaffen.

»Macy, mach irgendwas mit den Hockern«, rief Caroline mir zu, während sie mit dem Tischchen an mir vorbeiflitzte.

»Welche Hocker?«

»Die an der Küchentheke«, keuchte meine Mutter hysterisch und rannte dabei genau in die entgegengesetzte Richtung, wobei sie ein Polsterbänkchen hinter sich herschleppte. »Reih sie dicht an der Wand auf. Oder stell sie in mein Arbeitszimmer. Hauptsache, sie verschwinden aus der Küche.« Sie kreischte fast. Ihre Stimme klang, als würde sie jeden Moment durchdrehen. Ich sah sie an. Aber nur kurz.

Dann tat ich lieber ganz schnell das, was sie mir aufgetragen hatte.

Ich hatte meine Mutter ja schon oft in Stresssituationen erlebt. Wusste, wie sie aussah, wenn sie trauerte. Aber so wie jetzt gerade kannte ich sie nicht. Sie schien die Kontrolle über sich komplett verloren zu haben. Es machte mir Angst. Ich drehte mich um, warf Caroline einen ratlosen Blick zu. Doch sie schüttelte bloß den Kopf und machte mit dem weiter, was sie gerade tat, nämlich einen der großen Ohrensessel an die Wand zu schieben. Kein Mensch kann so viel Anspannung und Druck aushalten, dachte ich, jedenfalls nicht so lang. Früher oder später würde etwas in ihr, würde *sie* zusammenbrechen.

Deshalb streckte ich, als sie das nächste Mal an mir vorbeisauste, die Hand nach ihr aus. »Alles okay, Mama?«

»Nicht jetzt, Macy!«, fauchte sie. Hastig zog ich meine Hand zurück. Nicht mal ein Okay-mir-geht's-gut mehr ...

»Schatz, bitte.« Sie schüttelte beschwörend den Kopf. »Nicht jetzt.«

In den nächsten zwanzig Minuten jagte eine Katastrophe die nächste. Nur allzu deutlich nahm ich wahr, wie ihre Anspannung immer größer wurde. Sah es an ihrer steifen Kopfhaltung, ihrem verkniffenen Gesichtsausdruck, hörte es im zittrigen Ton ihrer Stimme, wenn sie ans Telefon ging, das überhaupt nicht mehr zu klingeln aufhörte. Und jedes Klingeln bedeutete eine neue Hiobsbotschaft, zum Beispiel meldete der Bauleiter, dass es bei der Modellvilla durchs Fenster reinregnete. Dann fingen die Lampen an zu flackern, gingen aus, gingen zwar wieder an, aber so ganz sicher konnte man sich nicht sein, dass der Strom nicht doch ausfallen würde. Jedes Mal spannte meine Mutter ihren Körper noch mehr an, jedes Mal wurde ihre Stimme noch lauter, noch höher;

ihre Augen schossen wie wild hin und her, um auch das letzte missliche Detail zu entdecken, das sie bisher übersehen hatte. Wenn ihr Blick dabei zufällig auf mich fiel, schlug ich schnell die Augen nieder, damit sie nicht merkte, dass ich sie heimlich beobachtete.

»Ich mache mir echt Sorgen um Mama«, sagte ich zu Caroline. Wir versuchten gerade mit vereinten Kräften das große, schwere Eichensofa im Wohnzimmer wenigstens einen halben Meter nach hinten zu schieben. Doch obwohl wir uns förmlich dagegen warfen, rührte das Teil sich einfach nicht vom Fleck. »Ich würde ihr so gerne helfen. Wenn ich bloß wüsste, wie.«

»Du kannst ihr nicht helfen«, meinte Caroline. »Versuch's gar nicht erst, das bringt nichts.«

Ich hörte auf zu schieben. »Mann, Caroline!«

Sie strich sich mit dem Handrücken die Haare aus der Stirn. »Macy, wann kapierst du's endlich? *Du* kannst überhaupt nichts tun.«

In dem Moment hörte ich, wie sich die Haustür öffnete und jemand auf Absätzen in den Eingangsflur klapperte.

»Ach du Scheiße«, sagte Kristy. »Was geht denn hier ab?«

Zutiefst dankbar für die Unterbrechung ließ ich das Sofa los und drehte mich um. Ja, da stand sie, mitten im Flur, einen Stapel Alubehälter auf dem Arm. Neben ihr tauchte Monica auf, die eine Kühlbox trug und darauf vorsichtig ein paar Schneidebretter balancierte. Und als Letzte erschien Delia, unter jeden Arm ein paar Baguettes geklemmt.

»Hier herrscht gerade eine kleine Krise«, sagte ich zu Kristy. Gleichzeitig fing das Licht wieder gefährlich an zu flackern.

Mit lautem Geschepper und Getöse schob Bert einen der

zerbeulten Servierwagen über die Schwelle, und zwar so ruppig, dass Delia zur Seite springen musste, um nicht überrollt zu werden. Draußen regnete es nach wie vor in Strömen; der Wind trieb die Tropfen beinahe horizontal vor sich her.

»Was für eine Krise?«, fragte Delia.

In dem Moment ertönte aus der Gästetoilette ein Schrei, gefolgt von einem Klirren. Wir verstummten. Der einzige Laut, den man sonst noch hörte, war das Peitschen des Regens gegen die Fensterscheiben. Die Tür öffnete sich. Meine Mutter kam heraus.

Ihr Gesicht war vor Anstrengung erhitzt und gerötet, ihr Lippenstift im rechten Mundwinkel verschmiert. Sie trug nach wie vor meine Schuhe, die ihr deutlich zu klein waren, und am Saum ihres Rocks prangte unübersehbar ein Fleck. Sie sah total erschöpft aus, niedergeschlagen. Oder vielleicht auch schlicht geschlagen. In der Hand hielt sie die Seifenschale aus der Gästetoilette – beziehungsweise in jeder Hand einen Teil davon.

Es war zwar eine ganz hübsche, aber trotzdem stinknormale Seifenschale gewesen; ich konnte mich nicht mal mehr erinnern, wann und wo wir sie gekauft hatten. Aber als meine Mutter nun die Scherben betrachtete, war sie den Tränen nah. Ich spürte eine Bewegung in meiner Brust, eine Art Druck, und merkte, dass ich Angst hatte. Panik. Horror. Ich hatte meine Mutter schon in vielen Situationen und Zuständen, aber noch nie schwach erlebt. Am liebsten hätte ich mich in Luft aufgelöst, so klein und hilflos fühlte ich mich auf einmal.

»Mama?«, fragte Caroline. »Alles in –«

Doch sie unterbrach sich mitten im Satz, denn meine Mutter schien sie nicht zu hören noch irgendeinen von uns überhaupt wahrzunehmen. Mit langsamen, fast tastenden Schritten ging sie den Flur entlang Richtung Küche. Plötzlich hob sie die Hand und wischte sich über die Augen. Bog um die Ecke ohne sich ein einziges Mal zu uns umgedreht zu haben. Und als Nächstes hörte ich, wie sich die Tür zu ihrem Arbeitszimmer schloss.

»Hilfe!«, sagte ich. Und meinte es.

»Ist doch bloß eine Seifenschale.« Kristy wollte offensichtlich helfen. »So eine findet ihr bestimmt irgendwo wieder.«

Aus dem Augenwinkel sah ich, dass Caroline meiner Mutter folgen wollte, weil sie vermutlich wie selbstverständlich davon ausging, dass sie die Situation irgendwie in den Griff kriegen musste. Wie immer. Aber ich wartete schon so lange auf eine Gelegenheit, mit meiner Mutter zu reden, war allerdings jedes Mal gescheitert, entweder an meinen eigenen Ängsten oder an ihren. Höchste Zeit, es noch einmal zu versuchen.

Ich legte eine Hand auf Carolines Arm, hielt sie zurück. Verwundert sah sie mich an. »Lass mich mal«, sagte ich und machte mich auf den Weg zu meiner Mutter.

Als ich die Tür zum Arbeitszimmer öffnete, stand sie mit dem Rücken zu mir an ihrem Schreibtisch. Und sie weinte. Ihre Schultern bebten und zu überhören war es auch nicht. Ich bekam sofort einen Kloß im Hals und wäre am liebsten weggelaufen. Aber ich zwang mich zu bleiben, holte tief Luft und trat ins Zimmer.

Sie drehte sich nicht um. Ich war mir nicht einmal sicher, ob sie merkte, dass ich da war. Und während ich so dastand und sie betrachtete, wurde mir auf einmal bewusst, wie schwer es ist, mit anzusehen, wenn sich jemand, den man liebt, vor deinen Augen verändert. Es jagt einem nicht nur Angst ein, es bringt einen auch aus dem Gleichgewicht. So musste meine Mutter sich in den Wochen gefühlt haben, als ich für Delia arbeitete. Jeden Tag hatte sie mich ein Stück weniger als die alte, ihr vertraute Macy wiedererkannt; jeden Tag hatte ich mich ein bisschen mehr verändert. Kein Wunder, dass sie versucht hatte mich wieder stärker an sich zu binden, meine Welt zu beschränken, bis sie wieder in ihr eigenes Dasein hineinpasste. Doch selbst in diesem Augenblick – als ich das endlich in seinem ganzen Ausmaß begriff – wünschte ich mir noch, meine Mutter würde sich zusammenreißen und wieder das Kommando übernehmen wie immer. Dabei hatte ich mir damals, in unserer schwierigsten Zeit, als sie mich eisern an sich geklammert hielt, nichts mehr herbeigesehnt als ihr beweisen zu können, dass ich mich zwar verändert hatte, aber zum Positiven. Und dass sie das genauso gesehen hätte, wenn sie meine Veränderung nicht von vornherein abgelehnt, sondern mir eine Chance gegeben hätte. Diese Chance hatte ich jetzt. In diesem Moment. Und trotz meiner Angst würde ich mir diese Chance nicht wieder nehmen lassen.

Ich durchquerte den Raum und stellte mich hinter sie. Mir lag so viel auf der Seele, das ich ihr sagen wollte. Ich wusste bloß nicht, wo ich anfangen sollte.

Irgendwann drehte sie sich um, wobei eine Hand unwillkürlich zu ihrem verweinten Gesicht wanderte. Und für ein paar Sekunden standen wir einfach bloß so da. Schauten einander in die Augen. In meinem Kopf formten sich ungefähr eine Million Sätze, doch keinen brachte ich zu Ende. Das jetzt ist das Schwierigste überhaupt, dachte ich. Was auch immer als Erstes gesagt wurde, egal ob von ihr oder von mir, würde einen weit reichenden Prozess in Bewegung setzen; deshalb musste es stark genug sein, um alles, was noch kam, auch tragen zu können.

Sie atmete tief durch. »Ich bin –«

Doch ich ließ sie nicht aussprechen, sondern trat auf sie zu und legte meine Arme um sie. Im ersten Moment machte sie sich steif, wohl mehr aus Überraschung denn aus sonst einem Grund; aber ich ließ nicht los. Vielmehr umarmte ich sie noch fester und vergrub mein Gesicht an ihrem Hals. Ich spürte zwar ihren Atem in meinem Haar, ihren Herzschlag an meiner Brust, nicht jedoch dass sie die Umarmung erwidert und ihre Arme ebenfalls um mich geschlungen oder ihren Körper enger an meinen gedrückt hätte. Dennoch war sie mir ganz nah. Was sich nach all der Zeit, die ohne Berührung vergangen war, hätte komisch anfühlen können, ungewohnt, beklommen – ein unbeholfenes Gebilde aus spitzen Ellbogen und kantigen Hüftknochen. Aber es fühlte sich nicht komisch an, sondern im Gegenteil: Es war perfekt.

Ich umarmte also meine Mutter und meine Gedanken wanderten zu dem Abend zurück, als ich mit Wes noch ewig in unserer Auffahrt gesessen und gequatscht hatte, unter anderem über sie. Damals sagte ich zu ihm: *Ich würde sie auf jeden Fall erst einmal wissen lassen, wie ich mich fühle. Ohne erst groß drüber nachzudenken.* Ich hatte es getan. Endlich.

Irgendwann zwischendurch drang Carolines Stimme in mein Bewusstsein. Sie stand offenbar zusammen mit Delia in der Küche und erklärte ihr minutiös, was bisher alles schief gelaufen und wie wir von einer Krise in die nächste gestürzt waren. Und die ganze Zeit über klammerten meine Mutter und ich uns aneinander fest. Ein Gefühl wie ganz oben auf einer Achterbahn: Der Wagen hat sich gerade – klack klack klack – zum höchsten Punkt der Schienen gequält und jeder, der drinsitzt, weiß, der steile Anstieg liegt hinter einem, jetzt geht es jeden Moment los mit der letzten, rasanten Abfahrt. Aufs Ziel zu, egal wie, egal wo.

Ich war bereit. Und ich denke, sie auch. Und selbst wenn nicht – ich würde in der Lage sein, ihr da durchzuhelfen. Der erste Schritt ist immer der schwerste.

»Okay«, sagte Delia gerade. »Wir machen Folgendes ...«

»Oh Mann!« Kristy schüttelte den Kopf. »Hat es überhaupt je schon mal so geschüttet?«

»Kristy«, meinte Delia mahnend.

Caroline seufzte. »Nein, nein, sie hat doch Recht. Es regnet wirklich in Strömen.«

»Mmm-hmmm« lautete Monicas Kommentar.

Ja, es regnete immer noch. Nein, es goss. Stark und heftig. So heftig, dass sämtliche Lampen im Haus immer wieder bedrohlich flackerten. Obwohl das natürlich auch am Sturm liegen konnte, denn auch der Wind blies weiter unvermindert stark. Vor wenigen Minuten hatte unsere örtliche Wetterfee, Lorna McPhail, im Fernsehen mit schreckgeweiteten Augen vor ihrer Wetterkarte gestanden und verkündet, dass man zwar mit ein paar Schauern gerechnet habe, ein derartiger Vorfall jedoch nicht vorhersehbar gewesen sei.

»Vorfall?«, hatte Caroline gestöhnt, als Lorna sich mal wieder entsetzt zu ihrer Wetterkarte umdrehte. »Das ist doch kein Vorfall. Das ist das Ende der Welt.«

Wie aufs Stichwort ging Bert mit einem Tablett voller Weingläser hinter ihr vorbei und meinte: »Nö, das Ende der Welt müssen wir uns wohl als noch viel schlimmer vorstellen.«

Caroline blickte ihn an. »Schlimmer als das?«

»Absolut«, antwortete er. »Ohne jeden Zweifel.«

Es war sieben Uhr und die Gäste begannen einzutrudeln.

Besser gesagt, sie hockten in der reichlich optimistischen Hoffnung, der Regen würde vielleicht in ein paar Minuten etwas nachlassen, in ihren Autos vor dem Haus. Doch diese Hoffnung würden sie vermutlich bald aufgeben, aussteigen, aufs Haus zurennen und tropfnass hereinstürzen. Auch gut, denn es war alles fertig. Die Party konnte losgehen. Die Appetithappen wurden gerade im Ofen aufgewärmt, die Bar war gut gefüllt, Eiswürfel standen bereit, mitten auf dem großen Esszimmertisch prangte zwischen Blumen und bunten Serviettenstapeln die Torte, auf der mit roter Glasur WILDFLOWER RIDGE – EIN NEUER ANFANG! geschrieben stand. Außerdem durchzog ein appetitlicher Duft nach Fleischklopsen das Haus. Und wie man weiß, mag Fleischklopse nun wirklich jeder.

Nachdem Caroline unsere desaströse Situation in sämtlichen traurigen Einzelheiten geschildert hatte, hörte ich von meinem Standort im Arbeitszimmer aus, wie Delia in der Küche das tat, was sie am besten konnte: Ärmel hochkrempeln und loslegen. Innerhalb einer Viertelstunde wurden einige der Tische und Stühle, die wir gemietet hatten, ins Haus geschafft, dekorativ verteilt (»im Bistro-Stil«, wie Delia sich ausdrückte) und mit dicken Vanille-Duftkerzen geschmückt, die sie zufällig dabeihatte, weil sie die Dinger seit einer Brautjungfernparty vor mehreren Wochen im Lieferwagen spazieren fuhr. Per Dimmer wurde – nur für den Fall, dass der Strom noch ganz ausfiel – das Licht in sämtlichen Räumen gedämpft, was viel gemütlicher wirkte. Bert und Monica sollten doppelt so viele Appetithappen wie geplant aufbacken, weil Delia mit messerscharfer Logik argumentierte, je mehr die Leute im Bauch hätten, umso weniger würden sie bemerken, dass sie kaum Platz hatten, sich auch nur umzudrehen. Caroline erhielt den Auftrag, eine neue Seifenschale zu besorgen, und Kristy an der Haustür postiert, um jedem Gast beim Eintreten umgehend ein Glas Wein unter die Nase zu halten; denn mit etwas Alkohol auf nüchternen Magen kriegen die Menschen ebenfalls nicht mehr so viel mit, so Delias Argument.

In der Zwischenzeit lehnten meine Mutter und ich mit einer Großpackung Tempotaschentücher zwischen uns an der Kante ihres Schreibtischs und blickten durchs Fenster in den Regen hinaus.

»Ich wollte, dass es eine perfekte Party wird.« Sie tupfte sich mit einem Tempo die Augen ab.

»Perfekt gibt's nicht«, erwiderte ich.

Mit einem kläglichen Lächeln warf sie das Taschentuch in den Papierkorb. »Das Ganze ist eine Katastrophe.« Sie seufzte.

Ein paar Sekunden lang schwiegen wir beide.

»Ist doch gar nicht so schlecht«, meinte ich schließlich, weil mir wieder einfiel, was Delia vor vielen Wochen (als *Wish Catering* das erste Mal einen Empfang meiner Mutter mit Essen beliefert hatte) zu mir gesagt hatte. »Wenigstens wissen wir, woran wir sind. Ab jetzt kann es nur noch bergauf gehen.«

Meine Mutter wirkte nicht sonderlich überzeugt. Auch okay. Noch hatte sie dieses Prinzip nicht wirklich begriffen. Aber ich war zuversichtlich, dass ihr über kurz oder lang klar werden würde, was es bedeutete. Und falls nicht, hatte ich alle Zeit der Welt, um es ihr zu erklären – jetzt, da der Prozess zumindest begonnen hatte. Endlich.

Als wir ein paar Minuten später in die Küche traten, breitete Delia Krabbenpastetchen auf Backblechen aus. Nach einem einzigen Blick auf meine Mutter schickte sie sie nach oben, um zu duschen und tief durchzuatmen. Zu meiner Überraschung verschwand meine Mutter widerspruchslos, und zwar für volle zwanzig Minuten. Als sie mit noch leicht feuchten Haaren und frischen Klamotten wieder herunterkam, wirkte sie entspannter als seit langer, langer Zeit. Wenn sich die Dinge so zuspitzen, dass tatsächlich alles zusammenbricht, entsteht auch so etwas wie ein Gefühl von Erleichterung. Und diesen positiven Aspekt an der ganzen verfahrenen Situation schien meine Mutter tatsächlich langsam zu erkennen.

Caroline und ich sahen ihr entgegen, während sie die Treppe herunter auf uns zu kam. »Was hast du bloß zu ihr gesagt?«, fragte meine Schwester.

»Eigentlich nichts«, antwortete ich. Caroline warf mir einen leicht schrägen Seitenblick zu, aber in gewisser Weise entsprach meine Antwort exakt den Tatsachen: Ich hatte wirklich nicht viel gesagt. Zumindest fühlte es sich so an.

Als meine Mutter an ihr vorbeilief, hielt Kristy ihr das Tablett mit den Weingläsern hin. »Möchten Sie ein Glas?«

Meine Mutter hielt inne und setzte schon an, höflich abzulehnen, sog jedoch stattdessen tief die Luft ein und fragte: »Wonach riecht es hier so gut?«

»Fleischklopse«, antwortete ich. »Möchtest du vielleicht einen?«

Wieder erwartete ich, dass sie Nein sagen würde. Doch was tat sie? Nahm sich ein Glas, trank einen Schluck Wein und nickte mir zu. »Ja, ich hätte gern einen Fleischklops.«

Nun stand sie mit uns allen zusammen an dem großen Fenster nach vorn raus und beobachtete das Geschehen in den Autos vor unserem Haus. Eine Frage blieb für mich allerdings nach wie vor offen. Ich hatte sie mir so lange, wie ich es irgend aushielt, verkniffen, weil ich hoffte, dass sie sich von selbst auflösen oder irgendwer mir eher zufällig die

Antwort geben würde. Aber am Ende blieb mir nichts anderes übrig als mich direkt zu erkundigen. »Wo steckt eigentlich Wes?«, fragte ich niemanden im Besonderen und blickte dabei durchs Fenster auf die Wagen.

Ich spürte, dass Monica und Kristy einen Blick wechselten. Dann antwortete Kristy: »Er musste heute früh zur Küste fahren, um ein paar Skulpturen abzuliefern. Aber er meinte, er würde auf dem Rückweg vorbeischauen und einspringen, falls wir ihn brauchen.«

»Ach so«, sagte ich. »Alles klar.«

Ziemlich verlegene Pause. Wir blickten immer noch schweigend hinaus in den Regen. Doch dann begann jemand vor sich hin zu seufzen. Zunehmend lauter. Und sich zu räuspern. Mehrfach.

»Alles in Ordnung?«, erkundigte Bert sich bei Kristy.

Sie nickte, stieß jedoch ein weiteres, sehr vernehmliches Räuspern aus. Als ich zu ihr hinüberblickte, merkte ich, dass sie mich unverwandt anstarrte.

»Was ist?«, fragte ich.

»Was ist?«, äffte sie mich nach. Sie war ganz offensichtlich einigermaßen sauer. »Was meinst du mit ›Was ist‹?«

»Ich weiß auch nicht ... wo liegt das Problem?« Ich blickte sie verwirrt an.

Kristy verdrehte die Augen. Monica, die neben ihr stand, sagte: »Hör bloß auf.«

Auch Delia schüttelte warnend den Kopf. »Lass gut sein, Kristy, das ist weder der passende Zeitpunkt noch der richtige Ort.«

»Der passende Zeitpunkt für was?«, fragte Caroline.

»Für die wahre, große Liebe gibt es weder einen bestimmten, passenden Zeitpunkt noch einen richtigen Ort«, verkündete Kristy melodramatisch. »Sie passiert einfach, fast zufällig. Ein Herzschlag, ein Blinzeln – und schon ist sie da. Alles im Bruchteil einer einzigen, schmachtenden Sekunde.«

»Schmachtend?«, wiederholte meine Mutter und beugte sich etwas vor, um mich besser sehen zu können. »Wer schmachtet?«

»Macy und Wes«, antwortete Kristy.

»Stimmt gar nicht«, entgegnete ich empört.

Delia unternahm einen zweiten, etwas hilflosen Anlauf, Kristy zu bremsen: »Bittebittebitte sei so lieb, nicht jetzt.«

»Moment, Moment.« Caroline hob die Hände. »Worauf willst du eigentlich hinaus, Kristy?«

»Ja, bitte«, fügte meine Mutter hinzu, wobei sie jedoch mich ansah, nicht Kristy. Und eigentlich weniger sauer wirkte als vielmehr verwirrt. Durcheinander. Willkommen im Club, dachte ich. »Erklären Sie uns, was Sie meinen, Kristy.«

Bert konnte es sich natürlich nicht verkneifen, auch seinen Senf dazuzugeben: »Wenn das mal kein Hammer wird, nach der Einleitung!«

Kristy achtete gar nicht auf ihn, sondern strich sich eine Strähne hinters Ohr und legte los: »Wes will mit Macy zusammen sein. Und Macy, egal ob sie's nun zugibt oder nicht, will mit Wes zusammen sein. Trotzdem sind sie nicht zusammen, was nicht nur ungerecht ist, sondern – sobald man auch nur einen Moment genauer drüber nachdenkt – geradezu tragödisch.«

»Das ist kein richtiges Wort«, wurde sie von Bert belehrt.

»Doch, ab jetzt schon«, konterte sie. »Wie willst du die Situation denn sonst beschreiben? Da gibt es einen echten Supertypen, nämlich Wes, der aber in die Wüste geschickt wird, und warum? Wegen irgend so einem schwachköpfigen

Intelligenzbolzen, so einem Loser, der Macy sowieso längst den Laufpass gegeben hat, weil sie ihren Job in der Bibliothek angeblich nicht ernst genug genommen hat. Aber vor allem weil sie gewagt hat ihm zu sagen, dass sie ihn liebt.«

»Müssen wir jetzt darüber sprechen?« Mir war Kristys Gerede mindestens so peinlich wie beim ersten Mal; schließlich hatte sie mir das alles schon mal laut und deutlich auseinander gesetzt, aber wenigstens nicht vor Publikum. »Warum erzählst du das alles?«

»Weil es tragödisch ist!«, sagte Kristy.

»Jason wollte eine Beziehungspause, weil du ihm gesagt hast, dass du ihn liebst?«, fragte meine Mutter.

»Nein«, antwortete ich. »Doch, irgendwie schon. Es ist kompliziert.«

»Ich sage euch, was es ist«, mischte Kristy sich wieder ein. »*Falsch!* Ihr gehört zusammen, du und Wes. Ehrlich, Macy, das war doch schon klar, als ihr noch ständig rumgelabert habt, eigentlich wäret ihr ja mit wem anders liiert. Selbst Wes hatte es längst kapiert. Du warst die Einzige, die es nicht geschnallt hat. Und anscheinend schnallst du es immer noch nicht.«

»Mmm-hmmm.« Monica zupfte ein paar Fussel von ihrer Schürze.

»Wes hat das nie so empfunden«, entgegnete ich. Ich wusste zwar, dass meine Mutter – und Caroline und überhaupt alle – zuhörten, doch aus irgendeinem Grund war es mir auf einmal völlig egal. Dazu war an diesem Tag einfach schon zu viel passiert. »Er hatte von Anfang an vor, es wieder mit Becky zu versuchen, genau wie ich mit Jason.«

»Stimmt nicht«, konterte Kristy.

»Doch. Sie sind schon seit Wochen wieder zusammen«, sagte ich.

»Nein.« Kristy schüttelte beharrlich den Kopf.

»Aber ich habe sie doch zusammen gesehen, im Waffelcafé. Sie waren …«

»… gerade dabei, sich endgültig zu trennen.« Kristy vollendete den Satz für mich. »Das war an dem Abend, als ihr euch vorm Supermarkt über den Weg gelaufen seid und er behauptet hat, er habe einen Termin, oder?«

Ich nickte perplex.

»Er wollte sich mit ihr treffen, um ihr zu sagen, dass es aus ist.« Kristy legte eine kleine Pause ein, wie um mir Zeit zu geben, damit das alles sich setzte, und ich endlich begriff, wie es ineinander passte. »Er will mit *dir* zusammen sein, Macy. Ich an seiner Stelle hätte es dir an dem Abend sofort gesagt, aber so ist er nun mal nicht drauf. Er wollte selbst erst vollkommen frei und ungebunden und sich seiner Sache sicher sein, bevor er dir etwas über seine Gefühle sagt. Er wartet auf dich, Macy, schon die ganze Zeit.«

»Nein«, antwortete ich.

»*Doch.* Ich habe mir schon den Mund fusselig geredet, damit er endlich zu dir geht, dir sagt, was er für dich fühlt, und dich fragt, ob du dasselbe für ihn fühlst«, meinte Kristy. »Aber so läuft das einfach nicht für Wes. Er muss es auf seine Art machen. In seinem Tempo.«

Wie bei der letzten, entscheidenden Frage, dachte ich. Er hielt sie nicht absichtlich zurück, um mich zu quälen. Oder weil er sie vielleicht noch nicht wusste. Er wollte es schlicht und einfach richtig machen. Was immer das auch bedeutete.

Alle sahen mich an. Mein Leben war mal meine Privatsache gewesen, dachte ich. Jetzt mischte sich die ganze Welt in meine Angelegenheiten, ja in meine Herzensdinge ein. Andererseits – dachte ich, während ich in die erwartungsvollen Gesichter blickte – handelt es sich ja auch gar nicht um die ganze Welt. Bloß um meine.

»Er ist heute Morgen vorbeigekommen«, sagte ich langsam. Ich hatte das Ganze immer noch nicht so richtig verarbeitet. »Heute früh.«

»Und was ist passiert?«, fragte Kristy.

Ich warf meiner Mutter einen Blick zu: Irgendwann musste ihr doch mal unangenehm auffallen, dass ich gegen ihre Verbote gehandelt, ihre Regeln missachtet hatte. Aber sie sah mich bloß mit leicht schräg geneigtem Kopf an, als würde sie etwas an mir wahrnehmen, das sie bisher noch nie bemerkt hatte.

»Nichts«, antwortete ich. »Ich meine, er fragte mich, ob die Dinge jetzt so liefen, wie ich sie haben wollte.«

»Und was hast du geantwortet?«

»Ja. Dass ich zufrieden bin mit dem, was ist.«

»Macy!« Kristy schlug sich mit der flachen Hand an die Stirn. »Was um Himmels willen ist bloß in dich gefahren?«

»Ich hatte doch keine Ahnung«, meinte ich. Und fügte leise, eher zu mir selbst, hinzu: »Es ist echt so was von unfair.«

Kristy schüttelte den Kopf. »Es ist tragödisch!«

»Und es ist Zeit.« Delia bedeutete uns mit einem leichten Kopfnicken, durchs Fenster zu schauen. Der Regen hatte tatsächlich etwas nachgelassen. Leute stiegen aus ihren Autos, schlossen Türen, spannten Regenschirme auf. Egal was sonst passierte – das Leben ging weiter. »An die Arbeit!«

Wir verließen unseren Aussichtsplatz am Fenster und gingen jeder auf seinen Posten: Kristy stellte sich mit ihrem Tablett voller Weingläser an die Haustür, Bert und Delia verschwanden in der Küche, meine Mutter überprüfte im

Flurspiegel, ob sie sich zeigen konnte. Nur Monica rührte sich nicht vom Fleck, sondern starrte weiterhin aus dem Fenster, während ich überhaupt erst einmal zu begreifen versuchte, was gerade passiert war.

»Ich fasse es nicht«, meinte ich schließlich leise. »Es ist zu spät.«

»Es ist nie zu spät«, sagte sie.

Für einen Moment ging ich fest davon aus, mir das eingebildet zu haben. Ein Satz, ein vollständiger Satz von Monica! Und das nach einem ganzen Sommer einsilbiger, immer gleicher Antworten beziehungsweise gar keiner Antwort.

»Natürlich ist es zu spät.« Ich wandte den Kopf, um sie anzuschauen. »Ich wüsste nicht mal genau, was ich tun sollte, wenn ich noch eine Chance bekäme. Ich meine, was kann ich denn –«

Sie unterbrach mich, indem sie den Kopf schüttelte und meinte: »Du weißt doch, wie es ist, so was passiert einfach, ohne dass man es will oder geplant hat. Man macht es einfach.« Ihre Stimme klang überraschend klar und gelassen.

Aus irgendeinem Grund erinnerten mich diese Worte an etwas, aber ich brauchte einen Augenblick, bevor der Groschen fiel: Genau dasselbe hatte ich zu ihr gesagt, an jenem Abend auf der Party, als ich versuchte, ihr zu erklären, warum ich Hand in Hand mit Wes aus dem Haus gekommen war.

»Monica!«, brüllte Kristy aus dem Wohnzimmer. »Hier drinnen gammelt ein Tablett mit Frischkäsetörtchen vor sich hin, auf dem dein Name geschrieben steht. Wo steckst du?«

Monica wandte sich vom Fenster ab und machte sich an die vermutlich unendlich mühsame Aufgabe, durch unsere Eingangshalle zu schlurfen. »Moment«, sagte ich. Sie warf mir über ihre Schulter hinweg einen Blick zu. Allerdings wusste ich gar nicht so genau, was ich sagen wollte. Und ich war nach wie vor völlig geplättet, weil sie überhaupt etwas zu mir gesagt hatte. Wer weiß, was für Überraschungen sie vielleicht noch auf Lager hätte? »Danke«, fuhr ich fort. »Ich meine, ich find's toll, was du gerade gesagt hast.«

Monica nickte. »Mmm-hmm.« Wandte sich wieder von mir ab und trottete von dannen.

Kapitel 21

Ich hatte mittlerweile oft genug für *Wish Catering* gejobbt, um aus Erfahrung zu wissen, wann eine Party ein Erfolg war: Man brauchte leckeres Essen, und zwar nicht zu knapp, entspannte Gäste, die viel lachten, das war klar. Aber es gab da noch etwas, das gewisse Etwas, die undefinierbare, aber besondere Atmosphäre, die entsteht, wenn Menschen sich angeregt unterhalten, mit Appetit essen und sich einfach gut miteinander verstehen; dann entsteht eine fast greifbare Energie, durch die man Kleinigkeiten wie zerfetzte Zelte oder Gewitterschauer oder gar das Ende der Welt völlig vergisst. Nach einer Stunde wurde mehr als deutlich, dass diese Party im Haus meiner Mutter alle erforderlichen Zutaten – und zwar in rauen Mengen – besaß, um ein Erfolg zu werden. Daran bestand überhaupt kein Zweifel mehr.

»Tolle Party, Deborah!«

»Die Räume im Bistro-Stil herzurichten war eine klasse Idee!«

»Köstlich, diese Fleischklopse!«

Meine Mutter wurde mit Komplimenten geradezu überschüttet, während sie zwischen ihren Gästen umherging. Plauderte, nickte, lächelte, sich für die Komplimente bedankte. Ich hatte zum ersten Mal überhaupt den Eindruck, dass es ihr tatsächlich Spaß machte, sich mit ihrem Weinglas unter die Leute zu mischen und fröhlichen Smalltalk zu betreiben. Ausnahmsweise sah sie nicht so aus, als hätte sie ständig bloß ihre Portfolios im Hinterkopf und wie sie sie an den Mann beziehungsweise die Frau brachte oder als müsste sie unbedingt über die nächste Phase im Bauplan fachsimpeln. Ab und zu ging sie an mir vorbei, berührte mich kurz am Rücken, am Arm; doch wenn ich mich in der Annahme zu ihr umdrehte, sie wollte mir damit signalisieren, dass sie irgendetwas bräuchte oder ich bitte irgendetwas tun sollte, war sie schon wieder weitergegangen und warf mir höchstens rasch einen Blick über die Schulter hinweg zu. Lächelte mich an, bevor sie sich dem nächsten Gast zuwandte.

Meiner Mutter ging's gut. Mir ging's auch gut. Zumindest würde es mir irgendwann gut gehen. Mir war klar, dass sich zwischen uns nicht alles an einem einzigen Tag verändern konnte und wir noch viel Diskussionsbedarf hatten. Anderthalb Jahre, um genau zu sein. Momentan bemühte ich mich allerdings, mich so gut wie möglich auf das Hier und Jetzt zu konzentrieren. Was gut klappte – bis ich plötzlich Jason entdeckte.

Er war gerade hereingekommen, stand, in Regenjacke, im Eingangsbereich und blickte sich suchend nach mir um. Nachdem er mich entdeckt hatte, rief er meinen Namen und kam rasch auf mich zu. Ich rührte mich nicht, sondern sah ihm stumm entgegen, bis er direkt vor mir stand. »Hallo, Macy.«

»Hallo.« Ich nahm mir eine Sekunde Zeit, um ihn einfach bloß anzuschauen: den frisch geschnittenen, ordentlichen Haarschnitt, das konservative Poloshirt, das er sich in seine Khakihose gesteckt hatte. Er sah aus wie an dem Tag, an dem er abgeflogen war. Ob für mich wohl dasselbe galt?

»Wie geht es dir?«, fragte Jason.

»Gut.«

In unserer Nähe standen ein paar Leute, die genau in diesem Augenblick in lautes Gelächter ausbrachen. Wir blickten zu ihnen hinüber, so dass unser Schweigen durch ihr Lachen ausgefüllt wurde. Schließlich meinte er: »Schön, dich zu sehen.«

»Gleichfalls.«

Jason stand vor mir, sah mich an. Ich war total verunsichert. Wusste nicht, was ich sagen sollte. Er trat noch einen Schritt näher an mich heran, beugte sich etwas vor und fragte: »Können wir uns irgendwo allein unterhalten?«

Ich nickte. »Natürlich.«

Als wir durch den Flur Richtung Küche liefen, hatte ich das Gefühl, dass uns jemand nachsah. Entweder Kristy, mit grimmigem Blick, dachte ich, oder Monica. Doch zu meinem Erstaunen war es keine von beiden, wie ich bemerkte, als ich mich umdrehte, sondern meine Mutter. Sie stand am Buffet, ihr Blick ruhte auf mir. Jason entdeckte sie ebenfalls und winkte ihr grüßend zu. Sie nickte mit einem leichten Lächeln zurück, ließ mich jedoch nicht aus den Augen, bis wir um die Ecke gebogen waren und ich sie nicht mehr sehen konnte.

Die Tür von der Küche zum Garten stand offen. In dem Trubel war mir gar nicht aufgefallen, dass es zu regnen aufgehört hatte. Wir gingen hinaus. Alles tropfte und es war einigermaßen kühl, aber der Himmel hatte aufgeklart. Ein paar Leute standen in Grüppchen im Garten, redeten, lachten, einige rauchten, ihre Stimmen ein gleichmäßiges Auf und Ab. Jason und ich stellten uns ein wenig abseits auf die Stufen, die zum Rasen hinunterführten. Als ich mich zurücklehnte, spürte ich das nasse Geländer an meinen Beinen.

»Ziemlich große Party«, meinte Jason und sah sich um.

»Allerdings«, erwiderte ich. »Du kannst dir nicht vorstellen, was alles schief gegangen ist … der helle Wahnsinn.« Über seinen Kopf hinweg hatte ich durchs Küchenfenster eine ganz gute Sicht nach drinnen. Delia schob soeben ein weiteres Blech mit Krabbenpastetchen in den Backofen. Monica lehnte an der Küchentheke und untersuchte ihre Haare auf Spliss, wobei sie so träge und gelangweilt aussah wie eh und je.

»Der helle Wahnsinn?«, fragte Jason. »Was genau?«

Ich holte Luft, setzte an, es ihm zu erklären, hielt inne. Zu kompliziert, zu umständlich, dachte ich. »Ach, bloß eine kleine Katastrophe nach der anderen«, antwortete ich. »Aber inzwischen läuft alles glatt.«

Gefolgt von einer ganzen Gruppe Leute mit Gläsern und Häppchen in den Händen, trat in diesem Moment meine Schwester auf die Terrasse. Als sie an uns vorbei die Stufen hinunterging, sagte Caroline gerade laut und deutlich: »… repräsentiert eine authentische Symbiose von Kunst und Abfall.« Sie hatte wieder voll ihren Kunsthistoriker-Ton drauf. »Sie werden sehen, die einzelnen Stücke sind wirklich sehr beeindruckend. Zum Beispiel die Engel … der Engel als Symbol für die Zugänglichkeit und gleichzeitige Begrenztheit von Religion.«

Jason und ich wichen etwas zurück, um Carolines Gefolge vorbeizulassen. Offensichtlich waren sie ganz gespannt auf die Führung, das merkte man an ihrem Nicken, ihren gemurmelten, zustimmenden Bemerkungen. Nachdem die Gruppe um die Hausecke verschwunden war, fragte Jason: »Macht Caroline seit neuestem Skulpturen?«

Ich lächelte. »Nein, sie hat bloß welche gekauft, die sie ganz toll findet.«

Jason lehnte sich weit zurück, um an der Hauswand entlang zu dem Engel hinüberblicken zu können, um den Caroline und ihre Gruppe nun herumstanden. »Sieht ganz interessant aus«, meinte er. »Aber was den Symbolgehalt betrifft ... ich weiß nicht so recht. Ich finde, sie sehen einfach aus wie Gartendeko.«

»Sind sie auch«, antwortete ich. »So was Ähnliches jedenfalls. Aber sie haben auch ihre eigenen Bedeutungen. Meint jedenfalls Caroline.«

Er betrachtete den Engel noch mal genauer. »Ich finde nicht, dass Material und Aussage besonders gut zusammenpassen. Im Gegenteil, für mein Gefühl lenkt das Material vom Thema ab. Besser gesagt: So bedeutend die Vision des Künstlers vielleicht gewesen sein mag – am Ende ist und bleibt das Ding aus Schrott.«

Ich sah ihn an und wusste nicht so recht, was ich darauf erwidern sollte. »Nun, ich denke, es kommt immer darauf an, aus welchem Blickwinkel man es betrachtet.«

Jason lächelte mich milde an. »Schrott ist Schrott, Macy«, sagte er. Aus irgendeinem Grund stellten sich mir bei seinem Tonfall die Nackenhärchen auf.

Ich holte tief Luft. Er hat keine Ahnung, will bloß Konversation machen. »Du wolltest etwas mit mir besprechen?«, fragte ich.

»Ach ja, stimmt, natürlich.«

Ich wartete. In der Küche befand sich gerade niemand außer Bert, der Fleischklopse auf einer Platte anrichtete und sich gelegentlich einen in den Mund stopfte. Plötzlich merkte er, dass ich ihn beobachtete, und lächelte verlegen. Ich erwiderte sein Lächeln. Jason wandte den Kopf, um zu sehen, wem mein Lächeln galt.

»Entschuldige«, meinte ich. »Was wolltest du sagen?«

Er betrachtete seine Hände. »Ich wollte bloß –« begann er, unterbrach sich aber gleich wieder, als wäre ihm eine andere, bessere Formulierung für das, was er mir sagen wollte, eingefallen. »Diese Mail, in der ich dir vorschlug, wir sollten uns vorübergehend trennen – ich weiß, ich habe mich ziemlich ungeschickt verhalten. Aber ich wünsche mir wirklich, dass wir ausführlich über unsere Beziehung reden und darüber, wie und wohin sie sich im kommenden Jahr entwickeln soll. Natürlich nur für den Fall, dass wir gemeinsam beschließen zusammenzubleiben.«

Ich hörte zu. Ehrlich, ich hörte zu. Aber gleichzeitig nahm ich wahr, was um mich herum vor sich ging: Gelächter, das aus dem Haus drang, die kühle, feuchte Luft an meinem Hals, die Stimme meiner Schwester, die unbeirrbar ihren Vortrag über Form, Funktion und Kontrast hielt.

»Ich weiß nicht«, sagte ich.

»Schon okay.« Jason nickte, als verliefe das Gespräch exakt so, wie er es erwartet hatte. »Geht mir ähnlich, ich weiß auch nicht so richtig. Aber genau an diesem Punkt sollte der Dialog meiner Meinung nach ansetzen. Wie wir uns fühlen, was wir erwarten, welche Grenzen wir vielleicht ziehen wollen, bevor wir uns wieder aufeinander einlassen.«

»... ein klarer Standpunkt, ein sehr eigenwilliger Blickwinkel«, verkündete Caroline in diesem Moment. »Der Künstler kommentiert deutlich, anschaulich und unmissverständlich das Geschehen innerhalb des Rahmens und wie der Rahmen wiederum das Geschehen prägt.«

Jason schien davon längst nicht so abgelenkt zu sein wie ich, denn er fuhr fort: »Ich habe mir gedacht, wir könnten vielleicht jeder eine Liste aufstellen, was wir von einer Beziehung erwarten. Was wir wollen, was uns wichtig ist. Dann verabreden wir uns, setzen uns zusammen und vergleichen, in welchen Punkten wir übereinstimmen.«

»Eine Liste.«

»Ja, eine Liste«, antwortete er. »Auf diese Weise haben wir es schwarz auf weiß, welche Ziele wir uns für unsere Beziehung gesteckt haben. Wenn irgendwann Probleme auftauchen, können wir anhand der Listen nachvollziehen, wo die Gründe dafür liegen. Das wird es uns enorm erleichtern, Lösungen auszuarbeiten.«

Ich hörte die Stimme meiner Schwester zwar noch; doch je weiter sie mit ihrem Trüppchen ums Haus herumlief, umso leiser wurde sie.

»Und wenn es nicht funktioniert?«, fragte ich.

Jason blinzelte mich verwirrt an. »Warum sollte es nicht funktionieren?«

»Darum.«

Er warf mir einen auffordernden Blick zu. »Weil ...?«

»Weil die Dinge manchmal einfach laufen, wie sie laufen«, antwortete ich. Eine leichte Brise wehte plötzlich über uns hinweg. »Oder es passiert etwas, das nicht auf der Liste steht. Etwas Unerwartetes.«

»Zum Beispiel?«

»Keine Ahnung«, antwortete ich leicht gefrustet. »Darum geht es doch. Manchmal passieren Sachen aus heiterem Himmel, völlig überraschende Sachen. Man kann sich nicht auf alles vorbereiten, so was meine ich.«

»Aber wir werden auf alles vorbereitet sein.« Jason wirkte vollkommen durcheinander. »Weil wir unsere Listen haben.«

Ich verdrehte die Augen. »Jason!«

»Tut mir Leid, Macy.« Er trat einen Schritt zurück und sah mich an. »Ich verstehe einfach nicht, was du mir sagen willst.«

Und schlagartig wurde mir klar: Er verstand mich tatsächlich nicht. Hatte nicht die geringste Ahnung, wovon ich sprach. Dieser Gedanke war so abwegig und gleichzeitig so einleuchtend, dass ich wusste: Das war der springende Punkt. Das war die Realität, zumindest für Jason. Für Jason gab es nichts Überraschendes oder Unerwartetes. Sein Leben bestand aus Listen und Listen von Listen, Oberlisten und Unterlisten – wie die Packlisten, die ich vor Wochen, zu Beginn der Sommerferien, mit ihm durchgegangen war.

»Es ist bloß …« Aber ich unterbrach mich. Schüttelte den Kopf.

»Es ist was?« Er wartete. Wollte wirklich, aufrichtig wissen, was ich meinte. »Erklär's mir.«

Doch das konnte ich nicht. Ich hatte es ganz allein lernen müssen. Meine Mutter ebenfalls. Auch Jason würde es irgendwann lernen. Doch so was konnte einem niemand beibringen. Die Erfahrung musste man selbst machen. Wenn man Glück hatte, kam man auf der anderen Seite wieder raus und hatte es kapiert. Und falls nicht, wurde man eben immer wieder zurückgeworfen, musste den Spuren aufs Neue folgen, bis man am Ende den richtigen Weg fand.

»Bitte, Macy, versuch wenigstens es mir zu erklären.«

Ich holte tief Luft. Ich wollte ja gern versuchen Worte dafür zu finden, dass es hierfür keine Worte gab. Doch da sah ich, an Jasons Kopf vorbei, wie Wes in die Küche kam. Ich atmete wieder aus. Hatte plötzlich nur noch Augen für Wes.

Er fuhr sich mit der Hand durchs Haar und schaute sich aufmerksam um. Musterte die Leute im Wohnzimmer, die Leute an der Küchentheke. Delia kam mit einem Tablett leerer Gläser reingewirbelt. Stellte es ab, küsste ihn zur Begrüßung auf die Wange. Sie wechselten ein paar Worte, behielten dabei das Partygeschehen im Auge. Wes sagte etwas, worauf sie die Schultern zuckte und Richtung Wohnzimmer zeigte. *Bist du sicher?*, fragte er sie, ich konnte es an seinen Lippen ablesen. Delia nickte, drückte liebevoll seinen Arm, öffnete die Backofentür. Wes warf einen Blick nach draußen und entdeckte mich. Mit Jason. Ich sah ihn beschwörend an, versuchte ihm zu signalisieren: Moment, lauf nicht weg. Doch er drehte sich um, verließ die Küche durch die Seitentür, die hinter ihm ins Schloss fiel.

»Macy?« Caroline kam ums Haus herumgelaufen. »Kommst du bitte mal?«

»Macy?«, fragte Jason. »Was –«

»Moment«, sagte ich, schlängelte mich um die Leute herum, die in Grüppchen auf der Terrasse standen, und lief die Stufen auf der Seite runter, wo Wes rausgegangen war. Ich konnte ihn noch sehen, er erreichte gerade das Ende unserer Auffahrt.

»Weißt du, was das soll?«, fragte Caroline. Einen Moment lang dachte ich, sie meinte Wes. Doch als ich mich umdrehte, sah ich, dass sie mit ihrem Gefolge vor einer Skulptur stand.

»Was denn?«, fragte ich zerstreut, denn mittlerweile hatte ich Wes aus den Augen verloren.

»Ich frage mich bloß ... die hier habe ich noch nie gesehen.« Sie betrachtete die Skulptur. »Mir gehört sie jedenfalls nicht.«

»Macy?« Jason war mir gefolgt. »Ich denke wirklich, wir sollten –«

Doch ich hörte gar nicht hin. Hörte weder ihm zu noch Caroline, die um die Skulptur herumstöckelte und fachsimpelte. Auch die Partygeräusche, die durch die Fenster in den Garten drangen, hörte ich nicht. Alles, was ich hörte, war das leise Klingeln, das von der Skulptur ausging: ein neuer Engel – vielmehr eine Engelin (das war eindeutig). Sie stand da, die Füße hüftbreit auseinander, die Hände vor der Brust gefaltet. Ihr Mund war ein nach oben ausgerichteter Schlüssel, ihre Augen bestanden aus mit Dichtungsringen eingefasstem Strandglas und ihr Heiligenschein aus lauter winzigen Herzhänden. Doch das Auffälligste an ihr waren die beiden Gebilde, die über ihrem Kopf aufragten und wodurch sie sich von allen bisherigen Engeln unterschied. Zwei dünne Aluminiumplatten, die oben spitz und unten kurvig rund ausgeschnitten sowie mit Miniglöckchen umsäumt waren, von denen das Klingeln ausging, das ich hörte. Das wir alle hörten.

»Ich verstehe das nicht«, meinte Caroline nachdenklich. »Sie ist die einzige mit Flügeln. Warum wohl?«

Das Leben stellt einem Millionen Fragen. Man kann unmöglich alle Antworten kennen. Aber diese Antwort kannte ich.

»Damit sie fliegen kann«, sagte ich. Und fing an zu laufen.

Ich dachte, es würde so sein wie in meinen Träumen. War es aber nicht. Das Laufen fiel mir so leicht, wie einem alles leicht fällt, das einem mal alles bedeutet hat. Zwar waren die ersten paar Schritte noch ein bisschen wackelig, nicht rund, nicht gleichmäßig, und ich brauchte einen Moment, um meinen Atemrhythmus zu finden. Doch dann verfiel ich in mein ureigenes Tempo, alles andere verschwamm, bis nichts mehr existierte außer mir selbst und dem, was vor mir lag und mit jedem Schritt näher rückte. Wes.

Als ich ihn einholte, war ich völlig außer Atem. Ich hatte ein knallrotes Gesicht und mein Herz schlug so wild, dass ich für einen Augenblick nichts anderes mehr hören konnte. Bevor ich ihn ganz erreicht hatte, drehte er sich erstaunt zu mir um. Zunächst sagte keiner von uns einen Ton. Ich musste sowieso erst mal wieder Luft kriegen.

»Macy«, begann Wes schließlich. Es haute ihn offensichtlich um, dass ich ihm nachgerannt war, urplötzlich dicht vor ihm stand und keuchte. »Was –«

Ich unterbrach ihn, indem ich die Hand hob, »tut mir Leid« sagte, noch einmal tief durchatmete und fortfuhr: »Aber es gab eine Änderung.«

Wes blinzelte mich verwirrt an. »Eine Änderung«, wiederholte er.

Ich bejahte. »Bei den Regeln.«

Im ersten Moment hatte er keine Ahnung, wovon ich sprach, daher dauerte es etwas, bis der Groschen fiel. Doch dann entspannte er sich und antwortete: »Ach so, ja, die Regeln.«

»Genau.«

»Davon wusste ich ja gar nichts«, merkte er mit feinem Unterton an.

»Die Änderung ist auch gerade erst in Kraft getreten«, erwiderte ich.

»Und das heißt?«

»Das heißt, sie gilt ab sofort.« Ich wollte ihm so viel sagen, dass ich keine Ahnung hatte, womit ich anfangen sollte.

»Macy.« Seine Stimme klang sanft. Er schaute mich sehr aufmerksam an. »Du brauchst nicht –«

»Die Regel.« Ich schüttelte abwehrend den Kopf. »Frag mich, worin die Änderung besteht.«

Wes schob die Hände in die Hosentaschen und lehnte

sich leicht auf dem Absatz zurück. »Okay«, meinte er schließlich. »Was gibt es für eine neue Regel?«

»Geändert haben sich die Voraussetzungen dafür, wann jemand gewonnen hat.« Noch einmal holte ich tief Luft. »So wurde es jedenfalls einstimmig beschlossen. Damit ich gewinne, muss *ich* die Frage beantworten, bei der *du* an dem Abend auf deinem Truck gepasst hast. Erst dann hätte ich wirklich gewonnen.«

»Die Frage, bei der ich gepasst habe«, wiederholte Wes.

Ich nickte. »So lautet die Regel.«

Mir war vollkommen bewusst, dass in dem Schweigen, welches nun folgte, alles hätte passieren können. Vielleicht kam ich wieder zu spät. Vielleicht hatte ich wieder eine Chance verpasst. Doch zumindest hatte ich es versucht und diese Gewissheit würde mir bleiben. Ich hatte mein Herz in meine Hand gelegt und sie ausgestreckt, egal welche Konsequenzen daraus folgten.

»Okay«, meinte Wes und holte seinerseits tief Luft. »Wenn du absolut alles tun könntest, was du wolltest – was wäre das?«

Ich trat einen Schritt näher, ganz dicht an ihn heran. »Das«, antwortete ich. Und küsste ihn.

Ich küsste ihn, mitten auf der Straße, während die Welt um uns herum sich weiterdrehte. Irgendwo hinter mir wartete Jason auf eine Erklärung, meine Schwester hielt ihre Vorträge und der Engel blickte in den Himmel. Wartete darauf, loszufliegen.

Und was tat ich? Ich versuchte das Richtige zu tun. Was auch immer das bedeutete. Auf jeden Fall hatte ich das Gefühl, endlich auf dem einzig richtigen, nämlich meinem Weg zu sein.

Es gibt Momente, in denen man sich wünscht, dass von

dieser Sekunde an für immer alles genau so bliebe. Für jeden Menschen ist dies ein anderer Augenblick, und hätte ich die Wahl gehabt, so hätte ich es mir jetzt, in diesem Moment, gewünscht, als ich mit Wes zusammen war und mir sein Kuss den Atem nahm, um ihn mir umso reicher wieder zurückzugeben – und ich verwundert, begeistert und, mehr als alles andere, lebendig war wie nie zuvor.

Kapitel 22

»Macy. Wach auf.«

Ich drehte mich auf die andere Seite und zog mir das Kopfkissen übers Gesicht, so dass meine Stimme nur gedämpft darunter hervordrang. »Noch eine Stunde schlafen, bitte.«

»Kommt nicht infrage.« Jemand zwickte mich in die Füße. »Beeil dich, ich warte draußen.«

Obwohl ich noch gar nicht richtig wach war, hörte ich natürlich, wie er das Zimmer verließ und kurze Zeit später die Fliegengittertür zur Terrasse zufiel. Einen Moment lang blieb ich noch liegen, war schwer versucht mich dem Schlaf zu überlassen und weiterzuträumen. Aber dann schob ich das Kissen von meinem Gesicht, setzte mich im Bett auf und blickte aus dem Fenster. Der Himmel war strahlend blau, die Wellen brachen sich ganz in meiner Nähe. Es würde wieder ein wunderschöner Tag werden.

Ich stand auf, streifte Shorts, Jogging-BH und T-Shirt über und das Gummiband von meinem Handgelenk ab, um mein Haar zusammenzubinden. Gähnend durchquerte ich mein Schlafzimmer und trat in den Hauptraum des Hauses, wo meine Schwester am Tisch saß und durch eine Zeitschrift blätterte.

»Weißt du was?«, meinte sie unvermittelt und blickte dabei nicht einmal auf. Als befänden wir uns mitten in einem

Gespräch und würden nach einer winzigen Unterbrechung da weitermachen, wo wir kurz vorher aufgehört hatten. »Wir könnten auf der Terrasse echt mal so was wie einen Aztekenofen gebrauchen.«

»Einen was?« Ich bückte mich nach meinen Joggingschuhen.

»Einen Aztekenofen.« Caroline stützte das Kinn mit dem Ellbogen ab und blätterte um. »Ein Kamin, aber für draußen, ganz simpel, beinahe primitiv. Eine Feuerstelle in einer Art rundem Terrakotta-Behälter mit langem Hals. Hat fast so was wie eine eigene Aussagekraft, wie ein Kunstwerk. Was meinst du?«

Mit einem belustigten Lächeln öffnete ich die Schiebetür. »Klingt toll. Echt super.«

Ich trat auf die Veranda, atmete – zusammen mit dem neuen Tag – tief die frische, salzige Luft ein. Meine Mutter saß in ihrem geliebten alten Holzstuhl, ihr Kaffeebecher stand auf dem Tisch neben ihr. Als sie mich hörte, wandte sie sich zu mir um und sah mich an.

»Guten Morgen«, sagte sie.

Ich beugte mich zu ihr und küsste sie auf die Wange.

»Du bist aber eifrig«, fuhr sie fort.

»Nicht meine Idee«, antwortete ich. »Ich hätte lieber weitergeschlafen.«

Lächelnd hob sie den Kaffeebecher an, zog die Mappe hervor, die darunter lag, und klappte sie auf ihren Knien auf. »Viel Spaß!«

»Dir auch.«

Während ich die Treppe zum Strand runterlief, dehnte und streckte ich mich mit erhobenen Armen. Die Sonne schien bereits so hell, dass ich blinzeln musste. Seit das Haus fertig renoviert war, verbrachten wir beinahe jedes

Wochenende hier. Im Anfang war es schon schwer gewesen, das Haus auch nur zu betreten; ich hatte ziemlich oft und viel geweint, weil ich meinen Vater (plötzlich wieder) so vermisste. Doch inzwischen fiel es mir etwas leichter, herzukommen. Obwohl Fußböden, Vorhänge, Polsterbezüge anders waren als vorher, hatte man trotzdem noch das Gefühl, er wäre anwesend. Denn vieles von dem, was er an dem Haus so geliebt hatte, war geblieben: der Elchkopf über dem Kamin, die Angelruten neben der Tür, der Grill.

Doch nicht nur an der Inneneinrichtung hatte sich im Vergleich zu früher einiges geändert. Meine Mutter kam zwar mit, hatte aber jede Menge Arbeit und ihren Laptop dabei, und ihr Handy klingelte praktisch ununterbrochen (wenigstens hatten wir ihr beigebracht, ab und zu die Mailbox drangehen zu lassen). Und ich hatte wieder angefangen zu laufen, wobei ich jedoch nicht mehr drauf achtete, wie weit oder wie schnell ich lief. Stattdessen konzentrierte ich mich darauf, wie sich das Laufen selbst anfühlte, die Bewegung. Schließlich hatte ich mittlerweile die Erfahrung gemacht, dass es nicht aufs Überqueren der Ziellinie ankommt, sondern auf den Weg bis dorthin.

Außerdem redeten meine Mutter und ich mehr miteinander. Auch das war uns zu Beginn nicht leicht gefallen; doch die Wochenenden am Meer halfen, vor allem die gemeinsamen Fahrten. Manchmal war zwar Wes dabei oder Kristy, doch ziemlich häufig saßen wir auch allein im Auto. Aus irgendeinem Grund scheint es leichter zu sein, gewisse Dinge auszusprechen, wenn man sich zusammen auf einer einsamen, zweispurigen Landstraße befindet, während in der Ferne allmählich die Sonne untergeht. Denn egal was gesagt wurde – wir bewegten uns auf jeden Fall weiter. Richtung Horizont.

Caroline kam ebenfalls fast jedes Wochenende, zusammen mit Wally. Dann wuselte sie im Haus herum, schaute sich an, was sich bisher alles getan hatte, und überlegte, was sie noch verändern könnte. Darüber hinaus beschäftigte sie sich seit kurzem intensiv mit einem Haus, das zwei Grundstücke weiter den Strand entlang lag und zum Verkauf stand. Natürlich hatte sie es sofort von allen Seiten fotografiert und erklärte uns, als sie die Bilder vor uns ausbreitete, dass es zwar renovierungsbedürftig sei, aber nur ein bisschen Arbeit und ein paar gute Ideen brauche. Und dass Wally und sie schon seit längerem darüber nachdächten, sich ein Haus am Meer zuzulegen. Alles noch im Planungsstadium, doch kannte ich meine Schwester gut genug, um zu wissen, dass bei ihr auf viele Vorhers auch immer ein Nachher folgte. Sie sah das Pozential, lange bevor etwas fertig war. Das konnte sie von uns allen eindeutig am besten.

Ich ging über die Dünen, spürte, wie der Wind an mir zog, mich schob. Als ich mich umdrehte, sah ich, dass Caroline inzwischen auf der neuen Bank saß, die auf der Veranda stand; vermutlich stellte sie sich gerade diesen Aztekenofen vor. Caroline und meine Mutter winkten mir zu, ich winkte zurück. Dann blickte ich den Strand entlang und schätzte die Strecke ein, die ich zurücklegen musste, um Wes einzuholen. Denn er war bereits vorgelaufen. Ich setzte mich in Trab, spürte meine Füße unter mir im Sand und vernahm die mir unendlich vertraute Stimme in meinem Kopf, die ich jedes Mal hörte, wenn ich anfing zu laufen.

Weiter so, Macy! Du machst das ganz toll! Und keine Angst, du weißt doch, die ersten paar Schritte sind die schwersten.

Das stimmte. Manchmal hatte ich das Gefühl, ich würde meinen Rhythmus nie finden, und hätte nach den ersten Schritten am liebsten wieder aufgegeben. Aber dann lief ich doch weiter. So wie jetzt. Ich wusste ja: Nur dann würde es weitergehen. Wie jetzt. Der Moment, in dem ich Wes einholte. Jedes Mal rannte ich schließlich doch bis zu diesem Punkt. Dem Punkt, an dem unsere Schatten plötzlich nebeneinander herliefen, er sich mir zuwandte und sich die Haare aus dem Gesicht strich.

»Du bist echt super in Form«, meinte er.

»Du doch auch.«

Ein paar Schritte lang liefen wir schweigend nebeneinanderher, vor uns nichts als Strand und Himmel.

»Fertig?«, fragte er.

Ich nickte. »Schieß los, du bist dran.«

»Okay, dann lass mal sehen ...«

Wie immer schlichen wir uns langsam rein, weil sowohl das Laufen als auch das Spiel ganz schön lang dauern konnten. Vielleicht sogar ewig. Zwischen jetzt und immer.

Ja, man wusste es vorher nicht. Unmöglich. *Für immer* konnte so viele verschiedene Sachen bedeuten. Und *für immer* veränderte sich ständig, doch genau darum ging es. *Für immer,* das konnten zwanzig Minuten sein oder hundert Jahre oder bloß dieser eine einzige Moment. Oder jeder Moment, von dem ich mir wünschte, er würde für immer andauern. Doch es gibt über die Ewigkeit nur eine einzige Wahrheit, die wirklich zählt, und das ist: Sie existiert. Die Ewigkeit. Für immer. In diesem Moment, als ich mit Wes der strahlenden Sonne entgegenlief. Und in allen Momenten, die darauf folgten. Ja, sieh genau hin. Jetzt. Jetzt. Jetzt.

dtv

Emotional, berührend, wahr –
typisch Sarah Dessen

ISBN 978-3-423-**71722**-9
Auch als **eBook**

Sydney hat es satt. Zu Hause dreht sich alles nur um ihren Bruder, der im Gefängnis sitzt. Doch als sie Mac und Layla kennenlernt, fängt Sydney wieder an sich wohlzufühlen.

www.dtv.de

dtv

Bist du bereit für deine Liebe alles zu riskieren?

ISBN 978-3-423-**71759**-5
Auch als **eBook**

Nach dem Verlust ihrer großen Liebe zieht Auburn nach Dallas – und trifft dort auf Owen, in den sie sich Knall auf Fall verliebt. Doch er ist der Letzte, auf den sie sich einlassen sollte, wenn sie nicht alles, was ihr wichtig ist, verspielen will.

www.dtv.de